撒冷镇

〔美〕斯蒂芬·金 著　姚向辉 译

'SALEM'S LOT

斯蒂芬·金作品系列
STEPHEN KING

人民文学出版社
PEOPLE'S LITERATURE PUBLISHING HOUSE

著作权合同登记号　图字 01-2019-4162

图书在版编目(CIP)数据

撒冷镇/(美)斯蒂芬·金著;姚向辉译.—北京:
人民文学出版社,2021(2023.1重印)
(斯蒂芬·金作品系列)
ISBN 978-7-02-015333-6

Ⅰ.①撒…　Ⅱ.①斯…②姚…　Ⅲ.①长篇小说-美国-现代　Ⅳ.①I712.45

中国版本图书馆 CIP 数据核字(2019)第 110937 号

出 品 人　黄育海
责任编辑　甘　慧　张玉贞
封面设计　陈　晔

出版发行　人民文学出版社
社　　址　北京市朝内大街 166 号
邮政编码　100705

印　　刷　上海盛通时代印刷有限公司
经　　销　全国新华书店等

字　　数　405 千字
开　　本　890 毫米×1240 毫米　1/32
印　　张　14.125
版　　次　2021 年 6 月北京第 1 版
印　　次　2023 年 1 月第 3 次印刷

书　　号　978-7-02-015333-6
定　　价　79.00 元

如有印装质量问题,请与本社图书销售中心调换。电话:010-65233595

献给内奥米·蕾秋·金

"……信守承诺。"

目 录

作者的话

　　没有人能够单枪匹马著作长篇小说，我请求占用诸位读者的几秒钟时间，感谢几位帮助我完成本书的人：汉普登学院的 G. 埃弗雷特·麦卡切恩，为了他极具实用性的建议和鼓励；缅因州旧城的约翰·皮尔逊博士，佩诺布斯科特县的法医，他在全科医生这一特殊领域亦堪称楷模；缅因州班戈市圣约翰天主教教堂的雷纳德·哈里神父；当然，还有我的妻子，她的批评一如既往地严苛和不留情面。

　　尽管撒冷林苑镇周围的城镇都确有其地，但撒冷林苑镇本身只存在于作者的想象之中，此处的居民若是与现实中的人物有所相似，则纯属巧合，绝非故意。

——斯蒂芬·金

序幕

故友啊，你在寻找什么？
经过长年漂泊，你已归来
怀着远离家乡
异国天空下育成的
种种情思和想念。

——乔治·塞菲里斯[1]

① 乔治·塞菲里斯（George Seferis，1900—1971），希腊诗人，1963年获诺贝尔文学奖。译文引自《游子还乡》（林天水译）。

1

几乎所有人都认为男人和少年是父亲和儿子关系。

俩人开一辆旧雪铁龙，沿西南方向穿越全国，基本上只走次级公路，一路上走走停停。抵达最终目的地之前，他们在三个地方做过停留：首先是罗得岛，高个子黑发男人找了家纺织厂做事；接下来是俄亥俄州的扬斯敦，他在拖拉机装配生产线打了三个月零工；最后，离墨西哥边境不远的某个加州小镇，加油并修理外国小型跑车，收获的成功让他惊喜交加。

无论在哪儿逗留，男人总要买缅因州的一份报纸：波特兰《新闻先驱报》，寻找南缅因小镇耶路撒冷林苑镇及其附近地域的消息。他关注的那种新闻不时出现。

他在路上的汽车旅馆房间里写了个小说大纲，到达罗得岛州的中瀑市后寄给版权代理。天晓得多久以前，黑暗没有笼罩人生的时候，他算得上是个小有名气的作家。代理人把大纲拿给最后一位替他出过书的出版商，对方礼貌地表示了兴趣，却拒绝以任何名义预付款项。他把代理人的回信撕得稀烂，对身边的男孩说，只有"请"和"谢谢"依然免费。男人的语气并不特别苦涩，不管三七二十一，径自动手写了起来。

孩子话不多，总是一脸苦相，眼神黯淡，仿佛永远在扫视荒凉的内心世界。沿途在餐馆和加油站停车时，他的行为举止体现出良好的教养，除此之外你也看不出更多东西了。他似乎不愿让高个子男人离开视线，男人去上厕所也能让他露出紧张的神色。尽管高个子男人动不动就想挑起耶路撒冷林苑的话题，然而男孩始终拒绝谈起那个小镇，男人有时存心把波特兰的报纸留在桌上，男孩连一眼都不看。

书写完的时候，两人住在高速公路附近滨海的一间小木屋里，他们经常在太平洋里游泳。太平洋比大西洋温暖，也更友善。它没有往日的记忆。男孩的皮肤晒成了深棕色。

尽管过得不错，三餐像模像样，屋顶能挡雨遮风，但男人开始感到抑郁，怀疑他们的生活方式。他教孩子学习，教育方法上自认还算全面（男孩很聪明，读书读得进去，和高个子男人以前一样），然而男人不认为绝口不提撒冷林苑对孩子有任何好处。他偶尔会在睡梦中尖叫，把毯子掀落在地。

纽约回信了。版权代理说兰登书屋愿意预付一万两千块稿费，一家图书俱乐部的包销合同也差不多谈定了。这样行吗？

当然。

男人辞掉加油站的工作，和男孩越过了边境。

2

洛斯萨帕托斯在西班牙语里的意思是"鞋子"（私下里，高个子男人觉得这个名字非常好笑），这个小村庄离太平洋不远，游客罕至。路不好走，没有海景（再往西五英里才看得见大海），也缺少名胜古迹。至于享受方面，小酒馆蟑螂成灾，唯一肯卖身的女人五十多岁，已经当上了祖母。

离开美国，几乎不属于凡世间的宁静笼罩了俩人的生活。很少有飞机掠过头顶，不存在收费公路；方圆一百英里内没人有动力割草机（或者考虑过拥有）。他们有收音机，但收到的全是毫无意义的噪音；新闻播音用的都是西班牙语，男孩才刚开始学这门语言，对男人来说——以后也不会有什么改变——则是叽里咕噜的外国话。所有的音乐都像是歌剧。夜里有时能收到蒙特里的一个流行音乐电台，"狼人"杰克[1]的口音听得人想发狂，但就连这个电台的信号也时有时无。耳力所及范围内只有一台马达，它装在一架稀奇古怪的旧式旋耕机上，

---

[1] 美国著名的电台播音支持人和唱片骑师，20 世纪 60 至 70 年代名噪一时。

归一名当地农民所有。风向正确时，马达不规则的突突声会化身作不安分的鬼魂，悄然飘进他们的耳朵。他们自己动手从井里打水。

每个月他们去镇上的小教堂望一两场弥撒（并不总是一起去）。两人谁也不懂仪式的意思，但依然照去不误。教堂里热得让人窒息，听着单调而熟悉的旋律和承载旋律的声音，男人经常不由自主地打瞌睡。一个星期天，男孩走到破旧的后门廊上，找到刚开始写新小说的男人，犹犹豫豫地对男人说他和牧师谈过了皈依的事情。男人点点头，问他的西班牙语学得如何，够不够聆听教诲。男孩说应该不成问题。

男人每周驱车四十英里去拿缅因州波特兰的报纸，报纸至少过期一个星期，有时还被狗尿染得发黄。男孩说出心愿后两周，报纸上出现了一篇深度报道，讲的是撒冷林苑和佛蒙特小镇妈姆桑。文中提到高个男人的名字。

他把报纸随手一放，并不特别指望男孩会捡起来看。报道使他不安的原因不止一个。看起来，撒冷林苑的事情还没有画上句号。

隔了一天，男孩拿着报纸来找他，折起来的报纸恰好露出头版头条：《缅因鬼镇？》

"我害怕。"男孩说。

"我也是。"高个男人答道。

3

缅因鬼镇？

约翰·路易斯

新闻先驱报特约编辑

耶路撒冷林苑，这个小镇位于坎伯兰市东侧，波特兰以北二十英里处。在美国历史上，这并不是第一个逐渐枯萎乃至雨打风吹去的镇子，恐怕也不会是最后一个，但肯定是最怪异的一个。美国西南部鬼镇林立。一旦发现金银富矿，社区便会平地而起，等矿脉干涸就随之消失，留下空荡荡的商铺、旅馆和酒吧在死寂中漠然腐烂。

耶路撒冷林苑——或者按照当地人的叫法：撒冷林苑，此处的清空过程神秘莫测，唯一能与之相提并论的只有佛蒙特小城妈姆桑。一九二三年夏天，妈姆桑逐渐枯萎，最终随风而逝，同时带走了她的三百一十二名居民。住宅和镇中心的寥寥几幢商业建筑仍旧巍然挺立，但自从五十二年前的那个夏天以来，就再也没有人在此居住过了。有些屋子的家具被人搬走，但多数房屋依然原封未动，像是飓风在某个平常日子的下午忽然刮起，把所有人都卷上了天空。一幢住宅里，晚餐的桌子已经收拾好，但桌子中央的花束已凋零多年。另一幢屋子里，楼上卧室的床罩已经掀起，仿佛主人正准备上床歇息。当地的商店里，柜台上摆着一匹朽坏的棉布，收银机上已经打入了一块两毛二的价钱。调查者在现金抽屉里找到了差不多五十块钱，还保持着当初的原样。

当地人喜欢讲这个故事逗弄游客，暗示小镇闹鬼——他们说，这正是妈姆桑荒弃至今的原因。不过，更加符合现实的原因是，妈姆桑位于本州被人遗忘的角落，到任何一条主干道都很远。除了玛丽·赛勒斯特①式的突然神秘空置之外，她和其他成百上千的鬼镇并无不同之处。

耶路撒冷林苑的情况大抵相同。

根据一九七〇年的人口普查数据，撒冷林苑有居民一千三百十九人，与上一次人口普查时相比，多了六十七个人。这个镇子建设得无甚规划，慵懒舒适，旧日的居民亲昵地称之为"林苑镇"，基本上没有发生过什么大事。镇上的老人定期在公园或克罗森农产品商店的炉子旁聚会，唯一能让他们津津乐道的只有一九五一年的火灾，当时有人乱丢火柴，引发本州历史上最严重的森林大火。

---

① 著名鬼船，1872 年 11 月 5 日搭载 10 人出海，同年 12 月 4 日被发现时，船全速驶向直布罗陀海峡，但空无一人，且没有任何打斗痕迹。

假如一个人退休后愿意在乡村小镇消磨时光，希望身边的人不多管闲事，随便哪个星期最热闹的事件都顶多是妇女慈善烘烤大赛，那么，林苑镇无疑就是一个好去处了。从人口统计学的角度讲，一九七〇年的普查结果体现出了一种模式，田园社会学家和任何一个缅因州小镇的长期居民对此都不会陌生：老人多，穷人多，年轻人高中毕业就远走高飞，从此不再返乡。

然而，一年多以前，耶路撒冷林苑镇开始发生不寻常的怪事。居民逐渐消失。当然了，大部分人并非按照字面意思真的凭空"消失"。帕金斯·吉列斯皮，林苑镇的前治安官，他搬到基特里，住进姐姐家里。查尔斯·詹姆斯，药店对面加油站的业主，在镇子旁边的坎伯兰市经营修车厂。宝琳·狄更斯搬去洛杉矶，罗姐·科莱斯在波特兰的圣马太使团做工。"未失踪者"的名单还可以继续列下去。

这些被找到其下落的人，他们身上最神秘的地方在于没有谁愿意或能够谈起耶路撒冷林苑镇和那里或许发生过的事情。帕金斯·吉列斯皮看着记者，点燃香烟，淡然道，"反正就是想搬家了呗"。查尔斯·詹姆斯说他实在是迫不得已，因为生意随着镇子枯萎而一落千丈。宝琳·狄更斯曾在"顶好咖啡馆"工作多年，她没有回复记者的咨询信。科莱斯小姐连撒冷林苑镇这几个字也不想听见。

通过符合逻辑的猜测和几分调查工作，不难找到部分失踪事件的端倪。劳伦斯·克罗凯特，镇上的房地产经纪人，携妻女一同人间蒸发，在身后留下了不少值得怀疑的风投计划和地产交易协议，特别是波特兰的那桩投机生意，波特兰购物中心如今正在涉标的地块上拔地而起。亦在失踪者行列中的罗伊斯·麦克杜格尔一家，其幼子于年初夭亡，他们对镇子恐怕也没有多少留恋之情，可能阖家搬去了任何地方。另外不少人的情况与之类似。根据州警长彼得·麦卡菲所述："我们派出追踪者去寻找耶路撒冷林苑镇大部分失踪者的下落；然而话也说回来，林苑镇不是缅因州头一个住户纷纷消失的地方。比方说罗伊斯·麦克杜格尔，他在一家银行和两家财务公司都有欠账……照我说，他就是连夜逃债，换个地方去从头开始了。难说今年或者明年什么时候，他忍不住掏出信用卡使用，追债人保证拍马赶到。在美国这地方，失踪几个人就跟樱桃馅饼一般稀松平常。这个社会建设在滚滚车轮之上。人们每隔两三年就要收拾帐篷搬个家。忘记留下转发邮件的地址也没什么奇怪，特别是那些赖账不还的家伙。"

麦卡菲警长的说法合情合理，讲求实际，却无法解释镇子里的全部问题。亨利·皮特里偕妻儿一同失踪，但皮特里先生是信诚保险公司的高管，恐怕不能冠之以"赖账不还"的名号。殡仪馆老板、图书馆员、美容师，林苑镇的"死信"名录也包括他们。这份名录的长度令人看了深感不安。

附近城镇已是流言四起，都市传奇眼看就要成形。撒冷林苑镇有闹鬼的坏名声。中缅因州电力公司的供电线将镇子一分为二，据说有人看见五颜六色的光团在电线上方悬浮。假如你暗示说不明飞行物绑架走了镇民，不会有人因此哈哈大笑。还有传闻说，镇子里行黑弥撒的年轻人在搞"黑巫聚"，结果引得上帝大发雷霆，惩罚了这个用圣地里至圣之城命名的地方。另外一些不那么喜欢超自然思维的人，则回忆起三年前德州休斯敦的事情，当时那里也"失踪"了不少年轻人，最后找到的是一个恐怖的千人冢。

实地探访撒冷林苑镇，你会发现这些传闻并不疯狂。这里没有一家商店开业。斯潘塞杂货暨药店坚持到了最后，终于在一月关门大吉。克罗森农产品商店、五金店、巴洛和斯特莱克家具店、顶好咖啡馆，甚至镇公所，都已是木板封门。新建的初中空无一人，附近三镇于一九六七年在林苑镇合建的高中亦然。学校的家具和书籍都搬进了坎伯兰市的临时安置点，等待全民投票之后，在学区内的其他城镇重建学校；但是，无论选址何处，新学年开始的时候，报到行列中大概都不会见到撒冷林苑镇的孩子。这里没有孩子；只剩下废弃荒芜的商铺、空无一人的住宅、杂草丛生的庭院、死气沉沉的大街和便道。

州警局望与以下诸位取得联系，能获知其最新住址更佳：约翰·格罗金斯，耶路撒冷林苑镇卫理公会牧师；唐纳德·卡拉汉神父，圣安德鲁教堂的本堂神父；梅布尔·沃茨，孀居多年的寡妇，对本镇的教会和公共集会贡献良多；莱斯特·德拉姆与哈莱特·德拉姆，夫妻均在盖茨纺织厂工作；伊娃·米勒，经营镇子上的寄宿公寓……

4

文章刊发后两个月，男孩皈依教会。他做了第一次告解——坦白了全部真相。

5

村里的神父是一位白发老人，面容隐没在皱纹编织的网格背后；饱经日晒的脸孔上，窥察世情的眼神却充满了惊人的生机和热情。眼睛蓝得出奇，很有爱尔兰味道。高个子男人来到神父家，看见神父坐在门廊上喝茶。一个男人站在神父身旁，他穿城里人的正装，梳中分头，涂了不少发油，让高个子男人想起十九世纪九十年代的人像照片。

那人生硬地说："我叫海苏斯·德·拉·雷·穆尼奥兹。格拉孔神父请我做翻译，他不懂英语。格拉孔神父为我们家族做过一件善事，具体内容我不会提起。至于他想与你讨论的事情，我的嘴巴会同样封死。你觉得可以吗？"

"可以。"他先和穆尼奥兹握手，然后是格拉孔神父。格拉孔用西班牙语回答，露出笑容。老人嘴里只剩下五颗牙齿，笑容却和煦和悦人。

"他问，你要不要喝杯茶？绿茶。很清凉。"

"那就太好了。"

寒暄过后，神父开门见山："男孩不是你儿子。"

"对。"

"他做了一次奇特的告解。事实上，我侍奉上主这么多年，还没有听过更加奇特的告解。"

"我不觉得奇怪。"

"他哭了,"格拉孔神父说,喝了一小口茶,"发自肺腑、非常可怕的痛哭。来自他灵魂的最深处。我不用问这样的告解会在我心里引出什么疑问吧?"

"对,"高个子男人淡然道,"你不用问。他说的是实话。"

穆尼奥兹还没翻译,格拉孔神父就点点头,面色阴沉下来。他俯身向前,合拢的双手夹在两膝间,说了很长一段话。穆尼奥兹听得很专注,努力不露出任何表情。等神父说完,穆尼奥兹开口道:

"他说,世界上确实会发生怪事。四十年前,一位农夫从格拉尼翁内斯带给他一只蜥蜴,它会像女人一样尖叫。他见过生出圣痕的男人,犹如我主受难时的钉痕,每逢受难日他的双手双脚就流血不止。他说你们遇到的事情很可怕,很黑暗,对你和男孩都是严峻的考验。特别是孩子。事情在蚕食他的心灵。他说……"

格拉孔神父说了一句很短的话。

"他问,你是否理解你在新耶路撒冷的行为。"

"耶路撒冷林苑,"高个子男人说,"是的,我理解。"

格拉孔神父再次开口。

"他问,你打算怎么处理。"

高个子男人非常缓慢地摇头。"不知道。"

格拉孔神父再次开口。

"他说,他会为你祈祷。"

6

一周后,他从噩梦中醒来,大汗淋漓,呼喊男孩的名字。

"我要回去。"他说。

晒得黝黑的男孩顿时面无血色。

"你和我一起去吗?"男人问。

"你爱我吗?"

"爱,上帝啊,当然爱。"

男孩开始哭泣,高个子男人紧紧拥抱他。

7

他依然无法入睡。一张张面容在阴影中盘旋浮动,仿佛被雪花掩住了的脸孔;风吹动下垂的树枝,在屋顶上敲出声响,他吓了一跳。

耶路撒冷林苑镇。

他闭上双眼,用胳膊盖住,往事历历在目。那枚玻璃镇纸仿佛就在面前,轻轻一摇,便会在球体里掀起一场小风雪。

撒冷林苑镇……

第一部

马斯滕老宅

没有哪种活物能在绝对现实中坚持太久，且始终保持正常神智；按照一些人推测，就连云雀和树蠹也要做梦。山屋择址不够明智，遗世独立，傍山而建，暗影时刻笼罩；孑然挺立已历八十寒暑，再八十年大抵还在原处。屋子里，墙壁仍旧笔直，砖缝仍旧整齐，地板仍旧结实，房门仍旧紧闭；寂静沉沉，碾压橡楠石瓦，无论谁在这里行走，都是孤零零一个。

雪莉·杰克逊
《邪屋》

第一章 本（之一）

本·米尔斯在高速公路上向北驶过波特兰，他兴奋得腹部阵阵刺痒，这种感觉确实不赖。那天是一九七五年九月五日，夏季沉浸在今年最后一场狂欢之中。树木苍翠郁葱，天高云淡。刚过法尔茅斯的镇界，他看见两个男孩走在与高速公路平行的道路上，钓鱼竿像卡宾枪似的扛在肩头。

他换到最靠外的车道，把速度降到公路的最低限速，寻找能够触发回忆的景物。刚开始什么都没有，他提醒自己说你肯定会失望的。当年你才七岁，二十五年匆匆流逝。人会变，地方也会变。

想当初，四车道的295号公路还不存在。想从林苑镇去波特兰，你得走12号公路先到法尔茅斯，然后再上1号公路。时间改变了一切。

少胡思乱想了。

但他停不下来。很难停下，因为——

一辆高把手的大型BSA摩托车忽然咆哮着在超车道上驶过他，骑手是个穿T恤的男青年，后座上的女孩穿红夹克衫，戴硕大的反光墨镜。摩托车切车道切得有点突然，他反应过度，猛踩刹车，用双手使劲按喇叭。摩托车喷出蓝色尾气，加速前进，女孩在背后朝他竖起中指。

他把车速重新加上去，很想抽根烟。他的双手微微颤抖。摩托车跑得飞快，已经几乎看不见了。年轻人，该死的年轻人。记忆片段纷至沓来，但不像先前那么久远。他推开这些念头。他两年没骑过摩托了，这辈子都没有再骑一次的打算。

左边远处有一抹红色掠过，他扭头望去，认了出来，不禁欣喜若狂。越过长满了猫尾草和苜蓿的缓坡，远处山头上矗立着巨大的红色谷仓，穹顶涂成白色——隔了这么远的距离，穹顶风向标反射的阳光依然刺眼。他小时候谷仓在那儿，现在仍旧还在原处，看起来毫无变化。也许一切都安好如初。树木旋即遮住了谷仓。

随着高速公路进入坎伯兰，眼熟的东西变得越来越多。他驶过帝王河，小时候他们在那里钓虹鳟和狗鱼。坎伯兰村在树木间匆匆而过，他只瞥见了一两眼。远处的坎伯兰水塔上刷着一行大字：**留住缅因的绿色**。辛迪姨妈常说该在底下再刷一行字："那你给我发工资。"

最初的兴奋感变得越来越强烈，他加快车速，寻找路牌。又走了五英里，绿色的反光路牌在远处闪烁着出现：

12 号公路，耶路撒冷林苑镇
坎伯兰市，坎伯兰县

黑暗突如其来降临，如砂土扑灭火焰般驱散了好心情。自从坏事发生之后（他的意识企图说出米兰达的名字，但他不允许自己这么做），黑暗就经常来侵扰他，他也习惯于将其轻轻挡开，但这次不同，黑暗以令人惊愕的凶蛮势头席卷而来。

我在干什么？回到小时候住过四年的小镇，妄想追回一去不返的东西？踏上小时候走过的道路，难道就能追回那种魔力吗？那些小路说不定已被抻直并铺上了柏油，也可能已经荒弃，积满游客丢下的啤酒罐。白魔法和黑巫术都已经消失，都在那个夜晚滑出了轨道，摩托车失控，一辆黄色厢式货车疾驶而来，越来越近；妻子米兰达的尖叫声，在最后一刻戛然而止——

出口标记在右侧出现，他考虑片刻，是不是应该就这么开过去，到张伯伦或路易斯顿吃个午饭，然后调头回去。回哪儿？回家？他哈哈一笑。假如他还有家，那就在这儿了。即便他只住过四年，但毕竟也算一个家。

他打亮转弯灯，放慢雪铁龙的车速，驶上匝道。到了匝道顶端，高速公路汇入 12 号公路（快到镇子时会变成乔因特纳大道），他抬头望向地平线。见到的景象让他用双脚踩下刹车，雪铁龙颤抖着停下，熄火了。

树木大部分是松树和云杉，生长在向东升起的缓坡上，熙熙攘攘地远达视线之外。从此刻所在的位置，他看不见镇子，能见到的除了树木，只有马斯滕老宅的山墙屋顶高耸于远处林木与天空相接之处。

他盯着老宅，被迷住了。互相抵触的各种表情如万花筒变幻般掠过他的脸。

"还在啊，"他大声自言自语道，"我的上帝。"

他低头看手臂。手臂上冒出了鸡皮疙瘩。

2

他故意绕镇一圈，回到坎伯兰市，然后从西边走伯恩斯路折返撒冷林苑镇。这里的变化少得让他惊讶。不存在于记忆中的新屋寥寥无几，刚过镇界的地方多了一家名叫戴尔的酒馆，还有两处采石场新开挖不久。很多阔叶树变成了纸浆，但指向垃圾场的旧铁皮标记仍在原处，路上仍旧没铺沥青，到处是坑洞和搓板路；透过林间被砍伐出的空地，校园山看得一清二楚，中央电网的铁塔从西北向东南架起高压线。格里芬农场也还在，不过谷仓扩了容量。不知道他们是否还把自家产的牛奶装瓶出售。当初的商标是一头微笑的奶牛，顶上的品牌名是："阳光牛奶，格里芬农场出品！"他微笑起来。他在辛迪姨妈家经常用格里芬的牛奶泡玉米片。

他左转拐进布鲁克斯路，经过铸铁大门和围绕谐和山陵园的低矮石墙，驶下一段陡坡，开始爬远侧的斜坡，人们管山丘的这一面叫马斯滕丘。

来到坡顶，道路两旁树木寥落。向右看可以俯瞰全镇，本还是头一次见到这幅景象。左边是马斯滕老宅。他靠边停车，钻出车厢。

还是以前的样子。没有变化，完全没有。就好像昨天才见过似的。

前院茅草疯长，高得遮住了通往门廊的旧石板路，年复一年的冻胀拱裂了铺路的石板。蟋蟀叽叽喳喳，蚂蚱飘忽不定，在空中画出飘忽不定的抛物线。

老宅面向小镇，巨大，不规整，已经开始沉陷，窗户乱糟糟地被木板钉死，因此它和所有空置多年的旧房屋一样，显得有点凶险。日晒雨淋剥走了油漆，因此屋子通体灰沉沉的。暴风雨卷走了大部分木瓦，大雪压垮了主屋顶的西角，屋子看起来佝肩偻背、没精打采。右边栏杆的起柱上钉了一块"闲人免进"的牌子，也同样破烂不堪。

他忽然产生了奇特而强烈的冲动，想踏上杂草丛生的小径，走过在脚边蹦跳的蟋蟀和蚂蚱，站上前门廊，从木板缝隙中窥视走廊和前厅。也许还要伸手试试前门，没锁的话，就进去。

他吞了一口唾沫，抬头望着老宅，像是被催眠了似的。老宅愚钝而冷漠地回望他。

你沿着走廊向里走，闻到灰泥浸水和壁纸朽坏的味道，老鼠在墙壁里跑过。依然有许多垃圾扔在地上，你也许会捡起某样东西——比方说一个镇纸——揣进衣袋。到了走廊尽头，你没有进厨房，而是左转上楼，多年来从天花板脱落的灰泥被你踩在脚下。十四级台阶，不多不少，正好十四级。最顶上一级台阶略短些，不合比例，像是为了避免不吉利的数字而额外加上的。爬完台阶，你站在那里，视线沿走廊而下，落在一扇紧闭的房门上。假如你走向那扇门，像旁观者一般看着自己的行动，而门越来越近，越来越大，你伸出手，握住锈迹斑斑的镀银门把——

他转过身，背对老宅，长出一口气，发出干涩的哨音。不到时候。以后或许可以，但现在不行。就此刻而言，知道老宅还在原处就足够了。屋子在等待他。他按住车头盖，抬眼眺望小镇。应该能找到马斯腾老宅的管理者，也许可以租下来。厨房挺适合改建成写作室，前客厅充当卧室。但他不会允许自己上楼。

除非迫不得已。

他上车发动引擎，下坡驶向耶路撒冷林苑镇。

第二章　苏珊（之一）

1

　　他坐在公园的长椅上，发现有个姑娘在看他。姑娘非常漂亮，淡金色的头发用丝巾扎住。她在读书，但身旁还放着画板和炭笔。今天是九月十六日，星期二，开学第一天，公园像中了魔法似的，喧闹的小家伙全都没了踪迹，只剩下怀抱婴儿的母亲散落各处，几位老先生坐在战争纪念碑旁边，还有这个姑娘坐在老榆树的斑驳树荫中。

　　姑娘抬起头，看见他，诧异的表情掠过脸上。她低头看书，又抬起头，准备起身，想了想，重新坐了回去。

　　本起身走过去，拿着他的平装本西部小说。"你好，"他欣然道，"咱们认识吗？"

　　"不认识，"姑娘答道，"只不过……你是本杰明·米尔斯，没错吧？"

　　"没错。"他扬起眉毛。

　　姑娘紧张地笑笑，飞快地瞥一眼他的眼睛，想读懂本的来意，又连忙转开视线。她显然不习惯在公园里和陌生男人说话。

　　"还以为见到幽灵了呢。"她举起放在膝头的书。书页侧面上盖着"耶路撒冷林苑镇公共图书馆"的印章。《空中之舞》，他的第二本小说。姑娘翻出后封套上他的照片，那是四年前拍摄。那张脸还像个少年，表情严肃得可怕——双眼仿佛黑色钻石。

　　"不经意的相遇，铸就了新的皇朝。"他说。尽管只是闹着玩的广告词，这句话却怪异地悬在空中，犹如弄臣说出的预言。两人背后，几个刚会走路的孩子在浅水池里开心地玩水，一位母亲叫罗迪别把妹妹摇得那么高。妹妹不顾母亲劝阻，把秋千荡得老高，裙裾飞扬，直冲蓝天。多年以后，本依然记得这个瞬间，假如时间是蛋糕，那它就是他切下来珍藏的一小牙特别礼物。然而如果两个人之间没有闪出火花，这么一个瞬间只会黯然落入记忆的汪洋大海之中。

那个瞬间稍纵即逝。姑娘笑着把书递给本："能签个名吗？"

"签在图书馆的书上？"

"另外买一本换过来就好。"

他在运动衫口袋里找到一支自动铅笔，打开书，翻到扉页，抬起头问对方："你叫什么？"

"苏珊·诺顿。"

他想也不想地飞快写下：赠苏珊·诺顿，公园里最漂亮的姑娘。即颂时绥，本·米尔斯。最后又在签名底下添上用短斜线分隔的日期。

"你只能昧下不还了，"他把书还给姑娘，"《空中之舞》已经绝版，啊哈。"

"纽约有商家专门替人找书，肯定能帮我弄到。"姑娘犹豫片刻，她望向他眼睛的时间稍微长了一点。"这本书好得没话说。"

"谢谢。每次我拿起来看，都要纳闷这东西到底是怎么出版的。"

"你经常拿起来看？"

"对，不过正在努力改掉。"

姑娘不禁莞尔，两人大笑，气氛立刻变得融洽。后来，到了某个时候，本会想到事情发生得是多么自然而然，多么顺理成章。这绝对不是一个令人愉快的念头，因为它投射出了命运的嘴脸：命运并不盲目，而是视力正常，打算以宇宙为磨盘，把无助生灵碾成粉末，制作凡人无法理解的面包。

"《康威的女儿》我也读过，我很喜欢。这话想必你听多了吧？"

"少得吓人。"他诚实地说。米兰达也喜欢《康威的女儿》，他那些咖啡馆朋友却都不愿意发表意见，而大多数书评人恨不得扔石头砸死它。唔，书评人就是这么对待你的。情节不见了，意淫满天飞。

"嗯，我喜欢。"

"我那本新书读了吗？"

"《比利说别停下》？还没有。药房的库根小姐说它很低俗。"

"胡说，其实很清教徒，"本答道，"语言确实粗鲁，但你想写没念过书的乡下小子，就不能——那什么，能请你喝杯冰激凌汽水吗？我这会儿想喝得要命。"

姑娘第三次望向本的眼睛，然后露出温暖的笑容。"当然，我很乐意。斯潘塞家的可好喝了。"

这就是开端。

2

"那就是库根小姐？"

本压低声音问苏珊。他在看一个瘦高的女人，她在白制服外面套了件红色化纤罩衣，染黑的头发用指推法烫出阶梯波纹。

"正是。她有辆小推车，每周四晚上带去图书馆，填了天晓得多少张预借卡，斯塔奇小姐都快被她逼疯了。"

他们坐在冷饮柜台前的红色高脚皮椅上。本在喝巧克力冰激凌汽水，苏珊是草莓口味的。斯潘塞的店也是本镇的汽车站；从他们的位置，透过旧式涡饰拱门，候车室看得一清二楚。一位穿空军蓝色制服的男人独自坐在那儿，愁眉苦脸，双脚夹着手提箱。

"不知道他要去哪儿，反正肯定不开心，你说呢？"姑娘顺着本的视线望过去。

"大概是假期过完了。"本说。他想，接下来就要问我有没有服过役了吧？

但并非如此："我迟早也要坐上十点半的巴士，和撒冷林苑镇说声再见。到时候估计也会和他一样阴着脸。"

"去哪儿？"

"纽约吧。看我到底能不能养活自己。"

"待在这儿有什么不好？"

"林苑镇？没什么不好，我挺喜欢。但我的家里人，你明白的。他们总在背后盯着我。很讨厌。再说林苑镇也没什么能给想工作的姑娘的。"苏珊耸耸肩，低头吸麦管。她的脖子晒得很健康，骨肉停匀。她穿彩色印花直筒罩衫，衬托出美好的身段。

"想找什么样的工作？"

她耸耸肩。"我在波士顿大学拿了学士学位……说实话，还不如印证书的纸值钱。主修艺术，辅修英语文学。正所谓没用加废物，完全符合'高等白痴'的定义，甚至没受过当办公室花瓶的训练。我有几个高中女同学当秘书当得很开心。我却连一级打字员的坎都过不去。"

"那你还有什么选择？"

"呃……也许出版社吧，"她犹豫道，"或者杂志社……也可能广告公司。用得上能按要求画画的人的地方呗。这个我拿手。我有作品册。"

"有方向了吗？"本和蔼地问。

"没……没有。可是……"

"没方向可不能去纽约，"他说，"相信我，否则会跑断腿的。"

苏珊不安地笑笑。"你比我有经验。"

"在本地卖出过作品吗？"

"哦，当然，"她忽然大笑，"目前最大的单子是给超级院线做的。他们要在波特兰开一家有三块银幕的新影院，一口气买了十二幅画挂在门厅里。他们付给我七百块。我拿去付小车的首付了。"

"你可以在纽约找个旅馆住一周左右，"他说，"然后带着作品册，拜访能找到的所有杂志社和出版公司。提前六个月预约，免得编辑和人事部的日程表都排满了。不过听我一句劝，别把宝全押在大城市上。"

"你呢？"姑娘放下麦管，用调羹舀冰激凌吃，"来缅因州耶路撒冷林苑镇这个一千三百人口的繁荣社区干什么？"

本耸耸肩。"想写本小说。"

苏珊兴奋得满面红光。"在林苑镇？写什么的？为什么选这儿？

你……"

本严肃地看着她说:"滴下来了。"

"什么——?噢,对,不好意思,"她用纸巾擦干净杯底,"啊,我不是想刺探什么。我平时没这么容易激动。"

"有什么好道歉的?"本说,"所有作家都喜欢谈论自己的作品。有时候我半夜躺在床上,在脑子里想象自己接受《花花公子》访谈。消磨时间而已。书要是没在校园里红起来,《花花公子》才不会来采访你呢。"

穿空军制服的年轻人站起来。灰狗巴士在门外的道旁慢慢停下,气刹发出嘶嘶的声音。

"我小时候在撒冷林苑镇住过四年。家在镇外伯恩斯路上。"

"伯恩斯路?那儿现在只剩下大沼泽和一小片墓地。谐和山,大家都这么叫。"

"我住在辛迪姨妈家。辛西娅·斯托文斯。我父亲过世后,母亲经历了一场……怎么说呢?算是精神崩溃吧。于是她把我送到辛迪姨妈家,让她自己缓缓神。大火过后一个月,辛迪姨妈把我送上回长岛母亲身边的汽车。"本望着冷饮柜台旁镜子里自己的面容。"离开妈妈的汽车上,我哭个不停;离开辛迪姨妈和耶路撒冷林苑镇的汽车上,我还是哭个不停。"

"我就在大火那年出生,"苏珊说,"镇子历史上最大的大事件,我却从头睡到尾。"

本笑了起来。"所以你比我在公园里想象的大七岁。"

"真的吗?"她显得很高兴,"谢谢……应该要谢谢你吧。你姨妈的屋子肯定也被烧毁了。"

"是的,"他说,"那个夜晚是我最清晰的记忆之一。几个背着手动灭火泵的男人敲开门,说我们非走不可。刺激极了。辛迪姨妈慌得像没头苍蝇似的,收拾起许多东西,塞进她那辆哈德逊轿车。天哪,什么样的一个晚上!"

"你姨妈没受伤吧?"

"没有,屋子是租的,我们把值钱的东西都搬上车了,只剩下电视机没带走。我们想抬出去来着，但连搬离地面都做不到。视王牌，七英寸屏幕，显像管前头是放大透镜。效果一塌糊涂。不过反正也只能收到一个频道——主要是乡村音乐，其余时间播放农业新闻和《小丑猫咪》。"

"而现在你回这儿来写书。"苏珊讶异道。

本没有立刻回答。库根小姐拆开一条香烟，给收银机旁的陈列架补货。药剂师拉伯雷先生在高高的药柜背后踱来踱去，活像个冷冰冰的幽灵。空军青年站在车门口，等司机上厕所回来。

"对。"本说。他转过头，第一次望着她的正脸。她的面孔非常漂亮，蓝眼睛，眼神坦率，饱满而干净的前额晒得黝黑。"你呢？小时候就在这个镇子了？"他问。

"是的。"

他点点头说："那你就能理解了。我小时候在林苑镇住过，很怀念这个地方。回来的路上，我险些直接开过去，因为我害怕镇子会变得让我认不出来。"

"这里没什么变化，"她说，"有也很少。"

"小时候，我经常和加德纳家的孩子在大沼泽玩打仗，在帝王河上的池塘扮海盗，在公园里玩夺旗和捉迷藏。我离开辛迪姨妈以后，妈妈和我东跑西颠，过得很艰难。我十四岁那年妈妈自杀了，但在此之前很久，我身上亮晶晶的魔尘就掉得一干二净了。魔力曾经存在的地方就在这儿，现在依然还在。镇子没什么变化。我在乔因特纳大道看风景，感觉就像隔着一层薄冰——十一月的时候，在镇子的蓄水池边，先轻轻敲打冰面边缘，然后就能揭起这么一层薄冰——看我的童年时代。景象有点变形，雾蒙蒙的，有些地方化作虚无，但大部分还是和从前一样。"

本停下来，感到很惊讶。他居然说得这么滔滔不绝。

"你说话和你的书一个味道。"苏珊敬畏地说。

本笑着答道："我从不这么说话，至少没大声说过。"

"你母亲……她过世后，你怎么过日子的？"

"继续东跑西颠，"他没详细说，"吃你的冰激凌，快化了。"

她低头去吃。

"有些事情不一样了，"她隔了一会儿说，"斯潘塞先生去世。记得他吗？"

"当然。每周四晚上，辛迪姨妈进镇到克罗森的店里采购，总是叫我来这儿喝根汁汽水。那时候汽水还用大桶装，正宗罗彻斯特根汁汽水。她总是用手帕包好五分钱给我。"

"到我喝的时候就是一毛钱了。还记得他的口头禅吗？"

本弓起腰，一只手弯成饱受关节炎折磨的爪子模样，一侧嘴角往下拉，学着麻痹症患者的样子抽搐。"膀胱，"他压低声音说，"小子，根汁汽水会毁了你的膀胱。"

姑娘的笑声飘向头顶上缓缓旋转的吊扇。库根小姐抬起头，投来多疑的眼神。"学得太像了！不过他喜欢叫我'小姐'。"

他们互相看看，心情愉快。

"我说，今晚想不想看电影？"本问。

"非常乐意。"

"最近的电影院在哪儿？"

苏珊格格一笑。"当然是波特兰的超级院线。苏珊·诺顿的不朽杰作装点着它的大厅。"

"也对，还能是哪儿呢。你喜欢什么类型的？"

"惊险刺激的那种，要有追车戏。"

"行。还记得北星电影院吗？就在镇子上。"

"那还用说，六八年关门了。念高中的时候，我经常陪姐妹去那儿四人约会。遇上烂片，我们就朝银幕扔爆米花盒子。"她又格格一笑。"通常都是烂片。"

"我那时候经常放共和影业的系列片，"本说，"《火箭人》《火箭人归来》《裂地侠卡拉汉大战巫毒死圣》。"

"比我的时代要早。"

"那地方后来怎么样了？"

"现在是拉里·克罗凯特的房地产公司，"她答道，"坎伯兰那家汽车影院弄死了它，还有电视机。"

两人沉默了一会儿，沉浸在各自的思绪之中。灰狗车站的挂钟显示现在十点四十五分了。

本和苏珊异口同声道："哎，还记得——"

他们对视，哈哈大笑，引得库根小姐抬起头看他们，连拉伯雷先生也望向他们。

本和苏珊又聊了十五分钟，苏珊不情愿地说她还有事，但是，好的，晚上七点半她等他。他们各自上路，都因为这场轻松而自然的巧遇对人生造成的冲击而感到惊喜。

本沿着乔因特纳大道慢慢向回走，他在布罗克街路口停下，心不在焉地仰望马斯滕老宅。他记得一九五一年的森林大火在风向改变前几乎烧进了老宅前院。

他心想：也许就该烧掉它，也许一切都会好得多。

3

诺利·加德纳走出镇公所，挨着帕金斯·吉列斯皮在台阶上坐下，恰好看见本和苏珊走进斯潘塞的店。帕金斯抽着波迈香烟，用小折刀抠泛黄的指甲缝。

"那就是那个作家了？"诺利问。

"没错。"

"他身边的是苏西①·诺顿？"

"没错。"

"唔，有点意思。"诺利说着，拽了拽军用腰带。警章在他胸前闪闪发亮，颇为抢眼。警章是他写信从一家侦探小说杂志社买的，林苑镇不给普通警员配发警章。帕金斯倒是有个正牌货，但他总是塞在钱包里，诺利对此实在无法理解。虽说林苑镇每个人都知道帕金斯是治

---

① 苏西（Susie），苏珊（Susan）的昵称。

安官，然而你必须尊重传统，对吧。再说世上还有个东西叫责任。身为执法官员，就必须把传统和责任都装在心里。诺利经常同时考虑这两样，尽管收入让他只能当兼职警员。

帕金斯的小刀滑了一下，划破了大拇指的角质层。"妈的。"他淡淡地说。

"帕克，你觉得他真是写书的？"

"当然，咱们的图书馆收了他三本书。"

"写的是真事还是扯淡？"

"扯淡。"帕金斯收起小刀，叹了口气。

"弗洛伊德·蒂比茨不会喜欢勾搭他女人的家伙。"

"他们还没结婚呢，"帕金斯说，"再说，姑娘也过了十八岁。"

"弗洛伊德反正不会喜欢。"

"关我屁事，只要弗洛伊德愿意，他可以拉一帽子屎，完后倒扣在自个脑袋上。"帕金斯说。他把烟头在台阶上揿熄，摸出衣袋里的润喉糖盒子，将烟头塞进去，然后把盒子塞回衣袋。

"作家住哪儿？"

"南边伊娃那儿，"帕金斯仔细检查大拇指被割破的角质层，"前两天上过山，盯着马斯滕老宅看了好一阵子。表情很有趣。"

"有趣？怎么个有趣法？"

"就是有趣呗，"帕金斯掏出烟盒，阳光暖洋洋地照得脸上很舒服，"然后他去找拉里·克罗凯特。想租那地方。"

"马斯滕老宅？"

"没错。"

"他怎么了？疯了吗？"

"难说得很，"帕金斯挥手赶走停在左膝上的苍蝇，望着它在明媚的光线中嗡嗡乱飞，"拉里老兄最近很忙。听说他卖掉了'乡村洗衣坊'。事实上，卖掉有一阵子了。"

"什么，那个旧洗衣房？"

"没错。"

"谁会想在那儿开店啊？"

"天晓得。"

"唉，好吧，"诺利站起身，又理了理腰带，"我好像该去镇上巡逻了。"

"就交给你了。"帕金斯说着又点燃一根香烟。

"一起来？"

"不了，我想在这儿坐一会儿。"

"那行，回头见。"

诺利走下台阶，心想（不是第一次了）帕金斯什么时候才肯退休，好让他诺利·加德纳接下这份全职工作？老天在上，坐在镇公所门口的台阶上，怎么可能扑灭犯罪呢？

帕金斯目送年轻人离开，有点觉得松了一口气。诺利是个好孩子，但性子实在过于浮躁。他掏出小折刀打开，继续修指甲。

4

耶路撒冷林苑于一七六五年立镇（两百年后，镇民用焰火晚会和游园会庆祝建镇两百周年；乱扔的烟花引燃了黛比·福斯特小姑娘的印第安公主服装，帕金斯·吉列斯皮把六个家伙因为公开醉酒扔进本镇拘留所），五十五年后，《密苏里妥协案》才促使缅因地区独立成州。

小镇的名字很独特，来源却颇为乏味。本地最早的居民中有一个阴沉而瘦长的农民，他叫查尔斯·贝拉纳普·坦纳。他养猪，给一头大母猪起名叫耶路撒冷。某天喂食时，耶路撒冷冲破围栏，逃进附近林地，化身凶狠的野兽。接下来的许多年里，为了不让小孩进入自己的地盘，坦纳经常倚在门上，用乌鸦嘎嘎叫一般的阴森嗓音警告孩子："离耶路撒冷的林苑远点儿，要是还想让肠子留在肚皮里！"他的警告流传下来，名称亦然。谈不上有多少意义，也许只证明了在美国连一头猪也有希望名垂千古。

镇上的主大道原名波特兰邮政大街，一八九六年，伊莱亚斯·乔因特纳过世后，镇上用他的家姓为其命名。乔因特纳当了六年众议员（直到在五十八岁时死于梅毒），是林苑镇最拿得出手的名人——能与之比肩的只有那头叫耶路撒冷的猪和珀尔·安·巴茨，后者在一九〇七年离家出走，到纽约后加入了齐格飞歌舞团。

布罗克大街从正中间以直角穿过乔因特纳大道，小镇本身大致呈圆形（东边缺了一块，蜿蜒流淌的帝王河是那里的镇界）。在地图上，这两条主要街道让小镇看起来很像瞄准镜的十字花。

十字花的西北象限是北耶路撒冷——镇界内林木最茂盛的区域。那里算是一块高地，但恐怕只有见惯了一马平川的中西部人才会觉得它真的很高。多年以前，伐木林道把疲惫的老山丘挖得千疮百孔，缓坡正对小镇本身，马斯滕老宅就坐落于最后一座山丘的顶端。

东北象限以开阔地为主，长满禾草、猫尾草和紫花苜蓿。帝王河途经此处，这条河流很古老，两岸被侵蚀得与水面几乎齐平。河穿过布罗克街的小木桥，朝北蜿蜒而去，在阳光照耀下缓缓转向，最后在小镇北界附近凿开硬实的山地，此处土壤稀薄，底下没多深就是坚固的花岗岩。帝王河用了上百万年凿出两道五十英尺高的峭壁。小一辈管这条河谷叫"醉跃峡"，因为托米·鲁斯本——维吉尔·鲁斯本的酗酒兄弟——几年前找地方撒尿时一个跟跄栽了下去。帝王河最终汇入遭受造纸厂污染的安德罗斯科金河，其本身却始终清澈；林苑镇历史上唯一兴旺过的工厂是家锯木厂，已经停业多年。到了夏天，站在布罗克街桥上垂钓的渔人是小镇一景。很少有哪一天你在帝王河里钓鱼会达不到限额重量。

东南象限的景色最美。地势重又隆起，但火灾没有给这里留下痕迹，不见丑陋的焦黑木桩，表层土也未受损毁。格里芬路两边的土地归查尔斯·格里芬所有，技工瀑布镇以南地区，就数他的奶场规模最大；站在校园山上，一眼就能望见格里芬家的庞大谷仓，铝制屋顶在阳光下熠熠生辉，仿佛一只巨型回光仪。附近还另有几处农场，波特兰和路易斯顿的通勤白领在这里购置了许多房屋。到了秋天，爬到校园山顶端，有时候能闻到烧荒的烟味，看见撒冷林苑镇义务消防队状如玩具的救火车等在旁边，若是火势失控，他们就会接手。一九五一年的教训犹在眼前。

一直转到西南象限，才开始见到拖车的踪迹，如小行星带般伴之而来的各种东西自然也不会少：废弃轿车扔在路边，磨旧的绳索挂着轮胎晃晃悠悠，啤酒罐躺在道旁闪闪发光，随便插在地上的铁棍支起晾衣绳，破衣烂衫随风起舞，自建的化粪池里污物臭气冲天。弯道区的房屋和普通人家的柴房称得上是亲切的世兄弟，唯一区别在于这儿每幢屋子都支棱着电视天线，房间里的电视机虽说多数是彩色电视，但都是刷卡从格兰特或西尔斯商店买来的。窝棚和拖车前的小院总是挤满了孩子、玩具、皮卡车、雪地车和摩托车。有些拖车保养得不错，但大部分看起来况不佳。蒲公英和茅草长得高过脚踝。快到镇界，也就是布罗克街变成布罗克路的地方，坐落着戴尔酒吧，摇滚乐队逢周五上台演出，周六则交给乡村和西部乐队。酒吧在一九七一年烧毁，后来重建。对许多乡村牛仔和他们的女朋友来说，戴尔酒吧是喝啤酒或打架的好去处。

大部分电话线路是两家、四家甚至六家合用的，因此乡亲们不需要担心没话题可聊。世上所有的小地方都差不多，丑闻会像辛迪姨妈焙豆子一样，文火慢慢煎烤出炉。尽管弯道区酝酿了镇上的大部分丑闻，但处境较好的镇民偶尔也往焖罐里添些猛料。

镇政府靠镇民大会行使权力，一九六五年有说法要成立镇议会，每两年举行一次公共预算听证会，但这个想法没能开花结果。小镇的成长速度没快到让众人无法容忍旧办法的地步，虽说保守的一人一票民主制经常让新来者烦闷得直翻白眼。镇上有三名镇政委员，一名执法官，一名贫民救济员，一名文书（要给爱车注册，你得跑到大老远的塔加特溪路，还要鼓足勇气避开在院子里疯跑的两条猛犬）和一名学校督察。义务消防队每年能获得象征性的三百块拨款，但所谓消防队更像是个社交俱乐部，专收吃养老金的老头子。他们在烧荒时节看戏看得不亦乐乎，一年中剩下的日子里则围坐在消防车旁摆龙门阵。林苑镇没有公用工程部门，因为这里没有公共水管，没有煤气干线，没有排污系统，连变电站也没有一个。架起高压输电线的铁塔沿对角线从西北到东南贯穿全镇，在森林中剜出一条一百五十英尺宽的沟壑。马斯滕老宅旁就有这么一座高塔，像外星岗哨似的俯视屋子。

撒冷林苑镇关于战争、火灾和政府危机的所有知识，都来自电视机里的沃尔特·克朗凯特①。唉，波特家的孩子死在了越南，克劳德·博伊的儿子踩到地雷，带了条假腿回家，不过还是在邮局找到了一份工作，帮肯尼·丹尼斯打下手，所以一切都还凑合。男孩子的头发越留越长，不像父辈那样梳理整齐，但镇民看习惯了也就见怪不怪。见到联合高中最终废除了衣着规定，艾吉·柯立斯写信给坎伯兰的《纪事报》，然而话也说回来，艾吉十数年如一日，每周都给《纪事报》写信，多数时候都在痛斥酒精的邪恶，还有接受救主耶稣基督进入你的心灵将何等伟大。

确实有年轻人嗑药，比方说八月份，霍瑞斯·凯尔比的儿子弗兰克站在了胡克法官面前，被罚款五十块（法官同意让他用送报所得缴纳罚款），但酒精造成的问题更大。法定饮酒年龄降至十八岁以后，戴尔酒吧就挤满了刚到年龄的年轻人。喝完酒回家时，他们总要闹得沸反盈天，像是在拿轮胎橡胶重铺路面，时不时就有一两个死在路上。比方说比利·史密斯，他在深沟路以九十英里时速撞树，杀死他自己和女朋友拉凡娜·杜德。

然而除了这些事情，林苑镇对这个国家的苦难的了解仅仅停留在纸面上。时间在这个小镇另有一套日程表。这么一个可爱的小镇不会发生过于肮脏的事情。肯定不会。

5

安·诺顿正在熨衣服，女儿忽然抱着一袋杂货冲进房间，把一本书塞到她鼻子底下——书的封底印着一个长脸男人的照片——噼里啪

---

① 沃尔特·克朗凯特（Walter Cronkite，1916—2009），美国记者和电视新闻节目主持人。

啦地讲了起来。

"别着急，"安说，"关掉电视，慢慢告诉我。"

彼得·马歇尔正在《好莱坞方阵》节目上几千几千地撒钱，话说到一半被苏珊堵了回去。她告诉母亲她结识了本·米尔斯。诺顿夫人听着她的讲述，强迫自己保持冷静，泰然点头表示理解，尽管黄色的警示灯闪个不停，每当苏珊提到新认识的男孩，这盏灯都会大亮特亮——过去是男孩，现在是男人，虽说她总是忘记苏西已经大到可以和男人交往了。然而今天的灯似乎比平时更亮。

"听上去让人兴奋。"她说，把丈夫的另一件衬衫放在熨衣板上。

"他特别好，"苏珊说，"非常真诚。"

"唉，我的脚啊。"诺顿夫人把熨斗竖起来放下，熨斗不甘心地发出嘶嘶声。她慢慢走到观景窗旁，坐进一把波士顿摇椅，伸手从咖啡桌上的烟盒里抽出一根百乐门点燃。"苏西，你确定他是正经人吗？"

苏珊的笑容里有几分抵触。"确定，当然确定。他看起来像……嗯，怎么说呢——像个大学讲师什么的。"

"还有人说'疯狂炸弹客'①像园丁呢。"诺顿夫人忍不住回嘴道。

"驼鹿屁！"苏珊喜滋滋地说。这句脏话每次都能惹恼母亲。

"给我看看。"诺顿夫人向书伸出手。

苏珊把书给她，忽然想到了监狱段落中的同性强奸情节。

"《空中之舞》。"安·诺顿若有所思地说，随便翻看起来。苏珊听天由命地等在一旁。母亲总要审查她的读物，向来如此。

窗户开着，临近中午的慵懒微风吹皱了厨房的黄色窗帘——妈妈坚持管厨房叫"备膳房"，就好像他们住在什么高档别墅里似的。这是一幢好屋子，坚实的砖木结构，冬天取暖有些困难，但夏天凉快得像岩穴，坐落于布罗克街靠外的小高地上，从诺顿夫人身旁的落地窗向外看，小镇一览无遗。风景确实挺好，到了冬天，街道上毫无瑕疵的积雪闪闪发亮，远处的房屋在雪原上投下长方形的黄色灯影，景色

---

① 疯狂炸弹客（Mad Bomber），本名乔治·梅德斯基（George Metesky，1903—1994），20世纪40至50年代在纽约安置了至少33颗炸弹，其中有22颗爆炸，致15人受伤。

堪称引人入胜。

"好像在波特兰的报纸上看到过评论。不怎么好。"

"我喜欢,"苏珊坚定地说,"我也喜欢他。"

"希望弗洛伊德也喜欢他,"诺顿夫人随口答道,"你该介绍他们认识。"

苏珊觉得愤怒像是捅了她一刀,因此而感到惊恐。她以为她和母亲的青春期风暴已经过去,连次生灾害也控制住了,但实情显然并非如此。她的个人事务,母亲的经验和信仰,两边的争吵冲突由来已久,就像一件织了许多年的毛衣。

"妈妈,我们已经谈过弗洛伊德了。你很清楚我和他根本没定下来。"

"报纸还说书里有一些骇人听闻的监狱场景。男孩子和男孩子在一起。"

"唉,妈妈,老天在上。"苏珊抽出一根母亲的香烟。

"好好说话。"诺顿夫人不为所动。她把书还给女儿,把积了很长的烟灰弹进鱼形陶瓷烟灰缸。这是妇女会的朋友送她的礼物,苏珊每次看见都会无名火起。对着鱼嘴弹烟灰总有某种淫秽的感觉。

"我去把杂货放好。"苏珊说着起身。

诺顿夫人心平气和地说:"我没别的意思,只是假如你要和弗洛伊德·蒂比茨结婚……"

愤怒终于沸腾,变成熟悉的刺人暴怒。"以上帝起誓,你为什么会有这种念头?我对你说过这种话吗?"

"我以为……"

"你以为错了。"她恶狠狠地说。这不完全是实话,然而过去这几周,她对弗洛伊德的感觉确实变得越来越淡。

"我以为你和同一个男孩约会了一年半,"母亲继续道,语气柔和但毫不留情,"就说明事情肯定超过了拉手的阶段。"

"弗洛伊德和我比朋友更亲近。"苏珊淡淡地承认。让母亲胡思乱想去吧。

无声的对话悬在两人之间。

你和弗洛伊德睡过了？

不关你事。

这个本·米尔斯对你来说算什么？

不关你事。

你难道要爱上他，做傻事？

不关你事。

我爱你，苏西，你爸爸和我，我们都爱你。

苏珊没有回答。无法回答。不能回答。这就是她必须去纽约或其他地方的原因。每次争论到最后总会撞上那不言而喻的壁垒——他们的爱，就仿佛软壁囚室的墙。父母爱苏珊的事实使得双方无法进行有意义的对话，也让发生过的事情失去意义。

"好吧。"诺顿夫人和气地说。她在鱼嘴上揿熄香烟，把烟头扔进鱼肚子。

"我上楼去了。"苏珊说。

"随便你，你读完了能借我看看吗？"

"只要你想读。"

"我想认识认识他。"诺顿夫人说。

苏珊摊开双手，耸耸肩。

"今天你要晚回来吗？"

"不知道。"

"弗洛伊德·蒂比茨打电话来我该怎么说？"

苏珊气得满脸通红。"爱怎么说就怎么说，"她顿了顿，"反正你肯定会这么做。"

"苏珊！"

她头也不回地上了楼。

诺顿夫人留在原处，望着窗外的小镇，但却没有看进心里去。楼上传来苏珊的脚步声，然后是画架拉开的咔嗒咔嗒声。

她起身继续熨烫。等她认为苏珊已经沉浸在绘画中了（不过她只允许这个念头在意识的角落一闪而过），她走进备膳房，拿起电话，拨通梅布尔·沃茨的号码。谈天说地的时候，她随口提起苏珊说镇上来了一位著名作家，梅布尔嗤之以鼻，说肯定是写《康威的女儿》的那家伙，诺顿夫人说没错，梅布尔说他写的不是小说，而是彻头彻尾、不折不扣的淫书。诺顿夫人问他住在汽车旅馆还是……

事实上，他住在商业区的伊娃公寓里，那是镇上唯一的寄宿处。诺顿夫人顿感安心不少。伊娃·米勒是一位正派的寡妇，对非法的性行为绝不姑息。她规定女人进公寓只准谈正事，而且不能久留。如果对方是你的母亲或姐妹，那没问题。如果不是的话，请到公用厨房来坐。没有任何讨价还价的余地。

聊了一刻钟，诺顿夫人挂上电话，她巧妙地把主要话题隐藏在了闲聊之中。

苏珊啊，她走向熨衣板，心想，唉，苏珊，这都是为了你好，你怎么就是不明白呢？

6

他们驱车沿 295 号公路从波特兰向回走，时间还不晚，才刚过十一点。离开波特兰近郊，高速公路的时速下限是五十五英里，他开得不紧不慢。雪铁龙的头灯毫不费力地刺破黑夜。

两人都很喜欢这部电影，但表现得很谨慎，人们还在探察对方的界限时总是这样。苏珊想到母亲的问题，于是问他："你住哪儿？租的房子吗？"

"我在铁路街伊娃公寓的三楼租了个鸽子笼。"

"但那里环境很差！气温能到一百度 ①。"

"我喜欢炎热，"他答道，"越热我写得越顺利。脱光上衣，打开收音机，喝他一加仑啤酒。我最近每天能产出十页纸，新鲜热辣。那儿还住了几位有趣的老人。忙完正事，你终于走上前门廊，微风扑面

———————

① 华氏 100 度约等于摄氏 37.78 度。

而来——天堂！"

"但还是一样。"苏珊不敢苟同。

"我想过租马斯滕老宅，"本漫不经心地说，"甚至还去问了价钱，可惜老宅已经卖掉了。"

"马斯滕老宅？"苏珊笑了，"你说的肯定是别的地方吧？"

"不。就在镇子西北角第一个小山丘顶上，布鲁克斯路。"

"卖掉了？老天在上，谁会买？"

"我也有同样的疑问。常有人说我神经搭错线，但即便是我，也只打算租它而已。房产经纪不肯告诉我。就好像是个阴森的大秘密。"

"也许是外地人买去的，想改建成避暑山庄，"苏珊说，"不管是谁，肯定脑子不正常。翻新是一码事——有机会我也想试试看——但老宅早就没法翻新了。我小时候那儿就是废墟了。等一等，本，你为什么想住进那儿？"

"你进去过吗？"

"没有，不过有次壮起胆子，从窗口瞄了一眼。你呢？"

"进去过。一次。"

"很吓人吧？"

两人沉默下去，都在想马斯滕老宅。这段记忆很特殊，没有其他怀旧时刻的蜡笔画气氛。老宅的丑闻和暴行发生于他们出生之前，但小镇的记性总是很好，连恐惧也要仪式性地代代相传。

林苑镇最接近"壁橱里的骷髅"的东西，应该就是休伯特·马斯滕和妻子波尔蒂的故事。休比在二十世纪二十年代曾是新英格兰地区一家大型运输公司的老板，据说这家公司最挣钱的活儿都发生在午夜之后，也就是偷运加拿大的威士忌到马萨诸塞州。

一九二八年，他和妻子带着万贯家财退休，来到撒冷林苑镇，但在一九二九年的股市大崩溃中失去了很大一部分资产（包括梅布尔·沃茨在内，没人知道他具体失去了多少）。

在股市崩溃到希特勒崛起的十年间，马斯滕和妻子像隐修士一样住在家里，只在每周三下午进镇采购时露面。拉里·麦克雷德是当时的邮递员，说马斯滕订了四份日报，以及《星期六晚邮报》《纽约客》

和名叫《惊奇故事》的地摊杂志。运输公司每个月给他寄一张支票，公司总部在马萨诸塞州的瀑布河市。拉里说之所以知道那是支票，是因为他弯折信封，透过露出地址的空当口瞥见的。

一九三九年夏天发现他们尸体的也正是拉里。报纸和杂志堆积五天没人收，填满了门口的邮箱，拉里无法继续往里塞报纸，于是把它们全都取出来，想替主人放到纱门和正门之间的空隙处。

时值八月盛夏，三伏天刚开始，前院的草坪油绿而茂密，深至小腿。忍冬在西侧的格架上疯长，蜜蜂喝饱了肚子，懒洋洋地在蜡白色的芬芳花朵间穿梭。尽管草长得过高，但老宅在那时候确实挺好看；阁楼开始下沉之前，人们普遍认为休比造了全撒冷林苑镇最漂亮的一幢房子。

按照把每个妇女会新成员吓得屏息敛气的故事所述，门口的步道才走完一半，拉里就闻到了肉类腐烂的臭味。他敲敲前门，没人开。他从钥匙孔往里看，但屋里黑洞洞的，什么也看不见。他没推门去，而是绕到了后院，真是算他走运。后院臭得更厉害。拉里试试后门，发现门没锁，于是从厨房进屋。波尔蒂·马斯滕瘫坐在墙角里，双腿张开，没穿鞋。近距射出的点三十—零六子弹轰掉了她的半个脑袋。

（"苍蝇，"每次讲到这里，奥黛丽·赫希都要冷静而权威地说，"拉里说厨房里全是苍蝇。嗡嗡嗡嗡，飞来飞去，落在……你也知道哪里，然后重新起飞。苍蝇。"）

拉里·麦克雷德转过身，一口气跑到镇上，叫来当时的治安官诺里斯·瓦内，又跑到克罗森的店里，拽上了三四个闲人——那时候店主还是米尔特的父亲。奥黛丽的大哥杰克逊就在其中。他们乘诺里斯的雪佛兰和拉里的邮车回到马斯滕家。

镇上没人进过这幢屋子，那天真是热闹极了。兴奋劲头过去后，波特兰的《电信报》为此发了篇特稿。休伯特·马斯滕的住处像个混乱不堪的老鼠窝，塞满各种垃圾和废物，找不到下脚的地方；狭窄的曲折走廊两侧堆着泛黄的一捆捆报刊杂志和一堆堆虫蛀的鸡肋藏书。《狄更斯全集》《司各特全集》《莫里哀全集》，洛芮塔·斯塔奇的前任把这些书收进耶路撒冷林苑镇公共图书馆，但直到现在也还没拆封。

杰克逊·赫希捡起一份《星期六晚邮报》，随手翻了翻，忽然精神一振：每一页都夹着一张一美元的钞票。

诺里斯·瓦内从后门绕进屋内，这才发现拉里到底有多幸运。杀人凶器绑在椅子上，枪口正对前门与胸部齐平的高度。击铁已经扳起，一根细绳系在枪机上，另一头穿过门厅，系在门把手上。

（"枪上了膛，"奥黛丽这时会说，"稍微一拽，拉里·麦克雷德就直奔天国之门而去了。"）

另外还有一些陷阱，但没这么致命。一捆重达四十磅的报纸悬在餐厅门的顶上。上二楼的楼梯台阶有一级装着铰链，不小心踩上去很容易折断踝骨。大家很快就确定了，"痴傻"二字不足以形容休比·马斯滕，他是个彻头彻尾的疯子。

镇民在二楼走廊尽头的卧室里找到了悬在房梁上的休伯特·马斯滕。

（苏珊和密友们从年龄更大的姑娘口中听来了不少段子，她们喜欢用这些故事折磨自己的神经；艾米·劳克里夫在后院有一间原木搭的游戏室，几个女孩经常把自己反锁在漆黑的房间里，用马斯滕老宅的传说互相吓唬对方，重复故事时还要尽其所能地添油加醋；希特勒入侵波兰前，马斯滕老宅变成了一个专属名词。直到十八年后的今天，苏珊依然发现，光是想到马斯滕老宅这几个字她就像中了魔咒，脑海里浮现出清晰得吓人的图像：几个小女孩躬着背手拉手坐在艾米的游戏室里，艾米的语气阴森可怖。"他的脸全都肿了起来，舌头伸在外面，变成黑色，上面还有苍蝇爬来爬去。这是我妈妈告诉沃茨夫人的。"）

"……地方。"

"什么？不好意思，我分神了。"她回到现实中，猛烈得像是被推了一把。轿车刚下高速公路，开上通往撒冷林苑镇的出口匝道。

"我在说，那真是个吓人的老地方。"

"说说你进去后见到了什么？"

本的笑声中毫无笑意，他打亮远光灯，双车道的柏油马路笔直向前，两旁是高耸的松树和云杉，路上只有他们这辆车。"刚开始只是孩子闹着玩。也许从头到尾都是如此。你要知道，那是一九五一年，孩子们总得想点什么消遣来代替从纸袋里吸航模胶，那种事都还没发明呢。我经常和弯道区的孩子混在一起，他们中的大部分现在都搬走了吧……镇上还管林苑镇南边叫'弯道'吗？"

"是的。"

"经常和我厮混的有戴维·巴克利、查尔斯·詹姆斯——不过孩子都管他叫小子——还有哈罗德·劳伯森、弗洛伊德·蒂比茨……"

"弗洛伊德？"苏珊吃了一惊。

"对，你认识他？"

"我和他约会过，"苏珊说，她害怕自己的声音露出破绽，连忙说了下去，"詹姆斯小子没离开，他在乔因特纳大道管加油站。哈罗德·劳伯森死了，白血病。"

"他们都比我大一两岁，有自己的小圈子，你也明白，排斥外人。至少要有三名'血腥海盗帮'成员担保，你才能申请入会。"他本来想说得轻松些，然而声音里依然埋藏着一丝往日的创伤。"但我很执着，天塌下来也拦不住我加入'血腥海盗帮'……至少在那年夏天是这样。"

"他们最后让步了，说通过考验我就可以入会；实际上是戴维一拍脑袋想出来的。我们大家一起去山上马斯腾老宅门前，我必须进屋，带一件老宅里的东西出来。投名状。"他嘿嘿一笑，但嘴里发干。

"发生了什么？"

"我从一扇窗户爬进去。空置了十二年，屋里依然满地垃圾。战争期间有人来收走了旧报纸，但其他东西仍在原处。前厅里有张台子，上面搁着一枚雪晶球——知道雪晶球吗？里头有间小房子，摇一摇，白雪纷纷。我揣起那东西，但没有马上离开。我实在太想证明自己了，于是上楼去找马斯腾自尽的房间。"

"上帝啊。"苏珊说。

"手套箱里有香烟，帮我拿根烟可好？我想戒掉来着，但现在非得抽一根才行。"

苏珊替他取了一根烟，本按下仪表盘上的点烟器。

"屋里很臭，你都没法想象有多臭。霉味，装饰材料腐烂，还有黄油腐败的那种酸臭。老鼠、旱獭或者其他动物在墙里筑巢或者在地下室休眠。黄兮兮、湿乎乎的那种臭味。"

"我爬上楼梯，那年我九岁，吓得快要屁滚尿流。屋子吱嘎作响，走到哪儿，哪儿就往下陷，我听见石膏板后面有东西窸窸窣窣地跑开。我觉得背后有脚步声，但就是不敢转身，因为回头说不定会看见休比·马斯滕蹒跚着跟我走，一只手拿着绞索，整张脸都是黑的。"

他非常使劲地握住方向盘。轻快完全离开了他的声音。这段回忆里投注的情感强烈得让苏珊害怕。仪表盘的微光照亮他的面容，那张脸上皱成一团，这个男人艰难跋涉于他极为厌恶但又无法完全离开的地方。

"楼梯爬到头，我鼓起全部勇气，一口气跑过走廊，冲向那个房间。我打算冲进去，也抓起一样东西，然后拼尽气力逃走。走廊尽头的门关着。我眼看着它越来越近，越来越近，合叶松了，门板底下贴在门框上。我看见门把手，银光闪闪，手掌握住的地方有些失去光泽。我抓住把手一拉，门板和门框摩擦，发出的声音像女人惨叫。要是我神志清醒，应该立刻转身逃跑。但当时我肾上腺素大喷发，我用双手抓住门把手，使出浑身力气一拽。门险些飞出去。而我看见了休比，他吊在房梁上，窗口的光线勾勒出他的尸体。"

"天哪，本，你别——"苏珊紧张地说。

"不，我说的是实话，"他坚持道，"是九岁孩子眼中的事实，是他二十四年后记忆中的事实。休比就吊在那儿，但他的脸根本不是黑的；而是绿的。眼睛浮肿，紧闭着。他双手惨白……白得可怕。而就在这时，他睁开了眼睛。"

本狠狠吸了一口香烟，把烟头丢进车窗外的黑夜。

"我的惨叫声大概两英里外也听得分明，然后我逃跑了。我下楼时摔了一跤，爬起来继续跑，跑出前门，一直跑到马路上。另外几个孩子在半英里外等我。这时我才发现雪晶球还攥在手心里。总算没白去一趟。"

"本，你不是真的以为你看见了休伯特·马斯滕吧？"前方远处有黄灯闪亮，那是镇中心路口的信号灯，苏珊很高兴能见到它。

本沉默良久，最后说："我不知道。"他说得艰难而勉强，就好像更愿意说没见到，然后结束这个话题。"也许我太紧张和激动，因此产生了幻觉。但另外一方面，屋子能像充电电池一样吸收居住者的情感，这个说法或许也不完全是胡扯。也许一些合适的人，比方说想象力充足的小男孩，能扮演放电触媒的角色，激发屋子显现……某种东西。准确地说，我指的不是鬼魂，而是三维的心灵视觉投影。甚至是某种生物。要是你愿意，叫怪物也行。"

苏珊也拿了根烟点上。

"总而言之，接下来几个星期，我睡觉都不敢关灯，一直到现在还经常梦见那扇门开开关关。只要心情一紧张，那个噩梦就回来了。"

"好可怕。"

"不，不可怕，"他说，"好吧，不是很可怕。人人都有自己的噩梦。"他用大拇指指着身旁乔因特纳大道上那些沉睡的房屋。"有时候我不得不想，这些屋子的墙板怎么会不因为噩梦里发生的可怕事情而尖叫。"他顿了顿。"有兴趣去伊娃那儿的门廊上乘凉吗？公寓有规定，我不能邀请你进屋。不过要是你愿意睡前喝一杯，我在冰箱里存了几瓶可乐，房间还有半瓶百加得。"

"非常愿意。"

他拐上铁路街，关掉远光灯，拐进寄宿公寓的泥地小停车场。后门廊漆成白色，饰以红色绳边，三把柳条椅面对帝王河一字排开。河流本身仿佛一个五光十色的迷梦。对岸树叶中透出一轮夏末凸月，月光在水面上绘制了一条银色小径。小镇悄静无声，她能隐约听见远处河水流过大坝泄洪道的声音。

"坐下，我去去就来。"

本走进屋子，轻轻关上纱门，苏珊找了把摇椅坐下。

尽管本有点奇怪，但苏珊还是很喜欢他。苏珊不是一见钟情的信徒，但相信人会情欲勃发（更文雅的称呼是心醉神驰）。另一方面，本不是会你半夜打开上锁日记抒发衷肠的那种人；他个子虽高，但太瘦，肤色过于苍白。他面相内省，有书卷气，眼神很少泄露内心的思绪。头顶上的浓密黑发大概是用手指梳理的，而不是梳子。

还有那个故事——

无论《康威的女儿》还是《空中之舞》都没有揭示出他性情中病态的这一面。《康威的女儿》讲述牧师女儿离家出走，参加反文化运动，搭便车走遍全国。《空中之舞》的主角叫弗兰克·巴奇，罪犯，越狱后逃到另外一个州，洗心革面当机修工，最后重新被捕。两本书格调明快，积极向上，映在一个九岁男孩见到的黑屋吊影似乎与它们格格不入。

她像是受到暗示，视线忍不住离开河流，转向门廊左边的高处，小镇前的最后一座山丘挡住了璀璨星光。

"给你，"他说，"希望合你的意——"

"你看马斯滕老宅。"苏珊说。

他扭头望去。那高处有一点亮光。

7

饮料喝完了，午夜过去了；月亮几乎看不见了。他们天南海北地闲聊，一次停顿的时候，苏珊说："我喜欢你，本，非常喜欢。"

"我也喜欢你。我很惊讶……不，我不是那个意思。记得我在公园里说的无聊笑话吗？这一切似乎太凑巧了。"

"我想再次见到你，假如你愿意见我。"

"当然愿意。"

"不过请慢一点。记住我只是个小镇姑娘。"

本笑了起来："感觉很好莱坞，不过是好的那种好莱坞。现在我是不是该吻你了？"

"是的，"苏珊正色道，"接下来该接吻了。"

本坐在苏珊旁边的摇椅上，他没有停下椅子缓慢的前后摇摆，而是直接凑近苏珊，把嘴唇贴在她的嘴唇上，既没有尝试吸吮她的舌头，也没有伸手触碰苏珊。本的嘴唇很坚实，这个吻挟着方正牙齿的压力，还有朗姆酒和烟草的淡淡味道。

苏珊也开始前后摇摆，一动起来，吻就变了意思。时紧时松，时轻时重。苏珊心想：他在品尝我。这个念头唤醒了隐秘而清晰的兴奋感，苏珊在自己被带远前结束了这个吻。

"哇。"本说。

"明晚想来我家吃饭吗？"苏珊问，"我爸妈会很乐意见到你的。"在这个时刻带来的愉快而宁静的情绪中，她愿意向母亲服软。

"自家做的？"

"保证地道。"

"太愿意了。我从搬来就一直在吃速冻食品。"

"六点？我们乡下人吃饭早。"

"行，没问题。说到家，我还是送你回去吧。来。"

回去的路上他们没有说话，直到苏珊看见长明灯在坡顶闪烁，每次她晚上外出，母亲都会点亮那盏灯。

"真想知道谁在那上头。"苏珊回头眺望马斯滕老宅。

"新屋主吧。"本也不太拿得准。

"那个亮光不像电灯，"苏珊沉思道，"太黄，也太微弱。像煤油灯。"

"估计还没来得及修复电力。"

"也许吧。但只要稍微有点远见就会先叫电力公司来修理，然后再搬进去。"本没有回答。车子开到了苏珊家的车道前。

"本，你的新书，"苏珊忽然问，"写的是马斯滕老宅吗？"

本笑着亲吻苏珊的鼻尖："很晚了。"

她对本微笑。"不是想存心刺探的。"

"没关系。改天再说……等白天。"

"行。"

"姑娘，你赶紧进屋吧。明晚六点？"

她看看手表："今晚六点。"

"晚安，苏珊。"

"晚安。"

苏珊下车，轻快地沿着门前小径跑到边门前，然后转身对正在离开的本挥挥手。进门前，她在给送奶工的订货单上加了份酸奶油。配上烤马铃薯，这顿饭就上档次了。

她在进门前停留了一分钟，抬头望着马斯滕老宅。

8

鸽子笼般的狭小房间里，他摸黑脱掉衣服，光着身子爬上床。苏珊是个好姑娘，米兰达过世后遇到的头一个好姑娘。他希望自己不要企图把她变成第二个米兰达，否则会让他痛苦，对苏珊更是不公平得可怕。

本躺下，听凭思绪飘荡。堕入梦乡之前，他用手肘支起身体，视线越过打字机的方形阴影和旁边的一小叠书稿，望向窗外。住进来前，他先看了几个房间，然后特地向伊娃要了这里，因为它面对马斯滕老宅。

坡顶的灯仍旧亮着。

当晚他又做了同一个噩梦，这是返回耶路撒冷林苑镇后的第一次，但不像米兰达在摩托车事故中遇难后那些凄苦日子里的梦那么清晰。他跑过走廊，开门时尖锐的可怕摩擦声，悬在空中的身影忽然睁开肿胀的骇人双眼，他转身跑向门口，噩梦中的一切都被放慢，他仿佛陷在泥浆中——

然后他发现房门是锁住的。

第三章 林苑镇（之一）

1

杂事不等人，小镇醒得很早。太阳还没碰到地平线，大地仍笼罩在黑暗中，就开始有人起来做事了。

2

凌晨四点。

格里芬家的两个男孩——十八岁的哈尔、十四岁的杰克——已经和两名雇工一起开始挤奶了。谷仓干净得出奇，刷成白色，闪闪发亮。场地中央，两侧牛棚前一尘不染的走道之间，是一条水泥饮水槽。哈尔拨动开关，拧开阀门，打开了远端的送水口。电动泵嗡嗡地工作起来，从他们家两口自流井中的一口抽水。哈尔性格阴沉，不怎么聪明，今天心情格外糟糕。他和父亲昨晚又吵了一架。他想退学，他讨厌学校，恨它的憋闷，恨它逼着你呆坐一个又一个四十五分钟，恨除木工和绘图外的所有科目。英语让人发疯，历史非常愚蠢，商用数学无法理解。最狗屁倒灶的地方是：这些东西半点鸟用也没有。母牛才不管你说不说"甭"，时态有没有混用，才不管他妈的内战时他妈的波托马克军团的总司令是谁，至于数学，即便算不出就要上刑场，他亲爱的老爸也不知道五分之二加二分之一等于几。否则要会计干什么？瞧瞧那家伙！大学倒是念完了，可还不是给他老爸那种笨蛋打工吗。他老爸说过不知道多少次，书本不会告诉你怎么做生意挣大钱（奶场和别的行当一样，也是生意）；人脉广，这才是成功的秘诀。父亲最喜欢扯什么教育出奇迹，但他一共只念过六年书，看书顶多看《读者文摘》，奶场却每年净挣一万六。人脉广。逢人就握手，知道他们老婆都叫什么。哈尔倒是也认识不少人。世界上一共有两类人：能被你随意摆布的，不能被你随意摆布的。两者比例十比一。

很不幸，父亲属于比较少的那一类。

他扭头望向杰克。半梦半醒的杰克站在一包拆开的干草旁，正在慢吞吞地给四个牛棚中的第一个叉草料。书虫，老爸的宠物。可悲的小屎球。

"快点！"他叫道，"快叉草料！"

他打开储藏室的门，拉出四台挤奶机中的第一台，拖着它走在过道上，恶狠狠地对机器闪闪发光的不锈钢顶端皱起眉头。

学校。学他妈的校。

未来这九个月简直像看不见尽头的坟墓。

3

凌晨四点三十分。

昨晚挤的牛奶处理完毕，正在送回林苑镇的路上，容器从镀锌的不锈钢牛奶罐变成了纸盒，上面打着"斯洛夫特山乳业"的五彩商标。查尔斯·格里芬的父亲原先自产自销，但现在已经行不通了。大型联合企业吞并了所有的独立商户。

斯洛夫特山乳业在西撒冷镇的送奶工是欧文·普林顿，布罗克街沿线归他管（布罗克街在乡间又称布罗克路或"那条该死的搓衣板路"）。日后迟早要把镇中心拿过来，然后沿着布鲁克斯路一直杀向镇外。

老文在八月过了六十一岁生日，这辈子第一次感觉到退休是有可能做到的真事。他老婆叫艾尔西，天底下最可憎的老巫婆，在一九七三年秋天去世（结婚这二十七年她只做过一件善事，那就是先他而死），等退休那天终于到来，他打算带上家里的狗（杂种狗，有一半长耳猎犬血统，名叫医生），搬到沛马奎特角去养老。每天睡到九点钟，这辈子不再看日出。

他在诺顿家门口停下，按照订货单填满拎篮：橙汁、两夸脱牛奶、一打鸡蛋。下车时他的膝盖一阵刺痛，还好不算严重。今天能过个舒坦日子。

在诺顿夫人写的日常订货单底下，苏珊用圆滚滚的帕尔玛字体又加了一行："老文，劳驾留一小盒酸奶油，谢啦。"

普林顿回身走向车子，心想今天肯定是那种人人都要加点什么东西的日子。酸奶油！他尝过一口，险些呕出来。

东方天色渐亮，沉甸甸的露珠在此处和小镇之间的田地上闪亮，换成钻石足以支付一个国王的赎金。

4

清晨五点十五分。

伊娃·米勒已经起床二十分钟了，她身穿破旧的家居服，脚蹬粉色软底拖鞋。她在给自己做早饭——四个嫩炒蛋，八片培根，一小锅家常土豆片，再配上两块涂了果酱的吐司、一杯十盎司的橙汁和两杯加奶油的咖啡，这就是她简朴的一餐了。伊娃体形巨大，但并不肥胖；操持家务那么辛苦，她不可能发胖。伊娃的身体曲线有英雄气概，像拉伯雷笔下的角色。看着她在八口电子炉前忙活，你仿佛见到了永不停歇的潮汐或不断迁徙的沙丘。

她喜欢在这种完全的孤独状态中吃早饭，考虑今天都有哪些事情要做。事情很多：周三是换床单的日子。算上新来的米尔斯先生，这里现在住了九个客人。寄宿公寓有三层，共十七个房间，有地板要擦洗，有楼梯要清扫，有栏杆柱要打蜡，还得为公用休息室的地毯翻面。希望韦索尔·克雷格别喝醉了睡死过去，伊娃打算把其中几样分给他。

她刚在餐桌前坐下，后门就开了。

"老文，你好，今天怎么样？"

"凑合，膝盖有点疼。"

"真是同情你。能不能多给我一夸脱牛奶和一加仑那种柠檬水？"

"行，"他认命了，"就知道今天是那种日子。"

伊娃没有理会他的唠叨，只顾埋头猛吃鸡蛋。老文·普林顿总能找到理由抱怨几句，尽管他现在应该是天底下最开心的人，因为他傍上的那头母老虎终于跌下地窖楼梯，摔断了脖子。

六点差一刻，第二杯咖啡就快喝完，她正在抽契斯特菲尔德香烟，《新闻先驱报》砰的一声砸在屋子侧面，落进蔷薇花丛。本周第三次；凯尔比家的兔崽子真是没治了。送报纸说不定搞坏了他的脑子。唉，让报纸在花丛里再躺几分钟吧。第一缕稀薄的金色阳光斜射进东边的窗户。这是一天中最美好的时刻，她不愿因为任何事情搅扰眼前难得的宁静。

搭伙的客人有权使用炉子和冰箱，和床单每周换洗一次一样，费用包括在租金里；片刻的宁静很快将被打破，格罗夫·维瑞尔和米奇·西尔维斯特马上就要下楼来喝燕麦粥，然后去盖茨瀑布城他们工作的纺织厂上班。

像是受到了召唤，二楼传来马桶冲水的声音，西尔维斯特厚实的工装靴紧接着踏在楼梯台阶上。

伊娃不情愿地起身，前去拯救那份报纸。

5

清晨六点零五分。

婴儿微弱的哭泣惊扰了珊迪·麦克杜格尔的晨间浅梦，她睡眼惺松地起身，前去看个明白。她在床头柜上磕了胫骨，不禁骂了一声"粑粑！"

孩子听见她的声音，哭得更响亮了。"闭嘴！"她叫道，"我来了！"

珊迪穿过拖车里狭窄的过道进了厨房，她身材瘦弱，即便曾经有过一星半点的美貌，现在也快彻底消失了。她从冰箱里取出兰迪的奶瓶，正要加热，转念一想：去他妈的。既然那么想喝，小杂种，那就喝凉的吧。

她回到婴儿的睡房，冷冰冰地打量他。他才十个月大，但病恹恹的，总在哭闹。他上个月才学会爬。说不定他有小儿麻痹症或者其他什么毛病。他手上有什么东西，墙上也有。珊迪凑上去看，琢磨他到底在搞什么名堂。

珊迪今年十七岁，七月和丈夫庆祝了第一个结婚纪念日。和罗伊斯·麦克杜格尔结婚的时候，她已经怀孕六个月，看上去就像固特异的轮胎人，婚姻当时在她眼中正仿佛卡拉汉神父所说，是上帝祝福的逃生路线。但现在怎么看怎么像一坨粑粑。

粑粑，她厌恶地发现，这正是兰迪涂了满手、满墙、满头的东西。

珊迪站在那里，麻木地俯视着婴儿，一只手握住冰凉的奶瓶。

她放弃高中学业、所有朋友和成为模特的理想，为的就是这个？为了住在弯道区这么一辆丽光板台面成块脱落的破烂拖车里？为了白天在小作坊打工、晚上不是泡酒吧就是和加油站那群烂仔打扑克的丈夫？为了长相酷似烂仔老爸、到处抹粑粑的小崽子？

婴儿扯着嗓子号哭。

"你闭嘴！"珊迪忽然也号叫起来，把塑料奶瓶摔向他。奶瓶砸中婴儿的额头，他仰面摔回摇篮里，号啕大哭，挥舞手臂。他紧贴发际线的地方出现了一个红圈，掺杂着满意、怜悯和憎恨的可怕感觉忽然涌上珊迪的喉咙。她像抓一团破布似的把婴儿从床上揪起来。

"闭嘴！闭嘴！闭嘴！"她又打了婴儿两拳，这才控制住自己；兰迪的惨叫响得超出了听力范围。婴儿躺在摇篮里喘气，脸色发紫。

"对不起，"她低声说，"耶稣、马利亚、圣约瑟。真对不起。兰迪，你没事吧？稍等片刻，妈妈这就帮你弄干净。"

她拿着湿布回来，兰迪的眼睛已经肿得睁不开了，淤青也开始浮现。但他还是抱起了奶瓶，珊迪用湿布给他擦脸，他咧开还没长牙的嘴巴，对母亲露出笑容。

她心想：我要告诉罗伊，他从换尿布的台子上跌了下来。罗伊会相信的。亲爱的上帝啊，求你让他相信吧。

6

清晨六点四十五分。

撒冷林苑镇的大部分蓝领工人已经出门上班。在镇上工作的人不多，迈克·莱尔森是其中之一。他在小镇年报里被列为场地管理员，事实上负责维护镇上的三块墓地。在夏天这差不多是一份全职工作，但冬天就更不轻松了，和镇上的某些人——例如五金店的娘娘腔乔治·米得勒——想象的不一样。他同时还替林苑镇的殡仪馆老板卡尔·福尔曼工作，老家伙似乎特别容易在冬天嗝屁。

此刻他正开着皮卡去伯恩斯路，车厢里装着几把大剪刀、电池驱动的树篱修剪器、一箱旗座、用来扶正倾覆墓碑的撬棍、十加仑的汽油桶和两套百力通割草机。

今天上午他要给谐和山的墓园修草坪，墓碑和石墙要是有什么不妥，也一并解决了；下午要去镇子另外一头的校园山公墓，教师有时候会去那里拓印墓碑，因为附近一个已经灭亡的摇喊派聚居点曾把同伴葬在校园山上。三处墓地里他最喜欢谐和山，这儿不如校园山坟堆那么历史悠久，但景色宜人、绿树成荫。希望以后他也能葬在谐和山上，不过还是再等个一百年左右吧。

迈克今年二十七，人生已有起落，曾经读过三年大学，盼着有朝一日能回去把书读完。他挺好看，开朗而愉快的那种好看，周六晚上在戴尔酒吧或波特兰城里很容易钓到单身女性。有些姑娘会被他的职业赶走，迈克觉得难以理解。这是一份宜人的工作，没有老板成天站在背后监视你，工作环境在户外，一抬头就看见上帝的天空；条件这么好，挖挖墓坑，偶尔替卡尔·福尔曼开开灵车，又算得了什么呢？再说这些活总得有人干吧。要他说，比死亡更符合天道的就只有性爱了。

他哼着小曲，把车拐上伯恩斯路，换二挡爬坡。车后尘土飞扬。道路两旁夏天茂盛的绿色枝叶之间也能瞥见一九五一年大火烧出来的枯萎树干，它们就像古老的朽败骨骸。那里有很多倒伏的树木，走路要是不小心，很容易摔断腿。虽然已经过去了二十五年，大火留下的疤疤仍旧还在。哎呀，世事如此。人生正华年，已向死亡去。

墓园位于山顶，迈克在车道上转弯，准备下车去开门锁……他猛踩刹车，皮卡颤抖着停下。

一条狗头上脚下挂在熟铁大门上，狗血把地面弄得一片狼藉。

迈克下车，快步上前。他掏出臀袋里的工作手套戴上，单手提起狗头。狗头应手而起，容易得吓人，就像没有骨头似的——是老文·普林顿的混血长耳猎犬"医生"，眼神呆滞，已经失神。狗挂在大门的一根尖突上，仿佛肉钩上的一块牛肉。苍蝇已经在尸体上懒洋洋地爬动了，晨间的凉气让它们动作缓慢。

迈克扳正狗尸，往上一抬，总算把它卸了下来，湿乎乎的声响随之而来，听得他反胃。他看惯了墓地里的恶作剧，特别是万圣节前后，但那是一个半月以后的事情，而且他也没有见过这么残忍的行径。所谓恶作剧无非是撞翻几块墓碑，涂几句下流话，在大门上挂一具纸骷髅。如果真是那些孩子杀了这条狗，那他们可就太混账了。老文会伤心欲绝的。

他考虑了一下要不要带着狗直接回镇上，把尸体拿给帕金斯·吉列斯皮看，但他想不出这么做能有什么用处。午饭时再把可怜的医生带下去吧，不过今天他恐怕没胃口吃东西了。

他打开门锁，看着沾满血迹的手套。铁栏杆需要擦洗一遍，下午大概没时间去校园山了。他把车开进墓地停好，没再哼歌。今天的好兴致烟消云散。

7

早晨八点。

笨重的黄色校车按预定路线兜圈接孩童上车，孩子们等在家门口的信箱旁，抱着午餐饭盒打闹。查理·罗德斯是其中一辆的司机，他的接送路线包括东撒冷的塔加特溪路和乔因特纳大道的上半段。

查理这辆校车上的孩子在全镇表现最好——事实上在整个学区都是最好的。六号校车上，没人叫喊，没人喧哗，没人拽马尾辫。他们可以乖乖坐着想自己的心事，也可以步行两英里去斯坦利街小学的校长室解释为什么迟到。

他知道孩子们怎么看待他，也能猜到背地里他们怎么叫他。但没关系。总之他不会允许孩子在他的校车上瞎胡闹和说脏话。这些东西就留给他们的软骨头老师去享受吧。

他曾经仅仅因为说话太响而让德拉姆家的小崽子跑着上了三天的学，斯坦利街小学的校长居然有胆子问他是不是有点"太鲁莽"了。查理只是瞪着他，瞪得大学毕业才四年的矮胖毛头小子不得不转开视线。管 SAD21 车辆调配场的戴夫·费尔森和他是老相识，他们的交情能一直追溯到朝鲜战争。两人惺惺相惜，很清楚这个国家出了什么毛病，很清楚一九五八年在校车上"仅仅说话太响"的孩子到一九六八年就会在国旗上撒尿。

他瞥了一眼头顶上的宽幅反光镜，看见玛丽·凯特·格里格森递纸条给她的小姘头布伦特·坦尼。没错，小姘头。如今的年轻人到六年级就搞来搞去了。

他靠边停车，打亮停车灯。玛丽·凯特和布伦特抬起头，一脸惊恐。

"有好些话要说是吧？"他对镜子说，"很好，下去慢慢说吧。"

他打开折叠门，等他们滚下他的校车。

8

早晨九点。

韦索尔·克雷格真的一骨碌翻下了床。照进二楼窗户的阳光亮得他睁不开眼。脑袋胀痛得他想呕吐。楼上的作家老弟已经开始噼里啪啦打字了。好老天啊，成天从早到晚这么嗒嗒嗒地敲，那家伙准比松鼠还他妈疯狂。

他穿着圆领汗衫，起身走到日历前，看今天是不是领失业救济金的日子。不是，今天才星期三。

这次宿醉不如平时那么厉害。他在戴尔酒吧熬到一点钟打烊才离开，然而他口袋里只有两块钱，花掉后没能讨到多少啤酒。水平有所下降，他心想，用一只手挠了挠面颊。

他套上不分冬夏穿着的保暖内衣，穿上绿色工作裤，打开壁橱取出早餐：一瓶温热的啤酒——在楼上喝的，一盒"政府捐赠日用品"燕麦片——到楼下吃的。他讨厌燕麦，不过他答应过老寡妇要帮她翻地毯，说不定还有别的杂活等着呢。

他不介意做这些事情——好吧，不太介意——但和替伊娃·米勒暖床的日子相比，现在怎么说都退了一大步。伊娃的丈夫在一九五九年死于锯木厂的一场事故，死得有点可笑——假如能用可笑来形容任何一场可怕事故的话。锯木厂当时雇用了六七十条汉子，拉尔夫·米勒有望执掌这家厂子。

可笑之处在于，拉尔夫·米勒在一九五二年从工头位置坐进领导办公室后，有七年没碰过任何机械设备。那是管理层对你表达感谢的方式，一点不错，拉尔夫无疑配得上这份谢意。大火从沼泽地滚滚而来，借每小时二十五英里的东风之势跃过乔因特纳大道，锯木厂看起来在劫难逃。附近六个镇子的消防队忙着拯救各自家园，腾不出人手保护耶路撒冷林苑镇锯木厂。拉尔夫·米勒组织全体中班人马救火，指挥众人浇湿屋顶，完成了乔因特纳大道西侧全部消防人员没能做到的事情：筑起了一道防火屏障，让火势转向南方，火情最终在那里完全得到控制。

七年后，他正在和马萨诸塞州一家公司的高管谈事情，结果不小心掉进了碎木机。当时他领着那群人参观厂房，希望能劝说对方并购他们。他在积水里滑了一下，他妈的，就在那群人眼前一头扎进碎木机。不用说，交易的一切可能性和拉尔夫·米勒一起化为齑粉。他在一九五一年拯救的锯木厂在一九六〇年二月永久关闭。

韦索尔对着水迹斑斑的镜子梳理头发，他的白发蓬松而美丽，在六十七的年龄上依然相当性感。全身上下只有这一处越喝越旺。他穿上卡其布工装衬衫，拿起燕麦片盒子下楼。

他来听候曾经同床共枕过的女人差遣，来充当该死的管家婆了，事情已经过去了差不多十六年，这女人在他眼中依旧他妈的魅力十足。

才走进阳光灿烂的厨房，那女人就像秃鹫抢食似的扑了过来。

"我说，韦索尔，吃完早饭能帮我给前栏杆柱打蜡吗？有时间吗？"两人保持着有礼貌的假象，就好像他做这些事情是出于好心帮忙，而不是为了付楼上房间每周十四块的租金。

"交给我了，伊娃。"

"还有前厅的地毯——"

"需要翻面了。好的，我记得。"

"头痛今天怎么样了？"她公事公办地问出这个问题，不让语气中透出怜悯……但韦索尔还是在字里行之间感觉到了怜悯。

"挺好。"他暴躁地说，转身去烧冲燕麦片的开水。

"你下来晚了，所以我才问的。"

"我的事情总要打听清楚，对吧？"他轻佻地挑起一侧眉毛，尽管两人之间在九年前已经斩断了最后一丝孽缘，但见到伊娃脸红得像个女学生，韦索尔还是觉得心满意足。

"喂，爱德——"

伊娃是最后一个仍旧这么称呼他的人。对林苑镇的其他人而言，他只是"韦索尔"①。无所谓。爱怎么叫就怎么叫吧，反正已经生根了，想改也改不掉。

"没事，"他粗声粗气地说，"下床的时候选错了方向。"

"听着像从床上摔下来了。"她的嘴比脑子动得快，但韦索尔只是咕哝了一声。他煮熟并吃完他憎恨的燕麦片，拿起家具蜡和抹布，头也不回地走出厨房。

那家伙的打字机在楼上嗒嗒个没完。作家对门的维尼·亚普肖说他每天早上九点开始，中午暂停，下午三点继续，到六点结束，晚上九点又开始，过了十二点才休息。韦索尔没法想象一个人脑子里怎么能装那么多词。

话也说回来，他为人看着还不错，说不定能有机会在戴尔酒吧敲他几杯啤酒。据说很多作家喝酒像喝水。

他一板一眼地开始给栏杆柱打蜡，思绪又回到寡妇身上。伊娃用丈夫的保险金把这地方翻修成寄宿公寓，生意相当不错。怎么可能差呢？她干起活来像拉车的马匹。肯定是被她男人驱使惯了，悲痛过后，内心的需要重新抬头。我的天，她真喜欢做那事！

想当初一九六一、一九六二年，大家还叫他爱德而不是韦索尔，他控制酒瓶而不是酒瓶控制他，当时他在 B&M 公司有份不错的工作，直到一九六二年一月的某个夜晚，那件事发生了。

他停下了机械的打蜡动作，心事重重地从二楼的狭窄窥窗向外看。夏天明艳得傻气的金色阳光充满天地，嘲笑着雨落不停的冰凉秋天和接下来更寒冷的冬季。

那个夜晚既有伊娃的原因，也有他的原因，事情发生后，两人躺在伊娃黑洞洞的卧室里，她开始抽泣，说他们做得不对。韦索尔嘴里说没什么不对的，实际上他不知道也不在乎对不对；酷寒的北风在屋檐下呜咽、咳嗽、嘶喊，她的房间温暖而安全，他们最后像餐具抽屉里的两把勺子似的睡在一起。

全能的上帝和圣子耶稣啊，时间如水流，不知道作家老弟懂不懂

---

① 韦索尔（Weasel）还有黄鼠狼的意思。

这个道理。

他一下一下挥动手臂，使劲清洁栏杆柱。

9

上午十点。

现在是斯坦利街小学的课间休息，斯坦利街小学是林苑镇最新、最引以为傲的教育场所。这幢楼不高，有四间教室，新得亮闪闪的，学区还在替它还贷款，布鲁克街小学有多旧和多阴暗，这里就有多新和多亮堂。

里奇·鲍定是校园小霸王，为此感到自豪，他迈着方步走进操场，用视线搜寻新来的因为知道所有数学题答案而自以为聪明的小子。新来的想在学校里过得顺风顺水，首先要明白这儿谁说了算。特别是某些就会拍老师马屁的四眼娘娘腔。

里奇今年十一岁，体重一百四十磅。自从生下来，母亲就喜欢招呼大家来看她儿子是个多么粗壮的小伙子，因此里奇很清楚他的体形相当可观。有时候他走路时觉得他能感觉到大地在脚下震颤。等长大了，他要学老爸抽骆驼烟。

四年级和五年级的学生见了他就胆颤心惊，更小的孩子视他为操场上的图腾柱。等他去布罗克街念七年级，他们的万神殿将会失去最大的恶魔。这些念头让他心花怒放。

找到了，皮特里家的小崽子，正等着被选去打课间的触身式橄榄球。

"嘿！"里奇大喝一声。

除了皮特里，所有人都扭头看他。每只眼睛都泛着呆滞的光芒，发现里奇没有在看自己，每双眼睛都显得如释重负。

"嘿，你！四眼仔！"

马克·皮特里转身望向里奇。钢丝框眼镜在上午的阳光下闪闪发亮。他的个头与里奇相仿，这意味着他比班上的大部分同学都高，但他身材单薄，面相看上去没什么抵抗能力，充满书卷气。

"你和我说话？"

"'你和我说话？'"里奇捏着假嗓子模仿道，"四眼仔，你说话像个娘娘腔。知道不？"

"不，我不知道。"马克·皮特里答道。

里奇上前一步："猜你肯定舔那玩意儿，四眼仔，知道什么玩意儿吗？毛乎乎的老棍子。"

"真的？"他有礼貌的语气惹人生气。

"对，听说你最喜欢舔了。不止星期四，你等不及，每天都得舔。"

其他孩子纷纷走过来，等着看里奇痛殴新人。本周监督操场礼仪的霍尔康小姐到前面去照看荡秋千和玩跷跷板的小孩子了。

"你什么意思？"马克·皮特里说，他望着里奇的眼神像是发现了没见过的新甲虫。

"'你什么意思'？"里奇继续捏着假嗓子学样，"我什么意思都没有，就是听说你是个他妈的死娘娘腔，没别的了。"

"真的？"马克问，依然很有礼貌，"我听说你是一大坨没脑子的臭狗屎，我听说的就是这个。"

一片死寂，其他男孩大吃一惊（但这是感兴趣的那种吃惊，因为没人见过一个人给自己签发死亡证明）。里奇被这个答案打了个措手不及，同样大吃一惊。

马克摘掉眼镜，递给旁边的孩子："帮我拿一下，谢谢。"那个孩子接过眼镜，哑口无言地瞪着马克。

里奇冲向他。这是缓慢而沉重的冲锋，毫无姿态和策略可言。大地在他脚下震颤。他胸中充满自信和清晰而欢腾的欲望，他想踹翻和打垮对方。他挥动强有力的右拳，这一拳会正中四眼娘娘腔的嘴巴，打得他牙齿像琴键似的飞出去。四眼仔，去看牙医吧！老子来了。

马克·皮特里一猫腰，向侧面踏出半步。拳头从头顶掠过。里奇被自己的力量带得转动半圈，马克只需要伸出一只脚就行了。里奇·鲍定轰然倒地。他嗷的一声。围观的孩子异口同声："啊——"

马克很清楚，要是地上的大块头笨拙男孩重新取得优势，他会被揍得很惨。马克很敏捷，但敏捷在操场打斗中无法持久。假如这是街头打架，此刻他应该转身就跑，与跑得较慢的追击者拉开距离，然后转身用拇指攻击鼻子。但这里既不是街头也不是城市，他知道得很清楚，假如现在不把这坨难看的臭狗屎打服气了，骚扰将永远不会停止。

这些念头在五分之一秒内闪过他的脑海。

他跳到里奇·鲍定背上。

里奇又噭的一声。人群再次"啊"声大作。马克抓住里奇的胳膊，选择衬衫袖口以上的位置攥紧，免得因为出汗而滑脱，他把那条胳膊扭到里奇背后。里奇疼得惨叫。

"叫爸爸。"马克命令道。

里奇的回答能让服役二十年的老海军开怀大笑。

马克把里奇的胳膊往上拽到锁骨之间，里奇再次惨叫。他心中充满了愤怒、恐惧和困惑。这种事从没有在他身上发生过，现在怎么可能发生呢？四眼娘娘腔怎么可能坐在我背上，扭我的胳膊要我臣服？而我又怎么可能在惨叫？

"叫爸爸。"马克重复道。

里奇勉强跪起来；马克将膝盖顶进里奇的侧肋，动作就像一个人无鞍骑马，他坐得很稳。两人都浑身泥土，但里奇的情况更惨。他脸色通红，青筋爆出，眼睛凸出，面颊破了一道口子。

他尝试把马克从背上摔到面前来，马克又使劲拽了一下他的胳膊。里奇这次没叫，而是哭了出来。

"叫爸爸，否则以上帝发誓，我一定扭断你的胳膊。"

里奇的衬衫脱出了腰带。腹部热辣辣地痛。他开始啜泣，左右扭动肩膀。但可恶的四眼娘娘腔就是不肯下来。他胳膊仿佛泡在冰水里，肩膀像是着了火。

"下来，婊子养的！这么打不公平！"

剧痛爆炸。

"叫爸爸。"

"不！"

他一头栽下去，摔了个狗吃屎。胳膊疼得让他动弹不得。他在吃土，眼睛也进了土。他胡乱蹬腿，却无济于事。他忘了他体形庞大，忘了走路时大地在脚下震颤，忘了长大后要学老头子抽骆驼烟。

"爸爸！爸爸！爸爸！"里奇尖叫道。只要能让胳膊重获自由，他愿意一连几个钟头、一连几天喊爸爸。

"说：'我是一坨难看的臭狗屎。'"

"我是一坨难看的臭狗屎！"里奇对着泥土大喊道。

"好乖。"

马克·皮特里从他身上起来，警惕地后退几步，走到里奇够不着的地方。马克的大腿因为夹得太用力而酸痛。希望里奇已经没了斗志，否则他会被揍成肉酱。

里奇爬起来，环顾四周，没人和他对视。他们转过身，各忙各的去了。恶心的格立克家小子站在娘娘腔旁边，看他的眼神像是在仰望神祇。

里奇孤零零地站在那里，不敢相信他的覆灭竟然如此迅速。他满脸尘土，愤怒和耻辱的泪水冲出两道干净的印痕。他想扑向马克·皮特里，但耻辱和恐惧——新鲜、闪耀而磅礴——阻止了他。现在不是时候。胳膊疼得像一颗蛀牙。婊子养的，打架上黑手。别让我找到机会撂倒你——

但今天不行。他转身离开，大地丝毫没有随着脚步震颤。他盯着地面，这样就不用看别人的脸色了。

女孩那边有人大笑——声音高亢而讥讽，带着残忍的清晰在上午的空气中传播。

他没有抬头去看是谁在嘲笑他。

10

上午十一点十五分。

耶路撒冷林苑镇的公共垃圾场曾是个采石矿坑，一九四五年挖到黏土层后废弃，它位于伯恩斯路分出的一条岔道尽头，过了谐和山公墓还有两英里。

杜德·罗杰斯听见微弱的噗噗声和嘟嘟声，那是迈克·莱尔森的割草机在路那头发出来的。不过这些声音很快就将淹没在烈焰的噼啪声中。

杜德自一九五六年开始担任垃圾场的管理员，每年镇民大会例行公事选他连任，底下总是掌声雷动。他的住处是垃圾场里一间用油毡纸搭的斜顶小屋，歪歪扭扭的门上挂了个牌子，上面写着"垃圾场管理员"。三年前他从吝啬的镇理事会手上骗来一只小暖炉，彻底告别了他在镇上的公寓。

他是个驼背，头部怪异地扭向一边，像是上帝在允许他降临世界前最后发脾气拧了他一把。他的双臂像猿猴似的几乎垂到膝头，强壮得可怕。上次五金店重新装修的时候，四个人费了九牛二虎之力把落地式保险箱搬上厢式货车，运到这儿来的路上，货车的轮胎明显压瘪了一截。但杜德·罗杰斯一个人把它卸了下来，他颈部肌肉暴起，额头青筋凸出，前臂和二头肌鼓胀如造桥钢缆。他一个人把保险箱推到垃圾场东头。

杜德喜欢垃圾场，喜欢追赶来这儿砸酒瓶的孩子，喜欢在倾倒垃圾时指挥交通，喜欢在垃圾里寻找能卖钱的东西——这是他身为管理员的特权。他经常在垃圾山上走来走去，穿高筒防水胶靴，戴皮革手套，腰揣手枪，肩扛麻袋，手持小折刀——他估计其他人多半都看不起他。随他们看不起好了。垃圾里有黄铜焊心，偶尔还有没拆掉铜包的完整发动机，黄铜在波特兰能卖个好价钱。垃圾里有损坏了的衣橱、座椅和沙发，修修补补后可以卖给一号公路的古董商。杜德坑骗古董商，古董商一转身再坑骗避暑的游客，这不就是宇宙运转之道吗？两年前，他找到一张框架断裂的破烂高柱床，两百块卖给一个威尔士来的基佬。基佬因为买到了道地的新英格兰货而欢呼雀跃，却不晓得杜德花了多大工夫才磨掉床头板背后的"大瀑布城制造"字样。

垃圾场的远端是汽车废弃场，别克、福特、雪佛兰，应有尽有。上帝啊，被抛弃的车子里有多少完好无缺的部件呀！散热器最容易出手，没有损伤的四腔化油器泡过汽油能卖七块钱。更不用说风扇皮带、尾灯、分电器盖、挡风玻璃、方向盘和地垫了。

是的，垃圾场真是不错。垃圾场是迪斯尼乐园加香格里拉。然而，就连深埋在安乐椅底下装钱的黑匣子都还不是最讨他喜欢的地方。

他最喜欢的是火，还有老鼠。

周日和周三上午、周一和周五晚上，杜德分片焚烧垃圾场。火焰在夜晚最美。他喜欢绿色狗粪塑料袋、报刊和纸盒冒出的深玫瑰红火焰。但是，晨间的火更适合对付老鼠。

他坐在安乐椅里，望着火势渐起，油腻腻的黑烟探向空中，海鸥见之辟易。杜德松垮垮地握着点二二打靶手枪，等待老鼠冒头。

老鼠要么不出现，一出现就成群结队，它们很大，有着粉红色的眼睛和脏兮兮的灰色身体，毛发间虱子跳蚤丛生。尾巴拖在身后，就像粉红色的粗电线。杜德喜欢射杀老鼠。

"喜欢买威力大的，杜德？"五金店的乔治·米得勒会把几盒雷明顿子弹推给他，用洪亮的声音这么说。"镇上掏腰包？"这是个老笑话。几年前，杜德向镇政府申请过两千发点二二空尖弹，被比尔·诺顿毫不留情地驳回。

"哎呀，"杜德每次都这样回答，"乔治，你也知道，咱这都是为人民服务。"

来了！那只瘸了一条后腿的肥耗子就是乔治·米得勒。嘴里叼着的东西像一片鸡肝。

"往哪儿逃呢，乔治，见着你了。"杜德说着扣动扳机。点二二的枪声很平常，并不特别响亮，老鼠连翻两个跟头，躺在地上不停抽搐。空尖弹，那就是你的赎罪券。有朝一日，他要搞一把大口径的家伙，点四五或点三五七的马格南，看看能把这些鸡巴小玩意儿打成什么样。

接下来是露丝·克罗凯特那小荡妇，不戴胸罩去上学，看见杜德在街上走总是拿胳膊肘捅捅身边的朋友，发出阵阵窃笑。砰！再见了，露丝。

老鼠发狂般奔向垃圾场远端寻找安全地带，杜德赶在它们跑掉之前干掉了六只，今天早晨杀得颇为舒畅。要是过去端详老鼠尸体的话，就能看见虱子抛下渐渐冷却的尸体，仿佛……仿佛……哎呀，仿佛老鼠逃出正在沉没的船只。

这个念头让杜德觉得无比好玩，于是一甩他歪扭的古怪脑袋，身体重量压在背后的驼峰上，他发出阵阵狂笑，火焰的橙色手指贪婪地在垃圾堆中攀援蔓延。

生命何其壮哉！

11

中午十二点整。

镇上的汽笛声响了，持续整整十二秒，告诉三所学校现在已是午餐时间，大家请欢迎下午的到来。小镇的二号行政委员，克罗凯特南缅因保险暨房地产公司的所有人，劳伦斯①·克罗凯特放下正在阅读的书（《撒旦的性奴》），根据汽笛声对表。他走到门口，把"一点回来"的标牌挂在卷帘拉手上。他的日常生活一成不变。他将徒步走到顶好咖啡馆，吃两个全料芝士汉堡，喝一杯咖啡，抽一根威廉潘香烟，欣赏宝琳的大腿。

他最后拽一下门把手，确定门锁好了，沿着乔因特纳大道向南走。他在路口停下，眺望马斯滕老宅。屋子门前的车道上停着一辆车。他只能辨认出车的轮廓，它在阳光下闪闪发亮。他胸中某处涌起一丝不安。一年多以前，他打包卖掉了马斯滕老宅和停业已久的乡村洗衣坊。尽管他从前也做过不少奇特的买卖，但这一笔无疑是最怪异的。上面那辆车很可能属于一位名叫斯特莱克的先生。R.T. 斯特莱克。今天早晨，他恰好通过邮局收到这位斯特莱克寄来的东西。

---

① 拉里（Larry）是劳伦斯（Lawrence）的昵称。

去年七月一个阳光灿烂的下午，上面说的这位老兄开车来到克罗凯特的办公室门口。下车后，他在人行道上站了几秒钟，然后才推门进屋。天气炎热，他却身穿庄重的三件头正装。他的脑袋秃得像台球，一滴汗也没有。面孔棱角分明，两根眉毛连成一条笔直的黑线，藏在底下的眼窝仿佛钻出来的两个黑窟窿。他一只手拎着一个薄款黑色公文包。斯特莱克进来的时候，房间里只有拉里一个人；他的兼职秘书是个法尔茅斯姑娘，那对大奶子让你恨不得把眼珠子贴在上头，她下午在盖茨瀑布城为一名律师工作。

秃头男人坐进给客户准备的座位，把公文包摆在膝头，盯着拉里·克罗凯特，拉里不由烦恼起来，他喜欢在客户开口前就从淡蓝或棕色的眼睛里读出他们的需求。这位先生没有停下来看一眼钉在公告板上的本地房产照片，也没有主动和他握手和自我介绍，甚至没有说哈啰。

"有什么我能为你做的吗？"拉里问。

"有人派我来你们这个美丽的镇子，购买一处住宅和一处商业设施。"秃头男人说。他的语音单调，没有感情，没有语气，让拉里想起气象热线的录音预报。

"呃，啊，太好了，"拉里说，"镇上有几处蛮不错的房子应该……"

"无须费心。"秃头男人抬起一只手，不让拉里继续说下去。拉里注意到对方的手指长得出奇，中指从尖到根足有四五英寸，一时间看得入迷。"所指的商业设施是镇公所向北的一个街区，门脸面对公园。"

"没问题，那地方我能做主。本来是自助洗衣房，一年前破产了。地段不错，要是你……"

"所指的住宅，"秃头男人的声音盖过了他，"在镇上被称为马斯滕老宅。"

拉里在这个行当混得够久，内心的剧震没有表露在脸上。"是这样吗？"

"是的。我名叫斯特莱克。理查德·瑟罗凯特·斯特莱克。所有文件都以我的名义签署。"

"很好。"拉里答道。这个人不是在开玩笑，这点他看得出来。"马斯滕老宅要价一万四，不过我想能说服我的客户少收一点。至于旧洗衣房……"

"没什么可谈的，我授权付一块钱。"

"一块钱？"拉里的脑袋向前抻，一个人没能听清对方的话就是这个模样。

"正是如此。请专心。"

斯特莱克修长的手指解开公文包的搭扣，拿出几张插在蓝色透明文件夹里的纸页。

拉里·克罗凯特皱起眉头，看着他。

"读一下，谢谢，能节省时间。"

拉里用拇指蹭开文件夹的塑料封面，低头去看第一页纸，态度就像在逗傻瓜开心。他的视线从左到右扫了几秒钟，然后盯住某处再也无法移动。

斯特莱克淡淡一笑。他伸手从上衣内侧摸出金色扁烟盒，挑出一支香烟，墩实了，用木杆火柴点着。土耳其混合烟草的辛辣气味立刻充满了办公室，在电扇附近形成漩涡。

接下来的十分钟，办公室里静悄悄的，唯有电扇嗡嗡旋转，隔墙传来外面街道上的来往车声。斯特莱克把香烟吸到头，掐灭闪着微光的余烬，又点燃一根。

拉里抬起头，面色苍白而惶恐："开玩笑对吧？谁派你来的？约翰·凯利？"

"我不认识什么约翰·凯利。我从不开玩笑。"

"这些文件……产权转让契约……土地拥有权搜寻……我的天，朋友，你知道那片土地值多少钱吗？至少一百五十万啊。"

"胆小鬼，"斯特莱克冷冷地说，"值四百万。等购物中心落成，很快还能升值。"

"你要什么？"拉里说，嗓音嘶哑。

"已经告诉你了。我和搭档想在这个镇上做生意，我们打算住在马斯滕老宅里。"

"什么生意？杀手公司？"

斯特莱克冷冷一笑："非常抱歉，只是很普通的家具生意，为收藏家提供颇为别致的古董。我的搭档在这个领域内算是专家。"

"扯淡，"拉里粗鲁地说，"马斯滕老宅八千五就能拿下，洗衣店顶多一万六。你的搭档肯定知道。另外，你们两个肯定也知道，这个镇子支撑不了卖高级家具和古董的地方。"

"我的搭档对任何他感兴趣的主题都有极为广博的知识，"斯特莱克答道，"他知道你们的镇子在高速公路的线路上，走这条公路的以游客和避暑者为主。我们希望靠他们完成销售额的大头。但这些和你没关系。你看这些文件可以了吗？"

拉里用蓝色文件夹轻轻敲桌子："应该没问题。我反正不会拦着你，你说什么就是什么吧。"

"很好，当然是这样，"斯特莱克的声音里有一丝上流人士的轻蔑，"你在波士顿有个律师对吧？弗朗西斯·沃尔什。"

"你怎么知道？"拉里大叫。

"不重要。把文件拿给他，他能确定文件的有效性。未来会兴建购物中心的土地将属于你，然而有三个条件。"

"啊哈，"拉里说，松了一口气，"条件。"他向后一靠，从桌上的陶瓷雪茄盒里取出一根威廉潘，在皮鞋上擦燃火柴，噗噗地连抽几口。"总算说到关键之处了，尽管来吧。"

"第一，一块钱把马斯滕老宅和那处商业设施卖给我。所述住宅的卖家是班戈市的一家地产公司。商业设施属于波特兰的一家银行。假如由你来补全最低的可接受金额，他们应该都不会反对。当然了，减去你的佣金。"

"你的消息都是从哪儿来的？"

"这不关你的事，克罗凯特先生。条件二，你不得向任何人提起我们今天谈成的交易。一句话都不行。假如有人问起，你知道的仅限于我对你说的——两个搭档，打算做游客和避暑者的生意。这点非常重要。"

"我口风很紧。"

"尽管如此，我还是要提醒你这个条件的严肃性。日后，克罗凯特先生，假如你实在忍不住想告诉别人，自己今天做了一笔多么伟大的买卖，假如你敢说，我就会发现，我会毁了你。听明白了？"

"说得就像廉价间谍片的台词。"拉里答道。他说得轻松，内心却感觉到了悚然的惊恐。"我会毁了你"这几个字在对方口中比"今天天气不错"还要平淡。他的声明因而真实得让人不舒服。另外，这个小丑怎么会知道弗兰克·沃尔什？连我老婆也不知道弗兰克·沃尔什。

"克罗凯特先生，明白了吗？"

"明白了，"拉里说，"我这人做事从来谨慎。"

斯特莱克又露出那层淡淡的笑容："那是当然，所以我才来和你做生意。"

"第三个条件呢？"

"住宅需要一定的翻新。"

"这话说起来很轻巧。"拉里干巴巴地答道。

"我的搭档打算亲自完成这项工作，但需要你当代理人。你会时不时地接到要求，我会时不时地要你将某些东西送进住宅或商店，具体雇用什么人由你决定。你不得向其他人提起这些服务。明白吗？"

"明白。但你一定不是在这附近长大的吧？"

"有关系吗？"斯特莱克挑起眉头。

"当然有。这里不是波士顿或纽约，问题不在于我的嘴巴牢不牢。他们肯定要传闲话。告诉你，铁路街住了个老婆娘，叫梅布尔·沃茨，成天抱着双筒望远镜……"

"我不在乎镇民，我的搭档也不在乎镇民。镇民永远要传闲话。他们和电话线上的喜鹊没区别。他们很快会接受我们的。"

拉里耸耸肩："那是你的事情。"

"如你所说，"斯特莱克同意道，"费用由你垫付，保留收据和账单。你会得到报销的。同意吗？"

正如他告诉斯特莱克的，拉里做事确实谨慎，他是坎伯兰县最优秀的扑克玩家之一。尽管外表始终保持冷静，但心里像是着了火。这个疯子带来的生意属于那种千载难逢的好机会。他的老板也许是个脑子不正常的亿万富翁，喜欢隐居——

"克罗凯特先生？我在等你的回答。"

"我也有两个条件。"拉里说。

"嗯？"斯特莱克有礼貌地表露出兴趣。

他翻着蓝色文件夹："首先，必须检查这些文件是否真实。"

"没问题。"

"其次，假如你们在山上搞什么非法勾当，千万别告诉我。我的意思是……"

他没能说完。斯特莱克一仰头，爆发出异常冰冷和毫无感情的大笑。

"我的话很好笑吗？"拉里说，一丝笑意也没有。

"哦……啊……当然没有，克罗凯特先生。请原谅我笑成这样。我觉得你的话有趣完全因为我自己。还有什么要补充的吗？"

"翻新。我不会替你们买任何有可能给我惹麻烦的东西。假如你们打算自己酿私酒、造 LSD、给激进嬉皮团体造炸弹，那我就爱莫能助了。"

"同意，"斯特莱克说，笑意已经从他脸上消失，"交易算是谈成了吗？"

带着一丝奇异的不情愿感觉，拉里说："假如文件检查下来没问题，那就算是谈成了。不过我怎么看都觉得你们吃了大亏，而我挣了大钱。"

"今天是周一，"斯特莱克说，"周四下午我再来一趟怎么样？"

"还是周五吧。"

"行。非常好，"他站起身，"再见了，克罗凯特先生。"

经过检查，文件一切正常。拉里在波士顿的律师说，波特兰即将兴建购物中心的土地已经售出，买家名叫欧陆地产与不动产公司，那是个壳公司，在纽约的化学银行大厦有个办公地址。除了几个空文件柜和许多灰尘，欧陆公司的办公室里什么也没有。

周五，斯特莱克再次造访，拉里签署了必要的所有权转移文件。

签字时他的舌根尝到了浓浓的疑惑味道。他这辈子第一次抛开了做人原则：兔子不吃窝边草。尽管诱惑如此之大，但眼看着斯特莱克将马斯滕老宅和旧乡村洗衣坊的地契放进公文包，他依然意识到他从此必须对这个人惟命是从。还有斯特莱克的搭档，没有露过面的巴洛先生。

八月终于过去，夏天换成秋天，秋天又换成冬天，他渐渐产生了难以描述的解脱感。到了今年春天，他几乎让自己忘了他曾经用什么交易换来那些文件，放进他在波特兰租用的银行保险箱。

然后事情开始陆续发生。

十天前，那个叫米尔斯的作家走进他的办公室，询问马斯滕老宅是否可供出租，拉里告诉他那幢屋子已经售出，作家用非常奇怪的眼神看着他。

昨天，他的邮政信箱里收到一个长圆筒和一封斯特莱克的来信。说是信，其实不过是个字条，简明扼要："烦将递交你处的海报贴在商店橱窗上——R.T. 斯特莱克。"海报本身平淡无奇，比许多海报不起眼，上面只是印着："一周后开业。巴洛与斯特莱克。优质家具。精选古董。欢迎参观。"他已经叫罗伊尔·斯诺去把海报贴好了。

现在，马斯滕老宅门口停了一辆轿车。他的视线还没收回来，侧后方忽然响起一个声音："拉里，睡着了？"

他吓了一跳，扭头看见帕金斯·吉列斯皮站在身旁的路口处，正在点波迈香烟。

"怎么会，"他紧张地笑了笑，"想事情呢。"

帕金斯抬头望了马斯滕老宅一眼，铬镀层和金属在那里的车道上反射阳光，然后他低头看着橱窗里挂着新海报的旧洗衣店。"不止你在纳闷。不过有新面孔肯来总是好事。你见过他们？"

"其中一个，去年。"

"巴洛先生还是斯特莱克先生？"

"斯特莱克。"

"看起来人不错吧？"

"很难说，"拉里发现他很想舔一舔发干的嘴唇，但还是忍住了，

"我们只谈了生意。看上去挺好。"

"好，这就够好了。走，我和你一起去顶好。"

过街的时候，劳伦斯·克罗凯特在想与魔鬼的交易。

12

午后一点。

苏珊·诺顿走进芭布丝美容小馆，对芭布丝·格里芬（哈尔和杰克的大姐）微笑道："谢天谢地你还有时间，这么晚才说，真是抱歉。"

"一周中间总是没问题的，"芭布丝说着打开电扇，"老天，够闷的。下午要下雷阵雨。"

苏珊抬头看天，碧空万里，一丝云彩也没有。"不是真的吧？"

"保证是真的。亲爱的，想弄个什么发型？"

"自然点儿，"苏珊说着想起了本·米尔斯，"就好像我没来过一样。"

"亲爱的，"芭布丝凑过来仔细察看，叹息道，"谁都这么说。"

她吐出的这口气带着果汁泡泡糖的香味，芭布丝问苏珊知不知道有人盘下了原先的乡村洗衣坊，打算开成家具店。看样子卖的东西不便宜，希望能在那儿找到一盏漂亮的小防风灯，正好和她公寓那盏配成一对儿，搬出家里，住到镇子上是她这辈子最明智的决定，今年夏天可真不错，眼看着就要结束了，真是可惜。

13

下午三点。

邦妮·索耶躺在深沟路住处的宽大双人床上。这是一幢正常的屋子，不是简陋的拖车住宅，打过地基，有地下室。她丈夫雷格是机修师，给吉姆·史密斯在巴克斯顿的庞蒂亚克修理厂做事，钱挣得不少。

她赤身裸体，只穿一条蓝色薄纱内裤，不耐烦地扭头去看床头柜上的时钟：三点零二分——人呢？

仿佛受到了召唤，卧室门开了一条最小的小缝，科里·布莱恩特朝房间里窥视。

"可以吗？"科里轻声说。他才二十二岁，为电话公司工作了两年，与一名已婚女性发生关系，特别对方还是邦妮·索耶这样的万人迷（一九七三年曾获坎伯兰县小姐称号），让他两腿直发软，既紧张又亢奋。

邦妮微微一笑，露出套着人工牙冠的可爱白牙。"要是不可以，宝贝儿，"她说，"你身上就会多个窟窿了，大得可以透过它看电视。"

科里蹑手蹑脚地走进房间，线务员的工具腰带滑稽地叮叮当当响个不停。

邦妮咯咯笑，她张开双臂："我真喜欢你，科里，你太可爱了。"

科里的眼神落在那一小片蓝色尼龙布底下的黑色阴影上，亢奋顿时压过了紧张。他抛开轻手轻脚的步法，跑到邦妮身边，两具身体贴在一起，林子里某处有一只蝉开始鸣叫。

14

下午四点。

本·米尔斯一推书桌，向后一靠，下午的写作任务完成了。他放弃了公园散步，从早上写到现在，几乎没有休息过，免得晚上去诺顿家吃饭时良心不安。

他站起身，伸个懒腰，听着脊椎关节咔咔响。汗水打湿了他的身体。他打开床头柜，拿出干净毛巾，赶在其他人下班回来把浴室挤得水泄不通前下楼去冲澡。

他把毛巾搭在肩头，转身准备出门，走了两步，有某样东西吸引了注意力，他来到窗口。小镇风平浪静；镇子正在下午将尽的阳光下打着瞌睡，天空呈现出夏末晴天时照拂新英格兰的独特深蓝色。

视线越过乔因特纳大道上的那些两层小楼，越过它们铺着柏油的平屋顶，越过孩童放学后闲逛、骑自行车和打闹的公园，越过小镇西北角、第一座苍翠丘陵挡住布罗克街的地方。视线自然而然上移，越过树林的缺口处、伯恩斯路和布鲁克斯路相交的 T 字路口，继续向上就是俯瞰全镇的马斯滕老宅。

从此处望去，老宅仿佛精美的缩微模型，小得像是儿童的玩具屋。他喜欢这个视角。从此处望去，马斯滕老宅变成了他能应付的东西。你抬起手，用巴掌就能遮住它。

老宅门前的车道上停着一辆轿车。

他站在那里，毛巾搭在肩膀上，他望着轿车，无法动弹，感觉到甚至不想尝试分析的恐惧在肚子里爬动。两块脱落的百叶窗也换好了，给老宅添加了先前缺少的私密和隐蔽的感觉。

他的嘴唇默默地动着，像是在说没有人——甚至包括他自己——能够明白的字词。

15

下午五点。

马修·伯克左手拎着公文包走出高中校门，穿过空荡荡的停车场，走向他的雪佛兰比斯坎轿车，车很旧，去年的雪胎还没换掉。

他今年六十三，离强制退休差两年，还在全职带英语文学课并辅导课外活动。秋季活动是校园话剧，他刚带读完三幕轻喜剧《查理的问题》剧本，此刻又是一肚子彻底的挫败感，到时候也许有十来个饭桶能记住台词（然后死气沉沉地颤抖着背出来），表现出才华火花的只有三个孩子。他打算周五选角，下周开始排演。演出安排在十月三十日，在此之前必须排练完毕。麦特①有个理论，说高中演出应该像坎贝尔的字母花片汤：可以没滋没味，但不能惹人讨厌。孩子的亲属会前来观看。坎伯兰《纪事报》的剧评家肯定要来，还会写一篇充满多音节长词的赞叹文章，收了钱就必须替地方演出说好话。女主角（今年多半是露丝·克罗凯特）将和某位剧组成员坠入爱河，然后在剧组聚会后失去贞操。演完话剧，他打算继续搞辩论俱乐部。

虽然已经六十三岁，但麦特·伯克仍旧喜欢教书。他在维持风纪方面不太拿手，因此错失了升上管理岗位的机会（他有点喜欢胡思乱想，连当助理校长都不够格），但无法维持纪律也并没有让他气馁。麦特曾在纸飞机和唾沫纸球满天飞、暖气管道咚咚响的冰冷课堂上朗诵莎士比亚十四行诗，曾一屁股坐在图钉上，却毫不在意地随手扔掉，命令学生把语法课本翻到四百六十七页，也曾打开抽屉去拿作文卷子，看见的却是蟋蟀和青蛙，某次还摸到了一条七英尺长的黑蛇。

他在英语这门语言里上下求索、左右驰骋，就像一个孤独但奇怪地心满意足的老船长：第一节课讲斯坦贝克，第二节课讲乔叟，第三节课讲主题句，午餐前最后一节课讲动名词活用。他的手指没有被尼古丁染黄，而是永远裹着一层粉笔灰，这同样是一种成瘾性物质的残余物。

孩子既不崇敬也不喜爱他；他不是在美国某个偏远乡村悄然老去的齐普斯先生，等待被罗斯·亨特发现②，但许多学生后来学会了尊重他，有几位甚至从他身上学到一个道理：无论多么古怪或卑微，但奉献终究值得敬佩。他喜欢他的工作。

此刻他坐进轿车，一脚把油门踩过了头，引擎溢油熄火，他等了几秒钟，重新发动车子。他把收音机调到一家波特兰的摇滚乐电台，音量开大到扬声器的失真点。他认为摇滚乐是了不起的音乐。他倒车开出停车场，再次熄火，再次发动。

他在塔加特溪路有幢小屋子，很少有访客上门。他一辈子没结

① 麦特（Matt），马修（Matthew）的昵称。
② 小说和电影《万世师表》的主人公，是一位内向而严肃的老师，在妻子去世后继续坚持办学。

婚，在德州有个兄弟为石油公司工作，但两人从不通信，此外没有其他亲属。麦特并不怀念人与人的温情。他独来独往，但孤独没有让他变得扭曲。

乔因特纳大道和布罗克路的路口红灯闪烁，他稍作停留，然后转弯回家。影子已经拉得很长，阳光很暖，美得出奇——金色的泛光像是来自法国印象派画作。他扫了一眼左侧，见到马斯滕老宅，然后再次望过去。

"百叶窗，"他的声音很响，盖住了收音机里的强劲鼓点，"百叶窗又安上了。"

他望向后视镜，发现老宅的车道上停着一辆轿车。他从一九五二年开始在撒冷林苑镇教书，这还是第一次在马斯滕老宅的车道上看见车辆。

"有人住进来了？"他自言自语道，继续向前走。

16

傍晚六点。

比尔·诺顿，苏珊的父亲，林苑镇的一号行政委员，惊讶地发现他挺喜欢本·米尔斯，更确切地说，他非常喜欢本·米尔斯。比尔是个大块头的硬汉子，黑头发，体格像卡车，虽已年过半百，依然没有发胖。念十一年级的时候，他得到父亲许可，退学参加海军，从此一步一个脚印走到现在；二十四岁那年，他亡羊补牢，通过同等学力考试，取得了高中毕业证书。比尔不是见了读书人就来气的没见识粗人，但有些普通工人就是那样，他们或者因为命运作弄，或者出于自己的原因，没能完成他们本来有能力完成的学业，因而对学历充满抗拒心理；但另一方面，对苏珊从学校领回家的某些眼神柔弱的长发少年——他称之为"艺傻"，他也没有任何耐性可言。他并不特别在意发型和衣着，真正让他腻烦的是这些家伙一看就不踏实。他老婆很喜欢弗洛伊德·蒂比茨，苏西自毕业后就经常和他来往，但比尔对他没什么好感，不过也不特别讨厌。弗洛伊德在法尔茅斯镇格兰特的公司有个不错的管理层工作，比尔·诺顿觉得他还算踏实。另外，他好歹是个同乡。不过这位米尔斯似乎也算得上。

"告诉你，你可别拿什么艺傻不艺傻的难为他。"听见门铃声，苏珊起身说。她穿浅绿色夏装，新做的休闲发型向后挽，用一卷略显过大的绿色纱线松松垮垮地扎在脑后。

比尔笑道："苏西我亲爱的，我见到他们就知道该怎么叫了。不过我保证不会让你难堪的……你说我让你难堪过吗？"

苏珊给他一个担忧的紧张笑容，过去开门。

和女儿一起回来的男人身材瘦长，看上去很机灵，他容貌精致，有一头近乎油亮的浓密黑发，然而是因为油性发质，因为他看上去像是刚洗过头。他的打扮让比尔很满意：纯蓝色牛仔裤，非常新，白衬衫的袖子卷到肘部。

"本，这是我的爸爸和妈妈——比尔·诺顿，安·诺顿。妈妈，爸爸，这位是本·米尔斯。"

"您好，很高兴见到你。"

本对诺顿夫人露出拘谨的笑容。她回答道："你好，米尔斯先生。这是我们第一次亲眼看见活生生的作家。苏珊真是兴奋坏了。"

"别担心，我不引用自己写的书。"本又笑了笑。

"哈啰。"比尔说着从椅子里抬起身体。他一步步奋斗到如今在波特兰码头的工会领袖位置，他握手紧实而有力。但米尔斯和他见惯了的各色艺傻不一样，他的手没有软下去，也不像水母那样虚弱。比尔扔出第二道试炼的诱饵。

"喝啤酒吗？外面冰了些。"他朝后院打个手势，后院是他自己动手搭建的。艺傻无一例外都会拒绝，他们大部分都吸大麻，不肯把宝贵的清醒时间浪费在酒精上。

"哎呀，我太想来一瓶了，"本说，微笑变成了咧嘴笑，"两三瓶也没问题。"

比尔的笑声就像打雷："好极了，你和我是一挂的。跟我走。"

听见他的笑声，两位外貌相似的女性之间仿佛建立了一种奇特的联系。安·诺顿眉头紧锁，但苏珊却眉头舒展——担忧似乎通过心电感应从房间一头传到了另外一头。

本跟着比尔走上露台。角落的脚凳上摆着冰柜，里面装满了易拉罐的蓝带啤酒。比尔抽出一罐，扔给本，本单手轻轻接住，免得拉开时喷泡沫。

"这儿真不赖。"本说。他望向后院的烧烤炉，炉子比较低，砖结构，很像那么一回事。炉火泛起的热气浮在上头。

"自己动手造，"比尔答道，"总得造得比较好。"

本痛饮一大口啤酒，然后打个嗝，比尔又给了他一分。

"苏西觉得你很合她胃口。"诺顿说。

"她是个好姑娘。"

"务实的好姑娘。"诺顿补充道，条件反射似的打个嗝。"她说你写了三本书，都出版了。"

"对，没错。"

"卖得好？"

"第一本还行。"本没多说什么。比尔·诺顿微微点头，他赞成有料的男人该把钱的事情藏在自己肚子里。

"愿意帮我烤汉堡和热狗吗？"

"当然。"

"热狗得切个口子，烤的时候让肉翻出来。知道怎么做？"

"知道。"本用右手食指在半空中画个十字，咧嘴微笑。天然肠衣灌的热狗必须剖开，免得受热后炸裂。

"没错，你确实是这片林子里长出来的，"比尔·诺顿说，"说得非常好。拿上那袋木炭，我去取肉。带好你的啤酒。"

"我和啤酒一体同心。"

比尔正要进屋，停下来对本·米尔斯挑起一侧眉毛。"你这人踏实吗？"他问。

本微笑，有点庄重地说："非常踏实。"

比尔点点头："那就好。"说完就进屋拿肉去了。

芭布丝·格里芬的暴雨预报差了十万八千里，后院的烧烤大餐非常顺利。傍晚刮起轻风，加上烧烤炉里阵阵飘出的山核桃木烟气，驱走了夏末绝大多数的蚊子。母女二人收拾好纸餐盘和调味品，一人拿了一瓶啤酒也在院子里坐下，笑看擅长利用复杂气流的比尔打羽毛球痛宰本，最后比分为二十一比六。本拒绝了再赛一场的提议，很不情愿地指指手表。

"手头有本书在写，"他说，"今天还差六页。要是喝醉了，明早估计都认不出自己写了什么。"

苏珊送他到前门口，他是徒步从镇上走来的。比尔熄灭炉火时暗自点头。他自称为人踏实，比尔打算相信他的话。他并不存心显山露水，但任何吃完晚餐还要干活的人都能有所成就，说不定还是像样的大成就。

另一方面，安·诺顿离解冻还远着呢。

17

傍晚七点。

戴尔波特·马凯，戴尔酒吧的店主兼任酒保，才给门前的粉色新店标通上电十分钟，弗洛伊德·蒂比茨就开车进了酒吧的碎石停车场。"戴尔酒吧"这几个字足有三英尺高，中间的撇号是个盛烈酒的高杯。

正在合拢的紫色暮霭里射出今天最后几缕阳光，低处的洼地很快就将聚起薄雾。再过一个钟头左右，晚间的常客就会陆续到场。

"嘿，弗洛伊德，"戴尔说，从冰柜里抽出一瓶米狮龙啤酒，"今天如何？"

"凑合，"弗洛伊德答道，"啤酒看起来不错。"

他个子很高，沙色胡须修剪整齐，穿双股针织轻便裤和休闲运动上衣，这是他在格兰特公司的工作服。他是信用卡分部的副主任，算是漫不经心地喜欢这份工作，但睡一觉说不定就会开始厌倦。他觉得他在随波逐流，但这种感觉并不特别糟糕。再说他还有苏西——一个好姑娘。她很快就会对他回心转意，到时候他大概就必须奋发向上了。

他在吧台上放下一块钱，贴着杯壁倒啤酒，迫不及待地一饮而尽，然后又倒一杯。酒吧里还有个客人，年纪很轻，身穿电话公司的连体服——布莱恩特家的小子，弗洛伊德心想。他坐在一张台子前喝啤酒，在听自动点唱机里的缠绵情歌。

"镇上有什么新鲜事？"尽管知道答案，但弗洛伊德还是这么问。不会有什么像样的新鲜事。也许高中里有人喝得半醉去上课，但此外他就想不出其他的了。

"唔，有人杀了你叔叔的狗。够新鲜吧。"

弗洛伊德的酒杯停在了半空中。"什么？文叔的狗？医生？"

"没错。"

"被车撞死了？"

"要是那样就不新鲜了。迈克·莱尔森发现了尸体。他去谐和山修草地，医生挂在墓园大门的尖刺上。开膛破肚。"

"狗娘养的！"弗洛伊德说，大为震惊。

戴尔严肃地点点头，这番话造成的冲击让他很高兴。镇上今晚还有一件热闹事在疯传，人们见到弗洛伊德的女朋友和住在伊娃公寓的作家待在一起。不过这个就留给弗洛伊德自己去发现吧。

"莱尔森把尸体拿给帕金斯·吉列斯皮，"他告诉弗洛伊德，"他觉得狗也许本来就死了，一群小屁孩当恶作剧把它挂在门上。"

"吉列斯皮连屁眼和地上的窟窿都分不清。"

"也许吧。我告诉你我怎么想，"戴尔趴在粗壮的前臂上，凑近弗洛伊德，"我估计是小孩干的没错……妈的，我就知道。但也许比玩笑要严肃那么一点点。哎，你看这个。"他从吧台底下掏出报纸，啪的一声摔在吧台上，翻到里面某一页。

弗洛伊德拿起报纸，头版标题是《佛罗里达：撒旦崇拜者亵渎教堂》。他捡着读了一遍。事情是这样的：一群孩子在午夜过后闯入佛罗里达州克莱维斯顿市的一家天主教堂，举行了某种邪恶的仪式。他们亵渎圣坛，在长凳、告解室、圣水盆上涂写下流话，通往中殿的台阶上还发现了泼洒的血迹。实验室分析证明，尽管部分血液来自动物（可能是山羊），但大部分来自人类。克莱维斯顿市警察局长承认暂时没有找到线索。

弗洛伊德放下报纸："林苑镇有人拜恶魔？戴尔，少扯淡了。你得去看看脑子了。"

"年轻人越来越疯狂，"戴尔固执地说，"你不也都看见了吗？接下来估计就要在格里芬家的牧场搞血祭了。再来一杯？"

"不用了，谢谢，"弗洛伊德跳下高脚凳，"我还是去看看文叔怎么样吧。他很爱那条狗。"

"替我问候一声，"戴尔把报纸——今晚的头号证物——塞回吧台底下，"就说听说发生这种事，我很难过。"

弗洛伊德走到一半停下脚步，像是自言自语道："把医生挂在尖刺上？老天在上，别让我逮住干这事的小兔崽子。"

"拜恶魔的，"戴尔说，"我一点也不惊讶。真不知道现在大家都怎么了。"

弗洛伊德离开酒吧。布莱恩特家的小子又往点唱机里投了一毛钱，迪克·科莱斯开始唱《连酒瓶一起埋了我》。

18

晚上七点三十分。

"早点回来，"玛乔丽·格立克对大儿子丹尼说，"明天上学，我要你弟弟九点一刻上床。"

丹尼拖着步子走来走去："我就不懂了，凭什么要我带上他。"

"要是实在想不通，"玛乔丽用亲昵得危险的语气说，"那就待在家里好了。"

她走回厨台前继续洗鱼，拉尔菲吐吐舌头，丹尼举起拳头晃了晃，但他讨厌的小弟只是微笑。

"我们会按时回来的。"他嘟囔着离开厨房，拉尔菲跟着他。

"最迟九点。"

"好的，好的。"

客厅里，托尼·格立克翘着脚坐在电视机前，正在看红袜队和洋基队的比赛。"两位小伙子，这是去哪儿？"

"去见新来的小子，"丹尼答道，"马克·皮特里。"

"对，"拉尔菲说，"去看他的……电动火车。"

丹尼向弟弟投去怨毒的眼神，但父亲既没有注意到说话间的停顿，也没听出来强调的语气。道格·格里芬刚被三振出局。"早点回家。"他心不在焉地说。

出了屋子，太阳已经下山，天空中还挂着最后几抹晚霞。穿过后院的路上，丹尼说："小废物，我要把你的屎打出来。"

"那我去告状，"拉尔菲得意洋洋地说，"我去告诉爸妈你到底去干什么。"

"小爬虫。"丹尼绝望地说。

修剪整齐的后院背后，有一条踏出来的下坡小径穿过树林。格立克家住在布罗克街，马克·皮特里家在南乔因特纳大道。假如你们一个十二岁一个九岁，愿意踩着石头过克罗凯特溪，那么走这条捷径就能节省不少时间。松针和小树枝在脚下吱嘎作响。林中某处有夜鹰啼鸣，蟋蟀叫声此起彼伏。

丹尼犯了个大错误，他不该告诉弟弟，马克·皮特里有极光公司出品的全套怪物模型：狼人、木乃伊、德古拉伯爵、弗兰肯斯坦、疯狂医生，连恐怖斗室都有。他们的母亲认为这种东西很糟糕，会腐坏你的思想，于是丹尼的弟弟立刻变成了勒索者。这小子烂透了，真的。

"你烂透了，知道什么意思吗？"丹尼说。

"知道，"拉尔菲骄傲地说，"'烂透了'是什么意思？"

"烂成绿兮兮、黏糊糊的样子，就像鼻屎。"

"去你的。"拉尔菲说。他们沿着克罗凯特溪的岸边走,小溪欢快地流淌在砾石河床上,水面上泛着淡淡的珍珠白亮光。克罗凯特溪在东边两英里处汇入塔加特溪,塔加特溪再汇入帝王河。

丹尼走上过河的垫脚石,暮色渐浓,他眯起眼睛寻找下脚的地方。

"我要推你啦!"拉尔菲在背后喜滋滋地叫道,"当心,丹尼,我要推你啦!"

"敢推我,小屁眼,我就把你推进流沙地。"丹尼说。

他们到了另一侧岸边。"附近没有流沙地。"拉尔夫轻蔑地说,但还是往哥哥身边靠了靠。

"真的?"丹尼阴恻恻地说,"几年前有个小子就死在流沙地里。我听店里那群老家伙说的。"

"真的?"拉尔菲瞪大了眼睛。

"当然,"丹尼说,"沉下去的时候,他又是叫,又是嚎,然后嘴里开始进沙子,然后就没然后了。哇啊啊啊啊嗤嗤嗤。"

"少来了。"拉尔菲不安地说。天快黑了,林子里充满了会移动的阴影。"咱们快出去吧。"

他们从岸边往上走,松针让脚底有些打滑。丹尼在店里听别人谈起的是个十岁男孩,名叫杰瑞·金培德。陷入流沙地的时候,他也许叫了,也许嚎了,但反正没人听见。六年前,他去大沼泽钓鱼,结果消失得无影无踪。有人觉得是陷进了流沙地,有人觉得是被变态色魔害了性命。变态色魔无处不在。

"据说他的鬼魂还在林子里出没。"丹尼严肃地说,罔顾大沼泽实际上在南边三英里处的事实。

"别说了,丹尼,"拉尔菲越来越不安,"别……别在暗处说这些。"

树林在四周窃窃私语。夜鹰停嘴不唱。身后某处一根枝条悄然断裂。最后一缕天光黯然逝去。

"有时候,"丹尼的声音愈发阴森,"某个小屁孩在天黑后走进林子,鬼魂就扑啦啦地从树上飞下来,一张烂透了的脸上全是流沙——"

"丹尼，别说了。"

弟弟真的在恳求，丹尼停下了。他几乎被自己吓住了。周围的树木变成了巨大的黑色怪物，在夜风中缓缓移动，互相摩擦躯体，接合处发出吱吱嘎嘎的声响。

左边不远处又有一根树枝断裂。

丹尼忽然很后悔，他们应该走大路的。

又是一根树枝断裂。

"丹尼，我害怕。"拉尔菲轻声说。

"别傻了，"丹尼说，"快走。"

他们继续向前走。松针在脚下吱嘎作响。丹尼对自己说，你没有听见枝条折断的声音。除了他和弟弟的脚步声，他没有听见任何其他响动。太阳穴的血管怦怦搏动，双手冰冷。数步子，他告诉自己。两百步之内我们就在乔因特纳大道上了。回家时我们走大路，免得吓坏了小屁眼。等一分钟后看见路灯，我们会觉得自己傻乎乎的，但能感到傻乎乎的也很不错，好好数步子吧。一……二……三……

拉尔菲尖叫起来。

"我看见了！看见鬼了！**我看见了！**"

恐惧砸进胸膛，就像滚烫的烙铁。铁丝仿佛沿双腿而上捆住了他。要不是拉尔菲紧抱住他，丹尼肯定会转身逃跑。

"哪儿？"他悄声说，忘记了是捏造这个鬼魂的就是自己。"哪儿？"他盯着树林，有些害怕自己会见到什么，但眼前只有黑暗。

"走了——但我看见他……看见那东西了。眼睛，我看见眼睛了。啊，丹尼——"他哭叫起来。

"傻瓜，没有什么鬼魂。快走吧。"

丹尼抓住弟弟的手，两人开始向前走。他的腿仿佛是用一万块橡皮擦做的，膝盖抖个不停。拉尔菲靠在他身上，都快把他挤出小径了。

"它在看我们。"拉尔菲耳语道。

"听着，我才不——"

"不，丹尼，我说真的，你没感觉到？"

丹尼停下脚步。以儿童的敏锐知觉，他确实感觉到了某些异常之处，知道除了他和弟弟，这里还有其他东西存在。林子里万籁俱寂，这种寂静充满恶意。夜风驱动黑影在他们周围茫然扭动。

丹尼闻到了某种凶残的气味，但不是通过鼻子嗅到的。

世界上没有鬼魂，但有变态色魔。他们开着黑色轿车，停下来请你吃糖，在路口闲逛，或者……或者尾随你走进树林……

然后……

啊，天哪，然后他们会……

"跑。"他嗓音嘶哑。

但身旁的拉尔菲害怕得无法动弹，不停颤抖。他的手像打包带似的握住丹尼的手。他盯着树林深处，双眼忽然瞪大。

"丹尼？"

一根树枝折断了。

丹尼转过身，看见了弟弟看见的东西。

黑暗包裹了他们。

19

晚上九点。

梅布尔·沃茨是个体型庞大的胖女人，已经过了七十四岁生日，两条腿正变得越来越不中用。她是小镇历史和流言的仓库，过去五十年的亡故、通奸、盗窃和精神失常事件，她如数家珍。她喜欢嚼舌头，但不会蓄意中伤他人（尽管被她传过闲话的人未必同意）；简而言之，她为小镇而生，以小镇为生。从某个角度说，她就是小镇本身，一个肥胖的寡妇，越来越少跨出家门，把绝大多数时间都消耗在窗边，身穿帐篷般的丝绸胸衣，泛黄象牙颜色的头发编成粗重的辫子，挽在头顶作成冠冕，右手电话，左手日本造高倍数双筒望远镜。

这两件武器组合起来，从早到晚用个不停，她变成了小镇从弯道区到东撒冷这个通讯网络最中心的善良老蜘蛛。

她正在观察马斯滕老宅，希望能有点更好的东西可看，这时老宅门廊左边的百叶窗忽然打开，窗口映出四方形的金色光华，但那绝不是电灯的稳定光线。在亮光的衬托下，她仿佛瞥见了一个男人头部和两肩的剪影。老妇人怪异地不寒而栗。

老宅里没有更多的动静了。

她心想：刚才开窗的是个什么人？我竟然没法看清他的模样。

她放下望远镜，慢吞吞地拿起电话机。两个声音正在谈论莱尔森家的孩子如何发现欧文·普林顿的狗，她很快分辨出她们是哈莱特·德拉姆和格莱妮斯·梅贝里。

她静静地坐在那儿，用嘴巴呼吸，不让正在打电话的人知道她在偷听。

20

深夜十一点五十九分。

这一天在行将结束的时候颤抖起来。房屋在黑暗中沉睡。商业区，五金店、福尔曼殡仪馆和顶好咖啡馆把柔和的灯光投在人行道上。有些人还没睡：乔治·博耶，他刚在盖茨的工厂上完中班回家；文·普林顿，他坐在桌边玩单人牌戏，想到医生就睡不着，狗的过世比妻子过世更让他难过——但大多数人都因为到了睡觉的钟点和辛勤的工作而已经酣睡。

谐和山墓园，一个黑影站在门内冥想，等待这一天过去。开口的时候，他的声音既轻柔又有教养。

"我的圣父，佑护于我。苍蝇之王，佑护于我。我献上臭肉和腐尸。我为你活祭牲品。我用左手奉献。求你在这片土地为我留下征兆，彰显你的圣名。我等待你的征兆，以开始为你做工。"

声音逝去。风轻轻吹起，带来枝叶草木的叹息耳语，还有上风处垃圾场的一缕腐臭。

除了轻风带来的声音，万籁俱寂。人影默然站立，沉思片刻。然后它弯下腰，抱着一个孩子站直。

"我将他献给你。"

情况变得无法用语言描述。

第四章　丹尼·格立克及其他人

1

丹尼·格立克和拉尔菲·格立克出去找马克·皮特里玩，母亲命令两人九点前到家；到了十点钟，仍不见他们回来，玛乔丽·格立克打电话到皮特里家。皮特里夫人说孩子们不在。根本没有来过。不如让你丈夫和亨利说两句吧。格立克夫人把电话递给丈夫，胸中升起一丝恐惧。

两个男人详谈片刻。是的，孩子走了林子里的捷径。不，小溪在每年的这个时候都很浅，特别最近都是晴天。顶多淹到脚腕。亨利提议他拿着强光手电筒从他这头开始找，格立克先生从那头开始。也许孩子碰巧找到了旱獭的地洞，或者躲在哪儿抽烟，等等等等。托尼挂断电话，安慰了妻子几句；玛乔丽很害怕。他暗自下定决心，找到以后要禁足他们整整一周。

他还没离开后院，丹尼就跟跟跄跄地走出树丛，瘫倒在后院的烧烤炉旁。他迷迷糊糊，口齿不清，回答问题时反应很慢，有时候甚至神志不清。他的袖口里有野草，头上也挂着几片落叶。

丹尼告诉父亲，他和拉尔菲走小路穿过树林，踏着石头过了克罗凯特溪，轻轻松松到了对岸。然后拉尔菲开始说林子里有幽灵（丹尼没说是他把这个念头装进弟弟脑子的）。拉尔菲说他看见了一张脸。丹尼也害怕起来。他不相信世上有鬼或者姜饼人之类的东西，但他确实听见黑暗中有异常的声音。

接下来你们怎么做的？

丹尼觉得他们好像继续向前走了，手拉手，但他不敢确定。拉尔菲哭起来，呜呜咽咽地说有鬼。丹尼叫他别哭，因为前面很快就能看见乔因特纳大道的路灯了。只有两百步而已，甚至还不到。然后发生了可怕的事情。

什么事情？什么可怕的事情？

丹尼不知道。

大人和他争论，情绪激动，软磨硬泡。丹尼只是缓缓摇头，不明所以。对，他知道他应该记得，但就是想不起来了。真的想不起来了。不，他不记得从高处摔下去。只是……到处都很黑，非常黑。接下来的记忆就是他独自躺在小径上。拉尔菲不见了。

帕金斯·吉列斯皮说今晚派人进林子搜寻无济于事。到处都是倒伏树木，很危险。孩子也许只是走出小径后迷路了。他带着诺利·加德纳、托尼·格立克和亨利·皮特里沿着小径上上下下找了几遍，又顺着南乔因特纳大道和布罗克街的路肩搜寻，边走边用电喇叭喊话。

第二天一大早，坎伯兰县和缅因州都派来警察，在对整片林地展开协同搜索。一无所获之下，他们扩大了搜索范围。接下来的四天内，他们把这附近翻了个底朝天，格立克夫妇在树林和野地里走来走去，穿行于旧日大火留下的倒伏林木之间，带着不灭的渺茫希望呼喊儿子的名字。

依然没有结果，警方在塔加特溪和帝王河上拉网寻尸。没有任何结果。

第五天凌晨四点，玛乔丽·格立克摇醒丈夫，惊恐，歇斯底里。丹尼倒在楼上走廊里，原本大概是去要上厕所。救护车送他进中缅因综合医院。初步诊断是延宕发作的情绪性休克，情况不容客观。

主管医师叫戈比，他把格立克先生拉到一旁。

"你儿子有哮喘发作病史吗？"

格立克先生使劲眨眼，摇摇头。过去这一周他老了十岁。

"风湿热呢？"

"丹尼？没有……怎么会呢？"

"过去一年内他有没有做过肺结核皮试？"

"肺结核？我儿子得肺结核了？"

"格立克先生，我们只是想搞清楚——"

"玛吉！玛吉，快过来！"

玛乔丽·格立克站起身，沿着走廊慢慢走过来。她脸色苍白，头发随便梳了几下。她像个是正在被重度偏头痛折磨的女人。

"丹尼今年在学校做过肺结核皮试吗？"

"做过，"她茫然地说，"刚开学的时候做过。阴性。"

戈比问："他夜里咳嗽吗？"

"没有。"

"抱怨过胸部或关节疼痛吗？"

"没有。"

"小便疼痛吗？"

"没有。"

"有过任何异常出血吗？流鼻血、便血、甚至抓伤或淤青多得反常？"

"没有。"

戈比微笑点头："我们打算让他留院检查，可以吗？"

"当然，"托尼答道，"当然可以。我有蓝十字保险。"

"他的反应很慢，"医生说，"我们要做 X 光透视、骨髓检查、白细胞计数……"

玛乔丽的双眼一直在缓缓瞪大。"丹尼得白血病了？"她用嘶哑的声音说。

"格立克夫人，还很难……"

但她已经昏了过去。

2

本·米尔斯是撒冷林苑镇搜寻拉尔菲·格立克的志愿者之一，但艰苦跋涉只换来满裤脚管的苍耳，夏末盛开的一枝黄还引发了严重的花粉热。

搜寻的第三天，他回到伊娃公寓的厨房，打算吃个意大利小方饺罐头，上床小睡片刻，然后起床写作。一进门，他发现苏珊·诺顿正在炉子前忙活，在做砂锅炖汉堡肉之类的菜肴。刚下班的几个男人围坐在桌前，他们假装聊天，色眯眯地看苏珊——她上半身穿做旧的格子衬衫，下摆系在腰间，下半身穿灯芯绒半截裤。伊娃·米勒在厨房旁的小隔间里熨衣服。

"嘿，你怎么来了？"本问。

"给你做点像样的饭菜，免得你瘦成纸片。"她答道，伊娃在墙角后发出嗤笑声。本的耳朵烧得发烫。

"她很会做饭，"韦索尔说，"看得出来，我一直在看。"

"再看下去，你的眼珠子就要掉出来了。"格罗夫·维瑞尔尖声大笑。

苏珊盖好盖子，把砂锅放在炉火上，拉着本去门廊等菜做好。太阳正在下山，红彤彤的，比白天大了好几圈。

"有线索吗？"

"没，什么也没有。"他从胸袋里掏出压扁了的烟盒，抽出一根点燃。

"闻起来像是用驱虫剂洗了个澡。"苏珊说。

"可惜毫无用处。"他伸出胳膊，给苏珊看星星点点的昆虫咬痕和已经开始愈合的擦伤。"狗娘养的蚊子，天杀的树丛能扎死人。"

"本，你认为他发生了什么？"

"上帝才知道，"本吐出一口烟，"也许有人从哥哥背后摸上去，用灌沙子的长袜之类的东西打昏他，然后绑走弟弟。"

"你认为他已经死了？"

本望着苏珊，想知道她需要诚实的还是安慰性的答案。他握住苏珊的手，两人手指相扣。"是的，"他简单地说，"我认为孩子已经死了。还没有决定性的证据，但我确实这么认为。"

苏珊慢慢摇头："真希望你是错的。我妈妈和另外几位女士在陪格立克夫人。她精神恍惚，她丈夫也是。另一个孩子一直像幽灵似的走来走去。"

"唉。"本说。他正在眺望马斯滕老宅，苏珊的话如风过耳。百叶窗此刻合着，晚些时候会打开。天黑之后。百叶窗会在天黑后打开。想到这里，想到这句话近乎于魔咒的性质，他感到了病态的寒意。

"……晚上过来？"

"嗯？不好意思，什么？"他扭头去看苏珊。

"我说，我爸爸希望你明天晚上过来，可以吗？"

"你在吗？"

"当然，我当然在。"她望着本。

"那好，没问题。"尽管本很想看着苏珊，日落时的阳光照得她分外妖娆，但他的眼神仿佛受到磁铁的吸引，情不自禁地转向马斯滕老宅。

"吸住你了，是吧？"苏珊像是读出了他的思想，一语道破那个比喻的内涵，这可真够离奇的。

"是的，的确如此。"

"本，你的新书讲什么？"

"还不清楚，"他答道，"多给它一点时间。等我想知道了，一定首先告诉你。故事……需要自己发展成形。"

就在这个瞬间，苏珊想说我爱你，想借着念头浮上脑海时的轻巧势头和不由自主说我爱你，但话到嘴边，又被苏珊咽了回去。她不想在本看着……看着那地方的时候说我爱你。

她站起身："我去看看砂锅。"

苏珊离开了，本抽着烟仰望坡顶的马斯滕老宅。

3

二十二号上午，电话铃响起的时候，劳伦斯·克罗凯特坐在办公室里，一只眼睛读周一的信件，另一只眼睛盯着秘书的胸部。他一直在考虑他在撒冷林苑镇的商业生涯，在考虑马斯滕老宅门前车道上那辆闪闪发亮的小轿车，在考虑他和魔鬼做的交易。

即便没有和斯特莱克达成那笔交易（达成这个词真是够分量，他想，视线从秘书敞开的衬衫前襟伸了进去），劳伦斯·克罗凯特无疑已经是撒冷林苑镇最有钱的人，也是坎伯兰县最有钱的人之一，尽管无论从办公室还是从他的外表都看不出这一点。这间办公室很旧，四处积灰，由两个粘满虫尸的黄色灯泡提供照明。旧式卷盖书桌上乱七八糟地堆满了纸张、钢笔和信件。左手边是一瓶胶水，右手边是一方玻璃镇纸，每一面展示一名家人的照片。放满火柴的玻璃鱼缸压着一叠账本，看上去很危险，鱼缸正面的标记写着"专供忘带火柴的朋友"。除了三个防火钢制文件柜和小隔间里的秘书座位，办公室里没有多余的家具。

但是，有许多照片。

到处都是快照和相片，有大头针钉住的，有订书针钉住的，有胶带纸粘住的，所有的空白表面都被占用了。有近期的宝丽来拍的，有前些年用柯达彩卷拍的，还有泛黄起卷的黑白照，部分照片的历史已经超过十五年。每张照片底下都有打字机打出的标题："优雅的乡村生活！六室大宅。"或者"坐享山景！塔加特溪路，三万两千块——便宜！"或者"绅士独享！十室豪宅。伯恩斯路农场院落。"公司看起来很不景气，说不定哪天夜里就会携款潜逃；事实上，一九五七年以前，它确实如此。拉里·克罗凯特，林苑镇更有进取心的人向来认为他离懒汉仅有一步之遥，他却独具慧眼，发觉拖车是未来的潮流所在。在那些死气沉沉的倒霉日子里，绝大多数人都认为拖车只是银光闪闪的可爱玩意儿，哪天想去黄石公园携妻儿在老实泉前合影留念了，就把这东西挂在轿车背后上路。在那些死气沉沉的倒霉日子里，包括拖车制造商自己在内，很少有人预见到日后这些银光闪闪的可爱玩意儿会被野营车取代，野营车可以挂在雪佛兰皮卡的底盘上，也有可以独立来去、自带引擎的型号。

拉里不需要知道这么多。他顶多是个目光短浅的梦想家，因此他径直冲进镇公所（那时候他还不是行政委员，那时候他去竞选捕狗队员都会失败），查阅耶路撒冷林苑镇的镇区规划法。法律让他满意得难以自制。他从字里行间窥见了成千上万的美元。法律说不得私自建立公共垃圾倾倒场；除非获得旧车停放许可，否则在自家院子内不得停放超过三辆的旧车；在没有获得镇健康官员批准的情况下，不得设立"化学厕所"——这是户外厕所的新称呼，但不够准确。这就是全部了。

拉里抵押了他的一切，又借来更多的现金，买下三辆拖车。不是那种银光闪闪的可爱小东西，而是豪华、肿大的长形怪物，有塑料木纹镶板和丽光板卫生间。他为每辆拖车在地价低廉的弯道区各买下一英亩土地，把拖车放置在廉价的地基上，然后努力叫卖。尽管一开始人们对这种状如火车卧铺车厢的住宅抱有怀疑心理，但三个月后，三辆拖车全部出手，他获利近一万美元。未来的潮流终于抵达撒冷林苑镇，拉里·克罗凯特则成为幸运的弄潮儿。

R.T. 斯特莱克走进办公室的那天，克罗凯特的身家接近两百万美元。他认定移动房屋产业将疯狂增长，于是在附近的许多城镇做土地的投机买卖，这些钱就是战果（他不碰林苑镇，兔子不吃窝边草是劳伦斯·克罗凯特的座右铭）。事实正如他的预料，感谢上帝，真可谓财源滚滚。

一九六五年，拉里·克罗凯特成为一名建筑商的匿名合伙人，对方名叫罗密欧·鲍林，当时正在奥本市承建一家超市。鲍林此人擅长偷鸡摸狗，对这个行当可谓了如指掌，加上拉里对财务数字天生敏感，他们每人挣了七十五万美元，对山姆大叔只报了三分之一。所有事情都令人满意得无以复加，就算超市屋顶不凑巧漏水严重又能怎样呢？唉，这就是人生。

一九六六到一九六八年，拉里买下缅因州三家主要活动房屋生产商的多数股权，利用繁复的所有权花招将税务部门拒之门外。他对罗密欧·鲍林是这么形容其中过程的：就像你和女孩一号钻进恋人地道，和女孩二号在背后的轿车里搞一场，最后又拉着女孩一号的手走出地道另一头。部署完毕之后，他实际上从自己手里购买活动房屋，这种乱伦式的生意太挣钱了，甚至让他害怕。

因此，拉里一边整理文件一边想，和魔鬼做交易也没什么大不了的。只是他交给你的钞票是用硫黄熏过的。

拖车买家都是中低等蓝领或白领工人，或者是筹不出正常房屋首付款的穷人，或者是正在想办法延长社会保险的老人。这些崭新的六居室住宅简直是从天而降的礼物。对于老人而言，拖车房屋还有一项被众人忽视的优点，只有眼神毒辣的拉里注意到了：所有房间都在一楼，再也不需要爬烦人的楼梯了。

财务上也很轻松。首付五百你通常就能住进去了。剩下的九千五百块要付百分之二十四的利息，但即便在二十世纪六十年代全靠捕鱼支持经济的那些日子里，渴房如命的人们依然趋之若鹜。

我的天哪！真可谓财源滚滚。

克罗凯特本人却没什么改变，即便在令人不安的斯特莱克先生和他"咱们做笔交易吧"之后也依然如此。没有娘娘腔室内设计师来重新装修他的办公室。他还在用廉价的电扇，而不是空调系统。他依旧穿屁股磨得发亮的正装或俗气的组合休闲服。他仍然抽同样的廉价雪茄，每周六去戴尔酒吧喝几瓶啤酒，和弟兄们打几盘桌球。林苑镇的房地产他也没放手，这有两个好处：其一，这能让他当选行政委员；其二，这让他报税的时候很方便，因为每年他摆在台面上的生意都只超出收支平衡一点点。除了马斯滕老宅，他还是本地区其他三四十幢破旧房屋的出售经纪人。好买卖到处都有，但拉里并不着急。他的钱毕竟在滚滚而入。

他的钱也许太多了。你的脑子有可能赶不上自己了，他心想。和女孩一号走进恋人地道，搞完女孩二号后又拉着女孩一号的手出来，更有可能被她们两人联手揍得满地找牙。斯特莱克说他会保持联系，那是十四个月以前的事情。要是——

电话铃就在此刻响起。

4

"克罗凯特先生。"电话里传来那个没有口音的熟悉嗓音。

"斯特莱克，是你吗？"

"不错。"

"我正在想你，莫非我有会通灵？"

"笑话不错，克罗凯特先生。我需要你帮我做事。"

"乐意为您效劳。"

"请找一辆卡车,大卡车。租一辆,谢谢。要卡车今晚七点整到波特兰码头。海关码头。我估计两名搬运工就够了。"

"行。"拉里用右手拿出记事簿,潦草地记下:H. 彼得斯,R. 斯诺。亨利搬场公司。最迟六点。他连一秒钟也没思考他为什么要听从斯特莱克的命令。

"有十二个箱子需要取回。除了其中一个,全部运到商店。例外的那个是一套非常贵重的餐具柜,赫普怀特[①]的作品。搬运工从尺寸能分辨清楚。这个箱子送到我们的住处。明白了吗?"

"明白了。"

"让搬运工把箱子放进地下室,可以走厨房窗户底下的外部翻板门。明白了吗?"

"明白了。请问,这套餐具柜——"

"还有另外一件事。买五把结实的耶鲁挂锁。熟悉耶鲁这个品牌吗?"

"谁不熟悉呢?这是——"

"你的搬运工离开时必须锁好商店后门。他们必须将五把钥匙留在地下室的桌子上。离开屋子的时候,他们必须锁好翻板门、前门、后门和车棚。明白了吗?"

"明白了。"

"谢谢你,克罗凯特先生。请百分之百遵守上述指示。再见。"

"喂,稍等一下——"

电话已经挂断。

5

七点差两分,波特兰港海关仓库的尽头,波纹钢板搭设的堆场风

---

① 18世纪晚期著名家具设计师。

雨棚前，一辆橘红色和白色相间、车身和车尾都刷着"亨利搬场"的大卡车缓缓停下。正是潮头转向的时刻，海鸥因此骚动，在日落时猩红色的天空中盘旋、鸣叫。

"老天，这儿没人啊，"罗伊尔·斯诺喝完最后一口百事可乐，把空罐扔在车厢的地板上，"我们会被当贼抓起来的。"

"有人，"汉克·彼得斯说，"条子。"

并不是真正的条子，而是一名夜间警卫。他举起手电筒，照着两个人说："哪位是劳伦斯·克鲁卡特？"

"是克罗凯特，"罗伊尔答道，"我们是他派来的，来取几个箱子。"

"很好，"夜间警卫说，"跟我进办公室，有张收据需要签字。"他指着驾驶座上的彼得斯说："倒车，到亮灯的双开门那儿停下。看见了？"

"看见了。"他换成倒车挡。

罗伊尔·斯诺跟着夜间警卫走进办公室，咖啡机正在噗噗作响。挂历上方的钟显示七点零四分。夜间警卫在桌上的乱纸堆里东翻西藏，最后拿起一块写字板："这儿签字。"

罗伊尔签下自己的姓名。

"进去的时候当心点，别忘了开灯。有老鼠。"

"没见过哪只老鼠不怕这个的。"罗伊尔抬起穿着工装靴的脚，踢出一道弧线。

"小伙子，这些是码头老鼠，"警卫干巴巴地说，"拖走过块头比你大的汉子。"

出了办公室，罗伊尔走向仓库。夜间警卫站在风雨棚门口目送他离开。"当心点儿，"罗伊尔对彼得斯说，"老头子说仓库里有老鼠。"

"好的，"彼得斯窃笑着答道，"谢谢拉里·克鲁卡特老兄。"

罗伊尔在门里摸到电灯开关，打开了灯。仓库里的气氛不太对头：混杂着咸水、木头腐烂和潮湿的味道——两人的嬉笑戛然而止。他们还想到了老鼠。

箱子堆在宽敞仓库的正中央。除此之外，仓库里空荡荡的，因此那堆东西显得有点诡异。装餐具柜的箱子在中间，比其他箱子高出一截，也是唯一一个没地址的，其他箱子上都标着"巴洛与斯特莱克，乔因特纳大道二十七号，耶路.林苑镇，缅因州"。

"咦，看起来不赖嘛，"罗伊尔根据收据副本清点箱子，"没错，都在这儿了。"

"真有老鼠，"汉克说，"听见了没?"

"听见了，该死的小东西。我讨厌老鼠。"

两人沉默片刻，听着暗处传来的吱吱叫声和嗒嗒跑动声。

"好了，赶紧干活吧，"罗伊尔说，"先把大宝贝搬上车，免得在商店卸货的时候挡路。"

"行。"

他们走到箱子前，罗伊尔掏出小折刀，手腕一甩，划破了贴在箱子上装收据的棕色信封。

"嘿，"汉克说，"难道咱们不该……"

"应该先确认没搬错东西，对吧? 要是搞砸了，拉里会把咱们的屁股钉在公告牌上的。"他抽出收据，仔细阅读。

"上头说什么?"汉克问。

"海洛因，"罗伊尔朗声读道，"两百磅上等好货。还有两千本瑞典来的妹子画册，两百罗 ① 带刺安全套……"

"给我。"汉卡一把抢过去。"餐具柜，"他说，"和拉里说的一样。来自英国伦敦。到达港是缅因州的波特兰。安全套个屁。放回去。"

罗伊尔把收据放回去。"有一点很好玩。"他说。

"对，你，比一支意大利军队还好玩。"

"不，不开玩笑。这东西上没有海关印戳。箱子上没有，收据信封上没有，收据上也没有。哪儿都没有海关印戳。"

"说不定是用神奇墨水盖的，紫外线底下才显形。"

"我在码头干活的时候可没这东西。妈的，那群家伙变着法儿地乱盖章，搬箱子的时候每次都弄得满胳膊蓝墨水。"

---

① 罗（gross），货运计数单位，1 罗等于 12 打，即 144 个。

"很好。我非常高兴。实话实说，我老婆睡觉很早，今晚我打算和她亲热亲热。"

"要不然咱们打开箱子看——"

"没门。咱们快动手搬吧。"

罗伊尔耸耸肩。他们放平箱子，里面有什么很沉重的东西随之移动。这箱子太难搬了。肯定是那种超级华丽的橱柜。至少分量够沉。

两人咒骂着把箱子搬到卡车前，放上液压升降机，同时松了一口气。罗伊尔后退两步，让汉克操纵升降机。等台子和卡车车厢齐平，他们爬上去走进车厢。

箱子有某些地方他很不喜欢。不是缺少海关印戳这么简单的事情，而是某种难以名状的因素。他死死地盯着箱子，直到汉克砸了一拳后门，他才回过神来。

"快点，"汉克说，"还有箱子要搬呢。"

除了三个来自美国本土的箱子，其他箱子上都有海关印戳。每把一个箱子搬上卡车，罗伊尔都在收据表格上找到记录并打钩确认。要搬进家具店的箱子摆在车厢后门口，与餐具柜保持一定距离。

"喂，老天在上，谁会买这些破玩意？"箱子全上车后，罗伊尔问汉克，"波兰摇椅，德国挂钟，爱尔兰手纺车……老天在上，我敢打赌，这些东西每一样都贵得吓人。"

"游客，"汉克像智者似的说，"游客什么都买。拿个旧口袋装满牛粪，波士顿和纽约来的人都肯掏钱跟你买。"

"那个大箱子，我很不喜欢，"罗伊尔说，"没海关印戳，肯定有很多名堂。"

"行了，咱们送它去该去的地方吧。"

回撒冷林苑镇的路上，两人都一言不发。汉克猛踩油门。这是他必须完成的差使，但他很不喜欢它。正如罗伊尔所说，事情非常不对头。

他开着卡车绕到新家具店背后，正如拉里所说，后门没上锁。罗伊尔试了试门里面的电灯开关，灯却没亮。

"好得很，"他嘟囔道，"咱们要摸黑卸货了……哎，你有没有闻到怪味？"

汉克闻了闻。没错，确实有股怪味，让他讨厌的怪味，但他说不清具体让他想到了什么。闻起来干涩而刺鼻，就像腐烂多年的气味。

"没什么，就是闷了太久而已。"他举起手电筒，打量空荡荡的长形房间。"需要通风。"

"需要一把火烧掉才对。"罗伊尔说。他不喜欢这股味道。这地方不知为何让他毛骨悚然。"动手吧，咱们当心点，别摔断腿。"

他们尽可能快地卸下箱子，小心翼翼地搁在地上。半小时后，罗伊尔关上商店后门，上好挂锁，长出一口气。

"任务完成一半。"他说。

"轻松的一半。"汉克答道。他抬头仰望马斯滕老宅，今晚那里上了百叶窗，黑洞洞的。"我不想去老宅，我说这话一点也不害怕。世界上要是真有鬼屋，就只可能是那儿了。他们发疯了才想住进去。搞不好是一对同性恋。"

"就像那些基佬室内设计师，"罗伊尔附和道，"说不定打算把老宅变成游览名胜呢。生意肯定不错。"

"唉，该干的事情还是得干，咱们走吧。"

他们最后看了一眼靠在车厢内侧的板条箱，汉克砰地一声拉下卷帘门。他坐进驾驶座，从乔因特纳大道拐上布鲁克斯路。一分钟后，马斯滕老宅在前方赫然耸现，黑洞洞的，吱嘎作响，罗伊尔第一次感觉到真正的恐惧像虫子似的钻进他的肚子。

"老天，这地方太瘆人了，"汉克悄声说，"谁会想住在这儿啊？"

"不知道。你看见百叶窗背后有灯光吗？"

"没有。"

老宅仿佛俯下身子，像是正在等待他们。汉克沿着车道开到屋后。两人谁也不想看清楚跃动的车头灯在后院茂盛的草丛中照亮了什么东西。一缕恐惧钻进汉克的心脏，尽管他在越南时总是生活在恐惧之中，但也从未有过类似的体验。那种恐惧符合合理性，你害怕会一脚踩中毒刺陷阱，眼看着自己的脚肿得像装满毒液的绿色气球；害怕穿黑色宽松裤的孩子（他们的名字太过怪异，你的嘴巴不可能发出那些音节）端起俄国步枪，轰掉你的脑袋；害怕撞见正在巡逻的疯狂军官，要你把一周前来过越共的村庄炸个底朝天。但现在的恐惧却幼稚而虚幻。不存在任何参照物。屋子就是屋子——木板、合叶、铁钉和窗台。能有什么理由——任何理由——要你觉得木头每次劈裂都会喷吐出邪恶的白垩气味。这种念头愚不可及。鬼魂？他不相信鬼魂。去过越南就再也不信了。

他摸索了两次才换成倒车挡，猛地把车停到通往地下室的翻板门前。朽坏的两扇门敞开着，在卡车尾灯的暗红色光线照耀下，浅而短的石阶仿佛直通地狱。

"哥们，我真的完全搞不明白。"汉克说。他企图微笑，肌肉却扭曲出一个鬼脸。

"我也一样。"

两人在暗淡的仪表盘灯光中对视一眼，恐惧沉甸甸地压在身上。但他们都不是孩子了，不能因为非理性的恐惧而抛下工作，逃之夭夭——到了明艳艳的阳光底下，该怎么解释给老板听？该干的事情还得干。

汉克熄灭引擎，两人下车绕到卡车背后。罗伊尔爬上车身，松开门闩，把卷帘门沿着导轨提了上去。

箱子蹲伏在车厢里，上面还沾着锯末，静悄悄的。

"上帝啊，真不想搬那东西下去！"汉克·彼得斯哽咽道，听声音都快哭了。

"别磨蹭了，"罗伊尔说，"早干早完。"

他们把箱子拖到升降机上，液压装置嘶嘶地排出空气，箱子开始下降，到了与腰部齐平的位置时，汉克松开操纵杆，两人上前抬起箱子。

"慢着点，"罗伊尔倒退着走向台阶，"慢点……慢……"尾灯的红色光线之下，他的面容拧成一团，不时抽搐，仿佛心脏病突然发作的病人。

他一步一级地倒退着走下台阶，箱子倾斜过来，抵住他的胸口，那可怕的重量像是千钧石板。以后他会想道：箱子的确很重，但没有那么重。他和汉克为拉里·克罗凯特搬运过更大宗的货物，上楼下楼都有，但老宅这地方的气氛却让你提心吊胆，手脚发软。

台阶上覆有污泥，很滑，他两次险些失去平衡，忍不住大声哀求道："嘿！老天在上！当心点儿！"

费了一番周折，他们终于进了地下室。天花板很低，他们只得像弯腰驼背的女巫一样抬着餐具柜前行。

"就放这儿吧，"汉克气喘吁吁地说，"我一步也走不动了！"

他们轰然放下木箱，立刻后退几步。两人望着对方的双眼，发现恐惧已经被某位炼金术士偷偷变成了压倒一切的惊骇。地下室似乎突然充满了窸窸窣窣的神秘声响。也许是老鼠，也许是他们甚至不敢想象的某些东西。

两人拔腿就跑，汉克抢在前头，罗伊尔·斯诺紧随其后。他们三两步冲上台阶，罗伊尔在背后一甩胳膊，砰地一声关上翻板门。

他们钻进驾驶室，汉克发动引擎，挂回驾驶挡位。罗伊尔抓住他的胳膊；黑暗中只能看见他的眼睛：既大又亮。

"汉克，还没锁门呢。"

崭新的挂锁用包装铁丝穿起来搁在仪表板上，两人瞪着它们。汉克从外套口袋里掏出钥匙环，上面串着五把新耶鲁锁的钥匙，其中之一能打开镇上商店的后门挂锁，另外四把用于面前这些锁。钥匙和锁上都贴着标签。

"噢，基督在上，"他说，"我说，咱们不如明天早上……"

罗伊尔从仪表盘底下取出手电筒。"不可能，"他说，"你也清楚。"

两人再次下车，夜晚的凉风吹着前额的汗珠。"你锁后门，"罗伊尔说，"我锁前门和车棚。"

他们分开了。汉克走到后门口，心脏在胸腔里怦怦直跳。他试了两次，这才把锁臂穿进搭扣。离老宅这么近，岁月和木头朽烂的气味势不可当。小时候逗得他哈哈大笑的休比·马斯滕传奇浮现在脑海中，还有追打女孩时唱的小调：当心，当心，要当心！休比要来抓你了，当……心——

"汉克？"

他倒吸一口凉气，另一只挂锁失手落地。他捡起挂锁："别偷偷摸到我背后吓人，不知道……？"

"随你说。汉克，咱们谁再跑一趟地下室，把钥匙环搁在桌上？"

"不知道，"汉克·彼得斯说，"我不知道。"

"抛硬币？"

"行，这样最好。"

罗伊尔拿出一枚角子："出手再叫。"他把硬币弹进空中。

"字。"

罗伊尔抓住硬币，拍在小臂上，拿开手掌给汉克看。美国鹰微微闪亮。

"天哪！"汉克可怜兮兮地说。他拿起钥匙环和手电筒，再次打开地窖的翻板门。

他战战兢兢地走下台阶，缩头避过天花板上的突起，他用手电筒扫了一遍能看见的地方，地下室在前方三十英尺处直角拐弯，通向天晓得的什么地方。光柱照到桌子，桌上铺着覆满灰尘的花格桌布。一只大老鼠坐在桌子中央，见了灯光不躲不避。老鼠坐在圆滚滚的后臀上，仿佛在咧嘴怪笑。

汉克走向桌子，路上经过那个木箱。"嘘！滚开！"

老鼠跳下桌子，跑向远处的直角拐弯。汉克的手在颤抖，手电筒的光柱突兀地转来转去，一时照亮积满灰尘的木桶，一时照亮废弃了几十年的书桌，一时照亮成捆的旧报纸，一时照亮——

他陡地把光束移回报纸堆，落在报纸左手边的某样东西上，他猛然吸气。

衬衫……那是一件衬衫吗？破布似的卷成一团。衬衫后面像是一条蓝色牛仔裤。另一件东西看起来很像……

他背后噼啪一下断裂声。

汉克惊慌失措，把钥匙朝桌上一扔，转过身，踉踉跄跄地逃向门口。经过木箱的时候，他发现了声音的来源。一根铝合金的束带断开了，此刻如手指般歪扭扭地指着天花板。

他跌跌撞撞地爬上台阶，狠狠摔上翻板门（他起了一身鸡皮疙瘩，但事后才注意到），啪的一声合上挂锁，奔向卡车车头。他像受伤野狗似的呼哧呼哧喘息，模糊间听见罗伊尔问他怎么了，底下发生了什么，但他没有回答，只顾猛踩油门；卡车尖啸着冲出去，刨开松软的泥土，怒吼着转过屋角时只有两个轮子着地。直到开回布鲁克斯路，他才略微放慢车速，朝镇上劳伦斯·克罗凯特的办公室疾驰而去。这时候，他的身体开始剧烈颤抖，他害怕自己将不得不靠边停车。

"底下怎么了？"罗伊尔问，"你看见什么了？"

"没什么，"汉克·彼得斯答道，他的牙齿咔哒咔哒碰撞，他断断续续地挤出一句话，"什么都没看见，也不想再看见了。"

6

拉里·克罗凯特正要关门回家，听见有人马马虎虎地敲了一下门，汉克·彼得斯紧接着走进房间。他依然一脸惶恐。

"汉克，忘了什么吗？"拉里问。汉克和罗伊尔从马斯滕老宅回来的时候，脸色看起来都像是被人狠狠踢了卵蛋，他每人多给了十块钱和两提六瓶装的黑带啤酒，也跟他们说清楚了，最好别到处乱说今天晚上搬东西的事情。

"我非得告诉你不可，"汉克说，"拉里，我忍不住了。非说不可。"

"当然，尽管说吧。"拉里答道。他拉开书桌最底下的抽屉，取出尊尼获加威士忌，用纸杯给两人各倒了一满杯。"有什么心事非说不可？"

汉克喝了一大口，做个鬼脸，然后吞了下去。

"把钥匙拿下去放在桌上的时候，我看见了一些东西。衣服，像衣服。一件衬衫，一条牛仔裤，还有一双运动鞋。拉里，我觉得那是一双运动鞋。"

拉里耸耸肩，笑呵呵地说："所以呢？"他觉得胸膛里多了一大坨冰块。

"失踪的格立克家男孩就穿牛仔裤。《纪事报》上这么说的。牛仔裤、套头衫、运动鞋。拉里,要是……"

拉里笑容不变。那笑容仿佛凝固在了脸上。

汉克痉挛似的吞了口唾沫:"要是买下马斯滕老宅和洗衣店的那些人弄死了格立克家的孩子怎么办?"好了。终于说完了。他把杯子里剩下的液体火焰一饮而尽。

拉里笑呵呵地说:"你也许还看见了一具尸体吧?"

"不——没有,可是……"

"那件事情归警察管。"拉里·克罗凯特说着又给汉克倒了一杯酒,他的手完全没有颤抖,和冰封溪流里的顽石一样寒冷和镇定。"我可以开车送你去找帕金斯。但这种事……"他摇摇头,"肯定会搅起很多陈年烂事。比方说你和女招待在戴尔酒吧门外……她叫杰姬,对吧?"

"你他妈到底说什么?"汉克的脸色忽然白如死尸。

"他们肯定还会发现你被开除军籍的历史,虽说当时你只是在尽你的职责而已,根据自己的判断做事。"

"我没看见尸体。"汉克嗓音嘶哑。

"那就好,"拉里笑着说,"也许你也没看见什么衣服,也许只是几块破布罢了。"

"破布。"汉克·彼得斯用空洞的声音重复。

"是啊,你知道古老的地方都是什么样。堆满了各色垃圾。你也许看见了一件旧衬衫,或者是撕开当抹布的衣服。"

"是啊。"汉克说。他第二次喝干净杯中的烈酒。"拉里,你看问题的角度总是很正确。"

克罗凯特从臀袋里掏出钱包打开,数了五张十块钱的票子搁在桌上。

"这是为什么?"

"上个月布瑞南的活儿忘了给你付钱。汉克,这种事你应该提醒我的,你知道我忘性大。"

"但你已经——"

"哎呀，"拉里打断汉克的话，笑呵呵地说，"无论你坐在这儿跟我说什么，到明天早上我就忘干净了。真是麻烦，你说呢？"

"是的。"汉克低声说。他伸出颤抖的手，抓起五张钞票，慌忙塞进牛仔外套的胸袋，像是急于甩掉它们。他骤然起身，险些撞翻椅子。"呃，拉里，我得走了。我……没有……我得走了。"

"酒送你了。"拉里慷慨地说，但汉克已经跑出去了。他没有停下。

拉里坐回去，给自己又倒了一杯酒。他的手依然没有颤抖。他没起来继续关门，而是一杯又一杯地喝烈酒。他在回想他和魔鬼做的交易。电话终于响了。他拿起听筒，听了一会儿。

"已经解决了。"拉里·克罗凯特最后说。

他又听了一会儿，挂断电话，给自己再斟一杯酒。

7

第二天凌晨时分，汉克·彼得斯从噩梦中惊醒，梦里有巨大的老鼠爬出敞开的墓穴，坟里埋着休比·马斯滕那腐烂、霉绿的尸体，脖子上套着磨旧的麻绳。彼得斯用手肘撑起身体，大口大口喘气，赤裸的身上全是冷汗；妻子抚摸他的胳膊，他吓得大声尖叫。

8

米尔特·克罗森的农产品商店位于乔因特纳大道和铁路街的路口上，每当下雨天，镇上的怪老头没法待在公园里，他们就会来这儿碰头。到了漫长的冬季，他们简直就是家常摆设。

斯特莱克开着一辆三九款——还是四〇款?——帕卡德轿车过来的时候,天上飘着濛濛雨雾,米尔特和帕特·米得勒有一搭没一搭地讨论弗雷迪·欧瓦洛克的女儿朱迪离家出走究竟是一九五七年还是一九五八年。两人都同意朱迪肯定和雅茅斯来的色拉大师推销员私奔了,同意连雪地里的尿窟窿都比那家伙强,朱迪也一样,但除此之外,他们没有共同语言了。

斯特莱克走进店门,所有交谈戛然而止。

斯特莱克扫视众人——米尔特和帕特·米得勒、乔·克雷恩、维尼·亚普肖、克莱德·柯立斯——露出毫无笑意的笑容。"诸位先生,下午好。"他说。

米尔特·克罗森起身,一本正经地系上围裙:"您要什么?"

"很好,"斯特莱克说,"请来一下肉食柜,谢谢。"

他买了一卷牛肉、一打上肋排、几块碎牛肉饼和一磅小牛肝,然后又要了些干货——调味品、糖、黄豆——和几条现成的面包。

这场购物从头至尾都笼罩在彻底的寂静之中。店里的常客围坐在珀尔·基尼奥大取暖炉前——米尔特的父亲把取暖炉改装成了烧油的;他们抽着烟,满脸睿智地举头望天,用眼角打量陌生人。

米尔特把货物装进一个大纸板箱,斯特莱克用现金付账,一张二十块的,一张十块的。他拿起箱子,夹在一条胳膊底下,又对众人亮出那个冷冰冰、硬邦邦的笑容。

"诸位先生,日安。"说完,他离开了。

乔·克雷恩往烟斗里填了一团种植园主牌烟丝。克莱德·柯立斯从喉咙深处咳嗽几下,往炉子旁边的破铁桶里吐了一口浓痰和口嚼烟草的混合物。维尼·亚普肖从马甲内袋摸出用旧了的托普卷烟器,往里头倒了一行烟丝,用患有关节炎的肿胀手指塞进去一张卷烟纸。

他们望着陌生人把纸箱放进后尾厢。所有人都知道装着那么多干货的纸箱至少重三十磅,也都看见了陌生人像夹一个羽毛枕头似的夹着纸箱离开。他绕到驾驶员座位那一侧上车,沿着乔因特纳大道离开。轿车爬上山坡,到布鲁克斯街左转,在成排树木后消失片刻,重新出现时远远望去仿佛汽车玩具。轿车最后拐进马斯滕老宅的车道,终于看不见了。

"这家伙够特别的。"维尼说。他把烟卷塞进嘴里，摘掉另一端多余的烟草，从马甲口袋里掏出一根厨房火柴。

"肯定是盘下洗衣店的两个人之一。"乔·克雷恩说。

"还有马斯滕老宅。"维尼补充道。

克莱德·柯立斯放了个屁。

帕特·米得勒全神贯注地抠左手掌上的一块老茧。

五分钟悠悠而过。

"觉得他们能成功吗？"克莱德随口问道。

"也许吧，"维尼答道，"到夏天他们说不定红火得很呢。这年头的事情都很难说。"

大家以一阵近似于叹息的咕哝表示赞同。

"那家伙够壮实的。"乔说。

"哎呀，"维尼说，"那是辆三九款的帕卡德车，一块锈迹也没有。"

"四〇款。"克莱德说。

"四〇款的车门底下没有踏板，"维尼说，"肯定是三九款。"

"你肯定弄错了。"克莱德说。

又是五分钟悠悠而过。他们看见米尔特在琢磨斯特莱克给他的二十块票子。

"假钱？米尔特，"帕特问，"那家伙给了你假钱？"

"不，但你看。"米尔特隔着柜台把钱递给帕特，两人一起盯着钞票看。它比平常使用的美元大一圈。

帕特拿起来对着光仔细研究，然后翻过来："米尔特，这莫不是E字头的二十块？"

"没错，"米尔特说，"四十五还是五十年前就停止制造了，估计拿到波特兰的旧币市场去能卖些钱呢。"

帕特把钞票递给其他人，每个人都端详了一阵，依照各自视力缺陷的不同，或远或近地举在半空中打量。乔·克雷恩最后还给米尔特，米尔特把它放在现金抽屉底下，同个人支票和优惠券收在一起。

"那家伙挺好玩儿。"克莱德觉得很有意思。

"哎呀，"维尼刚开口又停下了，"肯定是三九款。我的继兄维克有过一辆，是他这辈子开的第一辆车，一九四四年买的二手货。有天早晨漏油了，结果把天杀的火花塞烧得炸飞了。"

"我觉得是四〇款，"克莱德说，"我记得阿尔弗雷德镇有个编藤椅的家伙，他可以开车上你家来，让你……"

争论由此开始，过程中沉默的时候多于发言的时间，仿佛一局通过邮件下的象棋。这一天像是停了下来，为他们延伸到永远，维尼·亚普肖慢吞吞地开始用患有关节炎的汗湿双手卷又一根烟。

9

敲门声响起的时候，本正在写作，他先做了个写到哪里的标记，然后起身去开门。今天是九月二十四号，星期三，刚过下午三点。下雨中止了所有继续搜寻拉尔菲·格立克的计划，多数人同意结束搜寻。格立克家的孩子失踪了……彻底失踪了。

他打开门，正在抽烟的帕金斯·吉列斯皮出现在眼前。帕金斯拿着一本平装本小说，本有些好笑地发现那是矮脚鸡版的《康威的女儿》。

"治安官先生，请进，"他说，"淋湿了吧？"

"稍微有点，没什么，"帕金斯走进房间，"九月是流感的季节。我总是穿橡胶雨鞋。大家都笑话我，可我自从一九四四年在法国圣洛以后就没得过流感。"

"外套放床上吧，不好意思，没咖啡。"

"别把你的床弄湿了，"帕金斯说着往废纸篓里弹了弹烟灰，"刚在顶好喝了宝琳一杯咖啡。"

"有什么能为您效劳的？"

"呃，我老婆读了这本书……"他拿起手里的书，"她听说你在镇上，想请你签个名随便写点儿什么，但她这人很害羞。"

本接过书。"按照韦索尔·克雷格的说法，您的妻子过世已经十四五年了吧。"

"那家伙，"帕金斯似乎一点也不惊讶，"韦索尔那家伙，就喜欢乱说话。迟早有一天嘴巴张得太大，结果自己一跤跌进去。"

本没有搭腔。

"那么，给我签个名？"

"荣幸之至。"本拿起桌上的钢笔，把书翻到扉页上（"粗犷人生，真实写照"——《克利夫兰老实人报》），写下："吉列斯皮治安官，谨致诚挚问候。本·米尔斯，七五年九月二十四日。"他把书递回去。

"非常感谢。"帕金斯看也没看本写了什么。他弯下腰，在废纸篓边缘揿熄烟头。"我只有这一本作者签名的书。"

"你不是来给我打气的吧？"本笑着说。

"感觉很敏锐嘛，"帕金斯说，"实话实说，我觉得我该找你问问看。等诺利去了别处我才来的。小伙子人不错，就是太多嘴。唉，风言风语就是这么起来的。"

"你想知道什么？"

"基本上就是上周三晚上你的行踪。"

"拉尔菲·格立克失踪的那天晚上？"

"没错。"

"我是嫌犯吗，治安官？"

"不是，先生，一个嫌犯也没有。按照你们的说法，这种事超出了我的能力范围。在戴尔酒吧门口抓超速，在年轻人露天发情前把他们赶出公园，我就这个水平。这儿那儿管管闲事而已。"

"要是我不想告诉你呢？"

帕金斯耸耸肩，掏出烟盒："小伙子，那就取决于你了。"

"我先和苏珊·诺顿还有她父母吃晚饭，然后陪她父亲打羽毛球。"

"他肯定赢了你，对吧？诺利一直是他的手下败将。诺利总在唠叨要是能赢哪怕一次比尔·诺顿就好了。几点离开的？"

本哈哈大笑，但声音里没什么笑意："直切要害嘛。"

"知道吗？"帕金斯说，"按照你这躲躲闪闪的态度，换了我是电视上的纽约警探，肯定会觉得你隐瞒了什么东西。"

"没什么可隐瞒的，"本说，"只是厌倦了当小镇上的陌生人，上街被人指指点点，进图书馆被人围观。这会儿你又来跟我演警匪游戏，想知道我衣柜里是不是藏了拉尔菲·格立克的整张头皮。"

"唉，我没这么想，保证没有，"他透过烟气盯着本，此刻的视线已经锐利起来了，"我只是想排除你的嫌疑。我要是认为你跟案子有关，你早就进号子蹲着了。"

"好吧，"本说，"我七点一刻左右离开诺顿家。朝校园山方向散了会儿步。后来天黑得看不清路了，我就回来写了两个钟头的书，然后上床睡觉。"

"几点钟回到这里的？"

"八点一刻吧，差不多这个时间。"

"唔，可惜没能如愿洗清你的嫌疑。看见什么人了吗？"

"没有，"本答道，"一个人也没看见。"

帕金斯意义不明地哼了一声，走向打字机："你在写什么？"

"不关你的事情，"本说，音调变得严厉，"别看，也别碰，非常感谢。当然了，除非你有搜查令。"

"你也太敏感了吧？难道不希望别人看你的书吗？"

"等我改完三遍底稿，经过编辑审校、校样改正、定稿付印之后，我保证亲自送四本给你。附带签名。但现在我的底稿还是私人文件。"

帕金斯笑着踱开："有道理。我猜反正也不可能是签名画押的认罪书。"

本报以微笑："马克·吐温说过，小说是清白者对所有罪名的告解书。"

帕金斯吐出一口烟，走向门口："米尔斯先生，我就不往你的地毯上滴水了。不好意思，占用你这么多时间，跟你说实话，我不认为你见过格立克家那孩子。但我的工作就是到处打听这种事。"

本点点头："我理解。"

"你也要明白耶路撒冷林苑、米尔布里奇、吉尔福德和其他任何一个弹丸小镇的处事方法。不住满二十年，你永远是镇上的陌生人。"

"我明白。很对不起刚才对你发火。但找了他一整个星期，半点该死的线索也没找到——"本摇摇头。

"是的，"帕金斯说，"他母亲很难接受，太难接受了。你自己保重。"

"好。"本说。

"不恨我吧？"

"哪儿的话……"本顿了顿，"有件事情想问你。"

"我尽量回答。"

"那本书从哪儿弄来的？说实话。"

帕金斯·吉列斯皮笑了起来："哎，坎伯兰有个卖二手家具的哥们，有点儿女里女气的，叫金德隆，还顺便卖旧书，平装的一毛钱一本。这书他有五本。"

本仰头大笑，帕金斯·吉列斯皮抽着烟笑呵呵地出去了。本走到窗口，看着治安官离开公寓，穿过街道，黑色橡胶雨鞋小心翼翼地绕过每一片积水。

10

帕金斯停下来端详了几秒钟新店铺的橱窗，然后上前敲门。这地方还是乡村洗衣坊的时候，往店里张望只能看见一群满头发卷的胖女人，要么在往洗衣机里加漂白剂，要么在用墙上的兑币机换零钱，大多数还在像牛啃草根似的嚼口香糖。不过昨天从波特兰来了一辆室内装潢公司的卡车，经过昨天下午和今天大半天的忙乱，这地方的变化堪称翻天覆地。

窗户里竖起了一面展台，上头铺着一匹浅绿色结子花地毯。视线外安装了两盏射灯，给橱窗里陈列的三件货品打上柔软的高光，它们分别是挂钟、纺车和旧式樱桃木橱柜。每件货品前都有一个小画架，上面是不起眼的价格标签，上帝啊，哪个神经正常的人肯花六百块钱买个旧纺车？便宜坊的胜家缝纫机只卖四十八块九毛五分一台。

帕金斯叹了口气，上前敲门。

只等了一秒钟，门就打开了，新来的家伙大概守在门里，等着他上前敲门呢。

"警官大人！"斯特莱克皮笑肉不笑地说，"大驾光临，何等荣幸啊！"

"叫我治安官就行了，谢谢。"帕金斯说。他点燃一根波迈香烟，走进室内。"帕金斯·吉列斯皮，很高兴认识你。"他伸出右手，对方立刻接住，轻轻一握，随即放开。那只手感觉起来异常强壮，很干燥。

"我是理查德·瑟罗凯特·斯特莱克。"秃头男人说。

"猜到了。"帕金斯说着环顾四周。整个店面都铺上了地毯，墙壁正在粉刷。新鲜油漆挺好闻，但他觉得除此之外还有其他气味，是一种不让人愉快的气味。帕金斯说不准那究竟是什么，他把注意力转回斯特莱克身上。

"天气这么好，请问我有何能为您效劳的？"斯特莱克问。

帕金斯淡淡地扫了一眼窗外，大雨还在下个不停。

"哦，其实也没什么特别的。过来打个招呼而已。欢迎来到我们镇上，顺便祝你生意兴隆。"

"您想得真是太周到了。愿意喝杯咖啡吗？雪利酒？两样我都有。"

"谢谢，不用了，我马上就走。巴洛先生在吗？"

"巴洛先生去纽约了，正在采购。他最早也要到十月十号才能回来。"

"这么说，开业时他没法出席了？"帕金斯说。橱窗里陈列商品的价钱若是作数，斯特莱克恐怕也不会遇到宾客如云的情形。"顺便问一句，巴洛先生的全名是什么？"

斯特莱克的笑容又出现了，薄得像刀锋。"您是以官方身份提这个问题的吗？呃……治安官先生？"

"当然不是，好奇而已。"

"我的搭档全名叫科特·巴洛，"斯特莱克说，"我们在伦敦和汉堡都共事过。这里——"他挥着胳膊画了个圈，"是我们的退休生涯。简朴，但不失品味。只是挣点儿生活费。我们都喜欢有历史的精致东西，希望能在这附近做出点名声来……要是能传遍美丽的新英格兰地区就更好了。吉列斯皮治安官，您觉得有这个可能吗？"

"我觉得什么事情都有可能。"帕金斯四下里寻找烟灰缸，可惜没有找到，只好把烟灰弹进外套口袋。"总而言之，祝你们好运气吧，见到巴洛先生替我问声好，我会尽量为你们多宣传的。"

"您的问候一定送到，"斯特莱克说，"他最喜欢有人做伴。"

"那敢情好。"吉列斯皮说。正要出门，他又停下来，转过头。斯特莱克在背后死死盯着他。"顺便问一句，你喜欢那幢老房子吗？"

"需要好好修缮一下了，"斯特莱克说，"不过我们有的是时间。"

"我想也是，"帕金斯点头同意，"你在那附近怕是不会见到后生仔。"

斯特莱克皱起眉头："后生仔？"

"就是小孩，"帕金斯耐心地解释道，"你也知道，孩子喜欢捉弄新来的人。扔石头砸窗户，按了门铃就跑掉……诸如此类的事情。"

"没有，"斯特莱克答道，"没见过儿童。"

"镇上像是走丢了一个。"

"是这样吗？"

"是啊，"帕金斯小心选择用词，"是的，走丢了一个。估计再也找不到了，至少活着的时候找不到了。"

"多么可惜啊。"斯特莱克淡然答道。

"是啊，的确如此。你要是见到了什么……"

"肯定立刻报告您的办公室，特快加急。"他又露出那个冷冰冰的笑容。

"太好了。"帕金斯说。他打开门，听天由命地望着滂沱大雨。"转告巴洛先生，我很想见见他。"

"不会忘记的,吉列斯皮治安官。Ciao。"

帕金斯扭过头,惊讶地说:"Chow?"

斯特莱克展开了笑容:"再见,吉列斯皮治安官。意大利人一般道别时说的。"

"是吗?唉,每天都能学到新东西,是吧?再见。"他走进雨中,在身后关上门,"对我可不一般,不一般哪。"香烟淋湿了,他随手扔掉。

隔着橱窗,斯特莱克望着他走在街上的背影,脸上没有一丝笑意。

11

帕金斯回到他在镇公所的办公室,喊道:"诺利?在吗,诺利?"

没人回答。帕金斯点点头。诺利这小子人不错,就是有点缺心眼。他脱掉外套,解开雨鞋的搭扣,斜坐在办公桌上,他在波特兰的黄页里找到号码,打了过去。铃响一声,对方接了起来。

"联邦调查局,波特兰分部。我是汉拉翰探员。"

"我是帕金斯·吉列斯皮。耶路撒冷林苑镇的治安官。我们这儿有一名男童失踪。"

"我已经知道了,"汉拉翰干脆利落地答道,"拉尔夫·格立克。九岁,四英尺三,黑发,蓝眼。有进展吗?收到绑架者的信了?"

"没有这种东西。能帮我查几个人吗?"

汉拉翰说当然可以。

"第一个,本杰明·米尔斯。M-E-A-R-S。作家,写过一本书叫《康威的女儿》。另外两个大概是生意场上的好伙伴。一个叫科特·巴洛。B-A-R-L-O-W。另一个——"

"科特开头是 C 还是 K?"汉拉翰问。

"不知道。"

"好，请继续。"

帕金斯说得额头冒汗。跟真正的执法者说话总让他觉得低人一等。"另一个叫理查德·瑟罗凯特·斯特莱克。瑟罗凯特的结尾有两个 t，斯特莱克怎么念怎么拼。他和巴洛做的是家具和古董生意，刚在我们镇上开了家小店。斯特莱克声称巴洛在纽约购货，还说他们曾经在伦敦和汉堡共过事。基本上就是这些。"

"你怀疑这些人和格立克案件有关？"

"现在我都不知道那究竟是不是个案子。不过他们恰好在这段时间里出现在镇上。"

"你认为米尔斯这家伙和另外两人有关系吗？"

帕金斯往后一靠，望向窗外。"这个嘛，"他说，"正是我想搞清楚的事情之一。"

12

电话线总在晴朗、凉爽的日子里发出奇特的嗡嗡声，仿佛在随着靠它传递的流言蜚语振动，这种声音与众不同，是诸多话语掠空飞过时汇集出的孤独声响。灰色的电线杆裂痕斑斑，土地年年结冻又解冻，把电线杆拱成了各自不同的倾斜站姿。不同于有混凝土桩基的电线杆，它们看起来一无商业气息，二无军队气概。要是位于柏油路旁，根部往往被沥青涂黑，位于乡间土路旁，则往往覆满尘土。防滑钉的印痕经过日晒雨淋，但仍旧清晰可辨，那是线务员在一九四六年、一九五二年或一九六九年爬上去修理东西时留下的。鸟儿——乌鸦、麻雀、知更鸟、星椋鸟——沉默地站在嗡嗡作响的电线上，也许在通过足爪偷听无法理解的人类对话。假如真是这样，它们珠子般的眼睛也没有泄露任何线索。小镇能感觉到时光流逝，但不记得悠悠历史，电线杆对此了然于心。你用手按住一根电线杆，就能体会到深埋木心的电线在振动，仿佛其中囚禁的许多灵魂正在努力破柱而出。

"……他用旧版的二十块付账，梅布尔，尺寸特别大的那种。克莱德说自从盖茨信托银行一九三〇年挤提后就没见过这种票子。他……"

"……是啊，艾薇，他那人挺特别。我用望远镜看见过他，推着个小推车在屋子后面到处走。不知道他是一个人，还是……"

"……克罗凯特大概晓得，但绝对不会告诉你的。他在这件事上口风很近。他那人总是……"

"……作家住在伊娃那儿。不知道弗洛伊德·蒂比茨知不知道他和……"

"……在图书馆耗了很多时间。洛芮塔·斯塔奇说从没见过哪个人知道那么多……"

"……她说那家伙叫……"

"……对，斯特莱克。R.T.斯特莱克。肯尼·丹尼斯的妈妈说她去了一趟商业街那家新店，橱窗里有套正品戴比尔斯橱柜，标价八百块。能想象吗？我就说……"

"……很有意思，他来了，格立克家的小男孩……"

"……你不会认为……"

"……当然不，但很有意思啊。顺便问一句，你还有那个菜谱……"

电话线嗡嗡作响。嗡嗡嗡。嗡嗡嗡。

13

一九七五年九月二十三日

姓名：格立克，丹尼尔·弗朗西斯
住址：缅因州 04270，耶路撒冷林苑镇，布罗克路 1 号
年龄：十二岁

性别：男

种族：白

入院时间：一九七五年九月二十二日

入院担保人：安东尼·H.格立克（父）

症状：休克，部分记忆丧失，恶心，对食物无兴趣，便秘，反应迟钝

化验（见附页）：

　　1.肺结核皮试：阴性

　　2.肺结核唾液及尿检：阴性

　　3.糖尿病：阴性

　　4.白血球计数：阴性

　　5.红血球计数：血球容积比值45%

　　6.X光胸透：阴性

可能性诊断：

恶性贫血，原发性或继发性；先期检测显示血球容积比值为86%。继发性贫血可能性较小；无溃疡、痔疮、血痔及其他病史。白细胞分类计数阴性。似为原发性贫血同发精神性休克。尽管据其父称近期未遭遇事故，内出血可能性极小，仍建议钡餐并X光检查以排除。同时建议每日服用维生素B12（见附页）。

进一步检测暂停，可出院。

G.M. 高拜

主治医师

14

　　九月二十四日深夜一点，送药的护士走进丹尼·格立克的病房。她在门口停下，皱起眉头。病床空着。

她的目光迅速从床上移开，落在床脚下以奇怪姿势缩成一团的白色身影上。"丹尼?"她说。

护士走向男孩，心想，他肯定想去上厕所，身体却支持不住了。

护士轻轻地帮他翻了个身，在意识到孩子已经死去之前，她的第一反应是维生素 B12 起效了：丹尼的模样比入院时好了不少。

紧接着，她感觉到孩子手腕冰凉，也摸不到淡蓝色静脉血管的脉搏，连忙奔向护士站，报告这起院内死亡事件。

第五章 本（之二）

1

九月二十五日，本再次和诺顿一家共进晚餐。这天是星期四，食物很传统：豆子和小红肠。比尔·诺顿在室外烤炉上烤了热狗肠，安从早上九点就把芸豆浸在糖蜜里文火慢炖了。在野餐桌上吃完饭，四个人坐在那儿抽烟，漫不经心地聊波士顿队今年越来越渺茫的夺冠希望。

天气起了微妙的变化；尽管还挺舒服，只需要穿长袖衬衫即可，但风里蕴含着一丝寒意。秋天已经不远，几乎就在眼前。伊娃·米勒寄宿公寓门前的高大老枫树正在渐渐变红。

本和诺顿一家的关系依然如故。苏珊对他的喜爱直白、明确而自然。他也喜欢苏珊。他觉得比尔也越来越喜欢他，只是因为所有父亲共通的潜意识禁忌而有所保留，父亲见到为了女儿而非其本人出现在眼前的男人都会有这种反应。假如你和一个男人合得来，你这人又很坦诚，你们说话会口无遮拦，喝喝啤酒聊聊女人，胡扯政治话题。然而无论心底里有多喜欢，你也不可能和一个两腿间或许夹着你女儿未来爱物的家伙完全坦诚相见。本心想，结婚后"或许"就要改成"肯定"，你能和一个夜复一夜搞你女儿的男人成为真正的朋友吗？这事好像有个什么格言，但本没法确定。

安·诺顿仍旧冷冰冰的。苏珊昨晚和本大致讲了讲弗洛伊德·蒂比茨的情况，她母亲以为挑选女婿的问题已经解决得很完满了，也很喜欢局势的发展方向。弗洛伊德有个众所周知的好品质：他这人很稳定。而本·米尔斯就是另一码事了，他不知打哪儿忽然蹦出来，说不定会以同等迅捷的速度逃之夭夭，顺便还把女儿的心揣进衣袋带走。

她不信任靠创造力混饭吃的男人，那是小镇居民式的本能厌恶（爱德华·阿灵顿·罗宾逊和舍伍德·安德森肯定一眼就认得出这种情绪），本怀疑她在内心深处刻了一条座右铭：搞艺术的不是同性恋就是色欲狂，多半杀人、自残和变态，喜欢割下左耳打包寄给好姑娘。本参与搜寻拉尔菲·格立克不但没有减轻她的担忧，似乎反而还加重了，本觉得自己永远也不可能赢取安的欢心。不知道她是否清楚帕金斯·吉列斯皮曾经拜访过本的住处。

他正在有一搭没一搭地琢磨这些念头，安忽然说："格立克家的孩子真可怜。"

"拉尔菲？是啊。"比尔答道。

"不，大的那个，他死了。"

本一惊："谁？丹尼？"

"昨天凌晨过世了。"发现这两个男人居然不知道，安感到很惊讶。镇上都传遍了。

"我在米尔特店里听说的。"苏珊说。她在桌子底下摸到本的手，本欣然握住。"格立克夫妇情况怎么样？"

"彻底崩溃，"安的回答很简单，"换了我也一样。"

是啊，肯定会崩溃的，本想道。十天前，他们的生活还走在天命预定的正轨上；现在这个家庭单位却被砸得分崩离析。本感到一阵病态的寒意。

"你认为格立克家的另一个孩子能活着回来吗？"比尔问本。

"不，"本答道，"我认为他也死了。"

"和休斯敦两年前的案子一样，"苏珊说，"要是真的死了，最好别被人发现。谁会对没有抵抗力的小孩子……"

"警察估计正在查，"本说，"先找到已知的性犯罪者，和他们分别谈话。"

"等找到那家伙，应该捆住拇指吊起来，"比尔·诺顿说，"本，切磋两盘羽毛球？"

本站起身："不了，谢谢。咱们打球就仿佛你在玩单人纸牌，我扮演对面的假人。晚饭很不错，多谢款待。我晚上还有活儿没做完呢。"

安·诺顿一挑眉头，没有说话。

比尔也站起来："新书进展如何？"

"不错，"本没有多解释，"苏珊，愿意和我下山走走，去斯潘塞店里喝杯汽水吗？"

"呃，不妥当吧，"安立刻表示反对，"才出了拉尔菲·格立克的事情，我想还是别——"

"妈妈，我成年了，"苏珊也不买账，"再说布罗克山这一路上都有路灯。"

"我当然会送你回来的。"本正色说。他把车子留在伊娃的公寓了。傍晚适合散步，不该在车厢里浪费。

"那就行，"比尔说，"这位老妈，你担心得太多了。"

"唉，我也希望如此。年轻人更懂得轻重，对吧？"她的笑容却很勉强。

"我去穿件外套。"苏珊轻声对本说，回身上楼去了。她今天穿露大腿的红色短裙，爬楼梯的时候场面殊为养眼。本看着苏珊，也知道安正在看他。比尔则在浇灭炭火。

"本，你打算在林苑镇待多久？"安试图表现礼节性的兴趣。

"先等书写完再说，"他答道，"然后嘛，就说不准了。镇上的早晨非常美，空气也格外好闻。"他迎着安的视线绽放笑容。"也许会多待一阵子吧。"

安也报以微笑："本，这儿冬天可冷了。冷得怕人。"

说到这里，苏珊披着一件薄外套走下楼梯。"准备好了？我想喝杯巧克力。我的样子怎么样？"

"你的样子很过得去，"他答道，然后对诺顿夫妇说，"再次表示感谢。"

"随时欢迎来做客，"比尔答道，"明天要是没事不如带半打啤酒过来，咱们可以一起嘲笑天杀的雅泽姆斯基①。"

---

① 雅泽姆斯基（Carl Yastrzemski），美国职棒大联盟球员，职业生涯的 23 个赛季都效力于波士顿红袜队。

"肯定很来劲儿，"本说，"可打完第二局还有什么事可做？"

比尔的洪亮笑声发自肺腑，跟着本和苏珊一直绕过屋角。

2

"我不是很想去斯潘塞的店里，"下山时苏珊说，"咱们去公园坐坐吧。"

"姑娘，不怕遇上强盗？"本扮出布朗克斯口音。

"镇上有规定，林苑镇的强盗七点就得回家。现在已经八点零三了。"下山的路上，黑暗笼罩下来，两个人的影子在路灯下时大时小。

"你们的强盗可真贴心，"本说，"天黑后公园就没人了吗？"

"镇上的年轻人要是花不起汽车电影院的钱，有时候会来公园里亲热，"苏珊对本使个眼色，"要是发现树丛里有人，记得转开视线。"

他们从面对镇公所的西门踱进公园。公园里树影绰约，宛如梦幻，水泥步道在茂盛的树木间蜿蜒，小池塘静悄悄地映着街灯的亮光。即便这儿还有别人，也不在本的视线之内。

两人绕着战争纪念碑走了一圈，纪念碑上刻着长长的名单，最早的来自独立战争，最新的则是挤在一八一二年战争底下的越战。最近的这次冲突消耗了镇上六条性命，黄铜中的崭新刻痕如新鲜伤口般闪闪发亮。他心想：这个地方起错了名字，应该叫"时光镇"才对。念头自然而然地催生行动，他扭头望向马斯滕老宅，但高大的镇公所恰好挡住了视线。

见到本的动作，苏珊皱起眉头。两人把外套铺在草地上坐下（他们没商量就绕过了公园长椅）。苏珊说："妈妈说帕金斯·吉列斯皮在调查你。牛奶钱肯定是新来的转校生偷的，就是这种事。"

"帕金斯算是个人物。"本说。

"妈妈反正已经给你定罪了。"苏珊说得轻松，但轻松感全留在了嘴里，说出口的话分外严肃。

"你母亲很不待见我，是吧？"

"是的，"苏珊握住本的手，"第一眼就不喜欢你。非常抱歉。"

"没关系，"他说，"反正我已经有一半的胜率了。"

"你说老爸？"苏珊笑了起来，"他倒是一眼就看得穿人。"笑容一闪而逝。"本，你的新书究竟写什么？"

"还很难说。"他脱掉懒汉鞋，用脚尖去捅沾着露珠的草丛。

"又换话题。"

"不，我并不介意告诉你。"他惊讶地发现这句话是真的。本总把正在写的书视为孩子，而且是病弱的孩子，需要照顾和呵护。过多的关注反而会害了它。尽管米兰达对《康威的女儿》和《空中之舞》都好奇得要死要活，但本一个字也不肯告诉她这两本书是写什么的。然而，苏珊不一样。米兰达问话像在刺探敌情，就像审犯人一样。

"先让我想一想怎么才能说清楚。"本说。

"想的时候能顺便亲亲我吗？"苏珊躺倒在草地上。本被迫意识到她的裙子到底有多短，它遮住的部分实在不算多。

"我认为这会干扰思考过程，"本柔声说，"且让我试试看。"

他俯身亲吻苏珊，一只手轻轻按在苏珊腰际。她坚定地迎上本的嘴唇，双手握紧本的手。几秒钟之后，本第一次尝到苏珊的舌尖，两条舌头紧紧纠缠。苏珊换了个姿势，更热烈地投入这场亲吻，棉布短裙的轻微摩擦声听起来响得出奇，几乎引人发狂。

本的手滑向上方，苏珊挺起胸，让他捉住自己柔软而丰满的乳房。认识苏珊以来第二次，他感觉自己又回到了十六岁，鲁莽冲动的十六岁，面前一切都仿佛车影稀少的六车道公路。

"本？"

"什么？"

"和我做爱吗？想吗？"

"想，"他答道，"我想和你做爱。"

"就在草地上。"苏珊说。

"好。"

她在仰望本，黑暗中双眼睁得很大。苏珊说："要好好做。"

"尽力而为。"

"慢，"她说，"慢，慢，这儿……"

两人化作黑暗中的一双影子。

"来了，"他说，"噢，苏珊。"

3

两人漫无目的地在公园里散了一会步，然后找准方向，朝布罗克街走去。

"后悔吗？"本问。

苏珊抬起头，露出毫无矫饰的笑容："不，我很开心。"

"那就好。"

他们手拉手走着，谁也不说话。

"你的新书，"她说，"那段甜蜜插曲开始的时候，你正要说新书讲的是什么。"

"新书讲的是马斯滕老宅，"他徐徐开口，"也许写完的时候就不是了，不完全是。我感觉这本书将会描述这整个小镇，但也许我只是在自欺欺人罢了。知道吗？我研究过休比·马斯滕。他是黑帮分子。卡车公司只是幌子。"

苏珊惊讶地望着本："你怎么知道？"

"小部分来自波士顿警局的资料，大部分来自一位名叫明奈拉·科里的女士，她是波尔蒂·马斯滕的妹妹，今年已经七十九岁了，虽然连早饭吃了什么都不知道，但一九四〇年以前的事情记得一清二楚。"

"她告诉你——"

"把记得的事情全告诉了我。她住在新汉普县的一家护理所里，我猜很多年没人好好听她说话了。我问她'休伯特·马斯滕真是横行波士顿地区的雇佣杀手吗？'——警察确信他就是——老太太使劲点头。我问她'多少个？'她把手指头举到眼前，来回晃动，'你能数几次就有几次。’”

“上帝啊。”

“一九二七年，波士顿黑帮开始担心休伯特·马斯滕的事情，”本继续说下去，“他被带去讯问了两次，一次是波士顿警局，一次是马尔登警局。波士顿警察抓他是因为黑社会仇杀，他两小时后就回到街头。马尔登那次完全和他的生意无关，而是因为一名十一岁男童的谋杀案。那孩子被开膛破肚，取出了内脏。”

“本。”苏珊的声音颤巍巍的。

“马斯滕的雇主帮他脱了罪，他想必知道不少尸体埋在哪儿，但他在波士顿的生涯也到头了。马斯滕悄悄搬到撒冷林苑镇居住，以卡车公司高级雇员的身份每个月领一张退休金支票。他不怎么外出。至少在周围人看来如此。”

“你这话什么意思？”

“我在图书馆花了很长时间查阅从一九二八年到一九三九年的《纪事报》，这段时间内有四名儿童失踪，在乡村地区不算特别稀奇。孩子会走丢，有时候会被冻死，有时候会死于采石坑滑坡。不是什么好事，但确实时常发生。”

“但你认为事实并非如此？”

“我不确定。但我知道四个孩子的尸体一直没被发现。没有猎人在一九四五年挖出旧尸骨，也没有建筑商挖砾石和水泥的时候刨到尸首。休伯特和波尔蒂在那幢屋子住了十一年，孩子在此期间陆续失踪，大家知道的事实仅限于此。但我总会想到马尔登的那个孩子。经常想。读过雪莉·杰克逊的《邪屋》吗？”

“嗯。”

本轻声背诵：“‘无论谁在这里行走，都是孤零零一个。’你问新书写什么，大体而言，写的是邪恶力量的周而复始。”

苏珊挽住本的胳膊：“你不会认为拉尔菲·格立克……”

“被休伯特·马斯滕的复仇鬼魂抓去吃了？每隔三年满月时那家伙就会复活一次？”

“差不多吧。”

"要是想听点安慰话，那你可找错人了。别忘记，打开老宅楼上卧室的门，却看见那家伙挂在房梁上的孩子就是我。"

"你没有回答我的问题。"

"嗯，确实没有。告诉你我的真实想法前，我还有一件事情要说，是明奈拉·科里告诉我的。她说世上存在邪恶的人，本质邪恶。我们偶尔听说这些人的所作所为，但他们通常完全不为大众所知。她说她这辈子真是受诅咒了，因为竟然知道世上有两个这样的人。一个是阿道夫·希特勒，另一个就是她姐夫，休伯特·马斯滕。"本顿了顿。"她说休比射杀她姐姐那天，她在三百英里外的科得角。那年夏天她找到一份给有钱人当管家的工作。她正在用大木碗拌色拉，当时是下午两点一刻，疼痛忽然'仿佛一道闪电'——她的原话——穿过头部，同时还听见一声枪响。她说她当即倒地不起。家里只有她一个人，再醒来已经是二十分钟后了。看见木碗里的东西，她尖叫起来；在她眼中，木碗里盛满鲜血。"

"上帝啊。"苏珊喃喃道。

"几秒钟过后，所有东西恢复正常。头疼过去了，色拉碗里也只有色拉。但她说她知道——她就是知道——姐姐已经死了，被霰弹枪打死的。"

"只是她的一面之词吧？"

"一面之词，对。但她不是油滑的骗子手，只是个老太太，剩下的智力恐怕不足以撒谎。不过这方面的事情我倒是不烦心。至少不怎么烦心。如今超感官知觉方面的资料已经够多，谁敢嘲笑都会自讨没趣。波尔蒂把死亡的消息通过心灵感应传递到三百英里之外，这对我来说远不如那张邪恶的脸更不可信，那张怪诞畸形的脸，有时候看着老宅，我都觉得能从轮廓里瞥见它。"

"你问我怎么想？告诉你，我认为人们之所以容易接受心灵感应、预知未来和灵体外质，是因为相信它们不会要你付出代价。这些东西不会害得你夜里睡不着，但邪恶能在主人死后继续存在，这种念头更让人恐惧。"

他抬起头，望着马斯滕老宅，慢慢说下去。

"我认为那幢屋子是休伯特·马斯滕为邪恶竖立的纪念碑，是通灵能力的共鸣板，或者说是超自然的信标。这么多年它耸立在这儿，把休比的邪恶精髓掌握在它古老的腐朽骨架里。"

"现在又有人住进去了。"

"然后又有孩子失踪了，"本转过脸，用双手捧住苏珊仰望的脸孔，"知道吗？回来的时候，我本来觉得不会见到它了，还以为已经被拆掉了呢，但再怎么猜也想不到居然被人买走了。我原先想去租下来，嗯，具体原因我也不清楚。或许是面对自己的恐怖和邪恶吧。或许想玩玩驱魔游戏——以诸圣的名义，休比，消失吧！或许只是想体验一下那地方的气氛，写本畅销书挣他个盆满钵满。但无论如何，我觉得掌握局势的是我自己，得到的结果也会大不相同。我不再是九岁孩童了，看见从自己脑子里蹦出来的神灯精怪就抱头鼠窜。可现在……"

"现在怎么了？"

"现在有人住进去了！"本叫道，用拳头猛砸另一只手的掌心，"我不再掌握局势。有个孩子失踪，我不知道该怎么看待这件事情。也许和屋子毫无关系，但……我不这么认为。"他一字一顿地说出最后这六个字。

"鬼怪？灵魂？"

"不一定非得是这种东西。或许只是从小仰慕这幢屋子的无害百姓，买下来的原因只是……只是迷恋。"

"你认识——"苏珊忽然一惊。

"新房客？不，我只是随便乱猜罢了。但我宁可认为是出于迷恋，而不是别的原因。"

"别的什么原因？"

本答得很简单："或许屋子召唤了另一个邪恶的人。"

4

安·诺顿从窗口望着苏珊和本。她给药店打过电话。库根小姐似乎很开心地说，他们不在，根本没来过。

苏珊，你去哪儿了？喔，你去哪儿了？

她的嘴唇扭出一个绝望而丑陋的怪相。

滚开，本·米尔斯。滚开，别碰我的女儿。

5

本放开苏珊。她说："本，做件对我很重要的事情。"

"只要我做得到。"

"别对镇上其他人提起这些事。对谁也不要提。"

本的笑容毫无笑意："别担心。我还不想让大家认为我脑筋出了问题呢。"

"你在伊娃那儿的房间上锁吗？"

"不。"

"换了我，肯定会开始上锁。"苏珊平静地看着本，"你要明白，你受到了怀疑。"

"你呢？也怀疑吗？"

"当然，要是我不爱你。"

说完，苏珊转过身，急匆匆地走上门前车道，本站在原处呆望她的背影，她如此吐露心声让自己感到震惊，但更让他震惊的是她最后那几个字。

6

回到伊娃的寄宿公寓，本发现自己既无法写作也睡不着。他太兴奋了，静不下心做这两件事情，于是下楼发动雪铁龙的引擎，无所适从地坐了几秒钟，最后出镇驶向戴尔的酒馆。

酒馆里人头攒动，烟雾腾腾，喧闹嘈杂。试唱的乡村—西部乐队名叫"骑警"，此刻正在演奏《你从未出格到如此地步》的某个变种版本，音量有多大，音质就有多糟糕。舞池中大约有四十对男女在旋转，多数都穿着蓝色牛仔裤。本觉得这挺好玩，不由想起了爱德华·艾尔比关于猴子奶头的台词①。

吧台前的高脚凳上坐了满满一排建筑工人和制造厂工人，他们在用一模一样的杯子喝啤酒，脚下系生牛皮鞋带的防滑工装靴也都差不多。

两三个女招待梳着蓬松发型，名字用金线绣在白衬衫的前襟上（杰姬、托妮、雪莉），穿梭于酒桌和火车座之间。吧台背后，戴尔正在倒啤酒，一个面如鹰隼、背头梳得油光发亮的男人在远处调酒。他拿子弹杯量好烈酒，倒进银壳摇杯，加入其他天晓得什么东西，从头到尾脸上都没有一丝表情。

本绕过舞池，走向吧台，忽然听见有人叫他："本！嘿，这边儿！兄弟，今天过得好吗？"本找了一圈，终于发现韦索尔·克雷格坐在吧台旁的一张酒桌前，面前摆着半杯啤酒。

"韦索尔，你好。"本说着坐了下来。见到一张熟悉的脸，他松了口气，再说他也挺喜欢韦索尔的。

"好兄弟，决定搞点夜生活了？"韦索尔笑着拍拍他的肩膀。他肯定领到了这个月的支票，单是他的呼吸就足够让密尔沃基出名②。

"是啊，"本掏出一块钱搁在桌上，啤酒杯留下的圆形印痕比比皆是，"你怎么样？"

"凑合吧。新乐队感觉如何？很不赖，对吧？"

"挺好，"本说，"快喝完，气都快跑光了。我请你喝一杯。"

"这话我等了一整个晚上啊。杰姬！"他吼道，"给我的好兄弟拿一扎啤酒来！百威！"

---

① 出自《谁害怕弗吉尼亚·沃尔夫》，指跳舞的两人贴得极近，双方乳头都在擦蹭了。

② 典出摇滚乐歌手杰瑞·李·刘易斯（Jerry Lee Lewis）的名曲《什么让密尔沃基出名》(*What's Made Milwaukee Famous*)，指狂喝滥饮。

杰姬用托盘端来一扎啤酒和被啤酒浸透的零钱，她把扎杯放在桌上，右臂强壮如职业拳手。杰姬看那一块钱的眼神仿佛见到了新品种的蟑螂。"一块四。"她说。

本又放下一张一块钱。杰姬拿起两张纸币，从托盘上的啤酒池塘里捞出六十美分，砰地一声砸在桌上："韦索尔·克雷格，你叫起来就像快被捏死的公鸡。"

"你可真漂亮啊，亲爱的，"韦索尔说，"这位是本·米尔斯，他是写书的。"

"见好。"杰姬说完，转身消失在了阴影中。

本给自己倒了一杯啤酒，韦索尔跟着拿起扎杯，训练有素地把自己的杯子一直倒满到杯沿。泡沫险些溢出，随后又退回去。"这杯敬你，好兄弟。"

本举杯喝了一大口。

"写得如何了？"

"不错。"

"看见你跟诺顿家的小姑娘四处走。她可真是个宝贝，跟你说，你在这儿挑不到更好的了。"

"是啊，她——"

"麦特！"韦索尔大叫一声，本吓得险些丢下杯子。上帝啊，这家伙叫起来确实很像一只老公鸡正在和尘世说再见。

"麦特·伯克！"韦索尔使劲挥手，一个白发男人举起手表示听见了，挤开人群走了过来。"这位哥们儿你该见见，"韦索尔告诉本，"麦特·伯克这孙子贼他妈聪明。"

走向他们的男人大约六十岁，高个子，干净的法兰绒衬衫没系最上面一粒纽扣，头发和韦索尔的一样白，推成平头。

"韦索尔，你好。"他说。

"好兄弟，你怎么样？"韦索尔说，"给你介绍一下住在伊娃那儿的这位朋友。本·米尔斯，写书的，不骗你。人很不错。"他看着本说："麦特和我一起长大，只不过他念了书，我走了霉运。"说完，韦索尔哈哈大笑起来。

本站起身，轻轻握了握麦特·伯克骨节隆起的手："你好。"

"挺好，谢谢。米尔斯先生，我读过你的一本书。《空中之舞》。"

"叫我本就行了。希望你喜欢。"

"显然我比书评人更喜欢它，"麦特说着坐了下来，"日后评价自然会越来越高的。韦索尔，你怎么样？"

"自在，"韦索尔答道，"从来没这么自在过。杰姬！"他大叫道，"给麦特拿个杯子来。"

"稍等，老屁眼！"杰姬吼回来，附近酒桌掀起一片笑声。

"多可爱的姑娘啊，"韦索尔说，"莫琳·塔尔伯特的女儿。"

"没错，"麦特说，"我教过杰姬。七一级的，她母亲是五一级的。"

"麦特在高中教英语，"韦索尔告诉本，"你们俩应该很谈得来。"

"我记得一个叫莫琳·塔尔伯特的姑娘，"本说，"她经常来收我姨妈的衣服，洗干净后折得整整齐齐，用柳条筐装回来。那个筐只有一根把手。"

"你是镇上长大的，本？"麦特问。

"小时候待过一阵，住在辛西娅姨妈家。"

"辛迪·斯托文斯？"

"没错。"

杰姬拿来一个干净杯子，麦特边倒啤酒边说："世界可真小啊。我在林苑镇第一年教书的时候，她正好在毕业班里。你姨妈还好吗？"

"一九七二年去世了。"

"真抱歉。"

"走得很安详。"本说着又给自己斟了一杯。乐队演奏完毕，成员涌向酒吧。人们谈话的声音也降低了一个音阶。

"回耶路撒冷林苑镇是为了写一本关于我们的书？"麦特问。

本的脑海里敲响了警钟。

"从某种程度上说，我想是的。"他说。

"这镇子对传记作家可不是什么好地方。《空中之舞》写得不错。

估计你在这儿能再写出一本好书来。我想过自己来写这本书。"

"为什么没写呢?"

麦特笑了,笑容自然而然,没有苦涩、讽刺和怨恨:"我缺少至关重要的一个因素:天赋。"

"别信他的胡扯,"韦索尔倒光了扎杯里剩下的所有啤酒,"老麦特有的是天赋。教书是个好营生。谁也不欣赏教师这个职业,但他们是……"他在椅子里摇了摇身体,想不出该怎么结束这句话。他醉得很厉害了。"中流砥柱。"他终于憋出一个词。韦索尔喝了一大口啤酒,做个鬼脸,站起来:"不好意思,我去放个水。"

他晃晃悠悠地走开,一路上撞到好几个人,喊着名字招呼他们。那些人由他过去,有人很不耐烦,有人兴高采烈,看着他走进男厕所,就仿佛看着一颗弹珠左撞右弹落向弹球臂。

"一个好人,到最后毁成这样。"麦特竖起一根手指。女招待几乎立刻现身,称呼他为"伯克先生"。见到自己的英语经典文学教师出现在这里,还和韦索尔·克雷格之辈厮混,女招待似乎有些不快。她转身去添酒的时候,本觉得麦特似乎颇为开心。

"我喜欢韦索尔,"本说,"觉得从前喜欢他的人应该挺多。他到底是怎么了?"

"喔,没什么故事可言,"麦特答道,"被酒瓶征服了呗。一年比一年严重,现在彻底倒下了。'二战'时他在安奇奥得过银星勋章。愤世嫉俗的人多半会说,要是他当时就死了,生命大概会更有意义。"

"我这人不愤世嫉俗,"本说,"我反正挺喜欢他。今晚看来我最好送他回去。"

"那就太谢谢你了。我时不时来这儿听音乐,我喜欢比较吵闹的音乐。越来越喜欢,因为我的听力越来越差了。据说你对马斯滕老宅有兴趣,新书写的是那儿吗?"

本吃了一惊:"谁告诉你的?"

麦特笑着答道:"马文·盖伊老歌怎么唱的来着?从葡萄藤上听说的。这个说法很赏心悦目,很清晰,虽说仔细思考之下,会觉得其中的意象有些朦胧。让你想到一个人竖着耳朵,全神贯注地聆听康科德葡萄或福尔明葡萄在说什么……对不起，我在信口开河。我最近经常胡说八道，但已经懒得去管我这张嘴了。媒体工作者或许会把我的消息来源称为'消息灵通人士'——实际上就是洛芮塔·斯塔奇。她是镇上文学大本营的图书管理员。你去过几趟图书馆，查找坎伯兰《纪事报》上与那桩旧丑闻相关的文章，洛芮塔还帮你找了两本提及此事的真实罪案书籍。顺便提一句，鲁伯特那本很不错，他本人一九四六年来林苑镇做过实地调查，斯诺那本书里的章节则完全是臆测的垃圾。"

"我知道。"本不由自主地答道。

女招待放下又一扎啤酒，本的脑海里忽然出现一幅令人不安的画面：一条鱼在水草和浮游生物之间游来游去，安逸悠闲，自以为不惹人注意。镜头拉远，你吃了一惊：这是个金鱼缸。

麦特付了酒钱："顶上那儿发生的坏事，始终停留在镇子的意识里。当然了，坏事、谋杀，这种话题总能让学生津津乐道，代代相传，听见乔治·华盛顿·卡佛和乔纳斯·索尔克^①的名字却又是叹息又是抱怨。不过，在我眼中，情况还没这么简单。或许和地理畸变有关系。"

"是啊。"本说，尽管不愿意，但还是被吸引住了。老教师说出的这个念头，自从他回到小镇那天起，就在他的潜意识中徘徊，或许在更早的时候就已经出现。"老宅踞立丘顶，俯瞰小镇，仿佛——呃，仿佛一尊黑暗的圣像。"他嘿嘿讪笑，想让这番评点听起来不值一哂；在本看来，如此不经防范地说出内心深处的感想，就好像是让陌生人窥探自己的灵魂。麦特·伯克忽然仔细打量他，本当然无法放松下来。

"这就是天赋。"麦特说。

"什么意思？"

"你描述得非常精准。马斯滕老宅俯视我们已经五十来年了，小

---

① 乔治·华盛顿·卡佛（George Washington Carver，1864—1943），美国植物学家、农业化学家和教育家；乔纳斯·索尔克（Jonas Salk，1914—1995），美国微生物学家，首先培育出有效对抗小儿麻痹症的杀菌疫苗。

错、大罪、谎言，没有一样逃得过它的眼睛，正仿佛一尊圣像。"

"大概也看见了善良吧？"本说。

"长久不变的小城镇很少有什么善行。就算有，时不时出现的日常罪错——还有更坏的，蓄意的恶行——搅得变了味。托马斯·沃尔夫在这方面写的东西该有七磅了。"

"还以为你不愤世嫉俗呢。"

"你说你不，我可没说。"麦特笑着喝了一口啤酒。乐队离开吧台，他们身穿红衬衫、颈系大领巾，马甲闪闪发亮，样子非常抢眼。主音歌手端起吉他，开始调音。

"说了这么多，你还没回答我的问题呢。新书写的是马斯滕老宅吗？"

"从某种程度上说，是的。"

"不好意思，问得太多了。"

"没关系，"本想到苏珊，心里一阵不舒服，"韦索尔怎么还没回来？他离开很长时间了。"

"虽说我们才认识，但我想请你帮个很大的忙。如果你拒绝的话，我会完全理解的。"

"没事，说吧。"本答道。

"我在带一个创意写作班，"麦特说，"都是很聪明的孩子，十一和十二年级为主，我非常希望能请一位靠写作谋生的人给他们讲几句话。必须是——该怎么说呢？——能赋予字眼生命力的那种人。"

"我太愿意了！"本觉得受到了莫大的恭维，"一节课多少时间？"

"五十分钟。"

"没问题，这么一段时间我应付得了，不至于让他们觉得太无聊的。"

"是吗？那我可真是找对人了，"麦特说，"他们肯定不会觉得你无聊的。下周行吗？"

"行。哪天？几点？"

"星期二，第四节？上午十一点开始，十二点差十分下课。不会有人嘘你，但肯定会听见许多个肚子同时咕咕叫。"

"我会记住带棉花塞耳朵的。"

麦特哈哈大笑:"我太高兴了。要是没问题,我在办公室等你?"

"行。你——"

"伯克先生?"说话的是二头肌异常健硕的杰姬。

"韦索尔在男厕所昏过去了。你能不能——"

"什么?上帝啊,本,你能——"

"没问题。"

两人起身穿过房间。乐队已经开始演奏,正唱到马斯科吉的孩子仍旧尊重大学校长①。

厕所里一股浓烈的陈尿和消毒水的气味。韦索尔靠在两个小便器之间的墙上,一个穿军装的家伙在他右耳不足两英寸处撒尿。

韦索尔的嘴巴张着,模样衰老得可怕,寒冷而漠然的力量毫不留情地将他蹂躏得不成人形。自己也在日复一日地迈向消亡,这个事实忽然压在本的心头;不是第一次了,但这次降临得如此突然,让他惊惧不已。在喉间涌起的悲悯之情仿佛一汪清澈的黑水,既因为韦索尔,也因为自己。

"帮个忙,"麦特说,"等这位先生放完水,你能不能扶韦索尔一把?"

"当然。"本答道。他看着穿军服的男人,后者不慌不忙地抖着残尿。"哥们,能快点儿吗?"

"干吗?他又不着急。"

话虽这么说,但他还是拉上了拉链,从小便器前退开,让本和麦特进去。

本用一条胳膊搂住韦索尔的脊梁,手扣住腋窝,发力一拽。他的臀部靠在贴瓷砖的墙壁上,感觉到了一瞬间音乐的振动。完全失去知觉的韦索尔仿佛沉重的邮袋。麦特把头从韦索尔的另一条胳膊底下钻过来,用胳膊挽住韦索尔的腰部,两人抬着他走出了厕所门。

---

① 出自莫尔·哈加德(Merle Haggard)的歌曲《马斯科吉来的俄州人》(*Okie From Muskogee*)。

"欢迎韦索尔。"有人说，有人报以笑声。

"戴尔不该放他进来，"麦特气喘吁吁地说，"他知道每次都是什么结果。"

走出酒吧，穿过休息室，他们踏上通往停车场的木头楼梯。

"慢点儿，"本嘟囔道，"别摔着他。"

下楼梯的时候，韦索尔软绵绵的脚像两块木头似的敲打着台阶。

"雪铁龙……最后一排。"

本和麦特把韦索尔扛到车前。空气中的凉意越来越重，明天落叶会积满一地。韦索尔在喉咙深处发出咕哝声，支棱在脖子上的脑袋无力地抽动着。

"回到伊娃那儿能把他弄上床吗？"麦特问。

"我想没问题。"

"那就好。看，从树梢望过去，恰好能见到马斯滕老宅的屋脊。"

本抬头去看。麦特说得对；夹成锐角的屋顶越过暗沉沉的松林顶端窥视着他们，人类建筑物的常见形状遮住了视野边缘的似尘繁星。

本打开乘客一侧的车门："来，交给我吧。"

韦索尔的全部重量压在本身上，他灵巧地把韦索尔放进乘客座位，随手关上车门。韦索尔的脑袋软绵绵地靠在车窗上，压扁了的面容看起来颇为怪异。

"星期二，十一点？"

"一定到。"

"谢谢。也谢谢你送韦索尔一程。"他伸出手，本轻轻握住。

本钻进驾驶座，发动雪铁龙的引擎，驶回镇上。酒馆的霓虹灯消失在身后的树海之中，道路变得荒凉漆黑，本心想：道路此刻归鬼魂所有。

韦索尔在旁边喷着鼻息呻吟了一声，本吓了一跳。雪铁龙在路上蛇行片刻。

喂，我为什么要往那个方向想？

无人回答。

7

他放下车窗，冷风在回家路上直吹韦索尔；开进伊娃·米勒家的前院时，韦索尔已经恢复了部分神智。

本领着韦索尔跌跌撞撞爬上后门廊的台阶，走进光线昏暗的厨房，此刻只有炉子上的荧光灯亮着。韦索尔呻吟了一声，然后用低沉的喉音喃喃道："杰克，她是个好姑娘，结了婚的女人，她们知道……知道……"

一个人影从走廊里浮出来，是伊娃，她身穿夹棉家居服，头上插着发卷，用网眼薄头巾包好，涂过晚霜的脸惨白如鬼魂。

"爱德，"她说，"喔，爱德……你就非要这样吗？"

听见她的声音，韦索尔稍微睁开一点眼睛，一丝笑意浮现在脸上。"没完没了没完没了，"他用沙哑的声音说，"你难道不比其他人更清楚吗？"

"能把他弄回房间里吗？"伊娃问本。

"当然，没问题。"

本抓紧韦索尔，拽着他走上楼梯，进了韦索尔的房间。门没锁，他把韦索尔扶进去。他刚帮韦索尔在床上躺下，仅剩的那点意识也随即消散，韦索尔坠入沉沉梦乡。

本花了几秒钟扫视周围。房间很干净，像是消过毒似的，东西如军营般摆放得整整齐齐。他正要给韦索尔脱鞋，伊娃·米勒的声音在背后响起："米尔斯先生，你别管了。你上楼去吧。"

"但他应该——"

"我帮他脱衣服，"伊娃面色沉重，充满了不失尊严的适度悲伤，"帮他脱衣服，早晨用酒精擦身解宿醉。我以前做过这些，许多次。"

"那好。"本说完上楼去了，一路上没有回头。他慢慢脱掉衣服，想了想要不要洗澡，最后决定还是算了。他在床上躺下，望着天花板，久久无法入睡。

第六章　林苑镇（之二）

1

　　耶路撒冷林苑镇的春天和秋天来得都很突然，仿佛热带的日出和日落。季节可能在一天内就转换完毕。春天不是新英格兰地区最美好的季节，它太短，太阴晴不定，太容易在几分钟内就转变脸色。话虽如此，但哪怕你忘记妻子的柔情抚摸，哪怕你忘记婴儿用没牙小嘴吸吮乳头的感觉，四月也会停留在记忆里，久久不肯离去。然而，到了五月中的某一天，太阳耀武扬威、气势汹汹地钻出晨间的雾霭，七点你拎着午餐饭盒出门时它就已经与台阶顶层齐平，你知道露珠到八点就会消失，汽车经过乡间土路时扬起的漫天尘埃能在空中动也不动地挂五分钟；下午一点，工厂三楼的温度能突破三十五度，汗珠如油脂般淌下臂膀，面积持续扩大的汗渍把衬衫牢牢地贴在背上，感觉和七月毫无区别。

　　九月十五号过后的某一天，秋天忽然到访，踹开变幻莫测的夏天，年复一年，年年如此，然后像你失去联系很久的老朋友似的逗留一段时间。这位老朋友坐进你最喜欢的椅子，掏出烟斗点燃，讲起自从上次见面以来他去过的地方、遇到过的事情，就此消磨一个下午的时间；秋天也是这个样子。

　　秋天会住满整个十月，偶尔留到十一月。天空每天都呈现出清澈的湛蓝色，永远从西向东飘动的云朵平静得仿佛灰色龙骨的白船。风每天从早刮到晚，没有安静的时候，催动你走在路上的脚步，刷刷地疯狂卷起落叶，吹积成五彩斑斓的落叶堆。风让你比骨髓更加深的地方感觉到疼痛，或许是它触及了灵魂中某些古老的东西，人类这个物种的集体记忆在说"迁徙，否则死亡"——迁徙，否则死亡。即便你躲进屋子，躲在四面坚实的墙壁背后，风还是不停敲打木材和玻璃，用没有实体的空气波纹袭击屋檐；你迟早会放下手头的事情，出去看究竟发生了什么。你会在下午三点左右站在露台上或前院里，望着云朵投下的阴影匆匆扫过格里芬家的牧场，爬上校园山的缓坡，明、暗、明、暗，上帝好像在不停开闭百叶窗。你会看见许许多多的一枝黄，这种新英格兰地区最顽强、最有害但也最美丽的植物，它们在风中同时俯首，仿佛在参加沉默的圣会。假如没有汽车或飞机经过，假如没有谁家的老头子在镇西部的林苑里打鹌鹑和野鸡，假如唯一的声响是你心脏的缓缓跳动声，你还将听见另一种声音，那是生命正在走向这次循环终点的声音，生命正在等待初雪降下，完成最后的仪式。

2

那年秋天（真正的秋天，而不是日历上的秋天）的第一天是九月二十八号，这也是丹尼·格立克在谐和山墓园落葬的日子。

教堂仪式仅限家人参加，安葬仪式向全镇开放，镇上来了好些人：同学、好奇的人，还有垂暮老者——岁月把裹尸布越扎越紧，他们近乎于强迫性地参加每一场葬礼。

伯恩斯路上排起了长队，队伍蜿蜒而上，越过山丘顶端，消失在了视线之外。尽管阳光灿烂，但所有车辆都亮着灯。卡尔·福尔曼的灵车走在头前，后窗摆满了花朵；然后是托尼·格立克那辆一九六五款的墨丘利，排气管消声器纯粹是摆设，轿车大声咆哮，小声撒气。接下来的四辆车是格立克夫妻两边的亲戚，有几个人从俄克拉荷马州的塔尔萨赶来。这个开着车灯的游行长队里还有：马克·皮特里（拉尔菲和丹尼在拉尔菲失踪那晚去找的孩子）及其父母、里奇·鲍定和全家、与威廉·诺顿夫妇同车的梅布尔·沃茨（她坐在后排，拐杖夹在肿胀的双腿之间，她一刻不停地讲述从一九三〇年至今参加过的每一场葬礼，丝毫不为他人眼光所动）、莱斯特·德拉姆及妻子哈莱特、保罗·梅贝里及妻子格莱妮斯、米尔特·克罗森的车上还带着帕特·米得勒、乔·克莱恩、维尼·亚普肖和克莱德·柯立斯（离开前米尔特打开啤酒冷柜，几个人在炉子前心情沉重地喝了半打啤酒）、伊娃·米勒的车里还有她的密友洛芮塔·斯塔奇和罗妲·科莱斯（这两位都是老处女）、帕金斯·吉列斯皮和副手诺利·加德纳开着耶路撒冷林苑镇的警车（实际上就是帕金斯的福特车，在仪表盘上粘了盏警灯）、劳伦斯·克罗凯特及其脸色病黄的妻子、态度恶劣的校车驾驶员查理·罗德斯（有葬礼就有他的身影）、查尔斯·格里芬及妻子和两个儿子哈尔和杰克，格里芬家族还住在镇上的就只有他们一家了。

迈克·莱尔森和罗伊尔·斯诺当天清晨就挖好了墓坑，用几条假草皮盖住刨出来的生土，迈克还按格立克家的要求点了追思灯。迈克觉得今天早晨罗伊尔像是换了个人。罗伊尔平时总喜欢拿手头的活计开玩笑、唱小曲（用跑调的男高音声嘶力竭地唱道："白布单子裹身体，放下至少六英尺"……），但今天早晨他异乎寻常地安静，几乎到了阴沉的地步。多半是宿醉，迈克心想。昨晚他肯定跟他那位肌肉过于发达的朋友彼得斯在戴尔酒吧喝了个天翻地覆。

五分钟前，他看见卡尔驾驶的灵车翻过坡顶，离墓园还差一英里左右，他拉开两扇宽大的铸铁园门，抬头看了一眼高耸的尖突，从发现医生挂在上头那天起，他就经常这样做。开门之后，他走回新挖的墓穴旁，唐纳德·卡拉汉神父已经等在那儿了，卡拉汉神父是耶路撒冷林苑镇教区的本堂牧师。他的两肩披着祭衣，手里的书册翻到儿童葬仪那页。这里是大家口中的所谓"第三站"。第一站是停尸房，第二站是小小的圣安德鲁天主教教堂。最后一站是谐和山，然后全体解散。

他感到一丝寒意，低头望向亮绿色的塑料草皮，琢磨这东西为什么非要出现在每次葬礼上。一看就知道这是什么：活草的廉价仿制品，小心翼翼地遮住深褐色的盖棺土。

"神父，他们要到了。"他说。

卡拉汉个子很高，一双蓝眼睛炯炯有神，面色红润，发色铁灰。莱尔森从十六岁后就没再去过教堂，在本地这些巫婆神汉里最喜欢卡拉汉。卫理公会牧师约翰·格罗金斯那个伪善的老家伙非常惹人讨厌，后期圣徒暨圣十字追随者教会的帕特森则疯得像是卡在了蜂蜜树上的黑熊。两三年前，某位教堂执事的葬礼上，帕特森躺在地上四处翻滚。作为追随教皇的人来说，卡拉汉这人还不错，他的葬礼平静祥和、抚慰人心，一般还都很简短。卡拉汉面颊和鼻子周围的红斑和破碎的毛细血管恐怕和祈祷没什么关系，不过要是卡拉汉时不时喝点儿小酒的话，又有谁能责怪他呢？按照现如今这个世界的样子，神职人员最后不进精神病院都算是怪事了。

"谢谢，迈克，"神父抬头望着蓝天，"今天的葬礼会很艰难。"

"我想也是。多久？"

"顶多十分钟。我不想让父母太痛苦。等在前头的痛苦已经够多了。"

"好的。"迈克走向墓园后方。他打算翻过石墙，在林子里吃一顿晚午餐。经过这么多年的历练，他很清楚，身穿沾满泥土的工作服的常驻掘墓人，这大概是悲恸的家人和朋友在第三站最不想看见的东西，会让神职人员描绘的永生和天国之门的生辉图景黯然褪色。

他在后墙附近停步，弯腰查看一块向前倾倒的墓碑。他扶正墓碑，拂去铭刻字迹上的尘土，不由得又打个寒颤。墓碑上刻着：

休伯特·巴克利·马斯滕
一八八九年十月六日至一九三九年八月十二日
提铜灯的死亡天使
守在金色大门之中
带汝走进黑暗水域

底下还有一行字，几乎被三十六次结冻和解冻抹平了：

上帝准他安眠于此

迈克·莱尔森还是有些烦心，但还是没有找到原因，他钻进树林，坐在小溪旁吃完了午饭。

3

　　早年念神学院的时候，卡拉汉神父的朋友曾送给他一幅亵渎神圣的绒线刺绣，当时他在惊骇中爆发出阵阵狂笑，但随着时间过去，那幅画变得越来越真实，越来越不亵渎神圣：上帝赐我**平静**，接受我无法改变的事物；赐我**坚忍**，改变我能改变的事物；赐我**好运气**，别每次都弄得太操蛋。这段话用古英文绣在一轮初升红日的背景上。

　　此时此刻，面对哀悼丹尼·格立克的人群，他再次想起这几句格言。

　　抬棺人是死去男童的两个叔叔和两个表兄，他们把灵柩放在地上。玛乔丽·格立克穿黑色外衣，戴黑纱小帽，透过网眼露出的面容宛如白软干酪，玛乔丽的父亲用手臂护着摇摇摆摆、站立不稳的女儿，她仿佛抱住救生圈似的攥着黑色手袋。托尼·格立克站得离她略远，看起来受了很大打击，神情恍惚。仪式进行的过程中，他好几次环顾四周，像是要确认自己真的站在这些人中间。他的表情属于确信自己正在做梦的那些人。

　　宗教无法将你从噩梦中唤醒，卡拉汉心想，哪怕把全宇宙的平静、坚忍和好运气都给你也没用。操蛋的事情已经发生了。

　　他把圣水洒在灵柩和坟墓上，让它们永远处于上帝的护佑之下。

　　"让我们祈祷。"他说。字词带着优美的韵律流出喉咙，它们总是这样，无论天晴天阴，无论酒醉清醒。前来悼念的人纷纷低头。

　　"上帝我主仁慈，让有信心的得着永恒安宁。求你祝福这处坟墓，遣天使前来看护。我们埋葬丹尼尔·格立克的躯体，求你接纳他进入天国，愿你的圣民许他蒙福欢乐。我们向基督我们的主祈求。阿门。"

　　"阿门。"众人喃喃道，风吹得声音支离破碎。托尼·格立克瞪着困惑的眼睛四处张望。他的妻子用面巾纸捂住嘴巴。

　　"借着对耶稣基督的信心，我们虔诚埋葬这名孩子为凡人时的不完美躯体。我们满怀信仰祈祷赐万物以生命的上帝，望他从凡人的躯体中复活，有圣民陪伴，共享永生。"

他翻动弥撒书的纸页。坟墓周围大致呈马蹄形站立的人群中，第三排有个女人啜泣起来，发出沙哑的哭声。后面林子里有只鸟吱吱喳喳地唱着歌。

"让我们为我们的兄弟，丹尼尔·格立克，向我们的主耶稣基督祈祷，"卡拉汉说，"他曾告诉我们：'复活在我，生命也在我。信我的人，虽然死了，也必复活。凡活着信我的人，必永远不死。'我主，你在你的朋友拉撒路死时哭泣，现在请安慰哀伤的我们。我们带着信仰作此请求。"

"我主，请听我们的祈祷。"在场的天主教徒应和道。

"你唤醒死者，请赐我们的兄弟丹尼尔永远的生命。我们带着信仰作此请求。"

"主啊，请听我们的祈祷。"众人应和道。托尼·格立克的眼神开始透出某种感情；是明悟吗？有可能。

"我们的兄弟丹尼尔受过洗礼，请允许他与你的圣民为列。我们带着信仰作此请求。"

"我主，请听我们的祈祷。"

"他领受过圣体和圣血，请为他在天上的国、你的桌旁安排位置。我们带着信仰作此请求。"

"我主，请听我们的祈祷。"

玛乔丽·格立克前后摇摆，呻吟起来。

"请安慰我们因兄弟逝去的悲伤；化我们的信念为安慰，令我们的希望永生。我们满怀信仰作此请求。"

"我主，请听我们的祈祷。"

他合上弥撒书。"让我们如上主教导的那般祈祷，"他轻声说，"我们在天上的父——"

"不!"托尼·格立克嘶喊着扑上来，"你们不能用泥土埋了我的孩子!"

有几个人伸手想拽住他，但都为时已晚。

他在坟墓边缘踉跄几步，假草皮皱起来，滑了开去。他跌进墓穴，咚的一声重重砸在棺材上，那声音很可怕。

"丹尼，你给我出来！"他嚎叫道。

"哦，老天！"梅布尔·沃茨把葬礼上用的黑色丝绸手帕压上嘴唇，两眼闪闪发光，如饥似渴地将这幅场景装进脑海，仿佛松鼠贮存坚果准备过冬一样。

"丹尼，该死的，别和我开玩笑了！"

卡拉汉对两名抬棺人点点头，他们走上前去；另外三个人（包括帕金斯·吉列斯皮和诺利·加德纳在内）也过来帮手，这才将不停踢打、嘶喊、号叫的格立克拽出墓穴。

"丹尼，别躲了！你妈妈都害怕了！再不乖我就要打你屁股了！放开我！放开我……把我的孩子还给我……放开我，你们这些混蛋……啊啊啊，上帝——"

"我们天上的父——"卡拉汉重新开口，其他人的声音随即加入，那些字词飘向无动于衷的天空。

"——愿世人皆颂圣名。愿你（汝）的天国降临，愿你的旨意——"

"丹尼，你给我出来，听见没有？听见没有？"

"——行于世间，如同天国。赐我今日之食，天天皆然。免我之罪——"

"丹——尼——"

"——若我之于他人——"

"他没死，他没死，放开我，你们这群狗娘养的屎橛子——"

"——指引我远离诱惑，救赎我于邪恶。我们向我们的主耶稣基督祈祷，阿门。"

"他没死啊，"托尼·格立克抽泣道，"他不可能死，他才他妈的十二岁啊。"他恸哭起来，尽管有好几个人拉着他，但他还是拼命往前走，面容扭曲，泪水汩汩而下。他在卡拉汉脚边跪下，用沾满湿泥的双手揪住神父的裤子："把我的儿子还给我，别再跟我开玩笑了。"

卡拉汉用双手轻轻抚摸托尼的头顶。"让我们祈祷吧。"他说。抱住他大腿的格立克啜泣得抽搐了起来。

"上帝啊，请安慰这个在悲伤中的男人和他的妻子。你用洗礼的圣水洁净他的孩子，赐其新生。愿我们日后也能与他同列，共享天上的喜乐。我们以耶稣的名祈求，阿门。"

他抬起头，发现玛乔丽·格立克已经昏了过去。

4

其他人都离开了，迈克·莱尔森回到坟墓旁，在敞开的墓穴口坐下，吃着最后半块三明治，等罗伊尔·斯诺回来干活。

葬礼下午四点开始，现在快五点了。太阳在西边高耸的橡树间斜射过来，影子被拉得很长。该死的罗伊尔答应最迟差一刻五点回来的，现在怎么还不见人影？

三明治夹的是博洛尼亚香肠和奶酪，这是他最喜欢的搭配。他亲手做的三明治都合他口味，这是单身的好处之一。他吃完食物，拍干净残渣，几粒面包屑跌落在灵柩上。

有人在看他。

迈克突然非常确定地感觉到有人在看他。他吓得瞪大了眼睛，视线在墓园中扫来扫去。

"罗伊尔？是你吗？罗伊尔？"

无人回答。风叹息着吹动树叶，发出神秘莫测的沙沙声。石墙后的榆树投下摇曳的影子，盖住了休伯特·马斯滕的墓碑，他忽然想起老文的狗被刺穿了挂在铸铁大门上的样子。

眼睛。视线呆滞，一动不动。盯着他。

黑暗，别在这里抓住我。

他盯着自己的双脚，像是听见有人大声说话。

"去你妈的，罗伊尔。"他大声说道，但语气很平静。他不认为罗伊尔在附近，也不认为那家伙会回来。今天不得不一个人干活了，肯定会耗费很长时间。

也许要干到天黑。

他开始干活，不去试图理解刚才突然笼罩自己的恐惧从何而来，不去琢磨这份从来没不让他烦恼的工作此刻为何让他如此烦恼。

他动作飞快，每一下都尽量节省力气，揭开盖住泥土的假草皮，叠得整整齐齐，搭在肩膀上，扛着走向停在门外的皮卡车，刚走出墓园，被人监视的难受感觉就消失了。

他把假草皮放在车斗里，拿出铁锨，掉头回到墓地，走到一半时却犹豫了。他盯着打开的墓穴，它仿佛在嘲笑他。

迈克忽然想到，他无法看见停在墓穴底下的灵柩时，被人注视的感觉就随之消失。他的脑海中陡然浮现出一幅图画：丹尼·格立克躺在小小的绸缎枕头上，双眼圆睁。不，太愚蠢了。肯定有人合上他的双眼。迈克见过卡尔·福尔曼替许多人合上眼睛。卡尔曾经说过，眼皮必须要粘好，没人愿意看见尸体对着人群眨眼，对吧？

他铲起一铁锨泥土，投向棺材。泥土落在抛光的红木匣子上，发出沉重而结实的碰撞声，迈克做了个鬼脸。这个声音让他有点难受。他站直身子，心烦意乱地四处张望，看见了陈设在旁边的鲜花。太浪费了。明天这些花朵会变成红色和黄色的零乱花瓣。他不能理解大家为什么要这么浪费钱。既然想花钱，为什么不捐给癌症互助会、优育基金会，甚至妇女会？至少算是做好事，对吧？

他又抛下一铲土，然后又停了下来。

棺材也是一种浪费。上好的红木棺材，至少值一千块，此刻却要往上面盖土。格立克家不比别人更有钱，也不可能给孩子买过丧葬保险。他们肯定典当了不少东西，就为了买个木头箱子埋进泥土。

他弯下腰，铲起又一铁锨泥土，不情不愿地投了下去。再次传来可怕的砰然响声，像在宣告生命的终结。棺材顶上已经盖满了泥土，但抛过光的红木却透过泥土闪着光芒，仿佛在责备什么人。

别看我了。

再一铲泥土，不是特别满的一铲，投下去。

砰。

阴影已经拉得很长了。他停下来，抬起头，看见了马斯滕老宅，百叶窗关得严严实实。老宅的东侧，每天早晨欣然迎接第一缕阳光的位置，直直地面对着墓园的铸铁大门，也就是医生——

他强迫自己铲起又一铁锹泥土，抛进墓穴。

砰。

泥土从棺木侧面流下去，落进黄铜合页之中。现在要是有人掀开棺盖，就会发出通往坟茔大门打开时那种叽叽嘎嘎的刺耳摩擦声。

别再盯着我看了，该死的。

正要弯腰再次铲土，这个动作忽然变得无比沉重，他停下来暂歇片刻。他曾经在《国家探寻者》之类的地方读到过，某位德州石油大亨在遗嘱里特别规定，死后要葬在崭新的凯迪拉克威乐轿车里。后人一丝不苟地执行了遗嘱。先用挖土机刨出一个巨大的墓穴，然后用起重机把车子吊进去。穷苦百姓在开用唾沫和铁丝扎起来的旧车，而有钱的肥猪却坐在连同配件总价一万块的新车里落葬。

他忽然一激灵，后退一步，使劲摇头。他险些——没错——险些进入恍惚状态。被注视的感觉越来越强烈。他抬起头，发现天色已经非常昏暗，顿时心生警觉。马斯滕老宅只有最顶层还沐浴在阳光中。手表说现在六点十分了。天哪，一个小时匆匆过去，他才往墓穴里填了五六铲泥土。

迈克弯腰继续干活，努力不让自己思考。砰、砰、砰，泥土撞击棺木的声音越来越轻，灵柩的顶层已经被盖住了，泥土如棕色溪流般淌下棺材四周，就快淹到锁和把手了。

他又投了两铲土，忽然停了下来。

锁和把手？

哎，上帝在上，为什么要在棺材上装锁？难道他们认为会有人想主动爬进去？肯定是这样。总不可能认为会有人想爬出来——

"别盯着我看！"迈克·莱尔森大声说，他觉得心脏都快从嗓子眼里跳出来了。他突然有了一种冲动，想拔腿就跑，逃离这个地方，沿着马路逃回镇上，把自己灌个烂醉。他好不容易才按捺住这个念头。神经过敏而已，没别的了。在墓地干活的人谁都可能偶尔神经过敏。这简直是他妈的恐怖电影，埋葬一个十二岁少年，他的双眼瞪得老大——

"天哪，别再想了！"他叫道，眼神疯狂地扫向高处的马斯滕老宅。现在只有屋顶还在阳光照耀下了，六点十五分。

在这之后，迈克的动作快了起来，他不停弯腰、铲土，尽量让大脑保持一片空白。然而，被注视的感觉却似乎没有减退，反而越来越强，每一铲土都仿佛比前一铲更沉重。泥土已经掩埋住了棺材顶端，但你依然能辨认出棺材的形状。

天主教的悼亡词在脑海里回荡，这种事情无法用一般的逻辑解释。在小溪边吃东西的时候，他听见了卡拉汉的声音，也听见了孩子父亲无助的哭喊。

让我们为兄弟向主耶稣基督祈祷，他曾说过……

（天上的父，佑护于我。）

他停下来，呆呆地望进墓穴。坑洞很深，非常深。夜晚正在降临，把阴影倾倒进墓穴，仿佛那是什么黏稠的活物。坑洞依然很深，他不可能在天黑前完工。绝对不可能。

复活在我，生命也在我。信我的人，虽然死了，也必复活……

（苍蝇之王，佑护于我。）

是的，那双眼睛睁着，所以他才感觉到被注视着。卡尔用的胶水不够，眼皮像遮光帘似的崩开了，格立克家的孩子在盯着他看。必须想办法解决这件事。

……凡活着信我的人，必永远不死……

（我献上臭肉和腐尸）

铲开泥土，这就是通行证。铲开泥土，用铁锹砸坏那把锁，打开棺材，合上瞪视着他的那双可怖眼睛。他没有殡仪馆用的胶水，但口袋里有两个两毛五的硬币。这也能行。银币。没错，格立克家的孩子需要的正是银币。

阳光已经离开了马斯滕老宅的屋顶，现在只照得到镇西最高大、最古老的几棵云杉了。尽管老宅的百叶窗都关着，但那幢屋子似乎也在注视他。

你唤醒死者，请赐我们的兄弟丹尼尔永远的生命。

（我为你活祭牲品。我用左手奉献。）

迈克·莱尔森忽然跳进墓穴，开始疯狂铲土，掘起一锹又一锹的泥土，泥土如棕色喷泉般被抛出墓穴。铁锹的刃头终于碰到了木头，他刮掉棺材侧面剩余的泥土，然后跪倒在棺材上，拼命敲打扣锁的黄铜锁舌，一下，一下，又一下。

小溪旁的青蛙开始闹腾，蚊母鸟在暗影中歌唱，附近某处有一群三声夜鹰① 跟着发出尖声鸣叫。

六点五十。

我在干什么？迈克问自己。老天在上，我究竟在干什么？

他跪在棺材顶上，努力思考自己到底在干什么……但意识深处的某样东西在催促他：快些，再快些，太阳就要下山了——

黑暗，别在这里抓住我。

他把铁锹举过头顶，再次拼命轰击棺材锁，听到啪地一下断裂声。锁打开了。

在残存的最后一丝理智驱使下，迈克抬头呆望了几秒钟，他脸上一道道、一圈圈都是泥土和汗水，两只眼睛仿佛凸出的白色圆环。

金星正在升起。

他喘着粗气爬出墓穴，平躺在地上，摸索着去找棺材盖上的两个把手。找到了，用力一拉。棺材盖向上打开，合叶发出的吱嘎摩擦声与想象中的一模一样。刚开始露出来的只是粉色绸缎，然后是一条裹着黑衣的胳膊（丹尼·格立克穿教会制服下葬），再然后……再然后是脸。

迈克的呼吸堵住了，塞在喉咙口。

那双眼睛睁着。正如他所知道的那样。睁得大大的，视线并不呆滞。在今天最后一抹正在消逝的白昼光线下，眼睛闪着骇人的生命之光。孩子的脸不是死亡的惨白色，玫瑰红的面颊充满了勃勃生机。

他想移开眼神，不去接触孩子那闪闪发亮的凝固视线，但无论如何也做不到。

---

① 三声夜鹰（whippoorwill），北美一种食昆虫的夜鸟，以叫声得名。

他喃喃自语："耶稣——"

太阳不住变短的弧形边缘落下了地平线。

5

马克·皮特里在房间里一边组装弗兰肯斯坦的怪物模型，一边偷听楼下客厅里父母的谈话。南乔因特纳大街的这幢农舍是他们家买下来的，他的房间在二楼，尽管屋子已经加装了现代化的汽油暖炉，但也没拆掉二楼的送暖格栅。这幢屋子曾经用厨房里的中央大炉采暖，热空气通过管道送上来，免得二楼冷得太厉害；但即便如此，原先住在这里的女士（于一八七三年到一八九六年间与其阴郁的浸信会丈夫住在这里）睡觉时还要用法兰绒包一块烘热的砖头带上床。不过现在嘛，这格栅管道起着别的用处：它们传递声音的效果一流。

尽管父母此刻在楼下客厅谈话，但对于马克而言，这和站在他的房间门口聊天没有两样。

父亲曾在他们家的老房子里捉到过一次他贴在门上偷听，那时候马克只有六岁，父亲告诉他一句英国古谚语：趴门缝只能自寻烦恼。父亲解释说，这句话的意思是，你很可能听见别人正在议论你，而你又不喜欢他们说的话。

嗯，世界上还有另外一句谚语：凡事预则立。

马克·皮特里十二岁的时候，比平常孩子个头略小，模样也略病弱。但他的动作很优雅，也很敏捷，他这个年龄的大多数男孩都缺乏这两种特质，身上最显眼的无非是膝盖、胳膊肘和伤疤。他长相俊秀，甚至有些奶油气，日后如鹰隼的五官，此时还稍显女性化。里奇·鲍定在操场上找他麻烦之前，这已经给他惹过不少麻烦，他下定决心要自己解决问题。马克冷静分析问题：绝大多数恃强凌弱的孩子都是大块头，丑陋而笨拙，之所以能吓住大家，是因为有伤害他人的能力。他们的打法很醒龊。因此，如果你不害怕略微受伤，如果你也愿意使用龌龊的打法，那肯定能胜过这些恶棍。里奇·鲍定是这套理论的首次完美阐释。他和基特里小学的校园霸王堪称半斤八两（那次也算得上一场胜利，基特里小学的恶霸流了血，但不肯屈服，向全操场的人宣布他和马克·皮特里从此是好兄弟。马克虽然觉得那家伙是一坨烂屎，但也没有反对。他懂得韬光养晦的道理），和他们讲道理没有用，伤害是里奇·鲍定这种人懂得的唯一语言，马克觉得这就是这个世界总是纷争不断的原因。那天老师把他从学校遣送回家，父亲非常愤怒，马克都准备好接受杂志卷抽屁股的惩罚了；但听见马克说希特勒内心深处和里奇·鲍定其实是一路货色，他父亲笑得直不起腰来，连旁边的母亲也窃笑不已。马克因此逃过一劫。

此时此刻，琼恩·皮特里在说："亨利，你认为他会受到影响吗？"

"实在……很难说，"马克从那段暂停中知道父亲正在点烟斗，"这小子扮扑克脸很有一手。"

"可静水流深啊。"她停了下来。母亲常说"静水流深"和"长路漫漫不回头"之类的话，马克虽然很喜欢这些词句，但有时它们就仿佛图书馆大开本区的旧书那样沉重笨拙……也同样积满灰尘。

"他们当时正要来找马克，"母亲继续道，"和他玩火车模型……结果一个病死，一个失踪！亨利，别骗自己了，那孩子肯定有所感觉的。"

"咱们这孩子稳当得就像千年老树，"皮特里先生说，"不管他有什么感觉，相信他都能处理好。"

马克把怪物的左臂用胶水粘进肩关节窝。这个极光公司的模型是特殊型号，在黑暗中能发绿光，就像他在基特里的主日学校背完《诗篇》之一百十九 ① 得到的塑料耶稣像。

"有时候，我真觉得咱们该再要一个孩子，"父亲说，"别的暂且不论，对马克肯定有许多好处。"

母亲的声音有些顽皮："亲爱的，咱们又不是没试过。"

父亲哼了一声。

---

① 《诗篇》中最长的篇章。

谈话中断了很长一段时间，马克知道，他父亲肯定在飞速浏览《华尔街日报》，母亲多半把简·奥斯丁或亨利·詹姆斯的某本小说摆在了膝头。母亲喜欢一遍又一遍地读这些书，马克却在一本书里遇到两次同一个场景都要挠头。知道结局的故事还有什么可读的？

"你觉得放他进屋后的树林安全吗？"母亲终于开口，"据说镇子里有流沙地……"

"离这儿好几英里呢。"

马克放松下来，粘上怪物的另一条胳膊。他的桌上站满了极光公司出品的可怕怪物，每次有新成员加入都要重新摆放一遍。这场景颇为赏心悦目。丹尼和拉尔菲那天晚上其实是来看这些的……唉，结果却发生了那件事情。

"我觉得没问题，"父亲说，"不过天黑后当然不行。"

"嗯，希望可怕的葬礼别让他做噩梦。"

马克几乎能看见父亲耸肩膀的动作。"托尼·格立克……太可怜了。不过死亡和哀悼原本就是生活的一部分。时间长了他会最终接受的。"

"也许吧。"又是很长的一段沉默。不知道母亲在酝酿什么样的答案？"见微知著"，还是"三岁定八十"？马克把怪物粘在底座上，底座是隆起的坟头，背景上有一块倾斜的墓碑。"人生正华年，已向死亡去。换了是我，肯定要做噩梦。"

"是吗？"

"福尔曼先生的手艺可真是高明，高明得让人害怕。那孩子就像睡着了，随时都可能睁开眼睛，打个哈欠……不知道大家为什么都要拿瞻仰遗容折磨自己。这太……野蛮了。"

"嗯，反正也结束了。"

"是啊，应该如此。他是个好孩子，对吧，亨利？"

"马克？最好的。"

马克不由笑了。

"电视上有什么好节目吗？"

"让我看看。"

马克没听接下来的话：严肃的讨论已经结束。他把模型搁在窗台上，等待胶水凝固、硬化。再过十五分钟，母亲就会对着楼上叫唤，招呼他准备睡觉。他从衣橱的顶层抽屉拿出睡衣，开始脱身上的衣物。

实话实说，母亲对他精神状况的担心完全是杞人忧天，马克绝不是一个娇弱的人，也没有任何特别的理由能说明他应该是。除去家境和优雅的个性不提，马克无论从什么方面说都是个十分普通的男孩。他的家庭处于中上阶层，此刻上升态势依然不减，父母的婚姻关系也很牢靠。尽管表达起来有些笨拙，但他们确实都很爱自己的另一半。马克从小到大没有过任何严重创伤。几次校园争斗连个疤痕都没留下。他和同学相处得不错，想要的东西也和同龄人差不多。

假如说他身上有什么与众不同之处，那就是淡然处世和冷静自控的态度了。没人这么教导过他，这无疑是天生就有的东西。小时候，马克的宠物狗乔巴遭遇了车祸，他坚持和母亲一起送狗去看兽医。兽医说，孩子，我得让这条狗长眠了，你明白吗？马克答道，你不是要让他睡觉，而是要用毒气杀死他，对吗？兽医说是的。马克说请便吧，但他要先和乔巴亲吻告别。他觉得很难过，但也没有哭泣，甚至没有想流泪的意思。他母亲倒是哭了，但三天后乔巴对她已经成了模糊的回忆，而对于马克来说，乔巴永远不会变成模糊的回忆。这就是不哭的价值所在。哭泣就像把内心的感情如撒尿般扔在地上。

拉尔菲·格立克的失踪和丹尼的去世都让他大受震动，但没有让他害怕。他在店里听一个家伙说拉尔菲也许被变态色魔抓走了。马克知道变态是什么意思。他们对你做可怕的事情，释放内心的欲望，做完后就勒死你（漫画书里，被勒死的人总要发出"啊啊啊呃呃呵"的叫声），然后把尸体埋在采石坑或者地板底下或者偏僻小屋里。假如变态色魔请你吃糖，最好的应对方法就是一脚踢中他的卵蛋，然后以木纹劈裂的速度飞奔而去。

"马克？"母亲的声音沿着楼梯飘上来。"这就来。"他说着又笑了。

"别忘了洗耳朵。"

"不会的。"

他下楼去亲吻父母道晚安，动作既敏捷又优雅，临出门前瞥了一眼背后桌上摆出惊心动魄场面的怪物：德古拉伯爵张着血盆大口，犬牙露在外面，作势扑向躺在地上的女孩，疯狂医生在折磨刑床上的女士，海德先生悄悄摸向步行归家的老人。

你理解死亡吗？是的。那就是怪物抓住你的时候。

6

八点半，罗伊·麦克杜格尔拐进拖车住宅门前的车道，他两次把旧福特车的油门踩到底，然后关掉引擎。集流管险些爆炸，转弯灯不亮，车牌贴下个月到期。破车，破人生。孩子又在屋里嚎丧似的哭，珊迪在对孩子吼叫。美哉，伟大的婚姻！

他刚下车就被石板绊了一跤，石板是他去年夏天弄来的，本来想铺在从车道到台阶的这段路上。

"他妈的。"他恶狠狠地嘟囔道，一边揉搓胫骨，一边对那片石板投去杀人的眼神。

他醉得厉害。三点就下了班，然后一直跟汉克·彼得斯和巴蒂·梅贝里在戴尔酒吧喝酒。汉克很晚才出现，似乎想把天晓得从哪儿来的意外小财喝个干净。他知道珊迪怎么看他这伙朋友。哈，随她苦闷去吧。怎么？老子在天杀的收割机上累了一个星期，腰都快断了，周末还得加班，周六周日就不能喝两杯啤酒了？她算什么东西，假正经个什么劲？成天坐在屋子里无所事事，顶多打打扫扫卫生、跟邮递员吹吹牛皮、不让孩子爬进烤炉。再说，最近她连看孩子都不怎么上心。天杀的孩子前两天甚至从换尿布的台子上掉下来了。

当时你在哪儿呢？

我抱着他啊，罗伊，他扭得实在太厉害了。

扭得厉害，他妈的。

他走向房门，还没消气。腿磕碰的地方疼得厉害，估计也没法从她身上得到任何安慰。他挥汗如雨，被混账工头整得死去活来的时候，这娘们儿在干什么？读自白式杂志，吃巧克力包草莓，或者看肥皂剧，吃巧克力包草莓，或者和朋友煲电话粥，吃巧克力包草莓。她的屁股和脸都在起疙瘩，很快就要分不清哪个是屁股哪个是脸了。

他推开门，走进室内。

眼前的场景给他狠狠一击，强烈而直接，像湿毛巾抽甩似的刺破啤酒带来的朦胧醉意：孩子赤身露体，满脸鼻血，大声哭喊；珊迪抱着孩子，无袖衬衫沾满血迹，扭头望着罗伊，惊讶和恐惧扭曲了她的面容；尿布扔在地上。

兰迪眼睛周围的淤青还没褪色，两只小手举在半空中，像是在哀求。

"究竟发生了什么？"罗伊一字一顿地问道。

"没什么，罗伊。他只是——"

"你打他，"罗伊的声音里没有任何感情，"他乱动，你没法换尿布，于是就扇他。"

"我没有，"珊迪连忙答道，"他翻身，撞到了鼻子，没别的，真没别的了。"

"我要打得你大小便失禁。"罗伊说。

"罗伊，听我说，他就是撞了一下鼻子——"

他的肩膀塌了下去："有什么吃的？"

"汉堡，有点焦。"珊迪没好气地答道，从牛仔裤里拉出衬衫下摆，擦拭兰迪的鼻子。罗伊能看见她腰间的一圈肥肉。生了孩子以后她的体形始终没有恢复。她自己也不在乎了。

"叫他闭嘴。"

"没——"

"叫他闭嘴！"罗伊吼叫道，兰迪原本已经渐渐安静下来，只是偶尔抽一下鼻子，被他吓得又哭喊起来。

"我去拿奶瓶。"珊迪说着站起身。

"还有我的晚餐，"他开始脱牛仔外套，"天哪，这地方跟垃圾堆似的。你白天都干了什么？自摸了一天不成？"

"罗伊！"她惊叫道，然后咯咯笑了起来。对扭来扭去不肯让她别好尿布的孩子的突然暴怒开始退去，逐渐变得模糊。那大概是下午读报时看见的故事，或者是《医疗中心》剧集里的剧情。

"给我拿晚饭，然后把该死的地方收拾干净。"

"行，行，这就去。"珊迪从冰箱里拿出奶瓶，将兰迪连同奶瓶一起放进游戏围栏。兰迪半心半意地吮吸奶嘴，黑眼圈里的两只小眼睛从母亲移到了父亲身上。

"罗伊？"

"嗯哼？什么？"

"干净了。"

"什么干净了？"

"你知道是什么。想要吗？今天晚上？"

"当然，"他说，"当然。"他又想道：什么糟烂的人生啊，这是什么糟烂的人生啊。

7

电话铃响起的时候，诺利·加德纳正在听 WLOB 电台的摇滚乐节目，和着节拍打响指。帕金斯放下纵横字谜杂志，说道："关小些，行吗？"

"当然，帕克。"诺利调低收音机的音量，继续打他的响指。

"哪位？"帕金斯说。

"吉列斯皮治安官？"

"是的。"

"我是汤姆·汉拉翰探员，你要的资料我拿到了。"

"这么快？真是太厉害了。"

"没什么特别了不起的内容。"

"没关系，"帕金斯说，"说来听听？"

"据查，一九七三年五月，本·米尔斯在纽约州北部出过一起致命车祸。没有提起指控。摩托车撞车事故。妻子米兰达遇难。目击者称他的车速不快，呼吸测试也呈阴性。车轮在路面积水处打滑了。政治倾向左翼。一九六六年在普林斯顿参加过和平游行。一九六七年在布鲁克林的反战集会上发言。一九六八年和一九七〇年在华盛顿参加游行。一九七一年十一月在旧金山的和平游行中被捕。关于他的信息就这些。"

"其他人呢？"

"科特·巴洛，科特是 K 字开头。英国人，不是天生的，而是后来归化的。德国出生，一九三八年赶在盖世太保下手前逃到了英国。早年经历无处可查，大概已经七十多岁了。原名布瑞臣。一九四五年以后在伦敦从事进出口业务，很少与人接触。斯特莱克从一开始就是他的搭档，和外界打交道的任务全交给他。"

"然后呢？"

"斯特莱克是土生土长的英国人。现年五十八岁。父亲是曼彻斯特的高级家具师，死后给儿子留下数量可观的金钱，斯特莱克本人的生意也做得不坏。两人十八个月前申请了签证，打算在美国长期停留。能查到的就这些。哦，对了，他们两个可能是同性恋伙伴。"

"唔，"帕金斯叹息道，"我也这么觉得。"

"假如还需要更进一步的协助，我们可以向伦敦警视厅和苏格兰场问询你这两位商人。"

"不用了，这些足够了。"

"顺便说一句，米尔斯和另外两人没有关系——除非隐藏得非常深。"

"那好，谢谢了。"

"职责所在嘛。需要帮忙尽管开口。"

"当然，暂时就这样吧。"

他放下听筒，心事重重地盯着电话机。

"帕克，是哪位？"诺利说着开大了音量。

"顶好咖啡馆。他们没有黑麦汉堡三明治了，只剩下烤奶酪和鸡蛋色拉。"

"我抽屉里有几块树莓蛋糕，要吗？"

"不用，谢谢了。"帕金斯又叹了一口气。

8

垃圾场仍在闷烧。

杜德·罗杰斯走在垃圾场边缘上，闻着垃圾闷烧的芬芳香气。小玻璃瓶在脚下纷纷破碎，每一步都能带起一团黑色灰烬。垃圾场尚未使用的荒地上，一大片正在燃烧的黑炭随着难以预测的风向明灭不定，让他联想起不住开合的红色巨眼……巨人的眼睛。气雾罐和电灯泡爆裂的微小闷沉爆炸声不绝于耳。今天早晨他点燃垃圾场，许多老鼠蹿了出来，比他见过的任何一次都多。他射杀了足足三打，最后收枪回套的时候枪热得烫手。都是体形硕大的龟孙子，有几只摊平了从头到尾足有两英尺长。老鼠的数量按年景不同时多时少，真是有意思，大概和天气有关系吧。再这么下去，他非得到处撒毒饵了，一九六四年以后他还没这么干过。

又是一只，在充当防火障的黄色锯木架底下伸头探脑。

杜德抽出手枪，扳开保险，瞄准，射击。子弹扬起老鼠面前的尘土，撒得它满头满脸都是，但老鼠没有逃跑，而是用后腿立起来，直勾勾地看着杜德，珠子似的小眼睛映着红光。耶稣在上，有些家伙还真是胆大包天！

"老鼠先生，拜拜了。"杜德说着仔细瞄准它。

砰！老鼠翻倒在地，不停抽搐。

杜德走过去，用沉重的工装靴踢了踢它。老鼠有气无力地咬了一口皮靴，虽然虚弱，但它还在吸气。

"狗东西。"杜德淡淡地说，踩碎了老鼠的脑袋。

他蹲下来，端详这具尸体，忽然发觉自己在想不戴奶罩的露丝·克罗凯特。她穿紧身开襟羊毛衫的时候，小奶头摩擦着羊毛，勃得硬挺挺的，让你看得一清二楚；要是哪个男人能捏住那对奶子，轻轻蹭个一两下，就一两下，告诉你，小婊子的欲火准定跟导弹发射似的蹿起来……

他捏住尾巴捡起老鼠的尸体，像钟摆似的缓缓摇晃。"露西，喜欢你铅笔盒里的大老鼠先生吗？"这个念头连同意料之外的双关含义逗乐了他，杜德爆发出阵阵尖声怪笑，古怪地偏向一侧的头颅时而抬高，时而放低。

他把鼠尸远远抛进垃圾场中央，发力时，他转过半个身子，瞥见一个侧影：高个子，极瘦，在右手边大约五十步的地方。

杜德在绿裤子上擦了擦双手，提提裤子，慢慢蹭了过去。

"先生，垃圾场关门了。"

那人转过来面对他。余烬红光照亮的脸庞上颧骨很高，透着沉思的表情，白发中很奇特地混着一缕缕生机盎然的铁灰色头发。这家伙把头发往后梳，露出苍白的高额头，活像个基佬钢琴家。余焰的红光映在眼中，被牢牢锁在里头，让这双眼睛仿佛布满血丝。

"是吗？"那人彬彬有礼地问，尽管吐字清晰，但略带一丝口音。估计是法国佬，兴许是东欧粗胚也有可能。"我来看火，真是美丽。"

"是啊，"杜德说，"你住在这附近？"

"是的，我最近才来到这个可爱小镇居住。你打死了很多老鼠？"

"没错，相当不少。婊子养的鬼东西最近多如牛毛。嘿，我说，你莫非就是买下马斯滕老宅的那位？"

"猎食者。"那人把双手背在背后。杜德惊讶地发现这家伙穿着全套西装，马甲什么的一样不少。"我喜欢夜间出没的猎食者。老鼠，夜枭，狼。附近有狼吗？"

"没，"杜德说，"德拉姆那儿有人两年前逮了只郊狼。还有一群野狗在猎鹿——"

"狗，"陌生人做了个轻蔑的手势，"下等生物，奴颜婢膝，听见陌生的脚步声就汪汪叫，只会低声下气，呜咽哀求。照我说，全都该开膛破肚，开膛破肚！"

"呃,我倒没往那方面想过,"杜德说着悄悄后退了一步,"有人肯过来……呃,你知道……一起打打那些小杂碎,总是很不错的事情,但垃圾场星期天六点整就关门了,现在都九点——"

"我很清楚。"

但陌生人没有离开的意思。杜德觉得自己抢在了镇上所有人前面。大家都在琢磨斯特莱克的老板究竟是个什么人,或许除了拉里·克罗凯特那个诡计多端的家伙,他将是第一个知道的。下次进镇找娘娘腔乔治·米得勒买子弹,他打算就那么随口提起:前两天晚上凑巧碰见新来的那位老兄了。谁?呃,不知道吗?买下马斯滕老宅的那位老兄啊。人挺不错,就是说话有东欧粗胚腔。

"老宅里闹鬼吗?"对面这位老弟闷得连个屁也不舍得放,他只好开口搭话。

"闹鬼!"老东西笑了,笑容中蕴含着令人深深不安的因素。凶猛的梭鱼才这么笑。"不,不闹鬼。"他略略强调最后一个字,像是在说老宅里闹的东西比鬼更可怕。

"呃……很晚了,还有……先生,你实在该离开了——?"

"可是,跟你说话还真是一桩乐事啊。"老家伙说,他第一次把正脸转过来,望进杜德的眼中。这双眼睛很大,垃圾场阴烧的火光映红了眼圈。尽管直视不合礼数,但你绝不可能转开视线。"不介意和我多聊几分钟吧?"

"不介意,当然不介意。"杜德听见远方传来自己的声音。这双眼睛似乎还在膨胀、扩大,最后变成了火焰镶边的两个黑色深渊,跌进去就无论如何也爬不出来的那种深渊。

"谢谢,"那人说,"告诉我,驼背是不是让你工作起来很不方便?"

"没有。"杜德还是觉得声音很遥远。他模糊地想道:他要是没催眠我,就让我被人戳屁眼吧。和托普瑟姆狂欢节的那家伙差不多……叫什么名字来着?摩菲斯特先生。他会让你睡过去,让你做各种各样好笑的事情——学小鸡,学狗爬,说出你六岁生日晚会上发生了什么。他催眠了雷吉·索耶那老家伙,上帝啊,我们笑得真够呛……

"在其他方面有没有给你带来不便呢?"

"没有……呃……"他望着那双眼睛，被深深吸引住了。

"说吧，说吧，"老家伙的声音悦耳而甜蜜，"咱们是朋友，对不对？跟我说吧，告诉我。"

"呃……姑娘……你知道，姑娘们……"

"当然啦，"老家伙安慰着他，"女孩都笑话你，对吧？她们不知道你多有男子气概，也不知道你有多大力气。"

"没错，"杜德轻声说，"她们笑话我。她笑话我。"

"这个'她'是谁？"

"露西·克罗凯特。她……她……"脑子里的念头忽然散去，他放手了，无所谓，什么都无所谓了，只有此刻的平和最重要。这种冷静、完满的平和。

"她是不是拿你开玩笑？掩嘴窃笑？见到你就用胳膊肘推推同伴？"

"是的……"

"但你想要她，"对方却不肯放过他，"是这样吗？"

"噢，是的……"

"你应该拥有她。我很确定。"

发生了什么事情……感觉起来很愉快。远处传来甘美声音吟唱的淫邪字句。银铃般的声音……雪白的面孔……露丝·克罗凯特的声音。几乎能够看到她，双手抓住她的奶子，在开襟羊毛衫的V字领口挤成两个雪白的半球形，轻声低语：杜德，亲吧……咬吧……吸吧……

仿佛溺水。沉溺于老人红色眼眶中的双眼里。

陌生人凑近了，杜德一下子明白过来：他很愿意。疼痛来临时，如同银铃一般甜美，如同深潭静水一般碧绿。

9

他的手不够稳，没能抓住酒瓶，反而把它从桌上碰了下去，酒瓶咚的一声落在地毯上，上佳的苏格兰威士忌咕嘟咕嘟地淌出来，洒在绿色绒毛地毯上。

"妈的!"唐纳德·卡拉汉神父骂道,赶在酒全部跑光前连忙捡起瓶子。不过本来也没剩下多少了。他把酒瓶放回桌上(远离边缘),慢慢走进厨房,在水槽底下找抹布和清洁剂。千万不能让科莱斯夫人在桌脚旁发现威士忌酒渍。她那个仁慈、怜悯的眼神太让人难受了,特别在这么一个漫长而难熬的早晨,本来就不怎么舒服——

你说的是宿醉吧?

是的,你说对了,宿醉。进了教堂咱们就坦诚相待吧。真理使人自由。为正义而捏软柿子吧。

他找到了一瓶标着"欧华"的什么液体,这品牌和强烈反胃时发出的声音倒是很类似("呕哗!"老酒鬼嘎声叫道,上面喷出午饭,下面屎尿齐流),拿着瓶子回到书房。这会儿他已经不摇晃了。基本上不摇晃了。瞅准了,长官,咱给你沿着这条白线走到红灯那儿去。

卡拉汉五十三岁,仪表不凡。他满头银发,坦率的蓝眼睛(现在布满细小的血丝)周围都是爱尔兰人的笑纹,嘴唇刚毅,略有凹坑的下巴更加刚毅。有些早晨,照镜子的时候,他会想等到了六十岁,他就抛下神职,去好莱坞找份扮演斯宾塞·屈塞的工作。

"弗拉纳根神父,需要你的时候你去了哪里?"他嘟囔着在污渍旁蹲下,眯着眼睛阅读瓶标,往酒渍上倒了两匙"欧华"。那块地方立刻变成白色,开始冒泡。卡拉汉有些警觉,再次拿起瓶子端详。

"对于特别顽固的污渍,"他用富有感情的声音抑扬顿挫地读道,听够了假牙咔哒咔哒响个不停的休姆神父漫长布道之后,让他大受欢迎的正是这把好声音,"请静候七到十分钟。"

他走到面对榆树街的书房窗口,不远处是圣安德鲁教堂的远端。

好啊,好啊,他心想。怎么搞的,星期天晚上居然又喝得烂醉。

宽恕我吧,神父,我有罪。

假如你喝得很慢,但又坚持不停的话(这些漫长而孤独的夜晚里,卡拉汉神父总在做笔记。他在笔记上消耗了差不多七年时间,原先想就新英格兰地区的天主教写一本书,但他经常觉得这本书恐怕永远也不可能完成了。《创世记》第一章第一节——"太初有威士忌,卡拉汉神父说，要有笔记。"），就很难意识到醉意在逐渐累积。你可以教会你的手不去理会酒瓶不断减少的分量。

距离上次告解，已经至少过了一日。

十一点半时分了，窗外夜色沉沉，唯有教堂前路灯映出的光圈打破黑暗。弗雷德·阿斯泰尔随时都可能跳进光圈，礼帽，燕尾服，鞋罩，白色皮鞋，正在耍弄手杖。金奇·罗杰斯很快加入。两人随着《我又唱起那该死的老宇宙欧华布鲁斯》的曲调跳起华尔兹。

他把前额贴在窗玻璃上，打量着这张曾经英俊的面孔（至少在某种程度上来说如此），上天的谴责深深烙在心烦意乱和疲倦组成的憔悴线条之中，

神父，我喝醉了，我是个糟糕的神职人员。

他闭上眼睛，但看见了黑洞洞的告解室，感觉到手指滑开窗户，卷起帘布，揭露出人心的各种秘密，闻到了跪椅清漆和旧天鹅绒以及老人汗水的味道；尝到自己唾液里的碱味。

神父，宽恕我，

（我弄坏了哥哥的货车，我打老婆，我偷看索耶夫人换衣服，我撒谎，我偷情，我有淫秽的念头，我，我，我）

我有罪。

他睁开双眼，弗雷德·阿斯泰尔还没出现。大概要等午夜钟声敲响吧。小镇在沉睡。除了——

他抬头仰视。没错，那上头的灯亮着。

他想起博伊家的姑娘——不，麦克杜格尔家的了，她现在姓麦克杜格尔——喘息着用小小的声音说她打孩子，他问多久打一次的时候，他能感觉到（几乎能听到）姑娘脑子里的齿轮在转动，把十次说成五次，把一百次说成十次。人类这些可怜的借口。那孩子是他施洗的，兰道尔·弗雷图斯·麦克杜格尔。在罗伊斯·麦克杜格尔的车后座上受孕的，多半是汽车影院双片连映的第二部期间。不停尖叫的小东西。她知不知道，或者有没有猜到过？他多么想用双手砸烂那扇小窗，伸进隔壁斗室，揪出她的灵魂，随便它怎么扑腾，也要使劲绞搓挤榨，直到她拼命惨叫。你的布赎是当头六拳和屁股上狠狠一脚。滚

回去，别再犯罪了。

"没意思。"他说。

然而，告解除了没意思还有更糟糕的地方；告解本身并不让他觉得恶心，不至于把他驱赶进那个人数总是越来越多的俱乐部：天主教酒瓶神甫及顺风威士忌骑士联合会。让他难受的是教会就像一台稳定、呆板、不知疲倦的引擎，在飞往天堂的道路上对所有细小罪错视而不见。让他难受的是如今与种种社会弊病为伍的教会对邪恶的仪式性认可，变成了父母用欧洲语言说话的老妇数着念珠赎罪的工具。让他难受的是告解中真实存在的邪恶，它们和旧天鹅绒的味道一样真实。但那是愚蠢、低能的邪恶，不值得怜悯，也不应该宽恕。第一次扇婴儿巴掌，用折刀刺破轮胎，酒吧里的争吵，在万圣节苹果里藏刀片，持续不断、索然无味地证明着：人类头脑那迷宫般的弯折沟回足以轻易折腾出这些东西。诸位先生，更好的监狱能解决问题。更好的警察。更好的社会服务机构。更好的生育控制。更好的绝育手段。更好的堕胎。诸位先生，要是能把手脚尚未成形的这团血肉从子宫里拽出来，它就永远不会长大了用榔头锤杀老妇人。诸位女士，要是能把这位先生捆上特制电椅，好像微波炉烤猪排一样活煎了他，他就永远不会有机会把更多孩子折磨致死。国民，要是这项优生学法案能获得通过，我能向大家保证，永远不会——

妈的。

最近这三年来，他处境的实质正在变得越来越清晰。仿佛失焦的电影放映机得到调整，清晰度和解像力越来越高，最后直至每根线条都分外锐利、清晰可辨。他渴望挑战。新一代神职人员有他们的挑战：种族歧视、妇女解放，甚至同性恋解放；贫困、精神错乱、违规行为。这些都让他不舒服。在标榜社会良知的神职人员之中，他唯一能接受的是反对越战的那些。他们现在也变得死气沉沉，坐下来讨论游行集会的样子仿佛结婚多年的夫妇回忆蜜月和初次火车旅行。然而，卡拉汉既不属于新一代，也不因循守旧；他发觉自己是一个传统主义者，但又不再相信最初的基本假定。他想领导一支军队——为谁效力呢？上帝，对，上帝和良善是一件东西的两样称呼，与邪恶展开斗争。他要的是流血和战斗，没兴趣大冷天站在超市门口发放杯葛生菜和葡萄园罢工的传单。他想剥开邪恶本身欺骗世人的每一层裹尸布，看清楚邪恶的五官长相。他想和邪恶面对面堂堂正正打一场，就像穆罕默德·阿里对阵乔·弗雷泽，凯尔特人队对阵尼克斯队，雅各对阵天使。他要一场纯粹的斗争，不受政治制约的斗争，政治如畸形连体孪生兄弟那样攀在每一桩社会事务背上。自从他想侍奉神的那天起，他就想要这一切，神的召唤在十四岁那年降临，圣斯德望的事迹让他热血沸腾，圣斯德望是第一位殉教烈士，被乱石击死，在死前最后一刻见到基督。为了侍奉上帝而战斗，粉身碎骨也在所不辞，天堂的吸引力比起来微乎其微。

可是，哪里有什么战斗？只有面目不清的小规模冲突。邪恶不止一副面容，而是有许多张脸，每张脸都茫然愚蠢，下巴上多半还滑溜溜地糊满口水。说实话，他正在被迫得出结论：世界上不存在来自魔鬼的邪恶，只存在凡人的邪恶，甚至是琐碎的日常邪恶。每当这种时候，他就会怀疑希特勒不过是个为非作歹的大官僚，撒旦本人心智缺陷，有着扭曲的幽默感——就是用面包裹着炮仗喂海鸥并从中得到莫大欢乐的那种人。

多少世纪以来的社会斗争、道德交锋和灵性争战最后却归结为珊迪·麦克杜格尔痛打缩在角落里的鼻涕婴儿，孩子长大后再痛打他缩在角落里的后代，周而复始，永无止境，哈利路亚，请赐我一大勺花生酱。万福马利亚，帮我赢了这场运动汽车大赛吧！

这比没意思还要没意思。人生，无论你赋之以何种理性界定，最终结果竟如此可怕，天堂或许也一样。天堂是什么呢？永恒的教堂宾果游戏、游乐场嬉戏和空中加速汽车赛？

他回头看了一眼挂钟。十二点零六分了，弗雷德·阿斯泰尔和金奇·罗杰斯还是没有出现。连米基·鲁尼也没有。已经给了欧华足够的时间，现在该把地毯吸干净，免得让科莱斯夫人用怜悯的眼神看他。生命还将继续，阿门。

第七章　麦特

1

星期二，第三节课结束，麦特走进办公室，发现本·米尔斯正在等他。

"你好，"麦特说，"你早到了。"

本起身和他握手："天生的坏毛病。我说，孩子们不会活吃了我吧？"

"保证不会，"麦特答道，"跟我来。"

他稍微有点惊讶。本穿着漂亮的运动外套和灰色双面针织便裤。皮鞋品质上乘，一看就知道没穿过几次。麦特也请过别的文学圈内人来讲课，他们即便不打扮得怪里怪气，也顶多穿一身休闲服装现身。一年前，有位名头颇响亮的女诗人在波特兰的缅因州大学举办完朗诵会后，他问女诗人隔天能否来上一堂诗歌赏析课。她出场时穿七分裤配高跟鞋，仿佛在下意识地说：看我啊，我在它本身制定的游戏规则内击败了社会体系。我来去如风。

相较之下，他对本的赞赏顿时上了一个台阶。教书三十多年后，他不相信有人真能击败社会体系或在游戏中获胜，只有蠢货才以为是他们引领潮流。

"这建筑不错，"本在走廊里东张西望，"比我念的高中强太多了。那地方的窗户小得跟枪眼似的。"

"第一个错误，"麦特说，"不能管这里叫'建筑'。这是一处'教学设施'。黑板是'视觉辅助物'。孩子是'同质青少年共同受教学生集'。"

"多了不起的词汇啊。"本咧嘴笑道。

"是啊，了不起。本，你念过大学吗？"

"试过。文科七艺。但每个人似乎都在玩智力上的夺旗游戏，你也可以自顾自地搞些名堂，然后出名，受人瞩目。我因为成绩不好而被退学了。卖出《康威的女儿》的时候，我正在往运货卡车上搬可口可乐箱子呢。"

"跟孩子们说说，他们会感兴趣的。"

"你喜欢教书吗？"本问。

"当然喜欢，否则我这老车轴四十年前就断了。"

上课铃响起，响亮的铃声在走廊里回荡，除了一个学生在标有"木工室"的箭头底下慢慢走过之外，走廊上已经没有学生了。

"有禁药问题吗？"本问。

"什么都有。和美国的其他高中区别。不过我们最大的问题是酗酒。"

"不抽大麻？"

"我倒不觉得大麻是个问题，管理层也一样，特别是几杯占边威士忌下肚，私下里聊天的时候。我凑巧知道我们的训导顾问，一位相当优秀的人物，并不反对抽两口大麻然后去看场电影。我自己也试过。效果不错，可惜让我胃里反酸。"

"你试过？"

"嘘——"麦特说，"老大哥无处不在。再说了，这是我的地盘。"

"天哪。"

"别紧张。"麦特说着领他走进教室。"大家早上好，"他对目不转睛盯着本的二十来个学生说，"这位就是本·米尔斯先生。"

2

本一开始还以为他找错了地方。

麦特·伯克邀请他到家里吃晚饭的时候，他很确定对方说的是红砖屋子后面那幢灰色小屋，但摇滚乐如溪流般源源不断地从这里流淌而出。

他试了试锈迹斑斑的铜门环，没人应门，于是又敲了几下。音乐声这次小了下来，有人在里头喊叫："门开着！进来吧！"毫无疑问，正是麦特。

他推门进去，好奇地打量室内。前门通往一间小客厅，客厅装饰得像是早期美国旧货店，古老得夸张的摩托罗拉电视机最为抢眼。KLH牌的落地扬声器正在播放音乐。

麦特系着红白格子围裙从厨房出来。意大利面酱料的香味跟着飘出来。

"不好意思，声音太响，"麦特说，"我耳朵不太好，所以把音量开大了。"

"音乐不错。"

"我从听见巴蒂·霍利那一刻起就是摇滚迷了。了不起的音乐。饿了吗？"

"是啊，"本说，"再次感谢你请我来。回到撒冷林苑镇以后，我在外面吃饭的次数估计比过去五年加起来还多。"

"这镇子很友善。别介意，咱们得在厨房里吃饭。有个收古董的几个月前进来，两百块买走了我的餐桌。我一直没去再置办一张。"

"没关系。我就喜欢在厨房吃饭，家里一直有这传统。"

厨房简洁到了严苛的地步。四芯小炉在文火慢炖酱汁，漏锅里装满了热气腾腾的意大利面。折叠小桌上摆了几个不配套的碟子和杯子，杯子边缘画着跳舞的动画角色——果冻杯，本不由觉得很好玩。最后一丝陌生人的拘谨也被打破，他像是回到了家。

"水槽上面的碗橱里有波旁威士忌、裸麦威士忌和伏特加，"麦特说着伸手一指，"冰箱里还有几瓶预调酒。很抱歉，没什么特别有情调的。"

"波旁加自来水就行。"

"自己动手吧。我还得伺候这堆东西。"

调着酒，本说："我喜欢你那些学生。问了不少好问题。很难回答，但确实是好问题。"

"比方说'你的点子都从哪儿来？'"麦特学着露西·克罗凯特性感的小女孩齿音说。

"这姑娘了不得。"

"的确。冰箱里有瓶蓝圣斯，就在菠萝块后面。特地为你准备的。"

"哎，这太破费——"

"别客气了，本，林苑镇又不是每天都能招待畅销书作家。"

"这就有点夸张了。"

本喝完威士忌，从麦特手里接过一盘意大利面，浇上酱汁，用调羹帮忙卷了一叉面条。"棒极了，"他说，"妈妈咪啊。"

"那还用说。"麦特答道。

本低头看着盘子，食物消失的速度快得超乎想象。他带着几分负罪感擦擦嘴角。

"再来些？"

"可以的话，再来半盘。你的意大利面真是没得说。"

麦特给他盛了整整一盘。"我们不吃的话，就得拿去喂猫了。那家伙没什么自制力，足有二十磅，走起路来摇摇摆摆，见了吃的就不要命。"

"天哪，我怎么没看见它？"

麦特笑了笑："出去巡视领地了。你的新书是小说吗？"

"反正是虚构的玩意儿，"本说，"说实话，纯粹为钱而写。艺术很伟大，但我还是很想挣他一票大的再说。"

"前景如何？"

"不见五指。"本说。

"咱们去客厅聊吧，"麦特说，"椅子很笨重，但比厨房这些破东西舒服多了。吃饱了吗？"

"教皇戴大礼帽吗？"

走进客厅，麦特换上一摞唱片，然后忙着点葫芦烟斗，烟斗很粗大，有不少节瘤。等终于满意了（坐在一团滚滚浓烟的正中央），他抬头看着本。

"不行，"他说，"在这儿看不见。"

本慌忙四下里看了一圈："什么？"

"马斯滕老宅。我赌一毛钱，你肯定在找那地方。"

本不安地笑了笑："不赌。"

"书的背景是撒冷林苑镇这样的小地方吗？"

"小镇和镇民，"本点点头，"一系列的性谋杀案，伴随有损毁尸体。我打算用一起案件开篇，从开头到结尾一分钟一分钟地详细描述其发生过程。揭开读者心中的伤疤。拉尔菲·格立克失踪的时候，我正在写那部分的大纲，让我……呃，让我内心非常不安。"

"以三十年代镇子附近的失踪事件为素材吗？"

本仔细打量麦特："你知道那些事情？"

"那还用说？许多老镇民也记得。当时我还没来到林苑镇，但梅布尔·沃茨、格莱妮斯·梅贝里和米尔特·克罗森在。有些人已经找到了联系。"

"什么联系？"

"别装了，本，联系实在很明显。"

"想来也是。屋子上次住人的时候，十年失踪了四个孩子。空置三十六年之后，又有人住进那地方，紧接着拉尔菲·格立克就失踪了。"

"你认为这是巧合吗？"

"我觉得是，"本小心翼翼地答道，苏珊关于谨慎的提醒犹在耳边，"不过有件事情很有意思，我查了一九三九年到一九七〇年的《纪事报》作比较。这段时间有三个孩子失踪。其中之一是离家出走，后来被发现在波士顿工作——他十六岁，看起来还更年长。隔了一个月在安德罗斯科金河打捞到另一个的尸体。最后一个被发现埋在116号公路盖茨附近，明显是交通肇事逃逸。全都得到了解释。"

"格立克家孩子的失踪或许也能得到解释。"

"也许吧。"

"但你不这么认为。你对那个叫斯特莱克的有什么了解吗？"

"完全没有，"本说，"我甚至不确定想不想遇见他。我正在写一本多半能挣钱的书，这本书与马斯滕老宅及其住户这个概念有紧密联系。要是发现斯特莱克是个再正常不过的商人——我也确实这么认为——就会破坏我现在良好的写作状态。"

"我却不这么认为。知道吗？他们的店今天开张了。苏西·诺顿和母亲进去转了转，这我能理解……哈，镇上大多数女人都进去溜了一圈，看看这个，看看那个。戴尔·马凯说——那家伙是最优秀的情报来源——他说，连梅布尔·沃茨都进去转了转。那家伙据说很能给人留下深刻印象。衣着华丽，举止优雅到了极致，脑袋秃得锃亮，而且非常有魅力。听说他还真做成了几笔生意。"

本笑了起来："好得很。小团队的另外一半露面了吗？"

"外出购货了，据说。"

"为什么要加个'据说'？"

麦特不自在地耸耸肩："我也不清楚。整件事情或许都很正常，但那幢屋子就是让我心神不宁。就好像他们两人特地挑了那地方居住。正如你所说，老宅仿佛一尊蹲伏坡顶的圣像。"

本点点头。

"除此之外，镇上又消失了一个孩童。拉尔菲的哥哥丹尼也死了，才十二岁，死因是恶性贫血。"

"这有什么奇怪的吗？的确很不幸，但是——"

"本，我的医生是个叫吉米·科迪的年轻人。我在学校里教过他。当初有点儿地狱天使的劲头，现在是个优秀的医生了。接下来的话，提醒你一句，只是风言风语。"

"行。"

"我去医院做检查，随口提起格立克家的孩子真是可怜，他父母可够难挨的，一个孩子刚失踪，另一个又遇到这种事情。吉米说他和乔治·高拜讨论过这个病例。那孩子的确得了贫血不假。他说丹尼这个年龄的男孩的红细胞计数应该在百分之八十五到九十八之间，但丹尼却跌到了百分之四十五。"

"哇！"本说。

"他们给他注射维生素 B12，吃小牛肝，看起来情况一切都好。

本来隔天就要放他出院的，可他却就那么突然死掉了。"

"别让梅布尔·沃茨听见这个，"本说，"她会在公园里看见土著拿着毒药吹箭筒的。"

"只有你一个人知道，我没跟别人提起过，也不打算乱说。顺便提醒一句，换了我是你，肯定不会告诉别人那本新书写些什么。要是洛芮塔·斯塔奇问起，你就说写的是建筑。"

"已经有人提醒过我了。"

"苏珊·诺顿，毫无疑问。"

本看看手表，站了起来："说到苏珊——"

"求偶的雄鸟衣衫亮丽，"麦特说，"我碰巧也得去学校了。我们正在重排学校演出的第三幕，这部具有非凡社会意义的喜剧名叫《查理的问题》。"

"查理遇到了什么问题？"

"青春痘。"麦特说着咧嘴一笑。

麦特送他出门，走到一半停下来套上褪色的校名夹克。本觉得麦特更像年老的田径教练，而不是惯于久坐的英语老师，前提是不看他那张脸的话：麦特面容睿智，有梦想家的气质，但又带着几分纯真。

"问一句，"来到门廊上，麦特问，"周五晚上有计划了吗？"

"还不知道，"本说，"估计和苏珊去看场电影吧。这附近大体而言也没别的娱乐了。"

"我倒是有个提议，"麦特说，"咱们可以组成三人委员会，开车到马斯滕老宅，向新来的屋主自我介绍一番。当然，以小镇的名义。"

"听起来不错，"本说，"只是礼节性拜访，对吧？"

"乡村欢迎礼车。"麦特点头道。

"我晚上问问苏珊，她估计不会反对。"

"好。"

本驾着雪铁龙离开的时候，麦特挥手与他告别。本按了两下喇叭回应，车尾灯很快就在丘陵那头不见了。

车声消失之后，麦特在门廊上站了将近一分钟，双手插在口袋里，视线投向坡顶的老宅。

3

周四晚上不需要彩排，九点左右，麦特开车去戴尔酒吧，想喝两三杯啤酒回家睡觉。浑小子吉米·科迪不肯为失眠开药，那我就给自己开处方吧。

没有乐队表演的时候，戴尔酒吧总是门庭冷落。麦特只找到三个熟人：韦索尔·克雷格，缩在角落里小口小口喝啤酒；弗洛伊德·蒂比茨，眉头紧锁，阴云密布（他本周和苏珊说了三次话，两次是通电话，一次在诺顿家的客厅面谈，三次都不欢而散）；迈克·莱尔森，躲在远处墙边的火车座里。

麦特走到吧台前，戴尔·马凯正在擦玻璃杯，看便携式电视机里的《轮椅神探》。

"嗨，麦特，最近怎么样？"

"凑合。生意冷清嘛。"

戴尔耸耸肩："是啊，盖茨的汽车影院在放什么摩托车电影。我可竞争不过。一杯还是一扎？"

"一扎吧。"

戴尔倒满扎杯，撇掉泡沫，额外又加了两英寸。麦特付了钱，犹豫片刻，拿着酒走向迈克的火车座。和林苑镇大部分年轻人一样，迈克也念过麦特的英语课，麦特很喜欢他。迈克虽然智力平平，但学习努力，遇到不懂的地方总要不厌其烦地问到搞明白为止，因此学习的成果超过平均水平。除此之外，他的幽默感完整而奔放，做事情有主见，但令人愉快，迈克因此在同学中很受欢迎。

"嘿，迈克，"他说，"我能坐下吗？"

迈克·莱尔森抬起头，麦特非常震惊，像是被通电的电线打了一下。他最初的反应是：毒品。很厉害的毒品。

"当然，伯克先生，请坐。"他的声音很倦怠，面容惨白得让人害怕，眼睛底下有颜色很深的黑眼圈，双眼本身比平常显得更大，泛着红光；酒馆半明半暗的灯光下，双手如鬼魂般在桌上缓缓移动。面前摆着的一杯啤酒还没有碰过。

"迈克，你还好吧？"麦特给自己倒了一杯酒，尽量让双手不要颤抖。

麦特的人生属于那种四平八稳的甜美历程，仿佛高低起伏都很均匀的曲线图（十三年前母亲去世就算是跌到谷底了），侵扰波形的因素之一便是部分学生遭遇的不幸结局。比利·罗伊科，死于越战停火前两个月的直升机坠毁事故；萨莉·格瑞尔，他教过的最聪明、最活泼的学生之一，和醉酒的男朋友分手时遭其杀害；盖瑞·科尔曼，因为某种神秘的视神经退化病症失明；巴蒂·梅贝里的兄弟道格，整个半白痴家族里唯一的好孩子，淹死在了老果园滩；还有毒品，缓慢的杀人工具。不是每个涉足忘川的人都觉得该在里头洗个澡，但这种人也为数不少，特别是那些把做梦当作不可或缺的蛋白质的孩子。

"还好？"迈克慢慢说，"伯克先生，我不知道。大概不怎么好吧。"

"迈克，你碰了什么鬼东西？"麦特轻声问他。

迈克大惑不解地看着他。

"毒品，"麦特说，"安非他命？速可眠？可卡因？还是——"

"我不碰毒品，"迈克说，"我大概生病了。"

"真的？"

"我这辈子没用过硬毒品，"迈克说话时仿佛费了九牛二虎之力，"只抽过大麻，而且也有四个月没碰了。我病了……从星期一开始吧，我记得。星期天夜里我在谐和山睡了过去，到星期一早晨才醒。"他慢慢摇头。"我觉得不对劲，从那天起就觉得不对劲。好像一天天越来越严重了。"他叹了口气，气流像是在拂动他的躯体，仿佛十一月里枫树上的一片枯叶。

麦特坐直身体，担心起来："丹尼·格立克的葬礼过后发生的？"

"没错，"麦特又抬头看看他，"等大家都回家，我回去填坑，可他妈的——对不起，伯克先生——罗伊尔·斯诺没有回来。我等了他很长时间，然后开始觉得不舒服了，因为那以后的事情……噢，一想到就头疼。我没法思考。"

"迈克，你记得什么吗？"

"记得什么？"迈克望着啤酒杯里的金色液体，气泡离开杯壁，浮到水面上释放出二氧化碳。

"我记得唱歌，"他说，"从没听过那么甜美的歌声。还有一种感觉，像是……像是溺水。但很愉快。除了眼睛，那双眼睛。"

他抱住两肘，不停颤抖。

"谁的眼睛？"麦特凑近迈克问道。

"红眼睛，喔，太吓人了。"

"谁的？"

"我不记得了。没有眼睛。全是我做梦，"他推开这个念头，麦特几乎能看见他的动作，"星期天晚上的事情我什么都不记得了。周一早晨我躺在地上醒来，特别疲倦，刚开始都爬不起来。好不容易才站起身。太阳升起来了，我害怕会被晒伤，于是就钻进林子，待在小溪旁边。都快累昏过去了，天哪，我累得可怕，所以就又睡过去了。一直睡到……睡到四点还是五点钟。"他轻声嘿嘿一笑，笑声如纸。"醒来时身上全是落叶。不过觉得稍微好些了。我爬起来，往卡车那儿走，"他用手抹了一下脸，动作很慢，"星期天晚上我肯定弄完了格立克家的小孩。真有意思，我甚至不记得了。"

"弄完了？"

"墓坑全填满了，没有罗伊尔帮忙我也做到了。连草皮也铺好了。干得挺不赖，就是我什么也不记得。我病得肯定很厉害。"

"星期一你在哪儿过夜的？"

"自己家，还能去哪儿？"

"星期二早晨感觉如何？"

"星期二早晨我就没醒过来，睡了整整一天。直到星期二晚上才醒。"

"那时候感觉如何？"

"一塌糊涂。两条腿跟橡胶圈似的。我想起来倒杯水喝，险些一头栽倒。一路扶着墙才走进厨房，衰弱得像只刚出生的小猫。"他皱起眉头。"我开了罐炖肉当午餐，丁蒂摩尔^①那种罐头，但我一口也吃不下去。光是看着就让我胃里难受。就仿佛宿醉得最厉害的时候有人逼着你看食物一样。"

"你什么也没吃？"

"我试着吃了些，可又全吐了。不过感觉稍微好些，我出门四处走了走，然后回家上床，"他的手指抚摸着啤酒杯在桌上留下的环形印迹，"上床前我害怕极了，就像小孩子害怕阿拉玛戈撒路姆^②。我在屋子里走了一圈，确定每扇窗户都锁紧了，然后开着所有灯上床睡觉。"

"昨天早晨呢？"

"呃……嗯？没起来……到晚上九点才醒，"他又发出那种薄软如纸的轻笑，"我记得当时我在想，再这么下去，我大概就要二十四小时连轴睡了。人死了岂不就是这样？"麦特严肃地看着迈克。弗洛伊德·蒂比茨起身往点唱机里投了枚硬币，用拳头砸按钮选歌。

"有意思的是，"迈克说，"醒来时，我的卧室窗户开着。肯定是我自己开的，我做了个梦……梦见有人来到窗前，我爬起来……爬起来，请他进屋。就和你爬起来让受冻……挨饿的老朋友进来差不多。"

"是谁？"

"伯克先生，做梦而已。"

"在梦里，那是谁？"

"我不知道。我打算试着吃点儿东西，不过单是想一想我就要吐了。"

"然后你怎么办了？"

"看电视，直到约翰尼·卡森说再见。我觉得好多了，然后上床睡觉。"

"锁窗户了吗？"

"没有。"

---

① 丁蒂摩尔（Dinty Moore），荷美尔公司旗下的罐头品牌。

② 阿拉玛戈撒路姆（Allamagoosalum），斯蒂芬·金杜撰的妖怪。

"又睡了一整天？"

"到日落前后才醒。"

"虚弱？"

"说不出的虚弱。"他用手抹了抹脸。"太难受了！"他哑着嗓子大声说，"肯定是流感什么的，伯克先生，对吧？我不会得了绝症，对吧？"

"我不知道。"麦特说。

"本来想喝两杯啤酒提提神，可我没法喝酒了。刚喝一口就险些给呛死。上个星期……那些事情就像一场噩梦。我很害怕，我怕得都没法说了。"他用消瘦的双手掩住脸孔，麦特看到他在哭泣。

"迈克？"

没有回答。

"迈克，"他轻轻地把迈克的手从脸上拉开，"晚上跟我回家，睡我家客房。没问题吧？"

"没问题，我无所谓。"他用袖子擦擦眼睛，动作缓慢得像在打瞌睡。

"明天我陪你去看科迪医生。"

"没问题。"

"起来，咱们走。"

他考虑要不要打电话给本·米尔斯，结果没打。

4

麦特敲敲门，迈克·莱尔森说："请进。"

麦特拿着一身睡衣进门："估计有点大——"

"伯克先生，没关系，我穿内衣睡觉就行。"他只穿着短裤站在那里，麦特发现他的身体苍白得可怕，肋骨一圈圈鼓在外面。

"转过头来，迈克，这边。"

迈克顺从地把头部转了个方向。

"迈克，这些印记是怎么弄的？"

迈克摸着下巴弧线底下的咽喉部位："我不知道。"

麦特不安地站直身体，走到窗口。插销都扣得很紧，但他还是前后拨动了几次，他的手怎么也闲不下来。黑夜重重地压在窗玻璃上。"夜里需要什么就叫我。随便什么。哪怕做噩梦都行。迈克，明白吗？"

"明白。"

"我说真的。随便什么都没关系。我就在走廊那头。"

"我会的。"

麦特走出房间，他有点犹豫，总觉得还有什么事情可以做。

5

他根本没有睡觉，这会儿他不打电话找本·米尔斯的原因只有一个：他知道伊娃的租户肯定都上床休息了。寄宿公寓住了许多老人，而电话半夜铃响通常意味着有人过世。

他躺下来，焦躁不安，望着闹钟的夜光表针从十一点三十分走到十二点。屋子陷入不可思议的寂静，或许是因为他的耳朵在有意识地捕捉最轻微的响动。这幢屋子历史悠久，造得很结实，趋稳沉降时的吱嘎声许多年前就停止了。除了钟表的滴答声和窗外微弱的呼呼风声，没有其他响动。非周末的夜晚不会有车辆走塔加特溪路。

你的想法纯属发疯。

但是，他被步步逼回原先的信念。他博览群书，听完吉米·科迪简述丹尼·格立克的病情，首先浮现在脑海里的就是这个。他和科迪因此哈哈大笑。或许这就是老天对他发笑的惩罚。

抓伤？那些印记不是抓伤，而是刺伤。

理性告诉你这种事情不可能发生；柯勒律治的《克丽斯德蓓》和

布莱姆·斯托克的邪魔奇谈只是幻想产物而已。恶魔当然存在，六个国家里能揿下热核武器发射按钮的人，劫机犯，大屠杀者，性虐儿童者。但这个不是。你该知道得很清楚。女人胸口的魔鬼标记只是胎记，从墓穴里死而复生穿着寿衣回家敲门的只是脊髓痨患者，在孩童卧室角落里叫闹蹦跳的姜饼人只是一堆毛毯。有些神职人员甚至宣称上帝那位可敬的白袍巫师已经死了。

他失血很多，都没血色了。

走廊里悄无声息。麦特心想：他睡得像块石头。嗯，还能怎样呢？请迈克回来休息，难道不就是为了让他睡个安稳觉，不受……噩梦侵扰吗？他爬下床，打开灯，走到窗前。他能望见马斯滕老宅的屋顶，被月光染成霜色。

我很害怕。

害怕远远不足以形容他的心情；麦特怕得魂不附体。他在脑海里过了一遍古人如何防御那种不可被提及的疾病：大蒜、圣水、清水、十字架、玫瑰、流水。麦特没有任何圣物，他虽是卫理公会教徒，但不进教堂，私下里认为约翰·格罗金斯是整个西方世界的屁眼。

屋里唯一的宗教物品是——

寂静的屋子里，响起了迈克·莱尔森的声音，很轻，但足够清晰，他在睡梦中带着死气说：

"你好，请进。"

麦特停止了呼吸，在无声的喊叫中嘶嘶吐气。他恐惧得几近昏迷，胃里像灌满了铅弹，睾丸缩回下腹。上帝啊，迈克邀请什么东西进入了这幢屋子？

客人房窗户的搭扣轻而又轻地被扳开，紧接着传来木头与木头摩擦的声音，窗户被拉了起来。

他可以下楼。跑下去拿餐厅碗柜里的《圣经》，再跑回来，踹开客人房的门，举起《圣经》：以圣父、圣子、圣灵的名义，我命令你离开——

但谁会在那里呢？

夜里需要什么的话就叫我。

但我做不到，迈克。我老了，我很害怕。

夜晚侵入他的大脑，把这里变成了马戏场，恐怖的画面在阴影中跳进跳出。如小丑般的白脸，巨大的眼睛，尖利的牙齿，形体从阴影中悄悄浮现，长长的白手伸向……伸向……

他颤抖着呻吟了一声，用双手捂住脸。

我做不到，我害怕。

即便他卧室门上的黄铜把手开始旋转，麦特大概也站不起来了。恐惧压得他无法动弹，他疯狂地祈祷自己昨天夜里没有去过戴尔酒吧。

我害怕。

在屋内重如千钧的寂静中，他软瘫在自己的床上，两只手紧紧捂住脸，耳畔传来一个孩子尖利、甜美、邪恶的笑声。

——然后，是吸吮的声音。

第二部

冰激凌皇帝

喊那个卷大雪茄的人过来，
肌肉发达的那个，叫他打些
淫欲的奶冻在厨房杯子里。
让女佣们闲逛，身上的衣服
就是她们平常穿的那种，让男孩们
用上月的报纸包一些花来。
让"是"成为"似乎"的终曲。
唯一的皇帝是冰激凌的皇帝。

从那松木的梳妆柜里，
它少了三个玻璃把手，取出那条床单
她曾经在上面绣过扇尾鸽
把它铺开遮住她的脸。
如果她粗硬的双脚伸出，它们只是
要显出她多么冷，多沉默。
让灯粘贴它的光线。

唯一的皇帝是冰激凌的皇帝。

——华莱士·史蒂文斯 ①

支柱已有

洞。你能看见

死亡的皇后吗?

——乔治·塞菲里斯

---

① 华莱士·史蒂文斯（Wallace Stevens，1879—1955），美国诗人。诗译引自《最高虚构笔记》，陈东飚、张枣译。

第八章 本（之三）

1

敲门声肯定持续了很长时间，他挣扎着慢慢恢复清醒的那条睡梦大道上，似乎始终有敲门声在回荡。外面还很黑，他翻了个身，想抓过闹钟拿到面前，却把闹钟碰到了地上。他头昏脑涨，胆战心惊。

"谁啊？"他大声喊。

"是我，伊娃，米尔斯先生，有电话找你。"

他起身穿上裤子，光着上身打开房门。伊娃·米勒穿着白色厚绒布睡袍，脸上带着一个人仍有五分之二没醒来时的那种迟钝和脆弱。两人呆然瞪视，本在想：谁生病了？谁去世了？

"长途？"

"不，马修·伯克。"

知道来电者的身份并没有让他安心，尽管他理当平静下来："几点了？"

"刚过四点。伯克先生听起来非常焦虑。"

本下楼拿起听筒："麦特，是我，本。"

电话里的麦特呼吸急促，呼吸声传过来变成了刺耳的破音："本，能来一趟吗？就现在？"

"没问题。出什么事了？你生病了？"

"电话上没法说。快来。"

"十分钟。"

"本？"

"什么？"

"你有十字架吗？圣克利斯朵夫像章呢？诸如此类的东西？"

"呃，没有。我——我是浸信会的。"

"那就算了，总之快来。"

本挂断电话，飞快上楼。伊娃一只手挂着楼梯端柱站在那里，满脸担忧和犹豫：一方面想知道发生了什么，另一方面又不想掺和房客的事情。

"米尔斯先生，伯克先生病了吗？"

"他说他没有，只是请我……哎，问一声，你信天主教吗？"

"我丈夫生前信。"

"你有十字架、念珠或者圣克利斯朵夫像章吗？"

"呃……我丈夫的十字架在卧室里……我可以……"

"太好了，帮个忙行吗？"

她走进过道，绒布拖鞋踢踢踏踏地敲打磨薄了的地毯。本回到房间里，穿上前一天的衬衫，光脚套上懒汉鞋。再出来，伊娃已经站在了门口，手里拿着十字架。十字架捕捉到灯光，反射回黯淡的银光。

"谢谢。"他说着接了过去。

"伯克先生问你要这个？"

"是啊。"

伊娃皱起眉头，她越来越清醒了："他不是天主教徒，好像连教堂也不去。"

"他也没跟我解释。"

"哦。"伊娃点点头，表示明白了，但伪装得非常拙劣；她把十字架递给本。"请好好保管，对我来说很重要。"

"我明白，一定会的。"

"希望伯克先生没出事，他这人非常好。"

他下楼出门，站在门廊上。拿着十字架就没法掏车钥匙，他没有把十字架随便从右手交到左手，而是套在了脖子上。银质十字架轻轻摩擦衬衫，钻进汽车时，他并没有完全意识到它带来了多少安全感。

2

麦特家一楼的所有窗户都透出灯光，本拐进屋前的车道，车头灯才照进前院，麦特就打开了门，等他过来。

他踏上步道，几乎准备好了面对一切的可能性，但麦特的脸色仍然吓了他一大跳。麦特面色惨白，嘴唇颤抖。他双眼圆睁，似乎眨也不眨。

"咱们去厨房。"他说。

本走进室内，进去的那一刻，斜射的光线落在胸口的十字架上。

"你带了十字架。"

"伊娃·米勒的，出了什么事？"

麦特重复道："去厨房。"经过通往二楼的台阶时，麦特瞥了一眼楼上，同时畏缩了一下。

厨房里，上次吃意大利面的桌子上摆着三件东西，其中两样不太寻常：咖啡，旧式带扣装订的《圣经》，点三八左轮手枪。

"哎，麦特，到底怎么了？你看起来很不好。"

"也许从头到尾都是我梦见的，不过感谢上帝，你来了。"他拿起左轮手枪，烦躁不安地在手里倒来倒去。

"告诉我。别摆弄那东西了。上膛了吗？"麦特放下手枪，用一只手捋了捋头发。"是的，上膛了。但我不认为枪有任何用处……除非拿来自杀。"他哈哈大笑，声音嘈杂而病态，就像在碾磨玻璃。

"别笑了。"

严厉的斥责打破了麦特眼中奇特的呆滞神情。他摇摇头，这不是一个人表达否定的姿态，而是动物爬出冰水后甩毛的样子。

"楼上有个死人。"他说。

"谁？"

"迈克·莱尔森。替镇政府做事。场地管理员。"

"你确定他死了？"

"凭本能知道，尽管我还没上去看过。我不敢。因为从另外一个角度说，他也许根本没有死。"

"麦特，你这是在说什么胡话？"

"难道我不知道吗？我在胡说八道，脑子里都是疯狂念头。除了你，我没法打电话给任何人。全撒冷林苑镇，你是唯一有可能……有可能……"他摇摇头，重头说起，"我们聊过丹尼·格立克。"

"是的。"

"他死于恶性贫血……早几辈的人管这个叫'衰竭而死'。"

"是的。"

"埋葬他的是迈克。也是迈克发现文·普林顿的狗挂在谐和山墓园门上。我昨晚在戴尔酒吧遇见迈克·莱尔森，然后——"

3

"——我不敢进去，"他最后说，"就是不敢。我在床上坐了快四个钟头，然后像做贼似的溜下楼，给你打电话。你怎么认为？"

本已经摘掉了十字架；他沉思着，用手指拨弄那一小堆做工精美、微微反光的链条。快五点了，东方的天空泛起了玫瑰红色。头顶的日光灯显得越来越黯淡。

"我认为咱们该上楼去客人房看个究竟。就这样，现在。"

"看见天越来越亮，整件事现在感觉起来更像疯子的噩梦，"他的笑声有些颤抖，"希望实情确实如此。希望迈克睡得像个婴儿。"

"嗯，咱们走。"

麦特用力抿了抿嘴唇："行。"他的眼神落在桌上，然后抬头望着本，征询本的意见。

"没问题。"本说，把十字架套在麦特的脖子上。

"实话实说，我感觉好多了，"他有些不好意思地笑了笑，"送我进精神病院时不知道能不能让我继续戴着。"

本说:"需要带枪吗?"

"不,我想不用。顶在腰上我会轰掉自己的卵蛋。"

两人上楼,本走在前面。二楼的走廊很短,左右各有一截。一头通往麦特的卧室,卧室门开着,一束苍白的灯光洒在橘红色的长条地毯上。

"另一头。"麦特说。

本沿着走廊下去,站在客人房的门前。他不相信麦特话语间暗示的怪物真实存在,但一阵此生从未体验过的最黑暗的恐惧仍旧扑上来吞没了他。

推开门,他就挂在房梁上,那张脸肿胀发黑,然后眼睛睁开了,眼睛从眼眶里凸出来,但分明看见了你,眼神在欢迎你——

那段记忆陡然泛起,涌入他的全部感官,这种全感官的体验让本一时间动弹不得。他甚至能闻到灰泥和做窝动物的刺鼻气味。推开麦特·伯克这扇涂着清漆的简单木制房门,他仿佛就将面对地狱的所有秘密。

他扭动把手,向内推开房门。麦特站在背后,紧紧握着伊娃的十字架。

客人房的窗户面对正东,太阳的顶端弧线刚刚升出地平线。第一缕澄明的日光射进窗户,把几粒浮尘染成金色,落在拉到迈克·莱尔森胸口的白色亚麻被单上。

本看着麦特点点头。"他挺好,"本轻声说,"在睡觉。"

麦特的声音失去了调门:"窗户开着。昨晚关上了,还插了插销。我特地检查过。"

本的视线聚焦在被单的上褶边上,被单洗得完美无瑕,却染了一小滴血,血已经干成了栗色。

"我觉得他没有呼吸。"麦特说。

本上前两步,随即停下。"迈克?迈克·莱尔森。快醒醒,迈克!"

没有回答。迈克的睫毛一根一根垂在脸上,头发乱糟糟地盖着额头;在晨间的微光中,本发现迈克可远不止是英俊这么简单;他和画像中人或者希腊雕塑一样漂亮。迈克的面颊透着清淡的色泽，皮肤也不是麦特形容的惨白，而是相当健康。

"他当然在呼吸，"本略有些不耐烦，"只是睡得很沉。迈克——"他伸出一只手，轻轻摇晃莱尔森。迈克的左臂原本松松地搭在胸口，被他一推，从床边无力垂下，指节哒哒地敲打地板，像是请求进屋的敲门声。

麦特走上前，拿起那条软绵绵的胳膊，把食指按在脉门上。"没有脉搏。"

正要松手，他想起了指节敲出的可怕声响，于是把胳膊放回莱尔森的胸口。但胳膊很不听话地又往地面滑落，麦特做个鬼脸，手上加了两分力气，硬把胳膊按住。

本不敢相信眼前的一切。他在睡觉，肯定是这样。健康的脸色，明显柔软的肌肉，嘴唇半张半闭，像是正在吸气……非现实感席卷而来。他用手腕贴了贴莱尔森的肩头，发现莱尔森的皮肤凉丝丝的。

他濡湿手指，放在莱尔森半开的嘴唇前。什么也没有。连一丝最轻微的呼吸也没有。

他和麦特面面相觑。

"脖子上的印记？"麦特问。

本用双手捧住莱尔森的下巴，轻轻扳动，直到面颊贴上枕头。这个动作牵动了莱尔森的左臂，指节敲打地板的声音再次响起。

迈克·莱尔森的脖子上没有任何印记。

4

五点三十五分，他们又坐回了厨房的桌子前。外面传来格里芬家的牛叫声，牛群正被带向东边的牧场，牧场位于山丘脚下，路上要越过挡住塔加特溪的灌木林和矮树丛地带。

"根据民间传说，印记最终会消失，"麦特忽然说，"受害者死去，印记就会消失。"

"我知道。"本答道。斯托克的《德古拉》小说和汉默影业 ① 那部克里斯托弗·李主演的电影都这么说。

"必须用尖头木桩刺穿他的心脏。"

"还是再考虑考虑吧,"本喝了一口咖啡,"否则会很难向验尸陪审团解释。你最少也会因为损毁尸体而入狱。精神病院的可能性更大。"

"你认为我疯了吗?"麦特语气平静。

本的回答听不出半分迟疑:"不。"

"你相信我描述的那些印记存在吗?"

"不知道。我觉得我必须相信。你为什么要对我说谎?你从这种谎话里捞不到任何好处。除非他是你杀的,那你就有必要说谎了。"

"难说他不是我杀的。"麦特仔细观察本的反应。

"有三点说不通。首先,动机是什么?不好意思,麦特,你年纪太大,不怎么符合经典的嫉妒和金钱动机。其次,手段是什么?如果是毒药,他肯定死得很快,因为他的模样看起来相当平和。这就排除了日常能得到的绝大多数毒药。"

"第三个问题呢?"

"神智正常的谋杀犯不可能编造出这种故事来掩盖真相。那太不正常了。"

"怎么又绕回我的精神健康问题了?"麦特叹了口气,"就知道会这样。"

"我不认为你疯了,"本特意在"我"字上略加重音,"你看起来相当有理性。"

"但你不是医生,对吧?"麦特反问道,"而疯子有时候也能伪装得完全像个正常人。"

本点头同意:"那么,我们的结论是什么呢?"

---

① 汉默影业(Hammer Film Productions),英国电影公司,20 世纪 50 年代中期到 70 年代出品了大量恐怖电影。克里斯托弗·李(Christopher Lee)的《德古拉》(*Dracula*)拍摄于 1958 年。

"我最开始提出的手段。"

"不行。你我都无法承担这个后果，楼上有个死人，你很快就必须做出解释。治安官会想知道发生了什么，验尸官也是同样，还有本县的警长。麦特，迈克·莱尔森有没有可能只是感染了某种病毒，难受了一整个星期，最后凑巧死在你家里？"

下楼回到厨房里以来，麦特第一次显出激动的征兆。"本，他是怎么说的，我全告诉你了！我看见了他脖子上的印记！也听见他邀请什么人进入我的屋子！我还听见了……上帝啊，我听见了那种笑声！"他又流露出那种特别的呆滞眼神。

"别着急。"本说着起身走到窗口，想整理一下脑子。他的思路现在不怎么有条理。正如他告诉苏珊的，事情总有办法脱离你的控制。

他望向马斯膝老宅。

"麦特，假如你把你刚才说的事情稍微漏点儿风出去，知道会有什么后果吗？"

麦特没有答话。

"你在街上走，大家会在你背后敲额头。见到你走进家里的树篱，孩子会戴上万圣节蜡制獠牙，忽然跳出来大喊一声'砰！'会有人编出歌谣，比方说'一、二、三、四，让我多吸一口血'什么的。等高中里的孩子学会了，你经过走廊的时候会让你听个够。同事的眼神也越来越怪异。你多半还会接到自称丹尼·格立克或迈克·莱尔森的匿名电话。你的人生会变成一场噩梦。不到六个月你就会被迫搬离小镇。"

"他们不会的，大家都了解我。"

本从窗口转过来："他们了解你什么？一个怪老头，单独住在塔加特溪路。光是你没结过婚就足以让大家相信你有什么地方不对劲了。而我又能怎么支持你呢？我看见了尸体没错，但除此之外什么也没有亲身经历。即便我经历了，他们也只会说我是个外来人。大家难说不会四处宣扬咱俩是一对同性恋，就是靠这种事情寻刺激的。"

麦特盯着本，渐渐露出恐惧的神情。

"一个字，麦特，只说一个字，你在撒冷林苑镇就住不下去了。"

"所以，我们什么也不能做。"

"的确如此。关于谁或者什么杀死了迈克·莱尔森，你有一套确定的理论。我认为这套理论很容易证明是对是错。我这会儿可真是难以取舍。我不相信你疯了，但也不相信丹尼·格立克死而复生，吸了迈尔·莱尔森一整个星期的血，然后杀死他。不过，我打算检验一下你的想法，你必须帮助我。"

"怎么帮？"

"给你的医生打电话——他叫科迪对吧？然后打电话给帕金斯·吉列斯皮。让社会机器接手。讲述经过的时候，就当你昨天夜里什么动静也没听见。你去戴尔酒吧，和迈克坐在一起。他说他从周日开始就不舒服。你请他跟你回家。早晨三点半去查看，结果却叫不醒他，然后就给我打电话了。"

"没别的了？"

"就这些。给科迪打电话时甚至都别提他死了。"

"没死——"

"基督在上，我们怎么知道他死了？"本一下子爆发，"你摸了他的脉搏，发现心脏不跳；我看他有没有呼吸，发现他不喘气了。要是我觉得有人会因为这些判断就送我进坟墓，请让我先打包一份午饭吧。特别是我看起来还和迈克一样生机盎然。"

"事情也让你很烦恼，对吧？"

"是啊，非常烦恼，"本承认道，"他看着就像天杀的蜡像。"

"好吧，"麦特说，"你说得有道理……处在这境地的人谁也没法说得更有道理了。我的话听起来特别傻，对吧？"

本正要反对，麦特挥挥手叫他别说了。"不过，要是……纯粹假设一下……我最初的怀疑是正确的呢？你脑海深处就没有最细微的一丝怀疑吗？假如迈克会……回来？"

"如我所说，这套理论很容易证明是对是错。但这并不是最让我烦恼的事情。"

"最让你烦恼的是什么？"

"等下再说。先说更重要的。证明理论的对错不过是个逻辑练习，逐个排除不可能的可能性，仅此而已。第一种可能性：迈克死于某种疾病，病毒之类东西导致的。你该怎么证明或排除这个可能性？"

麦特耸耸肩："医学检验？"

"没错。同样能证明或排除他是否死于谋杀。要是有人给他下了毒药，或者开枪打他，或者骗他吃下包了一卷铁丝的软糖——"

"世上有不少谋杀未被识破。"

"当然，但我更愿意压验尸官一注。"

"假如验尸官的判断是'原因不明'呢？"

"那么，"本边思考边说，"我们可以等葬礼后去墓地，看他会不会再爬出来。假如真的爬出来了，我们一定会知道，尽管我完全没法想象那个场面。假如他没有爬出来，我们就要面对更让我烦恼的另一点了。"

"我的精神不正常？"麦特慢慢地说，"本，我以我母亲的名义起誓，那些印记原本就在那里，我也听见了窗户被拉起来的声音，还有——"

"我相信你。"本平静地说。

麦特停下了。他的表情就像一个人准备好了迎接飞机坠毁，却迟迟没有等来。

"真相信？"他犹犹豫豫地说。

"我换个说法，我拒绝相信你疯了或者产生了幻觉。我有过一次经历……与坡顶那幢该死的屋子有关的经历……因此我格外容易赞同那些说出的事情以常理而论彻底疯狂的人。日后我会告诉你的。"

"为什么不是现在？"

"没时间了。你有几通电话要打。我还有最后一个问题，请务必仔细思考：你有敌人吗？"

"没有谁恨我恨到这个程度。"

"从前的学生呢？有可能吗？积怨多年的那种？"

麦特很清楚他给学生的人生都带去了什么影响，没有回答本的问题，只是有礼貌地笑了笑。

"那好，"本说，"我愿意相信你。"他摇摇头。"我不喜欢这个样子。先是狗被挂在墓园大门上，然后是拉尔菲·格立克失踪，他哥哥紧接着病故，接下来又轮到迈克·莱尔森。这些事情或许有所联系。但这个……我实在没法相信。"

"还是先给科迪家打电话吧，"麦特说着站了起来，"帕金斯肯定在家。"

"别忘了向学校请病假。"

"好的，"麦特干巴巴地笑了两声，"三年来第一次请病假。真是稀奇。"

他走进客厅，去打那几通电话，拨出每一组号码之后，都要耐心等待铃声唤醒尚在睡梦中的对方。科迪的妻子大概叫他打电话给坎伯兰博爱医院，因为麦特又拨了一个号码，让接电话的人找科迪，等候片刻后开始讲述他的故事。

他挂断电话，对厨房里喊道："吉米一小时内到。"

"很好，"本说，"我上楼去一趟。"

"别碰任何东西。"

"不会碰的。"

踏上二楼的拐角平台时，他听见麦特打通了帕金斯·吉列斯皮的号码，开始回答一个个问题。沿着走廊走下去，麦特的说话声变成了背景里的喃喃低语。

望着客人房的门，半回忆半想象的恐惧感再次淹没了他。通过心灵之眼，他看见自己上前一步，推开房门。房间看起来大了些，像是从孩童的视角望去。尸体还躺在原处，左臂耷拉到地板上，左面颊贴着枕头，枕套还留着刚从壁橱里拿出来的折痕。两眼骤然睁开，充满了动物般单纯的喜悦。门砰然关闭。左臂缓缓抬起，手指捏成爪形，嘴唇扭曲，诡诈的笑容中露出两根长得出奇、尖得出奇的獠牙——

他上前一步，仅用手指推开房门。下合叶发出轻轻的吱嘎一声。

尸体仍旧躺在原处，左臂垂到地板上，左面颊贴着枕套——

"帕金斯这就过来。"背后的走廊里传来麦特的声音，本险些叫了起来。

5

本在想他的用语可真是恰当：让社会机器接手。眼前的情形确实类似机器，而且是精密的德国造小玩意儿，有发条装置，有传动齿轮，小小的人形跳着精致的舞蹈。

帕金斯·吉列斯皮第一个到场，他打绿色领带，配海外退伍军人协会的领带夹，眼屎都还没擦干净，告诉本和麦特，他已经知会了本县的验尸官。

"龟孙子不肯亲自来，"帕金斯说着把波迈香烟塞进皱纹丛生的嘴角，"只派了个副手，另有一个家伙来拍照。你们碰过'咸鱼'吗？"

"他胳膊落在床边，"本说，"我想放回去，但就是按不住。"

帕金斯上下打量了他一番，但没说话。想起指节敲打客人房硬木地板时的可怕响声，本的腹间升起一阵形同反胃的笑意。他吞了口唾沫，按捺回去。

麦特领着他们上楼，帕金斯绕着尸体走了几圈。"哎，你确定他死了吗？"他最后忍不住问，"你试过叫醒他吗？"

医生詹姆斯·科迪第二个到麦特家，他去坎伯兰接生，刚刚赶回来。寒暄过后（"很高兴见到你。"帕金斯·吉列斯皮说着又点起一根香烟），麦特再次领着大家上楼。本心想：要是我们都会演奏乐器就好了，可以给这位朋友好好开个欢送会。他感觉到笑意又在涌向喉头。

科迪翻开被单，皱着眉头端详了一会儿尸体。麦特·伯克用让本震惊的冷静语气说："吉米，他让我想起你说的格立克家孩子的情况。"

"伯克先生，那是私人谈话，"吉米·科迪不咸不淡地说，"要是丹尼·格立克的家人听见你的这句话，他们可以去告我的。"

"能赢吗?"

"不能,大概不能吧。"吉米说着叹了口气。

"格立克家的孩子怎么了?"帕金斯皱起眉头。

"没什么,"吉米说,"两者毫无联系。"他用听诊器听来听去,嘟囔了几句,翻开一侧眼睑,拿小手电筒照进那颗呆滞的圆球。

本看见瞳孔收缩,禁不住叫了起来:"天哪!"

"很有趣的反应吧?"吉米说。他松开眼睑,眼睑缓缓地翻了回去,直至闭合,那速度慢得诡谲,仿佛尸体在对他们使眼色。"约翰·霍普金斯大学的戴维·普莱恩报告过,一些尸体在死后九小时瞳孔仍能收缩。"

"这小子如今也是学者了,"麦特没好气地说,"当初说明文写作好不容易才及格。"

"你这坏脾气的老头子,只是不喜欢读解剖过程而已。"吉米心不在焉地答道,拿出一柄小锤。好极了,本心想。即便患者是帕金斯所谓的"咸鱼",他也还是保持着良好的病床礼仪。阴森的笑声再次在体内响起。

"死了吗?"帕金斯随手把烟灰弹进空花瓶。麦特皱了皱眉头。

"噢,死了。"吉米答道。他直起腰,拉开盖住莱尔森双脚的被单,敲了敲右膝盖。脚趾一动不动。本注意到迈克·莱尔森脚底有两圈黄色的老茧,脚跟一圈,脚背一圈。这让他想起华莱士·史蒂文斯关于死去女人的诗。"让'它'成为'似乎'的终曲,"他错引了一个字,"唯一的皇帝是冰激凌的皇帝。"

麦特投来尖锐的视线,他的自制力在这一瞬间有些松动。

"你说什么?"帕金斯问。

"一首诗,"麦特说,"来自一首关于死亡的诗。"

"还以为是'好心情'①的广告词。"帕金斯说着又往花瓶里弹了弹烟灰。

---

① 好心情(Good Humor),美国著名冰激凌品牌。

6

"还没有给我们介绍过吧?"吉米抬头看着本。

"介绍过你了,但只是提了一句,"麦特说,"吉米·科迪,本地庸医,这位是本·米尔斯,本地写手。反之亦然。"

"他就喜欢说这种俏皮话,"吉米说,"全靠这个挣钱吃饭了。"

两人隔着尸体握了握手。

"米尔斯先生,帮我给他翻个身。"

本不太情愿地帮他把尸体翻了过来。尸体摸起来凉凉的,但并不冷,还很柔软。吉米仔细研究背部,然后扯开拳击短裤,露出臀部。

"这是干什么?"帕金斯问。

"我正在通过尸斑确定死亡时间,"吉米说,"心脏停止泵血后,血液和其他液体一样,也倾向于流往最低的位置。"

"听着像通乐 ① 的广告词。这不是验尸官的工作吗?"

"他肯定派诺伯特跑腿,你也知道的,"吉米说,"布伦特·诺伯特绝不会反对朋友帮他这个小忙。"

"诺伯特,用两只手外加手电筒也找不到他自己的屁股,"帕金斯把烟头从敞开的窗户弹了出去,"麦特,这扇窗户的纱窗掉了。我进来时看见它躺在草坪上。"

"真的?"麦特尽量控制住说话的音调。

"当然。"

科迪从包里取出体温计,插进莱尔森的肛门,摘下手表,放在挺括的床单上,手表在强烈的阳光下熠熠生辉。现在是七点一刻。

"我到楼下等着。"麦特的声音好像有点喘不上气。

"你们都去吧,"吉米说,"我还要一段时间呢。伯克先生,能煮

---

① 通乐(Drano),强生公司的下水管道疏通剂品牌。

点咖啡吗？"

"没问题。"

三个人鱼贯而出，本关上死亡现场的房门。最后回望的那一眼将永远留在他心中：充满阳光的明亮房间，翻起来的干净被单，金表反射在壁纸上的光亮箭头，还有科迪本人——火红的头发，他坐在尸体旁边，就像一幅钢板雕刻画像。

麦特正在煮咖啡，助理法医布伦特·诺伯特开着一辆破旧的灰色道奇轿车赶到了。同来的还有一个背着硕大相机的男人。

"尸体在哪儿？"诺伯特问。

吉列斯皮用大拇指朝楼上比画了一下："吉米·科迪已经在那儿了。"

"好极了，"诺伯特说，"那小子多半正瞎折腾呢。"他和照相师一起上楼。

帕金斯·吉列斯皮往咖啡里倒炼乳，直到咖啡满出来淌到碟子里，他用手指蘸了点尝尝，在裤子上擦净手指，又点了根波迈香烟，开口问："米尔斯先生，你是怎么卷进来的？"

于是本和麦特开始了他们小小的歌舞表演，他们的话没有一句是确凿的谎言，但藏下没说的话已经足以化作绳索，将两人变成案件中的同谋，也足以让本不安地琢磨，他帮助隐匿真相的事情究竟是基本无害的狂人妄想，还是某种更加严肃、更加黑暗的东西。他想起麦特先前的话：他打电话给本，是因为全撒冷林苑镇只有本可能听进他讲这么一个故事。无论麦特·伯克或许有什么精神缺陷，不会判断别人的性格显然都不在其列。这一点也让他非常焦虑。

7

九点半，事情结束了。

卡尔·福尔曼的灵车来接走了迈克·莱尔森的尸体，他去世的事实随着尸体离开麦特家，变成镇子的事务。吉米·科迪回办公室了；

诺伯特和照相师则去波特兰找本县法医谈话了。

帕金斯·吉列斯皮在露台上站了几分钟，嘴里叼着香烟，目送灵车缓缓驶上公路。"一向是迈克开那车，他肯定没想到自己这么快就成了乘客，"他转身问本，"你不会很快离开林苑镇吧？你恐怕要向验尸陪审团作证，应该没问题吧？"

"没问题，我还没住够呢。"

治安官淡蓝色的眼睛打量着本。"我通过联邦调查局和奥古斯塔①的缅因州警记录鉴证科查过你，"他说，"记录很干净。"

"很高兴听你这么说。"本心平气和地答道。

"据说你和比尔·诺顿的姑娘最近挺热乎。"

"有罪？"本说。

"这姑娘很不错。"帕金斯毫无笑意。灵车已经开出了视线，连引擎的嗡鸣声也弱了下去，仿佛一只随车远去的蜜蜂。"最近她没怎么见弗洛伊德·蒂比茨吧？"

"帕克，难道没有什么文件需要处理吗？"麦特有礼貌地插了进来。

帕金斯叹了口气，抛开烟头。"当然有。一式两份的，一式三份的，在装订轴上钉订书钉就会散架。近几个星期，这份工作比人头狗身带蟹钳的玩意儿还难对付。马斯滕老宅说不定施了什么魔咒。"

本和麦特绷住他们的扑克脸。

"唉，就这样吧。"他提提裤子，下了门廊，走到车旁，拉开驾驶座的车门，又转身面对两人。"你们没对我隐瞒什么吧？"

"帕金斯，"麦特说，"有什么可隐瞒的？他就那么死了。"

帕金斯盯着两人又看了几秒钟，突出的眉骨底下，淡色的眼睛闪闪放光，视线锐利；最后，他叹了口气。"应该是吧，"他说，"但事情也未免太他妈怪了。那条狗，然后是格立克家的孩子，然后是格立克家另外一个孩子，现在又是迈克。咱们地方小，一年也就死这么多人。我奶奶以前常说，坏事成三不成四。"他钻进车里，发动引擎，倒出门前车道。没多久，他开到坡顶，鸣笛一声，表示告别。

---

① 奥古斯塔（Augusta），缅因州首府。

麦特猛地出了口长气："总算结束了。"

"是啊，"本说，"我累惨了。你呢？"

"我也是，但同时也觉得……怪。你知道年轻人怎么用这个词吧？"

"知道。"

"他们还有另一种说法：放空。就好像麦角酸或者安非他命的劲头刚过，感觉日常事物也很疯狂。"他用手抹了抹脸。"上帝啊，你肯定觉得我的精神不正常。到了太阳底下，那些事就像狂人说疯话，对吧？"

"既对也不对，"本踌躇着按住麦特的肩头，"吉列斯皮说得对。有什么事情正在发生中。我越来越觉得马斯滕老宅脱不了关系。除我之外，只有那里的住户新近来到镇上。我知道我什么也没做过。今天晚上咱们还去不去？乡村欢迎礼车？"

"只要你想去。"

"我想去。你进去睡一会儿。我去联系苏珊，今晚过来找你。"

"行，"麦特停了停，"还有一件事，从你提到验尸以后就一直困扰着我。"

"什么？"

"我听见的笑声——或者说我认为我听见的笑声——出自孩子的嗓子。非常可怖，没有灵魂，但确实是孩子的笑声。和迈克的事情联系起来，难道不会让你想到丹尼·格立克吗？"

"当然会想到。"

"你了解尸体的防腐处理过程吗？"

"不算特别了解。知道要抽干体内的血液，用其他液体取而代之。以前用的是福尔马林，但现在肯定有更先进的处理办法了吧。另外，尸体的内脏也会被去除。"

"不知道丹尼是不是也经过了这样的处理？"麦特望着本问。

"你和卡尔·福尔曼熟吗？能不能私下里问问他？"

"熟，我想个办法问问他。"

"不管用什么法子，一定要问到。"

"交给我了。"

两人默然对视片刻，交换的眼神友善但犹疑。对麦特来说，是一个相信理性的人被迫说出非理性的话，在不安中维护自己的权威；对本来说，是他对他不够了解的未知力量产生的莫明惊骇。

8

本走进屋子，伊娃正在熨烫衣服，看《电话大送钱》①节目。奖金池已经累积到四十五美元，主持人从巨大的玻璃大肚罐里摸取电话号码。

"听说了，"本打开冰箱门找可乐的时候，伊娃说，"真可怕。可怜的迈克。"

"实在太可怕了。"本从胸袋里拿出挂在精美链条上的十字架。

"他们知不知道——"

"还不知道，"本说，"不好意思，米勒夫人，我累极了，现在想睡一会。"

"确实应该。楼上的房间中午很热，就算到了每年这么晚的时候也一样。你要是愿意，睡楼下走廊里那间吧，床单是新换的。"

"不用了，我睡得着。楼上那房间我连各种吱嘎声都听习惯了。"

"嗯，人总是更习惯自己的房间，"她随口答道，"说起来，伯克先生究竟为什么要拉尔夫的十字架？"

本停下上楼的脚步，一时间不知道该怎么回答。"他大概以为迈克·莱尔森是天主教徒吧？"

伊娃换了件衬衫放上熨衣板："他该清楚不是，他毕竟教过迈克，迈克全家都是路德宗的。"

本没法回答这个问题，于是继续上楼。进了房间，他脱掉衣服，躺在床上。睡眠来得既快又沉。他没有做梦。

---

① 《电话大送钱》(*Dialing for Dollars*)，美加地区 20 世纪 50 至 70 年代的电视节目，电视主持人在节目开始时公布一个暗码，然后随意拨通电话号码，如果对方能回答暗码，就送出奖金，如果不能回答，奖金就累积到下次电话。

9

本醒来时已经四点一刻了。他浑身大汗，踢掉了身上的被单，但他还是觉得头脑清醒了过来。早晨那些事仿佛遥远而模糊，麦特·伯克的设想也失去了紧迫性。他今晚的任务只是尽量哄伯克开心而已。

10

本决定去斯潘塞的店里给苏珊打电话，然后在那儿等她。他们可以去公园散步，他打算从头到尾把事情说给苏珊听。去找麦特的路上，他可以征求苏珊的意见，等到了麦特家，苏珊可以听听麦特怎么说，做出自己的完整判断。最后，上山去马斯滕老宅。想到这里，恐惧像波浪似的在肚子里蔓延。

他沉浸在自己的念头里，直到车门打开，高大的身影落地站直，他才注意到车里坐着一个人。他一时间过于震惊，意识甚至无法控制身体；大脑忙着把最初印象解读为活了过来的稻草人。斜射的阳光照亮了人影的每一个细节，清晰而冷酷：旧软呢帽拉得很低，盖过双耳；宽幅大墨镜遮住上半张脸；破旧的长外套拉起衣领；手上戴着绿色的工业橡胶厚手套。

"你——"本只来得及说出这一个字。

人影逼近他。对方紧握双拳。本闻到的味道让他联想起发旧的泛黄，随即意识到那是樟脑丸。他听到喷着口水的沉重呼吸声。

"狗娘养的敢抢老子的姑娘，"弗洛伊德·蒂比茨用刺耳的单调声音说，"我要宰了你。"

本的大脑还在努力理解这些事情，弗洛伊德·蒂比茨的拳头已经落了下来。

第九章　苏珊（之二）

1

下午三点刚过，苏珊从波特兰回到家，拎着三个簌簌作响的棕色百货公司购物袋——她卖掉两幅画，得到八十多块钱，去小小地放纵了一番。两条新裙子，一件开襟羊毛上衣。

"苏西？"母亲在喊，"是你吗？"

"我回来了，我有——"

"到这儿来，苏珊，我要和你谈谈。"

苏珊立刻认出了这个语气，尽管自从高中毕业后就没听到过了。当时关于裙摆高度和男朋友的争论日复一日，每天她都痛苦不堪。

她放下购物袋，走进客厅。母亲在本·米尔斯的话题上最近变得越来越冷淡，今天大概要下最后通牒了。

母亲坐在凸窗前的摇椅上织毛衣。电视关着。两者联系起来，是个凶险的讯号。

"你大概还不知道最新的消息吧？"诺顿夫人说。毛衣针咔嗒咔嗒地响得飞快，深绿色的毛线被织成整齐的行列。不知道是谁的冬天围巾。"你今天早晨走得太早了。"

"最新？"

"迈克·莱尔森昨天夜里死在马修·伯克家里，猜猜看是谁给他送终的？正是你的作家朋友，本·米尔斯先生！"

"迈克……本……什么？"

诺顿夫人阴森地笑了笑："梅布尔今天早晨十点左右打电话通知了我。伯克先生说他昨天晚上在戴尔伯特·马凯的酒馆遇到迈克——老师怎么能去泡酒吧呢？真是没法说了——他觉得迈克气色很差，就带迈克回家休息。他昨天夜里死了。似乎没人知道米尔斯先生为什么在那儿！"

"他们认识，"苏珊心不在焉地说，"本说他和伯克先生很谈得来……妈妈，迈克发生了什么？"

诺顿夫人却没那么容易放弃这个话题："总而言之，有人认为，自从本·米尔斯先生在林苑镇露面以来，咱们遇到的惊喜也未免多了一些。实在太多了。"

"什么蠢话！"苏珊恼火起来，"我说，迈克到底——"

"还没确定死因，"诺顿夫人转着毛线团，放出一段散线，"有人说他可能从格立克家的孩子身上传染了什么病。"

"要真是这样，为什么其他人没染上？比方说孩子的父母？"

"有些年轻人觉得他们什么都明白。"诺顿夫人自言自语道。毛衣针上下翻飞。

苏珊站了起来："我出去一趟，看看有没有——"

"再坐一分钟，"诺顿夫人说，"我还有几句话要和你说。"

苏珊坐了回去，脸上毫无表情。

"有时候啊，年轻人不知道该知道些什么。"安·诺顿的声音里那种虚情假意的轻松语调让苏珊立刻警觉起来。

"比方说呢？"

"嗯，比方说本·米尔斯先生几年前出过一起车祸。他第二本书刚出版不久。摩托车事故。他喝醉了。妻子遇难。"

苏珊站起来："我不想听下去了。"

"跟你说这些，全都是为了你好。"诺顿夫人心平气和地说。

"谁告诉你的？"苏珊问。她没有感觉到常有的那种炽烈而无力反抗的怒火，也不想立刻冲上楼，逃离这个全知全能的冷静声音，哭个昏天黑地。她只感觉到冰冷和遥远，仿佛飘荡于太空之中。"梅布尔·沃茨说的，对不对？"

"谁说的有什么关系？重要的是事实。"

"当然了。我们还赢了越南战争呢，耶稣·基督还每天正午坐在婴儿推车里横穿镇中心呢。"

"梅布尔觉得他很面熟，"安·诺顿说，"于是就一盒一盒地翻阅积下来的旧报纸——"

"你指的是丑闻小报吧？专门刊登星座预报、车祸现场照片和小明星奶子的那种货色，对吧？哈，多么博识多通的消息来源！"她冷笑两声。

"别说脏话。事情经过摆在面前，白纸黑字。那女人——说是他妻子，其实是什么只有天晓得——坐在后座上，他在人行道上滑行了一段距离，最后撞在开动的货车车身上。文章说，警察在现场给他做了呼吸测试。就……在……现场。"她用毛衣针一下下敲打摇椅扶手，强调着副词、介词和宾语。

"那他为什么没进监狱？"

"名人嘛，总是认识许多人的，"她冷静而确定地说，"只要有钱，什么罪名摆脱不了？你看看肯尼迪家的孩子，逃脱了多少惩罚呀。"

"他上法庭了吗？"

"跟你说了，警察给他做了——"

"你说过了。但是，他喝醉了吗？"

"我告诉你，他喝醉了！"红晕开始攀上她的面颊，"警察不会给清醒的人做呼吸测试！他妻子死了！和查帕奎迪克事件 ① 一个样！一个样！"

"我打算搬到镇里去住，"苏珊缓缓开口，"我一直想告诉你，妈妈，我早就该搬出去住了。对你对我都好。我和芭布丝·格里芬谈过，她说姐妹巷有套不错的四间房——"

"噢，她生气了！"诺顿夫人自言自语道，"有人毁坏了她心目中本·大人物·米尔斯先生的形象，她气疯了，都要口吐白沫了。"几年前，这句台词对苏珊特别有效。

"妈妈，你到底是怎么了？"苏珊有些绝望地说，"你以前没有……不至于这么低级——"

---

① 查帕奎迪克事件（Chappaquiddick incident），1969 年，爱德华·肯尼迪在查帕奎迪克岛附近发生车祸，他驾驶的汽车冲出大桥落水，车上乘客玛丽·乔·科佩奇尼溺水身亡。

安·诺顿猛一抬头，站了起来，正在编织的毛衣滑落在地，她用双手扣住苏珊的两肩，使劲摇晃女儿。

"你要听我的！不准你像个寻常婊子似的跟那女里女气的小子厮混，被他灌输一脑袋胡思乱想的念头。你听见我说的了吗？"

苏珊甩手扇了她一耳光。

安·诺顿眨了眨眼，惊骇莫名，把双眼瞪得溜圆。两人在沉默和震惊中对视了足足一分钟。苏珊的嗓子眼里挤出一个细小的声音，但转瞬即逝。

"我上楼去了，"她说，"最迟星期二搬走。"

"弗洛伊德来过。"诺顿夫人说。她还未从那一巴掌里恢复过来，脸依然僵在那里，女儿的指痕红通通地印在面颊上，仿佛几个惊叹号。

"我和弗洛伊德结束了，"苏珊淡然道，"接受事实吧。怎么还不赶紧拿起电话，通知你的鸟怪好朋友梅布尔？大概到时候你就觉得是真的了。"

"弗洛伊德他爱你，苏珊。你这是在……在毁他。他崩溃了，把所有事情都告诉我，和我掏了心窝子，"安的眼中闪烁着回忆，"他最后崩溃了，哭得像个孩子。"

苏珊不禁心想，这恐怕太不像她认识的弗洛伊德了。尽管她怀疑这是母亲捏造的故事，但从母亲的眼神里看得出并非如此。

"妈妈，这就是你对我的希望吗？爱哭的孩子？还是说你沉溺于抱个金发孙子的幻想中不能自拔了？我大概让你很头疼吧？只要我不结婚，不和一个肯让你竖大拇指的男人安顿下来，你就觉得自己还没有完成使命吧？和男人安顿下来，怀孕生子，变成从早忙到晚的家庭主妇。这就是你期望的未来，对不对？我说，我自己想要的东西都在哪里？"

"苏珊，你又不知道自己想要什么。"

母亲的语气饱含着绝对和深信不疑的确定，苏珊有一瞬间险些相信了她。一个画面出现在脑海里：她和母亲站在这儿摆出姿势，母亲在摇椅旁，她在门口；两人之间的全部联系就是一卷绿色羊毛，经过无数次激烈的拉扯，毛线已经磨损得非常脆弱了。画面改变：母亲戴着猎手帽，帽带上五花八门地别着各种假饵。正在拼命把身穿黄色印花女内衣的大鲑鱼钓上岸。她在做最后一次努力，把这条鱼拖出水面，扔进柳条筐。拿去干什么呢？挂起来做装饰品？还是吃掉？

"不，妈妈。我很清楚自己要什么。本·米尔斯。"她转身走上台阶。

母亲跟着跑了过来，尖声叫道："你找不到地方住！你没有钱！"

"我有一百块活期存款，还有三百块定期，"苏珊冷静地答道，"我可以去斯潘塞店里打工。拉伯雷先生跟我说过好几次了。"

"他只想偷窥你的裙子底下。"诺顿夫人说，但她的声音已经低了一个音阶。大部分愤怒已经消失，她此刻稍微有点害怕了。

"尽管看，"苏珊说，"我穿灯笼裤。"

"亲爱的，别说疯话了，"母亲一步两个台阶地跑上来，"我都是为了你好——"

"别说了，妈妈。很抱歉打了你，我感觉非常糟糕。我真的爱你。但我必须搬走了。不能再拖下去了。请你理解我的决定。"

"你要想清楚，"诺顿夫人此刻显得愧疚而害怕，"我还是不认为我说错了什么。那个本·米尔斯，我见过他这种喜欢卖弄的家伙。他感兴趣的只有——"

"不，别说了。"

苏珊转身离开。

母亲又上了一级台阶，对着苏珊的背影叫道："弗洛伊德离开时精神状态很差。他——"

苏珊卧室的门砰然关闭，截断了剩下的字词。

她在床上躺下，没有多久之前，她的睡床还点缀着许多毛绒玩具，其中的狮子狗肚皮里装有晶体管收音机；她呆呆地望着墙壁，尽量不去思考。墙上有几张塞拉俱乐部的海报，不久以前，包围着她的还是《滚石》《克瑞姆》或《小龙虾》杂志上的海报，以及偶像（吉姆·莫里森、约翰·列侬、戴夫·范·容克、查克·贝里）的照片。那些日子像阴魂般涌进脑海，宛如曝光不佳的意识照片。

苏珊几乎能看到那页新闻，它在廉价的低俗读物堆里分外显眼。《新星作家与年轻妻子卷入摩托车伤亡'事故'》。文字极尽旁敲侧击、含沙射影之能事。当地照相师或许还拍摄了现场照片，对地方报纸而言过度血腥，但正对梅布尔的胃口。

最糟糕的是，怀疑的种子已经种下。愚蠢。你以为他在返乡前一直被冷藏着不成？像汽车旅馆的饮水杯那样，用抗菌玻璃纸包裹得密不透气？太愚蠢了。然而，那粒种子已经种下。因为这个，苏珊对母亲的感觉有些超出了青春期的生气，站在了濒临憎恨的黑暗深渊前。

她推开这些念头——无法将之驱除出脑海，只能推到旁边——伸出胳膊挡住脸，渐渐打起瞌睡来，她睡得很不舒服，最后被楼下电话的刺耳声音唤醒，紧接着又听见母亲的尖利叫声："苏珊！找你的！"

下楼时，苏珊注意到时间才刚过五点半，日头正在西沉。诺顿夫人在厨房里准备晚餐，父亲尚未归家。

"你好？"

"苏珊？"声音很耳熟，但一时想不起来对方的姓名。

"是我，您是哪位？"

"伊娃·米勒。苏珊，我有坏消息要告诉你。"

"本发生什么事情了吗？"她嘴里忽然一丁点唾液也没有了，手抬起来按住喉咙。诺顿夫人站在厨房门口看着她，手里拿着刮勺。

"呃，他们打架了。弗洛伊德·蒂比茨下午来了我这里——"

"弗洛伊德！"

诺顿夫人被她的语气吓得一缩。

"——我说米尔斯先生在睡觉。他说没关系，态度和平时一样有礼貌，但打扮特别奇怪。我问他没什么不舒服吧。他穿着旧式长外套，戴了顶怪兮兮的帽子，两只手一直插在口袋里。米尔斯先生醒来以后，我忘了跟他提起这件事。今天烦心的事情太多——"

"到底发生了什么？"苏珊几乎尖叫起来。

"呃，弗洛伊德揍了他一顿，"伊娃闷闷不乐地说，"就在我的停车场里。谢尔顿·柯森和爱德·克雷格出去，好不容易才拉开他。"

"本呢，本还好吗？"

"好像不太好。"

"怎么了？"她把电话听筒握得非常紧。

"弗洛伊德最后给了他一拳，米尔斯先生的头撞在他那辆外国小轿车上。卡尔·福尔曼送他去了坎伯兰博爱医院，当时他昏迷不醒。其他的我就不清楚了。如果你——"

苏珊挂断电话，跑到壁橱前，从衣架上拽出一件外套。

"苏珊，怎么了？"

"你可爱的好孩子，弗洛伊德·蒂比茨，"苏珊几乎没有觉察到她在哭泣，"把本打得进医院了。"

没等母亲回答，她就跑出门去。

2

她在六点半赶到了医院，坐在一张很不舒服的塑料体型椅上，茫然地盯着一份《家政天地》杂志。只有我一个人，她心想，真是糟糕到了极点。她考虑过打电话给麦特·伯克，但害怕医生回来会以为她走了，只好作罢。

候诊室的挂钟上，分针慢慢爬动：六点五十分。一名手里拿着几页纸的医生走进房间，说："是诺顿小姐吗？"

"是我。本怎么样？"

"这个问题现在还很难回答。"医生注意到苏珊露出恐惧的神色，连忙补充道："应该没事，但我们想让他留院观察两三天。他有一处骨裂、几块淤青和软组织挫伤，还有一个黑得不能再黑的黑眼圈。"

"能让我见他吗？"

"不，今晚不行。他用了镇静剂。"

"一分钟就行，求你了，一分钟？"

医生叹了口气："愿意就进去看一眼吧。他很可能在睡觉。除非他主动跟你说话，否则别出声。"

他领着苏珊上了三楼，闻着药味来到走廊尽头的房间。另外一张病床上的人正在读杂志，抬起头扫了他们一眼。

本躺在病床上，双眼紧闭，被单拉到下颌处。他脸色苍白，一动不动；乍看之下，苏珊凛然一惊，以为本已经死了，就在她和医生在楼下谈话时悄然去世。紧接着，她注意到本的胸膛在缓慢而平稳地一起一伏，胸中大石陡然落地，她欣喜得险些一歪。苏珊仔细端详本的面容，几乎没有去注意脸上的累累伤痕。女里女气的小子，母亲这样称呼他，苏珊无法理解母亲的这个念头来自何方。本的五官很硬朗，同时也很感性（苏珊希望有比"感性"更好的词语，因为她已经把这个词送给了镇上的图书管理员，他在空闲时候模仿斯潘塞的笔法为黄水仙献上一首又一首矫饰的十四行诗；然而这是她能想到的最适合的形容词）。就连头发也充满了传统意义上的男子汉气概。浓密的黑发，仿佛漂浮在面颊之上。左侧太阳穴上方的白色绷带形成了鲜明而生动的对比。

我爱这个人，苏珊心想。好起来吧，本。赶紧好起来，写完你的书，如果你愿意要我，咱们一起离开林苑镇。林苑镇对你我都越来越不友善。

"你最好还是离开吧，"医生说，"也许明天——"

本翻了个身，喉咙里发出低沉的声音。眼睛慢慢睁开，闭上，又睁开。镇静剂让他眼神朦胧，但神色表明他知道苏珊在身旁。他把手放在苏珊的双手上。眼泪夺眶而出，苏珊微笑着捏了捏本的手。

他的嘴唇在动，苏珊弯腰去听。

"镇子里确实有能杀人的家伙，是吧？"

"本，真对不起。"

"我被打昏前大概敲掉了他两颗牙，"本耳语道，"对作家来说还不赖吧。"

"本——"

"我想你应该休息了，米尔斯先生，"医生说，"强力胶晾干了才粘得住东西。"

本的视线转向医生："就一分钟。"医生翻了个白眼："她也这么说。"本的眼皮又耷拉下来，然后分外艰难地撑开。他模模糊糊地说了句什么。

苏珊弯下腰："什么？亲爱的。"

"天黑了吗？"

"黑了。"

"你去找……"

"麦特？"

他点点头："告诉他……我要他把所有事情告诉你。问他认不……认识卡拉汉神父。他会明白的。"

"行，"苏珊说，"保证替你带到。你休息吧。本，睡个好觉。"

"好，爱你。"他又嘟囔了一句什么，说了两遍，然后闭上双眼。呼吸深沉起来。

"他说什么？"医生问。

苏珊皱着眉头。"听起来像是'锁好窗。'"她答道。

3

苏珊回去取外套，发现伊娃·米勒和韦索尔·克雷格坐在候诊室里。伊娃穿着带铁锈色毛皮翻领的旧秋季外衣，显然是专门为重要时刻预备的行头，韦索尔身上松松垮垮地套了件尺码过大的摩托夹克。看见这两个人，苏珊的心里暖了起来。

"他怎么样？"伊娃问。

"应该不会有事。"苏珊背了一遍医生的诊断，伊娃的脸色松弛了下来。

"真高兴听你这么说。米尔斯先生为人很好。我这地方从没发生过类似的事情。帕金斯·吉列斯皮不得不把弗洛伊德锁进醉汉拘留室。但他看上去不像喝醉了，就是有点昏昏沉沉、迷迷糊糊的。"

苏珊摇摇头："听起来根本不像弗洛伊德。"

房间里一阵难耐的寂静。

"本这哥们很够意思，"韦索尔拍拍苏珊的手，"没几天就能恢复过来的，你等着瞧吧。"

"我也这样想，"苏珊用双手捏了捏韦索尔的手，"伊娃，卡拉汉神父是圣安德鲁教堂的司铎吗？"

"对，怎么了？"

"呃……好奇而已。谢谢你们能来，要是你们明天能来的话——"

"我们会来的，"韦索尔说，"肯定会，伊娃，对吧？"他的手摸向伊娃的腰部。两人之间的距离不近，但他终究还是做到了。

"嗯，好的。"

苏珊和他们一起走进停车场，开车返回耶路撒冷林苑镇。

4

麦特没有像平常那样立刻开门或者大喊"请进"，而是隔着门用非常谨慎的声音轻轻地问："是谁？"苏珊几乎没有认出这个声音。

"伯克先生，是我，苏西·诺顿。"

他打开门，看见他的巨大变化，苏珊大吃一惊。麦特的模样苍老而憔悴。愣怔片刻后，苏珊注意到他戴着一个沉甸甸的金色十字架。俗丽的廉价耶稣受难像贴在法兰绒格子衬衫上，显得怪异和滑稽，苏珊险些笑了出来——但她忍住了。

"请进。本呢？"

苏珊把事情告诉他，麦特的脸渐渐拉长。"这么说，偏偏轮到弗洛伊德·蒂比茨扮演受委屈的爱人的角色了？唉，这事情发生得实在太不是时候了。迈克·莱尔森的尸体今天下午从波特兰运回福尔曼的地方，为葬礼做准备。去马斯滕老宅的那一趟看来只好推迟——"

"哪一趟？这和迈克有什么关系？"

"喝杯咖啡吗？"麦特心不在焉地问。

"不了。我想知道究竟在发生什么。本说你清楚。"

"这个要求，"他说，"真够离谱的。把所有事情告诉你——这话他说起来容易，我做起来可就不容易了。不过我会努力的。"

"到底——"

麦特举起一只手："苏珊，先回答我一个问题。你和母亲前两天去过那家新开张的店铺了。"

苏珊的眉头拧了起来："是啊，怎么了？"

"能说说你对那地方的印象吗？还有，更重要的，你怎么看那地方的经营者。"

"斯特莱克先生？"

"是的。"

"呃，他相当有魅力，"苏珊说，"或许更合适的形容词是有派头。他恭维格莱妮斯·梅贝里的衣着，梅贝里的脸红得像个女学生。还问鲍定太太胳膊上的绷带是怎么回事，你猜怎么着？她把热油洒在身上了。斯特莱克先生给了她一个敷剂配方，当场默写出来的。等梅布尔进来……"想起那幕场景，她禁不住轻笑一声。

"怎么了？"

"他请她在椅子上坐下，"苏珊说，"不是随便哪把椅子，而是非常气派的一把椅子，实际上更像王座。红木雕花的大家伙。他一个人从后面房间里搬出来，一边还在和其他女士说笑。但那东西少说也有三百磅重。他把椅子砰的一声放在地中间，带着梅布尔坐进去。你知道的，搀着她的胳膊。梅布尔咯咯直笑。见到梅布尔咯咯笑，那可真算是开了眼界。他还请大家喝咖啡。咖啡很浓，但很好喝。"

"你喜欢他吗？"麦特仔细查看苏珊的神情。

"和整件事情有关，对吗？"苏珊问。

"是的，很有可能。"

"那好，让我告诉你一个女人的本能反应。既喜欢也不喜欢。从性的角度说，大概稍微有点受他吸引。年纪大，非常文雅，非常有魅力，非常有派头。看着他就知道他能读懂法文菜单，知道什么菜配什么酒，不止红酒、白酒那么简单，连年份和产区都说得一清二楚。绝对不是你在附近地区常常遇见的那种男人，但一丝一毫的女人气也没有。体态优雅得像个舞者。另外一方面，肯这么坦然展露秃头的男人总是有些特别吸引力的。"苏珊的笑容中有些自我辩解的意味，她知道自己的面颊在发红，心里也不知道她为什么要说这么多。

"那么，不喜欢的地方呢？"麦特问。

苏珊耸耸肩。"这方面就很难形容了。我想……我想，是因为我感觉到他在伪装下藏着某种轻蔑。感觉像是玩世不恭。就仿佛他在扮演一个特定的角色，而且演得很好，但他似乎清楚自己不需要竭尽全力来愚弄我们。有点儿居高临下的意思。"苏珊不确定地看着麦特。"他身上还有一丝很残忍的感觉。不过我不太清楚为什么。"

"有人买东西吗？"

"不多，但他似乎并不在乎。妈妈买了个南斯拉夫的小饰品展示架，皮特里夫人买了一张很可爱的小折叠桌，我看见的只有这些。他好像根本不在乎。只是催促大家记得告诉朋友，这儿已经开张，随时欢迎大驾光临，千万别把自己当外人。他的魅力格外有旧世界味道。"

"你觉得大家被他迷住了吗？"

"大体而言，是的。"苏珊在脑子里比较母亲对 R.T. 斯特莱克的热烈好感和对本的即刻厌恶。

"没碰到他的搭档吗？"

"巴洛先生？没有，他去纽约采购还没回来。"

"是吗？"麦特自言自语道，"天晓得。藏头露尾的巴洛先生。"

"伯克先生，你不觉得该把前后经过全告诉我吗？"

他重重地叹了口气。

"我试试看吧。你刚才说的让我很不安。非常不安。这也太符合……"

"什么？符合什么？"

"从头说起，"麦特说，"我昨晚在戴尔酒馆遇到了迈克·莱尔森……感觉起来像一个世纪前了。"

5

八点二十分，麦特终于讲完了前因后果，两人都喝了两杯咖啡。

"大概就这些了，"麦特说，"现在我是不是该扮演拿破仑，跟你说说我的星光体①跟图卢兹-洛特雷克②都谈了什么？"

"别傻了，"苏珊答道，"有些坏事正在发生，但肯定不是你认为的那种。这你也清楚。"

"直到昨夜之前，我也这么觉得。"

"假如没有人对你怀恨在心的话——那是本的看法——或许就是迈克自己搞出来的呢？精神错乱了什么的，"理由听起来就不够充分，但苏珊还是说了下去，"也许你不知不觉间睡着了，整件事情都是你梦见的。我也曾经不知不觉地打起瞌睡，结果丢失了十五到二十分钟的记忆。"

麦特疲惫不堪地耸耸肩："一个人怎么做才能证明理智头脑一听就不会接受的事情呢？那些声音我听得清清楚楚。我没在睡觉。有些细节让我很担忧……非常担忧。根据古籍记载，吸血鬼无法直接走进一个人的家，就那么吸他的血。不，不行。他必须得到邀请。昨天夜里迈克·莱尔森邀请丹尼·格立克进了房间。而我呢？亲口邀请了迈克！"

"麦特，本有没有说过他的新书写什么？"

他摆弄着烟斗，但没有点燃它。"稍微提了几句。只说和马斯滕老宅有关系。"

"他有没有提过小时候在马斯滕老宅的经历？给他造成了严重心理创伤。"

麦特的眼神变得尖锐："在老宅？没有。"

"是为了试胆。他想参加一个俱乐部，给他的入会考验是进马斯滕老宅，随便拿出一样东西。结果他真的进去了，离开前他去了二楼休比·马斯滕自杀的卧室。推开房门，他看见休比挂在房梁上。休比睁开眼睛，本拔腿就跑。他因此痛苦了二十四年，回林苑镇是想通过书写把它排出体内。"

"基督在上。"麦特说。

---

① 星光体（astral），指人体投射出来的意识能量团。

② 图卢兹-洛特雷克（Toulouse-Lautrec，1864—1901），法国贵族，后印象派画家。

"他……他对马斯滕老宅有一整套理论，部分来自他的亲身体验，部分来自他对休伯特·马斯滕做的研究，研究结果令人惊讶——"

"马斯滕的恶魔崇拜嗜好吗？"

苏珊惊讶道："你怎么知道的？"

麦特的笑容有点阴森："小镇的传闻不总是闹得人尽皆知，也有私下里悄悄流传的。撒冷林苑镇的秘密流言之一正和休比·马斯滕有关。现在大概只有十来个老人晓得了，梅布尔·沃茨也在其中。苏珊，那确实是很久以前的历史了，但有些事情并不受时效限制。非常怪异，明白吗？连梅布尔也只在她的小圈子里谈论休伯特·马斯滕。他们当然会谈论他的死亡，还有谋杀。但是，假如你问起他和妻子在坡顶住处度过的那十年，问起他们究竟在忙些什么勾当，现场立刻会笼罩上特殊的气氛，这也许是西方文明所知道的最接近于禁忌的东西了。甚至有传闻说休伯特·马斯滕绑架儿童，活祭献给魔神。我很惊讶本竟然能找到那么多资料。休比和妻子的另一面几乎像是部落秘密。"

"他不是在林苑镇知道这些的。"

"这就说得通了。我觉得他的理论不过是老掉牙的超心理学鬼扯——邪恶因人类而生，和鼻屎、粪便或指甲没有区别。但邪恶产生后不会消失。说得更清楚一些，他认为马斯滕老宅或许成了什么邪恶的干电池；恶意的蓄电池。"

"是的，他用的正是这些字句。"苏珊惊讶地望着麦特。

他干巴巴地笑了两声："我们读过相同的书籍。苏珊，你怎么看？你的世界观里有超越尘世与天堂的东西吗？"

"没有，"苏珊的语气沉静而坚定，"屋子只是屋子。邪恶的行为停止，邪恶也随之消失。"

"你的意思是，本不稳定的精神状态或许会诱使原本就不正常的我变得越来越疯狂？"

"不，当然不是这样。我没觉得你不正常。但是，伯克先生，你必须明白——"

"安静。"

他昂起头。苏珊停止说话，侧耳聆听。什么也没有……也许有块楼板吱嘎响了一声。苏珊投去疑惑的眼神，麦特摇摇头："说到哪儿了？"

"然而种种巧合之下，最近对他来说可不是驱除儿时心魔的好时候。自从马斯滕老宅重新住人和家具店开张以来，镇上有很多廉价的流言蜚语……当然也少不了和本有关的。除魔仪式很容易失控，进而反噬驱魔人，这是众所周知的事情。我认为本应该离开镇子，伯克先生，你也应该出去度个假。"

说到驱魔，苏珊想起本要她向麦特提起天主教神父。一时冲动之下，她决定还是不说为妙。本请她这么做的原因此刻已经很明显了，但在苏珊看来，贸然提起就好像火上浇油，而焰头已经炽烈得过于危险。万一本问起（假如他真会问起的话），她可以推说忘记了。

"我知道听起来肯定很疯狂，"麦特说，"我听见窗户拉起，听见笑声，今天早晨看见纱窗落在车道旁，但即便如此，我也还是很难相信。我必须说，本对整件事情的反应非常明智，这样也许能稍稍减轻你的恐惧吧。他建议我们从证明这套设想的对错开始做起，首先——"他再次停下，仔细倾听。

这一次唯有漫长的寂静。再次开口的时候，麦特的声音虽轻，但语气非常坚定，这吓住了苏珊。"楼上有东西。"

苏珊听着。什么声音也没有。

"你在胡思乱想了。"

"我了解我的屋子，"麦特温和地说，"客人房里有人……你听，听见了吗？"

这次苏珊也听见了。清晰可辨的楼板吱嘎声，和任何一所老房子里的吱嘎声没有区别，也没有特别的理由可言。但落在苏珊的耳朵里，它却有了更特殊的味道：这个声音透着无法用语言说明的奸猾。

"我上楼去看看。"麦特说。

"别去！"

苏珊不假思索地喊出这两个字。她心想：请问现在是谁缩在炉角，认定屋檐下的风声是女妖精在哀鸣？

"我昨天夜里被吓住了，什么也没做，事情变得越来越糟糕。现在我必须上楼去。"

"伯克先生——"

两人都压低嗓门说话。不安冲进苏珊的血管，肌肉变得僵硬。也许楼上真的有人：小偷？

"说话，"麦特说，"我离开后，你继续说话。随便什么话题都行。"

没等苏珊出言反对，麦特就离开了座位，朝走廊走去，动作优雅得让苏珊瞠目结舌。他回头看了一次，但苏珊读不懂他的眼神。他开始爬上楼梯。

局势急转而下，苏珊的意识开始混乱，感觉所有事情都不真实起来。不到两分钟前，他们还在冷静讨论事情，沐浴着电灯泡射出的理性光辉。此刻她很害怕。问题：把心理学家和自称拿破仑的男人在同一个房间里关一年（或十年、二十年），最后出来的是两个符合斯金纳理论的理性人，还是两个人都把手插在衬衫里？答案：数据不足。

她开始说道："本和我打算星期天开车沿一号公路去卡姆登，就是拍摄《冷暖人间》①的小镇，但现在看来只好推迟了。那儿的小教堂真是世界上最可爱的——"

苏珊发觉自己很容易就这么絮絮叨叨地说了下去，双手却在膝头紧紧相握，指关节都攥得发白了。她的意识很清楚，没有受到讨论吸血鬼和活尸的影响。黑色的恐惧来自脊髓这个更加古老的神经与中枢的网络，如波浪般逐渐扩散。

6

这次上楼是麦特·伯克一辈子做过的最艰苦的事情。就是这样，除此无他，甚至连接近的都没有——只有一次经历或许相提并论。

八岁那年，他参加了童子军。女训导家和他家相隔一英里远，去程很轻松，在临近傍晚的下午阳光中走走路挺舒服的。可是，回家时

———————————

① 《冷暖人间》(*Peyton Place*)，美国电影，1957 年拍摄。

总是已经到了黄昏，七扭八歪的长条阴影渐渐铺上道路；若是碰上聚会格外热烈，结束得太晚，你就必须摸黑走路回家了，而且是单独一人。

单独。是的，这正是关键词，是英语中最可怕的词语。谋杀没有深刻的寓意，地狱只是一个可怜的换喻词……

路上要经过一座废弃的教堂，是卫理公会的礼拜堂，遗骸位于一片积霜堆冰的草坪背后，每次经过那些目光灼灼、无知无觉的窗户时，你的脚步声在自己耳中都会格外响亮，正在哼唱的歌曲也会凝结在双唇之间，你会开始设想教堂里是什么样子：翻覆的长椅、朽烂的赞美诗集、崩塌的圣坛，只剩下耗子在那里守安息日，你会禁不住琢磨教堂里除了耗子还有什么——有什么样的疯子，有什么样的怪物。爬虫般的黄眼睛也许正在窥视你。也许光是盯着还不够；也许某天夜里，那扇布满裂纹、摇摇欲坠的大门会被猛然推开，站在那儿的东西你看一眼就会发狂。

你没法向父母解释这些，他们都是光明的造物。就仿佛你三岁时没法跟他们解释清楚，婴儿床顶头的备用毛毯怎么变成了彼此纠缠的一堆毒蛇，怎么用没有眼睑的平板眼睛逼视你。他认为没有任何一个孩子征服过这些恐惧。你该如何征服难以表达的恐惧？锁存在小小脑海里的恐惧过于巨大，无法钻过孩童的嘴巴。在咧嘴傻笑的婴儿期到抱怨不停的老年期之间，你迟早会发现你能毫不畏惧地走过必须经过的废弃礼拜堂了。然而今夜不同。今夜你陡然发现，古老的恐惧没有被钉上木桩，只是草草塞进了孩童尺寸的棺材，棺材盖上还摆着一朵朵野玫瑰。

他没有开灯，只顾一级又一级地爬上楼梯，特地避开吱嘎作响的第六级。他握住十字架，掌心汗津津、黏糊糊的。

来到楼梯尽头，他悄无声息地顺着走廊向前走。客人房的门开了一条缝。他先前明明关得很紧。楼下传来苏珊自言自语的声音。

他蹑手蹑脚走路，避免踩出声响，来到门口，他站住不动了。各种人类恐惧的基石，他心想：门关着，但微微留了一条缝。

他伸手推开房门。

迈克·莱尔森躺在床上。

月光如水，穿窗入室，给房间镀上一层银色，营造出梦境的气氛。麦特摇摇头，想清醒过来。时光仿佛倒转，他又回到了昨天夜里。他即将下楼给本打电话，因为那时候本还没住院——

迈克睁开了眼睛。

眼睛在月光下只闪烁了一瞬间，银光中透着血红色。眼神一片空白，宛如清洗过的黑板，没有人类的思想或感情。华兹华斯说过，眼睛是灵魂的窗户。若果真如此，这两扇窗口属于一个空荡荡的房间。

迈克坐了起来，被单从窗口滑落，麦特注意到粗重的缝合线头，那是法医或病理学家在验尸后缝起来的，下针时说不定还在吹口哨。

迈克露出笑容，犬齿和门牙又白又尖。笑容本身只是嘴周肌肉的反射活动而已，眼神中毫无笑意。眼睛里依然透着森森死气，一片空白。

迈克吐字很清晰："看着我。"

麦特看着他。是的，眼神极其空洞，但非常深邃。你几乎能在里面找到你自己的小小银色倒影，甜美地沉溺其中，让现实世界显得那么不重要，让恐惧显得那么不重要——

他抽身后退，叫了出来："不！不！"

同时举起十字架。

曾经是迈克·莱尔森的怪物咝咝作声，像是被兜头浇了一盆滚烫的开水。它高举双臂，仿佛在抵挡攻击。麦特踏上一步，莱尔森不得已后退一步。

"滚出这里！"麦特嘎声怒喝，"我收回我的邀请！"

莱尔森尖叫起来，高亢的啼鸣中饱含恨意和痛苦。他跌跌撞撞地退了四步。膝弯撞在敞开窗户的壁架上，一个踉跄失去了平衡。

"愿我见你沉睡如死尸，老师！"

它跌进茫茫黑夜，双手举在头顶上，如高台跳水运动员般仰面摔出窗外。苍白的躯体闪着大理石般的微光，与身前交叉的 Y 字形黑色针脚形成鲜明但缺少深度的对比。

麦特发出癫狂而恐惧的哀号，冲到窗口向外看。他只见到了洒满月色的夜景——窗口底下和象征着客厅的亮光之间，一团曾是地上尘土的悬尘在舞动。尘埃打着旋，聚集成类似人影的恐怖形状，随即又消散得无影无踪。

麦特转身想跑，但胸口冷不防一阵剧痛，他蹒跚着走了几步，揪住胸口，弯下腰。疼痛仿佛脉动的波浪，一下一下沿胳膊向上延伸。十字架在眼前晃动。

他交叉手臂护住胸口，走出房门，右手仍旧抓着十字架的挂链。迈克·莱尔森的模样始终挂在面前黑暗的空中，仿佛浑身苍白的高台跳水运动员。

"伯克先生！"

"我的医生是詹姆斯·科迪，"他从冷如冰雪的嘴唇间挤出这句话，"电话本里有，我大概心脏病发作了。"

他面朝下倒在楼上的走廊里。

7

她拨通"吉米·科迪，郎中"旁边的电话号码。说明文字笔迹清晰，用的是大写黑体，苏珊念书时早就看惯了这个字体。接电话的是位女士，苏珊问："医生在家吗？急救！"

"在，"对方答得很冷静，"他来了。"

"我是科迪医生。"

"我是苏珊·诺顿。我在伯克先生家里，他心脏病发作了。"

"谁？麦特·伯克？"

"是的，他失去知觉了，我该怎么——"

"打电话叫救护车，"他说。"坎伯兰县的急救号码是841-4000。待在他身边。用毯子盖住他，但不要搬动他的身体。明白了？"

"明白了。"

"我二十分钟内赶到。"

"你能——"

电话咔哒一声挂断，苏珊变得单独一人。

她打电话叫了救护车，然后又变得单独一人，但必须上楼去麦特身边。

8

苏珊盯着楼梯，战战兢兢的心态让她自己也感到惊讶。她忍不住祈祷这些事情全都没有发生过，麦特一切安好，她不用在这种病态的恐惧中瑟瑟发抖。苏珊彻底不相信那个解释，她把麦特对昨夜事件的解释看作某种以既有现实的术语亦能定义的东西，除此无他。但现在，坚实的不信陡然在身下消失，她发觉自己正在坠落。

她听见了麦特的喊声，也听见了毫无感情的那声可怕诅咒：愿我见你沉睡如死尸，老师！承载字句的嗓音不比狗叫更具有人类特质。

苏珊回到楼上，强迫身体迈出每一步。连走廊里的灯光也无法减少恐惧。麦特躺在原处，脸转向一边，面颊贴在磨薄了的长条地毯上，喘息声急促而痛苦。她弯下腰，解开衬衫最顶上的两颗纽扣，麦特的呼吸似乎轻松了些。苏珊走进客人房去拿毛毯。

房间里很凉。窗户敞开。床上用品都搬走了，只留下光秃秃的床垫。壁橱的顶层架子上塞着几块毛毯。转身返回走廊的时候，窗口地板上的某样东西在月光下闪了一下，她弯腰捡了起来。苏珊立刻认出了它。这是坎伯兰联合高中的班级戒指。刻在内圈的姓名首字母缩写是 MCR。

迈克尔·科里·莱尔森。

在黑暗中的这个瞬间，苏珊相信了。她相信了整套解释。尖叫声想爬出喉咙，被她无声无息地憋了回去，戒指从手中滑落，落在窗口的地板上，亮晶晶地反射统御秋夜的凛凛月光。

第十章　林苑镇（之三）

1

小镇了解黑暗。

小镇了解自转使大地背离太阳因而笼罩世间的黑暗，也了解人类灵魂的黑暗。小镇是三个部分的累积，但比三个部分都更大。小镇是居住在这里的人，是人造起来遮风避雨、行商务工的建筑物，也是土地。人是苏格兰-英国人和法国人的后代。当然也有其他人，但只是少数，就像扔进盐罐的一把胡椒，始终没能搅拌均匀。建筑物以纯木质结构为主。老屋子有许多是盐盒式，大部分商铺是假门脸，谁也说不清为什么会这样。人们知道假门脸背后空空如也，正如他们知道洛芮塔·斯塔奇戴假胸。土地是花岗岩，仅仅覆盖了薄薄一层极易剥掉的表层土。种地在这里是事倍功半、汗流浃背、疯狂而可悲的营生。耙子动辄掘到泥土下的大块花岗岩，撞得粉身碎骨。五月，你趁着地面干燥得足以支撑卡车时开车出门，和你家孩子在犁地前装个十几车石块，扔到野草丛生的乱石堆里；自从一九五五年你接手这片宛如老虎卵蛋的土地，你每年都要这么扔一场石头。等你捡完石头，洗手时指甲缝都漏不出半点烂泥，手指感觉又肿又麻、粗大得畸形，这时你把耙子挂在拖拉机背后，还没犁完两趟，就在一块没发现的石块上碰断了锋刃。换上新刃头，叫你最大的孩子抬起钩套，好让你装回去，今年第一只嗜血的蚊子嗡嗡叫着飞过耳边，这个声音叫你禁不住想流眼泪，让你觉得那准定是疯子在动手前听见的最后声音，然后要么屠杀自家儿孙，要么在洲际公路上一闭眼睛，把油门踩到底，要么把双管猎枪的枪口塞进嘴里，拿脚指头扣动扳机；就在这时，孩子汗湿的手指一打滑，圆耙的一个刃头割破你的胳膊，你不由环顾四周，痛感生活残忍而令人绝望，这一刻，你只想抛下所有事情，抱起酒瓶痛饮一番，或者径直冲进为你作抵押的银行宣布破产；这一刻，你无比憎恨这片土地和束缚住你的绵软但坚决的地心吸力，然而另一方面你也热爱这片土地，明白它为何了解黑暗，明白它一直了解黑暗。土地捕获了你，把你牢牢困在这里，还有你的屋子、你从念高中就与之坠入爱河的女人（彼时她还是女孩，你一丁点也不了解女孩，但你有了一个，总和她混在一起，她把你的名字写满书皮，你先破了她，她再破了你，然后你们谁也不需要担心那件破事了）、你的孩子（受孕于那张床头板有裂纹的吱嘎作响的双人床上）都困住了你。你和她在夜幕降临后不停制造孩子，六个、七个，甚至十个。银行困住了你，还有汽车销售商、路易斯顿的西尔斯百货商店、布伦瑞克的约翰·迪尔公司。但最重要的是，小镇困住了你，因为你了解这个小镇不亚于你了解老婆乳房的形状。你知道谁将在白天出没于克罗森商店，因为奈普鞋业解雇了他；你知道谁将遇上女人的麻烦，比事主知道得更早，比方说雷格·索耶就有这种麻烦，因为电话公司那小子的雀儿正在出出进进邦妮·索耶的蜜壶；你知道道路通向何方，知道周五下午你、汉克还有诺利·加德纳能去哪里：先停车，然后喝几套六罐装的啤酒甚至几箱啤酒。你知道地形，知道该怎么在四月走过大沼泽同时连靴尖也不弄湿。你全都知道。小镇也了解你，知道犁地一天后腹股沟如何疼痛；知道背上那个硬结只是囊肿而已，正如初诊时医生所说：没什么好担心的；知道你对每月最后一周到手的钞票有什么打算。小镇看得穿你的谎言，包括你对自己扯的那些在内，比方说明年或后年你一定带老婆孩子去迪斯尼乐园，比方说明年秋天多伐些木材就买得起新彩电了，比方说船到桥头自然直。住在小镇里是一种彻底而全然的沟通，日复一日，日日如此，彻底得让你和老婆在吱嘎响的床上做的事情仅仅像是握手。住在小镇里过得平凡，能满足感官的享受，宛如酗酒。在黑暗中，小镇是你的，你是小镇的，你俩如死尸般沉睡，恰似北边田野里的每块石头。这里没有生活，只有一天天缓慢的死亡；因此，当邪恶降临小镇的时候，它的到来显得那么命中注定、那么甘美、那么形而上，就仿佛小镇知道邪恶即将叩门，也知道邪恶即将化作什么形状。

小镇自有小镇的秘密，也守得很牢靠。不是每个人都知道这些秘密。他们知道艾尔比·克莱因的老婆跟纽约城来的旅行者跑了，更准确地说，大家认为他们知道。实际上，旅行者玩够了离开后，艾尔比砸烂了老婆的脑袋，在尸体的脚上绑了块水泥，扔进那口古井；二十年后，艾尔比心脏病突发在床上宁静辞世，他儿子乔在这个故事的后面篇章中也将死去，或许有朝一日哪个孩子会偶然发现那口古井，拨开盖住井口的茂盛黑莓藤蔓，搬掉被气候磨平了的发白木板，发现怪石嶙峋的井底有一个破碎的骷髅头空洞地望着天际，可爱的旅行者送给她的项链还挂在肋骨间，只是绿油油地长满了苔藓。

他们知道休比·马斯滕杀死了老婆，但他们不知道休比先强迫老婆做了什么；也不知道他在轰掉老婆脑袋前，两人在那间被阳光晒得湿热的厨房里都干了什么，热烘烘的空气浸满了忍冬的香味，甜香浓郁得呛人，仿佛来自没有加盖的尸坑。他们不知道是妻子求马斯滕这样做的。

镇子里有些年老的妇女（梅布尔·沃茨、格莱妮斯·梅贝里、奥黛丽·赫希）记得拉里·麦克雷德在楼上壁炉里发现了一些烧成灰烬的纸张，但谁也不知道那些纸张是十二年通信的积累产物，通信的一方是休伯特·马斯滕，另一方是一位奥地利贵族，名叫布瑞臣，他的用词古老得令人发笑；不知道两人间的通信经过某位波士顿书商的办公室进行，而这位书商在一九三三年的死亡可谓惨绝人寰；不知道休比在自杀前烧毁了所有信件，一封一封地把它们塞进壁炉，望着火焰熏黑和吞噬厚实的米色纸张，蛛网般细密的典雅手写字体湮灭于世间。他们更加不可能知道休比微笑着烧完了那些信件，而拉里·克罗凯特想起藏在波特兰银行保险柜里的地契时，脸上露出的也正是这种笑容。

他们知道科莱塔·西蒙斯，"跳跳"西蒙斯的遗孀，正在缓慢而痛苦地死于肠癌，但他们不知道有三万多块钱现金藏在西蒙斯家寒酸的客厅壁纸后面，那是她丈夫过世后人寿保险的理赔金，她没有拿出去投资，到最后的困苦之际被她全然遗忘了。

他们知道一九五一年那个烟雾弥漫的九月里，大火烧毁了半个小镇，但他们不知道其实有人存心纵火，也不知道纵火男孩正是一九五三年致告别词的学生代表，他后来在华尔街挣了十万美元；即便知道这个事实，他们也不会知道是什么冲动迫使他纵火的，也不知道在接下来的二十年内这种冲动如何蚕食他的意识，到四十六岁时脑血栓就把他早早送进坟墓。

他们不知道约翰·格罗金斯牧师有时半夜惊醒，秃脑袋里那可怕的梦境栩栩如生——他在"小淑女周四晚间读经班"宣道，一丝不挂，赤身裸体，而女孩都准备好了迎接他；不知道弗洛伊德·蒂比茨整个周五都在病恹恹、昏沉沉地乱逛，觉得太阳照在自己苍白得奇怪的皮肤上非常难受，他隐约记得去见过安·诺顿，完全不记得曾经攻击过本·米尔斯，清楚记得看见太阳落山胸中泛起的那种冷然感激，除了感激之外，还有期待某件伟大而美好的事物的迫切心情；不知道哈尔·格里芬在壁橱背后藏了六本热辣辣的黄书，一找到机会就对着它们打手枪；不知道乔治·米得勒有满满一手提箱的丝绸衬裙、胸罩、女内裤和长筒丝袜，他有时候会拉紧五金店楼上住处的百叶窗，用门闩和门链扣上房门，站在卧室等身镜子前端详自己，一直看到呼吸急促且不规则，然后跪倒在地手淫；不知道卡尔·福尔曼目睹迈克·莱尔森冰冷的身体在停尸房楼下房间的金属工作台上陡然开始颤抖，他有多么想尖叫但喊不出声，而当迈克睁开眼睛坐起来的时候，他的叫声又是多么无声无息，就好像喉咙里插了一块玻璃；不知道当丹尼·格立克滑进卧室窗户，从摇篮里抱起十个月大的兰迪·麦克杜格尔，把尖牙咬进他被母亲打青的脖子时，婴儿根本没有挣扎。

这些是小镇的秘密，一部分后来重见天日，一部分永远不会为人所知。小镇守着这些秘密，脸上不露出哪怕一丝一毫的表情。

小镇对魔鬼的行径漠不关心，就像它对待上帝的行径和人类的行径。小镇了解黑暗，而黑暗就已经够了。

2

珊迪·麦克杜格尔一醒来就知道有什么东西不对劲，但说不清究竟是什么。床的另外一半空着；今天轮到罗伊休息，他和朋友钓鱼去了，中午前后回来。没有地方着火，她也没弄伤自己。那到底是什么呢？

太阳。阳光的角度不对劲。

阳光在墙纸上已经爬得很高，于窗外枫树投下的影子间舞动。可是，兰迪总是很早就把她吵醒，不会等太阳升高到足够将枫树的影子投在墙上——

震惊中，她的视线落在衣橱上方的挂钟上。九点十分。

恐慌的情绪在喉咙口升起。

"兰迪？"她喊叫着冲过拖车的狭窄走廊，晨衣在背后飘拂。"兰迪，亲爱的？"

婴儿的卧室沐浴在散射的阳光中，光线来自摇篮上方的一扇小窗……窗户开着。但她昨天上床前明明关好了，她从不忘记关窗。

摇篮空着。

"兰迪？"她嘶声说。

然后她看见了孩子。

小小的身躯，裹着洗白的邓敦医生棉绒睡衣，像垃圾似的被扔在角落里。一条腿怪异地举在半空中，仿佛倒置的惊叹号。

"兰迪！"

她在孩子身旁跪下，惊诧让脸上镶满了丑陋的线条。她抱起孩子，身体摸上去冰凉。

"兰迪，亲爱的宝贝，快醒醒，兰迪，兰迪，醒醒——"

淤青消失了，全都消失了。一夜之间全褪掉了，小脸和小身体此刻毫无瑕疵。婴儿气色很好。从他降生以来，珊迪第一次发现孩子很漂亮；意识到这份美丽时，她尖叫了起来，叫声惊惶而凄厉。

"兰迪！醒醒！兰迪？兰迪？兰迪？"

她抱着孩子起身，沿着走廊跑回去，晨衣从一侧肩头滑脱。厨房里的高脚椅仍在原处，餐盘里兰迪昨天的晚饭已经起了硬壳。她把兰迪放在椅子上，椅子正巧位于一方阳光之中。兰迪的脑袋耷拉在胸口，身体慢吞吞地倒向一旁，动作中饱含可怕的死亡气息，最后他卡在了餐盘和椅子扶手形成的夹角之间。

"兰迪?"她微笑着说，像蓝色玻璃珠球的眼睛瞪得快要弹出来了。她拍拍孩子的面颊。"快醒醒，兰迪。吃早饭了，兰迪。饿不饿？求你了——耶稣在上，求你了——"

她猛一转身，旋风般跑到炉子前，拉开炉子上的柜橱，开始翻箱倒柜，碰倒了一盒脆米花、一瓶宝亚迪厨倌的意式小方饺罐头和一瓶维森厨用油。油瓶碎了，浓稠的液体洒满炉台和地板。她终于找到了一小罐盖博巧克力软蛋糕，又从晾碟架上抓起冰雪皇后的塑料调羹。

"看，兰迪。你最喜欢的。快醒醒，多好吃的蛋糕！巧克力哟，兰迪。巧克力，巧克力。"愤怒和恐惧席卷而来，刹那间昏天黑地。"醒来！"珊迪对婴儿尖叫道，滴滴唾沫星子溅在孩子额头和面颊半透明的皮肤上。"快醒醒，快醒醒，看在上帝的分上，你这一小坨臭狗屎，**快醒醒**！"

她揭开小罐的盖子，舀了一调羹巧克力口味的软蛋糕。她的手已经知道了真相，颤抖得非常厉害，洒掉了大半勺。她把剩下那点塞进软绵绵的小嘴唇间，蛋糕落在托盘上，发出可怕的噗噗声。调羹咔嗒咔嗒地敲打着他的牙齿。

"兰迪，"她恳求道，"别欺负妈妈了。"

她伸出另一只手，弯曲手指，撬开孩子的嘴巴，把最后一点蛋糕塞进去。

"吃吧。"珊迪·麦克杜格尔说。难以形容的笑容带着癫狂和希望爬上她的唇角。她往厨房椅里一靠，身上的肌肉一块接一块放松下来。现在没事了。现在他会知道妈妈爱他，残忍的玩笑可以结束了。

"好吃吗？"她喃喃道，"巧克力多好吃啊。给妈妈笑一个好吗？乖孩子，给妈妈笑一个。"

她伸出颤抖的手指，碰了碰兰迪的嘴角。

巧克力掉进餐盘——扑通。

她开始尖叫。

3

星期六早晨，妻子玛乔丽在客厅里摔倒，吵醒了托尼·格立克。

"玛吉？"他喊了一声，翻身下地，"玛吉？"

隔了很长、很长一段时间，妻子回答："托尼，我没事。"

他坐在床沿上，呆呆地盯着双脚。他赤着上身，穿条纹睡裤，系带悬在双腿之间。头发乱如鸟巢，他的头发又黑又浓密，遗传给了两个儿子。很多人以为他是犹太人，但意大利人典型的头发早已泄露了秘密。他祖父原姓格立库切，有人说取个美国式的名字容易融入美国社会，最好短一点，更朗朗上口，祖父于是走法律途径把姓氏改成格立克，没有意识到他用一个少数族群的身份换取了另一个少数族群的相貌。托尼·格立克肤色黝黑，肩宽体阔，肌肉虬结。脸上的茫然表情像是刚被揍了一顿丢出酒吧。

他请了个长假，过去一周几乎都在睡觉。睡觉时时间悄然流逝。他的睡眠里没有梦。他每天七点半上床，隔天早晨十点起来，下午两点到三点间打个瞌睡。从他在丹尼葬礼制造的那一幕，到眼下这个阳光灿烂的周六早晨，中间接近一周的时间感觉起来非常朦胧和不真实。人们不停送来食物。砂锅炖菜、自制的罐头、蛋糕、馅饼。玛吉说她不知道该拿这些食物怎么办。两人谁也不饿。周三晚上，他想和妻子做爱，但两人都哭了起来。

玛吉看上去也很糟糕。她消磨时间的方法是从顶到底打扫屋子，清理时的那种疯狂热劲排除了其他所有念头。每一天耳畔都回响着清洁桶的叮当碰撞声和真空吸尘器的呼呼声，空气中永远飘着氨水和来苏水的刺鼻味道。她把孩子的衣服和玩具全都整整齐齐地装进纸箱，送给救世军和"好心愿"商店。周四早晨他走出卧室时，纸箱在前门口摆成一排，每个纸箱上都贴着标签。他这辈子从未见过比这些沉默纸箱更可怕的东西。妻子把所有地毯拖进后院，挂在晾衣线上，拼命敲打以去除尘土。尽管托尼的意识如此模糊，他也还是注意到了从上周二或周三以来，妻子的面色变得有多么苍白，连嘴唇的颜色都不正常了。眼睛底下多了两团棕色的暗影。

这些念头在脑海里一掠而过，托尼都来不及分辨清楚，他正想躺回床上继续睡觉，妻子再次跌倒在地，这次他怎么叫也不应声了。

他站了起来，拖着脚走进客厅，发现妻子躺在地上，呼吸急促，呆滞的眼睛盯着天花板。她正在重新布置客厅里的家具，所有东西都被拖离原处，给房间增添了怪异的脱节感。

妻子的问题在这一夜间变得更加严重了，她的外表糟糕得无以复加，如利刃般切开了他的朦胧意识。她依然穿着睡袍，睡袍扯上去露出一半大腿。两条腿呈现出大理石的颜色；夏天度假时晒黑的肤色褪得一干二净。双手如幽魂般移动。嘴巴大张，仿佛肺部无法吸入足够的空气，他注意到她的牙齿变得怪异和突出，但他没有多想。肯定是光线耍的把戏。

"玛吉？亲爱的？"

她想回答，但却说不出话，真正的恐惧刹那间充斥内心。他起身去给医生打电话。

正要拿起话筒，他却听见妻子在说，"别……别。"这个字眼随着刺耳的喘息声重复着。她挣扎着坐了起来，遍洒阳光的沉默房间充满了她竭力呼吸的刺耳声音。

"拉我起来……帮我一把……阳光太烫了……"

他走到妻子身旁，抱起她，怀里的身躯竟然如此之轻，他吓了一跳。她不比一捆薪柴更重。

"……沙发……"

托尼把妻子放在沙发上，让扶手支撑住她的身体。离开透过前窗落在地毯上的那一方阳光，她的呼吸似乎轻松了一些。她闭了几秒钟眼睛，托尼被她嘴唇衬托下的光滑白牙吸引住了，他很想俯身亲吻妻子。

"我给医生打电话。"他说。

"不用，我好多了。阳光……阳光在烧我。让我感觉虚弱。现在好多了。"妻子的面颊也有了一丝血色。

"你确定吗？"

"嗯，我没事。"

"亲爱的，你做事做得太辛苦了。"

"是啊。"她有气无力地说。眼神没精打采。

托尼伸手捋了捋头发，拽了一下。"我们必须恢复过来，玛吉，不能这样下去了。你看起来……"他停嘴不说，不想伤害妻子。

"看起来很不好，"她说，"我知道。昨晚临睡前在浴室镜子里看过自己，险些没找到自己。有一会儿，我……"她的唇角泛起笑意。"以为我看见了背后的浴缸。就好像我这个人只剩下了少少一丁点，剩下那点儿还……噢，还那么苍白……"

"我要让瑞尔顿医生来给你检查。"

但妻子似乎没有听见。"过去三四个晚上，托尼，我做了最美好不过的梦。那么真实。丹尼在梦中回来找我。他说：'妈咪，妈咪，回家可真好！'他还说……还说……"

"他还说什么？"托尼柔声问。

"他说……他又是我的宝贝了。我的儿子又拱到我的胸前。我让他吸……那个感觉，甜中带苦，太像他断奶前的感觉了，但随后他咬我，小口小口喝——啊，听起来一定很可怕，很像精神病医生念叨的东西吧。"

"不，"他说，"不。"

托尼在妻子身前跪下，她抱住丈夫的脖子，轻轻啜泣。她的胳膊冷冰冰的。"别叫医生，托尼，求你了。我今天好好休息。"

"那好。"他说。向妻子屈服让他感到不安。

"那个梦可真美好啊，托尼。"她抵着丈夫的喉咙说。妻子嘴唇的蠕动，垫在唇肉下的牙齿的硬实感觉，都充满了令人惊讶的肉欲。他勃起了。"希望今夜我还能做这个梦。"

"应该会，"他爱抚妻子的头发，"一定会。"

4

"我的天，你看起来可真不赖。"本说。

与医院世界里冷冽的白色和缺乏活力的绿色截然相反，苏珊·诺顿看起来确实不赖。她身穿亮黄色带黑色竖条的衬衣和蓝色细帆布短裙。

"你也是。"她说，穿过房间来到本身旁。

他深深亲吻苏珊，一只手滑到苏珊臀部温暖的曲线上，来回抚摸了几下。

"嘿，"她说着张开嘴唇，"再乱来他们会把你踢出去的。"

"不怪我。"

"哼，难道怪我？"

两人对视良久。

"我爱你，本。"

"我也爱你。"

"要是我现在就扑到你身上——"

"稍等片刻，让我先把被单拉开。"

"我该怎么跟护工解释？"

"就说你在给我接尿。"

苏珊摇摇头，微笑着拉开椅子坐下。"本，镇子里发生了很多事情。"

他一下子清醒过来："比方说？"

苏珊踌躇起来："我不知道怎么说才好，也不知道我都相信哪些。反正我是弄糊涂了。"

"没关系，全告诉我，让我来梳理脉络。"

"你感觉如何？"

"正在恢复，不严重。麦特的医生，叫科迪的那位老兄——"

"不，我说的是你的脑子。这套德古拉伯爵的说法，你相信多少？"

"噢，那个啊。麦特全告诉你了？"

"麦特也在医院里。一楼，特护病房。"

"什么？"本用两肘撑起了上半身，"他怎么了？"

"心脏病突发。"

"心脏病突发！"

"科迪医生说他病情已经稳定了。他被列为重症病人，因为病发前四十八小时必须住院。他倒下的时候我刚好在场。"

"苏珊，把你记得的全告诉我。"

喜悦从他脸上彻底消失，本的表情专注而急切，他的脸绷得紧紧的。白色的房间、白色的被单和白色的病号服包围着本，苏珊再次觉得他的神经绷得太紧，甚至开始磨损断裂。

"本，你没有回答我的问题。"

"我怎么看待麦特的想法？"

"是的。"

"让我用你心里的想法回答这个问题吧。你认为马斯滕老宅一直在侵扰我的意识，到了——用俗话说——在自家钟楼里看见蝙蝠的地步。我没说错吧？"

"对，差不离。但我可没想过那么……那么难听的说法。"

"我知道，苏珊。请允许我尽量给你解释一下我的思路发展过程吧。整理思路对我应该也有好处。从你脸色看得出，有事情吓得你魂不守舍。对吗？"

"对……但我没法相信，不可能——"

"稍等片刻。这个词没法阻挡任何东西。我也卡在了这儿。一个该死的决绝词语。'不可能'。苏珊，我也曾经不相信麦特的话，因为这种事不可能是真的。但是，无论怎么审视他的说法，我也找不到任何破绽。最明显的结论是他忽然发疯了，对吗？"

"是的。"

"你觉得他像个疯子吗？"

"不，不像，可是——"

"别说了。"他举起手。"你还在用什么可能什么不可能的思路想问题，对吧？"

"我想是的。"她说。

"我觉得他既不疯也没有丧失理性。你我都清楚，偏执幻想和迫害妄想不是一夜之间就能出现的，都需要一段时间逐渐酝酿，需要仔细浇灌、照料、喂食。镇子里有过麦特脑子不对劲的传闻？听麦特说过有人拔刀威胁他吗？他和任何古怪理念搅和在一起过吗？比方说水中加氟导致脑癌，或者'美国爱国者之子'，或者'国家解放战线'？他对降神会、星光体投射、灵魂转世之类的东西表达过超限度的兴趣吗？据你所知，他被捕过吗？"

"没有，"苏珊答道，"所有问题的答案都是没有。可是，本……虽然这样说麦特让我心里很不好受，连暗示也一样，但有些人确实是无声无息发疯的，他们在内心里慢慢变疯。"

"我不这么认为，"本平静地说，"肯定有征兆。他们发疯前你或许没法理解，但事后回想就很容易了。假如你是陪审团的一员，麦特为某场车祸作证，你会相信他吗？"

"应该会……"

"假如他说有窃贼杀死了迈克·莱尔森，你会相信吗？"

"我想我会相信的。"

"但就是不肯相信这个。"

"本，我就是不可能——"

"看，你又说不可能了，"看见苏珊想开口辩解，他抢先举起一只手，"苏珊，我不想和你争论他的问题。我把我的思路说给你听听看，好吗？"

"好，说吧。"

"我的第二个念头是有人陷害他。恨他或者有积怨的人。"

"嗯，我也想到了这个。"

"麦特说他没有敌人，我相信他。"

"是人就有敌人。"

"但程度各有不同。别忘记最重要的一点：这堆烂事最里头包了个死人呢。假如有人想陷害麦特，那他肯定为此谋杀了迈克·莱尔森。"

"为什么？"

"因为假如没有他的尸体，这套歌舞表演就毫无意义了。然而按照麦特说的，他遇到迈克纯属巧合。上周四晚上没人引诱他去戴尔酒吧。没有匿名电话，没有留言纸条，什么都没有。他遇到迈克纯属巧合，这足以排除陷害的可能性。"

"还有什么没法用理性解释？"

"麦特梦见听到窗户被拉了起来，梦见笑声，梦见吸吮的声音。迈克死于自然而未知的原因。"

"这些你也不相信。"

"我不相信他在梦里听见窗户被拉了起来。窗户确实开着。外面的纱窗落在草坪上。我注意到了，帕金斯·吉列斯皮也注意到了。我还注意到了其他细节。麦特住处的纱窗是带锁销的那种，从外面而不是从里面扣紧。要是不用螺丝刀或刮漆刀硬撬，谁也不可能从室内卸掉那纱窗。即便硬撬，也得费些力气，肯定会留下印痕。但我没找到任何印痕。另外还有一点：窗户底下的地面比较软，如果想取掉二楼的纱窗，你必须动用梯子，而梯子又会在地面留下印痕。但依然没有。这一点最让我烦心。从外面取掉二楼的纱窗，但地面没留下梯子的印痕。"

两人阴郁地对视着。

他继续说了下去："我今天早晨把事情在脑子里过了一遍。越是思考，麦特的推论就越是靠得住。因此我冒了冒险，暂时忘记了'不可能'三个字。现在，请告诉我麦特那里昨天晚上发生了什么。要是能证明那些都是胡说八道，全世界最开心的人一定是我。"

"可是，并不能，"苏珊闷闷不乐地说，"反而更糟糕了。他刚讲完迈克·莱尔森的事情，忽然说听见楼上有人，他很害怕，但还是上楼去了。"她叠放在膝头的双手紧紧攥在一起，像是不这么做它们就会飞走。"一开始，什么也没有发生……然后，麦特叫了起来，好像在喊收回邀请什么的。然后……呃，我实在不知道该怎么……”

“接着说，别害怕。”

“我觉得听见有人——麦特之外的其他人——发出咝咝的声音。然后是扑通一声，好像有人跌倒。”她惶恐地看着本。“然后我听见一个声音说：愿我见你沉睡如死尸，老师！一个字都不差，就是这么说的。后来，给麦特拿毛毯的时候，我发现了这个东西。”

苏珊从衬衫口袋里拿出那枚戒指，丢进本的掌心。

本把戒指翻过来，侧对窗口，让阳光照在首字母缩写上。“MCR。迈克·莱尔森？”

“迈克·科里·莱尔森。我立刻扔掉，然后又逼着自己捡起来——我想你和麦特会想看的。你留着吧，我不想放在身边。”

“戒指让你感觉——”

“不好，非常不好，”她挑衅般地扬起头，“可是，本，所有的理性思维都站在这个解释的反面。我宁可相信麦特不知为何谋杀了迈克·莱尔森，然后为了保护自己编造出那套疯狂的吸血鬼故事。想办法搞掉纱窗。趁我在楼下时做了场口技表演，把迈克的戒指摆在——”

“然后弄得自己心脏病突发，让一切显得更真实，”本干巴巴地说，“苏珊，我还没有放弃用理性解释的希望呢。我太希望存在这样的解释了，甚至祈祷上帝赐我一个。怪物在电影里挺有趣，但如果真有怪物在夜里悄悄走来走去就一点也不有趣了。我愿意承认，确实有办法弄掉纱窗，系在屋顶上的套索就足以完成这个诡计。退一万步讲，麦特也算是个知识分子。或许存在某种毒药，能够导致迈克的那些古怪症状，而且这种毒药还没法被检测到。当然了，毒药的点子有些难以置信，因为迈克吃得太少了——”

“你只有麦特的一面之词。”苏珊指出疏漏。

“他不会在这点上撒谎，因为他知道检查死者胃部是验尸的重要一环。皮下注射会留下印记。但为了继续讨论，咱们先假设迈克确实是被毒死的。麦特当然也可能服用某种药物，伪装出心脏病的效果。然而动机是什么？”

苏珊无助地摇摇头。

"就算存在我们不清楚的某种动机,但为什么要把整件事搞得这么啰嗦,要捏造这么一个疯狂的故事来掩饰呢?艾勒里·奎因大概能解释,但生活毕竟不是侦探小说。"

"但是……本,另外那个解释太疯狂了。"

"是啊,广岛就不疯狂吗?"

"别这么说话行吗?"她忽然愤怒起来,"别学知识分子说怪话!不适合你!我们说的是鬼故事,是噩梦,是精神错乱,随便你怎么叫——"

"狗屁,"本说,"你自己判断一下!现实世界在我们耳边分崩离析,你却连几个吸血鬼也接受不了。"

"撒冷林苑镇是我的故乡,"苏珊顽固地说,"无论发生什么,都是真实发生的,而不是哲学理论。"

"这话我不能更同意了,"本可怜巴巴地摸了摸头上的绷带,"你前男友就给我好好上了一课。"

"对不起,我不知道弗洛伊德还有这一面,真是不能理解。"

"他现在去哪儿了?"

"镇上的醉汉拘留室。帕金斯·吉列斯皮告诉我妈,他会把弗洛伊德交给县里处理,也就是麦卡斯林警长,不过他想先等一等,看你是否要提出控诉。"

"你怎么感觉?"

"什么感觉也没有,"苏珊坚定地说,"他已经不属于我的生活了。"

"我不打算告他。"

苏珊挑起眉毛。

"但我想找他谈谈。"

"谈我们的事情?"

"谈他找我的时候为何穿长外套、戴帽子、墨镜和倍得适塑胶手套。"

"什么?"

"呃，"他望着苏珊说，"当时太阳很大，晒在他身上。我觉得他不喜欢阳光。"

两人默然对视。关于这个话题，似乎没有更多需要谈的了。

5

诺利给弗洛伊德从顶好咖啡馆买来了早餐，弗洛伊德睡得正香。为了吃几个宝琳·狄更斯的硬煎蛋和五六条油腻腻的熏肉就叫醒他，这在诺利看来未免过于残酷了，于是诺利就在办公室里自己享用了食物，咖啡也一并喝光。宝琳的咖啡煮得不错，这点必须承认。可是，他给弗洛伊德送午饭的时候，弗洛伊德依然酣睡不醒，连姿势都没变过；诺利稍微有点害怕，他把餐盘搁在地上，走过去用调羹敲敲栏杆。

"嘿！弗洛伊德！醒醒，吃午饭了。"

弗洛伊德没有醒来，诺利掏出钥匙环，去开醉汉拘留室的门。把钥匙插进锁眼之前，他停了下来。上周的《硝烟》①里有个硬汉子假装生病，借此制服了监狱看守。诺利向来不认为弗洛伊德·蒂比茨是特别了不起的硬汉子，但他毕竟把米尔斯那家伙打了个不省人事。

诺利无所适从地站在门口，一只手举着调羹，另一只手拿着钥匙环，今天很暖和，又是正午时分，这个大块头男人敞着衬衫领口，汗液浸透了腋窝。他参加保龄球联赛，平均得分一百五十一，每逢周末流连于各色酒吧之间，钱包里有一份波特兰红灯区酒吧和汽车旅馆的名单，就塞在路德宗的口袋日历背后。他天性友善，经常替人受过，尽管反应慢，可生气也慢。虽说有微不足道的小优点，然而诺利的脑子转得实在不算快，因此他呆站了好几分钟，考虑接下来该怎么办，

① 《硝烟》(*Gunsmoke*)，美国电台与电视的西部故事节目，在 20 世纪 50 年代到 70 年代间红极一时。

同时不停拿调羹敲打栏杆，呼喊弗洛伊德的名字，希望那家伙动一动、打声呼噜，随便做点什么都行。正在想是不是该打开无线电，问帕金斯怎么办的时候，帕金斯本人在办公室门口发话了："诺利，你他妈的干什么？招呼猪来吃食吗？"

诺利的脸挣得通红："帕克，弗洛伊德一动不动。我怕他是不是……呃，你知道的，病了？"

"唉，难道听你拿调羹敲栏杆他就能好起来？"帕金斯走到他身边，打开牢房的锁。

"弗洛伊德？"他摇摇弗洛伊德的肩膀，"你还好——"

弗洛伊德从用铁链固定的铺位上滚到了地上。

"他妈的，"诺利叫道，"他死了，对不对？"

帕金斯大概没听见诺利在喊什么，他低着头在端详弗洛伊德安详得令人惊讶的面部。诺利渐渐醒悟过来，帕金斯的模样像是吓得魂不附体。

"帕克，怎么了？"

"没什么，"帕金斯说，"只不过……咱们先出去。"然后，他几乎对自己添了一句："天哪，真希望我没碰过他。"

诺利低头望着弗洛伊德的尸体，恐惧渐渐爬上他的心头。

"别愣着了，"帕金斯说，"咱们得把医生叫过来。"

6

下午三点来钟，弗兰克林·鲍定和维吉尔·鲁斯本开车经过谐和山墓园，又走了两英里，从伯恩斯路拐上岔道，来到尽头的板条木门前。他们开的是弗兰克林那辆五七年款的雪佛兰皮卡，艾克第二个任期的头一年里，这辆车还是优雅华丽的象牙白色，但现在是屎黄色和红色底漆的混合物。车斗里装满了弗兰克林所谓的"屎货"。每隔一个月左右，他和维吉尔就要装一车屎货来垃圾场，其中大部分是空啤酒瓶、空啤酒罐、空啤酒桶、空红酒瓶和空"波波夫"牌伏特加酒瓶。

"关门，"弗兰克林·鲍定眯起眼睛读着钉在门上的标牌，"操，这下踩到屎了。"他拿起舒舒服服贴在腹股沟突出部位的道森啤酒瓶，狠狠地喝了一大口，然后用胳膊擦擦嘴。"今天星期六，对吧？"

"当然。"维吉尔·鲁斯本答道。维吉尔根本不知道今天是星期六还是星期二，他喝得连现在是几月都搞不清了。

"星期六垃圾场不关门，对吧？"弗兰克林问。门上只有一个标牌，但他却看见了三个。他又眯起眼睛，三个标牌都写着"关门"。写字的油漆是谷仓红色，毫无疑问就是杜德·罗杰斯看场小棚门背后的那罐油漆。

"星期六从不关门。"维吉尔说。他把酒瓶往脸上捅，但没插进嘴里，一口啤酒洒在左肩上。"上帝啊，没击中目标。"

"关门，"弗兰克林越来越恼火，"婊子养的肯定躲在哪儿吸粉呢，绝对的。看老子怎么收拾他。"他把皮卡打到一档，松开离合器。两腿之间的啤酒泛起泡沫，泡沫冲出酒瓶，淌到了裤子上。

"冲啊，弗兰克林！"维吉尔叫道，打了个大大的酒嗝。皮卡冲开大门，把门撞翻在点缀着瓶瓶罐罐的路旁。弗兰克林换上二挡，沿着遍布车辙和坑洞的道路向前飞驰。车身在磨损了的弹簧上疯狂摇摆。酒瓶从车斗后面飞出去，纷纷摔碎。海鸥尖叫着蹿进天空，盘旋翻飞。

进门后再走四分之一英里，伯恩斯路的支路（到这儿已经叫垃圾场路了）结束于一片林间开阔地，也就是垃圾堆放场。密密麻麻的桤木和枫树让位给平坦的大片荒地，破旧的凯斯推土机定期开动，在地上留下了纵横交错的印迹；推土机此刻停在杜德的小屋旁边。平地前方是现在填埋垃圾的采石坑。废物和垃圾，夹杂着闪闪发亮的玻璃瓶和铝合金罐，如一个个巨大沙丘般延伸开去。

"天杀的驼背废物，估计一个星期没犁地也没烧垃圾了。"弗兰克林说。他双脚齐踩刹车，踩得踏板贴上车厢地板，机械发出摩擦的尖啸声。皮卡漂移了半秒才停下。"估计淹死在一箱酒里了，肯定。"

"我不记得杜德很能喝。"维吉尔把空酒瓶扔出窗外，从地上的棕色纸袋里又抽出一瓶。他用门锁撬开酒瓶，啤酒被刚才的颠簸折腾得够呛，泡沫立刻涌到他的手上。

"哪个驼子不喝酒？"弗兰克林睿智地说。他朝窗口吐了一口痰，发现车窗没摇下来，只好拿衬衫袖子擦了擦遍布刮痕的肮脏玻璃。

"咱们去找他。别是出什么事了。"

他歪歪扭扭地倒车兜了个大圈子，车子停下时，后挡板在最新一堆加入林苑镇的累积废弃物的垃圾上方直晃荡。弗兰克林关掉引擎，寂静忽然压了下来。除了海鸥永不停止的叫声之外，垃圾场再没有其他响动了。

"真他妈的静。"维吉尔嘟囔道。

两人钻出卡车，绕到车后。弗兰克林解开 S 形锁扣，后挡板砰的一声落下去。在垃圾场另一头吃东西的海鸥群如乌云般轰然起飞，嘎嘎叫着责备他们。

他们一言不发地爬上车斗，把屎货噼里啪啦地卸下来。绿色塑料袋旋转着飞进空中，落地时纷纷炸开。两人早就做惯了这件事。他们是小镇里游客很少见到（或愿意见到）的那一部分：首先，小镇居民很有默契地对他们视而不见，其次，他们也进化出了自己的保护色。假如在路上遇到弗兰克林的皮卡，那辆车在你的后视镜里一消失，你就会即刻忘掉它。要是不巧瞥见他们窝棚的铁皮烟囱向十一月的苍白天空释放铅笔勾线般的青烟，你只会当它根本不存在。若是你在坎伯兰遇见维吉尔怀抱棕色纸袋装的福利伏特加走出救济站，你会说声你好，可一转头就不记得自己刚才和谁打了招呼；那张脸很面熟，但你就是想不起来他叫什么。弗兰克林的哥哥是德雷克·鲍定，里奇·鲍定的父亲（里奇正是最近下台的斯坦利街小学之王），德雷克几乎忘了弗兰克林还活着，而且依然住在镇上。他早就超过了黑羊 ① 的阶段，完全变成了灰色。

倒空车斗，弗兰克林踢飞最后一个罐子——当啷！——提了提绿

---

① 指家庭或其他集体中令人不满或名誉不好的成员。

色工装裤。"咱们去找杜德。"他说。

两人爬下卡车，维吉尔被自己的生皮鞋带绊了一下，重重地坐在地上。"老天，做这鞋的连个半吊子都不够格。"他口齿不清地嘟囔道。

他们穿过场地，走向杜德的油布窝棚。门关着。

"杜德！"弗兰克林咆哮道，"嘿，杜德·罗杰斯！"他砸了一下门，整个棚子都为之颤抖，门内侧的搭扣小锁被拽脱，门摇摇晃晃地自己开了。棚子里空无一人，却充满了恶心的汗臭味，两人面面相觑，做个鬼脸：这对酒场老将闻过的霉味种类可谓不计其数。弗兰克林一瞬间回忆起在坛子里存放多年的泡菜，最后连渗出来的液体都变成了白色。

"婊子养的，"维吉尔说，"比坏疽还难闻。"

可是，窝棚里却整洁得让人诧异。杜德的换洗衬衫挂在床上方的钩子上，开裂的厨房椅子推到桌前，帆布床整理得符合军队标准。那罐红漆搁在门背后的一叠报纸上，边缘还有新近挂上的漆滴。

"再不走我就要吐了。"维吉尔说。他的脸色白中泛绿。

弗兰克林的感觉不比他更好，他后退一步，关上房门。

他们打量着垃圾场，荒无人烟，萧瑟宁静，就像月球上的山脉。

"他不在，"弗兰克林说，"估计在后面林子里什么地方，躺在哪儿回魂呢。"

"弗兰克？"

"什么？"弗兰克林暴躁地说。他的好脾气用完了。

"门是从里面闩好的，他不在屋里，该怎么出去啊？"

弗兰克林一惊，他转身望向窝棚。从窗户爬出来呗，他想这么说，但没能说出口。所谓的窗户只是油布上的一块切口，用耐风雨的塑料钉牢；更何况窗户也不够大，脊背隆起的杜德无论如何也钻不出来。

"随他便，"弗兰克林粗着嗓门说，"他不肯和咱们分享，那就去他妈的吧。咱们走。"

两人回头走向皮卡，弗兰克林觉得有些东西正在渗过醉意构成的保护膜，他以后不会记起来，也不会愿意记起：一种毛骨悚然的感觉，感觉到此处有什么东西发生了恐怖的改变。就好像垃圾场拥有了心跳，缓慢归缓慢，但充满了可怕的生机。他忽然想以最快速度离开这里。

"没瞅见老鼠。"维吉尔突然开口。

视线所及范围内，一只老鼠也没有，能看见的只有海鸥。弗兰克林努力回忆，想找到一次送屎货来垃圾场但没有见到老鼠的经历。但却找不到。他也不喜欢这一点。

"准是放了毒饵，弗兰克，对吧？"

"别说了，走吧，"弗兰克林说，"咱们快他妈的走。"

7

晚餐过后，医生放本上楼探望麦特·伯克。会面没多久就结束了；麦特正在睡觉。氧气罩已经取走了，护士长说伯克明早肯定会醒，可以短时间见见访客。

本觉得伯克的面容很憔悴，苍老得让他不忍心看，第一次显得像是老人的面容。伯克静静地躺在床上，脖子上的赘肉从病号服里挤了出来，他显得那么脆弱，那么没有防备。假如那些事情都是真的，本心想，伯克，医护人员可帮不了你。假如那些都是真的，那我们就被困在不信鬼神的大本营里了，这里处理噩梦的手段是来苏水、柳叶刀和化疗，而不是木桩、圣经和欧石楠。他们安于使用生命支持系统、皮下注射器和装满硫酸钡溶液的灌肠包。真理的支柱已经有了漏洞，而他们既不知道也不想知道。

他走到床头，用手指轻轻地把麦特的头部拨过去。颈部皮肤没有印痕；他的血肉不会遭到天谴。

本犹豫片刻，然后走过去打开壁橱。麦特的衣物挂得整整齐齐，苏珊探访时见到他佩戴的那枚十字架吊在壁橱门的内把手上。在房间柔和的灯光下，固定十字架的俗气链条微微闪光。

本将十字架拿到床边，套在麦特的脖子上。

"喂，你在干什么？"

护士端着一壶水和便盆进来，便盆的开口很有礼貌地盖着一块毛巾。

"把十字架套在他脖子上。"本答道。

"他是天主教徒？"

"现在是了。"本严肃地说。

8

夜幕降临，有人轻轻敲响深沟路上索耶家的厨房门。邦妮·索耶带着一丝轻笑前去开门。除了腰际的花边短围裙和脚上的高跟鞋，她什么都没穿。

打开门，科里·布莱恩特不由瞪大了双眼，下巴险些摔在地上。"邦，"他说，"邦……邦……邦妮？"

"什么事呀，科里？"她不怀好意地抬起手放在门柱上，把赤裸的双乳提到最傲然挺立的角度。与此同时，她故作端庄地交叉双足，向他展示自己的两条长腿。

"上帝啊，邦妮，要是碰上——"

"电话公司的小伙子？"她咯咯一笑，拉起科里的一只手，放在坚实的右乳上，"来抄表的吗？"

他含着绝望咕哝了一声（仿佛溺水的人第三次没顶，手里抓着的不是干草而是胸部），把邦妮搂进怀里。他用双手抓住她的臀部，浆硬的围裙在两人挤压下发出脆响。

"天哪，"她在科里怀中蠕动着，"电话先生，你是不是要试试我的听筒？我一整天都在等一个重要的电话——"

科里抱起邦妮，伸脚关上背后的房门。邦妮不需要指点卧室的方向，科里已是熟门熟路。

"你确定他不会回家？"他问。

邦妮的双眼在黑暗中闪烁着。"咦，电话先生，你说的是谁呀？不是我那位英俊的夫君吧……他去佛蒙特州的伯灵顿了。"

科里把她横放在床上，两条腿从床边垂下来。

"开灯，"她的声音忽然变得缓慢而凝重，"我要看清楚你在干什么。"

科里打开床头灯，低头看着她。围裙已经被扯到一旁，她的眼神慵懒而温暖，瞳仁大而闪亮。

"脱掉那个。"他打个手势。

"你自己动手，"她说，"电话先生，自己弄清楚怎么解开那个结。"

他弯腰去解围裙。邦妮总让他感觉自己是第一次踏上本垒板的孩子，嘴里发干，双手一靠近她就开始颤抖，仿佛她的肌肤朝着周围放射强大的气流。她一直没有完全离开过科里的脑海，驻扎在那里的架势就仿佛嘴里的一处伤口，你忍不住要用舌头去碰、去舔。她甚至在科里的梦境里放肆淫乐，皮肤闪着金光，兴奋不能自已。她的创造力没有边际。

"不行，要跪下，"她说，"跪下，服侍我。"

科里笨拙地跪下，爬向邦妮，伸手去摸围裙系带。邦妮把穿着高跟鞋的双足搁在他的两肩上。科里俯首亲吻她的大腿内侧，唇下的肌肤紧实而温暖。

"这就对了，科里，这就对了，接着往上，往——"

"啊哈，感觉不错吧？"

邦妮·索耶叫了起来。

科里·布莱恩特抬起头，又是惊讶又是困惑。

雷吉·索耶靠在卧室门框上，手持双筒霰弹枪，枪身松松垮垮地悬在另一条胳膊的前臂外，枪口指着地板。

科里没控制住膀胱，一股暖流冲了出来。

"原来不是胡扯啊。"雷吉诧异地说。他走进房间，面带微笑。"真是没想到。这下我欠米奇·西尔维斯特那醉鬼一箱百威了。该死。"

首先恢复说话能力的是邦妮。

"雷吉，听我说，不是你想的那样。是他，他闯了进来，像个疯子一样，他，他——"

"婊子，闭嘴。"雷吉笑容丝毫不减，笑得很温和。雷吉块头很大，仍旧穿着两小时前邦妮和他吻别时的那身铁灰色套装。

"听我说，"科里怯生生地说，他嘴里装满了喷涌而出的唾液，"求你了，别杀我。就算我活该也别杀我。你不想进监狱吧，不值得啊。揍我一顿好了，我准备好了，但千万别——"

"起来，佩里·梅森①，别跪着了，"雷吉·索耶脸上还是那种温和的笑容，"你的拉链开了。"

"听我说，索耶先生——"

"哎，叫我雷吉好了，"雷吉温和地笑着说，"咱们大概算是最亲密的好伙伴了。我险些就看见你干那事的样子了，对吧？"

"雷吉，不是你想的那样，他强奸我——"

雷吉看着邦妮，笑容既温和又真诚。"多说一个字，我就把这东西捅到你嘴里，让你尝尝航空特快什么滋味。"

邦妮开始呻吟，脸色仿佛原味酸奶。

"索耶先生……雷吉……"

"你姓布莱恩特对吗？彼得·布莱恩特的儿子？"

科里疯狂点头表示没错："是的，对，就是这样。听我——"

"我替吉姆·韦伯开车那会儿，经常卖给他二号燃油，"想起往事，雷吉温和地笑着说，"那是我遇到这个骚婊子前四五年的事情。你爹知道你来这儿吗？"

"不知道，先生，他会伤透心的。你可以随便揍我，我活该，但要是杀了我，我爸知道了肯定会活活气死，那时候你就有两条人命——"

"不会，我敢打赌他不会知道的。跟我去客厅谈几句。咱们不动粗，来吧。"他温和地对科里笑着说，让科里知道他不想伤害对方；然后，他扫了一眼邦妮，后者鼓着眼睛凝视他。"骚货，你给我好好

---

① 佩里·梅森（Perry Mason），美国作家厄尔·史丹利·贾德纳笔下的律师神探。

待着，否则就永远不会知道《秘密风暴》①的结局了。布莱恩特，你跟我来。"他用霰弹枪比划了一下。

科里领头走进客厅，脚步有些踉跄，他感觉双腿如橡胶。两边肩胛之间的一处地方痒得难受。这就是他打算射击的地方，他心想，就在两肩之间。不知我能不能撑到看见自己的内脏涂满墙壁——

"转过来。"雷吉说。

科里转了过来。他开始痛哭流涕。他也不想这样，但就是忍不住。哭不哭也无所谓了，反正他已经尿湿了裤子。

霰弹枪不再随随便便搭在雷吉的前臂上。两根枪管直直地对准了科里的脸膛。枪口似乎在膨胀和长大，最后变成两个无底深井。

"你知道你干了什么吗？"雷吉问。笑容消失了，他的脸色非常严肃。

科里没有回答。这是一个愚蠢的问题，他只顾哭个不停。

"你睡了另外一个人的老婆，科里。你的名字是科里对吧？"

科里点点头，泪水在面颊上汩汩而下。

"知道被捉奸会有什么下场吗？"

科里点点头。

"抓住枪管，科里。很容易的。扣动扳机要五磅力，我现在只出了三磅。你就假装……假装在捏我老婆的奶子好了。"

科里伸出一只颤抖的手，放在枪管上。手掌发烫，金属很凉。他从喉咙深处发出痛苦的哀鸣。全完了，恳求的时间已经过去。

"放进嘴里，科里。两根枪管都放进去。对，就是这样。慢点儿！……这样就好。不错，你嘴巴挺大。给我往里捅进去，你知道怎么捅进去，对吧？"

科里的两颌张大到了极限。霰弹枪的枪管几乎抵到了上颚，惊恐不安的胃部跃跃欲呕。贴着牙齿的枪管油乎乎的。

"闭上眼睛，科里。"

科里只能瞪着他，满是泪水的双眼大如茶碟。

---

① 《秘密风暴》(*Secret Storm*)，美国肥皂剧，从 1954 年播放到 1974 年。

雷吉又露出那种温和的笑容："科里，闭上你淡蓝色的眼睛。"

科里闭上了眼睛。

肛门括约肌松开了。他只是极模糊地意识到这一点。

雷吉同时扣动两个扳机。击锤落在空荡荡的弹仓上，发出咔咔两声。

科里倒在地上，昏迷如死人。

雷吉低头看了他几秒钟，温和的笑容始终不减，收起霰弹枪，枪托朝上。他转身走向卧室。"邦妮，我来了。不管你有没有准备好。"

邦妮·索耶开始尖叫。

9

科里·布莱恩特沿着深沟路跌跌撞撞走向电话公司卡车停放的地方。他臭烘烘的，两眼充血，眼神呆滞。他后脑勺起了个大包，那是他昏倒时在地板上撞的。靴子在柔软的路肩上蹭出嘁嘁的拖拽声。他努力把思路集中在嘁嘁的声音上，尽量不去想别的，特别是自己的人生如何突然急转直下。现在八点一刻。

把科里赶出厨房门的时候，雷吉·索耶依然满脸温和的笑容。邦妮痛苦的啜泣声持续不断地从卧室传来，衬托着雷吉的声音。"现在，给我当个乖孩子，沿着马路往上走。爬进你的卡车，回镇上去。十点差一刻，从路易斯顿到波士顿的巴士经过本镇，到了波士顿，换辆车，全国哪儿都到得了。巴士在斯潘塞的店门口停。你要上车。因为再让我见到你，我就宰了你。她不会有事，现在乖乖的了。只是接下来几个星期只能穿长裤和长袖衬衫出门，不过我没碰她的脸。你呢？先给我滚出撒冷林苑镇，然后再弄干净自己，开始当自己是个男人。"

于是，此刻他沿着马路往上走，即将不折不扣地执行雷吉·索耶的吩咐。到了波士顿，他打算往南走……随便去南方哪儿。他在银行里有一千多块存款，母亲经常说他生性节俭。他可以打电报要家里人汇款，靠这笔钱生活一阵子，直到找到工作，同时在接下来的几年间努力忘记今夜的事情：枪管的味道，拉在裤子里的屎尿恶臭。

"你好，布莱恩特先生。"

科里憋出一声惊叫，发狂般地瞪着暗处，刚开始他什么也看不见。风穿梭于林木之间，阴影在路面上跳跃舞动。他的眼睛忽然辨认出一个比较坚实的阴影，那个影子站在马路和卡尔·史密斯家屋后牧场之间的石墙前。阴影形状类似人类，但有什么地方不对劲……什么地方……

"你是谁？"

"一位见多识广的朋友，布莱恩特先生。"

那东西的形状发生变化，从阴影中走了出来。在微弱的光线下，科里看见了一位中年男人，他留黑色唇髭，双眼深陷，眼神明亮。

"你遭受了不公的虐待，布莱恩特先生。"

"你怎么知道我的事情？"

"我知道很多事情。知道事情就是我的本行。抽烟吗？"

"谢谢。"他感激地接过香烟，塞在双唇间。陌生人替他点烟，在木杆火柴带来的亮光中，他发现陌生人的颧骨很高，像斯拉夫人，前额颜色苍白，瘦骨嶙峋，黑色头发梳向脑后。火光熄灭，科里狠狠吸了一口辛辣的香烟。欧洲烟，很冲，但总比没有强。他稍稍冷静了一些。

"你是谁？"他又问了一声。

陌生人哈哈大笑，嘹亮而圆润得令人吃惊的笑声在微风中回荡，宛如香烟飘出的烟气。

"名字！"他说，"哈，美国人总是执着于名字！因为我叫比尔·史密斯，所以你肯买我的汽车！吃这个名字的东西！看电视上的那个名字！要是能让你宽心，那我就告诉你吧，我叫巴洛。"他再次放声大笑，两眼闪闪发光、熠熠生辉。科里感觉到笑意逐渐爬上嘴角，他自己都不敢相信会这样。与这双黑眼睛里的嘲讽笑意相比，他的麻烦事仿佛远在千里之外，毫无重要性可言。

"你是外国人，对吧？"科里问。

"我来自许多地方；然而在我看来，这个国家……这个镇子……却住满了外国人。明白我的意思吗？嗯？嗯？"他再次迸发出宏亮的沛然笑声，科里不由自主地也跟着笑了起来。笑声被全身心的压力从喉咙口挤出来，因为迟到的歇斯底里而有点尖细。

"外国人，是啊，"他继续道，"美丽、迷人的外国人，生机盎然，充满了血气和活力。布莱恩特先生，你知道你的国家和你这个镇子的人民有多么美丽吗？"

科里只顾咯咯直笑，稍微有些不好意思。他无法将视线从陌生人的脸上移开。陌生人的脸吸引住了他的视线。

"这个国家的人民，不懂什么是饥饿或渴求。上次有人体验到与之类似的感觉已经是两个世代以前了，即便在当时，那也不过是远处房间传来的细小回声。他们认为他们懂得悲伤，但仅仅是孩子在生日宴会时把冰激凌掉在草地上的悲伤。他们没有……英语怎么说来着？……被驯化。他们带着无限活力互相伤害。你能相信吗？你明白了吗？"

"我明白了。"科里说。望进陌生人的双眼，他看见了许多东西，这些东西每一样都那么美好。

"这个国家是个令人赞叹的矛盾体。在其他地方，一个人要是每天都吃得很饱，他会长胖……会昏昏欲睡……像一头猪。但在这片土地上……你变得越来越贪婪。明白吗？比方说索耶先生。他拥有那么多东西，却连几粒面包渣都不肯分给你。真和生日宴会上的孩子一样，就算自己吃不下了，也要推开别的孩子。难道不是这样吗？"

"是的。"科里说。巴洛的双眼那么大，那么充满同情。这就是一个……

"这就是一个视角的问题，对吧？"

"对！"科里叫道。这位先生点中了最正确、最准确、最精确的词语。香烟不知不觉地从指间滑落，掉在路面上闷烧着。

"我大可以绕过你们这么一个乡村社区，"陌生人陷入沉思，"我大可以去一个拥挤的大城市。呸！"他忽然昂首挺立，两眼放光。"我对城市有什么看法？很容易在过马路的时候被车子压死！很容易被肮脏的空气呛住！要和狡诈、愚蠢的浅薄人物打交道，他们关心的事情都……英语怎么说来着？仇视？……对，都不利于我。我这么一个可怜的乡下人，怎么应付得了大城市的空虚和世故……甚至是美国的城市？不行！坚决不行！我唾弃你们的城市！"

"没错！"科里悄声附和。

"所以我来了这里，来了这个镇子。把这里介绍给我的那个聪明人，他当初也住在镇上，可惜已经去世了。这里的百姓仍旧富足，仍旧血气旺盛，内心填满了侵略性和黑暗，足以……足以……英语里没有合适的词语：Pokol、vurderlak、eyalik。你跟得上我的思路吗？"

"能。"科里轻声说。

"这里的人还没有切断来自大地母亲的生命力，只是裹上了钢筋水泥的外壳。他们把手插进生命的羊水里，硬生生夺走大地的生命，完完整整，带着心跳的生命！难道不是这样？"

"是的！"

陌生人和善地嘿嘿一笑，伸手按住科里的肩头。"你是个好孩子。优秀、强壮的好孩子。你应该不想离开这个完美的小镇吧？"

"不想……"科里耳语道，但他忽然起了疑心。恐惧去而复来，但恐惧有什么重要的呢？这位先生不会允许他受到任何伤害。

"那你就不会离开了，永远不会。"

科里站在那里，两脚像是生了根，全身颤抖，看着巴洛的头部渐渐靠近。

"准你向肆意浪费他人渴求之物者复仇。"

科里·布莱恩特没入遗忘之大河，河名岁月，其色血红。

10

九点钟，固定在医院墙壁上的电视即将播放周六夜的电影，本病床旁的电话响了。来电者是苏珊，她的声音濒临失控边缘。

"本，弗洛伊德·蒂比茨死了。昨天半夜死在了牢房里。科迪医生说是急性贫血——但我和弗洛伊德好过！他有高血压，所以军队才不肯要他！"

"别着急。"本坐了起来。

"还没完呢。弯道区有户姓麦克杜格尔的人家。他们家十个月大的孩子死了。警察把麦克杜格尔夫人带走关了起来。"

"知道婴儿怎么死的吗？"

"我母亲说埃文斯夫人听见珊德拉·麦克杜格尔在尖叫，过去看是怎么一回事，埃文斯夫人给普罗曼老医生打了电话。普罗曼什么也没说，但埃文斯夫人告诉我母亲，她看不出孩子有任何异样……除了他死了。"

"麦特和我这对神经佬凑巧都不在镇上，而且都动弹不得，"本更多是在自言自语，"简直像安排好的。"

"还有呢。"

"什么？"

"卡尔·福尔曼失踪了。迈克·莱尔森的尸体也是。"

"只可能是那个了，"他听见自己在说，"没有别的解释。我明天就出院。"

"这么快？他们肯放你走吗？"

"这事情容不得他们决定，"他心不在焉地答道，脑子早就跑向另外一个话题了，"你有十字架吗？"

"我？"苏珊似乎吃了一惊，觉得有点好笑，"老天，没有。"

"我不是在和你开玩笑，苏珊——我这辈子都没这么严肃过。这个时间你能从任何地方弄到十字架吗？"

"呃，玛丽·鲍定。我可以走到——"

"不行，别上街。留在家里。自己做一个，就算把两根木棍粘在一起也行。放在床头。"

"本，我还是不敢相信。或许有什么疯子会以为自己是吸血鬼，但——"

"随你相信什么都行，但千万要做十字架。"

"可是——"

"做一个好吗？就当逗我开心了？"

苏珊不情愿地答道："好吧，本。"

"明天上午九点左右来医院，行吗？"

"行。"

"那好。到时候咱们上楼找麦特通报情况。然后你和我去找詹姆斯·科迪医生聊聊。"

苏珊说："本，他会把你当疯子看的。知道吗？"

"我想我知道。但天黑后感觉起来很真实，不对吗？"

"是啊，"苏珊轻声答道，"上帝啊，是的。"

不知为何，他想到了米兰达和米兰达的死亡：摩托车在水泊上打滑，倒地向前滑行，米兰达的尖叫声，他自己愚蠢的恐慌，卡车的侧面越来越近，他们正正地撞了过去。

"苏珊？"

"嗯？"

"好好保重，求你了。"

她挂断电话，本把听筒放回原处，呆呆地看着电视机，几乎没有意识到多丽丝·戴和洛克·哈德逊合演的喜剧已经开始了。他身旁没有十字架。他的视线溜向窗口，窗外唯有苍茫夜色。就像孩子害怕黑暗那样的古老恐惧悄然爬遍全身，他望着多丽丝·戴在电视里给长毛狗洗泡泡浴，陷入无尽的恐惧。

11

波特兰县的停尸房是个消过毒的冰冷房间，上上下下全贴着绿色的瓷砖。地板和墙壁是统一的中等绿色，天花板颜色略淡。墙上嵌着许多四方形的钢门，形状就像放大的车站投币储物柜。平行的长排日光灯管向所有东西投下淡漠的无色光线。房间的装饰不可能让人心情愉快，但此处的住客从来不会抱怨。

　　周六晚上十点差一刻，两名值班人员推来一具蒙着罩单的尸体，这位年轻的同性恋在市中心的酒吧里被人枪杀。这是他们今晚收到的第一具尸首；丧命于高速公路的通常在凌晨一点到三点进门。

　　巴蒂·巴斯康正在讲关于阴道除臭喷剂的法国人笑话，一句话说到半截，他忽然停下，直勾勾地瞪着姓氏以 M 到 Z 开头的那一排柜子：其中有两个被拉开了。

　　他和鲍勃·格林伯格放下新推进来的尸体，赶忙走了过去。巴蒂站在第一扇柜门前，瞥了一眼门上的名签，鲍勃走向另一扇柜门。

蒂比茨，弗洛伊德·马丁
性别：男
收容日期：七五年十月四日
验尸日期（计划）：七五年十月五日
签字人：J.M. 科迪，医学博士

　　他抓住门内侧的把手猛地一搋，轮脚上的平板无声无息地滑了出来。

　　空的。

　　"嘿!"格林伯格抬头对他喊道，"他妈的是空的。这种玩笑也——"

　　"我今天一直守在桌前，"巴蒂说，"没有人从我身边经过。我敢发誓。肯定是卡蒂当班的时候搞的名堂。你那个叫什么名字?"

　　"麦克杜格尔，兰道尔·弗雷图斯。inf. 缩写是什么意思?"

　　"婴儿，"巴蒂愣愣地答道，"耶稣基督，咱们这下麻烦大了。"

12

　　有什么东西惊醒了他。

他一动不动地躺在黑暗中，听着钟表的滴答声，眼睛盯着天花板。

声响，异常的声响。但屋子静悄悄的。

又来了。刮擦声。

马克·皮特里翻了个身，望向窗外：玻璃的另一边，丹尼·格立克正在盯着他，肤色惨白如尸体，双眼血红似野兽。他的嘴唇和下巴染了某些黑色的东西，发现马克投来视线，他粲然一笑，露出变得又长又尖的恐怖獠牙。

"让我进来。"一个声音耳语道，马克无法确定这几个字是穿透黑暗飘进了耳朵，还是仅仅存在于他的脑海中。

他开始觉察到内心的恐惧：身体的反应先于意识。他从未这样害怕过；上次在波汉海滩从浮码往岸边游的路上他两腿抽筋，以为就要淹死了，他当时也没有这么害怕过。他的意识尽管有许多方面仍旧稚气未脱，但此刻仅仅几秒钟就对处境做出了准确的判断。他面临的危险不止死亡这么简单。

"让我进来，马克，我要和你一起玩。"

窗外的丑恶怪物没有驻足之处，马克的房间在二楼，窗外没有壁架；但不知怎的，它悬浮在半空中……也可能像夜行昆虫似的攀附于木瓦之上。

"马克……我终于来了，马克，求你了……"

对了，他们必须得到邀请才能进屋。马克从怪物杂志上读到过这个细节，他母亲总害怕那些杂志会危害身心，让他走错路。

他爬下床，险些跌倒。直到这一刻，他才明白"害怕"这个字眼实在过于温和。就连"恐惧"也不能形容此刻的感受。窗外的惨白面孔试图微笑，但那个怪物浸淫于黑暗太久，已经忘记该怎么笑了。落入马克眼中的是一副不停抽搐的怪相：嗜血、僵硬，真是悲惨。

可是，假如往那双眼里看，感觉并不糟糕。假如往那双眼睛里看，你将不再那么害怕，你会明白，需要做的只是打开窗户说一声"进来吧，丹尼"，然后你就一点儿也不害怕了，因为你将与丹尼友好相处，与他们所有人友好相处，与他友好相处。你会——

停下！他们就是这么诱你入套的！

他拼命避开眼神，这个动作耗尽了他的全部意志力。

"马克，让我进来！我命令你！他命令你！"

马克又开始走向窗口。他无法阻止自己，无法抗拒那个声音。他靠近玻璃窗，外面邪恶的男童脸孔因为渴望而不住抽搐、扭曲。被泥土染黑的指甲拼命抓挠窗户。

想办法，快！快想！

"雨，"他用沙哑的声音悄声说，"西班牙的雨主要落在平原地区。他徒然敲打廊柱，依然坚称他看见了鬼魂。①"

丹尼·格立克带着呜呜的声音说："马克！开窗！"

"贝蒂·比特买了一些黄油——"

"开窗，马克，他命令你！"

"——但是贝蒂说，黄油是苦的。"

他的意志力越来越弱。对方的低语正在刺透他筑起的屏障，命令的口吻不容抗拒。马克的眼神落在堆满怪物模型的桌子上，此刻看起来多么乏味，多么愚蠢——

视线忽然锁定了模型群落的一部分，双眼微微睁大。

塑料食尸鬼正在穿越塑料墓园，有块墓碑做成十字架的形状。

他没有停下来思前想后和斟酌利弊（这都是成年人会采取的行动，比方说他的父亲，而这两条路都会毁了他），马克一把抓起十字架，紧紧地攥在手心里，然后大声说："那么，就请进吧。"

那张脸上顿时充满了奸诈和狂喜。窗户缓缓拉起，丹尼爬进房间，向前走了两步。他张着嘴，呼出的恶臭超乎想象：那是万人冢的气味。鱼肚白颜色的冰冷双手落在马克的两肩上。头部如野狗般昂起，上嘴唇被闪闪发亮的犬齿顶开。

马克使出浑身力气，把塑料十字架猛地贴在丹尼·格立克脸上。

丹尼的尖叫太可怕了，不属于人间……但这个声音没有实质，仅仅回荡于马克大脑的回廊中、灵魂的斗室里。曾经是格立克的怪物原

---

① 这句和以下马克的自言自语均是英语中的绕口令。

本满脸凯旋的笑容，此刻被痛苦刺激得张大嘴巴，面容扭曲成一个鬼脸。惨白的肌肤喷出浓烟，它蠕动身躯，半跃半跌地飞出了窗口，就在离开前的那个瞬间，马克感觉到它的血肉如烟雾般消散。

一切都结束了，就仿佛从未发生过。

但十字架发出刺眼的光芒，仿佛被引燃了内部的导火索；隔了几秒钟，它渐渐暗下去，在马克眼中留下蓝色的残影。

透过地板上的格栅，他听见父母卧室里的台灯咔嗒一声拉亮，继而传来父亲的声音："他妈的什么声音？"

13

两分钟后，卧室门砰然打开，这段时间足够让马克把房间恢复原状。

"小子？"亨利·皮特里音调柔和，"你醒着吗？"

"大概吧。"马克睡意全无地答道。

"做噩梦了？"

"呃……我想是的，我不记得了。"

"你在梦中大喊大叫——"

"对不起。"

"哎，这有什么对不起的。"他犹豫片刻，想起儿子早些年的样子：穿蓝色连体服，更麻烦，但也更容易理解。"要喝杯水吗？"

"不用了，谢谢。"

亨利·皮特里扫了两眼儿子的房间，他无法理解惊醒时体验到的那种悚然惊惧感，这感觉迟迟不肯离开：那是灾祸一英寸一英寸悄悄爬近的冰冷感觉。是啊，一切看起来都挺正常的。窗户关着。没有什么被碰倒。

"马克，有什么不对头的吗？"

"没有。"

"呃……那么，晚安。"

"晚安。"门轻轻关上，父亲踩着拖鞋下楼去了。马克听凭解脱感和延宕反应夺去他的行动能力。换了成年人，此刻多半会歇斯底里发作，年纪更小或更大的孩子大概也不例外。马克却感到恐惧感以难以觉察的速率渐渐抽离身体，类似于在某个凉爽的日子游完泳后让风吹干身子。恐惧腾出的位置渐渐被睡意占据。

彻底睡着之前，他发觉自己又在思索成年人的独特之处。他们用轻泻剂、酒精和安眠药驱赶恐惧，享受睡梦，他们的恐惧总是那么无趣，那么普通：工作；金钱；要是我不能给詹妮买身好衣裳，老师会怎么想；老婆还爱我吗；谁是我的朋友——实在太没意思了，怎么比得上孩子关灯后躺在床上与之共眠的恐惧？孩子只肯向其他孩子坦白，寻求完全而彻底的理解。有些孩子每个夜晚都必须应付床底和地下室里的怪物，应付恰恰在视线不可及之处瞪视、跃动、威胁他们的怪物，也没听说有什么集体疗法、精神病医师或社会服务工作者来帮助他们。孤单的战争每夜上演，唯一的治愈手段是想象力的最终枯竭，又称"长大成人"。

这些念头以更简短的表达方式掠过马克的脑海。前一天夜里，麦特·伯特也正面接触了这么一个黑暗邪物，结果被惊吓引发的心脏病突发击倒；今夜，马克·皮特里遭遇了同样的事件，但十分钟后他就安然入梦，右手松垮垮地抓着塑料十字架，仿佛幼童攥住拨浪鼓。这就是男人和男孩的区别。

第十一章 本（之四）

1

周日早晨阳光明媚，上午九点过十分，本对苏珊的担忧正变得越来越认真，床头的电话响了起来。他一把拿起听筒。

"你在哪儿？"

"放松。我在楼上和麦特·伯克在一起。如果你能动弹的话，他恳请您大驾光临他的病房。"

"你怎么没来——"

"我早就来看过你了。你睡得跟只小羊羔一样。"

"他们昨天夜里给我用了强效镇静剂，好偷器官移植给身份不明的亿万富翁病人，"他说，"麦特怎么样？"

"上来自己看吧。"苏珊说。没等她挂断电话，本已经开始穿袍子了。

2

麦特看起来好多了，模样甚至年轻了几岁。坐在床边的苏珊穿着亮蓝色的连衣裙。看见本走进房间，麦特举起手行了个礼："搬块石头过来坐。"

本拽过一把不舒服得可怕的医院椅子坐下："感觉如何？"

"好多了。还很虚弱，但好多了。护士昨天夜里停了输液，早晨允许我吃了个水煮蛋。恶心。这是在让我预习敬老院的生活。"

本轻轻亲了亲苏珊，在苏珊的脸上看到了强行扮出的镇定，五官像是被细铁丝扎在一起的。

"从你昨晚打电话到现在，有新进展吗？"

"我没听说有。不过我七点钟就出家门了，林苑镇每逢周日总是醒得比较晚。"

本的视线移向麦特："你想谈谈这件事情吗？"

"嗯，我想是的，"麦特答道，稍微动了动身子，本挂在他脖子上的十字架大放金光，"顺便说一句，谢谢你给我戴十字架。很有安慰效果，尽管它只是周五下午在伍尔沃斯店里买的清仓货。"

"你情况如何？"

"'已稳定'，昨天下午晚些时候，年轻的科迪医生检查时用了这个可厌的术语。按照他给我做的心电图，只是一场不成气候的心脏病发作……没有形成血栓。"他哼了一声。"希望如此，免得他自己遭殃。一个星期前他才给我检查过身体，按说我可以因为背约告得他把文凭从墙上卸下来。"他忽然停下，直直地看着本。"他说他见过类似的病例，由巨大的惊吓引起。我把嘴闭得紧紧的，这样做没错吧？"

"非常正确。但事态又有发展。苏珊和我打算今天去见科迪，把前因后果全告诉他。他要是不肯当场签字效忠于我，我们就打发他来找你。"

"我会狠狠羞辱他的，"麦特恶声恶气地说，"拖鼻涕的龟孙子不让我抽烟斗。"

"苏珊有没有告诉你从周五夜里开始镇上都发生了哪些事情？"

"没有，她说要等三个人聚齐了再说。"

"听她说之前，你先详细讲讲你家里出了什么乱子，行吗？"

麦特的脸色阴沉下来；有那么几秒钟，正在康复的好脸色缩了回去。本再次见到了前一天的那个沉睡老人。

"如果你还没准备好——"

"不，我当然准备好了。只要我的猜测有一半正确，我就必须说出来，"他露出苦涩的笑容，"我一向认为自己思想开放，不容易受惊吓。多有趣啊，大脑遇到了不喜欢或认定有威胁的东西，会用上多大的力气去屏蔽它。和咱们小时候玩的魔术画板一样，你不喜欢你画的东西，把顶上那层揭起来就全都消失了。"

"但线条会永远留在底下的黑色填料上。"苏珊说。

"是啊，"麦特对苏珊笑笑，"这个隐喻真不赖，说透了意识和潜意识的相互作用。弗洛伊德只喜欢用洋葱打比方，太可惜了。不好意思，离题了。"他看着本。"你听苏珊说过了吗?"

"是的，但——"

"没关系，我只是想知道能不能略过背景介绍。"

他用近乎不含感情的单调语气讲述经过，只在护士轻手轻脚进来问他要不要喝姜汁汽水的时候停了一次。麦特说要是能喝一杯汽水那可就太好了。他娓娓道来，不时吸一口杯子里的伸缩式麦管。本注意到，当麦特说到迈克后仰翻出窗户的时候，杯子里的冰块发出了轻微的碰撞声。但他的声音没有动摇，仍旧是那个略带抑扬顿挫的平稳调门，本觉得这多半是麦特上课时的语气。本再次泛起这样的念头：他真是一位值得钦佩的长者。

等他全部说完，三个人有几秒钟谁也不吭一声，最后还是麦特自己打破了沉默。

"就是这些了，"他说，"二位未曾目睹的先生女士，你们怎么看以上的证词。"

"我们昨天就此聊了不少，"苏珊说，"让本告诉你吧。"

本略有些不好意思，他提出一个又一个符合理性的解释，然后挨个推翻。听他说完纱窗是从室外固定的，还有柔软的地面没有梯子留下的印记，麦特鼓起掌来。

"大侦探！了不起！"

麦特又看着苏珊说："诺顿小姐，你呢? 当初写作文总是条理清楚，段落如砖石，主题句如灰浆，你怎么看?"

苏珊低头盯着正在折叠衣角的双手，然后抬起头看着麦特："本昨天给我讲了一通'不可能'这个词的语言学意义，所以我不会再使用这个字眼了。可是，伯克先生，我还是很难相信林苑镇有吸血鬼出没。"

"如果能够安排得不泄露秘密，我愿意接受测谎仪测试。"麦特轻声说。

苏珊的脸红了红。"不，不用——我不是那个意思。我相信镇子里有事情在发生。是……很可怕的事情。可是……吸血鬼……"

麦特伸出一只手，盖在苏珊的手上。"我理解，苏珊，能帮我一个忙吗？"

"只要我做得到。"

"咱们……咱们三个……先假设这一切都是真的。先把假设当事实接受下来，当且仅当被证明错误为止。科学方法，明白吗？本和我已经讨论过检验假设的方法和手段了。没人比我更愿意证明它是错误的。"

"但你并不这么认为，对吗？"

"是的，"麦特轻声说，"我和自己恳谈良久，最终得出了结论：我相信我亲眼所见的。"

"咱们暂且放下相不相信的问题，"本说，"此刻讨论这个没有意义。"

"我同意，"麦特说，"你有什么进一步的打算？"

"呃，"本说，"我任命你担任总研究员。背景决定只有你才适合这个职位。再说你现在卧床不起。"

麦特恶狠狠地瞪着他，与谈起背信弃义的科迪不准他抽烟斗时一样。"等图书馆开门，我打电话找洛芮塔·斯塔奇。她会用推车送来我要的书籍。"

"今天周日，"苏珊提醒他，"图书馆关门。"

"她会为我开门的，"麦特说，"否则看我不烦死她。"

"找到与这个题目有关系的每一份资料，任何东西都不能放过，"本说，"病理学、神话学、心理学，明白吗？所有资料。"

"我会做笔记的，"麦特恼怒地说，"以上帝起誓，我会的！"他打量着本和苏珊。"自从在医院醒来，这是我第一次觉得自己是条汉子。你有什么计划？"

"首先，科迪医生。莱尔森和弗洛伊德·蒂比茨都是他验尸的。

也许能说服他掘起丹尼·格立克的尸体。"

"他会愿意吗?"苏珊问麦特。

麦特先吸了一口姜汁汽水,然后才回答:"我教过的那个吉米·科迪马上就会答应的。那孩子很有想象力,思想开放,非常抗拒'不可能'三个字。经验主义至上的大学和医学院对他有什么影响?这我就不知道了。"

"你们怎么都这么拐弯抹角的?"苏珊说,"特别是冒着被一口回绝的风险找科迪医生。为什么不让我和本直接去马斯滕老宅了结所有的事情?记得上周的日程表原本有这个节目的。"

"让我告诉你为什么不行,"本说,"因为我们现在假设那些猜想是真的。你难道特别愿意把脑袋放进狮子的血盆大口?"

"吸血鬼不是白天睡觉吗?"

"无论斯特莱克是什么角色,他都不是吸血鬼,除非古老的传说错得离谱,"本说,"他在白天经常抛头露面。最好的情况,他像对付非法闯入者那样赶走我们,我们空手而归。最坏的情况,他可以制服我们,把我们留到天黑以后。等漫画伯爵醒来当开胃点心。"

"巴洛?"苏珊问。

本耸耸肩:"为什么不呢?纽约购货之旅的解释太方便了,不可能是真的。"苏珊的眼神仍旧执拗,但她没再多说什么。

"要是科迪笑着赶你走怎么办?"麦特问,"假设他没有立刻叫精神病院来抓你的话。"

"日落时去墓地,"本说,"盯着丹尼·格立克的坟墓。就当是做实验了。"

半躺着的麦特腾地一下坐直:"答应我,本,你会尽量小心,答应我!"

"我们会的,"苏珊安慰麦特道,"我们保证时刻紧握十字架。"

"别开玩笑,"麦特喃喃道,"如果你们见过我看——"他扭过头,望向窗外被阳光晒枯的椴木树叶和晴朗的秋日天空。

"她也许在开玩笑,但我是认真的,"本说,"我们会做足所有预防措施。"

"去找卡拉汉神父，"麦特说，"让他给你弄些圣水……可能的话，再要些圣饼。"

"他那人怎么样？"本问。

麦特耸耸肩。"有点怪。也许是酒鬼。即便是，也是有文化、讲礼貌的那种。改良后的天主教教会也许弄得他不怎么舒服。"

"你确定卡拉汉神父是……确定他酗酒吗？"苏珊惊讶得有些瞪大了眼睛。

"不是百分之百肯定，"麦特说，"但我从前的一名学生，布莱德·坎皮恩，他在雅茅斯一家酒铺子工作，说卡拉汉是他的常客。喜欢喝占边威士忌。品味不错。"

"他这人好说话吗？"本问。

"不清楚，但你必须试试看。"

"这么说，你根本不认识他了？"

"不算认识，反正不熟。他在写新英格兰地区天主教教会史的书，很熟悉所谓黄金年代的诗歌——惠蒂尔、朗费罗、罗素和霍尔姆斯这些人。我去年年末请他给选修《美国文学》的学生讲过课。他思路敏捷，词锋犀利，学生很喜欢他。"

"我去见他，"本说，"凭本能随机应变。"

护士伸进头来看了一眼，点点头，几秒钟过后，吉米·科迪挂着听诊器走进病房。

"骚扰患者该当何罪？"他笑呵呵地问。

"你比他们恶劣一百倍，"麦特说，"我要我的烟斗。"

"想都别想。"科迪心不在焉地说，研究着麦特的心电图。

"该死的庸医。"麦特嘟囔道。

科迪把心电图放回原处，拉上床边头顶C形钢架支起的绿色帐幕。"不好意思，烦请二位回避片刻。米尔斯先生，你的头感觉如何？"

"还行，总之脑浆没漏出来。"

"听说弗洛伊德·蒂比茨的事情了？"

"苏珊告诉我了。你查完房后有没有时间？我想和你谈谈。"

"要是你不反对，我最后去找你。十一点左右。"

"没问题。"

科迪又扯了扯帘子。"现在嘛，还是请你和苏珊——"

"朋友们，咱们这就与世隔绝了，"麦特说，"说出秘密口令，赢取一百美元。"

帐幕将本和苏珊与病床隔开。科迪的声音从帘子上方飘出来："下次给我个机会麻醉你，保证割了你的舌头和一半前额叶。"

本和苏珊对视一笑，正是年轻恋人沐浴着阳光的那种笑容：生活中没什么真正的烦恼；但笑容转瞬即逝。有那么一会儿，两人都在怀疑自己的精神是否正常。

3

吉米·科迪终于走进本的病房时已经十一点二十了，本立刻开口道："我想和你谈谈——"

"先检查头部，然后再谈。"他轻轻分开本的头发，盯着看了一会儿，然后说："会很疼的。"他一把扯掉胶布，本险些跳起来。"这个肿包够瞧的。"科迪像是拉家常似的说，又贴上一块较小的纱布。

他用小手电筒照本的双眼，用橡胶锤敲他的左膝。本忽然想到一个病态的念头：这把小锤是不是也敲过迈克·莱尔森的身体？

"似乎一切都令人满意，"他收起诊断用具，"你母亲婚前姓什么？"

"亚什福德。"本答道。刚清醒过来的时候，医生也问了类似的问题。

"一年级班主任叫什么？"

"珀金斯太太。头发染过。"

"父亲的中名？"

"莫顿。"

"头晕恶心吗？"

"不。"

"闻到古怪的气味，见到奇特的颜色，或者——"

"没有，没有，还是没有。我很好。"

"这得由我决定，"科迪认真地说，"看东西有重影吗？"

"自从上次灌下一加仑雷鸟啤酒以来还没有过。"

"很好，"科迪说，"我宣布，当代医学的奇迹和你天生的硬脑壳治好了你。现在你有什么要说的？蒂比茨和麦克杜格尔家的小男婴，对吧。我只能把告诉帕金斯·吉列斯皮的话重复一遍。首先，我很高兴他们瞒过了媒体；对一个小镇来说，一个世纪出一桩丑闻就足够了。其次，我实在想不出谁会做那么变态的事情。肯定不是本地的。镇上肯定也有怪人，但是——"

他注意到本和苏珊脸上的迷惑神情，停了下来："你们不知道？还没听说？"

"听说什么？"本反问道。

"简直是玛丽·雪莱的小说、鲍里斯·卡洛夫的电影！昨夜有人闯进波特兰的坎伯兰县停尸房，偷走了两个人的尸体。"

"耶稣基督在上。"苏珊的嘴唇艰难地吐出这几个字。

"到底怎么回事？"科迪一下子紧张起来，"你们难道知道什么？"

"我开始真的这么认为了。"本说。

4

他们到十二点十分才讲完所有事情。护士已经给本送来了午餐，餐盘搁在床边，一下也没有碰过。

最后一个音节杳然而逝，透过半开的房门，胃口较好的患者在病房进餐时的刀叉声和玻璃碰撞声传进病房，这是耳边全部的响动。

"吸血鬼。"吉米·科迪说。他想了想："麦特·伯克，偏偏是他。

我就很难一笑置之了。"本和苏珊没有吭声。

"你们请我掘出格立克家的孩子,"他沉思道,"耶稣基督在摩托车挎斗里冲大家挥手呢。"

科迪从包里掏出一个瓶子扔给本,本伸手接住。"阿司匹林,"他说,"吃过吗?"

"吃过很多。"

"我老爸叫它好医生的最佳护士。知道阿司匹林的作用原理吗?"

"不知道。"本茫然转动手里的药瓶,眼睛看着它。他和科迪不熟,不知道科迪平常会表露哪些情绪,隐藏什么念头;但他很确定很少有患者见过科迪的这个样子:诺曼·洛克威尔 ① 笔下人物般的年轻面容笼罩上了沉思和内省的阴云。他不想破坏科迪的心情。

"我也不知道。没人知道。但阿司匹林能治疗头疼、关节炎和风湿病。我们也不了解这些疾病。头为什么会疼?大脑内部并没有神经。我们知道阿司匹林的化学成分很像麦角酸,但为何前者能治头痛,而后者让脑海开满鲜花?部分原因是我们对大脑太不了解。无知就像辽阔的海洋,全世界最优秀的医生也只是站在珊瑚礁上。人类敲打医疗手杖 ②,杀死小鸡,在鲜血里寻找神谕。这在长得令人惊讶的时间内都很有效。白魔法。善巫毒 ③。听我这么说,医学院里的教授们非得拔光头发不可。当初我说我要去缅因州乡下当全科医生,有几位就已经揪过头发了,其中有一个告诉我,马库斯·维尔比 ④ 在节目里永远在挑患者屁股上的脓包。但我从来就不想当马库斯·维尔比。"他笑了笑。"要是听说我申请掘出格立克家的孩子验尸,他们肯定会满地打滚,心脏病发作。"

"你愿意?"苏珊毫无掩饰她的惊讶。

---

① 诺曼·洛克威尔(Norman Rockwell, 1894—1978),美国 20 世纪早期的重要画家及插画家。
② 医疗手杖(medicine stick),印第安人用来驱除恶灵的器具。
③ 善巫毒(bene gris-gris),指巫毒教中的驱邪物品或仪式。
④ 《马库斯·维尔比》(*Marcus Welby*),美国 ABC 电视台的医学电视连续剧,从 1969 年播映到 1976 年。

"能有什么坏处？假如他死了，那就是死了。如果没死，那我下次参加 AMA[1] 大会就有重磅炸弹可扔了。我会告诉县法医说我知道死者有没有传染性脑炎的症状。这是我能想到的唯一合理解释。"

"真会是这种病吗？"苏珊怀着希望问。

"实在很不可能。"

"最快什么时候能动手？"本问。

"最早也要明天。要是不得不到处找人，那就要等到周二或周三了。"

"他会是什么样子？"本问，"我是说……"

"我明白你的意思。格立克家不会给孩子做防腐，对吧？"

"对。"

"时间已经过了一周，对吧？"

"对。"

"棺材打开，多半会冲出一股气体，味道相当令人不快。尸体应该已经发胀。头发长得超过了衣领——头发会在死后相当长的时间内继续生长——指甲也会变长。眼珠肯定已经瘪了。"

苏珊竭力保持科研者的沉着表情，但不怎么成功。本很高兴他没吃午饭。

"尸体还没有开始严重腐烂，"科迪用背书的语气娓娓道来，"裸露在外的面颊和双手由于潮气而更适合微生物生长，有可能长出一种苔藓状的东西，名叫——"他停了下来，"不好意思，让你们不舒服了。"

"有些事比腐烂更可怕，"本尽量不动声色地评论道，"假如你没有见到这些迹象呢？假如尸体看起来和下葬那天一样正常呢？到时候怎么办？用木桩刺透他的心脏？"

"不太可能，"科迪说，"要知道，法医或他的助理必须到场。见到我从口袋里掏出木桩，钉穿孩子的尸体，恐怕就连布伦特·诺伯特也不会认为这符合职业规范。"

---

① AMA，全美医疗协会的缩写。

"那你打算怎么办？"本好奇地问。

"呃，虽然很对不起麦特·伯克，但我并不认为实情确实如此。假如尸体依然完好无损，肯定会被送进缅因州医学中心接受全面检查。到了那儿，我可以把验尸工作拖延到天黑以后，然后观察或许会出现的任何现象。"

"如果他坐了起来呢？"

"我和你一样，完全没法想象这种结果。"

"我发觉现在越来越容易接受了，"本咬牙道，"事情发生的时候——万一真的发生——我可以在场吗？"

"也许能安排。"

"那好，"本爬下床，走向挂衣服的壁橱，"我这就——"

苏珊咯咯笑。本转过来："怎么啦？"

科迪满脸坏笑："米尔斯先生，病号服背后很容易走光。"

"该死，"本连忙伸手到背后合起病号服，"叫我本好了。"

"既然这样，"科迪说着起身，"我和苏珊先退下了。等你能见人了，到楼下咖啡店来找我们。咱们今天下午有事要做。"

"我们？"

"是啊。必须把脑炎的故事讲给孩子父母听。要是你愿意，不妨一起去。什么也别说，摸着下巴假装高深就行。"

"他们不会喜欢这种事的，对吧？"

"换了你呢？"

"不，"本说，"我不会喜欢。"

"开棺验尸前需要得到家人许可吗？"苏珊问。

"理论上不需要，现实中很难说。我在掘尸检验方面的经验全都来自法医学二级课程。要是格立克家表示强烈的反对，我们会被拖入听证会的阶段。那样的话，我们会失去两周到一个月的时间；另一方面，脑炎理论上了听证会恐怕很难站得住脚。"他停下来，看着本和苏珊。"这就引出了整件事情最让我烦心的地方——伯克先生的看法暂且不谈：只有丹尼·格立克的尸体躺在坟墓里，其他几具都消失得无影无踪。"

5

　　下午一点半左右，本和吉米·科迪来到格立克家。托尼·格立克的车停在车道上，但室内寂静无声。敲了三次门，依然没人出来，本和科迪穿过马路，走向对面的农舍式小屋。这是一栋二十世纪五十年代制造的可怜巴巴的活动板房，一端用两台承重千斤顶撑着。邮箱上的名字是"狄更斯"，步道旁放着粉红色的草坪火烈鸟摆设，看门的小猎犬看见两人过来，竖起了尾巴。

　　科迪揿响门铃，门隔了几秒钟打开，开门的是宝琳·狄更斯，顶好咖啡馆的女招待和半个所有人。她身穿店里的制服。

　　"嘿，宝琳，"吉米说，"知道上哪儿去找格立克家里的人吗？"

　　"怎么？你不知道？"

　　"知道什么？"

　　"格立克夫人今天早晨去世了。托尼·格立克被送进中缅因综合医院，他休克了。"

　　本看看科迪。科迪的脸色仿佛腹部挨了狠狠一脚。

　　本连忙接过话头："格立克夫人的尸体被送去了哪里？"

　　宝琳抚着臀部，确定制服没有起皱："呃，一个钟头前我打过电话给梅布尔·沃茨，她说帕金斯·吉列斯皮打算把尸体送到坎伯兰那个犹太人的殡仪馆去，因为谁也找不到卡尔·福尔曼。"

　　"谢谢。"科迪慢慢地说。

　　"真可怕。"宝琳的视线滑向马路对面空荡荡的屋子。车道上托尼·格立克的轿车仿佛一只蒙尘的老狗，被锁在门口，尔后遭到遗弃。"还好我不迷信，否则肯定怕得要死。"

　　"怕什么？"科迪问。

　　"哦……就是害怕呗。"她的笑容意义不明，手指摸着脖子上的细链条。

圣克利斯朵夫像章。

6

两人一言不发地目送宝琳开车去咖啡馆，然后坐回车里。

"现在怎么说？"最后还是本开了口。

"真是一团糟，"吉米说，"那位犹太朋友叫莫瑞·格林。咱们干脆开车去坎伯兰吧。九年前，莫瑞的儿子险些在塞巴戈湖淹死。我凑巧和女朋友在场，给孩子做了人工呼吸，让他的心脏重新跳动起来。这次正好可以求他还个人情。"

"有人情又能怎样？法医肯定已经把尸体拉去搞解剖了。"

"很难说。今天星期天，没忘记吧？法医多半带着凿岩锤进山了，他是个业余地质学家。至于诺伯特——还记得诺伯特吗？"

本点点头。

"按理说诺伯特应该值班，但那家伙很懒散。多半把听筒从电话上摘了下来，然后舒舒服服看包装工队和爱国者队打比赛。咱们现在去莫瑞·格林的殡仪馆，很可能发现要到天黑它才会被收进去。"

"那好，"本说，"咱们出发。"

他记起应该给卡拉汉神父挂个电话，但这件事似乎并不急。事态发展得飞快。太快了，快得无法掌握。幻想和真实的边缘已经模糊。

7

开上高速公路前，两人谁也不说话，各自沉浸在思绪中。本思考的是科迪在医院说的话。卡尔·福尔曼不见踪影。弗洛伊德·蒂比茨和麦克杜格尔家婴儿的尸体在两名停尸房值班人员的眼皮底下消失。

迈克·莱尔森也失踪了，上帝才知道还有谁。过去一周、两周，甚至一个月时间内，撒冷林苑镇有多少人跌出了公众视线？两百人？三百人？这让本的手心出汗不止。

"越来越像妄想狂在做梦了，"吉米说，"或者加翰·威尔逊①的漫画。假如承认了吸血鬼可能存在，那么从学术角度来看，整件事情中最可怕的地方在于，吸血鬼想建立聚集群落会是多么轻而易举。林苑镇的居民基本上都在波特兰、路易斯顿和盖茨瀑布工作。本镇没有企业，因此无故旷工不会引起注意。学校由三镇共建，逃课名单即便比平时略长也算不了什么。很多人去坎伯兰的教堂，更多的人根本不去教堂。电视足够普及，除去在米尔特店里逗留的那些废物之外，老邻居现如今也很少见面了。台面上风平浪静，水底下可以暗流涌动，而且效率奇高。"

"是啊，"本说，"丹尼·格立克传染了迈克。迈克传染……天晓得传染了谁。有可能是弗洛伊德。麦克杜格尔家的婴儿传染了……他父亲？母亲？他们怎么样了，检查过吗？"

"他们不是我负责的。按理说普罗曼医生今天早上要打电话，通知他们儿子失踪。但我实在不清楚他是否打过电话，又或者是不是和他们接触过。"

"一定要检查他们两个，"本急了起来，"你知道咱们有多容易就白费这些力气吗？外地人开车穿过林苑镇不会发现任何异样。只是又一个偏僻小镇而已，不到九点钟街上连个行人也没有。但谁会知道拉起的百叶窗背后在发生什么？人们躺在床上……或者像扫帚似的立在壁橱里……躲在地窖中……等待太阳落山。每次日出，街上都会少几个人。每天都会少几个人。"他吞了口唾沫，听见干涸的嗓子里咔嗒一声。

"悠着点，"吉米说，"还没有确证任何事情呢。"

"证据正在越堆越高，"本反驳道，"假如面对的是某种既有威胁，

---

① 加翰·威尔逊（Gahan Wilson），美国作家、漫画家、插图家，作品常以吸血鬼、墓地、死亡为题材。

比方说伤寒或 A2 流感大爆发，林苑镇此刻恐怕已经被隔离了。"

"这可难说。你难道忘了吗？只有一个人真的见到过任何证据。"

"他又不是本镇的著名酒鬼。"

"要是风声传出去，他肯定会被钉十字架。"吉米说。

"谁来钉？宝琳·狄更斯肯定不在其列。她都快要往门上钉巫符了。"

"在这个水门事件和原油耗损的年代，她可真是个异数。"吉米说。

接下来的旅程中，他们谁也没有再开口。格林的殡仪馆开在坎伯兰的北端，位于不限宗教的礼拜堂和一道很高的木栅栏之间，背后停着两辆灵车。吉米关掉引擎，看着本："准备好了？"

"我想是的。"

两人走下了车。

8

抗拒心理在下午逐渐积累增长，到两点钟终于冲破了一切束缚。他们的处理方法很愚蠢，兜了好大一个圈子去证明到头来肯定是鬼扯淡的事情（伯克先生，对不住）。苏珊决定趁下午直接去马斯滕老宅。

她上楼去拿皮夹。安·诺顿正在烤曲奇，父亲在客厅看包装工对爱国者的比赛。

"你去哪儿？"诺顿夫人问。

"开车转转。"

"六点吃晚饭。尽量准时回来。"

"五点前一定回来。"

她出门坐进车里，这辆车是她最引以为傲的财产，倒不是因为它是苏珊的第一辆车（尽管确实如此），而是因为车是靠她自己挣钱买下的（几乎如此，她更正了说法：还有六期贷款未付），凭借的完全是她的努力，她的天赋。这是一辆维嘉后开门小车，车龄不过两年。苏珊小心翼翼地倒出车库，对透过厨房窗口望着她的母亲挥了挥手。裂痕依旧存在，但两人既不提起，也没有得到修补。之前的争吵，无论当时吵得多凶，总是会随着时间流逝而自行消失；生活继续前进，时间如绑带般包裹住伤口，直到下轮争吵时才再次揭开，积怨和不满重新摆上桌面，一遍遍清算，仿佛一手又一手赌注极高的牌戏。然而这次很决绝，已经演化成全面战争。伤口没法再次包扎；剩下的解决手段只有截肢手术。苏珊已经收拾好了大部分行李，感觉其实不错。早就该搬出去了。

她沿着布罗克路前行，家越来越远，愉悦感和使命感愈来愈强烈（仔细挖掘，也不乏颇为让人开心的荒谬感）。她即将主动出击，这个念头激励着她。苏珊生性率真，周末的种种变故令她不知所措，犹如漂浮茫茫大海之中。现在轮到她展露本领了！

她把车停在居住区外沿的柔软路肩上，走进卡尔·史密斯家的西侧牧场，刷过红漆的防雪栅栏卷起来堆在那里，等待冬季来临。荒谬感越来越强，她前后摇晃一根木桩，直到软铁丝弹开为止，这时候，苏珊忍不住咧嘴笑了起来。木桩长三英尺，一头渐尖，简直就是预备好的尖头桩。回到车上，她把木桩放在后座上，苏珊很清楚这东西有什么用途（四人约会时，她在汽车影院看过不少汉默公司的电影，知道必须用尖头木桩插进吸血鬼的胸膛），但始终没有多花一秒钟思考：假如形势所迫，她到底能不能将它扎进一个人的胸口。

苏珊继续上路，过镇界进入坎伯兰。左手边有一家乡村商店，周日照常营业，那是父亲买周日出版的《时代周刊》的地方。苏珊记得账台旁有一个小小的廉价首饰展示架。

她买了《时代周刊》，然后随手捡了个镀金小十字架，总计四块五，胖子营业员心不在焉地打进收银机，他的视线几乎没有离开过电视机，吉米·普伦凯特失误被换下场。

苏珊拐上乡村路向北而去，这是一条新铺过的两车道柏油马路。下午阳光灿烂，一切感觉起来都那么鲜活清爽、生机益然，生活如此美好。她一下子想到了本，这个跳跃的距离并不长。

太阳从缓缓移动的积云背后钻出来，阳光被头顶上的枝叶滤了一遍，洒在道路上形成或明或暗的斑块。她心想：在这样的日子里，你很容易相信所有事情都能有快乐的结局。

沿着乡村路开了五英里，她转进布鲁克斯路，跨过镇界，返回撒冷林苑镇，路又变回了没有铺过沥青的土路。道路时而上升，时而下降，穿行于小镇西北部的密林区域，树木挡住了明艳的午后阳光。这附近既没有屋子，也没有拖车。大部分土地属于一家造纸公司，著名事迹是请顾客不要用力挤压厕纸卷。路旁每隔一百码就能看见一个"禁止狩猎"和"请勿擅入"的标牌。经过通往垃圾场的岔道口时，她心中泛起不安。在这段阴郁的道路上，难以想象的可能性变得真实起来。她不由自主地琢磨起来（不是第一次了），一个正常人为何要买下曾经有人自杀的凶宅，而且总是关着百叶窗遮挡阳光。

到了马斯滕山的西侧，道路猛地下沉，又陡然升高。她能在枝叶间瞥见马斯滕老宅屋顶的尖起处。

苏珊把车停在陡坡深处一条弃用的林道上，钻出车厢。犹豫片刻之后，她取出木桩，把十字架也套在脖子上。心中的荒谬感依旧不减，但此刻若是有熟人路过，看见她手持栅栏桩大踏步前进的话，那岂不更加荒谬得多？

嘿，苏西，这是干什么去啊？

噢，上马斯滕那老屋子杀个吸血鬼。我得抓紧时间，六点还得回去吃饭呢。

她决定抄近路穿林而入。

苏珊小心翼翼地跨过排水沟脚下的倾圮石墙，很高兴自己穿的是运动鞋。对无所畏惧的吸血鬼猎手来说，这身打扮实在过于时髦。进入森林之前，她先要穿过讨厌的悬钩子丛和危险的倒伏林木堆。

松林里至少比外面凉十度，光线也更加昏暗。地面积满了蜕下的松针，风在枝叶间飕飕作响。某处有只小动物噼里啪啦地钻过矮树丛。苏珊忽然意识到，朝左手边步行不到半英里就是谐和山墓园，假如身手足够矫健，你可以翻后墙进去兜上一圈。

她迈着艰难而坚定的步伐向上走，尽量不发出声音。越是接近坡顶，树木的枝叶就越稀薄，苏珊开始能够瞥见一两眼屋子本身了，此时望见的是背对底下村落的盲区。苏珊害怕起来，她没法说清楚究竟为什么害怕，但这种害怕类似于她在麦特·伯克家中体验到的感觉（已经基本上被她遗忘了）。苏珊很确定不会有人听见她弄出的响动，现在又是阳光灿烂的大白天，但害怕的感觉不肯退却，沉甸甸地压在那里，仿佛从她大脑中某个荒废如阑尾的沉默部位源源不断地涌出来。阳光下的愉悦感烟消云散，嬉闹玩耍的情绪无影无踪，坚毅果决的意识杳然不见。她不禁又想起在汽车影院里看过的恐怖片：女主角冒险爬上狭窄的阁楼台阶，去看是什么把可怜的科伯翰老夫人吓得半死；或者钻进蛛网丛生的黑暗地窖，粗糙的石壁渗着水（隐喻子宫），而她躺在和她约会的男孩怀中，心里在想：傻娘们……换了我才不会这么做呢！可现在呢？她不就正在这么做吗？苏珊开始领悟到人类大脑和中脑之间的鸿沟究竟有多深；大脑能强迫一个人不停前进，对掌管本能部分传来的警告信号置若罔闻，要知道，那部分的结构与鳄鱼大脑的生理结构不无相似之处。大脑能强迫一个人不停前进，直到阁楼的门猛然打开，让她直面某个狞笑着的可怖之物，又或是望进地窖里半砖结构的壁龛，一眼看见——

够了！

她抛开这些念头，忽然发现自己冷汗淋漓。光是看见一幢合起百叶窗的普通屋子就把你吓成这样？苏珊告诉自己：别再这么傻气了。现在要做的就是上去窥探一番，除此无他。站在屋子前院就能望见自家住处。以上帝的名义请问一句，在能望见自家住处的地方能发生什么呢？

话虽如此，但她还是微微俯身，把手里的木桩握得更紧了；挡在前面的树木越来越稀疏，最后终于无法遮挡身形，苏珊于是双手双膝着地开始爬行。三四分钟过后，她来到了隐蔽处的最前线。观测位置选在几株松树和一丛刺柏背后，她能看见老宅的西侧和蜿蜒攀缘的忍冬藤蔓，秋日的忍冬已经落尽了叶片。夏天的繁茂野草虽已变黄，但仍旧高至膝盖，没人费力气修剪它们。

马达忽然咆哮起来，打破了寂静，苏珊的心脏险些提到了嗓子眼。她把手指戳进地面，狠狠咬住下嘴唇，这才控制住自己。几秒钟后，一辆古老的黑色车辆倒退着进入视线，在车道尽头逗留片刻，接着拐弯转上道路，驶向小镇。离开视线之前，苏珊很清楚地看见了驾车的人：硕大的光头，两眼深陷得几乎只能看见眼眶，还有黑色套装的翻领和领口。斯特莱克。可能是去克罗森的店里买东西吧。

到了这里，她能看见百叶窗的叶片上有不少缺口。那就更好了。她可以悄悄摸过去，从缺口偷看两眼屋里的情况。也许什么也没有，漫长的翻修过程刚刚进入最初几个阶段，大概已经抹了一遍灰泥，可能正在贴新墙纸，到处都是工具、梯子和桶子。浪漫和超自然的气氛还不如电视转播的橄榄球比赛。

但害怕的感觉依然不变。

接下来的感觉来得分外突然，情绪压过了逻辑和大脑里明晃晃的理性部分，带着粗铜的气息充满她的嘴里。

在一只手落在肩膀上之前，苏珊已经知道了背后有人。

9

天快黑了。

本从木折椅上起身走到窗口，望着殡仪馆的后草坪，却没见到任何值得一提的东西。离七点还差十分，傍晚的影子已经拉得很长。尽管时值秋季，但草地依然翠绿，体贴入微的老板大概会在降雪前尽量保持绿草茵茵的样子。一年将近逝去时的生命永续的象征，他发觉这个念头格外压抑，于是扭头别开了视线。

"真想抽根烟。"他说。

"香烟是杀手。"吉米说，他正在莫瑞·格林的索尼小电视上看周日晚的野生动物节目，连头也没回。"说实话，我也想抽烟。十年前听完卫生局局长唠叨香烟的种种坏处就戒掉了。不戒烟就搞不好关系。但每天早晨醒来，第一个动作还是去拿床头柜上的烟盒。"

"你不是说你戒了吗？"

"有些酒鬼会在厨房里藏一瓶苏格兰威士忌，道理相同。兄弟，磨炼意志啊。"

本看了一眼时间：六点四十七分。莫瑞·格林的周日晚报说正常日落时间是东部时区七点零二分。

吉米把所有事情都安排得很好。莫瑞·格林个头不高，应门时穿没系纽扣的黑马甲和敞着衣领的白衬衫。看见吉米，带着好奇的泰然表情立刻换成了满脸欢迎的笑容。

"平安 ①，吉米！"他叫了起来，"看见你可真高兴！你都跑哪儿去了？"

"拯救世界，治疗普通感冒，"吉米笑着任由格林蹂躏他的手，"介绍你认识一下我的好朋友。莫瑞·格林，本·米尔斯。"

莫瑞的双手顿时裹住了本的手，他的眼珠在黑框眼镜背后闪闪发亮。"也祝你平安。吉米的朋友就是我的朋友。二位快请进，我给蕾秋打电话——"

"先别忙，"吉米说，"我们要请你帮个忙，非常大的一个忙。"

格林仔细打量吉米的面容。"非常大的一个忙，"他轻声嘲讽道，"你这话说的。要是没有你，我儿子怎么可能从西北大学以第三名成绩毕业？吉米，随便什么事，说吧。"

吉米的脸一下子红了："莫瑞，我只是做了该做的事情。"

"我不和你吵这个，"格林说，"说吧。你和米尔斯先生为什么慌成这样？撞死人了不成？"

"不。才不是那种事呢。"

格林已经把两人领进了礼拜堂背后的小厨房，说话间，他开始用破旧的水壶在轻便电炉上煮咖啡。

"诺伯特来验过格立克夫人的尸体了吗？"吉米问。

"没，还不见踪影呢，"莫瑞说着把方糖和炼乳摆在桌上，"那家伙肯定会晚上十一点过来，然后琢磨我为什么不给他开门。"他叹了

---

① 平安（shalom），犹太人传统的招呼和道别语。

口气。"可怜的女士。这一家太凄惨了。她可真漂亮啊。瑞尔顿老傻瓜送过来的。她是你的患者？"

"不是，"吉米说，"但本和我……莫瑞，今天夜里我们想陪着她。在楼下陪她。"

格林正要去拿咖啡壶，听见这话停了下来。"陪她？意思是验尸吧？"

"不，"吉米坚定地说，"就是陪在旁边而已。"

"开玩笑吗？"格林更加仔细地打量本和吉米，"不，不是，我看得出。为什么？"

"莫瑞，这我不能告诉你。"

"哦。"他倒好咖啡，坐到两人旁边，品了一口。"不算太浓，恰到好处。她得了什么疾病吗？传染病？"

吉米和本交换了一个眼神。

"不在'传染病'这个词为世间认可的意义范围内。"吉米最后说。

"希望我帮你们保守秘密？"

"是的。"

"要是诺伯特来了怎么办？"

"我能应付诺伯特，"吉米说，"就说瑞尔顿叫我检查她有没有得传染性脑炎。他不会去核实的。"

格林点点头："要是没人教，诺伯特连对表都不会。"

"莫瑞，可以吗？"

"当然可以。还以为是多大一个忙呢。"

"可能比你想象中要大得多。"

"等我喝完咖啡，就回家去看蕾秋给我的周日大餐准备了什么骇人玩意。钥匙给你。吉米，离开时记得锁门。"

吉米把钥匙塞进衣袋："不会忘记。莫瑞，太谢谢了。"

"小事情。我也想请你帮个忙。"

"没问题，什么？"

"她要是开口说话了，千万要记下来，这可是能够载入史册的。"

他嘿嘿笑了起来，看见本和吉米脸上如出一辙的表情，又停下了。

10

七点差五分，本觉得紧张感开始渗入身体。

"别盯着钟看了，"吉米说，"再看它也不会走得更快。"

本正心事重重，被他吓了一跳。

"即便吸血鬼真的存在，我也不相信它们会严格按历书在日落后醒来，"吉米说，"那时候的天空不可能全黑。"

话虽如此，他还是起身关掉电视，截断了节目里林鸭的嘎嘎叫声。

寂静如毛毯般笼罩了整个房间。这里是格林的工作室，玛乔丽·格立克的尸体摆在不锈钢台面上，台面配有排水槽和控制升降的脚踏板。本不由想到医院产房里的手术台。

先前走进房间后，吉米已经掀开罩单，做过了简略的检查。格立克夫人穿紫红色的加厚家居服和针织拖鞋，左胫骨上贴了块邦迪，也许要遮盖刮毛时割破的小伤口。本一次次转开视线，但眼神一次次不由自主地被拉过去。

"你怎么想？"本问吉米。

"我现在还不打算表态，因为接下来的三个小时将有所证明。不过话也说回来，她的情况与迈克·莱尔森惊人地相似：体表没有发青，没有僵直的迹象也没有开始发僵。"他把罩单盖回去，没再多说什么。

现在七点零二分。

吉米忽然说："你的十字架呢？"

本呆住了："十字架？天哪，我没有！"

"你小时候肯定没参加过童子军，"吉米打开随身的包，"可我就不一样，永远准备充分。"

他拿出两根压舌板，剥掉包装的玻璃纸，用红十字会的胶带绑成直角。

"为它祝福。"他对本说。

"什么？我……我不知道怎么祝福。"

"那就瞎编呗，"吉米的愉快神情陡然消失，面容紧张起来，"你是作家，肯定也能当玄学家。基督在上。你就快点儿吧。我觉得有事情就要发生了，你没感觉到？"

本感觉到了。天色渐渐由紫变黑，有些东西正在积聚，此刻肉眼还看不见，但能感觉到：很厚重，带着电荷。他口中发干，先润了润嘴唇，这才能够开口说话。

"以圣父、圣子、圣灵的名义，"他转念一想，又补充道，"也以圣母马利亚的名义，祝福这个十字架，并且……并且……"

字词忽然带着强烈的信心涌了出来。

"耶和华是我的牧者。①"他说道。字词落入影影幢幢的房间，仿佛石块落入深潭，不激起一片涟漪，径直沉向水底。"我必不至缺乏。他使我躺卧在青草地上，领我在可安歇的水边。他使我的灵魂苏醒。"

吉米的声音也加了进来，两人一起吟诵。

"为自己的名引导我走义路。我虽然行过死荫的幽谷，也不怕遭害——"

呼吸变得困难。本发觉全身上下都起了鸡皮疙瘩，后脖颈的短毛如公鸡的颈羽般根根竖起。

"因为你与我同在。你的杖，你的竿，都安慰我。在我敌人面前，你为我摆设筵席。你用油膏了我的头，使我的福杯满溢。我一生一世必有恩惠慈爱随着我——"

盖在玛乔丽·格立克身上的罩单开始颤抖。一只手掉出罩单，手指在半空中歪歪扭扭地舞动，时而扭动，时而弯折。

"基督啊，我真的看见这些了吗？"吉米嘶声说。他面色苍白，雀斑分外显眼，仿佛挡风玻璃上的泥点。

---

① 《圣经·旧约·诗篇》之23。

"——我且要住在耶和华的殿中，直到永远，"本背完了经文，"吉米，看十字架。"

十字架在发光。光线如精灵之血般淌出手掌。

死寂中升起一个迟缓、梗塞的声音，难听如破碎瓦片互相研磨。"丹尼？"

本觉得他的舌头都快顶穿上颚了。罩单下的人形慢慢坐起来。渐暗房间里的阴影蜿蜒浮动。

"丹尼，亲爱的，你在哪儿？"

罩单滑落，落在膝头，露出她的面容。

在接近黑暗的房间里，玛乔丽·格立克的脸是个苍白如月的圆圈，只有眼睛的部位开了两个黑洞。她望着本和吉米，嘴巴颤抖着张开，发出狰狞的可怕吼声。牙齿在几近熄灭的日光中闪亮。

她的双腿放下台子侧面，一只拖鞋在不经意间脱落了。

"坐在那儿！"吉米叫道，"别动。"她的回答是一声吠叫，阴沉而嘹亮。她从台子上滑了下来，踉跄着走向本和吉米。本惊觉自己正在注视那双黑洞般的眼睛，连忙竭力扭开视线。那里是带着红色的暗黑银河。你能望见自己，沉溺其中，享受其中。

"别看她的脸。"他叮嘱吉米。

两人不假思索地后退，被她一步步逼着走向通往楼梯的狭窄走廊。

"本，试试十字架。"

他几乎忘了手中还握着十字架，此刻奋力举起，十字架绽放辉煌的光芒。他必须眯起眼睛才能看它。格立克夫人用咝咝的声音表示厌恶，抬起双手挡住脸孔。她的五官皱到了一起，像一窝蛇似的扭曲、翻腾。她蹒跚着后退了一步。

"对她有用！"吉米叫道。

本把十字架举在身前，走了上去。她的一只手弯曲成爪，朝十字架挥舞过来。本向下避开她的手，紧接着刺了上去。她的喉咙里发出呜呜的哀鸣。

对于本来说，随后一幕为噩梦奠定了暗红色的主调。尽管还将经历更可怖的事情，但以后那些日夜的梦境总是一次又一次地把玛乔丽·格立克送回殡仪馆的台子上，曾经盖住尸体的罩单皱成一团，落在单只针织拖鞋旁边。

她不情愿地后退，眼神在两个地方之间跳来跳去：一个是可憎的十字架，另一个是本颈部靠近下巴右侧的区域。从她体内挤出来的声音是不属于人类的咯咯声、咝咝声和喉音，她后退的动作是那么盲目和勉强，让人联想起笨拙的巨大昆虫。本想道：假如我没有把十字架挡在前面，她会用指甲撕开我的喉咙，就像刚走出沙漠、即将渴死的人那样，痛饮涌出颈部静脉和动脉的鲜血。她会沐浴在鲜血中。

吉米从本身边转开，朝她左方包抄。她没看见吉米。她的视线固定在本身上，眼神黑暗、充满恨意……也充满恐惧。

吉米绕过工作台；等她退到台子旁，吉米猛地伸出双臂，锁住她的脖子，本能地大吼一声。

她发出高亢如哨音的哀鸣，在吉米的怀抱中奋力扭动。本注意到吉米的指甲犁开了她肩头的一块皮肤，但那里没有涌出任何东西——那个切口就像没有双唇的嘴巴。紧接着的事情让人难以置信：她抓起吉米扔过整个房间。吉米狠狠地摔进墙角，把莫瑞·格林的便携电视机从架子上撞了下来。

下一个瞬间，她已经压在了吉米身上；她奔跑起来仿佛蜘蛛，驼背缩头，手脚胡乱扑腾。在本的眼中，她像是一团蠕动暗影般落在吉米身上，撕开吉米的衣领，头部如掠食动物那样从侧面发起攻击，张大双颚，猛地咬了下去。

吉米·科迪惨叫起来，那是必死者的绝望尖啸。

本冲向她，但被地上破碎的电视机绊了一下，险些跌倒。他能听见她如同干草摩擦的刺耳呼吸声，而呼吸声之下则是令人憎恶的啜吸咂嘴声。

本揪住她家居服的衣领，使劲一提，一时间忘记了手里的十字架。她的头部转过来，动作敏捷得可怕；瞳孔扩大，闪闪发亮；嘴唇和下巴糊满鲜血，在近乎全暗的房间内呈黑色。

扑在本脸上的呼吸臭得无法形容，那是坟茔的吐息。就像慢镜头一般，本看见她的舌头横着舔了一遍牙齿。

她使劲把本拽向怀中，力气大得让本觉得自己是个破布娃娃；但就在这时，本举起了十字架。压舌板的圆角处于十字架下半截，戳在她下巴底下的位置上，没有受到任何肉体的阻拦，一路扬了上去。不可见的闪光并非在他面前点亮，而是似乎来自他的背后，却刺得他两眼发疼。空气中散发着热烘烘的烧猪皮怪味。她这次的叫声宏亮而痛苦。本感觉到而非看见她向后飞出去，被电视机绊了一下，倒向地面，伸出惨白的胳膊支撑身体。她紧接着猱身而起，动作敏捷如野狼，两眼因为痛楚而眯起来，但依然充满疯狂的饥渴神情。她的下颚被烧黑了，还在冒烟。她对本喷鼻息。

"来啊，臭婊子，"本气喘吁吁地说，"来啊，来啊！"

本再次将十字架举在身前，一步步把她逼向房间远处的墙角。本打算等她无路可退就用十字架戳穿她的额头。

她的脊背贴上逐渐收起的壁角，她却爆发出尖细而高亢的咯咯怪笑，笑声仿佛在拿叉子刮擦陶瓷水槽，本不由退缩。

"现在还敢笑？你就要无处躲藏了！"

但就在本的注视下，她的身体开始拉长，逐渐变得透明。有一瞬间，本觉得她还在原处嘲笑他，但下一个瞬间，外面路灯的白色光芒就照在了光秃秃的墙壁上；他的神经末梢只剩下一丝正在急速消逝的知觉，仿佛还在向本报告：她渗进了墙上的孔隙，就像一股青烟。

她不见了。

而吉米在惨叫。

11

他打开头顶上的日光灯，转身望向吉米，但吉米已经站了起来，用双手捂住脖子侧面。手指闪着猩红色的光芒。

"她咬了我！"吉米嚎叫道，"上帝啊，耶稣啊，她咬了我！"

本走到吉米身旁，想搂住他，却被吉米推开了。吉米的双眼在眼眶中疯狂转动。

"别碰我，我不干净。"

"吉米——"

"把我的包给我。耶稣啊，本，我能感觉到，我能感觉到那东西在身体里作怪。基督在上，把包给我！"

包掉在墙角，本拿过来，吉米一把抢过去。他走到工作台前，放下包。他的脸色惨白如死人，挂着亮晶晶的汗珠。颈部侧面被撕裂的地方，鲜血随着脉搏无情地喷涌而出。他坐在台子上，打开包，翻看里面的各种东西。他张着嘴大口呼吸，发出啜泣般的声音。

"她咬了我，"吉米对着包自言自语道，"她的嘴……上帝啊，她肮脏污秽的嘴……"

他从包里掏出消毒水一把拧开，瓶盖旋转着滚过瓷砖地面。他往后一靠，用一条胳膊撑住身体，把瓶口倒放在喉咙上，消毒水洒在伤口、休闲裤和桌子上。缕缕鲜血被冲洗下来。他闭着眼睛惨叫，然后又是一声；但瓶子连晃也不晃。

"吉米，我能做什——"

"等一下，"吉米喃喃道，"稍等一下，我感觉到好些了。等一下，再等一下——"

他随手一扔，瓶子碎在了地板上。污血被冲洗干净，伤口历历在目。本发现离颈静脉不远处有两个刺孔，其中之一边缘参差不齐，形状恐怖。

吉米从包里取出注射器和安瓿瓶，撕开保护针头的包装物，刺穿瓶盖。他的双手抖得太厉害，扎了两下才刺穿。他吸满药水，把注射器递给本。

"破伤风针，"他说，"给我注射，这儿。"他伸出手臂，转过来露出腋窝。

"吉米，你会疼晕过去的。"

"不会，现在不会。快动手。"

本接过注射器，带着疑问看向吉米的双眼。吉米点点头，本扎了下去。

吉米的身体像弹簧般绷紧。刚开始，疼痛让他像雕塑一样不能动弹，每根肌腱都棱角分明地凸了出来。他渐渐放松下来，身体以颤抖作为事后的回应；泪水和汗水淌满了吉米的面颊。

"把十字架放在我身上，"他说，"假如我仍旧沾染有她的污秽，十字架可以……可以对我做些什么。"

"可以吗？"

"肯定可以。你对付她的时候，我抬起头看了一眼，想从背后袭击你。上帝啊，请帮助我。但我看见了十字架，我……我的肚肠都快翻出来了。"

本把十字架压在他脖子上。什么也没发生。那种辉光（假如可以称之为辉光）已经完全熄灭。本拿开十字架。

"好吧，"吉米说，"我看也就只能做到这一步了。"他又在包里翻了一阵，找到一个装有两粒药片的小信封，嚼碎药片咽下去。"麻醉药，"他说。"伟大的发明。谢天谢地，在……在那之前我上过了厕所。我大概尿了裤子，尽管只有六滴。能帮我包扎脖子吗？"

"那还用说？"本说。

吉米把纱布、胶带和手术剪递给本。本凑到近处裹绷带，发现伤口附近的皮肤凝结成了丑陋的鲜红色。他把纱布轻轻压在脖子上，吉米缩了一下身子。

他说："有几分钟，我以为自己要发疯了。真正的疯子，会被关起来的疯子。她的嘴唇压在我脖子上……在咬我……"他吞了口唾沫，喉咙一阵波动。"告诉你，她做那些事的时候，我却很喜欢。这才是地狱般可怕的事情。我甚至勃起了。你能相信吗？你要是不及时拉开她的话，我肯定会……肯定会任凭她……"

"别多想了。"本说。

"还有一件事，虽然不喜欢，但不得不做。"

"什么？"

"这儿，看着我，一下下就好。"

包扎好伤口，他退开半步，望着吉米："什么——"

吉米忽然狠狠地搋了他一拳。本眼前直冒金星，踉跄着后退三步，一屁股坐在了地上。他使劲摇摇头，看见吉米轻手轻脚溜下台子，走了过来。他发狂似的寻找十字架，心里在想：你这该死的蠢猪，这就是所谓的欧·亨利式结局，白痴，笨蛋——

"没事吧？"吉米问他，"不好意思，但不知情的时候更容易接受。"

"你他妈的到底——"

吉米在他旁边的地板上坐下。"咱们必须统一口径，"他说，"故事很烂，但莫瑞·格林肯定会帮忙圆谎。能让我保住行医执照，免得咱俩进监狱或者精神病院……眼下我并不特别担心进去了会怎么样，而是想保存自由之身，和那些……那些东西抗争，究竟该叫他们什么回头再说。明白吗？"

"明白我挨了一下。"本摸摸下巴，倒吸一口凉气。下巴左边鼓起一个肿包。

"我正在给格立克夫人验尸，有人突然闯进来，"吉米说，"那家伙打晕了你，然后拿我当沙袋开练。搏斗中，为了让我放开他，那家伙咬了我。咱们就记得这些，只有这些。明白吗？"

本点点头。

"那家伙穿暗色 CPO 外套，也许是蓝色，也许是黑色，戴绿色或灰色针织帽。你只看见这些，明白吗？"

"有没有考虑过放弃行医，在创意写作方面寻求发展？"

吉米笑了笑："我只在极端利己时才有创造力。记得这个故事了？"

"记住了。而且我认为不像你想象的那么烂。最近丢失的尸体毕竟不是只有这一具。"

"希望警方能把事情联系到一起。但县警长要比帕金斯·吉列斯皮所认为的精明得多。咱们必须尽量小心。别添加不必要的细节。"

"你觉得官方会有人注意到这其中的模式吗？"

吉米摇摇头："绝对不可能。咱们必须靠自己杀出一条血路。记住，从现在开始，咱们都是罪犯了。"

等了一会儿，他打电话通知了莫瑞·格林，然后是本县的警长荷马·麦卡斯林。

12

夜里十二点一刻左右，本回到伊娃的寄宿公寓，他在楼下空无一人的厨房里煮了杯咖啡。他慢慢喝咖啡，回想昨夜的种种变故，就像一个人刚刚险些跌下高处的壁架，记忆无比清晰。

县警长个子很高，秃头，嚼烟草，动作很慢，但眼神明察秋毫。他从臀袋里抽出拴着链子的破旧大笔记本，又从绿色羊毛马甲底下拔出古老的粗管钢笔。他录取本和吉米的陈述，两名警员取指纹、拍照片。莫瑞·格林站在远处，一言不发，时不时向吉米投来疑惑的眼神。

为什么来格林殡仪馆？

吉米用脑炎的故事搪塞了这个问题。

瑞尔顿老医生知道吗？

呃，不知道。吉米认为最好在向他人提起之前先悄悄检查一下。瑞尔顿医生嘛，众所周知，有时候嘴巴比较大。

那个什么脑炎的结果如何？那女人得了吗？

没有，几乎可以肯定没有。他刚做完检查，穿 CPO 外套的家伙就闯进房间。他（吉米）既不愿也不能断定那女人是怎么死的，但肯定不是脑炎。

形容一下那家伙吧。

他们用编造好的细节回答这个问题。本给那家伙加上了一双棕色工装靴，免得两人的形容过于相似。

麦卡斯林又问了几个问题，本正以为他们可以大摇大摆脱身了，麦卡斯林却忽然扭头问他："米尔斯，你在这儿干什么？你又不是医生。"

他警惕的双眼闪着和善的光芒。吉米张嘴想回答，但警长举起手让他安静。

假如麦卡斯林发难是想吓得本露出有负罪感的表情或举动，那他的想法可就落空了。本已经被榨干了情感，此刻实在没有什么可反应的。比起先前经历的那些事情，作伪证被揭穿算得了什么呢？"我是作家，不是医生。我正在写一部小说，有个戏份很多的次要角色是殡葬师的儿子。我想看看里屋是什么样子，于是搭吉米的顺风车来了这儿。他不想多谈工作的内容，我也没多问，"他揉揉下巴上已经隆起的肿包，"得到的比想要的更多。"

听了本的回答，麦卡斯林看上去不开心也不懊丧。"的确。《康威的女儿》是你写的，对吧？"

"是的。"

"我老婆在某本妇女杂志上读到摘要。好像是《时尚》。乐得跟什么似的。我也溜了一眼，但看不出染了毒瘾的小女孩有什么可笑的。"

"对，"本直视麦卡斯林的双眼，"我也看不出有什么可笑的。"

"你说的新书，就是据说和林苑镇有关的那本？"

"是的。"

"也许你该让这位莫·格林给你审审稿，"麦卡斯林说，"让他看看殡葬的部分写得对不对。"

"那部分还没开始写呢，"本说，"我总是先搜集材料，然后动笔。能写得更顺。"

麦卡斯林疑虑重重地摇头："知道吗？你们的说法怎么听怎么像傅满洲小说。神秘人闯进来，制服两个强壮的男人，带着某个死因不明的可怜女人的尸体逃之夭夭。"

"荷马，听我说——"吉米说。

"别叫我荷马，"麦卡斯林说，"我不喜欢这名字。越琢磨越不喜欢。脑炎是染上的，对吗？"

"没错，有传染性。"吉米小心翼翼地说。

"知道她或许染上了那毛病，可你还是带上了这位作家？"

吉米耸耸肩，面露怒色："警长，我不会质疑你的职业判断，但也请你尊重我的决定。脑炎的传染性很低，通过血液接触缓慢传染。我觉得这件事对两个人都没有危险。你何必拿我们两个寻开心？难道不该去追查谁偷走了格立克夫人的尸体吗？管他是不是傅满洲。"

麦卡斯林从他蔚为壮观的腹部挤出一声长叹，合起笔记本，插回臀袋深处。"唉，吉米，我们会把话传出去的。那疯子要是不从树林里钻出来，我们恐怕不会有任何进展——前提是真有这么一个疯子，我对此很怀疑。"

吉米挑起眉毛。

"你们在撒谎，"麦卡斯林耐心地说，"我知道，我手下的警员也知道，老莫大概也知道。我不知道你们撒了多少谎，一小部分，还是一大部分，但我知道，只要你们坚不改口，我就没法证明你们在撒谎。我可以把二位关进拘留所，但法律规定我必须允许你们打一次电话，就连法律学校刚毕业的毛头小子也能帮你们脱身，而我又能控你们什么罪呢？最了不起也就是怀疑进行内容未知的非法性行为。再说了，你们的律师不可能真是新毕业的学生吧？"

"不是，"吉米说，"他不是。"

"要不是觉得你们撒谎并不是因为犯了法，我早就不管三七二十一把你们抓起来了。"他踩下工作台旁的不锈钢垃圾桶的脚踏，顶盖砰的一声掀开，麦卡斯林吐了一口棕色的烟叶汁。莫瑞·格林被响声吓了一跳。"二位肯不肯更正一下陈述？"他平心静气地问，乡下口音消失得无影无踪，"这事情很严肃。林苑镇死了四个人，四具尸体都不见了。我想搞清楚到底怎么了。"

"我们把知道的全告诉你了。"吉米说得从容而坚定。他直视麦卡斯林的双眼："要是还有什么能告诉你的，早就说出来了。"

麦卡斯林盯着他，视线同样锐利。"你吓得魂不附体，"他说，"你和这位作家都是。有些从朝鲜前线回来的家伙也是这个样子。"

警员也盯着他们。本和吉米一言不发。

麦卡斯林又叹了口气："算了，滚蛋吧。明天上午十点，你们两个来我的办公室录口供。十点钟不出现，我就派警车去抓你们。"

"没这个必要。"本说。

麦卡斯林悲哀地看着他，摇摇头："你写书的时候应该多花点心思。学学特拉维斯·麦克基的作者 ①。他的书才真叫人手不释卷呢。"

13

本从桌边起身，到水槽前洗干净咖啡杯，驻足片刻，望着窗外的黑夜。今夜谁在外头游荡？玛乔丽·格立克是否终于和儿子团聚了？马克·莱尔森？弗洛伊德·蒂比茨？卡尔·福尔曼？

他转身上楼。

他睡了下去，没有关台灯，把驱走了格立克夫人的十字架摆在右手边的桌上。睡着之前，他最后想到的是不知道苏珊是否一切安好。

---

① 美国作家约翰·D. 麦克唐纳（John D. MacDonald）笔下的硬汉侦探。

第十二章　马克

1

一听见远处传来树枝折断的声音，他就躲到了一棵粗大的云杉背后，静静地站在那里，等着看即将出现的会是谁。他们白天无法行动，但不代表手下没有白天能出门的人。用金钱买通是一个办法，却不是唯一的办法，镇上那个叫斯特莱克的家伙就是证据。迈克见过趴在石头上晒太阳的癞蛤蟆，斯特莱克的眼睛就很像那只癞蛤蟆的。他像是能笑呵呵地拧断婴儿胳膊的那种人。

他抚摸着口袋里打靶手枪的粗笨轮廓，这是他父亲的玩具。除了银弹，其他种类的子弹对他们不起作用，但冲斯特莱克那家伙两眼之间放一枪也足够送他上路了。

他朝下方瞥了一眼，视线落在倚着树干的物体上，这东西大致呈圆柱形，用一块旧毛巾包着。他家屋后有一垛木柴，那是他和父亲在七八月间用迈科络链锯切割出的半考得 ① 黄巨盘木。亨利·皮特里做事很有条理，马克知道每一根的长度都是三英尺，误差正负一英寸。父亲对长度掌握得很准确，正如他清楚秋天过去就是冬天，黄巨盘木进了客厅壁炉既耐烧又干净。

他的儿子却知道其他的事情，他知道巨盘木就是为那种人（或东西）准备的。今天是星期天，父母一大早就出门观鸟去了，他取了一根木柴，用童子军的手斧劈出尖头。很粗糙，但足以完成目的。

他看见身影一闪，连忙缩回树后贴紧，在粗糙的树皮后露出一只眼睛偷看。几秒钟后，他第一次看清楚爬上山丘的究竟是谁。是个女

---

① 考得（cord）：木材堆的体积单位，1 考得等于 128（4×4×8）立方英尺。

孩。他既松了一口气，也有些失望。不是魔鬼的党羽，而是诺顿先生的女儿。

他的视线又锐利起来。女孩居然也拎着尖头木桩！她越走越近，马克险些憋不住笑意——那是一根防雪栅栏的立柱，她居然敢拿这东西当武器。用最普通的工具小锤敲两下就能砸断。

她将从右边经过马克躲藏的大树。看见她走近，马克蹑手蹑脚地绕着树干移向左方，不敢踏断哪怕最细的枯枝，以免暴露自己。合拍的小小舞蹈终于跳完，她背对马克，继续朝坡顶树丛的缺口处走去。马克不无赞赏地注意到，她的动作很小心。很不错，撇开愚蠢的栅栏木桩不谈，她显然对自己即将面对什么有所了解。可是，假如她接着前进，也还是会陷入麻烦。斯特莱克在家。马克从十二点半就守在了这里，他看见斯特莱克出来过一趟，站在车道上俯视马路，然后又回到屋里。马克努力思考，万一女孩遇到了什么事情，打破了公式的平衡，那时候他该如何应对。

也许她不会有事。她在灌木丛背后停下了，此刻正趴在那儿观察老宅。马克仔细琢磨她的举动。很显然，她知道。怎么知道的并不重要，但假如她不知道，就不会随身携带那根可怜的小木桩了。马克认为他必须上去提醒一声，斯特莱克还在家里，而且相当警觉。她身上恐怕没枪，连打靶手枪这样的小家伙也不可能有。

斯特莱克的汽车引擎响起时，马克正在考虑该如何出现在对方面前，同时不让她发出震耳欲聋的尖叫声。她明显被引擎声吓了一跳，有一瞬间，马克很害怕她会拔腿就跑，在树林中踩出惊天动地的脚步声，一百英里内都能听得见。然而她又趴了下去，紧紧贴住地面，像是害怕地面会离她而去。尽管她很蠢，但至少有勇气，马克很欣赏她。

斯特莱克的轿车倒上车道，从她所在的位置肯定看得更清楚；马克只能看见帕卡德车的黑色顶棚，车子逗留片刻，然后沿着马路开向镇中心。

马克下了决定，两人理当联手。没什么比独自进入老宅更可怕了。他已经尝到了包裹老宅的恶毒气氛，远在半英里之外他就感觉得到，离得越近，气氛越是浓郁。

马克轻快地跑上铺着枯叶的缓坡，伸出一只手按在她的肩上。他感觉到对方的身体一下子绷紧，知道她即将开始尖叫，连忙说："别喊，没事，是我。"

她没有尖叫，而是吐出一口饱含恐惧的气息。她扭过头看着马克，脸色苍白。"'我'——'我'是谁？"

马克在她身边坐下。"我叫马克·皮特里。我认识你，你是苏·诺顿。我父亲认识你父亲。"

"皮特里……？亨利·皮特里？"

"没错，他是我父亲。"

"你在这儿干什么？"她的视线在马克身上扫来扫去，仿佛还不能确定他真的在这里。

"和你一样。只不过你的木桩没什么用处。太……"他搜肠刮肚，终于找到一个靠字形和定义而非使用记住的单词，"太脆弱了。"

她低头看着手里的防雪栅栏，立刻面红耳赤："呃，那个，唉，是我在林子里捡的……害怕有人绊倒，就拿——"

马克不耐烦地打断这种成年人的敷衍搪塞："你来杀吸血鬼，对吧？"

"你怎么会有这种念头？吸血鬼之类什么的？"

马克正色道："昨天夜里有吸血鬼企图咬我，而且差一点就成功了。"

"荒谬。你这么大的孩子不该再编造——"

"是丹尼·格立克。"

苏珊全身一震，眼神畏缩，仿佛马克抛过来的不是普通言辞，而是尖锐的嘲讽。她伸出手，摸到马克的胳膊，紧紧抓住。两人的眼神锁在了一起。"马克，不是瞎编？"

"不是。"马克答道，他用寥寥数语讲了一遍昨夜的事情。

"然后你就一个人来了？"等马克讲完，苏珊问道，"你相信了，还敢一个人来这里？"

"相信？"马克望着苏珊的眼神透着坦诚和怀疑，"我当然相信。我亲眼看见的，这还能有错？"

苏珊无言以对：麦特讲述的遭遇，本有保留地接受，她却立刻起了疑心（不，"疑心"用在这儿太虚伪了），苏珊感到很羞愧。

"你为什么来？"

苏珊踌躇片刻，然后答道："镇上有些家伙怀疑老宅里有个谁也没见过的人。他或许是个……是个……"她还是没法说出那个词，但马克点点头，表示他明白了。尽管认识才几分钟，但她觉得这个小男孩看起来确实不一般。

她跳过有可能补充的一切说法，直接说："所以我就过来看看了。"

他对木桩点点头。"还带上那东西来刺穿他？"

"我不清楚自己下不下得了手。"

"我下得了手，"马克冷静地说，"经过昨夜我目睹的事情之后，我下得了手。丹尼就在我窗外，像大苍蝇似的停在半空中。而他的牙齿……"他摇摇头，像商人驱赶破产客户似的赶走那段噩梦。

"你父母知道你在这儿吗？"尽管苏珊明白他们肯定不知道，但还是问了出来。

"不知道，"马克淡然道，"星期天他们要亲近自然。早晨观鸟，下午忙别的。有时候我也去，有时候不去。他们今天开车去海边了。"

"你小子够了不起的。"她说。

"不，没什么，"赞扬没能让他的表情有丝毫改变，"但我要除掉那东西。"他抬头望着马斯膝老宅。

"你确定——"

"当然确定，你也一样。你难道没感觉到他有多邪恶？难道屋子不让你害怕吗？只是看一眼就害怕？"

"你说得对。"苏珊接受了他的意见。与本和麦特的逻辑不同，马克的理由来自感觉神经的末梢，苏珊对此没有反抗能力。

"我们怎么动手？"苏珊自然而然地低头，把领导权让给了马克。

"直接上去闯空门，"他说，"找到他，用木桩——我的木桩——插穿他心脏，然后扬长而去。他很可能在地窖里。他们喜欢黑暗的场所。带手电筒了吗？"

"没有。"

"该死，我也没有，"他穿着运动鞋的脚漫无目的地踢了几秒钟树叶，"不会连十字架也没带吧？"

"这我倒是带了。"苏珊答道。她拎着链子从衬衫里掏出十字架给马克看。马克点点头，也从衬衫里摸出他的链子。

"希望能在我爸妈到家前把这东西还回去，"马克郁郁地说，"是从我母亲的首饰盒里拿的。要是被她发现，我可就麻烦大了。"他环顾四周。就在两人说话的时候，树影已经拉长了不少，马克和苏珊都很想继续拖延下去。

"找到他以后，千万别看他的眼睛，"马克告诉苏珊，"他虽然要到天黑后才能离开棺材，但依旧能用眼神俘获你。你会背诵什么经文吗？"

森林和马斯滕老宅未经整修的草坪之间是灌木丛，他们此刻正在穿过这片灌木丛。

"呃，《主祷文》——"

"很好，这就不错。我也能背这篇。我插木桩的时候，咱们一起念。"

看到苏珊既厌恶又有些委顿的表情，马克握住苏珊的手，轻轻捏了捏。他沉着得让苏珊不安。"听我说，我们必须这样做。经过昨夜，我敢打赌，半个镇子的人都遭了毒手。再等下去，他会毁了整个林苑镇。蔓延的速度会越来越快。"

"昨夜？"

"我梦到了。"马克答道。他的声音依然冷静，但眼神阴沉。"我梦到他们来到家门口或打电话，恳求屋主让他们进去。有些人在心里深处知道，但还是让他们进了家门。因为你更愿意认为这么恐怖的事情不是真的。"

"只是一个梦而已。"苏珊不安地说。

"今天白天肯定有很多人躺在家里，拉起窗帘，放下百叶窗，怀疑自己是着凉了还是得了流感什么的。他们会感到虚弱，头昏脑涨，不愿吃饭。光是想到吃饭就足以让他们呕吐。"

"你怎么会知道这么多？"

"我喜欢读怪物杂志，"他答道，"找到机会就去看恐怖片，但总告诉妈妈说我打算看迪斯尼电影。书和电影的内容也不能全信，他们经常为了让故事更血腥而胡编乱造。"

他们来到了老宅的侧面。唉，我们这队人，这群信徒，可真够瞧的，苏珊这样想着。皓首穷经的半疯老教师，儿时噩梦缠身的作家，拿恐怖片和当代地摊读物当硕士课程研究的小男孩。还有我，我呢？我真心相信吗？偏执狂想是传染病吗？

扪心自问，她的确相信。

正如马克所说，到了这么靠近屋子的地方，你不可能再怀有嘲笑的心情。所有的思考过程，还有两人交谈这个行为本身，都笼罩在发乎心灵深处的"危险！危险！"呼号的阴影之下，这种呼号的内容无法用语言尽述。心跳和呼吸都急促起来，皮肤却因为肾上腺素导致的毛细血管扩张而发凉，这能够让血液在危急关头藏进内脏深处。肾脏发紧，直往下沉。眼神锐利得超乎想象，看清了老宅侧面的每一根木缝和每一块漆片。触发这些反应的不是任何外部诱因：没有持枪的男人，没有狂吠的猛犬，没有烟火的气味。五感之外，某个神秘的守护者从长久冬眠中悄然苏醒。你不可能忽视它的警告。

苏珊从百叶窗低处的缺口窥视室内。"咦，怎么还没整理屋子？"她甚至有些气恼，"还是那么一塌糊涂。"

"托我一把，让我看看。"

苏珊交叉十指，马克踏上去；视线穿过木条上的缺口，他看见了马斯滕老宅的残破客厅：厅堂呈四方形，宛如废墟，地板上积了一层厚厚的铜绿色尘埃（上面踩出了很多脚印），壁纸已经剥落，有两三把古老的安乐椅和一张伤痕累累的台子。靠近天花板的上屋角结满了蜘蛛网。

没等苏珊有机会反对，马克就挥起木桩的钝头，砸在了固定百叶窗的挂钩上。锈迹斑斑的窗钩应手而断，掉在地上，百叶窗吱吱嘎嘎地升起了一两英寸。

"嘿！"苏珊反对道，"怎么可以——"

"你打算怎么进去？按门铃？"

马克推开右手边的百叶窗，又敲开一块摇摇欲坠、蒙着灰尘的玻璃。玻璃落进室内，发出清脆的破碎声。炽热而强烈的恐惧感在苏珊心头升起，嘴里泛起铜锈味。

"现在跑还来得及。"苏珊说，几乎在自言自语。

马克低头看着她，眼神中没有轻蔑，只有同样强烈的恐惧。"你想走就走吧。"他说。

"不，我不想走，"她想吞下堵住喉咙的东西，却徒劳无用，"快点，我要撑不住了。"

马克敲掉窗框里留下的玻璃碴，把木桩在手中换了个方向，伸手拔起插销。窗户被拉了起来，只发出轻轻的吱嘎一声；通道就这样打开了。

苏珊放下马克，两人一言不发地盯着窗户看了几秒钟。苏珊探身把右手边的百叶窗推到头，双手撑住开裂的窗台，准备爬上去。内心的恐惧巨大得让她想吐，如魔胎般驻留在腹腔里。她终于明白了麦特·伯克上楼去面对客人房里的不速之客时的感受。

她向来或自觉或不自觉地将恐惧理解为一个简单的方程：恐惧等于未知。想解出这个方程，只要把未知数用普通的代数手段表达出来就行了，比方说：未知等于吱嘎作响的楼板（或其他随便什么），吱嘎作响的楼板等于没什么好害怕的。在这个摩登时代，没有哪个恐惧不能用"等于"这条传递性公理轻松解决。有些恐惧自有其道理（累得没法睁眼的时候不能开车，别对狂吠猛犬友好地伸出手，不能和不认识的男生停车亲热——老笑话怎么说来着？要么搞，要么走？），直到此时此刻，她这才相信超乎理解的巨大恐惧确实存在，恐惧感铺天盖地而来，几乎让人动弹不得。这个方程无解。光是继续前进就已经充满了英雄气概。

她协调地收缩肌肉，撑起身体，抬起一条腿跨过窗台，落在积满灰尘的客厅地板上，然后环顾四周。屋子内有一股味道，它从墙壁中渗出来，浓稠得如有实质。苏珊试图说服自己，那只是朽坏的灰泥，或是在破烂墙板后筑巢的动物积累多年的排泄物：土拨鼠，老鼠，说不定还有一两头浣熊。但实际上不止这些。这种味道比动物制造的臭味更浓郁，更有侵犯性；让苏珊想起眼泪、呕吐物和黑暗。

"嘿。"马克轻声叫道。他的双手在窗台上方挥舞。"拉我一把。"

苏珊探出头去，从腋窝下抱住马克，把他拽到能用手撑住窗台的高度。马克把身体弯成九十度，敏捷地跳进室内。穿着运动鞋的双脚砰然落在地毯上，屋子随即又陷入死寂。

两人在寂静中侧耳倾听，被寂静深深吸引。在彻底的无声环境中，神经末梢无事可做，会自己制造出频率极高的细微嗡嗡声，但此刻就连这种声音也听不到。除了毫无声音的死寂，只能听见耳朵里血流涌动的声音。

但苏珊和马克知道：这里并不是只有他们两个人。

2

"走，"马克说，"四处看看。"他攥紧木桩，扭头渴望地瞥了一眼窗口。

苏珊慢慢走向走廊，马克跟着她。门口有一张小茶几，上面摆着一本书。马克拾了起来。

"喂，"他说，"懂拉丁文吗？"

"一丁点，高中学的。"

"这是什么意思？"马克让苏珊看书脊。

苏珊念出那几个字的读音，皱起眉头思索；然后摇摇头："不知道。"

马克随便翻到一页，吓得一抖。这是一幅图画，画中的裸体男人把开膛破肚的孩童献给画面外的东西。他放下书，很高兴能远离它——蒙在书上的皮面的手感很熟悉，让他感到不安。两人顺着走廊走向厨房。这里的阴影更加厚实。太阳已经转到屋子的另外一侧去了。

"你闻到了吗？"马克问。

"是的。"

"这儿更难闻，对不对？"

"是的。"

马克回忆起母亲在以前家里开辟的冷藏食品室，有一年，三蒲式耳的西红柿在黑暗中悄悄腐烂了。现在闻到的味道就很像那个，西红柿腐烂霉变的气味。

苏珊悄声说："天哪，我太害怕了。"

马克伸出手，摸索着找到苏珊的手，两只手紧紧握在一起。

厨房地上铺的油毡很旧，沾着砂土，坑坑洼洼的，陶瓷水槽前的那一块磨得黑黢黢的。房间中央摆着一张疤痕累累的大桌子，上面搁着一个黄色碟子、一副刀叉和一块生汉堡肉。

地窖门微微开着。

"那就是我们必须去的地方。"马克说。

"哦。"苏珊声音微弱。

门只开了一条狭缝，光线根本无法刺入暗处。黑暗仿佛伸出舌头，如饥似渴地舔着厨房，等待夜晚降临后将其一口吞下。黑暗尽管只有四分之一英寸宽，其中蕴含的可能性却丑恶得无法用语言形容。苏珊无助地站在马克身旁，动也不敢动。

马克上前一步，拉开地窖门，驻足片刻，窥视门内的光景。苏珊发现马克颚下有块肌肉在颤抖。

"我想——"他正要说话，苏珊却听见背后有响动，她转身去看，忽然间觉得自己动作太慢，忽然间觉得一切都为时已晚。来者是斯特莱克，他满脸狞笑。

马克转身想弯腰躲闪，但斯特莱克的拳头已经落在下巴上，他失去了知觉。

3

马克醒来时，正被扛着走上一段楼梯——还好不是地窖的楼梯。

这里没有被石墙包围的逼仄感，空气也没有那么腐臭。他把眼皮撑开最细的一条窄缝，脑袋仍旧软绵绵地耷拉着。前方是楼梯拐角……二楼。他看得非常清楚。太阳还没落山；那么，他还有一线生机。

到了楼梯口，抱着他的两条胳膊忽然松开。马克重重地摔在地板上，磕痛了脑袋。

"少爷，你难道以为我不知道你在装死？"斯特莱克问他。马克躺在地板上，斯特莱克在他眼中足有十英尺高。光头在逐渐昏暗的阳光中闪闪发亮，显出几分微妙的优雅。马克看见斯特莱克的肩头挂着一卷绳索，感到更加害怕了。

他的手伸向装枪的口袋。

斯特莱克仰天大笑："少爷，我自作主张拿走了手枪。怎么可以让孩子接触他们不理解的武器？正如他们不该领着年轻女士未经邀请进入他人住处。"

"你把苏珊·诺顿怎么了？"

斯特莱克笑了起来："好孩子，我带她去了她想去的地方。地窖里。等太阳下山，她就能见到她想见的人了。你自己也会和他见面，也许在今夜晚些时候，也许在明天晚上。当然啦，他或许会把你交给那姑娘……但我更认为他愿意亲自接待你。那女孩有她的一群朋友，其中也有你这种爱管闲事的货色。"

马克抬起双腿，踹向斯特莱克的腹股沟，斯特莱克一个侧步轻松避开，动作仿佛舞蹈高手。与此同时，他提脚踢了过来，正中马克的后腰眼。

马克咬住嘴唇，在地上翻滚。

斯特莱克咯咯一笑："来吧，少爷，站起来。"

"我……站不起来。"

"那就爬吧。"斯特莱克轻蔑地说。他又飞来一脚，这次踢中的是大腿的肌肉部分。疼得死去活来，但马克紧咬牙关。他先是跪起来，然后站起身。

两人走向走廊尽头的房间。腰眼的痛觉逐渐减轻，但仍在钝钝地疼。"你打算怎么对付我？"

"把你像春鸡那样捆起来，少爷，等我的主人跟你交流完了，就放你自由。"

"和其他人一样？"

斯特莱克只是笑笑。

马克推开门，走进休伯特·马斯滕自缢的房间，他的脑海里发生了奇异的变化。恐惧并没有消散，但似乎不再阻碍他的思路，堵塞一切有建设性的信号。思绪以令人惊讶的速度疾驰，使用的工具不是词句，也不完全是图像，而是某种符号性的速记标记。他觉得自己就像个灯泡，忽然接收到了不知来自何方的巨大能量。

房间本身极为平常。墙纸成条成缕地剥落，露出底下的白色灰泥和板岩石材。地板上积着厚厚的岁月和尘土，但地上只有一行脚印，说明有人进来过一次，四处看了看，转身离开。房间里有两摞杂志，有一张既没有弹簧也没有床垫的铸铁行军床，有一片堵烟囱炉口的马口铁盘子，上面的柯里尔-艾夫斯印画已经褪色。百叶窗合着，阳光透过破损的叶片和灰尘钻进房间，马克知道距离日落大概还有一个小时。房间里弥漫着古老的污秽气息。

马克推开门，看清房间里的东西，走到房间正中，在斯特莱克叫他停下的地方站住，从头到尾大概只有五秒钟。就在这一小段时间内，马克的思路沿着三条轨道疾驰，推断出眼前局势的三种不同发展。

第一，他突然冲过房间，奔向百叶窗合着的窗户，学着西部电影里的主角，撞破玻璃和百叶窗跳下去，不去管底下堆着什么。心灵之眼看见他撞破窗户，落在一堆废弃的农用机械上，被并不锋利的犁头刺穿，像大头针上的昆虫标本似的挣扎，度过人生的最后几秒钟。心灵之眼又看见他撞破玻璃，但百叶窗只是抖了抖，没有破裂。他看见斯特莱克把自己拽回来，他衣服破了，遍体鳞伤，十几个地方同时流血。

第二条轨道，他看见斯特莱克把他绑起来后离开。他看见他在地上蠕动，看着阳光逐渐熄灭，看见他挣扎得越来越疯狂（但白费力气），终于听见楼梯上传来稳健的脚步声，来者比斯特莱克还要可怕一百万倍。

第三条轨道，他看见自己使出去年夏天从胡迪尼传记里看来的技巧。胡迪尼，著名的魔术师，他特别擅长逃出监狱牢房、上铁链的箱子和银行保险金库，甚至是扔进河里的衣箱。他能够挣脱绳索、警用手铐和中国拇指铐。书里提到他使用的一项技巧：当观众志愿者捆他时屏住呼吸，把双手握成拳头，同时鼓起大腿、前臂和颈部肌肉。假如你的肌肉足够发达，放松身体后绳子就会有所松弛。接下来的诀窍是彻底放松身体，慢而坚决地脱出捆绑，不要在恐慌催促下加快动作。身体一点一点会分泌出可供润滑的汗液，这也很有帮助。书里写的让人感觉非常容易。

"转过脸，"斯特莱克说，"我要把你捆起来。我捆你的时候，你不准乱动。只要动一下，我就用这个"——他在马克面前像要搭车似的竖起大拇指——"戳破你的右眼。听明白了？"

马克点点头。他深深吸气，屏住，鼓起全身肌肉。

斯特莱克把绳索扔过一根房梁。

"躺下。"他说。

马克躺下。

斯特莱克把马克的双臂叠放在背后，用绳子捆紧。他做个绳圈，套住马克的脖子，扎成吊人结。"少爷，主人在这个国家的亲戚朋友和赞助人就吊死在这根房梁上，如今你要和它亲近一阵子了，不觉得受宠若惊吗？"

马克嘟囔一声，斯特莱克大笑。他把绳子兜过马克的腹股沟，猛地一抽松弛的绳头，马克痛得呻吟。

斯特莱克以恶魔般的好心情吃吃笑："弄疼你的小宝贝了？不会管用太久啦。亲爱的孩子，你很快就将过上禁欲的生活，而且很长很久。"

他用绳子扎住马克绷紧的大腿，打了一根很紧的结，又绕过他的双膝，然后是两个脚腕。马克非常需要呼吸，但他坚强地忍住了。

"你在颤抖，少爷，"斯特莱克嘲讽道，"这下把你捆得可够紧的。皮肤煞白，都没血色了——唉，很快会变得更白的！没必要那么害怕。我的主人非常仁慈。他在你们这个小镇上深受爱戴。只有一下小小的刺痛，不比医生给你注射更疼，然后就是甘美的感觉了。事后他会还你自由。你会回去探望父母，对吧？你会在他们睡觉后去拜访他们。"

他站起身，和善地低头看着马克："少爷，请允许我暂时告退。您那位可爱的伙伴也将会安排得舒舒服服的。等下次再见，你会更加喜欢我的。"

斯特莱克摔上房门离开。锁眼里传来钥匙转动的咔哒一声。脚步声在楼梯上渐渐远去，马克呼地一声吐出肺里的浊气，放松身上的肌肉。

捆住他的绳索变得松弛，但只有一点点。

他躺在地上一动不动，积聚力气。大脑依然以超自然的速度令人振奋地飞转。从马克的所在之处望去，视线越过膨胀后高低不平的地板，穿过铸铁行军床的框架，落在床背后的墙壁上。那里的墙纸已经脱落，蛇蜕般掉在床架旁。他把注意力集中在墙上一块很小的区域上，仔细打量那片地方。他驱散大脑里其他所有的念头。胡迪尼那本书里说，聚精会神是最重要的因素。脑海里不允许存在恐惧和一丝惊慌。必须完全放松肉体。在任何一根手指仅仅抽动一下之前，你必须在大脑里预演逃脱。每个步骤都必须清晰地存在于意识之中。

他看着墙壁，几分钟过去了。

白色的墙壁起伏不平，宛如古旧的汽车影院银幕。终于，随着身体放松到了最高程度，他终于看见自己被投影在墙上：一个穿蓝色T恤和李维斯牛仔裤的小男孩。男孩侧躺着，双臂被拉到背后，手腕贴臀部上方的腰窝，脖子上扎着套索，剧烈挣扎会导致活结无情地收紧，大脑无法得到足够的氧气供应，最终失去知觉。

他望着墙壁。

尽管本人躺在地上一动不动，但人影已经小心翼翼地行动起来了。马克着迷地注视着虚像的一举一动。他注意力的集中程度堪比印度苦行僧和瑜伽修炼者，那些人能一连数天对着他们的脚趾或鼻尖冥想；这也是灵媒所进入的特定状态，他们能在无意识的情况下用意念举起桌子，或者从鼻口指尖挤出灵体卷须。他的情况类似于禅定。马克心中没有斯特莱克，也没有正在变暗的阳光。他不再看见粗糙的地板、行军床的床架，甚至是那面墙壁。他眼中只有那个孩子，只有那个完美的人影，精确地控制着肌肉，跳一场入微的舞蹈。

他望着墙壁。

终于，他开始动了，两腕各画一个半圆，互相靠拢。两个半圆画到顶点，两个手掌的拇指侧面碰到一起。除了前臂末端的肌肉，其他肌肉都没有参与其中。他并不慌乱。他望着墙壁。

毛孔里渗出汗水，两腕的活动变得轻松。半圆变成了四分之三圆，手背在各自的顶点处互相接触。捆住手腕的绳圈略略松了一丁点。

他停住了。

几秒钟后，他把两个大拇指压进掌心，其余的手指蠕动着贴在一起。他的脸上毫无表情，活像百货商店里的塑料假人。

五分钟过去了。他的双手淌满了汗水。注意力极度集中使得大脑部分接管了交感神经系统，这也属于瑜伽修炼者和苦行僧的异能，不知不觉间，马克控制住了身体的某些不自主功能。透出毛孔的汗水远远多于精细的肌肉运动能够产生的汗水。双手仿佛涂了一层油。汗珠从前额滴落，染黑了地板上的白色灰尘。

他上上下下地移动两臂，现在使用的是二头肌和背部肌肉。脖子上的套索收紧了几分，但他能感觉到捆住双手的绳圈之一正在朝右掌的低处移动，此刻已经顶在了拇指的肉垫处——这就对了！欣喜瞬间传遍全身，但他立刻停了下来，等待这阵情感爆发结束。过后，他又开始行动。上——下，上——下，上——下。每套动作都能让他脱出八分之一英寸。忽然之间，他的右手自由了，连他自己也吃了一惊。

他让右手留在原处，屈伸数次。确定右手足够灵活后，他把手指插进捆住左腕的绳圈中，稍稍一撬。左手也自由了。

他把双手绕到身前，搁在地上。闭上眼睛冥想片刻。此刻的重点在于不能多想已经获得的成果。这套把戏的关键就是深思熟虑，谋定而后动。

他用左手撑起身体，右手抚摸脖子上固定套索的绳结，不放过任何一个隆起和低洼处。他很快明白过来，要解开它，就必须近乎勒死自己，同时还会加大睾丸受到的压力，而睾丸已经在隐约抽痛了。

他深深吸气，开始解绳结。绳子渐渐收紧，压迫他的颈部和腹股沟。粗糙的麻质纤维扎进喉咙，仿佛微小的文身针头。绳结不肯就范，和他僵持了不知多久。巨大的黑色花朵无声地在眼前爆开，视线逐渐模糊。千万不能着急。他持续用力，前后扭动绳结，终于感觉到它有所松动。有一瞬间，腹股沟受到的压力大得不堪忍受，他痉挛般的拼命一挣，把套索从头上取了下来，疼痛随之减轻。

他坐起来，昂起头，大口喘粗气，用双手捂住受伤的睾丸。锐利的剧痛减缓成发钝的弥散性疼痛，他有些想吐。

疼痛逐渐减轻，他望向拉着百叶窗的窗户。透过破损板条漏进室内的光线呈发暗的赭黄色——快日落了；而门还锁着。

他把松脱的套索从房梁上拽下来，开始解捆住双腿的绳结。绳结紧得让人发狂，自主反应插手之后，他的注意力没那么集中了。

他解放了大腿和两膝，一场感觉起来永无尽头的搏斗后，他的脚腕也获得了自由。他虚弱地站起来，身子摇摇欲坠，不再妨碍行动的绳子落在地上。

楼下传来响动：脚步声。

马克惊慌失措，抬头张望，鼻孔不停翕张。他跌跌撞撞跑到窗前，想抬起窗户：被钉子钉死了，生锈的三寸大钉砸弯嵌进廉价窗台，状如订书钉。

脚步声正在上楼。

他用手背抹了一下嘴，疯狂扫视整个房间。两捆杂志。一小块马口铁，背后是十九世纪九十年代的夏日野餐图。铸铁床架。

他绝望地跑过去，抬起床架的一头。某位不知名的神祇也许看到马克靠自己制造出了多少好运，于是也施舍给了他一丁点。

脚步声沿着走廊走向房门；马克终于拧完固定床脚的最后一圈螺丝，把床腿拿在手中。

4

门打开了，马克站在门背后，床腿举在半空中，像极了手持战斧的印第安人木雕。

"少爷，我来请——"

斯特莱克看见地上的一堆绳子，但没见到马克本人，他在惊讶中愣了足足一秒钟。他的身体有一半已经走进房间。

对马克来说，事情的发生速度就像慢镜头重播的橄榄球截击动作。他仿佛有几分钟而不是几分之一秒来瞄准从门框探进房间的四分之一个头颅。

他用双手挥动床腿，砸了下去，并没有用上全部力气，因为他把部分力量分配在瞄准上。斯特莱克刚转过来，正要往门背后看，床腿刚好砸中他的太阳穴上方。圆睁的双眼疼得猛然紧闭，鲜血令人惊诧地从头皮上喷涌而出。

斯特莱克的身体一缩，他踉跄着退进房间；脸孔扭曲成狰狞的可怕形状。他伸出手，马克再次出击。铁管这次砸中了前额凸起处上方的光秃头顶，又是一股鲜血喷涌而出。

他像是没有骨头似的倒下去，翻了白眼。

马克绕着斯特莱克的身体走了一圈，他圆睁的双眼瞪得都快掉出来了。床腿的一头沾着血，比彩色电影里的血液颜色要暗。看着它，马克有点反胃，然而看着斯特莱克，他却没有任何感觉。

我杀了他，马克心想。紧随其后的念头：很好，非常好。

斯特莱克突然抓住他的脚腕。

马克惊叫一声，努力想挣脱出来。那只手却仿佛铁箍，斯特莱克抬起头看他，滴流而下的鲜血中，双眼闪着冰冷的光芒。他的嘴唇在动，但没有发出声音。马克使出更大的力气挣扎，但毫无用处。他呻吟了半声，挥起床腿猛砸斯特莱克握紧的手。一下，两下，三下，四下。他听见指头像铅笔般断裂的可怕脆响。手松开了，他拔出腿，踉跄着跑出房门，冲进走廊。

斯特莱克的头部再次贴在地上，被砸烂了的手却举在半空中，仍带着可怕的活力一张一合，仿佛狗在梦中追猫时脚爪的抽搐样子。

床腿从马克无力的手指间滑落，他颤抖着慢慢退开。惊恐终于控制住了他，马克转过身，顺着楼梯飞奔而下，麻木的双腿每一步跳下两三级台阶，一只手掠过开裂的栏杆。

前厅已经被阴影笼罩，黑得可怕。

他跑进厨房，朝敞开的地窖门投去畏缩而疯狂的视线。太阳正在落山，天空中闪着辉煌的红色、黄色和紫色的光束。十六英里外的一家殡仪馆里，本·米尔斯望着挂钟的指针在七点零一和七点零二分之间犹豫不前。

马克对此一无所知，但他知道吸血鬼的活动时间即将来临。留得越久，就意味着一场又一场的狭路相逢；去地窖拯救苏珊意味着被征召进入活尸大军的行列。

但他依然走进了地窖门，而且还向下走了三级台阶，直到恐惧变成生理上的束缚，不允许他继续前进。他在哭，身体像发疯似的颤抖，就像疟疾发病。

"苏珊！"他叫道，"快跑！"

"马——马克？"苏珊的声音虚弱而茫然，"我看不见。太黑——"

突然传来一声轰然巨响，就像空洞的枪声，随后是一阵深沉而没有灵魂的窃笑。

苏珊开始尖叫……叫声渐渐衰竭，变成呻吟，进而化作寂静。

马克依然站在那里，两脚像羽毛似的抖动，随时都有可能被风吹走。

底下响起一个友善的声音，像极了他的父亲："下来吧，我的孩子。我欣赏你。"

声音中蕴含着巨大的力量，让他觉得恐惧像潮水似的退去，羽毛般抖动的双脚仿佛灌了铅。他真的又迈出了一步，随即被自己控制住，但这次努力耗尽了他剩下的全部自律能力。

"下来吧。"声音移近了。友善的父性之下，这个命令的声音光滑如钢铁。

马克朝下吼叫道："我知道你叫什么！你叫巴洛！"

他飞奔而去。

等马克跑进前厅，恐惧再次完全笼罩了他，还好大门没有上锁，否则他大概会径直破门而出，在门上留下动画片里的那种剪影。

他跑下车道（像极了多年前的另一个孩子：本杰明·米尔斯），然后沿着布鲁克斯路的中线奔向小镇，前方是否安全还很可疑。但至少比现在安全，没有吸血鬼帝王撵着你跑，对吧？

他突然拐下公路，没头苍蝇一般闯过树林，蹚过塔加特溪，被对岸的一丛牛蒡绊了一跤，最后终于冲进他家后院。

他从厨房门进屋，透过拱门望向客厅，看见脸上用大写字母写满了忧虑的母亲，她正在打电话，膝头摆着一本电话号码簿。

母亲抬起头看见马克，如释重负的表情像波浪似的在脸上扩散。

"——他回来了——"

母亲没有等待对方答话，放下话筒走向马克。马克看见母亲明显哭过，心头涌起的歉疚强烈得超过了母亲能够想象的程度。

"天哪，马克……你去哪儿了？"

"他回来了？"父亲在书房里喊道。尽管看不见，但他肯定满脸怒容。

"你去哪儿了？"母亲抓住马克的肩膀使劲摇晃。

"外面，"马克无力地说，"跑回家的路上摔了一跤。"

其他没什么可说的了。孩提时代最本质、最具代表性的特征，不是毫不费力地就能将梦想和现实合而为一，而是疏离。你无法用语言解释孩子阴郁的转折和外在的表现。聪明的孩子能认出它，坦然承受必要的后果。懂得计算得失的孩子就不再是孩子了。

他又说："一不注意时间就过去了，它——"

这时，父亲的巴掌扇了过来。

5

星期一黎明前的某个时刻，天还很黑。

他听见抓挠窗户的声音。

他立刻从睡梦中惊醒，没有瞌睡和晕头转向的过渡期。梦境和现实都那么疯狂，两者相似得可怕。

窗外黑暗中的惨白面庞属于苏珊。

"马克……让我进来。"

他爬下床，光着脚踩着冷冷的地板。他不停颤抖。

"滚开。"马克干巴巴地说。他看见苏珊还穿着同样的衬衫和休闲裤。不知道她父母是否担心，他想。不知道他们有没有给警察打电话。

"马克，没那么可怕。"她眼神呆滞，瞳仁如黑曜岩般深邃。她微笑，露出牙齿；牙龈苍白，牙齿闪着锐利的银光。"总是这么美好。让我进来，展示给你看。马克，我会吻你。我会吻遍你全身，你妈妈可不会那么吻你。"

"滚开！"马克重复道。

"我们迟早会有人逮住你，"她说，"我们的数量已经很多。马克，让我成为这个人吧。我……我很饿。"苏珊试图微笑，笑容在黑暗中扭曲成一个鬼脸，让马克感到彻骨的寒意。

他举起十字架，按在窗玻璃上。

她发出像灼烫似的嘶嘶声。她松开窗框，在虚空中悬浮了一瞬间，随即雾化，变得模糊，最后终于消失。但在她消失前，马克看见（或者认为他看见）她脸上露出了饱含渴望的不悦神情。

夜晚又变得万籁俱寂。

我们的数量已经很多。

马克的思绪转向楼下的父母，他们毫无准备地在危险中酣睡，恐惧攫住他的肚肠。

按照苏珊早些时候的说法，还有其他人知道或是起了疑心。

谁？

肯定是那位作家。最近和苏珊约会的男人。他叫米尔斯，住在伊娃的寄宿公寓。作家见多识广，肯定是他没错。他必须和米尔斯取得联系，赶在她——

马克在走回床铺的路上停下脚步。

前提是她还没有拜访过米尔斯。

第十三章　卡拉汉神父

1

同一个星期天的傍晚，卡拉汉神父踌躇地走进麦特·伯克的病房，根据麦特的手表，此刻是七点差一刻。床头柜和床单上摆满了书本，有些旧书蒙着灰尘。麦特给洛芮塔·斯塔奇这位老姑娘的住处打了电话，结果她不但在星期天打开图书馆，还亲自把书送进病房。进门的时候，她背后跟着医院的三名勤杂工，每个人怀里都抱满了书本。离开时洛芮塔有点愤愤不平，因为麦特竟然拒绝说明他为何要借这些乌七八糟的怪书。

卡拉汉神父好奇地打量着老教师。他看起来很疲惫，但和神父在类似情形下遇到的其他教众不同，既不是特别疲惫，也不是既震惊又厌倦。卡拉汉发现病人得知自己得了癌症、中风、心脏病或重要器官衰竭时，第一反应往往是觉得受到了背叛。患者惊讶于自己的身体——这个无比亲密的好朋友，至少也是一辈子理解最深的朋友——竟然懒散到了消极怠工的地步。接踵而至的反应是认为这个残酷地背叛自己的朋友实在不值得拥有。以上反应的最后结论是这个朋友有没有都无所谓。但你无法拒绝和背叛你的身体说话，也不能一纸诉状把它告上法庭，更不可能在它来电时假装自己不在家。病床推理的终点是你认识到还存在一个极为丑恶的可能性：你的身体也许根本不是朋友，而是不共戴天的仇敌，一门心思要摧毁你这个有时善用有时滥用它的不可抗力，而你对它的欺压自从你染上理性这种疾病后就没停下过。

有一次在酩酊大醉后的癫狂状态中，卡拉汉坐下来就这个看法为《天主教期刊》写了篇专论。他甚至画了幅促狭的漫画来进一步阐释，画里有颗大脑，搁在摩天大楼最高一层的壁架上。建筑物（标为"人体"）正燃起熊熊烈火（标为"癌症"，不过用另外十几个词汇代替亦可）。这幅漫画题为"太高了，不敢跳"。第二天被迫清醒过来以后，他把那篇很有前途的专论撕成碎片，将漫画付之一炬——画里的两者在天主教教义中都找不到对应物，除非你愿意添上一架垂下绳梯的直升飞机（标为"基督"）。总而言之，他认为这个洞察很真实，对患者缠绵病榻时的逻辑的理解准确得令人压抑。症状包括迟钝的眼神、缓慢的反应和从胸腔深处挤出来的叹息，有时还有看见神职人员时迸发的泪水，神职人员就像乌鸦，向有思考能力的生物预报死亡的冰冷事实。

麦特·伯克却没有显露出这种抑郁的任何症状。他伸出手，卡拉汉和他握手，发现他的手有力得惊人。

"卡拉汉神父，很高兴你能来。"

"乐意之至。优秀的教师就像妻子的智慧，都是无价之宝。"

"连我这种信奉不可知论的老顽固也是吗？"

"尤其是，"卡拉汉开心地和他斗嘴，"难得逮住你生病的时候。有人说散兵坑里人人信神，特护病房里恐怕也没几个不可知论者。"

"哎呀，但我很快就能出去了。"

"呸，"卡拉汉说，"迟早要让你高喊'万福马利亚'和'我们天上的父'。"

"这个嘛，"麦特说，"倒是没有你想象中那么遥不可及。"

卡拉汉神父坐下来，拽椅子的时候，膝盖撞上了床头柜。乱堆的书像瀑布似的落向膝头。他把它们放回去，大声念出书名。

"《德古拉》《德古拉的客人》《寻找德古拉》《金枝》《吸血鬼自然史》——自然？《匈牙利民间故事集》《黑暗的怪物》《现实中的怪物》《彼得·科廷，杜塞尔多夫的怪物》。还有……"他拂去最后一本书封面上厚实的锈尘，以威胁姿势伏在酣睡少女上方的鬼怪赫然出现，《吸血魔瓦尼——鲜血盛筵》。天哪——康复期的心脏病患者必须读这些？"

麦特笑着答道："可怜的老瓦尼。多年前念大学时读过，为了写

Eh-279 的课程报告……《浪漫主义文学》。教授脑子里的幻想文学始于《贝奥武甫》，结束于《地狱来鸿》。我的报告得了 D-，批语叫我提升眼界。"

"彼得·科廷的案子很有意思，"卡拉汉说，"尽管让人厌恶。"

"你知道他的事情？"

"大致知道。我念神学院时对这种事很感兴趣。我编了个借口给疑心病特别重的长辈：想成为成功的神职人员，不但要仰视人性的巅峰，也要探索人性的深渊。骗骗人罢了。其实我只是想找刺激。科廷，我记得他很小就溺杀了两名玩伴，他爬上泊在宽阔河面中央的小浮筒，然后不停推开他们，直到他们力竭淹死。"

"对，"麦特说，"十多岁的时候，一个女孩拒绝和他散步，他就两次企图杀害女孩的父母。他后来烧了他们家的屋子。不过，这不是他……他的犯罪生涯中我最感兴趣的部分。"

"根据你这些阅读材料，显然不是。"

他从被单上捡起一本漫画，漫画封面是个身材异常火爆的年轻女人，她身穿紧身衣物，正在吸食年轻男人的血液。年轻男人的表情令人不安，糅合了极度的惊恐和极度的肉欲。漫画名叫《吸血女郎梵蓓娜》[①]，这显然也是那个年轻女人的名字。卡拉汉放下杂志，他这辈子从没有这么好奇过。

"科廷袭击并杀死了十几个女人，"卡拉汉说，"用榔头毁伤了更多的受害者。若是碰到受害者每个月的那几天，他还要喝她们的经血。"

麦特·伯克又点点头。"少为人知的是，"他说，"他也对动物下手。到了入魔最深的时候，他在杜塞尔多夫中央公园袭击了两只天鹅，拧掉它们的脑袋，喝从脖子里涌出来的鲜血。"

"这和你找我的原因有关系吗？"卡拉汉问，"科莱斯夫人说你有很重要的事情找我。"

"有关系，也确实很重要。"

---

① 《吸血女郎梵蓓娜》(*Vampirella*)：美国漫画，从 1969 年断续连载至今。

"到底是什么事情？假如你在撩拨我的好奇心，那你无疑成功了。"

麦特静静地看着他："我的好朋友本·米尔斯，他今天原本应该去拜访你；但你的管家说他没来过。"

"的确如此。今天下午两点钟以后我没见过任何人。"

"我联系不上他。他和我的医生詹姆斯·科迪一起离开医院。我联系不上科迪，也联系不上本的女朋友苏珊·诺顿。苏珊今天下午早些时候离开家，答应父母五点前肯定回来。她父母很着急。"

听到这里，卡拉汉直起了腰。他和比尔·诺顿算是点头之交，比尔找他咨询过几位信天主教的同事的问题。"你怀疑出意外了？"

"我先问你个问题，"麦特说，"请严肃对待，想清楚了再回答。你有没有注意到最近镇子上有什么异常情况？"

卡拉汉先前的感觉此刻得到了确证：这位先生正在小心翼翼地推进话题，不想让心里的事情一下子吓跑他。这堆书籍提供的暗示实在荒谬绝伦。

"撒冷林苑镇闹吸血鬼了？"他问。

他心想，假如患者在生命中向某些东西投注了足够多的心血，比方说画家、音乐家、只想着尚未竣工的建筑物的木匠，那么重病后的深度抑郁偶尔也有可能避免。另一方面，强烈的兴趣也很可能与某些或无害（或不太有害）的妄想存在关联，但在大病袭来前才刚刚冒头。

他在缅因州医疗中心与一位来自校园山的老先生长时间交谈过，对方名叫霍里斯，罹患晚期肠癌。尽管他无疑在遭受剧痛折磨，却就天王星生物如何渗透进入美国生活的各方各面给卡拉汉上了极为详尽的一课。"今天在桑尼的阿莫科加油站帮你灌满油箱的还是法尔茅斯来的乔·布洛本人，"瘦得只剩下一把骨头的老先生说得两眼放光，"到明天就是外表和乔·布洛一模一样的天王星人了。你要知道，他甚至拥有乔·布洛的记忆和讲话模式。因为天王星人吃阿尔法脑波……吧唧，吧唧，吧唧！"按照霍里斯的说法，他根本没有得癌症，而是深度镭射中毒。天王星人知道他发现了他们的阴谋，警觉起来，决定除掉他。霍里斯已经认命了，准备和他们战斗到底。卡拉汉没有费工夫和他争论——那些就留给好心肠但硬脑壳的亲戚吧。卡拉汉觉得这种形式的精神错乱就像一大口顺风威士忌，极具安抚人心的良效。

因此，他只是合起双手，等待麦特说下去。

麦特说："本来就已经难以启齿了。你要是再以为我在病床上躺出了痴呆症就更不容易了。"

听到脑子里刚刚转过的念头被人揭破，卡拉汉吓了一跳，险些没有绷住扑克脸——尽管表露出的情绪不会是忧虑，而是钦佩。

"恰恰相反，你看起来非常清醒。"他说。

麦特叹了口气："我们都知道，清醒不代表心智正常。"他换了个姿势，碰乱了身旁的书籍。"假如真有上帝，他肯定在让我为一辈子谨慎的学院主义态度赎罪，一件事只要没得到三次脚注引证，我就不肯把它纳入智性范畴。现在，今天第二次，我将被迫在没有任何证据支持前就做出最疯狂的推断。假如要我为自己的精神状态辩护，我只能说费不了多大力气就能证明我的观点是对是错，希望你能用足够严肃的态度看待我，在为时太晚之前进行试验，"他嘿嘿一笑，"在为时太晚之前。听起来是不是像是来自这堆三十年代的地摊杂志？"

"生活充满闹剧。"卡拉汉评论道，心想若是果真如此，他最近可没怎么看到过。

"那么，请允许我再问一遍。这个周末你有没有注意到任何——任何——不寻常或特别的事情？"

"和吸血鬼有关，还是——"

"随便和什么有关。"

卡拉汉想了一会儿。"垃圾场关门，"他最后说，"但大门被撞开了，所以我直接开车进去。"他笑了笑。"我比较喜欢自己把垃圾送过去。很方便，也很谦恭，可以让我沉浸在精英主义的幻想之中，幻想自己是贫穷但快乐的无产阶级。另外，没看见杜德·罗杰斯。"

"还有吗？"

"呃……克罗凯特一家今天早上没来做弥撒，克罗凯特夫人几乎没有失约过。”

“还有吗？”

“可怜的格立克夫人——”

麦特用手肘撑起身体：“格立克夫人？她怎么了？”

“她死了。”

“死因呢？”

“宝琳·狄更斯似乎认为是心脏病突发。”卡拉汉有些迟疑地说。

“林苑镇今天还有人去世吗？”这个问题在平时肯定傻乎乎。尽管镇上的老年人比例很大，但撒冷林苑镇这种小地方只要有人去世，消息无疑很快就会传开。

“没有，”卡拉汉缓缓地说，“但死亡率最近确实偏高，对吧？迈克·莱尔森……弗洛伊德·蒂比茨……麦克杜格尔家的婴儿……”

麦特点点头，面露倦色。“都死得很蹊跷，”他说，“但局势已经发展到了他们会互相掩盖的地步。再过几晚，恐怕……恐怕……”

“咱们就别再兜圈子了。”卡拉汉说。

“好吧。总之最近死去的人多了些，对吗？”

他从头到尾讲述近日的遭遇，将本、苏珊和吉米补充的细节也加进来，毫无保留。等他最后讲完，今夜的恐怖对本和吉米来说已经结束；对苏珊·诺顿来说才刚刚开始。

2

麦特讲完后沉吟片刻，这才问神父：“那么，我疯了吗？”

“你倒是很清楚别人会怎么评价你，”卡拉汉说，“尽管你事实上已经说服了米尔斯先生和你自己的医生。不，我不认为你发疯了。说到底，我毕竟是和超自然力量打交道的行家。请允许我卖弄一下双关语：那就是我的面包和酒。”

“可是——”

"我给你讲件事情吧。我不敢保证它一定是真的，但我敢保证我本人相信它是真的。事情和我的一个好朋友有关系，雷蒙德·比松奈特神父，他在康沃尔当了许多年教区的本堂神父，那地方在所谓的'锡海岸'边。知道吗？"

"读到过。"

"五年前他写信给我，说他被叫到教区的一个偏僻角落，为一名'憔悴而死'的女孩主持葬礼。女孩的灵柩装满了野玫瑰，雷已经觉得很不寻常了。更让他觉得不可思议的是女孩的嘴巴用一根木棍撑开，塞满了大蒜和野生百里香。"

"那不就是——"

"没错，针对活尸复生的传统保护手法。民间的处理方法。雷问起来，女孩的父亲一本正经地回答说女孩是被梦淫妖杀死的。你知道那是什么吗？"

"性爱吸血鬼。"

"女孩和一个叫班诺克的小伙子有婚约，班诺克的脖子侧面有一大块草莓色的胎记。婚礼前两周，他在下班回家的路上被车撞死。两年后，女孩和另一个男人订婚。但就在再次散发喜帖前一周，她突然毁约退婚。女孩告诉父母和朋友，约翰·班诺克夜里来找过她，指责她对他不忠。按照雷的说法，她现在的恋人并不担心恶魔拜访，而是担心姑娘有可能精神失常。总之，她慢慢消瘦，死去，按照教会的古老方式下葬。

"这些因素并不足以促使雷写信给我。真正让他觉得奇怪的事情发生在女孩下葬后两个来月。某天早晨散步时，雷发现一个年轻男人站在女孩墓前，他脖子侧面有一块草莓颜色的胎记。这还不算完呢，前一年圣诞节雷的父母送给他一台宝丽来相机，他喜欢从各种角度为康沃尔县的田园风光拍快照。我家里的一本相册里收了几张，确实不赖。那天早晨相机恰好挂在他脖子上，他拍了几张年轻人的快照。他把照片拿给村民看，得到的反应蔚为壮观。一位老妇人晕了过去，死去女孩的母亲当街跪下祈祷。

"但是，第二天早晨，等雷再次取出照片，年轻人的身影完全从图像中消失了，只留下当地墓园的几张照片。"

"你相信吗？"麦特问。

"当然相信。我认为大多数人都会相信。普通人对超自然力量的怀疑程度还不及小说家通常认为的一半。就事论事，多数作家对幽灵、魔鬼、妖怪的态度比街头常人顽固得多。洛夫克罗夫特是无神论者。埃德加·爱伦·坡是半吊子先验论者。霍桑是保守派信徒。"

"你很熟悉这个话题嘛。"麦特说。

神父耸耸肩。"我小时候对神秘和怪诞事物很感兴趣，"他说，"长大以后，我受神职召唤，兴趣不但没有减少，反而愈烧愈旺了。"他深深叹息。"但最近我总在琢磨有关世间邪恶本性的艰难问题，"他扭扭嘴唇，苦笑着补充道，"毁坏了许多乐趣。"

"那么……你愿意帮我查几件事情吗？还有，能不能带些圣水和圣饼给我？"

"你这下可踏进了神学中最令人不安的领域。"卡拉汉的语气非常严肃。

"为什么？"

"我不会拒绝你，现在肯定不会，"卡拉汉说，"而我必须告诉你，假如你遇到的是个更年轻的神甫，他多半立刻就会同意，就算有疑虑也只会有一星半点。"他的笑容很苦涩。"他们把教会的外部标志视为象征性的东西，不具有实用性，就像萨满巫师的头饰和医疗手杖。年轻的神甫会认为你疯了，然而只要洒几滴圣水就能安抚你的疯病，那又有何不可呢？但我做不到。要我身穿笔挺的哈里斯毛料正装，胳膊底下夹一本西碧尔·利克的《感官驱魔人》，帮你继续调查下去，那是你我之间的事情。但要我拿圣饼给你……那我就在以圣公会的代理人身份做事了，准备主持我眼中教会最有灵性的仪式。我是基督在世上的代表。"他眼神变得严肃而庄重。"我经常想：我这个神职人员实在不怎么称职，有点冷嘲热讽，有点愤世嫉俗，最近还遭遇了……怎么说呢？信仰危机？身份危机？……但依然相信教会代表的那种伟大、神秘、尊崇的力量，想到要接受你的请求，这股伟力在我背后微微地颤了一下。教会不只是年轻神甫眼中的诸多概念而已，也不仅仅是灵性的童子军。教会是一股力量……凡人不该轻易动用这股力量。"他的眉头皱得很深。"理解我的意思吗？你的理解至关重要。"

"我理解。"

"你要明白，二十世纪，天主教教会中邪恶的总体概念发生了剧变。知道原因吗？"

"按照我的看法，是弗洛伊德。"

"答得好。进入二十世纪后，天主教教会开始接受一个全新的概念：小写的邪恶。魔鬼不再是尾生长刺、蹄子开叉的红角怪物，也不是花园里蜿蜒爬行的大毒蛇——尽管这幅心理学图景相当适合。按照《弗洛伊德福音书》说的，魔鬼是个巨大的复合本我，是所有人潜意识的总和。"

"这个概念当然比鼻子过度敏感的红尾妖怪和恶魔更像样，便秘教士一个臭屁就能熏走它们。"麦特说。

"确实更像样，但与个人无关，无情，遥不可及。想驱除弗洛伊德的邪魔，这比夏洛克取一磅肉但不流血的交易更难完成。天主教教会被迫重新诠释关于邪恶的全套理论，落在柬埔寨人头上的炸弹，爱尔兰的战争，中东冲突，警察杀人，贫民窟暴乱，几十亿更微小的邪恶每天横行世间，就像蚊蚋成灾。邪恶脱掉以前的巫医外表，重新出现时变成了社会运动，一个社会性的意识知觉体。心理诊所在内城区取代了告解室。恳谈会在公民权利运动和城市重建的过程中帮腔敲鼓。教会在过程中把两只脚都踏进了俗世。"

"女巫、梦淫妖和吸血鬼不复存在，"麦特说，"存在的只有虐待儿童、乱伦和糟蹋环境。"

"对。"

麦特慎重地说："你不喜欢这样，对吗？"

"是的，"卡拉汉平静地说，"我认为这是渎神。天主教教会等于在说上帝没死，只是老朽了。这就是我的答案。你要我做什么？"

麦特告诉他。

卡拉汉想了一遍，说道："你意识到这彻底违背了我刚才的话吗？"

"恰恰相反，我认为这正是个良机，你可以拿来检验你的教会——你的教会。”

卡拉汉深深吸气：“很好，我同意了。但有个条件。”

“请说。”

“我们几个在出发猎魔前，先去一趟斯特莱克先生管理的商店。米尔斯先生充当发言人，跟他直话直说。给我们一个机会观察他的反应。也给他一个机会当面嘲笑我们。”

麦特皱起了眉头：“这会让他警觉起来的。”

卡拉汉神父摇摇头：“我相信他的警觉将毫无用处，假如到时候我们三个——米尔斯先生、科迪医生和我本人——依然决定要继续执行计划。”

“好，”麦特说，“我同意，但也要征求本和吉米·科迪的意见。”

“好，”卡拉汉叹了口气，“要是我说我很希望这些都是你臆想出来的，你会觉得难受吗？我真希望那位斯特莱克大声嘲笑我们，而且拿出了很好的理由。”

“一点也不难受。”

“我确实这么希望。但我比你想象中更认可你的说法。这让我害怕。”

“我也害怕。”麦特轻声说。

3

然而，走回圣安德鲁教堂的路上，他丝毫没有感觉到害怕。他感到精神振奋，仿佛重生。多年来，他第一次这么清醒，这么不想喝酒。

他走进住处，拿起电话，拨通了伊娃·米勒的寄宿公寓。“你好？米勒夫人吗？能帮我找一下米尔斯先生吗？……他出去了。呃，好吧……不，不用留言。我明天再打过来。好，再见。”他挂断电话，走到窗口。

米尔斯是在外面某处的乡间小路上喝啤酒呢？还是老教师说的一切都是真的？

假如这样……假如这样……

他无法留在室内，于是走上后门廊，呼吸着十月份清新、冰寒的空气，眼望移动着的黑暗。也许根本不怪弗洛伊德那套东西，也许和电灯的发明关系更大，电灯杀死了人类意识中的阴影，效率比用木桩刺穿吸血鬼的心脏高得多，场面也不那么难看。

但邪恶仍旧存在，现在它存在于停车场日光灯、霓虹灯管和几十亿颗百瓦灯泡的冷漠无情的注视之下。将军在交流电的严肃光芒下制定战略空袭计划，一切都失去了控制，仿佛孩童乘着没刹车的木箱赛车冲下山坡：我只是在执行命令。没错，一点不错，正确得一塌糊涂。我们是士兵，作战计划怎么说，我们就怎么做。可说到底，那些命令来自何方呢？带我去见你们的头儿。可他的办公室在哪里呢？我只是在执行命令。人民选了我，但谁选了人民呢？

头上有什么东西扑腾着飞过，惊动了沉浸在困惑的沉思之中的卡拉汉，他抬头去看。鸟？蝙蝠？反正都飞走了，无所谓了。

他倾听小镇的声音，但除了电话线在风中呜咽，万籁俱寂。

那晚野葛占据了你的田地，你安睡如死尸。

谁的诗句？迪凯？[①]

悄无声息；除了教堂前的日光灯（弗雷德·阿斯泰尔始终没来跳舞）和布罗克街与乔因特纳大道路口明灭不定的黄色交通灯，也没有其他光亮。没有婴儿的哭声。

那晚野葛占据了你的田地，你安睡如——

欣喜的心情已经消逝，像是自豪感的粗糙回声。恐惧如重拳般砸中他的心口。恐惧感并非来自他害怕失去生命，害怕名声扫地，害怕管家发现他酗酒。这是他从未梦想过其存在的巨大恐惧，连他在备受折磨的青春期也没有梦想过。

此刻他因害怕失去不灭的灵魂而恐惧。

---

① 詹姆斯·迪凯（James Dickey, 1923—1997）：美国小说家、诗人。诗句选自《野葛》。

第三部

荒村

我听见深处传来的叫声:
来和我做伴吧,在我无尽的睡梦中。

——摇滚老歌

如今在那条山谷,旅行者们
从晚霞映红的窗口,看到
巨大的怪物,伴随刺耳的旋律
幻影般地狂舞乱跳;
同时,从惨白的门洞,
就像汹涌澎湃的鬼河,
不断涌出狰狞的妖怪
和恐怖的笑声,却永远没有了微笑。

——《闹鬼的宫殿》,埃德加·爱伦·坡①

告诉你,那小镇已经整个空了。

——鲍勃·迪伦

---

① 引自肖明翰译本。

第十四章　林苑镇（之四）

1

自《老农夫年历》：

一九七五年十月五日，星期日，日落时间为下午七点零二分，明日日出时间为上午六点四十九分。秋分后第十三天，由于地球自转的缘故，耶路撒冷林苑镇的黑夜持续时间为十一小时又四十七分钟。月相为上弦月。老农夫本日谚语："白天短一分，收割近一天。"

自波特兰气象台：

下午七点零五分发布预报：今天夜间最高温度十七摄氏度。上午四点零六分发布预报：今天白天最低温度八摄氏度。晴，云量少，降水概率零。西北风，风速每小时五到十英里。

自坎伯兰县警局日志：

无。

2

没有人在十月六日早晨宣布耶路撒冷林苑镇已经死亡；也没有人知道。和前几天产生的那些尸体一样，小镇依旧保留着活物的种种外部特征。

露丝·克罗凯特整个周末都病恹恹地躺在床上，面色苍白，星期一上午一晃而过。她的失踪没有上报。露丝的母亲在地窖里，躺在放罐头的架子旁边，身上盖着一块防水油布；拉里·克罗凯特醒得非常晚，以为女儿自己起床上学去了。他决定今天不去办公室，因为他感觉很虚弱，精疲力竭，头重脚轻。大概是得了流感什么的。光线刺得他两眼发痛，于是起身拉上窗帘，阳光落在胳膊上，他痛得叫了一声。等感觉好些，他要换掉窗户。窗玻璃有缺陷可不是闹着玩的，说不定哪个阳光灿烂的日子你回到家，却发现屋子刚好被噼里啪啦地烧成废墟，保险公司那群夯货坐在办公室里说自燃不在理赔范围之内。所谓等感觉好些，其实是说等到某个钟点。他考虑要不要喝杯咖啡，但胃里立刻一阵翻腾。他模模糊糊地想老婆去了哪里，可这个念头却很快掉出了脑海。他回到床上，抚摸下巴底下刮胡子时划破的口子，把被单拉过他毫无血色的面颊，又睡了过去。

与此同时，他女儿睡在一台废弃冰箱里，被涂着珐琅质的黑暗包裹其中，旁边就是杜德·罗杰斯——在新近涉足的夜晚世界中，她发觉杜德在垃圾山的优势颇为令人激赏。

镇上的图书管理员洛芮塔·斯塔奇也失踪了，只是这位老姑娘在生活中没有什么亲近的人，因此也没有人注意到她的失踪。她现在栖息在耶路撒冷林苑镇公共图书馆那霉味扑鼻的黑暗三楼。三楼总是上着锁（唯一的钥匙在她身边，总是用链子套在脖子上），除非有哪位特别的追求者能证明他足够强壮，足够聪明，足够德才兼备，可以接受这份特殊的馈赠。

此刻，洛芮塔独自在三楼休息，她也算是初版珍藏，和她刚刚降临人世一样完美无缺。换句话说，她的封皮还没有被拆开过。

维吉尔·鲁斯本的失踪也同样无声无息。弗兰克林·鲍定九点钟在棚子里醒来，半梦半醒地注意到维吉尔的地铺空着，没有多想，起身去找啤酒，却一屁股跌了回去，因为他两腿发软，头晕目眩。

基督啊，他想着，又跌回梦乡，我们昨晚上喝了什么？固体酒精？

棚子底下，二十寒暑积累的冰凉落叶里，从前室破烂楼板间掉落的无数生锈啤酒罐之中，维吉尔静静躺着，等待夜晚降临。他那仿佛黑色粘土的大脑，也许正在渴望一种液体，它比最好的威士忌更炽烈，比最好的葡萄酒更解渴。

早餐时，伊娃·米勒没见到韦索尔·克雷格，但没怎么往心里去。她当时正忙于指挥匆匆准备早餐的房客来往炉台前，同时还得积聚勇气，直面又一个星期的繁重劳动。接下来，她忙着整理厨房，清洗该死的格罗夫·维瑞尔和烂人米奇·西尔维斯特的盘子；尽管"请自己洗净餐具"的标记在水槽上方贴了好几年，但这两个家伙就是视而不见。

寂静爬回白昼，早餐的繁重工作结束，接下来要处理各种日常杂务了，这时候，伊娃又想到了韦索尔。星期一是铁道路收垃圾的日子，韦索尔总会提前把几个硕大的绿色垃圾袋搬到路边，等罗伊尔·斯诺开着那辆国际收割机公司出产的破卡车经过。但今天不同，那几个绿色口袋仍旧搁在后台阶上。

伊娃走到韦索尔的房间前，轻轻敲门。"爱德？"

没有回应。换了其他日子，伊娃大概会认为韦索尔又喝醉了，然后自己去搬垃圾袋，但今天她的嘴唇抿得比平时更紧。今天早晨伊娃心中藏着一丝隐约的不安，她转动门把，探头进去。"爱德？"伊娃轻轻叫道。

房间里没人。床头的窗户开着，窗帘随着阵阵微风飘进飘出。床单有皱纹，伊娃想也没想，上前收拾了一下，她的双手有它们自己的任务完成。伊娃走到床的另外一边，右脚上的懒汉鞋吱吱嘎嘎地踩到了什么东西。低下头，伊娃发现韦索尔那面背后磨损了的镜子碎在地上。她捡起镜框，皱起眉头，翻来覆去端详。镜子是韦索尔母亲的，他拒绝过古董商花十块钱收购的请求，而且事情发生在他开始酗酒之后。

伊娃从走廊的壁橱里拿出簸箕，扫起碎片，动作慢而小心。她知道韦索尔上床睡觉时头脑清醒，晚上过了九点镇上也没有卖啤酒的地方，除非他搭车去了戴尔酒吧或进了坎伯兰市区。

她把破镜子的碎片倒进韦索尔房间里的垃圾篓，有一个瞬间，她看见自己的影像在许多镜面间反射。伊娃翻了翻垃圾篓，没有找到空酒瓶。要知道，偷偷饮酒实在不是爱德·克雷格的风格。

管他的，他迟早会出现。

可是，下楼的时候，那份不安仍阴魂不散。不需要有意识地对自己承认，伊娃也清楚她对韦索尔的感情略略超出了朋友间的关注。

"太太？"

伊娃正沉浸在思绪中，被吓了一跳，看向站在厨房里的陌生人。来者是个小男孩，衣着整洁，穿灯芯绒长裤和干净的蓝衬衫。鼻青脸肿，像从自行车上摔了下来。有些面熟，但伊娃叫不出名字。多半来自乔因特纳大道新搬来的那几户里的哪一家。

"本·米尔斯先生住在这儿吗？"

伊娃想问他怎么不去上学，但没有说出口。男孩的神情非常严肃，甚至有几分沉重。他的双眼底下有青眼圈。

"他在睡觉。"

"能让我等他吗？"

离开格林殡仪馆，荷马·麦卡斯林直接去了布罗克街的诺顿家。到那儿的时候刚好十一点。诺顿夫人哭得不成人形，比尔·诺顿看起来还算镇定，但在一根接一根抽烟，面容憔悴。

麦卡斯林答应立刻把女孩的体貌特征发出去。没问题，一有消息就通知你们。没问题，他会检查本地区的每家医院，这是老规矩（也得拜访停尸房）。他私下里认为女孩多半是吵架后离家出走了。母亲承认她们吵过一场，女孩说过要搬出去住。

想归想，他还是开车在乡间道路绕了几圈，尖着一只耳朵，半心半意地听着仪表盘底下的无线电持续发出的噼啪爆音。十二点过几分的时候，他沿着布鲁克斯路驶向小镇，路旁的软路肩上忽然有什么金属东西在车头灯中闪了一下——林子里停了辆车。

他停车后退，钻出车门。那辆车停在弃用的伐木道的半中腰。雪佛兰维嘉，浅棕色，两年车龄。他从后袋里摸出厚实的带链笔记本，翻过盘问本和吉米的那几页，找到诺顿夫人给他的车牌号码。对上了，正是那姑娘的轿车。事情不妙。他伸手按住引擎盖。凉的。车停在这儿已经有段时间了。

"警长？"

传来的声音轻快，无忧无虑，宛如银铃。可他的手为什么要落在枪托上呢？

转过身，他看见了诺顿家的姑娘，她美得超凡脱俗，拉着一个陌生人的手正在走过来；那是个年轻男人，黑发从额头往后梳，不怎么符合当下的潮流。麦卡斯林用手电筒照向女孩，那一刻的感受堪称怪谲，光线似乎直接漏了过去，根本没有照亮她的面容。两人尽管在走路，却没有在柔软的泥地上留下足印。他全身的神经都燃起了恐惧和危险感，手握住左轮手枪……但随即松开。他关掉电筒，听天由命地等待着。

"警长。"女孩说，此刻的声音低沉而亲昵。

"你能来，可太好了。"陌生人说。

两人扑了上来。

此刻，他的巡逻车停在深坑路遍布车辙、灌木丛生的尽头，杜松、羊齿和"洛丽来见我"树①的浓密枝条间，镀铬车身连一丝反光也透不出来。麦卡斯林蜷曲着身体躺在后尾箱里。每隔一段时间就要呼叫他一趟的无线电没人回应。

当天凌晨晚些时候，苏珊拜访了她的母亲，她没怎么伤害母亲。苏珊和在慢速游泳者身上吸饱了鲜血的水蛭一样，本已心满意足了。不过，既然母亲邀请她进门，她也就却之不恭了；现在，她来去自由。今夜将多出一位饥肠辘辘的人……夜夜如此。

星期一早晨，查尔斯·格里芬五点刚过就叫醒了老婆，他吊长着脸，被愤怒凿出一脸冷笑。奶牛在外面哞哞直叫，没有挤奶的乳房涨得鼓鼓囊囊。他用七个字总结了前一晚的事情：

"小兔崽子跑掉了。"

实际上，孩子并没有跑掉。丹尼·格立克早些时候找到并袭击了杰克·格里芬；杰克则摸进哈尔的房间，彻底终结了哈尔对学校、书本和严父的忧惧。现在，他们两人躺在上层草堆的一大堆干草中间，头发里粘着谷壳，甜美的花粉颗粒在黑暗中舞动，落进他们没有呼吸

---

① 原文"Lolly-come-see-me"，疑似作者杜撰的植物。

的鼻孔。偶尔有老鼠跑过他们的脸庞。

阳光遍洒大地，邪恶暂时安歇。这是一个美丽的秋天日子，清爽、晴朗、阳光灿烂。浑然不觉小镇已经死亡的大部分镇民将启程上班，他们对夜晚的事情一无所知。根据《老农夫年历》，周一的日落时间是晚间七点钟。

白昼渐短，万圣节不远了，接下来则是冬天。

3

九点差一刻，本终于下楼。伊娃·米勒在水槽前对他说："门廊上有人等着见你。"

本点点头，穿着拖鞋走出后门，以为是苏珊或麦卡斯林警长找他。但来访者是一个小男孩，外表平常，他坐在门廊最顶上一级台阶上，望着小镇在周一早晨渐渐恢复活力。

"你好？"本刚开口，男孩的头就立刻转了过来——

两人对视的时间并不长久，但对本来说，这个瞬间像是被奇异地拉长了，一阵非现实的感觉席卷而来。男孩让他想起多年前自己的模样，但还远不止如此。本觉得脖子背后压上了什么重物，仿佛两个人的相聚绝非偶然。本不禁回忆起他和苏珊在公园里相遇的那一天，彼时轻松的搭讪此刻重如千钧，每个细节都隐约暗示未来。

男孩或许也有同样的感觉，双眼略略睁大，一只手像要寻找支点似的摸上了门廊栏杆。

"你是米尔斯先生。"男孩的语气不是在问话。

"是的。不好意思，请问你是谁？"

"我叫马克·皮特里，"男孩说，"我有坏消息要告诉你。"

他肯定有，我敢打赌，本怅然想道，他尽量坚定心神，准备迎接挑战；可是，这场打击却是那么决然，那么令人震惊。

"苏珊·诺顿加入了他们，"男孩说，"巴洛在老宅里袭击了她。

但我杀了斯特莱克，至少我这么认为。"

本想说话，但开不了口。他的喉咙被堵死了。

男孩点点头，立刻掌握住了局势："你开车，咱们出去谈谈。我不想被人看见出现在这里。我和父母闹翻了，现在是逃学来的。"

本一个字也没有说，他不知道该说什么。让米兰达丧命的摩托车事故过后，他从人行道上爬起来，浑身颤抖，却毫发无损（哦，左手背的一小块擦伤除外，这可不能忘记，有人负伤比这还轻，结果却拿了紫星勋章），卡车司机走到他身旁，路灯和卡车头灯投下两条影子。司机是个大块头男人，秃顶，白衬衫的胸袋里插了支钢笔，笔杆上用烫金字体印着几个字，本能看清的是"弗兰克加"，剩下的字被衣袋遮住了，但本猜得出最后两个字肯定是"油站"，简单，亲爱的华生，太简单了。司机对本说了句什么，本已经不记得了，然后他抓住本的胳膊，想把他带离现场。本看见米兰达的一只平跟鞋躺在卡车硕大的后轮组旁，他挣脱胳膊，走向那只鞋，司机跟上两步，说：兄弟，换了是我，就不去看。本不明所以地望着司机，除了左手背的那一小块擦伤外，他毫发无损，他想告诉司机，五分钟前这件事情还没有发生，他想告诉司机，在另外一个平行宇宙里，他和米兰达在上个街区左拐，驶入了完全不同的未来。人群走出路口的酒铺子和另一个路口卖牛奶和三明治的小店，开始聚拢上来。他那一刻的感觉和此时的心情没什么区别：这种感受很复杂，简直不堪忍受，在心理与生理的互相作用下，他开始接受现实，唯一能与之相提并论的事情是强奸。胃部不停下坠，嘴唇渐渐麻木，上唇悄悄冒出一小层白沫，耳中轰鸣不已，睾丸外的皮肤如有蚁爬，慢慢收紧。意识猛然拐弯，遮住了脸，像是对面的亮光过于刺眼。他第二次甩开心怀好意的司机的双手，坚持走到那只鞋旁，捡起来，翻到正面，他把一只手伸进去，内衬还沾着米兰达的体温。本握着那只鞋又往前走了两步，看见米兰达的双腿从前轮组底下伸出来，黄色牧马人牌裤子包裹着那两条腿，在家里，穿裤子的时候她总是那么小心翼翼，脱掉的时候又是那么随心所欲。你怎么能相信这条裤子的主人已经死去？但是，接受现实的感觉还是沉了下来，沉进腹部、嘴巴和睾丸。他大声呻吟，小报摄影师拍下这一刻，登在梅布尔搜集的报纸上。一只鞋穿着，一只鞋掉了。人们仿佛从未见过赤脚一样盯着她光着的那只脚。他走开两步，弯下腰——

"我要吐了。"他说。

"没问题。"

本绕到雪铁龙背后，抓住门把手，俯下身，闭上双眼，感觉到黑暗冲刷着他，苏珊的面容在黑暗中出现，对他绽放笑容，用那双可爱的深邃眼睛望着他。他再次睁开眼睛，忽然想到孩子也许在撒谎，或者是弄错了，或者根本是个疯子。然而，这个念头也没有带来任何希望。孩子不可能编出这样的故事。他转过身，看着孩子的面容，没找到除关切外的其他表情。

"咱们走。"他说。

孩子钻进车里，两人乘车离去。伊娃·米勒皱着眉头，透过厨房窗户目送轿车远去。正在发生一些坏事，她能全身心地感觉到，与丈夫去世那天感觉到的模糊而不详的恐惧如出一辙。

伊娃站起身，给洛芮塔·斯塔奇打电话。铃声响了一遍又一遍，直到挂断始终无人接听。她去哪儿了？不可能是图书馆。星期一图书馆休息。

她又坐下，郁郁不乐地望着电话。风中飘来巨大灾难的气味，至少和一九五一年的火灾同样可怕。

她最后又拿起听筒，拨通了梅布尔·沃茨的号码，那个老太婆胸中总是藏着最近一个钟头才出现的流言，而且还迫不及待地想知道更多的消息。小镇有许多年没经历过这么一个周末了。

4

本漫无目标地乱转一气，听着马克讲述他的经历。马克讲得很有条理，从那天夜里丹尼·格立克敲他窗户讲起，直到今天凌晨的深夜访客。

"你确定那是苏珊?"他问。马克·皮特里点点头。

本陡然掉头,加速驶回乔因特纳大道。

"你去哪儿? 去——"

"不去那里,现在还不能去。"

5

"等等,停车。"

本停了下来,两人一起下车。这里是马斯滕山的脚下,他们正沿着布鲁克斯路慢慢前行,也就是荷马·麦卡斯林找到苏珊那辆维嘉车的地方。本和马克都瞥见了阳光在金属上的反光,一起走上那条弃用的伐木道,他们谁也不说话。路面上有深深的车辙印记,但覆满了灰尘,车辙间的野草长得很高。一只鸟在附近啁啾鸣叫。

没多久,他们就找到了那辆车。

本犹豫片刻,继而停步。他的胃里阵阵恶心,胳膊上渗出冷汗。

"去看看。"他说。

马克走到车前,把头伸进驾驶座的车窗。"钥匙还在。"他对本大声说。

本走向轿车,脚下踢到了什么东西。低头一看,灰尘中扔着一柄点三八左轮。他抬脚勾上来,拿在手里端详片刻:看起来很像警用配枪。

"谁的?"马克走回来,拿着苏珊的车钥匙。

"不知道。"本试了试保险钮,确定锁上了,然后把枪放进衣袋。

马克将钥匙递过来,本拿着钥匙走向维嘉轿车,感觉此刻是在做梦。他的双手不住颤抖,捅了两次才把钥匙插进后尾箱的锁眼。他抛开所有念头,转了一下钥匙,拉起箱盖。

两人一起看进去。后尾箱里只有一条备用轮胎和一副千斤顶。本忽的松了一口气。

"现在呢?"马克问。

本一时无法回答，等他自觉能够控制住声音了，开口说道："我们去见一位朋友，麦特·伯克，他在住院。他最近一直在研究吸血鬼。"

孩子眼中的焦虑仍旧不减。"你相信我？"

"相信。"听见这两个字，仿佛不但给予了证明，还让它们有了重量。话已出口，不容撤销。"是的，我相信你。"

"伯克先生不是高中老师吗？他知道这件事？"

"是的，他的医生也知道。"

"科迪医生？"

"嗯。"

两人说话时眼睛没离开过面前的轿车，它仿佛是某个黑暗的佚失种族的遗物，被他们在小镇西边这片阳光灿烂的树林中发现。后尾箱如大嘴般张着，本砰地一声关上箱盖，锁扣沉闷的撞击声回荡于他的胸中。

"等我们谈完，"他说，"就去马斯滕老宅，找到那个丧尽天良的龟孙子。"

马克不为所动，看着他说："也许不如你想象中那么简单。苏珊也许还在，现在为他效力。"

"他会希望自己从没见过撒冷林苑镇，"本轻声说，"咱们走。"

6

九点半，他们来到医院，吉米·科迪也在麦特的病房里。他看着本，毫无笑意，好奇地打量了马克·皮特里一眼。

"本，我有坏消息告诉你。苏·诺顿失踪了。"

"她已经是吸血鬼了。"本直截了当地回答，床上的麦特发出哀叹。

"你确定？"吉米尖声问。

本用拇指指着马克·皮特里，把他介绍给吉米和麦特。"周六夜里，丹尼·格立克拜访了这位马克，还是让他跟你们说吧。"

马克把他告诉本的那些话从头到尾又讲了一遍。

等他讲完，麦特首先开口："本，语言无法形容我有多抱歉。"

"需要的话，我可以给你开点药。"吉米说。

"吉米，我知道我需要什么药。我今天要干掉巴洛。现在就开始行动，一定要赶在天黑前。"

"行，"吉米说，"我已经取消了今天的所有安排。另外，我给县警长的办公室打过电话。麦卡斯林也失踪了。"

"那就能解释这个了。"本说着从衣袋里掏出手枪，扔在麦特的床头柜上。枪在病房里显得很突兀，与环境格格不入。

"从哪儿弄来的？"吉米说着拿了起来。

"苏珊的车子旁边。"

"我大概能猜到发生了什么。麦卡斯林和我们分手后去了诺顿家，苏珊的父母描述了苏珊的情况，当然也包括她那辆车的生产商、型号和车牌号码。然后麦卡斯林开车在乡间小路上兜，想碰碰运气。结果——"

他的话戛然而止，房间里一片死寂，没有人愿意说完接下来的事情。

"福尔曼那儿还是关门，"吉米说，"聚在克罗森店里的老人都在抱怨没人收垃圾。杜德·罗杰斯有一周没露面了。"

几个人阴郁地面面相觑。

"我昨晚和卡拉汉神父谈过，"麦特说，"他同意和我们合作，前提是你们两个——现在还要加上马克——去一趟他的店面，和斯特莱克先谈一谈。"

"我不认为斯特莱克今天能和任何人谈话。"马克静静地说。

"你对他们有任何了解了吗？"吉米问麦特，"能派上用场的知识？"

"哦，我想我已经拼起了部分线索。斯特莱克属于人类，他无疑是怪物的看门狗和保镖……算是某种人类密友吧。在巴洛亲自出现前很久，他就在镇上活动了。他需要履行某些特定的仪式，向黑暗父神献上祭品。你要明白，巴洛也还有他的主人。"麦特严峻地望着剩下几个人。"恐怕谁也没法找到拉尔菲·格立克的踪迹。我认为他被巴洛当成了入场券。斯特莱克抓住那孩子，然后献了活祭。"

"狗娘养的。"吉米忍不住骂道。

"丹尼·格立克呢？"本问。

"斯特莱克先喝了他的血，"麦特说，"他主人的馈赠。第一滴血送给忠心的仆人。接下来，巴洛会接手，亲自完成那事情。但斯特莱克在巴洛到来前还替主人完成了一项任务。你们猜得到吗？"

众人沉默了几秒钟，马克忽然用清晰的声音说："刺穿在公墓大门上的那条狗。"

"什么？"吉米说，"为什么？他为什么要这么做？"

"白眼。"马克说完，向麦特投去探询的目光，麦特带着几分惊讶点点头。

"昨天我钻研了一整夜这些书籍，没想到我们中间就有专家，"男孩的脸有点红，"马克说得非常正确。民俗学和超自然学的好几本标准参考书都有记载，吓走吸血鬼的手段之一就是在黑狗的真眼睛之上画上一双白色的'天使之眼'。老文的狗除了两块白斑外通体皆黑，老文管那两块白斑叫'车头灯'，因为它们恰好位于狗的眼睛上方。他到夜里放狗出去玩，肯定被斯特莱克看见了，杀死后挂在公墓门上。"

"这个巴洛呢？"吉米问，"他是怎么来镇子上的？"

麦特耸耸肩："这我就说不清了。按照那些传奇说的，我认为咱们必须假定他很老……非常非常老。他或许已经改了十几次名字，上千次也未可知。他大概假扮过全世界每一个国家的国民，不过我猜他的故乡多半是罗马尼亚、马札尔或匈牙利。他究竟是怎么来的，这件事情无关紧要……不过，若是发现拉里·克罗凯特与此有关，我倒是一点也不会吃惊。更重要的是他已经在镇上了。

"听我说，你们必须这么做：带着木桩去找他。还有枪，免得斯特莱克依然活着。麦卡斯林警长的左轮就挺好用。木桩必须刺穿心脏，否则吸血鬼还会再起。吉米，你可以自己看书。刺穿他心脏后，你们必须切掉他的头，用大蒜塞满他的嘴巴，面朝下放进棺材。在大部分吸血鬼文艺作品中，不管是不是出自好莱坞之手，被钉了木桩的吸血鬼会立刻化为灰烬。现实生活中恐怕并非如此。如果他没有化为灰烬，你们必须给棺材绑上重物，扔进流水。言下之意就是帝王河。还有问题吗？"

他们没有问题了。

"很好。每个人都要随身携带一小瓶圣水和一小块圣饼。去之前，每个人都要去向卡拉汉神父忏悔。"

"我们好像都不是天主教徒。"本说。

"我是，"吉米说，"只是不严守教规。"

"无所谓是不是，你们都必须告解并念《痛悔经》。这样你们就洁净了，由基督的宝血清洗过……干净的血，没有被玷污过。"

"好。"本说。

"本，你和苏珊睡过吗？请原谅，但——"

"睡过。"本答道。

"那你必须亲手钉木桩，先钉巴洛，然后苏珊。你是我们这几个人中唯一受到切身伤害的，你要扮演她的丈夫。你不能迟疑，这是在拯救她。"

"好。"本重复道。

"最重要的，"麦特的视线扫过众人，"绝对不能直视他的双眼！否则的话，会被他虏获，转而与其他人为敌，即使付出生命也在所不惜。记住弗洛伊德·蒂比茨！因此带枪很危险，尽管又是必需的。吉米，你拿着枪，走在他们后面。检查巴洛或苏珊的时候，把枪交给马克。"

"懂了。"吉米说。

"记住要买大蒜。要是能弄到，还有白玫瑰。吉米，坎伯兰那家小花店还开着吗？"

"北国美人？应该还开着。"

"每人戴一朵白玫瑰。绑在头发里，或者挂在脖子上。我再重复一遍：不能看他的眼睛！好了，我可以把你们留在这儿，再唠叨个一百条注意事项，不过你们还是快出发吧。已经十点钟了，卡拉汉神父难说不会改变主意。让我奉上祈祷和我最好的祝愿。对我这种信不可知论的老家伙来说，祈祷可真不容易。不过，我不认为自己还像从前那么信不可知论了。卡莱尔好像说过：假如人在心中驱逐了上帝，撒旦就将爬进那个位置。"

没有人接茬。麦特叹了口气："吉米，让我仔细看看你的脖子。"

吉米走到床边，扬起下巴。刺穿的伤口很明显，但都结了痂，看起来恢复得很正常。

"疼吗？痒吗？"麦特问。

"不。"

"算你走运。"他严肃地望着吉米说。

"我觉得我这辈子都没这么走运过。"

麦特靠回床上，他面容憔悴，两眼深陷。"帮个忙，给我两粒本不要的药片。"

"我会告诉护士的。"

"你们做事的时候，我要睡一觉，"麦特说，"后面还有一件事情呢……唉，先这样吧。"他转向马克。"孩子，你昨天干得很不赖。你很傻，不顾后果，但干得不赖。"

"苏珊付出了代价。"马克静静地说，握在身前的双手在颤抖。

"是啊，你或许也必须付出代价。你们中的任何一个，也可能是所有人，都或许要付出代价。别低估了他。现在嘛，如果你们不介意的话，我很累了。这一夜我几乎都在读书。完成任务了就给我打电话。"

三个人离开病房。进了走廊，本看着吉米说："他让你想起什么人吗？"

"当然，"吉米说，"凡·海尔辛。"

7

十点一刻，伊娃·米勒下了地窖，想拿两罐腌肉送给诺顿夫人，梅布尔·沃茨说诺顿夫人病倒了。伊娃把整个九月都耗在了蒸汽升腾的厨房里，辛辛苦苦地做罐头：烫蔬菜，装罐，给装满自制果酱的大肚瓶做石蜡封口。地下室是泥土地面，但打扫得很干净，架子上整整齐齐地码放着超过两百个玻璃罐；做罐头是她的兴趣所在。到了年末，秋去冬来，圣诞假期临近的时候，她还有另外一个爱好：拌甜馅①。

刚打开地窖门，可怕的怪味扑面而来。

"老天，怎么一股臭鱼味儿。"她自言自语道，小心翼翼地走了下去，就仿佛踏进污水池里。地窖是丈夫自己搭的，墙壁嵌着石块，可以保存凉爽。麝鼠、旱獭或水貂偶尔会沿着宽阔的墙缝爬进室内，然后死在那里。肯定又发生了这种事情，只是她不记得曾经闻到过这么浓烈的臭味。

到了底下，她沿着墙壁行走，头顶上那两颗五十瓦的灯泡光线昏暗，她不得不眯起眼睛。该换成七十五瓦的了，她心想。伊娃找到了要拿的罐头，上面都用她整齐的蓝色字迹标着"腌肉"（肉顶上各搁了一段红辣椒），然后继续她的探查，甚至挤进多管大火炉背后看了看。却什么也没发现。

伊娃回到通往厨房的楼梯前，皱着眉头，双手叉腰，回头扫视一圈。自从两年前请克罗凯特手下的两个小弟在屋后建了工具棚之后，宽敞的地窖就一直收拾得很干净。火炉盘踞在一角，几十根管子弯曲着伸向各个方向，宛如印象派的迦梨②女神雕塑；已经是十月份了，取暖这么贵，她得尽快装上风雨护窗；油布底下是拉尔夫的台球桌。一九五九年拉尔夫去世后，尽管没人打台球，但每年五月她都要用吸尘器清理毡布台面。底下没什么正经东西了。她从坎伯兰县医院收来的一箱平装小说，手柄折断的雪铲，挂拉尔夫那些旧工具的配挂板，装着很可能已经发霉的窗帘的大衣箱。

仍旧，臭味弥漫。

她的视线落在通往根菜作物窖的半截矮门上，但她不打算下去，今天肯定不去。再说根菜作物窖的墙壁是结实的混凝土。不可能有动物能下到那里去。可是——

---

① 甜馅（mincemeat），由切得很碎的苹果、葡萄干、香料和肉做成的混合物，用在馅饼里。
② 迦梨（Kali），印度女神，在绘画和雕塑中常以四手女人形象出现。

"爱德?"伊娃忽然叫道,她也不知道为何这样喊。她的叫声欠缺音调,吓了自己一跳。

这两个字湮灭在昏暗的地窖里。唉,为什么要喊这一嗓子呢?就算地窖是个藏身之所,爱德·克雷格又为什么要到这底下来呢?喝酒?她实在想不出镇上还有哪儿比地窖更加压抑,更加不适合喝酒。他多半和那位损友维吉尔·鲁斯本窝在林子里,把某一位的政府津贴喝个精光。

但是,她还是多逗留了几秒钟,视线扫来扫去。腐败的臭味很难闻,难闻极了。伊娃希望别被逼到非得熏蒸地窖的那一步。

她最后又瞥了一眼根菜作物窖,转身上楼。

8

卡拉汉听三个人轮流说完,等他了解清楚事态的最新进展,已经十一点半了。他们坐在教区长住处那间阴凉而宽敞的客厅里,一束一束阳光透过宽大的前窗落进室内,阳光浓得像是可以拿刀切开。望着尘埃在阳光中轻盈舞动,卡拉汉想起不知在何处看过的旧漫画。清洁女工抱着扫帚,低头看着地板,满脸讶异:她扫掉了一块自己的影子。此刻的感觉与此不无相似之处。二十四小时内,他第二次直面一件全然不可能的事情,只是现在多了三个人证:一名作家,一个看起来足够冷静的小男孩,一位受到镇民欢迎的医生。可是,不可能就是不可能。你怎么可能扫掉自己的影子呢?但事实又摆在眼前:不可能的事情确实发生了。

"要是你说你能召唤暴风雨或是大停电,我估计还更容易相信。"他说。

"的确是真的,"吉米说,"我向你保证。"他伸手去摸脖子。

卡拉汉神父起身,从吉米的背包里取出两根截断后一头削尖的棒球棒。他拿起一根要弄,说:"很快就好,史密斯夫人,一点也不疼。"

没人笑。

卡拉汉把木桩塞回包里，走到窗口，望着乔因特纳大道。"你们都很有说服力，"他说，"我想我还可以帮你们加些证据。"他转了过来。

"巴洛和斯特莱克家具店的橱窗上挂了块牌子，"他说，"上面写着'歇业，待通知'。今天早晨九点整，我自己去了一趟，想找神秘的斯特莱克先生谈谈伯克先生的指控。但商店上了锁，前后门都关着。"

"你必须承认，这和马克的话相一致。"本评论道。

"有可能。但或许仅仅是巧合。让我再问一遍：你们确定必须要天主教教会参与其中？"

"是的，"本说，"但要是非得这样，你不加入我们也会继续下去。迫不得已的话，我单枪匹马也要干到底。"

"问问而已，"卡拉汉神父说着站起来，"诸位，跟我去教堂吧，让我听你们忏悔。"

9

本在黑暗的告解室里笨拙地跪下，此刻他脑子里乱作一团，没有一个成形的念头，穿梭其中的是一系列超现实的画面：苏珊在公园里；格立克夫人在压舌板拼凑出的十字架前退开，嘴巴宛如一条蜿蜒的未愈伤口；弗洛伊德·蒂比茨穿得像个稻草人，跳出他的轿车，扑了过来；马克·皮特里探进苏珊的车窗里。第一次，也是唯一的一次，所有事情只是噩梦的想法袭上心头，疲惫的大脑怀着渴望抱住了这个想法。

他的双眼落在告解室角落里的一件东西上，出于好奇，他捡了起来：是个巧克力薄荷糖的空盒子，估计是从某个男孩的口袋里掉出来的。这份真实感无法质疑。纸盒是真的，实实在在存在于他的手指之下。这个噩梦也是真的。

滑动小门开了。他望过去，却什么也看不见。开口处垂着一块厚实的帘布。

"我该怎么做？"他问那块帘布。

"说，'宽恕我，神父，因为我有罪。'"

"宽恕我，神父，因为我有罪。"本觉得自己的声音在密闭空间里听起来很怪、很沉重。

"现在跟我说说你的罪孽。"

"全都得说？"本诧异道。

"拣有代表性的说就行了，"卡拉汉的声音很严厉，"天黑前我们还有事情要做。"

本努力回想，把眼前的十诫当作筛子，挑重要的讲了起来。开口后，事情也没有变得更容易。他不觉得这是宣泄，只感觉到把人生秘密告诉陌生人的隐约尴尬。但他也看得出这个仪式的强迫性从何而来：它固然使人痛苦，然而有点像慢性成瘾者忍不住要偷喝的烈酒，或者青春期少年藏在浴室里松脱墙板背后的色情图片，都不是人力能够抗拒的。这其中有一些令人厌恶的原始因素，犹如仪式性的反刍活动。本不由自主地想起伯格曼的《第七封印》里的场景：一群衣衫褴褛的苦修者穿过遭受黑死病袭击的小镇。苦修者用桦树枝抽打身体，让自己流血。如此惩罚自己所透露出的憎恨（还有暴虐，尽管可以撒谎，但他不允许他在这件事上骗人），让今天的目标拥有了决定性的真实感，他几乎能看见"吸血鬼"这几个字刻印在思想中的一块黑色帷幕上，不是恐怖片海报的夸张字体，而是卷宗里的木刻或手写体的细小字迹。陌生的仪式攫住灵魂，他愈加感到绝望，觉得他和他所属的时代脱节了。忏悔就像直通另一个时代的水管，那时候大众还将人狼、梦淫妖和女巫视为外部黑暗的组成部分，教堂还是光明的唯一路标。他这辈子第一次感觉到岁月那缓慢而可怕的节拍，发觉他的人生不过是黑暗大厦中的一朵暗淡火花，而任何人看清楚了那幢大厦都会被逼疯。麦特没有提过卡拉汉神父关于教会是一种力量的理论，然而本已经无师自通。在这个气味难闻的小房间里，他能感觉到那种力量，力量扑过来袭击他，他觉得自己赤身露体、低劣可鄙。从小就开始告解的天主教徒也不会有他的这种感悟。

本走出告解室，敞开着的大门吹进来新鲜空气，他心怀感激地大口呼吸，用手掌擦着脖子上的汗水。

卡拉汉也走出来。"还没结束呢。"他说。

本一言不发地走回去，但没有跪下。卡拉汉要他痛悔：十遍"我们的天父"和十遍"万福马利亚"。

"我不会。"本说。

"我给你一张写着祷文的卡片，"帘布另一侧传来声音，"开车去坎伯兰的路上你可以自己念。"

本犹豫片刻："你知道，麦特是对的：他说事情会比我们想象中更加艰难。最终结束前，我们都要浴血。"

"是吗？"卡拉汉说，音调究竟是客气还是怀疑，本无从得知。他低下头，发现那个糖盒还拿在他手里，已经被右手痉挛般的动作捏成了看不出形状的纸团。

10

将近下午一点，他们坐进吉米·科迪宽敞的别克车，出发前去坎伯兰。没人说话。唐纳德·卡拉汉神父身穿全套行头：长袍、白色法衣、镶紫边的白色圣带。他给了每个人一小管圣水，划十字轮流祝福他们。他大腿上放着一个银质小圣饼盒，里面放着几块圣饼。

第一站是吉米在坎伯兰的办公室，吉米让引擎空转，自己走了进去。出来时他身穿宽松的运动上衣，遮住麦卡斯林的左轮手枪，右手拎着常见的工匠牌榔头。

本带着几分痴迷望着榔头，他从眼角余光瞥见马克和卡拉汉也同样盯着它。榔头有着蓝钢锤头和多孔橡胶手握。

"够凶的，是吧？"吉米评点道。

想到要把榔头用在苏珊身上，将木桩钉进她双乳之间，本的胃部如飞机缓慢翻滚般渐渐颠倒过来。

"是啊，"他舔舔嘴唇，答道，"确实够凶的。"

他们又驱车来到坎伯兰的"进乐购"超市。本和吉米走进店里，拿走了蔬菜柜台上的全部大蒜，一共十二盒灰白色的球茎。收钱的女孩挑起眉毛，说道："还好今晚我不用和你们一起搭长途车。"

走出超市，本随口问道："不知道大蒜为什么对他们有效果，是《圣经》里的什么话，还是古老的诅咒，还是——"

"我猜是过敏。"吉米说。

"过敏？"

卡拉汉听到了最后这句，驾车前往北国美人花店的路上，他请他们重复一下刚才的话。

"唔，有道理，我同意科迪医生的看法，"他说，"很可能是一种过敏症……前提是大蒜对吸血鬼真有威慑力。请记住，我们还没有证实这个呢。"

"对神职人员来说，你的想法可真奇怪。"马克说。

"怎么了？假如必须承认吸血鬼的存在——顺便说一句，看起来确实必须承认，至少眼下如此——难道我也必须承认吸血鬼不受自然规律的束缚吗？部分如此，没错。民间故事说镜子照不出吸血鬼，说他们能变形成蝙蝠、野狼、鸟儿——所谓的'灵魂导引'，说他们能让身体变小，钻过最细微的裂缝。我们还知道他们有视觉，有听觉，能说话……几乎可以肯定有味觉，或许还知道不适、痛苦——"

"爱呢？"本问，双眼直勾勾地望着前方。

"不，"吉米答道，"我认为爱超出了他们的能力范围。"他把车停进花店的小停车场，花店呈"L"形，建有附属的温室。

推门时碰响了门上的小铃铛，浓重的花香扑面而来。多种香味混合在一起，浓得腻人，熏得本不太舒服，让他想起了殡仪馆的会堂。

"各位好。"系着帆布围裙的高个男人迎上来，他拎着一只陶土花盆。

本刚说完他们想买什么，系围裙的男人就摇摇头，打断了他的话头。

"很抱歉，你来晚了。上周五有个男人来买走了库存的全部玫瑰，红的、白的、黄的，全买走了。最早也要周三才可以补上货。你们要是愿意预定——"

"这个男人什么模样？"

"很引人瞩目，"店主人说着放下了花盆，"高个子，光头，一根头发也没有。眼神锐利。抽外国香烟——味道上闻得出。他抱了三次才搬完所有的花，把花放在车的后尾箱里，那辆车款式很旧，像是道奇——"

"帕卡德，"本说，"黑色帕卡德车。"

"这么说，你认识他？"

"可以这么说。"

"他付的是现金。考虑到付款总额，很不寻常。如果你认识他的话，也许可以让他卖给你——"

"也许吧。"本答道。

回到车里，几个人讨论起来。

"法尔茅斯有家店——"卡拉汉神父迟疑着开口说道。

"不！"本说。"不！"叫声濒临歇斯底里，使得其他几个人都扭头来看他。"等我们到了法尔茅斯，发现斯特莱克也去过怎么办？然后呢？波特兰？基特里？波士顿？你们还不明白局势吗？他预见到我们的行为！他牵着我们的鼻子走！"

"本，要有理智，"吉米说，"你不认为我们至少应该——"

"你们不记得麦特的话了？'他在白天不能起身，因此就不能伤害你们，你们千万别有这种念头。'吉米，看看你的表，几点了？"

吉米低头看了一眼。"两点一刻。"他慢慢地说，抬起头望向天空，像是怀疑表盘上的指针是否准确。但是，手表没有出错；影子已经移到了另外一个方向。

"他料到我们会这样做，"本说，"路上每一英里，他都领先四步。我们难道真的要认为——真的能认为——老天站在我们这边，他还没有觉察到我们的敌意？认为他从不考虑被人发现和遇到反抗的可能性？我们现在必须动身了，别把白昼剩下的时间浪费在争辩针尖上能站几个天使这种问题上。"

"他说得对，"卡拉汉静静地说，"我也认为我们应该停止讨论，行动起来。"

"那就开车吧。"马克催促道。

吉米飞快地开出花店停车场，轮胎吱吱嘎嘎地摩擦着路面。店主望着他们的背影：一个男孩，三个男人，其中还有一名神父，坐在挂医生牌照的轿车里，以彻底疯狂的气势互相吼叫。

11

科迪沿着背对居住区的布鲁克斯路驶向马斯滕老宅；从这个新视角望着老宅，唐纳德·卡拉汉心想：天哪，它确实在阴森森地俯瞰全镇。真奇怪，先前我一直没注意过。老宅栖息在乔因特纳大道和布罗克街的路口山顶，正面肯定完全对着小镇。完全正对小镇，对镇内土地拥有近乎于三百六十度的视角。这幢建筑物巨大而宽阔，百叶窗全都关着，让它在观者脑中显得格外令人不安，巨大得离奇；这是一座石棺般的庞然大物，隐然昭示着种种厄运。

它同时是自杀和谋杀的发生地，这意味着它建立在不圣洁的土地上。

神父张嘴想说话，但一转念又咽了回去。

科迪转上布鲁克斯路，老宅被森林遮住了几秒钟。树木很快稀疏下来，科迪拐上门前的车道。帕卡德车就停在车库外面，吉米关掉引擎，拔出麦卡斯林的左轮。

卡拉汉感觉到此处的气氛立刻侵袭过来。他从衣袋里拿出母亲传下来的十字架，套在自己的脖子上。秋天里叶子七零八落的树木间，没有鸟儿婉转歌唱。杂乱野草似乎比这个季节行将结束时应有的样子更加干枯和缺少水分，连地面都显得没精打采、灰蒙蒙的。

通往门廊的台阶翘曲得厉害，一根廊柱上有一方稍亮的漆块，不久前那里还挂着"闲人免进"的牌子。前门生锈的旧门闩底下，一把新耶鲁锁闪着黄铜的光芒。

"是不是走窗户，就像马克——"吉米踌躇着开了口。

"不，"本说，"咱们就走正门。要是迫不得已，就砸烂门锁。"

"我觉得没这个必要。"卡拉汉说，他的声音都不像是自己的了。下车以后，他想也没想就带领着其他三人走向这里。离门越近，他曾经以为永早已湮灭的渴望就越是强烈。老宅仿佛压了下来，包围住他们，邪恶像是从斑驳油漆的裂纹中渗透出来。尽管如此，他却没有退缩。敷衍了事的念头已经消失。过去这几分钟，他真心诚意地带领着他们。

"以圣父的名义！"他叫道，他的嗓音嘶哑，带着不容置疑的命令语气，使得其他三人都凑近过来。"我命令邪恶离开这幢屋子！恶灵，退散吧！"他拿着手里的十字架猛击正门，连自己也没料到他会这样做。

光芒一闪——事后众人一致同意他们都看见了——随着一股刺鼻的臭氧气味和一串仿佛木板在嘶喊的爆裂声，门上的扇形气窗向外炸开，左边面对草坪的大凸窗同时崩裂，玻璃砰的一声落在草地上。吉米惊叫起来。新耶鲁锁落在他们脚边的地上，熔成一团几乎认不出的废铜烂铁。马克弯腰摸了摸，叫道："好烫！"

卡拉汉从门前退开，全身颤抖，低头看着手里的十字架。"毫无疑问，这是我这辈子遇见的最奇特的事情。"他抬头望向天空，像是要看上帝是否现出了真容，但天空却依然风平浪静。

本推了一下门，门毫无阻碍地打开。他没有进去，而是等卡拉汉先走。进了门厅，卡拉汉望向马克。

马克说："穿过厨房才能到地窖。斯特莱克住在楼上。可是——"他停下来，皱起眉头。"有些异样的地方。我说不清，但有些地方肯定和上次来的时候不一样。"

他们先上了楼，尽管本没有走在最前面，但接近走廊尽头那扇门的时候，曾经体验过的恐怖感还是让他毛骨悚然。来了，回到撒冷林苑镇后将近一个月，他即将第二次看见这个房间。卡拉汉推开房门，他的视线向上移动……尖叫声沿喉咙扶摇直上，从嘴里蹿出来，他拦都拦不住。叫声高亢如女人，歇斯底里。

然而，吊在房梁上的却不是休伯特·马斯滕，也不是他的鬼魂。

而是斯特莱克，他被倒挂在那里，就像屠宰场的一扇猪肉，他喉咙被划了个大口子，仿佛玻璃珠子的双眼盯着他们，穿过他们，越过他们。

他被放光了血液，全身惨白。

12

"敬爱的主啊，"卡拉汉神父说，"敬爱的主啊。"

四个人慢慢走进房间，卡拉汉和科迪稍微领先，本和马克断后，紧紧地挤在一起。

斯特莱克的两只脚被捆在一起；他被拽到半空中，绑住固定好。本的大脑的一个偏僻角落在想：把斯特莱克的尸首拽到那个位置，连他低垂的双手都几乎碰不到地面，动手那个人该有多大的力气啊！

吉米用手腕内侧碰了碰斯特莱克的前额，然后伸手拿起死尸的一只手。"死了大约十八个小时，"他说。他打了个寒战，扔下那只手。"上帝啊，这也太惨了……我实在弄不明白，为什么——谁——"

"巴洛干的。"马克说。他毫不退缩地望着斯特莱克的尸体。

"斯特莱克这下子搞砸了，"吉米说，"他没法永生了。但为什么要这样？头下脚上地倒挂着？"

"马其顿王国时代就有的风俗，"卡拉汉神父说，"倒挂敌人或叛徒的尸体，让他面对土地而非天庭。圣保罗被打断双腿后就是这么钉在 X 形十字架上的。"

本开口说话时，嗓音衰老而干枯："他还在戏弄我们，他有成百上千的花招。咱们快走。"

他领着众人沿走廊返回，下楼走进厨房。到了这里，他把领导权还给卡拉汉神父。几个人面面相觑片刻，同时望向通向地窖的那扇门；他的处境就像二十五年前的那天，他走上一段楼梯，去面对一个无法抗拒的问题。

13

神父打开门，马克再次感觉到那股恶臭的腐烂气味冲进鼻孔，但就连气味也有所不同。没那么强烈了，不再那么充满恶意。

神父走下台阶。尽管感觉到有所不同，但强迫自己跟着卡拉汉神父走进那个死亡巢穴，还是耗尽了他的全部意志力。

吉米从口袋里拿出手电筒，啪地一下点亮。光束照亮地面，在对面墙上停了停，随后兜回来，在一个长形板条箱上驻足片刻，最后落在桌子上。

"那儿，"他说，"看。"

肮脏的黑暗之中，桌上有个干净的信封在反光，那是个上等犊皮纸的深黄色信封。

"又是什么把戏，"卡拉汉神父说，"最好别去碰它。"

"不是，"马克开口说，他觉得松了一口气，但又有点失望，"他不在，他离开了。那是留给我们的。肯定写满了恶毒的话语。"

本上前拿起信封，在手里转了两遍；借着吉米的手电筒灯光，马克能看见本的手指在颤抖，本最终还是拆开了信封。

里面有一张纸，和信封一样，也是上等犊皮纸，剩下三个人也凑过来。吉米用手电筒照亮那页纸，纸上写满了笔迹优雅纤细如蛛网的字。他们一起读了起来，马克读得比其他人稍慢一点。

致我亲爱的年轻朋友：

各位登门拜访，实在不胜荣幸！

鄙人生命长久，且时常孤单，向来不厌呼朋唤友，此乃人生一大乐事。诸君若是漏夜造访，某定会倒履相迎，并以绝妙欢愉款待众宾。然而揣测之下，各位恐趁白昼登门，某当退避三舍为佳。

我留下一件小小信物，聊表感激之情；有个人对诸君中的某位来说非常亲近，我现在另有更舒适的地方可去，就把我平日白昼隐匿之处让渡与她。米尔斯先生，她委实惹人爱怜，美味可口之至——请原谅鄙人的双关笑话。我不再需要她了，因此将她留给你——用美国俗语该如何表达？——为大戏登场热热身。尽情享用，希望合你的胃口。看这开胃小点下肚后，你对主菜还能有多大兴趣，好吗？

皮特里少爷，你夺走了我此生仅见的能干忠仆。你间接害得我送他归西；害得我的胃口背叛了我的意识。毫无疑问，你偷袭了他。我会享受处理你的过程。先对付你的父母，今夜……或者明夜……或者后天夜里。然后才轮到你。不过嘛，我要收你进我的教会，当个阉童唱诗歌手。

至于你，卡拉汉神父，他们说服你一起来了吗？我想是的。自从抵达耶路撒冷林苑镇，我观察了你很长时间……就好比好棋手总要研究敌手的棋局，没错吧？可是，天主教教会并不是我最初的对手！教会还年轻的时候，成员还藏身于罗马地下墓穴中、在胸口描绘鱼纹以互通声气的时候，我已经有了不少年纪。这个吃面包、喝葡萄酒、崇拜牧羊人的伪善俱乐部还很虚弱的时候，我就已经很强大了。你们教会还没有发明仪式的时候，对我献祭的仪式就已经很有历史了。然而，我并不会低估对手。我对善的了解不亚于我对恶的了解。我并不迟钝。

我会击败你的。怎么击败？你自己琢磨。卡拉汉有没有佩戴神权的象征物？卡拉汉是否在白天和夜晚都能外出活动？我亲爱的好朋友马修·伯克，他有没有告诉诸位，什么样的符咒和药物——无论出自基督教还是异教——能让我和我的同伴畏惧？是的，是的，是的。可是，我活得比你久。我诡计多端。我不是大毒蛇，而是毒蛇的父亲。

不过你会说，这有什么了不起。的确如此。到最后，卡拉汉"神父"，你会转而反对自己。你对上帝的信仰虚妄而软弱。你对爱的了解一知半解。你只在谈论瓶中物的时候才算专家。

我亲爱的好朋友——米尔斯先生，科迪先生，皮特里少爷，卡拉汉神父，敬请随便吧。梅渡葡萄酒很是不错，那还是上一位屋主特别替我准备的，可惜我与他始终缘悭一面。忙完手头的活计，若是还有胃口喝酒，千万不要客气。我们还会见面，到时候我将以更热烈的方式为各位亲自奉上祝福。

在此之前，敬请保重。

巴洛

十月四日

本颤抖着任凭那张纸落在桌上。他扫视另外三个人。马克双手握拳站在那里，嘴唇扭曲，仿佛咬到了什么腐烂的东西；吉米孩子气十足的面孔阴郁而苍白；唐纳德·卡拉汉神父两眼发亮，嘴角耷拉着，颤抖的双唇弯成弓形。

他们的视线一个接一个地落在他身上。"来吧。"他说。

四个人一起围到了屋角。

14

帕金斯·吉列斯皮站在镇公所的前台阶上，正在用高倍数蔡司望远镜眺望远方；诺利·加德纳开着镇上的警车过来停下，他离开座位，提着腰带钻出车门。

"帕克，怎么了？"他说着走上台阶。

帕金斯默默地把望远镜递给他，用磨出老茧的大拇指点了点马斯滕老宅。

诺利望了过去。他看见那辆老式帕卡德，然后是停在帕卡德前面的新型箱式别克车。望远镜的倍数不足以看清车牌号码的地步。他放下望远镜："那不是科迪医生的车子吗？"

"是的，我觉得是。"帕金斯往嘴里塞了支波迈香烟，在身旁的砖墙上擦燃一根厨房火柴。

"除了那辆帕卡德，从没见过别的车停在那儿。"

"是啊，的确如此。"帕金斯苦思冥想道。

"咱们是不是该上去瞧瞧？"诺利的语气里似乎欠缺平时的热忱。他已经当了五年执法人员，但依然痴迷于这个职位。

"不了，"帕金斯说，"咱们还是别去招惹那地方。"他从马甲里掏出怀表，像乘务员查时刻表那样啪地一下打开涡卷装饰的银表盖。才三点四十一分。他用镇公所楼顶的大钟对时间，然后把怀表塞回去。

"弗洛伊德·蒂比茨和麦克杜格尔家的小孩后来怎么样了？"诺利问。

"不清楚。"

"哦。"诺利有些摸不着头脑。帕金斯平时就不爱说话，但今天沉默寡言得过头了。他又举起望远镜看了一眼：毫无变化。

"镇子今天挺安静。"诺利主动挑起话题。

"是啊。"帕金斯说。他那双淡蓝色眼睛望着乔因特纳大道对面的公园。大道和公园都空无一人。今天大多数时间外面都没什么人。战争纪念碑附近没有母亲在逗小孩玩，也没有人在无所事事地闲逛。

"发生了不少怪事。"诺利试探道。

"是啊。"帕金斯说着陷入沉思。

诺利决定最后再试一次，他翻出帕金斯从来都要咬钩的话题诱饵：天气。"云起来了，"他说，"夜里要下雨。"

帕金斯端详着天空。头顶上是大片的鱼鳞云，西南方的天空已经乌云密布。"是啊。"他说着扔掉烟头。

"帕克，你没事吧？"

帕金斯·吉列斯皮想了一阵。

"不。"他说。

"呃，到底怎么了？"

"我觉得，"吉列斯皮说，"我吓得都要尿裤子了。"

"为什么？"诺利惊慌道，"什么东西那么可怕？"

"不知道。"帕金斯说着收回望远镜，继续端详马斯滕老宅。诺利站在他身旁，无言以对。

15

他们经过摆放信件的桌子，拐过一个直角转弯，走进多年前的酒窖。休伯特·马斯滕果然是个私酒贩子，本心想。酒窖里堆着小号和中号的木桶，上面积满了灰尘和蛛网。纵横交错的红酒架遮住了一整面墙壁，部分菱形小格里还有历史悠久的夸脱瓶在伸头探脑。有些酒瓶已经爆裂，勃艮第美酒等待鉴赏家品尝的家园，如今却成了蜘蛛的巢穴。剩下的无疑也早已成了酒醋；刺鼻的气味飘浮在空气中，与缓慢腐烂的气味混杂一体。

"不行，"本平静地说，语气和任何人讲述任何事实一样，"我做不到。"

"你必须去做，"卡拉汉神父说，"我不会说这事情很容易，或者什么为了大家好。只是你必须去做。"

"我做不到！"本叫道。这几个字在地窖里回荡。

酒窖中央一处高起的台子上，吉米的手电筒照耀之下，苏珊·诺顿一动不动地躺在那里。一块白色亚麻床单从肩头到脚底盖着她的身体，来到她的身旁，四个人谁也说不出话来。震惊吞噬了言语。

苏珊在世时是个开朗的漂亮姑娘，与"美丽"的标准擦肩而过（但只差一点），倒不是因为她的长相有什么欠缺，或许只是因为生活过于安定和平常。可现在，她却登上了美丽的台阶。但那是属于黑暗的美丽。

死亡没有打下烙印。她面色红润，没有化妆的嘴唇呈生动的深红色，前额苍白但毫无瑕疵，肤如凝脂。她闭着双眼，乌黑的睫毛贴在面颊上。一只手蜷在身旁，另一只手斜放腰际。她给人的整体印象不是天使般的可亲可爱，而是冰冷、脱节的疏离美感。她脸上有什么地方（没有明显的表现，只是隐隐的暗示）让吉米想起西贡的雏妓，她们有些还不到十三岁，在酒吧背后的小巷里跪在大兵面前，不是第一次也不是第一百次为他们服务。但即便是这些女孩，侵染她们的也不是邪灵，而是不得不过早面对残酷世界的认知。苏珊面容的变化截然不同，但吉米也说不清楚究竟不同在哪里。

卡拉汉上前两步，按住苏珊富有弹性的左胸。"这里，"他说，"心脏。"

"不行，"本重复道，"我做不到。"

"你是她的恋人，"卡拉汉神父柔声说，"更进一步，她的丈夫。本，你不是在伤害她，而是在给她自由。真正会被伤害的是你。"

本默默地注视神父。马克已经从吉米的背包里拿出木桩，无言地递给他。本伸手去接，咫尺距离仿佛几英里那么遥远。

动手的时候如果能不思考，那或许——

但你怎么可能不思考呢？《德古拉》里的一句话忽然跃入脑海，这本小说里让人愉悦的段落再也无法给他带来快乐了，一丁点也不行。那句话来自凡·海尔辛对亚瑟·霍姆伍德的训导，当时亚瑟也面对着同样的可怕任务：必须涉过苦涩的河川，才能抵达甘美的彼岸。

他们这几个人还能体验到甘美吗？

"拿开！"他痛苦地呻吟道，"别逼我——"

没有人答话。

黏糊糊的冷汗从额头、面颊和小臂流淌出来。四个小时前这段木桩还只是普通的球棒，此刻却被灌注了惊人的重量，像是系上了许多条不可见的巨大力线。

他举起木桩，按在苏珊的左胸上，紧贴最顶上一颗扣住的纽扣。木桩尖头压出一个小窝，本感觉到他的嘴角不由自主地抽搐起来。

"她没有死。"本说，嗓音嘶哑而沉重。这是他的最后一道防线了。

"不，"吉米毫不留情地说，"本，她是一具活尸。"吉米已经向大家演示过了，他把血压计的腕带绑在苏珊一动不动的手腕上，然后向血压计里打气。高压和低压都是零。他也把听诊器按在苏珊的胸口上，每个人都听到了她胸腔里的静寂。

另一件东西被塞进本的另一只手里，多年以后，他始终记不清究竟是谁塞给他的。榔头。多孔橡胶手握的工匠牌榔头。锤头在手电筒的灯光下闪着寒光。

"快些动手，"卡拉汉说，"然后到外面去见阳光，剩下的交给我们。"

必须涉过苦涩的河川，才能抵达甘美的彼岸。

"上帝啊，原谅我。"本悄声说。

他抡起榔头，砸了下去。

榔头正中木桩的顶端，苏珊的身体如凝胶般抖动，激起股股尘埃，这个时刻将永远出现在他的噩梦之中。苏珊的蓝眼睛骤然圆睁，像是被这一击的力量扬了起来。血从木桩钉进身体的部位喷涌而出，颜色鲜亮，势如洪水，洒在本的手上、衬衫上、面颊上。地窖里顿时充满了鲜血那炽热的铜锈味。

苏珊在台子上扭动，举起双手，如鸟儿般疯狂抓挠空气，双脚在木桌面上敲出缺乏节奏的行军鼓点。她猛然张开嘴巴，露出野狼般的可怕尖牙，发出一声又一声的尖利嘶叫，简直就是地狱的号角。鲜血像溪流似的从嘴角淌出。

榔头举起又落下：又一次……又一次，又一次。

本的脑海里充满了巨大乌鸦的尖叫声，事后无法回忆起来的可怖画面来来去去。猩红色的双手，猩红色的木桩，猩红色的榔头无情地起起落落。吉米的手在颤抖，手电筒仿佛变成了频闪灯，明灭闪烁间照亮了苏珊扭曲的疯狂面容。她的牙齿刺破双唇，把嘴唇撕成条缕。吉米先前把干净的亚麻床单整齐地翻开一半，鲜血此刻洒在床单上，画出中国文字般的图案。

苏珊突然弓起背脊，嘴巴拼命张大，直到上下颚几乎撕裂。一大股颜色更暗的血液从木桩造成的创口处蓦地涌出，在颤抖的癫狂光线下，它几乎呈黑色，这是心脏里的存血。她大张着嘴巴，从共振腔深处迸发出一声惨叫，这声音来自种群记忆最深处的下层地窖以及更加幽深之处：人类灵魂最潮湿黑暗的那个部分。血液忽然如潮水般涌出口鼻……还有其他的什么东西。在朦胧的光照下，它只是某种飞跃逃遁之物的一丝暗影，遭遇了欺骗和毁坏。那东西随即融入黑暗，消失了。

她瘫了下去，嘴巴放松，渐渐合拢。撕裂的嘴唇略微分开，嘶嘶吐出最后一股空气。眼帘轻轻掀起，在这一瞬间，本看见了（或者在想象中看见了）他在公园里遇见的苏珊，坐在那里读书的一个姑娘。

结束了。

他后退两步，扔下榔头，双手伸在面前，像是交响乐忽然化为暴乱的惊恐指挥家。

卡拉汉按住他的肩头："本——"

他逃了出去。

他跌跌撞撞跑上楼梯，滑了一跤，他爬向顶上的光明。孩提时的恐惧和成人后的恐惧合二为一。一回头，他会看见休比·马斯滕（或者斯特莱克）就在背后一掌相隔的地方，肿胀发绿的脸孔露出狞笑，绳子深深嵌入脖子——狞笑时露出的不是人类的牙齿，而是野兽的毒牙。他惨叫一声，极尽凄厉。

他模糊听见卡拉汉在背后叫道："别管他，让他自己——"

他奔过厨房，冲出后门，在后门廊的台阶上一脚踏空，一头扎进泥地。他跪起来，爬了两步，站起身，朝背后瞥了一眼。

什么也没有。

老宅蹲踞在那里，没什么特殊的意图，最后一缕邪恶也悄悄溜走了。它现在只是一幢房屋而已。

本·米尔斯站在杂草丛生的后院里，周围万籁俱寂，他仰起头，大口大口地急促呼吸，喷出股股白气。

16

到了秋天，夜晚如此降临林苑镇：

先是太阳松开本已虚弱的手，听凭空气寒冷下去，让空气想起冬天即将来临，而冬天将会持续很久。薄云片片，影子拉得很长。秋天的影子失去宽度，和夏天的不一样；树上缺少树叶，天空缺少肥厚的云团，影子怎么也厚不起来。憔悴而鄙薄的影子如牙齿般啃噬地面。

太阳接近地平线的时候，仁慈黄光的颜色开始加深，像是伤口在逐渐感染，最终释放出发炎般的橘红色光芒。阳光在地平线上射出色彩斑驳的光线：云朵聚集，状如胎膜，交替着透出正红、橘红、朱红、紫红的颜色。大块云团如木筏慢行般分分合合，澄净的黄色阳光穿刺而出，勾起大家对逝去夏日的美好怀念。

现在是六点，是吃晚餐的时间（在林苑镇，午餐通常是正午十二点，男人出门前从台子上抓起的午饭篮子俗称"饭桶"）。梅布尔·沃茨，因年老得来的衰败肥肉如面团般挂在骨头上，她坐下享用烤鸡胸和立顿红茶，电话搁在手边。伊娃的寄宿公寓，男人为了男人的理由聚集在一起：边看电视边吃饭，有人吃罐装腌牛肉，有人吃罐装青豆（可惜和多年前母亲耗费周六上下午炖煮的豆子不一样），有人吃意大利面，有人回家路上在法尔茅斯的麦当劳买了汉堡包，重新加热后在这儿吃。伊娃坐在前室的桌前，心烦意乱地和格罗夫·维瑞尔玩金罗美，喝令其他人擦净油脂，别把食物洒得到处都是。他们不记得有谁见过伊娃这个样子，她神经过敏得像只猫，而且暴躁易怒。不过大家都明白她为何生气，尽管她自己还没意识到。

皮特里夫妇在厨房吃三明治，思考刚才接到的电话是怎么回事。电话来自本地的天主教神父卡拉汉：你儿子和我在一起，他挺好，我很快就送他回来，再见。他们讨论过要不要给本地的执法官帕金斯·吉列斯皮打电话，但决定还是等等再说。尽管母亲总说他"高深莫测"，但夫妻俩还是感觉到儿子起了变化。他们并没有意识到，但拉尔菲·格立克和丹尼·格立克的鬼魂确实依然在出没。

米尔特·克罗森在店堂后面喝牛奶吃面包。自从一九六八年妻子过世后，他的胃口就一直不怎么好。戴尔酒吧的店主戴尔波特·马凯，正在一板一眼地消灭他为自己烤的五块汉堡。他配着芥末和成堆的生洋葱吃汉堡，整晚谁肯听他说话他就朝谁抱怨胃里反酸，特别难受。罗姐·科莱斯，卡拉汉神父的管家，她什么也没吃。她很担心在外奔波的神父。哈莱特·德拉姆和家人吃的是煎猪排。从五七年后鳏居至今的卡尔·史密斯，他吃了个煮马铃薯，喝了瓶魔蝎汽水。德雷克·鲍定一家在吃亚莫星牌火腿和小圆白菜。呸，里奇·鲍定这位失势的校园霸王说。小圆白菜。不吃就打烂你屁股，德雷克说。他其实也讨厌小圆白菜。

雷吉·索耶和邦妮·索耶在吃烤牛肋排、玉米粒和炸薯条，甜点是巧克力布丁配甜奶油沙司。这些都是雷吉的心头至爱。邦妮的淤青才刚开始消退，垂头丧气地悄悄咀嚼着食物。雷吉全神贯注、郑重其事地吃着东西，一顿饭喝了三罐百威。邦妮站着吃饭，她全身酸痛，坐不下去。她没什么胃口，但还是在吃，免得被雷吉注意到了挨一顿骂。那天夜里揍完老婆，雷吉把她的避孕药冲下马桶，然后强暴了她，从此以后，晚晚如此。

七点差一刻，大部分人吃完了晚饭，大部分人已经抽完了饭后的香烟、雪茄或烟斗，大部分桌子已经收拾干净。盘子洗干净，冲干净，放上了滴水架。比较小的孩子裹上"邓敦医生"牌连体衣，被送进其他房间看电视上的游戏节目，等待上床睡觉。

罗伊·麦克杜格尔把满满一盘小牛排烤成了焦炭，咒骂着将牛排连同烤盘一起扔进垃圾堆。他穿上牛仔外套，出发去戴尔酒吧，留下狗屁不如的猪头婆娘在卧室睡觉。孩子死了，老婆整天偷懒，晚饭烧得一团糟。何以解忧？唯有大醉一场。也许他该收拾行李，逃出这个破烂小镇了。

塔加特路很短，从乔因特纳大道开始，到镇公所背后的一个死胡同结束；路边楼上的一套小公寓里，诸神给了乔·克莱恩一件不知称不称得上礼物的东西。吃完一小碗小麦片，坐下来正想看看电视，就在这时，一阵剧痛突然降临，他的左胸和左臂顿时动弹不得。他想：怎么了？心脏病？他的推测非常正确。他起身走向电话，剧痛骤然扩大，他像阉牛挨了一锤子似的跌倒在地。小彩电叽里咕噜继续响个不停，直到二十四小时后才有人发现他。他的死亡时间是下午六点五十一分，十月六日这天，耶路撒冷林苑镇只有他死于自然原因。

七点，地平线上的缤纷色彩缩小成西方地表的一抹橙色亮条，如同被世界边缘遮挡住的熔炉火焰。东边天空中已有星辰照耀，星光闪也不闪，仿佛亮得刺眼的钻石。每年这个时节，星光都会变得毫无情意，不能抚慰恋人，只顾漠然放出冷淡的光芒。

孩子上床睡觉的时间到了。父母该把婴儿包裹整齐，放进床上或摇篮里，孩子哭着要父母多留几分钟，要他们别关灯，父母露出笑容，纵容他们，去打开壁橱门，展示里面什么也没有。

而在他们周围，夜晚的兽性展开了阴暗的翅膀。吸血鬼的活动时间到了。

17

吉米和本走进病房，麦特正在打瞌睡，他睡得很浅，几乎立刻醒来，旋即攥紧右手里的十字架。

他先和吉米对视，然后是本……两人对视良久。"发生了什么？"

吉米言简意赅地讲了一遍。本没有开口。

"她的尸体呢？"

"卡拉汉和我把尸体面朝下放在地窖里的一个板条箱里，巴洛也许就是用那个箱子来镇上的。不到一小时前，我们把箱子扔进了帝王河。箱子里填了石头，用的是斯特莱克的轿车。就算有人发现那辆车停在桥边，也只会怀疑斯特莱克。"

"干得不错。卡拉汉呢？还有那孩子呢？"

"卡拉汉去马克家了，必须把实情告诉孩子父母。巴洛特地在信里提到了他们。"

"他们会相信吗？"

"要是不相信，马克会让他父亲给你打电话。"麦特点点头。他看起来非常疲惫。

"本，"他说，"过来，在我床边坐下。"

本听话地走了过来，他一脸茫然和困惑。他在床边坐下，把双手叠起来摆在膝头。他的双眼仿佛香烟烫出的两个窟窿。

"我没法安慰你。"麦特说。他握住本的一只手，本没有反抗。"没关系。时间会安慰你的。她现在安息了。"

"他戏耍我们，"本的声音很空洞，"他嘲笑我们，没有放过任何人。吉米，把信给他。"

吉米把信封递给麦特。麦特从信封里抽出那张厚实的纸，拿到离鼻子仅几英寸的地方，仔细阅读。他的嘴唇慢慢嚅动着。最后，他放下那张纸，说："没错，就是他。比我想象中还自大。我忍不住要发抖。"

"他把苏珊当玩笑留给我们，"本麻木地说，"他早就跑了。和他作战就像企图和风摔跤。我们在他眼中大概和虫子差不多。小虫子爬来爬去，逗他开心。"

吉米想说什么，但麦特轻轻摇头。

"这远远不是事实，"他说，"假如他能带走苏珊，肯定会带走的。他的活尸随从为数不多，不可能仅仅为了开玩笑留给你们！本，你退后一步，想想你们对他做了什么。杀死了他的人类密友斯特莱克。按照他本人的供述，甚至逼迫他参与了这场杀人，只是为了满足贪得无厌的胃口！他当时多么害怕！从无梦的安眠中醒来，却发现那么可怕的一个大块头死在赤手空拳的小男孩手上。"

他在床上艰难地坐起来。本转过来，望着麦特；自从其他几个人走出老宅，在后院找到他，这还是他第一次对别人的话产生兴趣。

"也许算不上最了不起的凯旋，"麦特沉思道，"但你们把他赶出他的住处——他选中的屋子。吉米说卡拉汉神父用圣水给地窖消毒，用圣饼封住每一扇门。他要是再回去，就会死掉……他很清楚这一点。"

"但他逃掉了，"本说，"我们做到的有什么用处？"

"他逃掉了，"麦特轻声重复道，"但他今天能在哪儿睡觉？轿车后尾箱？某个受害者的地窖？大沼泽里被五一年大火烧毁的卫理公会旧教堂的地下室？无论是什么地方，你认为他会喜欢吗？会感到安全吗？"

本没有答话。

"明天你们要开始狩猎，"麦特说着握紧本的手，"不止巴洛，还有全部那些小鱼，过了今夜，镇上会出现许多小鱼。他们永远满足不了自己的饥渴，他们会一直喝到饱胀为止。夜晚属于他，但你要在白昼狩猎他，直到他害怕逃跑，或者被你用木桩刺穿，尖叫着拖到阳光底下！"

听着麦特的话，本的头慢慢抬了起来，这张脸上的活力原先不比死人多到哪里去。此刻，一丝微笑爬上了嘴角。"是啊，很不错，"他悄声说，"但不是明天，就从今夜开始。就从现在——"

麦特的手猛然伸出，用令人惊讶的巨大力量抓住本的肩头。"今夜不行。今夜我们要待在一起，你、我、吉米、马克、马克的父母。他现在知道了……他很害怕。今晚巴洛在黑夜母亲的怀抱里醒来，只有疯子和圣人胆敢靠近。我们谁都不是疯子，也都不是圣人。"他闭上眼睛，轻声说。"我想我开始了解他了。我躺在病床上，扮演迈克罗夫特·福尔摩斯，试图设身处地，猜测他的每一步行动。他已经活了几百年，他非常聪明，但同时也极度自我中心，那封信就是证据。为什么不呢？他的自我像珍珠似的一层一层变大，直到最后变得无比庞大和恶毒。他还非常骄傲，肯定到了妄自尊大的地步。他对复仇的渴望将压倒一切，你该为之恐惧颤抖，但或许也可以为你所用。"

他睁开眼睛，严肃地望着吉米和本，把十字架举在面前。"这个能挡住他，却不一定能拦住他可以利用的人，比方说弗洛伊德·蒂比茨。今夜他大概要除掉我们……我们中的某几个，或者全部。"

他望着吉米。

"我认为让马克和卡拉汉神父去马克家是个错误。原本可以在医院打电话叫马克的父母来，他们并不知道内情。我们现在分开了……我特别担心那个孩子。吉米，你最好给他们打个电话……现在就打。"

"行。"吉米站了起来。

麦特看着本："你呢？愿意留下吗？和我们并肩作战？"

"愿意，"本的嗓音嘶哑，"我愿意。"

吉米离开病房，沿着走廊来到护士站，在号码簿上找到皮特里家的号码。他飞快地拨出电话，话筒中传来的不是振铃音，而是线路损坏的警报声，他不禁感到一阵难受和恐惧。

"他抓住他们了。"吉米喃喃自语。

护士长听见他的声音，抬起头，被吉米的表情吓了一跳。

18

亨利·皮特里是个受过教育的人。他在东北大学拿到理学学士，在麻省理工拿了经济学的硕士和博士；在好奇和对金钱收益的期许之下，他从相当称心的大学初等教职上离开，到信诚保险公司坐上管理位置。他想看看自己的经济学理念在实践中是否也能旗开得胜，事实证明的确如此。他打算明年夏天参加注册会计师考试，再过两年参加律师资格考试。他目前的目标是在八十年代初当上联邦政府的经济高官。儿子疯疯癫癫的那一面绝非亨利·皮特里的遗传；这位父亲的逻辑向来完备且无懈可击，他的世界观塑造得几乎百分之百精确。他是一名注册的民主党人，但在一九七二年选举时投票给尼克松，不是因为他认为尼克松为人诚实（他多次告诉妻子，他认为尼克松是个毫无想象力的小骗子，伍尔沃斯百货商店扒手的那套伎俩倒是学得很熟），而是因为尼克松的对手是个神经兮兮的飞行员，肯定会把美国经济搞得一团糟。他冷眼旁观六十年代末的反文化风潮，态度颇为容忍，他坚信这股潮流迟早要瓦解，不会带来任何伤害，因为它没有任何经济基础的支撑。他对妻儿的爱并不美丽（谁也不会写诗赞美男人在老婆面前把袜子团成球的激情），但足够坚韧，足够矢志不渝。他毫不含糊地相信自己，也相信物理定律、数学、经济学和社会学（尽管对社会学的信任程度略低几分）。

他品着咖啡，听儿子和乡村牧师讲故事，遇到叙事线索发生纠缠或不清晰的地方，他用逻辑明晰的问题做出提示。故事越来越怪诞，妻子越来越不安，他却相应地越来越冷静。故事说完时已经七点差五分了。深思熟虑之后，亨利·皮特里用三个音节下达他的裁决。

"不可能。"

马克叹口气，望向卡拉汉："告诉过你了。"卡拉汉开着旧车从他住处过来的路上，马克确实预测过父亲的反应。

"亨利，你难道不认为我们——"

"等一等。"

这几个字，加上他举起了手（几乎是个漫不经心的动作），妻子立刻停了下来。她坐回原处，搂住马克，轻轻把儿子从卡拉汉身边带开。男孩顺从了母亲。

亨利·皮特里愉悦地看着卡拉汉神父："你看，咱们能像两个理性信徒那样解释清楚这场幻觉吗？"

"恐怕不可能，"卡拉汉同样愉悦地回答，"当然也不妨一试。皮特里先生，我们之所以在这里，是因为巴洛威胁要加害你和你的妻子。"

"今天下午你真的用木桩刺穿了那姑娘的尸体？"

"不是我，是米尔斯先生。"

"尸体还在原处吗？"

"被他们扔进河里了。"

"即便这是真的，"皮特里说，"你也让我的儿子卷入了犯罪事件。你是否意识到了这一点？"

"意识到了。但这是必需的。皮特里先生，你只要给麦特·伯克的病房打个电话——"

"哦，你的证人自然会替你说话，"皮特里还是带着那抹惹人生气的微笑，"整件疯狂事情里最神奇的地方就在这儿。我能看看巴洛留给你们的信吗？"

卡拉汉在脑子里诅咒了一句。"在科迪医生手里，"他想了想，又说，"我们可以开车去坎伯兰县医院，只要谈一谈——"

皮特里摇摇头。

"还是咱们再谈一谈吧。我确信你的证人都靠得住，这我已经说过了。科迪也是我们家的医生，我们都很喜欢他。就教师而言，马修·伯克简直完美无缺，这一点我同样有所耳闻。"

"可是？"卡拉汉问。

"卡拉汉神父，让我这么说吧。如果有十二个再可靠不过的证人告诉你，有只巨大的瓢虫在正午时分高唱着《甜蜜的阿德琳》蹒跚走过镇上的公园，手里还挥舞着邦联旗帜，你会相信吗？"

"假如我相信证人确定可靠，知道他们没在开玩笑，那么，是的，我会顺着通往相信的道路一直走下去。"

皮特里脸上的淡淡笑容丝毫不减："这就是你和我的区别了。"

"你的思想太封闭。"卡拉汉说。

"不，只是很有条理而已。"

"一样的。告诉我，在你工作的公司里，他们允许高层主管基于信仰而非事实做决定吗？这不是逻辑，皮特里，而是偏执。"

皮特里撤掉笑容，站起身，说："你的故事令人不安，这个我承认。你让我儿子卷入这么疯狂的事情，也许还冒了很大的危险。不上法庭已经算你运气好了。我先打电话通知教会，然后咱们一起去伯克先生的病房，继续讨论一下。"

"您愿意在这么原则性的问题上稍作让步，那可真是太好了。"卡拉汉干巴巴地说。

皮特里走进客厅，拿起电话。听筒里没有传来线路空闲的嗡嗡声，而是一阵彻底的寂静。他略略皱起眉头，揿了几下"中止"按钮。没有反应。他搁下听筒，回到厨房里。

"电话似乎出故障了。"他说。

皮特里看见卡拉汉和儿子交换了饱含恐惧和知晓的眼神，不禁恼怒起来。

"我向你保证，"他的语气比他想象中的更加尖锐，"耶路撒冷林苑镇的电话线路还轮不到吸血鬼来切断。"

灯灭了。

19

吉米跑回麦特的房间。

"皮特里家的电话断了。我觉得他已经在那儿了。该死的，我们太蠢了，居然——"

本从床边站起来。麦特的脸缩成一团，皱纹丛生。"明白他怎么下手了吗？"他喃喃道，"无懈可击。假如能再有一个小时的白昼，咱们就可以……但现在没机会。都结束了。"

"咱们必须去皮特里家。"吉米说。

"不行！绝对不行！为了你们和我的生命，不行！"

"但他们——"

"他们只能靠自己了！等你们赶到，正在发生或者已经发生的事情就都结束了！"

吉米和本站在门口，无所适从。

麦特聚集起全身的力量，说话时声音虽轻但饱含力量。

"他目中无人，妄自尊大。这些或许是弱点，我们能够利用。但他的大脑也同样强大，我们不能忽视这一点，必须考虑在内。你给我看了他的信，他说到下棋，他无疑是个极好的棋手。你们有没有意识到，他不用切断电话也能在皮特里家兴风作浪？之所以要切断线路，是因为他想让你们知道，白方的一枚棋子就要被吃掉了！他知道什么是力量，懂得被分散、被迷惑的力量更容易被征服。你们忘记了这一点，因此他就获得了先机，使得队伍分成两部分。假如你们赶往皮特里的住处，团队就将分为三个部分。我一个人困在病床上，十字架、书本和符咒再多也不管用。他只需要派遣已经收服的一个准活尸就能来医院用枪或刀杀死我。这样就只剩下了你和本，慌慌张张穿过黑夜，赶着去送死。接下来撒冷林苑镇就变成他的了。你们到底明不明白？"

本首先开口。"明白。"他回答。

麦特坐回床上："本，我说这些并不是因为害怕我会丧命。请你千万记住这个。也甚至不是担心你们的生命。我担心的是整个镇子。无论今天夜里发生什么，都一定要有人活到明天去阻止他。"

"是的。另外，在给苏珊报仇之前，我绝对不会死在他手上。"

三个人陷入沉默。

吉米·科迪打破了寂静。"他们或许能逃脱，"他沉思着说，"我认为他低估了卡拉汉，也非常确定他低估了那孩子。那是个冷静顽强的小家伙"

"希望如此。"麦特说着闭上了眼睛。

三个人开始漫长的等待。

20

皮特里家空阔的厨房里，唐纳德·卡拉汉神父站在房间一头，他高举母亲传下来的十字架，十字架吐出幽魂般的辉光，照着整个房间。巴洛站在另一头的水槽旁，一只手把马克的双手拧在背后，另一只手箍住马克的脖子。神父和巴洛之间，亨利·皮特里和琼恩·皮特里躺在地上，身边洒满巴洛进屋时撞碎的玻璃。

卡拉汉头晕目眩。事情发生得太快，他还没有反应过来。前一个瞬间，他正在和皮特里讨论事情，理性至上，但让人恼火，厨房的明亮灯光从头顶上洒下来。下一个瞬间，他被扔进了疯狂的噩梦，马克的父亲不久前还冷静而达观地坚定否认它有可能存在。

神父的意识尝试着回溯刚才都发生了什么。

皮特里先生回到厨房里，说电话出故障了。几秒钟后电灯熄灭。琼恩·皮特里开始尖叫。一把椅子翻倒。接下来的几秒钟，他们在黑暗中跌跌撞撞奔逃，互相呼喊名字。就在这时，水槽上方的窗户向内炸开，碎玻璃落在厨台和铺着油毡的地面上。一连串的事情发生在仅仅三十秒之内。

紧接着，一道阴影飘进厨房，卡拉汉终于挣脱了让他动弹不得的恶咒。他握住挂在脖子上的十字架，手指一碰到十字架，房间里就充满了它释放出的虚幻光芒。

他看见马克拼命拖着母亲走向通往客厅的拱门。亨利·皮特里在他们身旁，他扭过头，成为这场完全不合逻辑的突袭的俘虏，他的面容不复冷静，惊诧得合不拢嘴。就在他背后，赫然威胁着他们的，是一张狞笑的惨白面庞，仿佛法拉捷特①笔下的怪物，裂口般的大嘴里伸出长而尖利的犬牙，血红色的双眼仿佛通向地狱的炉门。巴洛的双手闪电般探出（卡拉汉只来得及看清那几根青黑色的手指，它们修长而细腻，就像钢琴演奏家的手指），一只手抓住亨利·皮特里的头部，另一只手则抓住琼恩的头部，他肩膀一动，两颗脑袋撞在一起，发出令人作呕的难听破裂声。两个人像石头似的倒下去，巴洛实现了他的第一条威胁。

马克迸发出尖细的哀嚎声，不假思索地扑向巴洛。

"来得正好！"巴洛浑厚而强有力的声音隆隆响起，语调和蔼可亲。马克的攻击很不明智，他立刻落入了巴洛的掌握。

卡拉汉举着十字架慢慢上前。

巴洛得意的笑容陡然变成龇牙咧嘴的痛苦怪相。他向后跌向水槽，把男孩拉到胸前。碎玻璃被他们踩得嘎吱嘎吱响。

"以上帝的名义——"卡拉汉开始诵经。

听见造物主的名字，巴洛像是挨了鞭子抽似的惨嚎起来，嘴巴咧成向下弯曲的苦相，针尖般的利齿在嘴里闪亮，脖子上肌肉虬结，如受到风化的僵直浮雕般根根凸起。"别靠近！"他叫道，"别再靠近了，萨满！你连一口气都没吸完，我就能撕开这孩子的颈动脉和颈静脉！"说话的时候，他的上唇一次次抬起，露出满嘴如针的长牙；等到说完，他的头部像猎食动物那样向下移动，速度堪比蝰蛇，最后停下之处离马克的肌肤仅有四分之一英寸。

卡拉汉停了下来。

"后退，"巴洛命令道，他的狞笑又回来了，"你站在你那头墙边，我站在我这头，可以吗？"

卡拉汉向后退，但十字架始终举得与双眼平行，他从十字架的横档上方看着巴洛。十字架如同受缚的火焰般搏动着，力量沿着手臂向上蹿，使得神父的肌肉紧绷起来，最终开始颤抖。

---

① 弗兰克·法拉捷特（Frank Frazetta, 1928—2010），美国漫画家、插画家，擅长描绘超自然的幻想怪物。

他和巴洛面对视着。

"终于见到你了！"巴洛笑吟吟地说。他的脸孔刚强而富有智慧，英俊中有着迷人的禁忌味道——对，光线变化角度的时刻，这张脸几乎露出了女人气。他在哪儿见过这么一张脸？等最终想起来的时候，那一刻他体验到了此生从未有过的巨大恐怖。这张脸属于弗立普先生，那是仅仅为他一人所知的妖怪，白天它藏在壁橱里，等母亲关上卧室房门就会出来。父母不准他留一盏灯睡觉，两人都认为孩子战胜那些幼稚恐惧的最好办法就是直面它们，而不是俯首称臣；每天晚上，房门咔嗒一声关上，母亲的脚步声沿着走廊渐渐远去，壁橱门就会悄悄滑开一条缝隙，他能够感觉到（或者是真的看到？）弗立普先生惨白的脸和喷火的眼睛。此刻，弗立普先生又钻出了壁橱，站在面前，从马克背后盯着神父，一张白脸就像小丑妆，两眼闪闪发亮，嘴唇红润而充满肉欲。

"现在怎么办？"卡拉汉说，他都认不出自己的声音了。他盯着巴洛的手指，那修长而细腻的手指，搭在男孩的喉咙口。手指上有着小小的蓝色斑点。

"那就要得看你愿意为这个可悲的小东西付出什么代价了。"他忽然一提马克被他拧在背后的手腕，显然想用惨叫给这个问题加上标点，但马克没有屈服。他紧咬牙关，只是倒吸一口凉气，但保持住了沉默。

"你会叫的，"巴洛轻声说，嘴唇因为恶意而扭曲成兽性的怪相，"你会一直叫破喉咙的。"

"住手！"卡拉汉叫道。

"我为什么要住手？"恶毒一扫而空，取而代之的是阴森的迷人笑容。"我该饶这孩子一命，留到明天夜里享用？"

"是的！"

巴洛语声温柔，几乎如同猫咪喘息。"你愿意丢掉十字架，和我公平对决吗？黑对白，你的信仰对我的信仰？"

"愿意。"卡拉汉答道，但不怎么坚定。

"那就扔掉！"丰满的嘴唇嘟了起来，饱含期待。高阔的前额在充斥房间的怪异光线中闪闪发亮。

"然后呢？相信你会放开他？我宁可把响尾蛇塞进衬衫，相信它不会咬我。"

"但我相信你……请看！"

他放开了马克，朝后退开站直，双手举在空中，手里没有任何东西。

马克一动不动地站在原处，一时间不敢相信他自由了，他跑向父母，甚至没有回头看一眼巴洛。

"快跑，马克！"卡拉汉叫道，"快跑！"

马克抬头看着他，瞪着乌黑的大眼睛。"我想他们死了——"

"快跑！"

马克缓缓直起腰，转身望着巴洛。

"用不了多久，小兄弟，"巴洛亲切地说，"用不了多久，我和你就会——"

马克对准他的脸啐了一口。

巴洛的呼吸停顿了。深切的怒火之下，眉头变得阴沉，先前的表情露出本来面目：他完全在演戏。这个瞬间，卡拉汉在他眼睛里窥见的疯狂比残杀的孽魂更加黑暗。

"你对我吐口水。"巴洛嘶声说。他的身体在颤抖，愤怒几乎让他晃动起来。他颤巍巍地向前踏了一步，模样像个恐怖的盲人。

"后退！"卡拉汉吼道，他把十字架朝前一刺。巴洛大叫一声，举起双手遮住脸。十字架的光芒亮得异乎寻常，照得人目眩神迷；只要卡拉汉敢继续上前，就能驱走这个吸血鬼。

"我会杀了你。"马克说。

他逃跑了，仿佛一团黑色漩涡。

巴洛似乎长高了。以欧洲方式向后梳的头发像是飘在头部四周。他身穿黑色套装，酒红色领带的结打得无懈可击。在卡拉汉眼中，他既是周围黑暗的一部分，也囊括了周围的黑暗。他的双眼在眼眶中灼灼放光，仿佛两团诡秘而阴郁的余烬。

"萨满，该履行交易中你那一部分了。"

"我是神父！"卡拉汉怒吼。

巴洛略略鞠躬，嘲弄着他："神父。"他吐出这个词，仿佛那是一条臭鱼。

卡拉汉站在那儿，一时间拿不定主意。为什么要扔掉十字架？他应该赶走他，今晚暂时撤退，等明天——

然而他的意识深处却提出了警告。拒绝吸血鬼的挑战，其中的风险比他想象中的任何一种可能性都可怕。假如他不敢放下十字架，就等于在承认……承认……承认什么呢？假如事态发展没这么快，假如有时间思考一下，用理性——

十字架的辉光开始熄灭。

他瞪大眼睛盯着十字架。恐惧像烧红的铁丝般落进腹腔。他猛然抬头，望向巴洛。巴洛穿过厨房，向他走来，他的笑容分外灿烂，几乎称得上性感。

"后退，"卡拉汉嗓音嘶哑，但自己退了一步，"我以上帝的名义命令你。"

巴洛对他哈哈大笑。

十字架上只剩下一层稀薄的十字形光芒，而且还在不断流逝。阴影再次攀上吸血鬼的脸庞，给他的脸画上野蛮人的奇异花纹，在尖起的颧骨下投出两个三角形。

卡拉汉又后退一步，臀部撞在厨房桌子上，桌子背后就是墙壁了。

"无处可逃了，"巴洛哀伤地喃喃道，黑眼睛里沸腾着恶魔般的快乐，"眼看着一个人信仰崩溃，总是很悲哀的。唉，好吧……"

十字架在卡拉汉手中颤抖，最后一丝光芒陡然熄灭。这东西仅仅是他母亲在都柏林纪念品商店买的一块塑料，多半还挨了店家的痛宰。十字架里震得他手臂酸痛、足以摧墙裂石的力量消失了。肌肉记得那种搏动的感觉，却无法复制出来。

巴洛在黑暗中伸出一只手，抓过神父手里的十字架。卡拉汉哀号起来：多年前有一个每天夜里被父母独自抛下的孩子，弗立普先生在他睡梦中从壁橱里偷窥着他，同样的叫声曾经在这个孩子的灵魂深处响起，却从未冲出过喉咙。接下来的声音将在余生中永远让他战栗：干巴巴的两声脆响——巴洛掰断了十字架的臂展，随后是一声毫无意义的闷响：他把折断的十字架扔在地上。

"上帝诅咒你！"他狂吼道。

"现在没空演这样的情节剧了，"巴洛在黑暗中说。他的声音几乎含着抱歉，"不需要这样。你已经忘记了自己教会的教义，不对吗？十字架……面包和葡萄酒……告解……只是象征而已。没有信仰，十字架只是木棍，面包只是烤过的小麦，葡萄酒只是酸败的葡萄。假如你敢扔开十字架，咱们大概就要换个夜晚决战了。从某种程度说，我还挺希望能那样呢。我很久没有遇到过像样的对手了。假神父，那男孩比你强十倍！"

一双手忽然从黑暗中伸出来，用不可抵挡的力量抓住卡拉汉的双肩。

"此刻想必你很希望我赐你死亡，忘记一切。活尸没有记忆，只知道饥饿，渴望服侍主人。我可以利用你，把你送回朋友之间。但这又有什么必要呢？缺了你的带领，他们微不足道。孩子会把事情经过告诉他们：你已经是他们的敌人了。假神父，还存在更适合你的惩罚。"

他记起麦特的话：有些事情比死亡更可怕。

他挣扎着想闪避，但那双手如铁钳般固定住他。接着，一只手松开了他。先传来衣物摩擦肌肤的声音，然后是一下刮擦声。

那双手移向他的脖子。

"来吧，假神父。学习一种新的宗教。领受我的圣餐吧。"

醒悟如可怖的大洪水般淹没了卡拉汉。

"不！别……不要……"

但那双手却不肯停下。他的头部被拽向前方，向前，再向前。

"喝吧，神父。"巴洛悄声说。

卡拉汉的嘴被按在吸血鬼冰冷的咽喉上，吸血鬼的肉体散发着臭气，一条割开的静脉在缓缓搏动。他屏住呼吸，坚持了仿佛千百万年的时间，他拼命扭动头部，却无济于事，污血如战妆般涂满他的双颊、额头和下巴。

然而到最后，他还是喝了。

21

安·诺顿连钥匙也没拔就钻出轿车，她穿过医院的停车场，走向灯火通明的大堂。云层遮住了星空，快要下雨了。她没有抬头看天上的乌云，而是直视前方，麻木地不停迈步。

与本·米尔斯第一次应苏珊邀请去家里吃饭时见到的那位女士相比，她的外貌迥然不同。那位女士中等身高，身上的绿色羊毛外衣不为炫耀价钱而穿，而是为了身体的舒适。那位女士虽说称不上美丽，但打扮得很好，相当耐看；她正在变白的头发不久前才烫过。

这个女人穿一双家居拖鞋，光着两腿，没穿护腿长袜，曲张的血管醒目地突起（但不如从前那么醒目，出于某些原因，她的血压已经降低了很多）。她在睡袍外随便套了件破破烂烂的晨衣；越来越大的风把她的头发吹得横七竖八。她脸色苍白，眼睛底下是深棕色的眼圈。

她警告过苏珊，提醒过女儿，要她远离米尔斯和他的狐朋狗党；她提醒过女儿，最终害死了苏珊的那个家伙不是好东西。都是麦特·伯克唆使他这么做的，他们是同谋。没错，她很清楚。他告诉了她。

她一整个白天都不舒服，病恹恹的，总想睡觉，很难从床上起来。下午她陷入昏睡。丈夫外出去回答问话，提交愚蠢的失踪人口报告。他在梦中找到了她。他英俊非凡，颐指气使，傲慢无礼，你无法不服从他。他鼻如鹰钩，头发向后梳，厚实而迷人的嘴唇底下藏着令人兴奋莫名的白牙，只有笑的时候才会露出来。还有他的双眼……红色的双眼，能够催眠。他用那双眼睛看着你的时候，你无法转开视线……也不想转开视线。

他把事情的经过告诉她，告诉她该怎么做，还有事成后她和女儿以及许多其他人会得到什么样的未来……与他共享的未来。除了苏珊，她最想取悦的人就是他，因此他就会给她那件让她既害怕又渴望的东西：触碰，刺穿。

她口袋里装着丈夫的点三八手枪。

她走进大堂，望向接待前台。要是有人敢阻止她，她会想办法处理掉他们。不是用子弹，当然不是。走进伯克的病房前，她不能开枪。他这么告诉过她。假如她在完成任务前被他们捉住，被他们阻止，那他在夜里就不会来找她，不会给她灼人的热吻。

前台坐着一个穿白衣戴白帽的姑娘，借着控制台上方的台灯柔光玩纵横字谜。一名勤杂工背对他们，正沿着走廊远去。

听见安的脚步声，值班护士露出职业性的笑容，她看见一个眼神空洞的女人身穿睡衣走过来，笑容立刻消失。这个女人眼神空白，却闪着奇特的光芒，就像上足发条后开始活动的自动玩具。也许是出来闲逛的患者。

"女士，您——"

安·诺顿从晨衣口袋里掏出点三八手枪，模样很像超越时间的憔悴枪手。她举起枪，对准值班护士的脑袋，命令道，"转过去。"护士的嘴巴嚅动着，发不出声音，她痉挛般地倒吸一口凉气。

"别叫，否则就杀了你。"

那口气呼地一声吐了出来。护士的脸色变得异常苍白。

"给我转过去。"

护士慢慢起身，转了过去。安·诺顿调转枪口，准备使出浑身力气用枪托砸护士的后脑勺。

但就在同一个时刻，她的双脚被踢离了地面。

22

枪飞了出去。

身穿褴褛黄色晨衣的女人没有喊叫，而是从喉咙深处挤出几近哭嚎的高亢哀鸣。她像螃蟹般扑腾着追过去，她背后的男人满脸困惑和惊恐，跟着奔向那把枪。他看见女人很可能会先抓住枪，连忙抬起腿，把枪踢过大堂的地毯。

"喂！"他喊道，"喂，来人啊！"

安·诺顿扭头瞪着他，发出咝咝的威吓声，满脸都是受到背叛的仇恨。勤杂工跑过去。他目瞪口呆地看着面前发生的事情，愣了片刻，然后捡起几乎就在脚下的手枪。

"我的天，"他说，"这东西上膛了——"

她发动袭击。她的手指弯成尖爪，风车般地抓挠勤杂工的脸，在他前额和右颊上画出一条又一条红色血痕。勤杂工把枪举到她够不到的地方。她嚎叫着伸手去抢。

从背后踢倒她的男人跑过来抓住她。事后这位先生会形容说他仿佛抱住了一口袋毒蛇。晨衣底下的躯体热烘烘的，每一条肌肉都在抽搐和扭动，让人感到厌恶。

她刚从男人手中挣脱出来，勤杂工就一记直拳狠狠打中她的下巴。她翻个白眼，瘫倒在地。

勤杂工和困惑的男人对视一眼。

前台的护士喊叫起来。她用双手紧紧捂住嘴巴，尖叫声被添上了独特的雾号效果。

"我说，你们这到底是个什么鬼医院啊？"困惑的男人问。

"老天在上，我也想知道，"勤杂工说，"究竟发生什么了？"

"我来探望我妹妹，她在这儿生小孩。然后有个孩子过来说刚进来的女人带着枪。我就——"

"什么孩子？"

来探望妹妹的困惑男人四处张望。大堂里站满了人，但都过了饮酒年龄。

"不在这儿，但刚才肯定在。枪上膛了？"

"当然。"勤杂工说。

"我说，你们这到底是个什么鬼医院？"困惑的男人再次问他。

23

他们看见两名护士经过门口，跑向电梯，听见楼下传来模糊的叫声。本望向吉米，吉米微不可查地耸耸肩。麦特在张着嘴打瞌睡。

本关上门，熄了灯。吉米蹲在麦特的床脚旁，听见门外传来踌躇的脚步声，本站到门边，做好准备。门轻轻打开，一个脑袋探进来，本一条胳膊锁住来者的脖子，另一只手把十字架按在对方脸上。

"放开我！"

一只手挥上来，不痛不痒地落在本的胸口。片刻之后，头顶的灯亮了。麦特在床上坐起来，诧异地看着马克·皮特里，马克正在本的怀抱中挣扎。

吉米从蹲着的地方出来，跑过房间。他想拥抱马克，但又犹豫了。"抬起下巴。"

马克抬起头，把没有任何伤痕的脖子展示给三个人。

吉米放松下来："小子，我这辈子都没这么盼望见到任何人过。神父呢？"

"不知道，"马克难过地说，"巴洛抓住了我……他杀了我父母。他们都死了。我的父母都死了。他把两个人的头撞在一起。他杀了我父母。然后他捉住我，说只要卡拉汉神父答应扔掉十字架，他就放我走。神父答应了。我跑掉了。我离开前啐了他一口。我啐了他一口，我要杀了他。"

他在门口摇摇欲坠。他额头和面颊上有荆棘钩破的伤口。他顺着小径跑过森林，丹尼·格立克和他的弟弟就在同一条小径上遭遇了不测，那仿佛是已经很久以前的往事了。他蹚过塔加特溪，裤子湿到了膝盖。他搭车来到医院，但不记得那位好心人是谁了。收音机响了一路，他只记得这一点。

本的舌头凝固在了嘴里。他不知道该说什么好。

"可怜的孩子，"麦特柔声说，"勇敢的孩子。"

马克脸上的表情开始松动。他闭上眼睛，嘴唇扭曲、拉紧："我的妈—妈—妈妈——"

他茫然前行，本搂住他，把他抱在怀里，轻轻摇晃他。他的眼泪喷涌而出，打湿了本的衬衫。

24

唐纳德·卡拉汉神父不知道他在黑暗中走了多久。他沿着乔因特纳大道跌跌撞撞地走向镇中心，忘记自己的车还停在皮特里家门口。他时而蹒跚于道路中央，时而跌跌撞撞地走上人行道。有一次，一辆轿车朝他冲来，头灯是两个巨大的闪光圆环，喇叭发出刺耳的鸣叫，直到最后一刻才猛然转开，路面磨得轮胎发出尖啸。还有一次，他失足跌进排水沟。接近闪烁的黄灯时，天开始下雨了。

街上空荡荡的，没人注意到他；夜晚如棺材般封死了撒冷林苑镇，比平时封得更死。餐厅里没人。斯潘塞的店里，库根小姐坐在收音机前，借着头顶的日光灯，读着一份取自报刊架的自白式杂志。店外，飞行灰狗的灯标底下，红色的霓虹灯标着：

公共汽车

人们大概也害怕了。他们确实有理由害怕。意识深处的角落觉察到危险；今夜林苑镇的房门纷纷上锁，这些门有许多年没锁过了，甚至从来就没锁过。

他独自走在街上。只有他没有什么可害怕的。这真是好玩。他哈哈大笑。笑声犹如疯癫而狂野的啜泣。没有哪个吸血鬼会碰他。其他人或许有危险，但他们肯定不会碰他。主人给他做了标记，他可以自由行动，直到主人享用他。

圣安德鲁教堂俯瞰着他。

他犹豫片刻，最终踏上小径。他要祈祷，假如有必要，他要祈祷一整夜。祈祷的对象不是新时代的上帝，属于少数族群、社会良知和免费午餐的上帝，而是旧日的上帝，通过摩西宣称"不可容行巫术的女人活着"的上帝，让他的儿子死后复活的上帝。再给我一次机会吧，上帝。我愿意用余生忏悔苦修，只求你……再给我一次机会。

他跌跌撞撞地爬上宽阔的台阶，长袍泥迹斑斑，肮脏不堪，嘴角还涂着巴洛的血。

走到台阶顶端，他犹豫片刻，然后伸手去抓正门的把手。

他刚碰到门把手，一道蓝色电光就打了过来，他被抛了出去。他飞过花岗岩台阶，头上脚下地摔在步道上，剧痛从背上升起，然后是头部、胸部、腹部和小腿。

他在雨中颤抖，手在燃烧。

他把手拿到眼前，他的手被烧黑了。

"不洁净，"他喃喃道，"不洁净，不洁净，上帝啊，我不洁净了。"

他开始颤抖，他用双手抱住两肩，在雨中颤抖着，教堂在他背后俯瞰他，教堂的门对他紧紧关闭。

25

马克·皮特里在麦特床边坐下，刚好坐在本和吉米回来后本坐的位置上。马克用衬衫袖口擦干眼泪，尽管眼睛依旧红肿，但他似乎已经控制住了自己。

"你知道，对不对？"麦特问他，"撒冷林苑镇处于绝望的边缘。"

马克点点头。

"此时此刻，他手下的活尸正在全镇走动，"麦特语调阴沉，"把其他人拉进他们的行列。他们不可能转变所有人，至少今夜还做不到，但明天你们有非常可怖的任务需要完成。"

"麦特，我希望你能睡一会，"吉米说，"我们会守在这里的，别担心，你看起来很不好。你一直处于高度紧张的状态——"

"我的小镇就在我眼前分崩离析，你还想让我睡觉？"他的双眼毫无倦意，在憔悴的脸上放出灼热的视线。

吉米不肯让步："假如你想坚持到事情结束，那就还是先积蓄些精力吧。真该死，我是你的医生，我命令你休息！"

"好吧，好吧。再等一下，"麦特看着面前的三个人，"明天，你们三个必须返回马克家里。你们要制作木桩。制作许多木桩。"他的言下之意沉进他们心中。

"多少？"本轻声问。

"要我说，至少三百根。我建议你们做五百根。"

"这不可能，"吉米有气无力地说，"不可能有那么多活尸。"

"活尸非常饥渴，"麦特淡然答道，"最好准备充足。你们必须一起行动。千万不能分开，即便在白天也不能分开。这将是一场地毯式的搜寻。你们应该从小镇一头开始，到另外一头结束。"

"我们不可能把他们全都找出来，"本反对道，"即便天一亮就开始，到天黑才收手。"

"本，你们必须竭尽全力。会有人开始相信你们的。假如能证明你们说的是真话，还会有人帮助你们。等夜晚再次到来，他的大部分势力已经化为乌有。"他叹息道。"不得不假定我们已经失去了卡拉汉神父。太糟糕了。但无论如何，你们都要坚持下去。你们必须谨慎小心，你们每个人都是。做好撒谎的准备。假如你们被关起来，那就刚好遂了他的心愿。有个问题你们大概还没考虑过，现在请考虑一下吧：很有可能，我们中的某几个或者所有人即便能活下来，并且取得了胜利，却要上法庭面对谋杀指控。"

他审视他们每个人的面容，见到的结果无疑让他感到满意，随后他立刻将注意力转向马克。

"你知道最重要的任务是什么，对吗？"

"知道，"马克说，"杀死巴洛。"

麦特露出了一丝笑容。"很抱歉，但这是本末倒置了。首先必须找到他，"他仔细打量马克，"今天夜里，你有没有看见、闻见或摸到什么东西，能帮助我们弄清他的藏身之处？回答前好好回忆一下！你比我们中的任何人都清楚这有多么重要！"

马克陷入沉思。本从没见到过任何人如此不折不扣地执行一条指令。马克用一只手托住下巴，闭上双眼，似乎在内心重演今夜那场遭遇的每个细节。

最后，他睁开眼睛，扫了众人一眼，随后摇摇头："什么也没有。"

麦特沉下了脸，但还是不肯放弃。"他衣服上有没有粘着叶子？裤脚翻边有没有钩着香蒲？身上有没有他忘记弄断的松脱线头？"他绝望地使劲拍床，"万能的耶稣基督，他难道像鸡蛋那样滴水不漏？"

马克忽然瞪大眼睛。

"怎么？"麦特抓住男孩的胳膊肘，"是什么？你想起什么了？"

"蓝色粉笔，"马克说，"他用胳膊箍住我的脖子——就这样——我能看见他的手。他的手指很长很白，其中两根手指上有蓝色的粉笔印。只是很小的污点。"

"蓝色粉笔。"麦特若有所思地说。

"学校，"本说，"肯定是学校。"

"但不是高中，"麦特说，"我们用的粉笔都来自波特兰的丁尼生公司，他们只提供白色和黄色的粉笔。我的指甲缝和外套吃了很多年粉笔灰。"

"艺术课程呢？"本问。

"不可能，高中只开绘画课，用墨水，而不是粉笔。马克，你确定是——"

"粉笔。"马克点点头。

"科学课的老师倒是会用彩色铅笔，但高中哪儿有地方能藏住人？你们都知道高中是什么样子，房间在同一个水平面上，外面全是玻璃。储藏室成天有人进进出出，锅炉房也一样。"

"剧场后台呢？"

麦特耸耸肩："那里倒是足够黑暗。但假如罗丹夫人替我上了戏剧课——学生叫她拉顿夫人，来自一部相当离奇的日本科幻片——那块地方也肯定经常使用。对他来说风险太大。"

"小学呢?"吉米问,"低年级肯定教画画。我敢赌一百块,他们手头肯定备了不少彩色粉笔。"

麦特说:"修建斯坦利街小学和高中用的是同一笔债券,也同样是现代主义风格,物尽其用至上,所有房间在同一个水平面上。有许多玻璃窗供阳光直射,不是我们那位目标喜欢的栖身之处。吸血鬼倾心于旧式建筑,按照以前习俗设计的那些,黑暗、阳光少,比方说——"

"比方说布罗克街学校。"马克说。

"没错,"麦特望向本,"布罗克街学校是木结构建筑,地上三层,地下一层,与马斯滕老宅差不多同时落成。学校债券发行的时候,镇上有不少传闻,说要投票表决布罗克街学校是否该被定为防火隐患。这正是当初发行学校债券的原因之一。两三年前新罕布什尔州发生了一场校园火灾——"

"我记得,"吉米喃喃道,"那地方叫科布渡,对吧?"

"是的,有三名学生死于火灾。"

"布罗克街学校还在使用吗?"本问。

"只有第一层。一年级到四年级。整幢建筑将在两年后拆除,等斯坦利街小学扩建完毕。"

"有地方能让巴洛躲藏吗?"

"应该有,"麦特说,但语气有些勉强,"二楼和三楼的教室都空着。窗户用木板钉死了,因为经常有孩子冲窗户扔石头。"

"就是这里了,"本说,"肯定是。"

"听起来不错,"麦特承认道,他的面容已经疲惫到了顶点,"但感觉起来太简单了,太容易看穿了。"

"蓝色粉笔。"吉米喃喃道,眼神茫然。

"我也说不清,"麦特听起来心烦意乱,"我实在说不清。"

吉米打开黑色皮包,拿出一小瓶药片。"两粒,温水送服,"他说,"就现在。"

"不行,还有那么多事情要想,那么多——"

"失去你对我们来说风险太大，"本语气坚决，"我们已经失去了卡拉汉神父，你现在是我们之中最重要的人。听吉米的话。"

马克从盥洗室接了一杯水，麦特不情不愿地吃了药。

十点一刻。

房间里陷入寂静。本觉得麦特看起来苍老和憔悴得可怕。他的白发也更加稀疏和干枯了，短短几天之内，一生的忧虑都在他脸上烙下了印记。本心想：从某个角度说，厄运（最大的厄运）最终降临的时候，以这种梦幻般的黑暗幻想形式出现倒是也挺合适。他这一辈子的经历让他做好了准备，可以应付符号化的邪恶：它们在台灯下跃入眼帘，太阳一出就消散无踪。

"我很担心他。"吉米轻声说。

"你不是说那场发作不严重吗？"本说，"都算不上真正的心脏病突发。"

"普通心肌梗塞而已，但下次发作时恐怕不会这么轻微，而是会非常严重。事情要是不尽快结束，肯定会要了他的命。"他拿起麦特的手，温柔地给他把脉。"那会是一场悲剧。"

两人守在他床边，轮流睡觉和看护。麦特整夜安睡，巴洛没有出现。他在别处有事情要忙。

26

库根小姐捧着《真实人生供述》杂志，正在读名为《我企图掐死我们的孩子》的文章，这时门开了，今晚的第一位客人走进店堂。

生意从没这么清淡过。露丝·克罗凯特和朋友没来冷饮柜喝汽水，不过她也不怎么怀念那群人；洛芮塔·斯塔奇没来买《纽约时报》。报纸还塞在柜台底下，整整齐齐地叠着。耶路撒冷林苑镇上，只有洛芮塔按时买《纽约时报》（她念"时报"的时候总是要加重音）。第二天她会把报纸放在阅览室里。

　　拉伯雷先生吃完晚饭就没再回来，不过这也不稀奇。拉伯雷先生是位鳏夫，在校园山毗邻格里芬家的地方有幢大宅子，库根小姐很清楚，他并没有回家吃晚饭，而是去了戴尔酒吧，就着啤酒吃汉堡包。假如他到十一点还不回来（现在已经十一点过一刻了），她就自己取出现金抽屉里的钥匙锁门。反正也不是第一次了。但要是有人急需买药，那麻烦可就大了。

　　她有时挺怀念总在这会儿涌进店里的电影散场人潮，但那都是街对面北星影院拆除前的往事了——大家要冰激凌汽水，要果汁冻冰，要奶昔，约会的恋人手挽手，谈论家庭作业如何如何。累归累，但感觉很健康。那时候的孩子和露丝·克罗凯特这伙人不一样，不会成天窃笑，扭着屁股走路，牛仔裤紧得勒出内裤边——前提是她们穿了内裤。恋旧的情绪蒙蔽了库根小姐对那些往昔常客的真正感情（尽管她已经忘记了，但他们也曾让她恼火不已）；门打开的时候，她热切地抬起头，希望来者是一九六四级的某位男生及其女友，想吃多加一份坚果的巧克力圣代。

　　但她见到的是一名成年男性，认识，叫不上名字。他拎着手提箱走向柜台，步态和头部动作帮助库根小姐认出了他。

　　"卡拉汉神父！"她的惊讶之情溢于言表。她这是第一次见到卡拉汉不穿神父袍服的样子。卡拉汉身穿黑色休闲长裤和蓝色条格布衬衫，像个普通的工人。

　　库根小姐忽然觉得害怕。卡拉汉的衣服很干净，头发梳得一丝不乱，但他脸上有些异样的东西，不太对劲——

　　她突然想起二十年前的那一天：母亲中风猝死（老一辈管这个叫休克），她从医院回到家中，把噩耗告诉自己的哥哥，得到的反应与现在的卡拉汉神父不无相似之处。神父形容枯槁，像是被宣判了死刑，眼神空洞而呆滞。他的神情中有一种消耗殆尽的感觉，库根小姐为他感到难过。神父嘴巴周围的皮肤颜色通红，仿佛受过刺激，像是刮胡子刮过了头，或者是用洗碗布擦了很长一段时间，想除掉什么污渍似的。

　　"我想买张汽车票。"他说。

没错，她心想，可怜的家伙，有亲近的人过世了，电话打到了他那个什么地方。

"没问题，"她说，"去哪儿——"

"第一班巴士？"

"去哪儿的第一班？"

"随便哪儿都行。"他答道。库根小姐的推测轰然倒塌。

"呃……我……让我看看……"她翻出时刻表，慌慌张张地读起来，"十一点十分有辆巴士，一路停靠波特兰、波士顿、哈特福德和纽约——"

"就这班了，"神父说，"多少钱？"

"乘多久——对不起，我是说，乘多远？"她慌得不知所措。

"一路到头。"神父用沉闷的声音答道，然后露出了笑容。库根小姐从没有在人类脸上见过这么可怖的笑容，她吓得浑身一抖。要是他伸手碰我，库根小姐心想，我就尖叫，叫得惊天动地。

"那—那—那就是到纽约市了，"她答道，"二十九块七毛五。"

他有些费劲地掏出臀袋里的钱夹，库根小姐注意到神父的右手扎着绷带。他把一张二十块和两张一块的钞票摆在库根小姐面前，库根小姐撕下最顶上一张票，不小心把整本空白车票都碰在了地上。等她捡起来，神父已经添上了另外五张一块钱的纸币和一堆硬币。

库根小姐以最快速度填好车票，但怎么快也不够快。她能感觉到神父死死地盯着自己。她给车票盖上戳，抢先推过柜台，免得碰到神父的手。

"卡、卡拉汉神父，你、你到外面等车好吗？我这儿过五分钟就要关门了。"她数也没数，甚至连看也没看，把纸币和硬币直接扫进现金抽屉。

"没问题，"他把票塞进胸前的口袋，眼睛望着别处说，"'耶和华就给该隐立一个记号，免得人遇见他就杀他。于是该隐离开耶和华的面，去住在伊甸东边挪得之地。'库根小姐，这是《圣经》里的句子，是《圣经》里最令人痛苦的句子。"

"是吗？"她答道，"不好意思，您必须出去了，卡拉汉神父。

我……拉伯雷先生在店后，马上就回来，他不喜欢——不喜欢我……
我……"

"没问题。"神父说完，转身离开。他走了两步，又停下来，扭头
望着库根小姐。库根小姐被那双呆滞的眼睛吓得直往后躲。"你住在
法尔茅斯，库根小姐，对吗？"

"是的——"

"自己开车？"

"是的，当然是的。请您到外面等巴士——"

"今晚请尽快驾车回家，库根小姐，锁好车门，路上见到任何人
都别停。任何人。就算是熟人拦车也别停。"

"我从不让人搭车。"库根小姐理直气壮地说。

"等你回到家，就别再靠近耶路撒冷林苑镇了，"卡拉汉继续说，
他直勾勾地看着库根小姐，"林苑镇的局势现在恶化得很厉害。"

库根小姐怯生生地说："我不知道你在讲什么，但请您去外面等
巴士好吗？"

"行，好的。"

神父走了出去。

她忽然意识到药店有多么安静，静到无以复加的程度。除了卡拉
汉神父，天黑后是不是没有来过别的客人？确实如此，一个也没有。

林苑镇的局势现在恶化得很厉害。

她走来走去，开始熄灭电灯。

27

黑暗更紧地拥抱着林苑镇。

十二点差十分，悠长而持续不断的喇叭声惊醒了查理·罗德斯。
他在床上醒来，一下子坐得笔直。

他的巴士！

紧随其后的念头是：

那群小杂种！

孩子曾经干过这种事情，他认得他们，那些可恶的小爬虫。他们用火柴梗放过轮胎的气。他没看见究竟是谁干的，但能猜个八九不离十。他要去找那个天杀的胆小鬼校长，告迈克·菲尔布鲁克和奥迪·詹姆斯一状。他知道肯定是他们，不用看就知道。

罗德斯，你确定是他们吗？

我说的还能有错？

该死的懦夫先生什么也不敢做；必须要逼着他让他们休学。隔一个星期，那龟孙子会把他叫进办公室。

罗德斯，我们让安迪·加维暂时休学了。

嗯？没什么好奇怪的。他惹什么乱子了？

鲍勃·托马斯逮住他正在给巴士的轮胎放气。然后，他朝查理·罗德斯投来一个长而冰冷的威胁眼神。

好吧，就算真是加维而不是菲尔布鲁克和詹姆斯又怎样呢？他们俩总在一起东游西荡，让人见了就恶心，活该被人把卵蛋塞进绞肉机。

令人发狂的喇叭声从外面传来，电池行将耗尽，它靠最后一丁点电量继续叫着：

嗡。嗡嗡。嗡嗡嗡嗡嗡嗡——

"婊子养的。"他嘟囔着下床。他摸黑穿上裤子，开灯会吓走那些小兔崽子，那可不是他期待的结果。

还有一次，不知是谁在驾驶座上放了块牛粪，他当时也很清楚是谁干的。你能从他们的眼神里看出来。这是战争期间他在补充兵营靠放哨学到的本领。他用自己的办法解决了牛粪事件。他把婊子养的小家伙一连三天在离家四英里的地方轰下车去。孩子最后哭着来找他。

我什么坏事也没干，罗德斯先生，为什么总把我赶下车？

把牛粪饼放在我的座位上也能叫什么坏事也没干？

不，那不是我干的。我向上帝发誓，不是我干的。

好吧，你也得承认他们很了不起，一个个都有本事能面带笑容、天真无邪地对自己的母亲撒谎，多半也都经常这么干。他又连着两个晚上把那孩子赶下车，那孩子终于以耶稣的名字坦白了。查理又把他赶下车一趟，人总得学着长大嘛。最后还是加油站的戴夫·费尔森开口，劝他放那孩子一马算了。

嗡嗡嗡嗡嗡嗡嗡嗡嗡嗡嗡嗡嗡嗡——

他套上衬衫，抓起靠在屋角的旧网球拍。耶稣在上，今晚他非得把几个小子的屁股揍开花才行。

他从后门出去，绕过屋子，摸到停放黄色大巴的地方。他觉得自己悍勇而冷酷，浑身是劲。在军队里，这种行为叫作"渗透"。

他在夹竹桃花丛后停下来，打量巴士车。很好，看见他们了，一群小崽子，夜色染黑的玻璃背后，有好几个颜色更暗的人影。他感觉到往日的那种血红色怒火，恨意宛如炽热的冰块，他把网球拍攥得更紧了，直到网球拍像调音叉似的在手里颤动。他们弄碎了车上的——六、七、八——八块玻璃！

他溜到巴士背后，沿着长长的黄色车身摸到乘客门旁。门打开着。他绷紧肌肉，忽然蹿上台阶。

"够了！待在原处！松开该死的喇叭，否则我就——"

坐在驾驶座上的孩子用两只手按住喇叭，他转过来，满脸狂野的笑容。查理觉得肚子里猛然一沉，险些呕吐。里奇·鲍定，他脸色惨白如被单，两眼仿佛两团黑炭，嘴唇呈宝石红色。

他的牙齿——

查理·罗德斯望向车内过道。

那是迈克·菲尔布鲁克吗？奥迪·詹姆斯吗？万能的主啊，格里芬家的孩子也在！哈尔和杰克，他们坐在靠后的位置上，头发上沾着干草。可他们不坐我这辆车啊！玛丽·凯特·格里格森和布伦特·坦尼肩并肩坐着。玛丽·凯特穿睡衣，布伦特的蓝牛仔裤前后颠倒，灯芯绒衬衫内外反穿，他像是忘记了该怎么自己穿衣服。

还有丹尼·格立克。可是——基督在上——他不是死了吗？死了好几个星期！

"你们，"他从麻木的嘴唇间挤出几个字，"你们这些孩子——"

网球拍从手中滑落。里奇·鲍定依然满脸疯狂的笑容，他拉了一下镀铬的手杆，关上折叠门，发出扑哧一下的排气声和砰地一下的碰撞声。

"不，"他努力戴上笑容，"你们这些孩子……你们搞错了。是我啊，查理·罗德斯。你们……你们……"他徒劳地咧嘴微笑，摇着头，伸出双手，让他们知道这不过是老查理·罗德斯的双手，是一双清白的手。他一步步后退，直到背脊顶住带色的宽幅挡风玻璃。

"不要。"他轻声说。

他们狞笑着围上来。

"求你们了。"

他们扑向了他。

28

安·诺顿死在医院里从一楼到二楼的短暂电梯旅程中。她颤抖了一下，嘴角淌出一缕鲜血。

"唉，"一名勤杂工说，"现在可以关掉警报器了。"

29

伊娃·米勒一直在做梦。

一场怪梦，不算噩梦。一九五一年，大火在无情的天空下肆虐燃烧。天空像倒置的瓷碗，在地平线附近呈淡蓝色，到头顶上变成炽烈冷酷的纯白色。太阳仿佛一枚发亮的铜币，在碗底释放光芒。到处都是辛辣的烟味；商业活动全部停摆，人们站在街道上眺望西南方的大沼泽，眺望西北方的森林。一整个早晨，空气中始终弥漫着烟雾，到了现在，下午一点，你已经能看见火焰如鲜亮的动脉般在格里芬家的牧场背后跃动。风持续刮着，火苗借着风势越过了一道屏障，雪花般的白灰不断落进夏日的小镇。

拉尔夫还活着，出发去拯救锯木厂。剧情有些混乱，因为爱德·克雷格陪在她身边，而她要到一九五四年秋天才第一次遇见爱德。

她隔着楼上卧室的窗户眺望大火，她赤身裸体。一双手从背后抚摸她，这是一双粗糙的棕色大手，抚弄她光滑而白皙的臀部，她知道那是爱德，尽管窗玻璃连他的鬼影子都没照出来。

爱德，她挣扎着想开口。现在不行，现在太早了，要到九年后才行。

但他的手却坚持不懈，滑到了她的腹部，一只手逗弄了一阵肚脐眼，随后两只手都移向上方，沉着自信、熟门熟路地握住她的双乳。

她想告诉爱德，他们站在窗口，街上的人一回头就能看见他们，但这句话怎么也说不出口，而爱德的嘴唇吻上了她的胳膊、她的肩头，然后贪婪而坚定地牢牢贴在她的脖子上。她感觉到爱德的牙齿，感觉到他在咬自己，吸吮、啃咬、汲取鲜血，她又想反抗：别留下唇印，拉尔夫会看见的——

但她不可能反抗，很快也就不想反抗了。她不再担心会有人回头看见他们：一个赤裸的女人，一个大胆的男人。

她的视线朦胧地投向火焰，这时爱德的嘴唇和牙齿又凑近她的脖子，烟非常黑，黑如夜色，遮住古铜色的炽热天空，把白昼变成黑夜；火焰在黑夜中移动，猩红色的枝蔓和花朵脉动着：深夜丛林，鲜花暴动。

黑暗中，小镇消失了，但烈火仍旧在黑暗中燃烧，幻化出万花筒般的迷人图形，最后仿佛勾勒出一张鲜血绘制的面容——鹰钩鼻，眼窝深陷，眼神冷酷，饱满而有个性的嘴唇，浓密的胡须遮住了一部分嘴唇，头发像音乐家似的从额头向后梳起。

"威尔士式橱柜，"一个淡漠的声音说，她知道说话的是那个人，"阁楼上的那个橱柜。我认为很合适。然后要把楼梯处理好……多做准备终归没错。"

声音消失了。火焰也退去了。

只剩下黑暗包裹着她，她在梦中或者正要开始做梦。她模糊觉得这将是一场漫长的美梦，底下却苦涩而没有光线，宛如忘川的河水。

传来另一个声音，这是爱德在说话。"来吧，亲爱的。起来，咱们得按照他吩咐的做事。"

"爱德？爱德？"

爱德俯视着她，这张脸不是用烈火勾勒出的，看起来异常苍白，空虚得奇怪。不过，她重新爱上了他……比以前更加爱他。她渴求他的热吻。

"来吧，伊娃。"

"爱德，这是做梦吗？"

"不……不是做梦。"

她有一瞬间很害怕，但恐惧感旋即消失，取而代之的是明悟。与明悟一同到来的还有饥渴。

她望向镜子，但只在镜像里看见了卧室：空无一人，静寂寥廓。阁楼门上了锁，钥匙在衣橱最底下的抽屉里，不过没关系。他们已经不需要钥匙了。

伊娃和爱德仿佛两块暗影，从门扇与门框间的缝隙中钻了过去。

30

凌晨三点，血液黏稠，流动缓慢，睡眠正在最深沉时。人们或者对此刻的情况仍然不明就里，还在神赐的无知中安歇，或者已经陷入彻底的绝望，正在凝视自我。没有中间地带可供逃避。凌晨三点，宇宙这个老婊子卸去了浮华的妆饰，真正的她没有鼻子，还镶了一颗玻璃假眼。欢乐变得空虚而琐碎，仿佛爱伦坡笔下被红死病包围的城堡。厌倦摧毁了恐惧，爱是遥远的梦。

帕金斯·吉列斯皮拖着脚从办公桌走向咖啡壶，模样像是罹患消蚀性疾病的瘦猿猴。背后的桌面上，单人牌戏摆成时钟的形状。他听见黑夜中响起过几声惨叫，也听见了飘荡空中的刺耳喇叭声，有一次还听见了急促的脚步声。他没有因为任何响动而出门一探究竟。一想到那些他认为外面正在发生的事情，他皱纹丛生、眼窝深陷的脸显得极为痛苦。他脖子上戴着十字架、圣克利斯朵夫像章和和平像章。他不知道他为什么要戴这些东西，但它们确实能够让他安心。他心想：只要能熬过今夜，天一亮我就远走高飞，把警章和钥匙全留在架子上。

梅布尔·沃茨坐在厨房桌边，面前摆着一杯冷咖啡；多年来第一次拉下了窗户的遮光帘，第一次盖上了望远镜的镜头盖。六十年来，她第一次不想看见也不想听见外面发生的事情。夜晚充斥着致命的流言，但她连听也不想听。

比尔·诺顿接到一个电话（当时他妻子还活着），此刻正驾车赶往坎伯兰县医院，他面如木雕，毫无生气。雨下得更大了，雨刷不断发出咔哒咔哒的声音。他尽量什么也不去思考。

镇上也有一些人既没有睡觉，也没有因为被感染了而醒着。大部分尚未遭受侵害的人都单身居住，在镇上没有亲戚和好友。他们中的很多人还没有意识到有什么事情正在发生。

不过，那些醒着的人都点亮了家中所有的灯，开车穿过小镇的过路人（的确有几辆车经过，朝波特兰或者南边去）也许会留下深刻的印象：这个镇子与一路上的其他小镇模样相仿，不少房屋却在死寂的深夜灯火通明，这给人以颇为奇异的感觉。过路人也许或放慢车速，盼望见到火灾或事故现场，但一无所获，只得加快车速，把这件事抛诸脑后。

有一点特别值得注意：耶路撒冷林苑镇那些醒着的人没有一个知道真相。有四五个或许有所怀疑，但他们的怀疑还很模糊，和三个月大的胎儿一样，尚未成形。尽管如此，他们也还是毫不犹豫地在衣橱抽屉、阁楼箱子或卧室首饰盒里翻出能找到的任何一个宗教象征物。他们不假思索地做了这件事情，就仿佛独自长途开车的人总会唱歌，自己却浑然不觉。他们慢慢地从一个房间走进另一个房间，身体像是变成了玻璃质地，一碰就碎；他们打开每一盏灯，他们不敢望向窗外。

最后这一点最重要，他们不敢望向窗外。

无论听见什么声响，猜到或许在发生多么可怕的灾祸，无论未知之物有多么恐怖，都还存在一件更加可怕的事情：直视蛇发女妖的面容。

31

声响以优雅而缓慢的速度刺入梦乡，就像钉子打进结实的橡木，穿透一根又一根纤维。雷吉·索耶刚开始还以为他梦见有人在做木工活，他半梦半醒的大脑唤起一段以慢镜头回放的记忆，那是一九六〇年，布莱恩特池塘边，他和父亲往他们正在修建的简易小屋上钉墙板。

记忆淡出，化作混乱的念头：他并没有做梦，而是真的听见榔头在敲打。不辨方向的困惑稍纵即逝，他惊醒过来：有人在用节拍器般的精确频率用拳头擂击前门。

他立刻望向邦妮，邦妮侧躺着，身体在毛毯底下形成 S 形的隆起。视线随后落在闹钟上：四点一刻。

雷吉从床上起来，悄悄走出卧室，随手关好门。他打开门厅的灯，走向正门，随即又停下。他感到毛骨悚然。

索耶侧着头，默不作声，好奇地看着前门。谁也不会在凌晨四点十五分敲门。假如家里有人死了，肯定会打电话通知，绝不可能直接跑来敲门。

一九六八年他在越南待了七个月，那年对在越南的美国青年来说异常艰难，他目睹过战争场面。在那些日子里，从睡梦中醒来和打响指或开灯一样突然；前一分钟你睡得像块石头，下一分钟你就在黑暗中清醒无比。刚回到美国，这个习惯就消失了，尽管他从未告诉过其他人，但他对此颇为自豪。耶稣在上，他不是机器。揿下 A 按钮，小伙子就醒了，揿下 B 按钮，小伙子就去杀几个亚洲佬。

然而此时此刻，没有任何警兆，睡眠带来的晕眩和糊涂宛如蛇蜕般落地，他感觉到阵阵寒意，心惊胆战。

外面有人。多半是布莱恩特家那小子，喝多了扮硬汉子，打算为那个骚货拼个你死我活。

他摸进客厅，走向假壁炉旁的枪架，他没开灯，靠触觉就知道该怎么走。他取下霰弹枪，打开枪膛，黄铜弹壳暗暗地反射着走廊灯光。他回到客厅门口，把脑袋探进门厅。敲打声依然如故，有规律但无节奏。

"请进。"雷吉·索耶叫道。

捶门声停止了。

隔了很长一段时间，门把手开始极为缓慢地转动，最后终于拧到了头。门打开了，站在那里的正是科里·布莱恩特。

雷吉觉得心脏有一瞬间停止了跳动。布莱恩特还穿着雷吉把他赶出门那天的衣服，但衣服现在变得又脏又破。裤子和衬衫上挂着树叶，横贯额头的一道污泥衬托出他的脸色是多么苍白。

"就站在那儿，"雷吉举起霰弹枪，扳开保险，"这次枪上膛了。"

科里·布莱恩特却还是沉重地向前走，双眼漠然地盯着雷吉的脸，这个表情比憎恨更加可怖。他探出舌头，舔舔嘴唇。他的鞋子粘着厚实的烂泥，和上雨水，变成了黑色的凝胶，前进时在门厅地板上滴下一团团土块。他的步态显得格外冷酷无情，光是看着都能感觉到他的慈悲心匮乏到了冰冷而可怖的境地。覆满泥土的双脚重重地踏着地板。命令无法让他停下，祈求不能让他收手。

"再走两步，我就轰烂你的脑袋。"雷吉说，语气僵硬而冷淡。这家伙的状态比醉酒更可怕。他脑子出了问题。雷吉忽然清楚地意识到，他将不得不对科里开枪。

"停下。"他用随便但粗暴的语气说。

科里·布莱恩特没有停下，视线锁定雷吉的面部，眼神比驼鹿标本更死气沉沉和呆滞。他的两脚在地板上踏出庄重的步点。

邦妮在他背后尖叫起来。

"回卧室去。"雷吉说。他走进走廊，站在邦妮和科里之间。布莱恩特与他只有两步之遥，伸出软呼呼的苍白手掌，想抓住史蒂文斯霰弹枪的一对枪管。

雷吉同时扣动两道扳机。

回荡在狭窄走廊里的枪声不啻平地惊雷。枪管中吐出火苗，火药燃烧的刺鼻气味迎面而来。邦妮喊得撕心裂肺。科里的衬衫随之碎裂，被熏黑了，与其说是打了个窟窿，不如说是分崩离析。然而，尽管衬衫破碎，纽扣被打散了，他鱼肚白颜色的胸膛和腹部却毫无伤痕。雷吉看得目瞪口呆，他感觉科里的身体根本不是血肉之躯，而是如纱罗窗帘般缥缈的东西。

科里一巴掌拍飞了他手里的霰弹枪，比抢夺儿童手里的东西还轻巧。科里抓住他，以足以撞碎牙齿的巨大力量把他扔出去。他摔在墙上，双腿不肯继续支撑身体，他头晕目眩地跌倒在地。布莱恩特从他身旁走向邦妮。邦妮蜷缩在门口，眼睛却紧盯科里的脸，雷吉在邦妮的眼神里看到了激情。

科里扭头对雷吉咧嘴一笑，笑容既热烈又恍惚，就像沙漠里的牛头盖骨对游客露出的笑容。邦妮伸出颤抖的双臂。恐惧和欲望交错掠过她的面容，仿佛阳光与阴影。

"亲爱的。"她说。

雷吉尖叫起来。

32

"哎，"巴士司机说，"老兄，哈特福德到了。"

卡拉汉隔着宽阔的偏振玻璃打量这个陌生的地方，第一缕晨光使它显得愈加陌生。此刻的林苑镇，他们都正在返回各自的巢穴。

"我知道。"他说。

"停车休息二十分钟，不下去吃个三明治?"

卡拉汉用缠着绷带的手哆哆嗦嗦地摸出钱包，险些失手把钱包掉在地上。真奇怪，烧伤的手似乎已经不疼了；只是感到麻木。假如他能感觉到疼痛，情况也许还更好一些。疼痛至少是真实的。死亡的滋味还留在嘴里，那是烂苹果似的粉乎乎的鲁钝滋味。就这样吗?是的，但已经足够糟糕的了。

他拿出一张二十块的钞票递给司机:"帮我买瓶酒行吗?"

"先生，规定——"

"零钱你留着。一品脱威士忌就行。"

"我可不希望有人在我车上撒酒疯，先生，两小时后就到纽约了。到了纽约，你要喝什么都行。随便你挑。"

朋友，我觉得你说得不对，卡拉汉心想。他再次低下头，看钱包里还有多少钱。一张十块，两张五块，一张一块。他把十块也拿出来，用缠着绷带的手连同二十块一起递过去。

"一品脱威士忌就行，"他说，"零钱还是归你。"

司机的视线从三十块钱移到对方深陷的深色眼睛上，有一个恐怖的瞬间，他以为自己正在和活生生的骷髅头说话，而这个骷髅头都忘了该怎么露出笑容。

"三十块买一品脱威士忌?先生，你简直疯了。"但他还是接过钞票，走向空荡荡的巴士前端，走了几步又转过身来。钱已经不见踪影。"千万别给我撒酒疯，我可不希望有人在我的巴士上撒酒疯。"

卡拉汉像小男孩接受应得的斥责那样使劲点头。

巴士司机又盯着他看了几秒钟，然后转身离开。

廉价酒就行，卡拉汉心想。能烧烧舌头，在喉咙里冒冒泡就行。能驱走那种淡乎乎的甜味就行……至少能减轻那种味道，直到他找到可以大喝特喝的地方为止。喝啊，喝啊，喝啊喝——

这一刻，他以为自己会崩溃，会开始哭泣。但他没有眼泪。他感到异常干涸，彻底干涸。剩下的只有……那种味道。

司机先生，快点儿。

他继续望向窗外。街对面，一个十多岁的男孩坐在门廊露台上，脑袋埋在双臂之中。卡拉汉一直望着那个男孩，但到巴士重新上路，男孩也没有动过一下。

33

本感觉到一只手按在他的胳膊上，于是昏沉沉地醒来。马克附在他的右耳旁，轻声说："天亮了。"

他睁开眼睛，眨了两次，清除眼睛里的黏液，望向窗外的世界。黎明穿过不大不小始终不断的秋雨偷偷降临。环绕医院北侧草绿色建筑的树木已经脱去了大半叶子，灰色天空映衬下的黑色树枝看似某种未知语言的字母。30号公路蜿蜒出镇，向东方延伸，如海豹皮一般闪着光泽；一辆车经过，尾灯依旧亮着，在碎石路面上留下了不吉利的红色倒影。

本站起身，环顾四周。麦特还在睡觉，胸膛起起落落，呼吸有规则，但很浅。吉米在病房里的另一张躺椅上，也在睡觉。他的两颊长出了不符合医生仪容的胡须茬，本用手掌摸摸自己的脸——有点扎手。

"该出发了，对吧？"马克问。

本点点头。他想到即将开始的这一天和它蕴含着的丑恶事物，连忙把这个念头抛到脑后。想挺过今天只有一条路，那就是不去思考超过十分钟以后的事情。他望向男孩的脸，他见到的冷漠和急切让他感到难过。他过去摇醒吉米。

"啊！"吉米叫道，他在椅子里扑腾，就像游泳运动员冲出深水。他的脸在抽搐，眼睛忽闪着睁开，其中一时间只有纯粹的恐惧。他望向两人，视线中缺乏理性成分，没有认出他们是谁。

随后他认出了他们，身体放松下来："噢，做梦。"

马克点点头，表示完全理解。

吉米望向窗外，说"白天了"的语气如同吝啬鬼谈论金钱。他起身走到麦特身旁，拿起麦特的手腕把脉。

"他没事吧？"马克问。

"我觉得比昨天夜里好了些，"吉米说，"本，我建议咱们三个走货梯离开医院，免得昨天夜里有人注意到马克。越少冒险越好。"

"伯克先生一个人没问题吗？"马克问。

"我认为可以，"本说，"咱们必须相信他能随机应变。巴洛最大的愿望恐怕就是再困住我们一天。"

三个人蹑手蹑脚地穿过走廊，乘货梯下楼。七点一刻，厨房忙着准备供应早晨。一位厨师抬起头，挥挥手，说了声："医生，你好。"其他人谁也没和他们说话。

"先去哪儿？"吉米问，"布罗克街学校？"

"不行，"本说，"下午之前人太多。马克，小学生几点钟放学？"

"两点。"

"到时候白昼还剩下不少时间，"本说，"先去马克家。木桩。"

34

接近林苑镇，吉米的别克车里笼罩上了几乎触手可及的恐惧气氛，三个人的对话也变得时断时续。看见"12号公路，耶路撒冷林苑镇，坎伯兰市，坎伯兰县"的巨大绿色反光标记牌，吉米拐下高速公路，本回忆起这正是他和苏珊初次约会后回家的路线——那天她想看有追车戏的惊险片。

"越来越糟糕了，"吉米的娃娃脸显得苍白、恐惧而愤怒，"基督啊，几乎都能闻得到。"

的确闻得到，本心想，尽管这股气味更多是精神而非物质：是来自坟墓的心灵风暴。

十二号公路近乎荒弃。他们在路上经过了文·普林顿的送奶车，车子停在路边，里面没人，引擎还在空转，本先检查了车厢，然后进驾驶室关掉了发动机。回来时吉米投来探询的眼神，本摇摇头。"他不在。引擎灯亮着，汽油差不多烧完了。空转了好几个钟头。"吉米用握紧的拳头捶了一下大腿。

进了镇子，吉米用轻松得几近荒谬的语气说："看，克罗森的店还开着。"

确实如此。米尔特在店门口整理报纸架上的塑料盖帘，莱斯特·希尔维乌斯穿着黄色雨衣，站在他的身旁。

"那帮人的其他几个都不见了。"本说。

米尔特望向他们，挥挥手，本觉得他在两人脸上看见了因压力而生的皱纹。"休息"标记仍旧摆在福尔曼殡仪馆的门内。五金店也关门歇业，斯潘塞的店上了锁，里头黑洞洞的。餐厅开着门；开过餐厅，吉米在那家新开的店铺前停下别克车。橱窗上只有一行朴素的鎏金小字："巴洛与斯特莱克—优质家具"。正如卡拉汉所说，门上贴着一张手写的告示，他们立刻从前一天收到的信件中认出了那个优雅的笔迹，告示上写着："歇业，待通知"。

"为什么在这儿停车？"马克问。

"尽管不太可能，但还是值得一看，他也许就躲在店里，"吉米说，"这儿太显而易见，他说不定会认为我们会忽视。另外，海关人员常常会在检查过的箱子上做标记，用粉笔写个'可'。"

三个人绕到店背后，本和马克弓着背挡雨；吉米隔着外套用手肘击破玻璃，他们爬进室内。

屋里空气腐臭难当，这个房间像是密闭了几个世纪而非几天。本把脑袋伸进陈列室，但那里没有可供躲藏的地方。装饰很简单，没有证据表明斯特莱克有补货的念头。

"快过来！"吉米哑着嗓子叫道，本的心一下子提到了嗓子眼。

吉米和马克站在一个长板条箱前，吉米用榔头的爪端撬开了一条缝。往里看，他们能辨认出一只苍白的手和一片黑色的袖子。

本想也没想就对板条箱发动了攻势。吉米则在另外一段用榔头乱撬。

"本，"吉米说，"当心别割破自己的手，你——"

本充耳不闻。他扳断一根根木板，无视铁钉和木屑。抓住他了，抓住那狡诈的夜行动物了，他要用木桩钉穿他的胸膛，就像对待苏珊那样，他要——

再扳断一块廉价木板，惨白如月色的死者脸孔赫然出现在眼前：是迈克·莱尔森。

房间里一时间陷入彻底的静寂；三个人一起吐出一口气……仿佛一阵轻风吹过房间。

"现在怎么办？"吉米问。

"先去马克家。"本答道。失望磨钝了他的声音。"我们知道他在哪儿。但咱们连一根尖木桩都没有。"

他们把碎木条随便堆回原处。

"让我看看你的手，"吉米说，"在流血。"

"有空再说，"本答道，"咱们走。"

他们从店背后绕出来，他们没有说，但都很高兴能回到开阔的空间之中，吉米开着别克车沿乔因特纳大道前行，驶入小镇的一片居住区，这儿离萧条的商业区不远。尽管谁也不愿意，但他们终究还是来到了马克家。

皮特里家的环形车道上，卡拉汉神父的旧轿车停在亨利·皮特里漂亮的平托敞篷小车旁边。看见这些，马克深吸一口气，转开视线。他脸上没有一丝血色。

"我没法进去，"他喃喃道，"很抱歉，我就在车里等着吧。"

"马克，没什么好抱歉的。"吉米说。

他停好车，关掉发动机，率先下车。本犹豫了一下，然后按住马克的肩头："能撑得住吗？"

"当然。"话虽如此，但马克看起来并不怎么好。他的下巴在颤抖，两眼目光呆滞。他忽然扭头看着本，眼中的呆滞一扫而空，纯粹的痛苦取而代之，他的眼睛满含热泪。"把他们盖起来，行吗？要是他们死了，就把他们盖起来。"

"当然可以。"本说。

"这样最好，"马克说，"我父亲……他能成为一位非常成功的吸血鬼。假以时日，也许会和巴洛同样出色。他……他只要肯努力，什么事情都做得好。也许太好了。"

"别多想了。"本说，这几个字才离开嘴唇，他就痛恨起了它们的毫无说服力。马克抬起头，看着他，无力地笑了笑。

"木柴堆在屋后，"马克说，"用我父亲放在地下室的车床加工会很省事。"

"行，"本说，"放轻松，马克，尽量放轻松。"

但孩子已经移开了视线，正在用胳膊擦眼睛。

本和吉米走上后门台阶，进入室内。

35

"卡拉汉不在。"吉米冷淡地说。他们搜遍了整幢屋子。

本逼着自己说："巴洛肯定抓住了他。"

他望着手里断裂的十字架，昨天它还挂在卡拉汉的脖子上。这是他们找到的神父留下的唯一线索。十字架扔在皮特里夫妇的尸体旁，他们都已经死透了。两个人的头部撞在一起，受到的巨大冲力击碎了颅骨。本回忆起格立克夫人展示过的超乎寻常的力量，感到有些恶心。

"来吧，"他对吉米说，"盖上他们的尸体。我答应过的。"

36

他们卸下客厅沙发的防尘罩，盖住两个人的尸体。本尽量不去看也不去想他们正在干什么，但这是不可能的。尸体盖住了，一只手

（指甲修剪得很优雅，涂着指甲油，显然属于琼恩·皮特里）从图案华丽的防尘罩底下伸出来，他用脚趾把它顶到罩单底下，竭尽全力才控制住翻江倒海的胃部。你无法否认罩单下的形状属于尸体，不可能认错，这让他想起越战的新闻照片——战场上的死亡，士兵抬着可怖的重负，黑色橡胶袋荒谬地像是高尔夫球杆袋。

他们走向地下室，各自抱了一捧黄巨盘木劈柴。

地窖曾是亨利·皮特里的领地，完全反映了他的人格：工作区的顶上用一根线挂着三盏高瓦数的照明灯，宽边金属灯罩使得强烈的光线垂直落在工具上：刨床、竖锯、台锯、车床、电动砂光机。本注意到他死前正在搭鸟舍，大概打算隔年春天放在后院里，所依据的蓝图整整齐齐地摆在台子上，用机制的金属镇纸压住四个角。他的活儿做得不赖，尽管平淡无奇，但现在永远也不可能完成了。地板扫得很干净，空气中飘着一股引人怀旧的锯末味道。

"根本行不通。"吉米说。

"我知道。"本说。

"木柴。"吉米嗤之以鼻，松开胳膊，怀里的木头轰的一声砸在地上。木柴像抽棍游戏用的木棍一样滚得到处都是。他爆发出歇斯底里的高亢大笑。

"吉米——"

吉米的笑声如钢琴线的锯齿，切断了本阻止他狂笑的想法。"我们抱着亨利·皮特里后院里的堆柴出发，去镇上结束这场灾难。椅子腿或者棒球棒不行吗？"

"吉米，除此之外我们还能做什么？"

吉米盯着他，显然在竭力控制住自己。"了不起的寻宝游戏，"他说，"向查尔斯·格里芬的北牧场内走四十步，看大石头底下有什么。哈，耶稣在上，咱们可以逃出小镇。也只能这样了。"

"你想退出？真的这么想？"

"不。可是，本，这不是今天一天干得完的，非得下手的话，要几个星期才找得到他们所有人。你能忍受得了吗？你能忍受住……把你对苏珊做的事情重复一千遍吗？把他们从壁橱里、从臭烘烘的藏身之处里揪出来，他们尖叫挣扎，你却要把木桩钉进他们胸口，压碎他们的心脏？你能坚持做到十一月而不发疯吗？"

本开始考虑，却撞上了一堵无形的墙壁：完全不能想象。

"我不知道。"他答道。

"还有，那孩子怎么办？你认为他能承受吗？他会被直接送进该死的疯人院。麦特也会送命，我向你保证。等州警开始侦察，想弄明白撒冷林苑镇究竟出了什么事，咱们该怎么办？咱们拿什么回答他们？'不好意思，先让我钉死这个吸血鬼'？本，这个答案怎么样？"

"我他妈的怎么知道？一路上咱们哪儿有空停下来想这些？"

他们同时意识到他们在互相吼叫，鼻尖都要贴在一起了。"哎，"吉米说，"哎。"

本垂下视线："对不起——"

"不，是我不好。我们受到的压力太大……巴洛无疑会说现在的情况是'最后较量'。"他用一只手捋着头发，毫无目标地四下张望。他看见皮特里的蓝图旁的某件东西，眼睛陡地一亮，他伸手拿起来：一支黑色油性笔。

"也许这是最好的办法。"他说。

"什么？"

"本，你留在这儿，开始削木桩。既然非做不可，那咱们就做得科学一些。你是生产部门。马克和我是研发部门。马克和我走遍全镇找他们。我们肯定能找到，就像找到迈克那样。我用笔在他们的所在地做标记。然后明天咱们一起钉木桩。"

"他们发现标记后搬走怎么办？"

"我认为不可能。格立克夫人看起来根本没多少理智。我认为他们更多靠本能而非意识行动。过一段时间，他们也许会变得聪明，寻找更好的地方躲藏，但我认为刚开始的时候，杀他们就像开枪打桶里的鱼一样容易。"

"为什么不让我去？"

"因为我认识这个镇子，镇子也认识我——就像他们认识我老爸。林苑镇上还活着的人今天都会躲在家里。假如是你敲门，他们肯定不会开门。如果是我，大多数人会开门。我知道不少能躲藏的地方，知道那群酒鬼都住在大沼泽里的哪儿，知道每条烂泥小路都通往何方。而你不知道。会操作车床吗？"

"会。"本答道。

吉米的看法无疑很正确。他不需要出去面对他们了，因此产生的宽心感使得他非常内疚。

"那好，就这么办。现在已经是下午了。"

本转身走向车床，但又停了下来："能等半个小时吗？给你做五六根木桩带在身边。"

吉米踌躇片刻，继而垂下视线："呃，我想明天……还是明天……"

"好，"本说，"那就去吧。三点左右回来行吗？学校到时候肯定没什么人了，咱们可以进去搜查一番。"

"没问题。"

吉米离开皮特里的工作区，开始上楼梯。有件事情——一个不成形的念头，或者只是一丝灵感——促使他转过身。吉米望向地下室另外一头，本在明亮的灯光下忙碌，他头顶上的三盏灯直直地排成一列。

是什么来着？那个念头消失了。

他走回去。

本关掉车床，看着他："还有话要说？"

"没错，"吉米说，"就在我的舌头尖上，但就是说不出来。"

本挑起眉毛。

"站在楼梯上回头看你的时候，我忽然有个什么念头。但现在想不起来了。"

"重要吗？"

"我不确定。"他精神恍惚地拖着脚走了两步，希望能找回当时的想法。和本在工作灯底下俯身操作车床时的景象有关。没有用，越是思考，那个念头就显得越遥远。

他再次爬上楼梯，停下来又回头看了一眼。这幅景象熟悉得让人心慌，但灵感就是不肯浮现。他穿过厨房，走向别克车。雨已经变小，现在只是蒙蒙细雨。

37

弯道区的拖车场，罗伊·麦克杜格尔的车横在车道中间。今天是工作日，看见车子停在那里，吉米不禁做出了最坏的设想。

他和马克下车，吉米拎着出诊包。两人爬上台阶，吉米按了几下门铃。门铃不响，他转而敲门。麦克杜格尔的拖车，还有二十码开外的另一辆拖车，里面都没有人对敲门声做出任何回应。那幢拖车房屋的车道上也停着一辆轿车。

吉米试了试防风外门，门上了锁。"车后座有榔头。"他说。

马克去拿来榔头，吉米砸碎门把手旁的玻璃，伸手进去开锁。内门没锁。两人走进室内。

他们立刻认出了那股味道，吉米觉得连鼻翼都想蜷缩起来，把那股味道关在外面。气味不如马斯滕老宅的地下室里强烈，但令人厌恶的实质毫无区别——那是腐烂和死亡的味道，是某种湿乎乎的腐败臭味。吉米不禁想起小时候的经历，他和小伙伴们在春假时蹬着自行车去捡积雪消融后露出的可回收的啤酒和软饮料瓶子。他在其中一个瓶子里（橘子汽水瓶）见到一只腐烂的小田鼠，田鼠被甜水吸引着钻进瓶子，却没法再钻出去了。他闻到了一丝透出来的气味，立刻转身大吐特吐。现在这股味道与其异常相似：发腻的甜味和腐烂的酸臭混在一起酵藏许久。他感到胃里的东西直往上翻。

"他们在这儿，"马克说，"在这儿什么地方。"

两人有条不紊地搜查这套住宅：厨房、用餐角、客厅、两间卧室。他们一边走，一边打开每个橱柜。吉米以为他们能在主卧室的壁橱里找到什么，但那儿只有一堆脏衣服。

"没有地下室吗？"马克问。

"没，但也许有个矮地窖。"

他们绕到屋后，在廉价的混凝土基底上发现了一扇向内开启的小门。门上有一把旧挂锁。吉米挥起榔头，五下砸坏了挂锁，他伸手推开这扇半翻板活门，味道如巨浪般扑面而来。

"找到他们了。"马克说。

向内窥视，吉米看见三双脚，它们摆成一排，就像战场上的尸体。一双穿工装靴，一双穿针织卧室拖鞋，第三双脚非常小，没穿鞋。

好一个合家欢，吉米几近疯狂地心想。《读者文摘》，需要你的时候你怎么不见踪影？非现实感淹没了他。婴儿，他想，我们该怎么处理一个小婴儿呢？

他用黑色油性笔在翻板门上打了个标记，捡起被破坏的挂锁。"咱们去隔壁。"他说。

"等等，"马克说，"让我拖一个出来。"

"拖……？为什么？"

"也许白昼能杀死他们，"马克说，"也许不用木桩也能行。"

吉米感觉到了希望："对，不错，哪个？"

"婴儿不行，"马克立刻答道，"男人，你抓一只脚。"

"没问题。"吉米说。他嘴里干得像是咬着棉花，吞口水时咽喉里传来咔哒一声。

马克趴倒在地，匍匐着钻进去，飘进地窖的落叶在身下噼啪碎裂。他抓住罗伊·麦克杜格尔的一只工装靴，使劲向外拽。吉米尽量克服幽闭恐惧感，也蠕动着爬到他身边，低矮的穴顶刮疼了他的脊背。他抓住另一只脚，和马克一起用力，把罗伊拖进了渐小的细雨和白色的天光之中。

接下来的事情可怕得让人难以忍耐。光线刚落到罗伊·麦克杜格尔身上，他就开始扭动，仿佛被打扰了睡眠的普通人。蒸汽和水雾从毛孔中冉冉升起，皮肤变得松垂和发黄。眼球在薄薄的眼睑后转动。双脚缓慢而恍惚地踢动潮湿的落叶。上嘴唇弯曲向后卷起，露出尖锐的上犬齿——它们就像德牧或苏牧这些大型犬类的牙齿。他的手臂缓缓挥舞，双手不停攥紧又松开；一只手擦过马克的衬衫，马克吓得往后一缩，厌恶地惊叫一声。

罗伊翻个身，慢慢爬回矮地窖里，双臂、两膝和面部在被雨浇软的腐殖质中犁出几条沟纹。吉米注意到自从光线照在身体上，麦克杜格尔就开始了断断续续的陈—施氏呼吸[①]；等他完全爬回暗处，症状旋即消失。身体也不再喷出水雾。

爬回原先的休息处，麦克杜格尔又翻个身，重新一动不动地躺着。

"关上门，"马克仿佛被人掐住了脖子，"求你了，关上门。"吉米关上活门，尽量将挂锁固定在原处。麦克杜格尔的身体在潮湿、腐烂的落叶中蠕动，就像一条茫然的毒蛇，这幅景象烙印在他脑海中。他不认为这幅景象还有可能从记忆中消失，就算他活到一百岁也一样。

38

两人在雨中颤抖，面面相觑。"隔壁？"马克问。

"是的，从逻辑上说，麦克杜格尔一家首先袭击的肯定是他们。"

吉米和马克走过去，这次在前院就闻到了指点方向的腐烂味道。门铃下的名字是埃文斯。吉米点点头。戴维·埃文斯及其家人。他在盖茨瀑布的西尔斯百货工作，任汽车销售部门的机修工。几年前吉米给他看过囊肿之类的小病。

他们家门铃没坏，但同样无人应门。他们在床上找到了埃文斯夫人，两个孩子睡在另一间卧室的双层床上，孩子穿着维尼熊角色的相同睡衣。寻找戴夫·埃文斯用的时间比较多，他把自己藏在了小车库后尚未建成的储物空间里。

吉米在前门和车库门上各画一个圈，又在圈里打了勾。"咱们干

---

① 陈—施氏呼吸（Cheyne-Stokes respiration）：又称潮式呼吸，呼吸由浅慢变为深快又由深快变为浅慢，随后出现一段呼吸暂停，如此周而复始；是呼吸中枢兴奋性降低，呼吸中枢对呼吸节律的调节失常的表现。

得不错，"他说，"二比二。"

马克有些不好意思地说："能等我一两分钟吗？我想洗洗手。"

"没问题，"吉米答道，"我也想洗手。埃文思一家大概不会介意咱们借用一下洗手间。"

两人走进拖车，吉米在客厅找了把椅子坐下，闭上眼睛。没过几秒钟，他就听见马克打开了洗手间里的水龙头。

变暗的眼睑内侧仿佛银幕，他看见了殡仪馆的工作台，看见了盖着玛乔丽·格立克尸体的罩单开始颤动，看见了她的手垂落下来，在空中跳着优雅的足尖舞步——他睁开双眼。

这辆拖车保养得比麦克杜格尔家像样，房间干净得多，主人更加用心。他没见过伊文思夫人，但她显然颇以自己的住处而自豪。死去孩子的玩具整整齐齐地堆在一间小储物室里，那个房间在活动房屋制造商的宣传小册子里多半称作洗衣房。可怜的孩子，希望他们在还能够享受阳光的时候曾经玩得开心。玩具里有一辆三轮小车，有几辆塑料玩具大卡车、一套玩具加油站和一辆带滚轮的履带坦克车（两个孩子肯定为此打过架），还有一张玩具桌球台。

他的视线刚转开，但又立刻转了回去，他瞪大双眼。

蓝色粉笔。

一排三盏聚光灯。

人们在明亮的灯光下绕着绿色桌台走动，瞄准，拍掉指尖的蓝色粉笔灰——

"马克！"他大叫道，在椅子上直挺挺地坐起来。"马克！"马克没穿衬衫就跑出卫生间，来看发生了什么事情。

39

两点半，麦特教过的一名学生（一九六四级，文学得 A，写作得 C）路过医院，上来探望他，议论了几句堆得到处都是的晦涩读物，问麦特是不是想拿神秘学的学位。麦特记不清他到底叫休伯特还是哈罗德了。

这位休伯特或哈罗德走进病房时，麦特正在读一本名叫《奇异失踪事件》的书，他倒是不反对有人帮他分神。尽管知道几位同伴必须在三点后才能进入布罗克街学校，但麦特已经在等待电话铃声了。他特别想知道卡拉汉神父的下落。虽然他经常听人说医院里时间过得特别慢，然而白昼逝去的速度快得让人悚然心惊。他感觉到大脑里雾蒙蒙的，运转迟缓——毕竟年纪不饶人。

他正在读佛蒙特州妈姆桑镇的历史，于是向这位休伯特或哈罗德讲起这段往事。他之所以对妈姆桑镇的历史格外感兴趣，是因为他认为假如他没猜错，那里很可能就是林苑镇遭遇的厄运的先行者。

"所有人都失踪了，"他告诉休伯特或哈罗德，后者很有礼貌地听着，但难以掩盖心里的厌烦。"北佛蒙特州内陆小镇，走 2 号州际公路和佛蒙特 19 号公路可到。根据一九二〇年的人口普查，常住人口为三百一十二人。一九二三年八月，家住纽约的一位女士担心起来，因为她姐姐两个月没写信给她了。她和丈夫开车过去，就是他们首先将故事爆给了媒体，不过我猜附近地区的居民大概早就知道了失踪事件。她姐姐和姐夫连同妈姆桑的所有居民，全都失踪了。房屋和谷仓都立在原处，有一家的晚餐甚至还摆在桌上。这起事件在当时轰动一时。我恐怕是肯定不敢在那儿过夜的。书的作者声称附近镇子的居民讲了很多古怪故事……闹鬼，魔怪，诸如此类。有几个位置偏僻的谷仓上画着辟邪符号和巨大的十字架，直到今天依然如此。你看，这是百货商店、加油站和饲料谷物店的照片——算是妈姆桑的商业中心。你认为那儿究竟发生了什么呢？"

休伯特或哈罗德礼节性地看着这张照片。仅仅是个普通小镇，有几间商店和一些房屋。部分建筑已经开始坍塌，估计是被冬天积雪压坏的。这幅景象有可能出现在这个国家的任何一个镇子上。假如你驱车穿镇而过，时间只要过了八点，人行道边的商店就都关门打烊了，你根本不知道镇子里还有没有活人。老先生恐怕是老得糊涂了。休伯特或哈罗德想起他的一位老姨母，老太太去世前最后两年越来越坚信女儿杀了她的宠物鹦鹉，而且做成肉馅喂给她吃。老人免不了有怪念头。

"很有意思，"他说着抬起头，"可是我不觉得……伯克先生？伯克先生，怎么了？你……护士！喂，护士！"

麦特的眼神变得异常呆滞。他一只手紧抓住最顶上一层床单，另一只手按住胸口。他脸色苍白，前额凸出一根青筋，血管拼命搏动。

太早了，他心想。不行，太早了——

疼痛如怒涛般袭来，把他推进黑暗的深渊。他模糊地想道：当心最后一级台阶，能害死人。

然后就是永无止境的坠落了。

休伯特或哈罗德跑出病房，撞翻了他坐的椅子和一摞书籍。护士匆匆赶来，也几乎跑了起来。

"是伯克先生。"休伯特或哈罗德告诉她。他手里还拿着那本书，手指插在佛蒙特州妈姆桑镇那一页上。

护士轻轻点头，走进房间。麦特躺在那里，头部有一半搁在床沿上，两眼紧闭。

"他——？"休伯特或哈罗德战战兢兢地问，这一个字就构成了一个完整的疑问句。

"是的，我想是的。"护士答道，与此同时，她揿下按钮召唤急救小组。"请您回避一下。"

情况已经明朗，她恢复了冷静，甚至有点怀念她还没吃完的午饭。

40

"但林苑镇没有台球馆，"马克说，"最近的一家也在盖茨瀑布，他难道会躲在那儿？"

"不可能，"吉米说，"我认为不可能。然而有些人家里装了台球桌或斯诺克桌。"

"嗯，我知道。"

"不止如此，"吉米说，"我几乎能想到具体的位置。"

他往后靠了靠，闭上双眼，用双手盖住眼睛。还有其他线索，他在脑海里把它和塑料联系在一起。为什么是塑料？那地方有塑料玩具和野餐用的塑料器皿，有冬天拿来盖船的塑料帘子——

一幅图像忽然出现在脑海里：一张台球桌，宽大的塑料防尘罩盖着台面；音轨让图像变得更加完整，画外音在说：确实该在这东西长霉或坏掉前卖掉，爱德·克雷格说它也许会长霉，可这毕竟是拉尔夫……

他睁开眼睛。"我知道他躲在哪儿了，"他说，"我知道巴洛的下落了。他在伊娃·米勒寄宿公寓的地下室里。"必定如此，他完全相信。他认为这是不容辩驳的事实。

马克的眼睛顿时一亮："咱们去找他。"

"等等。"

他走到电话旁，翻开号码簿，找到伊娃的号码，飞快地拨过去。电话铃响了又响，但没人接。十声，十一声，十二声。他把话筒放回底座上，感到惶恐不安。伊娃的寄宿公寓至少有十名房客，以退休老人为主。按理说总会有人接电话的。在这件事情发生前，总会有人接听电话的。

他看看手表。三点一刻，时间在迅速流逝。

"咱们走。"他说。

"本呢？"

吉米语气冰冷："没法打电话，你家的电话线断了。咱们直接去伊娃家，要是弄错了，白天剩下的时间也够用。要是没弄错，就回去叫上本，一起给那家伙的生命画上句号。"

"让我穿好衬衫。"马克转身沿走廊跑向卫生间。

41

本的雪铁龙车还停在伊娃的停车场里，现在盖满了湿乎乎的落叶，叶子来自为这片碎石场地遮阴的榆树。雨停了，正在刮风。写着"伊娃寄宿公寓"的标牌在灰色的下午光线中吱吱嘎嘎地摇摆。屋子静得诡异，像是在等待什么，吉米联想到某些东西，感到毛骨悚然。这里真像马斯滕老宅，不知有没有人在里面自杀过。伊娃肯定知道，但他不认为伊娃会跟他谈话……再也不会了。

"太完美了，"他大声说，"在本地的寄宿公寓盘踞下来，然后让你的孩子包围着你。"

"你确定不需要叫上本？"

"等等再说。咱们走。"

两人下车，走向前门廊。

风拉扯衣服，弄乱了头发。屋子的遮光帘全都拉上了，阴郁的气场笼罩着他们。

"能闻到吗？"吉米问。

"能，比别处都浓。"

"准备好了？"

"好了。"马克坚定地说。"你呢？"

"基督在上，希望如此吧。"吉米答道。

两人爬上门廊台阶，吉米试了试正门。门锁着。他们从后面走进厨房，伊娃·米勒总是神经质地把这儿打扫得非常干净，那股味道重重地扑向他们，臭得像是露天垃圾坑——但这股气味又很干涩，仿佛经历了多年的烟熏。

吉米记起他和伊娃的一段对话，差不多是四年前他刚开始行医那会儿了。伊娃来医院体检。吉米的父亲多年来一直为她看病，吉米接替了他的位置，甚至在坎伯兰的同一个房间办公，她也大大方方地把医生换成了吉米。两人谈起拉尔夫，他当时已经过世十二年，伊娃说拉尔夫的鬼魂还留在屋子里，她偶尔会在阁楼或衣橱抽屉里找到遗忘多年的新东西。他们自然而然地谈起地下室的那张台球桌。她说她真该处理掉它，球桌占据了本可以好好利用的空间。然而那毕竟是拉尔夫的，她实在没法硬下心肠，在报纸上登广告或打电话给本地电台的《扬基二手》节目。

他们穿过厨房，来到地窖门口，吉米推开门。浓厚的恶臭气味滚滚而来。他按下电灯开关，但却没有任何反应。敌人显然早有准备，破坏了照明。

"找找看，"他吩咐马克，"伊娃肯定备了手电筒或者蜡烛。"

马克开始四处翻弄，拉开一个个抽屉往里面看。他注意到水槽上方的刀架空了，但一时间没有往心里去。心脏以令人痛苦的缓慢速度怦然跳动，像是被消音的鼓点。他意识到一个事实：此刻他已经站在忍耐范围的参差边缘上，到达了外部极限。他的大脑似乎没有在思考，只是在做出本能反应。他在眼角瞥见某种动静，猛地扭头去看，却什么也没找到。上过战场的老兵会认出这些征兆，它们是战斗疲倦症发作的信号。

他走回外厅，在碗柜里翻找。拉开第三个抽屉，他找到一支装四节电池的长手电，于是拿着走回厨房。"找到了，吉——"

传来一阵稀里哗啦的声音，继而是一下砰然重击。

地窖门敞开着。

惨叫声随即响起。

42

当马克再回到伊娃寄宿公寓的厨房，已是下午四点四十分。他眼神空洞，T恤染上了血污。他眼神迟缓，透着震惊。

他突然开始尖叫。

叫声从他的腹部深处汹涌而起，经过喉咙的黑暗通道，穿过张到最大的嘴巴来到世间。他不停尖叫，直到觉得一部分癫狂开始离开脑海。他不断尖叫，直到嗓音嘶哑，剧痛如骨头般插进声带。虽然他尽可能地为所有的惊惧、恐怖、愤怒和失望赋予了具体的形状，但不堪忍耐的威压仍然存在，继续如浪涛般源源不断地涌出地窖——他知道巴洛就在底下某处，而天就快黑了。

他回到屋外的门廊上，大口大口呼吸寒风带来的空气。本，他必须找到本。但他的腿却像灌了铅一样，被古怪的无力感层层包裹。找到本又有什么用？巴洛必将获胜。反抗他是疯子才会做的傻事。吉米已经步苏珊和神父的后尘，付出了生命的代价。

身体里硬如钢铁的那一部分重新奋起。不，不，不！

他迈开颤抖的双腿，走下门廊台阶，坐进吉米的别克车。钥匙插在点火开关上。

找到本，再试一次。

他腿太短，够不到踏板。马克拉起座位，转动钥匙。引擎咆哮着发动了。他把排挡杆挂到驾驶挡位，脚踏油门。车子向前蹿出去。他连忙急踩刹车，身体被冲力摔在方向盘上，撞得生疼。喇叭轰鸣。

我没法驾驶这东西！

他仿佛听见父亲那富有逻辑、书生气十足的声音在耳畔响起：马克，学驾驶时你千万要当心。驾驶是唯一不完全受联邦法律管制的交通手段，因此所有驾驶员都是新手。这些新手里有很多不惜性命的。所以你必须非常小心。踩油门时，必须轻得像是油门和脚之间隔着一个鸡蛋。驾驶咱们家这种自动挡轿车时，完全不需要使用左脚。只需要使用右脚；第一个是刹车，然后是油门。

他松开刹车，轿车缓缓驶下车道，在路缘上磕了一下，他猛地停下车子。挡风玻璃蒙上了雾气，他用胳膊擦了擦，反而更加看不清楚了。

"去他妈的。"他嘟囔道。

他突然起步，像醉鬼开车似的兜了个大圈子掉头，过程中开上了对面的路缘，然后驶向他的住处。他必须抻长脖子，才能从方向盘上方看出去。他用右手摸到收音机打开，拧大音量。他在哭。

43

本沿着乔因特纳大道走向镇中心，恰好看见吉米那辆棕褐色别克驶近，车子一抖一跳地前进，像醉鬼开车那样左右摇摆。他对车子挥挥手，车子立刻放慢速度，左前轮颠簸着开上了路缘，随即停了下来。

他做木桩做得忘了时间，再看表的时候，他惊讶地发现已经快四点十分了。他关掉车床，拿了几根削尖的木桩别在腰带上，然后上楼去打电话。摸到电话的时候，他才想起线路断了。

本非常担心，跑出大门，却发现卡拉汉和皮特里的车子里都没留下钥匙。他可以回去翻亨利·皮特里的衣袋，但觉得这么做就太过分了。于是他快步走向镇中心，边走边留神寻找吉米的别克车。吉米的轿车驶入视线时，他正打算直接走到布洛克街学校去。

他跑到驾驶座旁，发现开车的是马克·皮特里……他独自一人。马克看着本，嘴唇动了动，却没有发出声音。

"怎么了？吉米呢？"

"吉米死了，"马克愣愣地答道，"巴洛又想到咱们前面去了。他躲在米勒夫人寄宿公寓的地下室里。吉米也在那儿。我下去帮他，但也出不来了。最后我找到一块木板，爬了上来，但刚开始我还以为我会被困在那底下……直到日、日、日落……"

"发生什么了？你到底在说什么？"

"吉米猜到了蓝色粉笔的来源，明白吗？在弯道区的一辆拖车里想到的。蓝色粉笔，台球桌。米勒夫人那地方的地窖里有一张台球桌，是米勒先生的。吉米给寄宿公寓打了电话，但没人接，于是我们就开车过去了。"

他抬起泪迹斑斑的脸，看着本。

"地窖的灯被破坏了，和马斯滕老宅一样，吉米叫我找手电。我到处找，我……我注意到水槽上的刀架空着，但当时没多想。所以，也可以说是我害死了他。我害死了他。我的错，都是我的错，都是我——"

本抓住马克摇了摇，发出清脆的咔咔两声。"别这样，马克，别这样！"

马克伸手捂住嘴，像是要在歇斯底里的疯话夺口而出前把它们按回去。他瞪大眼睛，从双手上方看着本。

最后，他终于又能说话了："我在外厅的碗橱抽屉里找到了手电筒。吉米就在那时跌了下去，他开始惨叫。他——我也险些跌下去，但他提醒了我。他说的最后一句话是'马克，当心。'"

"怎么回事？"本刨根问底道。

"巴洛和其他人拆了楼梯，"马克用死气沉沉的声音说，"锯掉了从第二级往下的楼梯，但留下了一截扶手，所以看起来好像……看起来好像……"他摇摇头，"在黑暗中，吉米以为楼梯还在原处，明白吗？"

"明白。"本答道。他听懂了，他难受得想吐。"那刀子呢？"

"就摆在底下的地上，"马克用微弱的声音说，"他们把刀锋穿过薄薄的方形夹板，敲掉把手，让它们竖在那儿，刀尖向……向上。"

"噢，"本绝望地说，"噢，基督啊。"他伸出双手，抓住马克的肩膀："马克，你确定他死了？"

"是的。他……他有五六处中刀。鲜血……"

本看看手表。五点差十分。被逼入绝境、时间飞逝的感觉再次袭上心头。

"我们该怎么办？"马克幽幽地问。

"到镇中心去。打电话给麦特，然后找帕金森·吉列斯皮聊聊。天黑前必须干掉巴洛。非这样不可。"

马克露出浅浅的凄凉笑容："吉米也这么说过。他说要给巴洛的生命画上句号。巴洛却一次又一次击败我们。肯定有比我们更高明的人也试过要杀死他。"

本低头看着男孩，决定做些算不上光明正大的事情。

"你听起来很害怕。"他说。

"我当然害怕，"马克没有生气，"你难道不害怕？"

"我很害怕，"本说，"但我也非常愤怒。我失去了我无比喜欢的姑娘，我大概已经爱上她了。你我都失去了吉米。你失去了父母。他们躺在你家客厅里，身上盖着沙发的防尘罩。"他强迫自己加上最后的残忍一击。"想回去看一眼吗？"

马克朝后退缩，露出惶恐的受伤表情。

"我希望你能和我并肩作战。"本换上更温柔的语气。自我厌恶让他感到反胃。他听上去就像大赛开始前的橄榄球教练。"我不在乎以前有谁试过阻止过他。我不在乎匈奴王阿提拉是不是也是他的手下败将。我只想自己尽力一搏。我希望你能和我并肩作战。我需要你。"这是实话，纯粹而不加掩饰的实话。

"好。"马克答道。他低头看着膝头，双手扭在一起，绞出各种纷乱的手势。

"坚持住。"本说。

马克无助地看着他。"我尽量。"他答道。

44

位于乔因特纳大道外段的桑尼埃克森加油站正常营业。桑尼·詹姆斯（他把自己乡村音乐式的名字利用到极致，印制成巨大的彩色海报，贴在垒成金字塔的汽油罐旁的橱窗上）亲自出来迎接本和马克。桑尼个子矮小，貌如地精，发际线节节败退的头发永远理成露出粉色头皮的小平头。

"嘿，米尔斯先生，一向可好？你那辆雪铁龙呢？"

"送去修理了。彼得呢？"彼得·库克是桑尼的兼职帮工，他住在镇子上，桑尼则不是。

"今天没露面。倒也无所谓。生意反正清淡得很。这镇子像是死透了。"

本觉得肚子里涌起一阵歇斯底里的黑暗笑意，威胁着要从嘴里猛然喷发出来。

"能帮忙加油吗？"他尽量控制住自己，"借你的电话用用。"

"没问题。嘿，小子，今天不上学？"

"米尔斯先生带我做旅行考察，"马克说，"我流鼻血了。"

"上帝保佑，我猜也是。我弟弟当年也常流鼻血，那是高血压的征兆。小子，你得注意些了。"他蹀到吉米的轿车背后，拧掉油箱的盖子。

本走进室内，拿起摆满新英格兰地区交通图的架子旁的付费电话，拨通了医院的号码。

"坎伯兰县医院，要哪个科室？"

"我找伯克先生，谢谢，四〇二房间。"

电话陷入了不明原因的沉默，本正想问伯克是不是换了病房，听筒里忽然有人说话了，"请问您是哪位？"

"本杰明·米尔斯。"麦特已经去世的可能性忽然像阴影似的笼罩了脑海。难道真是这样？不可能吧——这也太过分了。"他还好吗？"

"你是他的亲戚？"

"不是，我是他的好友。他没有——"

"米尔斯先生，伯克先生今天下午三点零七分过世了。你要是愿意稍等片刻，我帮你去看看科迪医生有没有回来。他也许可以——"

那个声音继续说下去，尽管听筒还贴在耳朵上，但本已经不再听他说话了。他忽然意识到自己在多大程度上依赖着麦特，希望麦特能帮他们熬过这个噩梦般的下午，这个念头以万钧之势压下来。麦特死了。充血性心力衰竭。自然原因。就仿佛上帝本人也转开了脸，不再眷顾他们。

只剩下他和马克了。

苏珊，吉米，卡拉汉神父，麦特。都离去了。

恐慌占据了他的心灵，他在沉默中与之搏斗。本想也没想地放下听筒，截断了对方说到一半的问题。

他走出电话亭。五点十分。西边的云团开始消散。

"刚好三块，"桑尼兴高采烈地说，"这不是科迪医生的车吗？看见医生的车牌，我总是想起一部看过的电影，讲的是一群骗子，其中有一位最喜欢偷挂医生牌的车子，因为——"

本给了他三张一块钱的钞票，说："桑尼，我得走了，不好意思，有麻烦事。"

桑尼的脸一下子皱了起来。"老天,米尔斯先生,听见这个真是抱歉。编辑给你坏消息了?"

"可以这么说。"他坐进驾驶座,关上车门,发动引擎,身穿黄色塑胶雨衣的桑尼目送他们离去。

"麦特去世了?"马克看着他问道。

"是的,心脏病突发。你怎么知道的?"

"你的表情。我看见你的表情了。"

已是五点十五分。

45

帕金斯·吉列斯皮站在镇公所带天篷的小门廊上,他抽着波迈香烟,眺望西边的天际。他不情愿地将视线转向本·米尔斯和马克·皮特里。他的面容哀伤而衰老,就像跟着便宜套餐端上桌的水杯。

"治安官,你还好吗?"本问。

"马马虎虎,"帕金斯低头端详拇指指甲周围老皮上的肉刺,"看见你跑前跑后来着。好像还看见这孩子自己开车从铁路街出来,是不是?"

"是的。"马克说。

"险些出事,对面过来的兄弟差一根头发没撞上你。"

"治安官,"本说,"我们想告诉你镇子里发生了什么事情。"

帕金斯·吉列斯皮吐掉烟头,都懒得抬起搁在门廊栏杆上的双手。他没有看本或者马克,只是静静地说:"我不想听。"

两人哑然失声,怔怔地望着他。

"诺利今天没露面,"帕金斯仍旧用冷静的日常语气说,"不知为何,我觉得恐怕永远不会露面了。他昨天深夜打过电话,说他在深坑路找到了荷马·麦卡斯林的车——至少我听着像是深坑路。他没再打来电话。"帕金斯从衬衫口袋里又摸出一根波迈烟,动作缓慢而悲伤,像是人在水下的样子。他用拇指和食指捻着香烟，沉思着说："鬼东西迟早会要了我的命。"

本还不肯放弃："吉列斯皮，占据了马斯滕老宅的人叫巴洛，现在盘踞在伊娃·米勒寄宿公寓的地下室里。"

"是吗？"帕金斯并没有露出特别惊讶的表情，"他是吸血鬼，对吧？就像二十年前那些漫画书里描写的。"

本无言以对。他觉得他越来越像是迷失在一场折磨人的庞大噩梦之中，发条装置没完没了地不停转动，那装置看不见摸不着，位于万物的表面之下。

"我要离开这个镇子，"帕金斯说，"东西已经收拾好，放在后车厢里了。枪、警灯和警章都留在架子上。我和法律的关系就此结束，我要去基特里探望我姐姐。那儿足够远，应该安全了。"

本听见自己的声音在远方说话："没胆子的鸟人。夹着尾巴逃跑的臭狗屎。镇子还没死，你居然就要逃跑。"

"但也没活着，"帕金斯说着用木杆厨房火柴点烟，"所以他才来这儿。镇子本来就死了，和他没什么区别。已经死了二十多年。整个国家都是这样。我和诺利几周前开车去法尔茅斯看汽车电影，赶在冬天歇业前看了最后一场。第一部放西部片，比我在朝鲜那两年见到的鲜血和杀戮还要多。孩子们吃着爆米花，大声欢呼。"他随便对小镇打了个手势，落日西沉，虚弱的光线给小镇镀上不自然的金色，小镇仿佛梦幻中的村庄。"他们说不定挺喜欢当吸血鬼的。但我不行。诺利今天夜里多半要来抓我。我非走不可。"

本绝望地看着他。

"你们也该坐进那辆车，一脚把油门踩到头，以最快速度离开镇子，"帕金斯说，"这地方离了咱们也能坚持……一阵子。然后也就无所谓了。"

是啊，本心想。我们为什么非得那么费劲？

马克替两人说出了原因："先生，因为他是坏人，他非常非常坏。这就是原因。"

"是吧？"帕金斯点点头，吐出一口烟，"那好，行啊。"他抬头望着联合高中："今天的出勤率真他妈差劲，至少林苑镇是这样。巴士晚点，孩子们请病假，学校给家里打电话，可谁也不接。管出勤的给我打电话，我安慰了他几句。那位光头小个子挺有意思，居然觉得他知道自己在干什么。好吧，反正老师都还在。他们大部分来自镇外。就让他们互相教着玩儿吧。"

本想起麦特，说道："不全来自镇外。"

"无所谓了，"帕金斯的视线飘向本腰间的木桩，"打算拿那东西解决他？"

"是的。"

"假如需要，我的镇暴枪可以给你。那是诺利的主意。诺利最喜欢全副武装了。可惜镇上连一家银行都没有，否则他肯定特别希望有人来抢。等他弄明白窍门，肯定会成为一名优秀的吸血鬼。"

马克望着帕金斯，心里越来越害怕。本知道他必须放弃帕金斯了，他的情况是最糟糕的那种。

"来吧，"他对马克说，"他没用了。"

"我也这么认为，"帕金斯说，堆满皱纹的黯淡双眼扫视小镇，"真安静。我看见梅布尔·沃茨拿望远镜瞄来瞄去，可惜白天实在没什么值得看的。到晚上，大概就不一样了。"

本和马克回到车上。快五点半了。

46

六点差一刻，两人的车在圣安德鲁教堂门口停下。教堂投下的拉长影子跨过街道，落在本堂神父的住处上，如厄兆般覆盖它。本从后座上拿起吉米的包，倒出里面的东西。他找到几个小安瓿瓶，把瓶子里的药水倒出窗外，只留下瓶子。

"你在干什么？"

"咱们用这些瓶子盛圣水，"本答道，"来吧。"

两人沿着步道走向教堂，爬上楼梯。正要推开中门，马克停下来，指着一个地方说："看那儿。"

门把手被烧黑了，形状也略有改变，像是通过了极大的电流脉冲。

"你想到什么了？"本问。

"没，没有，只是……"马克摇摇头，撇开一个尚未成形的念头。他推开门，两人走进去。教堂里很凉，灰蒙蒙的，充满了孕育着无限可能性的凝滞；空置的信仰圣坛在这一点上永远一致，无论崇拜的是光明还是黑暗。

两列长椅由宽阔的中央过道隔开，侧面有两尊捧着圣水盆的石膏天使像，天使甜美睿智、沉着的脸孔垂向下方，仿佛在端详静水中自己的倒影。

本把安瓿瓶塞进衣袋。"用圣水洗脸和手。"他说。

马克看着他，为难地说："那是亵、亵渎——"

"亵渎神圣？这次肯定不是。来吧。"

两人把手泡在静水里，捧起圣水洒在脸上，动作像是刚醒来的人用凉水冲洗眼睛，刺激双眼重新吸纳周围的世界。

本从衣袋里拿出第一个安瓿瓶，他正要灌圣水，忽然听见一个尖利的声音喊道："喂！说你们呢！你们干什么？"

本立刻转身。叫喊的是罗妲·科莱斯，卡拉汉神父的女管家；她一直坐在第一排长椅上，手指无助地捻着唱玫瑰经的念珠。她穿一条黑色长裙，褶边底下露出了衬裙；头发乱蓬蓬的；她不断地用手指捋头发。

"神父呢？你们干什么？"她的声音尖利而脆弱，近乎歇斯底里。

"你是谁？"本问。

"科莱斯夫人。我是卡拉汉神父的管家。神父去哪儿了？你们在干什么？"她的双手拧在一起，互相较劲。

"卡拉汉神父离开了。"本尽量柔和地说。

"哦，"她闭上双眼，"他在追查谋害这个镇子的元凶吗？"

"是的。"本答道。

"我就知道,"她说,"我不用问就知道。他是一位了不起的好神父。总有人说他永远也比不上伯吉伦神父,但他当然配得上。结果反而是这个位置对他来说太小了。"

她睁大眼睛,看着本和马克。一行眼泪从她左眼淌出来,滑过面颊。"他不会回来了,对吧?"

"我不知道。"本说。

"人们议论他的酒瘾,"她说了下去,像是没听见似的,"哪个够格的爱尔兰神父滴酒不沾?他才不是那种娇生惯养的愣头青,成天不跪在教堂里祈祷,就知道端着篮子玩宾果游戏。他比那种人强得多!"她接近于挑衅的嘶哑叫声直冲拱顶而去。"他是神父,不是什么圣人市政官!"

本和马克静静聆听,既不插嘴,也不表示惊讶。这一天过得犹如噩梦,没什么值得惊讶的;他们甚至失去了感到惊讶的能力。这两个人不把自己视为实干家、复仇者或救世主;这一天已经吸干了他们的力量。他们只是挣扎求生的两个凡人。

"最后一次见到神父的时候,他够坚强吗?"她凝视着本和马克,泪水放大了她不屈不挠的锐利眼神。

"当然。"马克回忆起卡拉汉在家中厨房里的样子:神父高举着十字架。

"你们在完成他的任务?"

"是的。"马克又答道。

"那就好,"她厉声说,"你们还等什么?"她转身顺着中央过道离开;她一袭黑衣,这场未曾在此举行的葬礼只有她一个悼念者。

47

他们返回伊娃家——这是最后一次回来了。六点十分,太阳挂在西边的松林上方,透过血色薄云俯瞰众生。

本把车开进停车场。出于好奇，他抬头望向自己的房间。帘子没拉，他能看见打字机摆在桌上，旁边是已经完成的原稿，玻璃球镇纸压着那一沓纸张。在这儿看见那些东西，如此清晰地看见它们，仿佛整个世界依然符合逻辑、平常而有秩序，他感觉很惊讶。

他的视线转向后门廊。他和苏珊第一次接吻时坐的摇椅仍然并排摆在原处。通往厨房的门开着，和马克离开时一模一样。

"我做不到，"马克喃喃道，"我实在做不到。"他瞪大双眼，眼白多过眼黑。他提起了膝盖，此刻在座位里蜷缩成一团。

"咱们两个必须都得去。"本说。他把装满圣水的两个安瓿瓶递过去，马克惊恐地向后一缩，像是只要碰到那东西，毒药就会透过皮肤进入体内。"来吧，"本说话间没有商量的余地，"来吧，快点。"

"不。"

"马克？"

"不！"

"马克，我需要你的帮助。你和我，我们是仅剩下的希望。"

"我不行了！"马克叫道，"我坚持不下去了！你不明白吗？我连看都不敢看他！"

"马克，只有你和我两个人了。你还不明白吗？"

马克接过安瓿瓶，慢慢握在胸前。"哦，天哪，"他轻声说，"哦，天哪，哦，天哪。"他看着本，点了点头。动作显得突兀而痛苦。"好吧。"他答道。

"槌头在哪儿？"下车时本问。

"吉米身边。"

"好。"

两人顶着越来越大的风走上门廊台阶。阳光透过云层释放霞光，染红整个世界。走进厨房，死亡那湿漉漉的臭味如有实质，像花岗岩似的迎上来。地窖门开着。

"我害怕。"马克打个寒战。

"谁会不害怕？手电筒呢？"

"留在地窖里了，当时……"

"没问题。"两人站在地窖口。正如马克所形容的，楼梯在落日余晖下显得完好无损。"跟着我的脚步走。"本说。

48

一个念头轻易地爬上本的心头：我正走向我的死亡。

这个想法来得很自然，其中没有恐惧，也没有悔恨。邪恶的气氛笼罩着这个地方，此刻排山倒海而来，在它面前，内心翻腾的情感消失得无影无踪。他沿着马克为了爬出地窖而放置的木板半滑半爬地进入地窖，只感觉到一种冰冷而不自然的镇定。他发现双手在发光，就像戴着幽魂般的手套。他并不因此而惊讶。

让"是"成为"似乎"的终曲。唯一的皇帝是冰激凌的皇帝。这话是谁说的？麦特吗？麦特已经死了。苏珊死了。米兰达死了。华莱士·史蒂文斯也死了。换了是我，就不去看。但他还是看了。那就是终结时你的模样。像是装满各种彩色液体的容器被压得稀烂。不算糟糕。比起他本人的死亡，那不算太糟糕。吉米带着麦卡斯林的枪，枪多半还在他外套口袋里。他要拿上那把枪，要是没能在日落前干掉巴洛……先送走那孩子，再轮到他自己。不算很好，但比起他本人的死亡，也算是还凑合。

他踏上了地窖的地面，然后帮助马克下来。孩子向黑暗中瞥了一眼，见到蜷曲在地板上的人影，立刻转开视线。

"我没法看。"他的嗓音干哑。

"没关系。"

马克转过身去，本跪下来。他扫开几块致命的方形夹板，闪着寒光的刀锋如龙牙般穿过夹板。然后他把吉米的尸体翻了过来。

换了是我，就不去看。

"唉，吉米。"他想说点什么，但语言在喉咙里破碎了，淌着血。他用左臂拥着吉米的身体，用右手拔出巴洛设下的刀锋陷阱。一共有六柄，吉米流了很多血。

地窖一角的架子上有一摞叠好的客厅窗帘。他收起手枪、手电筒和榔头，把窗帘抱过来，盖住吉米的尸体。

他起身试了试手电筒。塑料灯头盖摔碎了，不过灯泡还能亮。他照着周围看了一圈。什么也没有。他照向台球桌底下，空空如也。炉子背后也是空的。放罐头的架子，挂工具的钉板。截断的楼梯塞在远处角落里，站在厨房里的人根本看不见，看上去就像通往虚无的断头台。

"他躲在哪儿？"本嘟囔道。他看了一眼手表，指针指着六点二十三分。日落是几点钟？他不记得了，但肯定早于六点五十五分。剩下的时间顶多半个钟头。

"他躲在哪儿？"他喊道，"我能感觉到他，但他躲在哪儿？"

"看！"马克抬起一只发光的手，指着一个地方叫道，"那是什么？"

本照了过去：一只威尔士式橱柜。"不够大，"他对马克说，"而且贴着墙。"

"看看它背后是什么。"

本耸耸肩。两人走过房间，来到壁橱前，各自抓住一边。一丝兴奋感逐渐升腾起来。这儿的气味或气场或气氛或管他叫什么难道不是比别处更浓烈、更刺鼻吗？

本抬头望向上方敞开的厨房门。天色越来越暗，阳光中的金色成分正在消退。

"太重了，我搬不动。"马克喘着粗气说。

"不用搬。"本答道，"咱们把它掀翻。找个最能使劲的地方抓住。"

马克弯下腰，两肩抵住木板；释放辉光的脸上，他的眼神凶猛异常。"行了。"

他们合力将全部体重都压上去，橱柜向前倒下，发出骨头断裂般的破碎声，伊娃·米勒多年前结婚时买的瓷器在里面化为齑粉。

"我就知道！"马克得意地大叫。

柜子挡住的墙上有一扇齐胸高的小门。搭扣上挂着一把崭新的耶鲁挂锁。

榔头猛砸两下，挂锁纹丝不动。"耶稣基督在上。"他轻声嘟囔道。苦涩的挫折感涌上喉头。在最后一刻被挡在门外，被一把五块钱的挂锁挡在门外——

不可能。若是逼不得已，他甚至肯用牙齿咬穿木板。

他用手电筒照了一圈，光柱落在楼梯右边整整齐齐地挂满工具的钉板上。钉板的两根钢钉之间悬着一把斧头，斧头的锋刃套着橡胶保护套。

他跑过去抓起斧头，撕掉橡胶套，露出锋刃。他从口袋里掏出一个安瓿瓶，却失手掉在了地上。圣水流淌到地板上，立刻开始散发辉光。他又掏出一个小瓶，拧开盖子，倒在斧头的锋刃上。锋刃绽放出可畏的仙灵辉光。他用双手握住木柄，手上的感觉好得出奇，正确得出奇。某种力量像是把血肉和他紧握着的东西焊在了一起。他手持利斧，驻足片刻，看着闪闪发光的锋刃，他一时冲动，好奇地用斧头碰了碰前额。强烈的安心感包围了他，他感觉到无与伦比的正确、不容玷污的纯洁。几周以来，他第一次不再觉得自己在信与不信的浓雾中摸索，不再觉得自己正在与之搏斗的对手过于虚幻，而他的力气无处可去。

力量如电流般嗡嗡地涌上双臂。

锋刃的辉光更亮了。

"动手啊！"马克恩求道，"快点儿！求你了！"

本·米尔斯分开双脚，向后挥起利斧，然后劈了下去，辉光画出的弧线留下一道残影。锋刃劈中木门，发出可怕的轰然巨响，斧柄为之震颤。木屑四溅。

他拔出斧头，木门在钢刃下呻吟尖叫。他再次劈下去……再一次……再一次。他能感觉到背部和双臂的肌肉一下松弛，一下拉紧，动作中携带着身体从未体验过的确凿感和使命感。每一击都砸得木片和木屑如枪榴弹般乱飞。到了第五下，锋刃穿透木门，砍进空气；他以几近癫狂的速度横劈竖砍，扩大那个窟窿。

马克盯着他看得入神。冰蓝色的火焰沿着斧柄流淌，扩散爬上他的双臂，最后他整个人都仿佛化作了一条火柱。他头部歪向一侧，脖子上的肌肉绷得块块突起，一只眼睛瞪大，喷出火光，另一只眼睛紧闭。肩胛骨之间的翼展拉得太紧，扯破了背后的衬衫，皮肤下的肌肉如绳索般扭动。马克很确定他被某种存在占据了身体，但不知道（也不需要知道）附体的良善与基督教其实并无关系；那是更原始、未经萃取的良善，是在喷发中被吐上地面的赤裸裸的大块原矿，没有经过任何形式的雕凿。那是原力；那是神力，是推动宇宙巨轮滚滚前行的力量。

伊娃·米勒家根菜作物窖的木门承受不了这种力量。利斧以令人目眩神迷的速度飞舞，化为一片涟漪，一条降落的光拱，一道彩虹：从本的双肩通向正在崩毁的最后一扇门。

他挥出最后一击，扔开斧头。他把双手举在眼前，两只手都在发光。

他向马克伸出手，男孩向后躲闪。

"我爱你。"本说。

两人的手紧紧相握。

49

根菜作物窖很狭小，像是地牢，只摆着几个积灰的瓶子、几个板条箱和一大篮马铃薯。马铃薯已放了很久，它们朝四面八方长出细芽；还有尸体。巴洛的棺材搁在另一头，像木乃伊石棺似的抵着墙壁。两人身上的辉光犹如圣艾尔摩之火，照得棺材盖闪着冰冷的光。

棺材前仿佛铁轨枕木般整整齐齐地躺着几具躯体，本与它们的主人曾经朝夕共处、分享面包：伊娃·米勒，她旁边是韦索尔·克雷格；二楼走廊尽头房间的梅布·玛利甘；约翰·斯诺，以前是县里的公务员，有关节炎，很少下楼来吃早饭；维尼·亚普肖；格罗夫·维瑞尔。

本和马克跨过尸体，站在棺材前。本低头看表：六点四十分。

"咱们得把这东西弄出去，"他说，"为了吉米。"

"这东西能有一吨重。"马克说。

"咱们能做到。"他伸出手，半尝试性地抓住棺材的右上角。顶盖像狂热的眼睛那样发亮。木头经过了多年使用，摸起来让人毛骨悚然，光滑，仿佛石块。这木头似乎没有毛孔，没有供手指寻找并攀住的瑕疵。不过，摇动起来倒是很容易，一只手就做得到。

他轻轻推了推，棺材向前倾斜，但随即感到势头被拦住了，像是有什么隐形的平衡物在起作用。棺材里发出砰的一声。本用一只手就抬起了棺材的一头。

"来，"他说，"你那头。"

马克轻而易举地抬起了他那一头。男孩脸上满是不可思议和惊喜："我觉得我用一根手指就能搬动它。"

"也许真的可以。事情终于变得对咱们有利了。不过我们得抓紧时间。"

两人抬着棺材走出四分五裂的门。断开的尖头隐然威胁，马克低头使劲向外挤。随着木头摩擦的尖利噪音，棺材被抬了出来。

本和马克抬着棺材走到吉米躺着的地方，伊娃·米勒的窗帘盖在吉米身上。

"吉米，他来了，"本说，"把这杂种抓来了。马克，放下棺材。"

他又看了看手表。六点四十五分。从顶上厨房门透进来的光线已是灰白色。

"动手？"马克问。

两人隔着棺材对视一眼。

"好。"本答道。

马克绕了过来，两人一起站在棺材的锁扣和封签前。他们一起弯腰；手才碰到锁扣，锁扣就自己分开了，发出薄墙板断裂时的噼啪一声。两人抬起顶盖。

巴洛躺在他们面前，两眼向上放射光芒。

他现在是个年轻人了，黑发茂盛而充满活力，洒在狭小住处顶端的丝缎枕头上。他的皮肤闪耀着生机。他面颊红润如葡萄酒，牙齿从饱满的双唇间弯曲伸出，质地犹如象牙，纯白的底色上带着深黄色的纹理。

"他——"马克开口道，但这句话没能说完。

巴洛的红眼睛在眼窝里翻动，眼中充满可怖的生命力，得意洋洋地嘲笑他们。他的视线锁定了马克的双眼，马克立刻沉了进去，眼神变得空洞而遥远。

"别看他！"本叫道，但为时已晚。

他撞开马克。男孩从喉咙深处发出呜咽声，忽然扑向本。本没有防备，踉跄着后退几步。片刻之后，男孩的手伸进了他的外套口袋，摸索着寻找荷马·麦卡斯林的手枪。

"马克！别——"

但孩子已经充耳不闻，整张脸一片空白，就像擦洗过的黑板。喉咙里不断响起小动物落入陷阱的那种呜咽声。他的双手已经摸到警枪，挣扎着想抢过去，但本努力把枪从孩子手中夺回来，他尽量让枪口瞄准两人之外的地方。

"马克！"他吼道，"马克，快醒醒！基督在上——"

枪口陡然指向他的头部。枪响了，他感觉到子弹擦着太阳穴飞过。他用抓住马克的双手，举起一只脚踢了出去。马克踉跄后退，手枪叮叮当当地落在两人间的地面上。男孩呜咽着扑向手枪，本拼尽全力挥拳打中马克的嘴巴。他感觉到孩子的嘴唇和牙齿撞在了一起，像是自己挨了这一拳似的惨叫起来。马克软绵绵地跪倒在地，本踢开手枪。马克还想爬着追过去，本又给他来了一下。

男孩发出耗尽力气的叹息声，瘫了下去。

力量和确定感离他而去。他又变回了本·米尔斯，而他很害怕。

厨房门口的那一方光线蜕化成暗紫色。手表上显示六点五十一分。

他感觉仿佛有一股巨大的力量牵引他的头部，命令他望向身边棺材里那只脸色红润、容光焕发的寄生虫。

来，看着我，微不足道的人类。仰望巴洛吧，他度过几个世纪就仿佛你们在壁炉前捧着书度过几个钟头。来，看着这属于夜晚的伟大生物，你居然想用那可怜的小木棍杀死他。仰视我吧，三流小文人。我用人类的生命写作，鲜血是我的墨水。仰视我，绝望吧！

吉米，我做不到。太迟了，他比我强大太多了——

看着我！

六点五十三分。

马克在地上呻吟着："妈妈？妈妈，你在哪儿？我头疼……真暗啊……"

他将被阉割，侍奉我……

本摸索着从腰间抽出一根尖木桩，却失手掉在了地上。无法抵御的绝望感逼着他发出凄惨的吼声。室外，太阳已经遗弃了耶路撒冷林苑镇。最后几缕阳光落在马斯滕老宅的屋顶上。

他抓起那根木桩。榔头在哪里？该死的榔头在哪里？

在根菜作物窖的门口。他用榔头砸过挂锁。

他跌跌撞撞地跑过地窖，从不久前扔下的地方捡起榔头。

马克半坐着，嘴巴是个血糊糊的黑窟窿。他用手擦了擦，迷迷糊糊地看着鲜血。"妈妈！"他喊道，"我妈妈在哪儿？"

六点五十五分。光明与黑暗达到了完美的平衡点。

本冲过越来越暗的地窖，左手紧握木桩，右手抓着榔头。

胜利的大笑声在耳畔隆隆炸响。巴洛在棺材里坐了起来，猩红色的眼睛里绽放出恶魔般的狂喜。他用眼神锁住了本的双眼，本感觉到意志力在飞快流逝。

他拼死狂吼一声，把木桩举过头顶，用力抡了下去，木桩画着弧线飕地一声落下，锋利的尖头刺穿巴洛的衬衫，他能感觉到木桩插进了衣物下的血肉。

巴洛尖叫起来，这个惨痛的奇异声音犹如狼嚎。木桩裹挟着的力量撞得他躺回棺材里。他伸出双手去抓木桩，弯成钩爪的双手疯狂挥舞动。

榔头敲在木桩的钝头上，巴洛发出第二声惨叫。他抬起冷如坟茔的一只手，抓住本抓紧木桩的左手。

本扭动着跌进棺材，膝盖死死顶住巴洛的两膝。他低头望着敌人的面容，这张脸写满恨意，被疼痛扭曲。

"**放开我！**"巴洛叫道。

"接着这个，你这狗杂种，"本哭着骂道，"给我接好了，吸血的水蛭。这是送给你的！"

榔头再次落下。冰冷的血液喷向上方，蒙蔽了他的视线。巴洛的脑袋在绸缎枕头上左右猛甩。

"**放开我，你怎么敢，你怎么敢，怎么敢这样——**"

本一次又一次挥动榔头。血液从巴洛的鼻孔里涌出。他的身躯在棺材里痉挛，就像一条被刺穿的鱼；他用双手抓住本的面颊，犁出深深的伤口。

"**放开我————————**"

本再次砸下榔头，从巴洛胸口脉动着涌出的血液变成了黑色。

接着，他开始解体。

前后过程不过两秒钟，快得他日后多年在阳光下始终不敢相信，但又慢得让他在噩梦中一遍遍重温，而且还是以可怕的定格镜头慢放。

巴洛的皮肤泛黄，变粗糙，像旧帆布被单似的起球发皱。他的眼睛渐渐黯淡，蒙上白翳，塌陷下去。头发变白，如羽毛般脱落。黑色正装里的躯体萎缩下去。嘴巴张大如黑洞，双唇不停后退，一直退到鼻孔，化作突出牙齿周围的椭圆形肉圈。指甲变黑、脱落，手指很快就只余下了骨头，仍旧戴着戒指，如响板般碰撞摩擦，发出咔哒咔哒的声音。尘埃从亚麻衬衫的纤维缝隙中升腾而起。满是皱纹的光头变成骷髅。裤管失去了填充它们的血肉，像裹着黑色丝绸的扫帚柄一般落向两旁。这个会动的恐怖稻草人在他底下又扭动了几下，本跳出棺材，发出快要被扼死似的惊恐叫声。但他无法转开视线，不去注视巴洛的最后变形，他仿佛被催眠了。没有血肉附着的骷髅在绸缎枕头上左右抽动。光秃的颌骨张开，发出无声嘶吼，但没有声带提供助力。白骨嶙峋的手指犹如牵线木偶，在黑暗中伴着咔嗒咔嗒声舞动。

各种气味冲进鼻孔，旋即消失，每种气味都是少许一点，都稍纵即逝：胃肠胀气；肉质腐烂的可怕恶臭；发霉的图书馆气味；辛辣的尘土味；然后就什么都没有了。抽动着、抗拒着的指骨破碎四散，就像一把铅笔。骷髅头的鼻翼继续扩张，与椭圆形的空洞合而为一。空荡荡的眼窝睁大，尽管没有血肉，但仍旧看得出惊讶和恐惧的表情；眼角碰到一起，然后就此结束。骷髅头像古老的明代花瓶似的陷下去。衣物摊平，化作平常的待洗衣物。

可是，它仍旧顽强地攀住这个世界，棺材里的尘埃仿佛一个个细小的魔鬼，还在吼叫，还在挣扎。忽然，他感到有某种东西如狂风般冲过身旁，他不禁为之颤抖。与此同时，伊娃·米勒寄宿公寓的每一扇窗口都轰然向外洞开。

"当心，本！"马克叫道，"当心！"

他一骨碌爬起身来，看见人们走出根菜作物窖——伊娃、韦索尔、梅布、格罗夫，还有其他人。他们行走世间的时候到了。

马克的哭叫声在耳畔如火警般轰鸣，他伸手抓住男孩的双肩。

"圣水！"他对马克恐惧的脸孔大叫，"他们不能触碰我们！"

马克的哭声变成了呜咽啜泣。

"顺着木板爬上去，"本说，"快去。"他必须用力才能把男孩转向木板，然后猛拍他的后臀，要他爬上去。确定男孩开始爬了，他这才转身望着那些活尸。

他们茫然无措地站在十五英尺外，带着非人类的憎恨望着本。

"你杀死了主人，"本几乎听得出伊娃声音里的哀恸，"你怎么能杀死主人呢？"

"我会回来的，"他告诉伊娃，"为了你们所有人。"

他弯着腰，用双手帮忙，爬上木板。他的体重压得木板吱嘎直响，但终究还是支撑住了。他低头看了最后一眼，众人聚拢在棺材周围，默默地望着里面。他们让本想起摩托车撞上货车后聚拢在米兰达尸体旁的路人。

他四处寻找马克，发现马克脸朝下趴在门廊的门口。

50

本告诉自己，孩子只是晕了过去，没什么大不了的。应该确实如此。马克的脉搏很规律，强而有力。他抱起孩子，放进雪铁龙车里。

他坐进驾驶座，发动引擎；刚开上铁路街，延宕反应就像重拳似的击中本，他好不容易才咽下一声尖叫。

那些活死人，他们在街上。

他同时感到寒冷和炽热，脑袋里充满了暴风咆哮的声音；他左转开上乔因特纳大道，逃离撒冷林苑镇。

第十五章　本和马克

1

马克一点一点逐渐醒来，既不动用思想，也不唤起记忆，任由雪铁龙车持续不断的嗡嗡声将他带回尘世。最后，他望出车窗，惊恐仿佛粗糙的大手，一下子抓住了他。天黑了。路两边的树木是模糊的朦胧影子，经过的车子同时亮着停车灯和头灯。他不由自主地发出像是被掐住喉咙的含混呻吟声，抓住脖子，找到了仍旧挂在胸前的十字架。

"放松，"本说，"咱们出镇子了，已经开了二十英里。"

孩子探过来，隔着他锁上驾驶座旁的车门，碰到他的身体，险些让车子急转弯。孩子转回来，又锁上自己身旁的车门，然后在座位上慢慢蜷缩成球形。他希望能返回脑海里一片空白的状态。一片空白感觉不错。美好的空白，没有可怖的画面。

雪铁龙车引擎的持续响声很有安慰效果。嗡嗡嗡嗡嗡嗡嗡嗡嗡嗡嗡。非常好。他闭上了眼睛。

"马克？"

不发出声音比较安全。

"马克，你还好吧？"

嗡嗡嗡嗡嗡嗡嗡嗡嗡嗡。

"——马克——"

遥远的声音。这样很好。美好的空白又回来了，灰色的暗影吞没了他。

2

过了新罕布什尔州州界不远，本找了家汽车旅馆住下，他用潦草的字迹在登记簿上写道："本·科迪和儿子"。马克把十字架举在身前，走进房间。他的眼睛仿佛落入陷阱的小兽，在眼窝里左右飞速转动。直到本关上房门锁好，把他的十字架挂在门把手上，马克这才放下十字架。房间里有台彩电，本看了一阵子。两个非洲国家宣战。总统感冒了，但医生说不严重。洛杉矶有位仁兄发狂射杀了十四个人。天气预报说有雨，北缅因州则是小雪。

3

撒冷林苑镇陷入黑暗的睡眠，吸血鬼走在街道和土路上，仿佛邪恶留下的一丝记忆。有些吸血鬼从死亡的阴影中汲取了足够多的养分，已经培养出了初等水平的狡诈。劳伦斯·克罗凯特给罗伊尔·斯诺打电话，请罗伊尔来办公室打牌。罗伊尔在他家门前停车，才一进门，劳伦斯和妻子就扑了上去。格莱妮斯·梅贝里给梅布尔·沃茨打电话，说她很害怕，问梅布尔她能不能过来住一夜，等丈夫明天从沃特维尔回来就好。梅布尔松了一口气，那个劲头几乎让人怜悯，连忙答应下来；十分钟后，她打开房门，看见格莱妮斯挎着手袋、赤身裸体地站在面前，狞笑着露出贪婪的巨大犬齿。梅布尔只来得及惊叫了一声。八点刚过，戴尔波特·马凯走出空无一人的酒馆，卡尔·福尔曼和笑呵呵的荷马·麦卡斯林从阴影中走出来，说他们来喝一杯。刚过打烊时间，几位最忠诚的老顾客兼老伙伴拜访了还在店里的米尔特·克罗森。乔治·米得勒则拜访了几个高中男生，他们经常来他店里买东西，看他的眼神总带着轻蔑和了然；乔治满足了他最黑暗的幻想。

游客和穿镇而过的旅人仍旧走12号公路途经小镇，在镇子里只看见了保护麋鹿的广告牌和限速三十五英里每小时的告示。出了镇子，他们恢复每小时六十英里的车速，只是淡然心想：天哪，多么死气沉沉的小地方；然后就把它抛诸脑后。

小镇保守着它的秘密，马斯滕老宅如倒台的国王般俯瞰全镇。

4

第二天黎明，本把马克留在旅馆房间里，驱车赶回林苑镇。他在西溪镇找了家生意兴隆的五金店，进去买了铁铲和鹤嘴锄。

雨还没有开始，撒冷林苑镇静静地躺在昏暗的天空下。街上的车辆寥寥无几。斯潘塞的店还开着；顶好咖啡馆闭门谢客，绿色百叶窗全都关着，橱窗里的菜单取掉了，写当日特餐的小黑板擦得干干净净。

看着空荡荡的街道，他感觉冰寒刺骨，脑海中浮现出一幅图画，那是一张旧摇滚乐专辑，封面上是个异装癖的照片，黑背景下的侧面像，面容出奇地有男子气，但涂着胭脂和粉底；标题为："他们只在夜里出门"。

他先来到伊娃家，上到二楼，推开自己房间的门。房间里还是他离开时的那个样子，床没收拾，桌上摆着一卷"救命"糖①。桌子底下有个空铁皮垃圾桶，他把铁桶拎到房间中央。

他拿起手稿扔进铁桶，用封面做个纸捻。他掏出"蟋蟀"牌打火机，点燃纸捻，等焰头起来，把它扔在打满铅字的纸张上。火苗尝了尝，觉得味道不错，于是怀着渴望爬上纸面。页角碳化，向上卷曲，继而变黑。白烟从垃圾桶里翻腾着冒出来，他没有多想，俯身隔着桌

---

① 救命（Life Savers）：美国糖果品牌，有薄荷口味和水果口味。

面打开了窗户。

他的手摸到镇纸，从他在已被黑夜吞没的这个小镇度过的童年时代，这个玻璃球就陪伴着他；拜访恶魔住处的那场经历犹如一场噩梦，他在不知不觉间将玻璃球抓在了手里。摇一摇，看雪花飘落。

他摇了摇玻璃球，像小时候那样把它拿在眼前，玻璃球耍起了那套古老的把戏。玩具小屋的百叶窗合着，但作为一个想象力充足的孩子（正如现在的马克·皮特里），你可以在脑海里让一只又长又白的手拉起其中一扇百叶窗（事实上，其中之一似乎确实被拉开了），紧接着，一张惨白的脸会在窗口看着你，狞笑着露出长长的獠牙，请你进入动作缓慢、铺满假雪的环形幻想乐园，请你走进屋子，在这里，时间只是一个神话。这张脸望着你，苍白而饥渴，它再也不能抬头仰望阳光和蓝天了。

那是他本人的脸。

他把镇纸扔向屋角，镇纸摔得粉碎。

他没有等着看镇纸里会流淌出什么东西，径直出门离开。

5

他去地窖取吉米的尸体，这是最艰难的一段旅程。棺材依旧在昨夜停放的原处，空空如也，连尘埃也没有。然而……并不真是完全空的。木桩依然在原处，此外还有其他的某些东西。他感到喉咙口一阵发紧。牙齿。巴洛的牙齿——这是他剩下的全部东西了。本弯腰捡起那些牙齿，但它们在本的手里蠕动起来，仿佛极小的白色生物，企图聚拢起来咬他。

他厌恶地大叫一声，把牙齿扔出去，它们四散滚开。

"上帝啊，"他轻声说，拼命用衬衫擦手，"天哪，亲爱的上帝，让这件事就这么结束了吧，就这么结束吧。"

6

本想方设法把吉米搬出地窖，伊娃的窗帘依然盖在吉米身上。他将尸体连同窗帘一起塞进吉米的别克车，鹤嘴锄、铁铲和吉米的黑包一起放在后座上，然后开车去皮特里家。他来到皮特里家屋后临近塔加特溪流的一处林间空地，花费上午和半个下午挖了个四英尺深的宽阔墓穴。他把吉米和用沙发罩包裹的皮特里夫妇放进墓穴。

两点半，他开始填埋三位洁净者的墓坑。多云的天空中，光线开始变得黯淡，他的铁铲也越挥越快。他身上涌出汗水，但汗水并非完全来自体力劳动。

四点，他填满了墓坑。他尽可能为墓穴铺上草皮，把沾满泥土的铁铲和鹤嘴锄放进后尾箱，开着吉米的车返回镇上。他把车停在顶好咖啡门口，钥匙留在点火开关上。

他停了几秒钟，环顾四周。带有假门脸的商业建筑都已荒弃，似乎正在吱吱嘎嘎地俯身凑近路面。雨从中午时分开始落下，柔和而迟缓，就像在表达哀思。他和苏珊·诺顿相遇的小公园空无一人，孤独凄凉。镇公所拉上了遮光帘。拉里·克罗凯特保险暨房地产公司的窗口挂着"很快回来"的牌子，显露出空虚的活泼气氛。耳边只能听见轻柔的雨声。

他沿着铁路街向北走，鞋跟敲打人行道，发出空洞的咔哒咔哒声。来到伊娃的寄宿公寓，他在他的车旁边站了几秒钟，最后一次环顾四周。

没有任何动静。

这个镇子已经死了。就在这一刻，他确定无疑地知道了这是真的，就仿佛他看见米兰达的鞋子落在路面上就知道她已经死了。

他开始哭泣。

开车经过麋鹿牌子的时候，他还在哭泣。牌子上写着："您即将离开耶路撒冷林苑镇这个可爱的小地方。欢迎下次再来!"

　　他拐向高速公路。开上匝道,树木挡住了马斯滕老宅。他驾车向南而去,驶向马克,驶向他的生活。

尾声

耸立在我们面前的山岭，
把你藏在里面
但你躲不开礁岩的南风
这些被断送的村落中
谁会理会我们的遗忘的誓言
谁会接受我们在这个秋末的奉献？

——乔治·塞菲里斯

现在她没有了眼睛
曾经握在手里的蛇
吃掉了她的双手

——乔治·塞菲里斯

1

摘自本·米尔斯保留的剪贴簿（剪报全部来自波特兰《新闻先驱报》）：

一九七五年十一月十九日（第二十七版）：

（耶路撒冷林苑镇讯）仅仅一个月前，查尔斯·V.普瑞凯特及家人才购入坎伯兰县耶路撒冷林苑镇的一处农场，但现已搬离这里。因为根据从波特兰迁居至此的查尔斯·普瑞凯特和阿曼达·普瑞凯特所说，镇上夜间总有东西出没。此农场位于校园山，系林苑镇的地标，曾由查尔斯·格里芬拥有。格里芬的父亲创立了阳光乳业公司，一九六二年并入斯洛夫特山乳业公司。查尔斯·格里芬通过一位波特兰的经纪人出售了农场，其价格按照普瑞凯特的说法，简直是"跳楼价"；但我们无法联系到查尔斯·格里芬，听取他的评论。阿曼达·普瑞凯特首先告诉丈夫，干草仓里有"怪声音"，在此之前不久……

一九七六年一月四日（第一版）：

（耶路撒冷林苑镇讯）昨天夜间到今天凌晨之间，南缅因州小镇耶路撒冷林苑镇发生了一起怪异的车祸。警方从现场附近的轮胎滑行痕迹得出结论，肇事车辆（一辆新款小轿车）当时超速行驶，撞上了一根中缅因州电力公司的电线杆。车辆损毁严重，尽管前排座椅和仪表盘上都发现了血迹，却始终未能找到车中乘客。根据一名邻居所说，菲利普斯及全家正在前往雅茅斯探望亲戚的路上。警方推测菲利普斯和妻子及两名儿女或许在眩晕状态下走失，搜寻计划已经……

一九七六年二月十四日（第四版）：

（坎伯兰讯）菲奥娜·科金斯夫人，一位独自居住在西坎伯兰地区史密斯路的寡妇，今天上午由其侄女格特鲁德·赫希夫人向坎伯兰县警察局报告失踪。赫希夫人告诉警方，她的姨母长年不愿出门，且健康状况欠佳。警官已经开始取证调查，但声称目前尚无法确定……

一九七六年二月二十七日（第六版）：

（法尔茅斯讯）约翰·法灵顿，这位在法尔茅斯住了一辈子的年迈农夫，今天上午早些时候被其女婿弗兰克·维基里发现死于家中谷仓里。维基里说法灵顿当时趴在一个矮干草棚外，干草叉扔在一只手旁边。本县法医戴维·莱斯说法灵顿死于大出血或内出血……

一九七六年五月二十日（第十七版）：

（波特兰讯）坎伯兰县的狩猎巡查部门得到缅因州野生动物管理局的指示，在耶路撒冷林苑镇、坎伯兰及法尔茅斯地区寻找一群野狗。在过去一个月内，有多只绵羊被发现死于非命，其喉咙和内脏均被撕开。在部分案件中，羊只被掏空了内脏。狩猎巡查员亚普顿·普瑞特说，"正如诸位所知，南缅因州的这种情况近期急剧恶化……"

一九七六年五月二十九日（第一版）：

（耶路撒冷林苑镇讯）丹尼尔·霍洛威一家的失踪被怀疑为凶杀案，他们不久前搬进这个坎伯兰县小镇位于塔加特溪路上的一幢房屋。报警者是丹尼尔·霍洛威的祖父，他多次打去电话，但始终无人接听，使得他起了疑心。

霍洛威夫妇和两个孩子在四月搬进塔加特溪路的新居，向朋友和亲属都抱怨过在入夜后听见"怪声"。

围绕着耶路撒冷林苑镇，过去数月间发生了多起未解事件，多户人家已经……

一九七六年六月四日（第二版）：

（坎伯兰县讯）伊琳·特雷蒙特，一位寡妇，在坎伯兰县小村西侧的后台路拥有一幢小房屋，今天早晨因为心脏病发作被送进坎伯兰县博爱医院。她告诉本报记者,她在看电视的时候听见卧室窗户上传来抓挠声音,一抬头,发现有张脸在注视着她。

"那张脸在狞笑,"特雷蒙特夫人说,"太恐怖了。我这辈子还没见过这么可怕的东西。自从一英里外的塔加特溪路有户人家被杀以后,我就一直在担惊受怕。"

特雷蒙特夫人指的是丹尼尔·霍洛威一家,本周早些时候,他们在耶路撒冷林苑镇的家中失踪。警方称已经调查了两起案件之间的联系,但是……

2

九月中旬,高个子男人和男孩来到波特兰,在一家汽车旅馆住了三个星期。他们已经习惯了高温,经历了洛斯·扎巴托斯的干热气候,两人都觉得湿度太高让人衰弱无力。他们把很多时间耗在旅馆的游泳池里,也花了很多时间仰望天空。男人每天买波特兰的《新闻先驱报》,现在买到的都是当日报纸了,既没有时间的印记也没有狗尿的痕迹。他读天气预报,寻找与耶路撒冷林苑镇有关系的报导。在波特兰住到第九天,法尔茅斯有一个男人失踪。他的狗死在后院里。警方正在调查此案。

十月六日,男人很早起床,站在旅馆的前院里。大部分游客都已离去,返回纽约、新泽西和佛罗里达,或者安大略和新斯科舍,或者宾夕法尼亚和加利福尼亚。游客在身后留下了垃圾和度暑假的开销,让本地人愉快享用缅因州最美丽的季节。

这天早晨,空气中有些不同的新东西。主干道飘来的尾气怪味没那么刺鼻了,地平线上没有雾霭,对面野地里竖着的广告牌脚下也没有了牛奶般的低雾。早晨的天空晴朗异常,空气凉飕飕的。小阳春似乎在一夜之间悄然离去。

男孩走出房间,站在他身旁。

男人说:"今天。"

3

临近中午,他们开上了通往撒冷林苑镇的岔道,本痛苦地回想起他来到这里的那一天:他决心要驱除萦绕心头的恶魔,信心十足地认为自己能够成功。那天比今天暖和,西风也不如今天猛烈,小阳春还没有开始。他记得见到两个扛着鱼竿的男孩。今天的天更蓝,气温更低。

收音机预报说火险指数是五,只差一级就到最高。自从九月第一周以来,南缅因州就没好好下过一场雨。WJAB电台的主持人提醒司机说请务必熄灭烟头,然后播放了一首歌,歌里的男人为了爱情打算跳下水塔。

他们沿12号公路开下去,经过麋鹿标记后就是乔因特纳大道了。本立刻注意到闪光信号灯暗着,现在这里不再需要警示灯了。

他们就这么进入了镇界。车开得很慢,本感觉到曾经品尝过的恐惧再次笼罩了他,就像一件在阁楼上找到的旧外套,变紧了,但还穿得上。马克僵硬地坐在他身边,手握一小瓶从洛斯·扎巴托斯带来的圣水,那是格拉孔神父送给他的告别礼物。

随着恐惧而来的还有记忆——几乎令人心碎的记忆。

斯潘塞杂货店已经易主,新老板叫拉弗迪尔,然而境况没有任何好转。关着的窗户脏乎乎的,没有任何装饰。灰狗汽车的标记不见了。顶好咖啡馆的橱窗里歪歪扭扭地插着待售标记,柜台前的座位都被连根拔起,运去了某处某家生意更兴隆的餐厅。沿着街道前进,曾经是自助洗衣房的店堂门上仍旧挂着"巴洛与斯特莱克——优质家具",但字母上的鎏金已经变得灰暗,面对着空荡荡的人行道。橱窗里空空如也,长毛绒地毯脏兮兮的。本想起了迈克·莱尔森,不知道他是不是还躺在内间的板条箱里。这个念头让他嘴巴发干。

本在十字路口放慢车速。顺着山坡望上去，他能看见诺顿家的屋子，房前屋后的杂草很长，已经枯黄，比尔·诺顿的砖砌烧烤架还在原处，有几扇窗户破了。

又开了一阵子，他在路边停下，望着公园。战争纪念碑周围，灌木和野草长得宛如丛林。池塘上满是水华。木椅上的绿色油漆成片剥落。秋千的座位生了锈，摇动时发出的吱嘎噪音足以破坏一切乐趣。滑梯已经倾覆，支架硬邦邦地伸着，像是死去的羚羊。某个孩子遗忘的破布娃娃安迪躺在沙盒一角，软绵绵的胳膊搭在草地上。鞋纽般的双眼厌倦地反射着黑色的恐怖，仿佛在说它在沙盒里待了很久，已经见过了黑暗的所有秘密。或许确实如此。

抬起头，他看见了百叶窗依旧关着的马斯滕老宅，它带着衰败的怨毒俯瞰小镇。这幢屋子此刻与世无害，但等到天黑以后……

雨水肯定冲走了卡拉汉封印老宅的圣饼。假如他们想要占据那里，应该已经回去了，那里是供奉邪魔的祠堂、招引黑暗的灯塔，在山顶俯瞰不敢面对阳光的死亡小镇。他们在那里碰头吗？本想着。入夜后，面色惨白的他们会不会穿行于老宅的走廊之间，举行喧嚣而扭曲的仪式，向他们的造就者的造物主献祭？

他浑身冰冷，转开视线。

马克在环顾周围的住户。大部分房屋都拉着窗帘；剩下那些，没有遮掩的窗户里是空荡荡的房间。本心想：它们比那些光明正大地拉起窗帘的屋子更加糟糕。它们像是在用欠缺生机、精神受损的眼神瞪视这两个属于白昼的闯入者。

"他们就在那些屋子里，"马克困难地开口，"此时此刻，就在那些屋子里。在窗帘背后、在床上、在壁橱里、在地窖里、在地板底下，躲藏着。"

"放松。"本说。

他们开出住宅区，本拐上布鲁克斯路，车子驶过马斯滕老宅。老宅的百叶窗仍旧松垂，草坪长满了齐膝深的茅草和一枝黄，仿佛错综复杂的迷宫。

马克伸手指给他看，本望过去。草丛中被踩出了一条白色的小径。小径横穿草坪，从马路通向前门廊。小径随即被车子抛在了背后，本顿时觉得胸口一松。他们直面过了最可怕的东西，它已经在他们背后了。

来到老宅另一侧的伯恩斯路上，本在离谐和山墓园不远的地方停车。两人下车，一起走进树林。矮树丛在脚下纷纷折断，发出干脆而刺耳的噼啪声。杜松的浆果散发出琴酒香味，晚秋的最后几只蚱蜢唧唧作响。本和马克钻出树丛，爬上一个小土丘，俯视中缅因州电力公司的输电线路在树林中劈开的伤口，电线在冷风中闪闪发亮。有些树木已经开始披上秋色。

"镇上的老居民说一九五一年的大火就是在这儿烧起来的，"本说，"风从西边吹起来。他们认为多半是有人乱扔烟头。一小截烟蒂。烈火扫过大沼泽，谁也拦不住火势。"

他从口袋里掏出一包波迈香烟，心事重重地望着烟盒上的徽标——in hoc signo vinces①——然后撕开玻璃纸包装。他点了根香烟，甩灭火柴。他好几个月没抽过烟了，香烟味道好得出奇。

"他们有藏身之处，"他说，"但他们将失去那些地方。很多人将被杀……被毁灭，这个字眼更适合。但不可能消灭所有人。你明白吗？"

"明白。"马克答道。

"他们不是很聪明。要是失去了藏身之处，第二次多半藏得很糟糕。几个人在最明显的地方找一圈就能解决问题。撒冷镇的事情到第一场雪大概就将完结。但也可能永远也结束不了。没法保证结果究竟如何。但假如没有……某些事情……驱赶他们出来，刺激他们，就肯定没法画上句号。"

"没错。"

"场面会很混乱，也很危险。"

"这我清楚。"

"不过据说火能净化，"本沉思着说，"净化，总是值得付出代价

---

① 拉丁文，意为：以此徽号，汝可得胜。

445

的，不是吗？"

"没错。"马克又说。

本站了起来："咱们往回走吧。"

他把闷烧的烟头弹进一堆枯枝和晒干了的落叶中。在绿色的杜松树丛的映衬下，一缕细细的白烟升起了两三英尺高，随后被风吹散。下风的方向，二十英尺开外是一大堆横七竖八的倒伏树木。

两人望着那缕青烟，迈不开脚步，移不开眼神。

烟越来越浓。火舌旋即冒头。小树枝被点燃了，那堆枯枝中传出轻微的一下噼啪声。

"今夜他们无法再追逐绵羊，造访农场，"本轻声说，"今夜他们将四散奔逃。明天——"

"你和我。"马克说着握紧拳头。他的面色不再苍白，脸上透出艳丽的红色。两眼熠熠生辉。

两人走回公路，驱车离开。

俯瞰输电线路的那一小片林间空地上，借着从西方吹来的秋风，枯枝中的火势越烧越烈。

一九七二年十月
一九七五年六月